本书由人文在线出版基金资助出版

中国古代小说史论

熊明◎著

中国文联出版社
http://www.clapnet.cn

图书在版编目（CIP）数据

中国古代小说史论 / 熊明著 . — 北京：中国文联
出版社，2017. 10
ISBN 978-7-5190-3254-8

Ⅰ . ①中… Ⅱ . ①熊… Ⅲ . ①古典小说—小说史—研
究—中国 Ⅳ . ① I207.409

中国版本图书馆 CIP 数据核字（2017）第 272753 号

中国古代小说史论

作　　者：熊　明

出 版 人：朱　庆
终 审 人：朱彦玲　　　　　　　　复 审 人：王　军
责任编辑：刘　旭　　　　　　　　责任校对：傅泉泽
封面设计：人文在线　　　　　　　责任印制：陈　晨

出版发行：中国文联出版社
地　　址：北京市朝阳区农展馆南里 10 号，100125
电　　话：010-85923043（咨询）85923000（编务）85923020（邮购）
传　　真：010-85923000（总编室），010-85923020（发行部）
网　　址：http://www.clapnet.cn　　　http://www.claplus.cn
E－m a i l：clap@clapnet.cn　　　liux@clapnet.cn

印　　刷：廊坊市海涛印刷有限公司
装　　订：廊坊市海涛印刷有限公司
法律顾问：北京天驰君泰律师事务所徐波律师
本书如有破损、缺页、装订错误，请与本社联系调换

开　　本：710×1000　　　　　　　1/16
字　　数：432 千字　　　　　　　　印　　张：29.25
版　　次：2017 年 10 月第 1 版　　 印　　次：2017 年 10 月第 1 次印刷
书　　号：ISBN 978-7-5190-3254-8
定　　价：88.00 元

目　录

绪论　中国古代小说史书写的策略思考

正如布鲁克斯与沃伦所说："小说追溯到史前史，它体现了我们的某些最为深切的需要与利益，这是恰当的。不过，还要提醒自己，小说经过多少年代，已经成为一种综合的艺术，正如西斯廷教堂中米开朗基罗的壁画不同于史前洞穴中的动物绘画那样，它已不同于炉边故事，这也是很恰当的。"[①] 中国小说作为世界小说文学的重要组成部分，亦是如此，而且与世界其他民族的小说文学相比，中国小说尤其是中国古代小说——从"小说"之名到理论观念再到创作实践——有着更为复杂的嬗变历史。

一、小说

今天我们所说的"小说"，是一个文艺学意义上的文体概念，是与诗歌、散文、戏剧等并列的文体之一。英国学者佛斯特是这样定义小说的："谢活利在一本出色的小书中，已经给了它（指小说）一个定义——如果一个法国批评家不能给英国小说下定义谁还能？——他说：'小说是用散文写成的某种长度的虚构故事。'这个定义对我们来说已经足够。我们或可把'某种长度'定为不得少于五万字。任何超过五万字的散文虚构作品，在我这个演讲中，即

[①] 〔美〕克林斯·布鲁克斯、罗伯特·潘·沃伦编著，主万等译：《小说鉴赏》，世界图书出版公司2012年版，第2页。

被称为小说。"① 英国学者伊利莎白·鲍温则用一句话来加以概括："小说是什么，我说小说是一篇臆造的故事。"② 而韦勒克和沃伦从另一角度说："小说就它的高级形式而言，它是史诗和戏剧的共同后裔。"③ 中国学者胡尹强则把小说定义为："小说是作家虚构的人和人的生活的描述。"④ 马振方认为小说是"以散体文摹写虚拟人生幻象的自足的文字语言艺术。"⑤ 并说这一定义中包含了小说的内容、形式的基本要素构成的四种规定性：即"叙事性、虚构性、散文性和文字语言自足性"。徐岱则表述为"似真性、世俗性、虚构性"。⑥ 这些说法小异而大同，而作为教科书的权威定义是："小说是以艺术虚构的方式从人物、事件、环境的具体描绘中，显示生活意义、时代情绪的典型叙事文学样式。"⑦ 另外，大多数学者都认为，小说是与现实主义思潮密切相关的。如应锦襄、林铁民、朱水涌就说："小说这一文体，却是不论在哪个民族文化中，都与现实主义有不解之缘。"⑧ 伊恩·P. 瓦特在其《小说的兴起》一书中，更是结合现实主义来探讨小说的发生、发展与成熟过程。文艺学中作为文体概念的小说，在西方一般认为是十八世纪末才确立起来的，伊恩·P. 瓦特说："小说这个术语，使用只是在十八世纪末方告完全确立。"⑨ 而在中国，这一概念的确

---

① 〔英〕佛斯特：《小说面面观》，花城出版社 1981 年版，第 3 页。

② 伍蠡甫、胡经之主编：《西方文艺理论名著选编》下卷，北京大学出版社 1987 年版，第 190 页。

③ 〔美〕雷·韦勒克、奥·沃伦著，刘象愚等译：《文学理论》，生活·读书·新知三联书店 1984 年版，第 286 页。

④ 胡尹强：《小说艺术品性和历史》，上海文艺出版社 1993 年版，第 16 页。

⑤ 马振方：《小说艺术论》，北京大学出版社 1999 年版，第 8 页。

⑥ 徐岱：《小说形态学》，杭州大学出版社 1992 年版，第 122 页。

⑦ 孙耀煜：《文学理论教程》，人民文学出版社 1991 年版，第 319 页。

⑧ 应锦襄、林铁民、朱水涌：《世界文学格局中的中国小说》，北京大学出版社 1997 年版，第 4 页。

⑨ 〔美〕伊恩·P. 瓦特著，高原、董红钧译：《小说的兴起》，生活·读书·新知三联书店 1992 年版，第 2 页。

立，一般认为是十九世纪末二十世纪初从西方引入的。①

　　所以，无论在西方还是在中国，小说作为文艺学意义上的文体概念，是相当晚近的事情，人们的小说观念以及由此形成的小说概念及其相关论述，在漫长的文学史进程中，并不是从来如此和一成不变的，这在中国尤其如此。

　　在中国，"小说"一词首次见于《庄子·外物》篇中，其云："任公子为大钩巨缁，五十犗以为饵，蹲乎会稽，投竿东海，……大鱼食之，……任公子得若鱼，离而腊之。自制河以东，苍梧以北，莫不厌若鱼者。已而后世辁才讽说之徒，皆惊而相告也。夫揭竿累，趣灌渎，守鲵鲋，其于得大鱼难矣！饰小说以干县令，其于大达亦远矣。是以未尝闻任氏之风俗，其不可与经于世亦远矣。"此处小说一词的含义，今之学者有多种不同的理解。②然而，结合《庄子·外物》篇"小说"一词出现的具体语境可知，此段文字采用了《庄子》惯常的寓言手法，所以"饰小说以干县令"句是与前文紧密相关的，"任公子"的行事是其所谓之"大达"一类，而"辁才讽说之徒"的行事即是所谓之"小说"一类，则此处的小说，是有悖于大道的轻浮言论，是与大达即大道相对的小道，并隐含有贬抑之意。故《庄子》此处所谓"小说"，是指与当时所公认的能够治国平天下的大道不一致的言论或见解，或可说是与主流思想不相一致的另类思想，并有贬抑、轻视之意。这也应该是先秦时期"小说"一词最有代表性的用法，可以从《荀子·正名》篇中的一段话得到印证："凡人莫不从其所可，而去其所不可，知道之莫之若也。而不从道者，无之有也。……故知者论道而已矣，小家珍说所愿皆衰矣。"《荀子》这里所言之"小家珍说"，大多数学者认为是与《庄子》中的"小说"同义或近义，而

①　陈平原在《二十世纪中国小说史》第一卷（北京大学出版社1989年版）、孔范今在《二十世纪中国文学史》（山东文艺出版社1997年版）都认为是二十世纪，不过，他们的"二十世纪"是从1897年（陈平原）或1898年（孔范今）为起点的。而马振方在《小说艺术论》一书（北京大学出版社1999年版）及张开焱在《中国古代小说概念的流变与定位再思考》（《广东民族学院学报》1997年第3期）一文中认为是十九世纪中叶确立的。
②　拙文《中国古代小说观念述评》对此有详细列举，可参看。熊明：《中国古代小说观念述评》，《淮阴师范学院学报》2011年第1期。

《荀子》所言之"小家珍说"明显是指与主流见解或主张不一致的"另类"观点或思想。

不难看出，"小说"的原始本义，基本不具有今之作为文体概念的含义，与通常意义上的小说相去甚远。由此也不难想象，"小说"从一种另类的观念或思想，变成一个文艺学意义上的文体概念，其间要经历多么复杂的演化。而事实也确实如此。^①在这一演进过程中，必然存在一次又一次的新旧小说观念、小说理论之间的矛盾与冲突，并在这种矛盾与冲突中实现更新与前行，并最终实现蜕变，抵达作为文学之一体的文体概念。

先秦时期，《庄子·外物》篇等小说中的这种原始本义，表面上看似与作为文体概念的小说或通常意义上的小说无关，但它却对中国古代小说有着深远的影响：

首先，小说的原始本义中的另类观念或思想含义，成为中国古代小说边缘定位的根源所在。既然小说是一种"小道"，是一种与主流（或自我）思想不一致的另类思想或学说，因而，小说就被排除在了主流之外，居于边缘地位。小说虽在后来的历史演变中不断远离了这一原始本义，但对小说的边缘定位却被继承下来，特别是班固在《汉书·艺文志》中将小说置于诸子之末，并说："诸子十家，其可观者九家而已"，^②小说的边缘定位基本被固定下来。无论后来被置于何种体系之中，依据小说原始本义而对小说的边缘定位，始终未曾改变，成为中国古代小说发展进程中无法摆脱的地位归属。

其次，小说的原始本义即另类观念或思想中所隐含的贬抑与轻视态度，成为中国古代小说被轻视的根源所在。既然小说是有悖于大道的轻浮言论，是与"大达"即大道相对的"小道"，其间的贬抑与轻视态度是不言而喻的。这种贬抑与轻视态度，也是中国古代小说无论如何都挥之不去的阴影，自始至终伴随着中国古代小说，成为人们对待小说的基本态度。特别是班固在

---

① 拙文《中国古代小说观念述评》详细演绎了中国古代小说观念的嬗变，可参看。熊明：《中国古代小说观念述评》，《淮阴师范学院学报》2011年第1期。

② 班固撰，颜师古注：《汉书·艺文志》诸子略总序，中华书局2011年版，第1746页。

《汉书·艺文志》中以权威的历史叙事，并引用孔子之言："虽小道，必有可观者焉，致远恐泥，是以君子弗为也"，①将这种贬抑与轻视态度深深植入了小说之中，成为小说内涵的基本情感意蕴。不仅如此，"君子弗为"之语，也像一块提醒告示，让很多才智之士远离了小说，造成中国古代小说历史发展进程中人才的相对匮乏。

最后，小说的原始本义中的另类观念或思想含义，成为中国古代小说被赋予子书身份的根源所在。小说既然是一种与主流（或自我）思想不一致的另类观念、思想或学说，因而中国古代小说自然在后来的目录学体系中被归之于诸子类属之中，特别是经过班固《汉书·艺文志》以及《隋书·经籍志》等官修目录学著作的示范，子书身份就成为小说被认可的固定身份。至唐，刘知幾在《史通》中又通过严密的理论阐释，给予小说史流身份，从而使中国古代小说具有了亦子亦史的双重身份。但无论是子书身份，还是史流身份，还是亦子亦史的身份，都与小说作为一种文学类型的本质属性不一致，中国古代小说这种被赋予的外在身份与本质属性之间的不一致，必然造成中国古代小说身份的分裂、迷失与内在的矛盾、冲突。这也成为中国古代小说发展进程中的一个独特现象，而中国古代小说正是在这种自身本质属性的发现与回归要求中走向艺术成熟。

另外，中国古代小说对思想表达（意义或教化功能）的执着甚至偏执，也应当源自小说作为一种另类思想或学说的原始本义。

二、中国古代小说

中国古代小说，实际上有两个层面的含义，一是广义的中国古代小说，即作为文类的小说，无论是在子书身份之下，还是在史流身份之下，抑或在亦子亦史的双重身份之下，它都是一个涵纳甚广的文类集合，是自然历史状

---

① 班固撰，颜师古注：《汉书·艺文志》诸子略小说类序，中华书局 2011 年版，第 1745 页。

态的中国古代小说；二是狭义的中国古代小说，即通常所谓的中国古代小说，是综合考虑中国古代小说的特殊性，依据小说之所以为小说的本质属性，按照叙事性原则、传闻性原则或虚构性原则、形象性原则和体制原则遴选出来并符合作为文艺学意义上的文学文体概念的小说，是取舍之后、纯净化了的中国古代小说。

"小说"一词在先秦出现，如前所言，是指与当时所公认的能够治国平天下的大道不一致的言论或见解，或可说是与主流思想不一致的另类思想。但具体哪些被认为是小说，则无法确认，且如鲁迅先生所言："孔子、杨子、墨子各家的学说，从庄子看来，都可以谓之小说；反之，别家对庄子，也可称他的著作为小说。"[①] 被称为小说者，在当时应该具有相对性，与所持立场有关。直到两汉时期，班固在刘向、刘歆父子《七略》的基础上作《汉书·艺文志》，在诸子略中设小说家一类，并著录十五家小说，才有了正式被确认的小说。《汉书·艺文志》诸子类中的小说家类序：

> 小说家者流，盖出于稗官，街谈巷语，道听途说者之所造也。孔子曰："虽小道，必有可观者焉，致远恐泥，是以君子弗为也。"然亦弗灭也，闾里小知者之所及，亦使缀而不忘。或如一言可采，此亦刍荛狂夫之议也。[②]

此外，桓谭《新论》中亦有"小说家"一词，其云："若其小说家，合丛残小语，近取譬论，以作短书，治身理家，有可观之辞。"[③] 以班固《汉书·艺文志》为代表的小说，就是广义的小说，因其在目录学中作为诸子的一个类别出现，又有文献分类的含义，也就是说，小说不仅指一种思想，还指一类文章，这样，小说就从言论、思想发展到了指称表述或承载这一类言论或思

---

① 鲁迅：《中国小说的历史的变迁》，《鲁迅全集》第九卷，人民文学出版社 2005 年版，第 311—312 页。

② 班固撰，颜师古注：《汉书·艺文志》诸子略小说类序，中华书局 2011 年版，第 1745 页。

③ 桓谭：《新论》，《文选》卷三一《李都尉陵从军诗》，中华书局 2005 年版，第 444 页。

想的文章，故称文类小说。通过班固的总结和归纳以及桓谭的言说，此时人们眼中的小说即文类小说也大致清晰起来：

首先，关于小说类著述的材料和结构方法。桓谭所说的"丛残小语"及班固所说的"街谈巷语，道听途说""刍荛狂夫之议"，即点明了小说所用的材料。很显然，小说类著述中的材料，都是一些不被主流重视、被主流蔑视、为主流鄙弃的，是与经典、圣人的言论不一致，或出自民间鄙野之人之口或干脆来源于传闻的言论。然而，这些材料又不是毫无道理，所以桓谭又称其"有可观之辞"，班固说它"或如一言可采"，才把它们附于诸子之末。小说家们得到这些材料后，把它们制作成小说，其方法就是"合""譬论""造"以及《庄子》所言的"饰"。小说家们从民间得到材料后，经过他们的整理（合）、组织（造），并贯以自己的观点，以一定的文法（饰、譬论），最终结构成篇，就成了小说。不过，这些结构方法并不是在每一篇中都加以使用。从班固著录的小说来看，亦可得知。所以，这种材料来自民间，经小说家们以不同方法加工而成的小说，反映的主要是民间的观点和看法，其与主流思想或有不同，被视为另类也就不难理解了。

其次，关于小说的体制和形制。小说在体制、形制上是"短书"，汉制，儒家经典用二尺四寸的简牍，其他书籍用一尺左右的简牍，称为短书。短书亦有歧视之意，王充《论衡·谢短篇》云："二尺四寸，圣人文语，朝夕讲习，义类所及，故可务知，汉事未载于经，名为尺籍短书，比于小道，其能知，非儒者之贵也。"《论衡·骨相篇》又云："在经传者，校著可信，若夫短书俗记，竹帛胤文，非儒者所见，众多非一。"[1] 所以，短书指非经典的小道之类的文字。也就是说，短书不仅记录的是属于另类的见解和观点，从体制、形制上看，亦很短小。

最后，关于小说的渊源。"盖出于稗官"，班固此说，是第一次对小说渊源的推想。考察《汉书·艺文志》我们不难发现，班固在论及儒、道、法、

---

[1] 王充著，黄晖校释：《论衡校释》卷一二、卷三，中华书局1990年版，第557页，第112页。

墨等各家时，都有这样的追溯源流之语，如"道家者流，盖出于史官"，"法家者流，盖出于理官"，他这样说，并不能因此认为史官就是道家的起源，理官是法家的起源。同理，"小说家者流，盖出于稗官"，也不能因此认为稗官就是小说的起源。综合班固的此类推本求源的论说看来，班固的这种追溯或联系，似乎仅仅是说明道家与史官、法家与理官、小说家与稗官存在某种相通之处，李忠明认为，它们之间的相通之处就是某种"精神"，[①] 也就是说，小说家的小说与稗官职责中收集到的街谈巷语的性质相类，而且，考察所谓的史官、议官、理官、礼官、羲和之官、农稷之官，大都并非实实在在的官名，而有类称的性质，即是某类官职的性质属性。稗官也应与此相类，只是类称。

《汉书·艺文志》小说家类所录十五种书，为诸子九家之外的子书杂著，"诸书大抵或托古人，或记古事"。[②] 都是言辞议论，杂考杂事之书。至唐，刘知幾作《史通》，以具体详尽的理论阐释，将小说纳入史类，称为"偏记小说"，并将其分为偏纪、小录、逸事、琐言、郡书、家史、别传、杂记、地理书、都邑簿十种类型。[③] 这样，作为文类的小说所包括的范围，就由《汉书·艺文志》仅包括言辞议论，杂考杂事的子部杂著，拓展到一切史类杂著。

总之，广义的中国古代小说，即作为文类的小说，是一个涵纳甚广的杂著文类集合。其间，既有我们所说的狭义的中国古代小说，即通常意义上的古代小说，也有无法被认定为通常意义上的小说的各种杂著。但毫无疑问，中国古代小说研究，基本上都是针对狭义的中国古代小说，即通常意义上的小说。这就需要确立一个科学的、既切合中国古代小说的实际，又与现代小说观念相协调的评判话语体系，从广义的小说即文类小说中把狭义的小说即通常意义上的小说甄别出来。

伊恩·P. 瓦特曾说过一句话，值得我们参考。他说："为了完成这项考察

---

① 李忠明：《汉代小说家考》，《南京师范大学学报》1996年第1期。

② 鲁迅：《中国小说史略》，《鲁迅全集》第九卷，人民文学出版社2005年版，第8页。

③ 刘知幾撰，浦起龙释：《史通通释》卷一〇《杂述》，上海古籍出版社1978年版，第273页。

研究（他所指的'这项'是指现代小说兴起的历史），我们首先需要的是一个关于小说特征的行之有效的定义，这个定义既要狭窄得能将先前诸种叙事文学拒之门外，又要宽泛得适用于通常归入小说范畴的一切文体。"①对于研究中国古代小说，也需要这样一个行之有效的关于中国古代小说的"定义"。

伊恩·P. 瓦特认为，在小说的"定义"中，需要描述的是关于小说的"特征"。显然，我们建构评判中国古代小说的话语体系，确立的界定标准，首先要抓住小说最基本的特征。

董乃斌认为，在界定和确认中国古代小说时，必须注意两个具有特殊性的问题，即"中国古代的小说观"和"古典小说的实际"，并指出，在研究中国古典小说时，还应考虑并尊重目前通行的关于小说的最基本概念以及相应的定义范畴等。②董先生的意见是有见地的，只有在既考虑中国古代小说实际，又尊重现代小说基本概念的前提下总结出的特征，才会是合理和行之有效的。李剑国先生对这一问题的看法则更为具体，他说："按照历史主义的原则和发展的辩证观念，我们不能完全抛开古人，但又不能完全依从古人；我们不能完全以现代小说观念作为衡量尺度，又不能完全以古代的小说概念作为衡量尺度。笔者认为，应当采取不今不古、亦今亦古、古今结合的原则。所谓古，就是充分考虑小说的历史发展过程，充分考虑古小说的特殊形态；所谓今，就是必须以科学的态度确定小说之为小说的最基本的特质。"③并提出了四条原则，即叙事性原则、传闻性原则或虚构性原则、形象性原则、体制原则。而徐定宝提出了界定和确认中国古代小说的具体标准，较为具体，他认为应有三个标准：一是创作主体，最本质的特质是自觉的创作意识；二是文体特质，以人物或人的模拟物为叙述主体的形象性，以细节为结构本位的故事性，以散化语言为表叙方式的通俗性；三是接受主体，接受主体的群体特质主要表

---

① 〔美〕伊恩·P. 瓦特著，高原、董红钧译：《小说的兴起》，生活·读书·新知三联书店1992 年版，第 2 页。
② 董乃斌：《现代小说观念与中国古典小说》，《文学遗产》1994 年第 2 期。
③ 李剑国：《文言小说的理论研究与基础研究——关于文言小说研究的几点看法》，《文学遗产》1998 年第 2 期。

现在对象的文化性、分布的广泛性与层次的复杂性之上。① 相较而言，李剑国先生之论，既考虑了中国古代小说观念和小说的具体状况，也观照了现代关于小说的普遍认识，所提出的原则十分切合中国古代小说实际，并具有可操作性。

狭义的中国古代小说，即通常所谓的中国古代小说，正是综合考虑中国古代小说的特殊性，依据小说之所以为小说的本质属性，按照叙事性原则、传闻性原则或虚构性原则、形象性原则、体制原则遴选出来并符合作为文艺学意义上的文学文体概念的小说。其历史形态包括志怪小说、志人小说、传奇小说、杂事小说、话本小说、拟话本小说、章回小说等类型。

考察中国古代小说的理论观念与小说实践的发展历程，不难发现，作为广义的小说即文类小说，在走向现代的进程中，其涵纳"范围由广而狭，大大缩小了"，② 逐渐与狭义的小说即作为通常意义上的小说重合，走向同一。在这一历史过程中，中国古代小说中的非小说性因素逐渐被剥离，而小说性因素如叙事性、虚构性、形象性以及文体的独特性逐渐被承认，进而成为共识、被强调和突出。最终，小说由文类转变为文艺学意义上的文学文体概念，也就是小说成为与诗歌、散文、戏剧等并列的文学文体之一。

三、中国古代小说观念与小说创作实践

中国古代小说广义与狭义双重含义的存在以及二者在走向现代的历史进程中逐渐重合、同一的过程表明，中国古代小说的发展历史，隐含着一条由广义的中国古代小说即作为文类的小说逐渐涵纳狭义的中国古代小说即通常文艺学意义上的中国古代小说的历史嬗变线索。毫无疑问，在这一历史嬗变过程中，广义的中国古代小说必然修正了自己的内涵与外延，才能实现与狭

---

① 徐定宝：《试论中国古典小说的三个标征》，《宁波师院学报》1996年第4期。

② 马振方：《小说艺术论》，北京大学出版社1999年版，第7页。

义中国古代小说的重合与同一，逐渐转变为文艺学意义上的文学文体概念，也必然伴随着中国古代小说观念与小说创作实践之间的矛盾与冲突、对话与妥协。

纵观中国古代小说的发展历史，中国古代小说观念及理论论述常常落后于小说创作实践，从而造成了中国古代小说发展进程中的一个特殊现象——小说观念及理论论述与小说创作实践之间的不协调或者不同步，具体体现为小说观念及理论论述常常落后于小说创作实践，在中国古代小说发展历史的许多重要阶段特别是早期历史阶段，这种现象则更为突出。

自《庄子·外物》篇"小说"诞生到班固《汉书·艺文志》诸子略小说家类的设立，小说作为一种文类正式出现，亦即广义的中国古代小说正式登场，这时的中国古代小说是指诸子九家之外的子书杂著，"大抵或托古人，或记古事"，①都是言辞议论，杂考杂事之书。这种小说观念是两汉三国魏晋南北朝的主流小说观念，这一时期的小说理论论述大多依承班固之论。如东汉荀悦在《汉纪》卷二五中分诸子为九家，且云："又有小说家者流，盖出于街谈巷语所造。"②完全照搬《汉书·艺文志》。晋人李轨注扬雄《法言·吾子篇》"好说而不要诸仲尼，说铃也"而云："铃以喻小声，犹小说不合大雅。"③汉末徐幹在《中论·务本篇》中说："夫详于小事而察于近物者，谓耳听乎丝竹歌谣之和，目视乎雕琢采色之章，口给乎辩慧切对之辞，心通乎短言小说之文，手习乎射御书数之巧，体骛乎俯仰折旋之容。凡此者观之足以尽人之心，学之足以动人之志，且先王之末教也，非有小才小智，则亦不能为也。"仍是对"小道"论的发挥。④刘勰在《文心雕龙·谐隐》中语及小说亦云："然文辞之有谐隐，譬九流之有小说，盖稗官所采，以广视听。"⑤显然也是承班固之论，

---

① 鲁迅：《中国小说史略》，《鲁迅全集》第九卷，人民文学出版社 2005 年版，第 8 页。

② 荀悦、袁宏著，张烈点校：《两汉纪》上《汉纪》，中华书局 2002 年版，第 437 页。

③ 扬雄撰，汪荣宝义疏，陈仲夫点校：《法言义疏》卷四《吾子篇》，《新编诸子集成》第一辑，中华书局 1987 年版，第 74 页。

④ 徐幹：《中论》，中华书局 1985 年版，第 28 页。

⑤ 刘勰著，范文澜注：《文心雕龙注》卷三《谐隐》，人民文学出版社 1998 年版，第 272 页。

其所言小说与《汉书·艺文志》之小说同义。

而在小说创作实践中，两汉三国魏晋南北朝时期则是志怪小说与志人小说逐渐兴起并走向繁荣的时期，但在此时期广义的中国古代小说概念与理论论述中，却并没有敏感地注意到小说创作实践领域的这一新变化。直到唐初修《隋书·经籍志》，虽然将《燕丹子》《郭子》（郭澄之）、《琐语》（顾协）、《笑林》（邯郸淳）、《笑苑》《解颐》（阳玠松）、《世说》（刘义庆）等志人小说纳入子部小说家类中，但这一时期小说创作实践领域取得突出成就的标志性小说类型志怪小说，却仍然没有被纳入。在《隋书·经籍志》中，《搜神记》（干宝）、《搜神后记》（陶潜）、《异苑》（刘敬叔）等志怪小说被著录于史部杂传类中。且如《西京杂记》等杂事小说，则被著录在史部旧事类或其他部类中。直到刘知幾在《史通》中提出"偏记小说"概念，并将偏记小说分为十类，其中"逸事"一类，纳入了以"和峤《汲冢纪年》、葛洪《西京杂记》、顾协《琐语》、谢绰《拾遗》"为代表的杂事小说；"琐言"一类纳入了以"刘义庆《世说》、裴荣期《语林》、孔思尚《语录》、阳玠松《谈薮》"为代表的志人小说；"杂记"一类，纳入了以"祖台《志怪》、干宝《搜神》、刘义庆《幽明》、刘敬叔《异苑》"为代表的志怪小说。[①] 其后，晚唐段成式在《酉阳杂俎·序》中云："固役而不耻者，抑志怪小说之书也。"[②] 第一次提出了"志怪小说"的概念。也就是说，大约在初唐以后，主流小说观念才逐渐将魏晋南北朝小说创作实践中产生的小说类型包括志人小说、杂事小说、志怪小说逐渐纳入广义的中国古代小说之中，并随之产生了相应的理论论述。

艺术成就可与律诗并称"绝代之奇"的唐代小说的主要类型传奇小说，[③] 重复了志怪小说被主流小说观念接受、纳入广义中国古代小说范畴的经历。传奇小说在唐代中后期兴起并走向繁荣，在它产生之后相当长的一段时间内，

---

① 刘知幾撰，浦起龙释：《史通通释》卷一〇《杂述》，上海古籍出版社1978年版，第273—275页。

② 段成式撰，曹中孚校点：《酉阳杂俎·序》，《唐五代笔记小说大观》上册，上海古籍出版社2000年版，第557页。

③ 桃源居士：《唐人小说·序》，上海文艺出版社1992年影印上海扫叶山房石印本，第1页。

人们并不把它叫作传奇或传奇小说，而是称为传记或杂传记。如韦绚《刘宾客嘉话录》云："传记所传：汉宣帝以皂盖车一乘赐大将军霍光，悉以金较具，至夜，车辖上金凤皇轵亡去，莫知所之，至晓乃还……（指《续齐谐记》中汉宣帝的故事）"① 高彦休《唐阙史》云："巢偷污踞宫阙，与安、朱之乱不侔、其间尤异者，各为好事传记。"②

可以肯定，唐人尚未将他们称为传记或杂传记的传奇小说纳入广义的中国古代小说范畴，刘知幾《史通》中的小说论述体现了唐人的小说观念，但刘知幾《史通》成书之时，传奇小说尚未全面兴起，故其论述不及传奇小说，其偏记小说中虽有"别传"一类，但主要是指"若刘向《列女》、梁鸿《逸民》、赵采《忠臣》、徐广《孝子》"之类的类传。③ 而《旧唐书·经籍志》，据其序所言，当是依据毋煚的《古今书录》编定，并云"天宝以后，名公各著文章，儒者多有撰述，或记礼法之沿革，或裁国史之繁略，皆张部类，其徒实繁。臣以后出之书，在开元四部之外，不欲杂其本部，今据所闻，附撰人等传。其诸公文集，亦见本传，此并不录。"④ 则其所录止于唐开元年间，天宝以下至唐末五代之书则缺，亦不及于传奇小说。从其子部小说家类所著录的小说来看，基本沿袭《隋书·经籍志》的小说观念而无新意。至宋初李昉等奉敕编纂的《太平广记》，专门设置杂传记类，涵纳唐人传奇小说，当然，其他类别中也包括大量的传奇小说，应该说标志着主流小说观念亦即广义的中国古代小说对唐人传奇小说的接纳。另外，这里还有一点需要注意，那就是传奇之名的确立也有一个过程。以传奇通称唐人小说特别是如《补江总白猿传》《莺莺传》等这些唐代兴起的新小说，当始自宋谢采伯，其《密斋笔记·序》云："经史本朝文艺杂说几五万余言，固未足追媲作者，要之无牴牾于圣人，不犹愈于稗官小说、传

---

① 韦绚撰，阳羡生校点：《刘宾客嘉话录》，《唐五代笔记小说大观》上册，上海古籍出版社2000年版，第802页。

② 高彦休撰，阳羡生校点：《唐阙史》卷下"虎食伊璠"条，《唐五代笔记小说小说大观》下册，上海古籍出版社2000年版，第1365页。

③ 刘知幾撰，浦起龙释：《史通通释》卷一〇《杂述》，上海古籍出版社1978年版，第274页。

④ 刘昫等：《旧唐书·经籍志》上，中华书局2011年版，第1966页。

奇、志怪之流乎？"①谢采伯用传奇指称唐代的新小说，明显有将其与六朝志怪小说区分的意思。此后，以传奇著称的唐人新小说才逐渐流行起来。以传奇呼唐代兴起的新小说类型，有一个历史选择和确立的过程，而这一过程，实际上正体现了人们对唐人传奇小说特征的认识和小说身份的接纳过程。

《太平广记》将唐代传奇小说以传记类之名纳入，标志着主流小说观念对传奇小说的接纳，然而，如此单独立类，与《太平广记》多以题材内容分类的做法不一致，又表明这种接纳还显得犹豫不决，暗含区别之意。这从稍后成书的《崇文总目》可得到证明。《崇文总目》将如《宣室志》《干𬒔子》《纪闻》《潇湘录》《元（玄）怪录》《续元（玄）怪录》等包含大量传奇作品的小说集甚至单篇传奇《补江总白猿传》《离魂记》等著录于小说类，而与此同时，仍将《高氏外传》《虬髯（须）客传》等单篇传奇小说和《甘泽谣》等传奇集著录于史部传记类，这表明《崇文总目》的编纂者对唐代传奇小说的认识尚不够成熟。而我们知道，《崇文总目》为宋仁宗下诏编纂，稍后于《太平广记》的编纂，是一部官修目录学著作，其所著录，乃宋初三馆与秘阁所有藏书，而参与编纂者如王尧臣、宋祁、欧阳修等均为宋初渊博之士，士人领袖，代表了当时学术的最高水平，因而其在书中贯彻并体现出来的学术判断，无疑是具有代表性的，基本可以看作那个时代的普遍共识。也就是说，从《崇文总目》对唐代传奇小说的著录来看，其时主流小说观念还没有实现对传奇小说的完全接纳，广义的中国古代小说也还没有完全涵纳传奇小说。主流小说观念对唐人传奇的完全接纳则要到元、明时期才最终完成，并在如元代的虞集、陶宗仪以及明代的杨慎、胡应麟、臧懋循的著作中有了相应的理论论述。这一过程，与传奇之名的确立相一致。也就是说，随着人们对唐人传奇小说特征的认识和小说身份的接纳，继续以传记或杂传记之名称之已经不合适了，为了将唐代兴起的这一新小说类型与普通人物传记区别开来，经过历史的淘洗，最终确立了传奇之名。

相比志怪小说与传奇小说，主流小说观念与理论论述对小说创作实践中话本小说以及直接渊源于话本小说的拟话本与章回小说兴起的响应与接纳则

---

① 谢采伯：《密斋笔记·序》，文渊阁《四库全书》本，第864册，第644页下。

要敏感和迅速许多。这与小说在宋元以来迅速发展的现实生态有密切关系，也与话本小说有着深厚历史的民间传统艺术如俳优小说、市人（民）小说、人（民）间小说等因素有关。

中国古代小说观念以及小说理论论述常常落后于小说创作实践，甚至可以说是在小说创作实践的倒逼之下修正自己、充实自己并完成相应理论论述。中国古代小说艺术发展历史中的这一现象，实与小说在《庄子·外物》篇中出现之时被赋予的"小道"观念有关，也与班固《汉书·艺文志》等以历史叙事的权威论述所形成的非"可观者"的歧视性判断有关。

四、历史人文生态中的中国古代小说

中国古代小说艺术在其历史的发展中，不仅要面对小说理论观念、小说创作实践以及小说理论与实践之间的矛盾与冲突，实现从一种另类的观念或思想到一个文艺学意义上的文体概念的转变，实现从广义小说即作为文类的小说到狭义小说即通常意义上的小说的重合与同一。同时，也要面对处于同一历史层面的人文生态中其他学科包括史传、诸子、诗歌、散文等，并与它们发生或多或少的各种各样联系，既有冲突与对抗，也有交流与对话，中国古代小说艺术就是在这样的历史人文生态环境中，实现自我存在与发展。

中国古代小说与史传之间有着极为深刻而复杂的联系，这种联系源自中国古代小说在史传中孕育、并在史传的分流中诞生的特殊关系，这就决定了中国古代小说与史传的联系是天然的。这种天然联系，使中国古代小说得以方便地不断从史传中获得滋养，在各方面得以迅速发展。比如，多样化的史传形态和体制，就为中国古代小说准备了充足的文体样式。董乃斌在《中国古典小说的文体独立》中讲道："中国的古史著作是后世小说最初也是最根本的寄生地，小说的原始胚基，就附着在古史著作身上。"[1]毫无疑问，上古以

---

[1]　董乃斌：《中国古典小说的文体独立》，中国社会科学出版社 1994 年版，第 101 页。

来繁富的史书以及多样化的体制，启发并孕育了中国古代小说的文体形制。唐传奇的大量出现标志着中国古代小说文体的真正独立，而汉魏六朝蔚为大观的杂传在文体方面为唐传奇提供了基本范式，传奇文体与杂传文体关系密切。①明清章回小说的成熟也是借鉴了诸如《通鉴纪事本末》等纪事本末体史书的体制。另外，中国古代小说文备众体也与史传不无联系。因此就中国古代小说的文体而言，中国古代小说渊源于史书。文体之外，中国古代小说的叙事建构、人物形象塑造等，也都从史传那里获得过滋养。当然，中国古代小说与史传的联系，除了这种直接的、看得见的联系之外，还有精神的、看不见的联系，如史传的实录精神，就对中国古代小说影响深远。实录精神一方面为中国古代小说实现艺术的真实发挥了重要作用；另一方面它也成为中国古代小说认识自身本质属性的障碍，对中国古代小说正确处理虚构与真实的关系产生了阻碍。而中国古代小说要获得对自我本质属性的正确认识，完成作为一门虚构艺术本质属性的自我确认与塑造，就要正确认识与处理实录精神。而在这一过程中，必然引发中国古代小说自身理论观念、理论观念与创作实践之间、中国古代小说与史传之间的矛盾与冲突、交流与对话，中国古代小说就在与史传的矛盾与冲突、交流与对话中厘清了两者之间的关系，认识了自我，从而完成自我嬗变。

中国古代小说与诸子的关系，起于"小说"一词的诞生，小说一词在《庄子·外物》篇中出现，是指与当时所公认的能够治国平天下的大道不一致的言论或见解，或可说是与主流思想不相一致的另类思想。如鲁迅先生所言："孔子、杨子、墨子各家的学说，从庄子看来，都可以谓之小说；反之，别家对庄子，也可称他的著作为小说。"②是在与诸子的对比中出现，并由此开始了中国古代小说与诸子的漫长的关系与纠葛。这种纠葛包括两个方面，一是子书身份。先秦历史语境中，小说作为一种另类思想存在，子书性质似乎

---

① 熊明：《从汉魏六朝杂传到唐传奇》，《社会科学辑刊》2005年第5期。

② 鲁迅：《中国小说的历史的变迁》，《鲁迅全集》第九卷，人民文学出版社2005年版，第311—312页。

理所当然。故而后来班固在刘向、刘歆父子《七略》基础上作《汉书·艺文志》，小说就被列于诸子之末，正式被赋予子书身份。中国古代小说的子书身份，从此被固定下来。随着小说内涵的迁移，小说逐渐成为涵纳甚广的文类，且在历史演进中，走向具有文学本质属性的小说，但子书身份却从未改变。在这一历史嬗变过程中，必然引发中国古代小说对自身身份的怀疑、探究，必然引发中国古代小说摆脱子书身份的尝试与对真实身份的追寻，必然引发中国古代小说外在身份与本质属性之间的矛盾与冲突、交流与对话。二是边缘地位。作为另类思想，小说一出现，就形成了与诸子进行比较的关系，而且处于这种比较体系的边缘。这种边缘定位，同样在后来班固《汉书·艺文志》中被确认，"诸子十家，其可观者九家而已"，[①]对中国古代小说的边缘定位，可以说是固化的，在以后的历史进程中，无论将中国古代小说置于何种体系，边缘定位总是不变的。面对这种定位，中国古代小说必然提出质疑，提出平等诉求，引发中国古代小说与诸子之间的交流与对话。

中国古代小说与诗文之间的关系，体现在多个层面，而在众多层面的关系中，有一种关系需要特别注意，那就是作为中国古代正统的文学样式——诗歌、散文与被排除在正统之外的小说之间关于文学身份的交流与对话。中华民族是一个浪漫而诗意的民族，浪漫的先民首先在日常生活中用诗赋表情达意，创作出了最初一批诗赋。其中的诗歌经过孔子的整理而为《诗经》，辞赋经过屈原的吟唱，形成以《离骚》为代表的经典。而这些最初的经典，又成为培养民族诗意气质的活水之源。孔子即云：《诗》可以兴，可以观，可以群，可以怨，多识草木年兽之名。远之事君，迩之事父。""不学《诗》，无以言。"班固《汉书》载，古人"断章取义"以"赋诗言志"，将诗歌运用在邦国大事之中："古者诸侯卿大夫交接邻国，以微言相感，当揖让之时，必称《诗》以谕其志，盖以别贤不肖而观盛衰焉。"[②]也正是在对《诗经》的学习

---

① 班固撰，颜师古注：《汉书·艺文志》诸子略总序，中华书局2011年版，第1746页。
② 班固撰，颜师古注：《汉书·艺文志》诗赋略总序，中华书局2011年版，第1755—1756页。

运用中，我们民族浓郁的诗意气质得到了持续的滋养，并最终成为流淌于民族血液中的基因。诗歌与辞赋，特别是诗歌已成为中华民族表情达意的首选。正因如此，诗与赋也是民族文学中最早出现与成熟的形式。曹丕《典论·论文》首先将诗赋并论："诗赋欲丽。"陆机《文赋》同样并举诗赋："诗缘情而绮靡，赋体物而浏亮。"特别是诗歌，也一直是文学的主流与中心。

中国古代小说，在班固《汉书·艺文志》中首先被赋予了子书身份，刘知幾又以严密的理论阐释，赋予了小说史流身份。在中国传统的经典分类体系中，文学类属大致与集部相当，作为传统文学形式的诗歌和散文，都在集部。而中国古代小说从未被置于集部之下，因而无论是子书身份、史书身份，还是亦子亦史的双重身份，都与其本质属性不符。中国古代小说在其成长嬗变的历程中，随着对自身本质属性认识的深入，必然提出文学身份的要求，必然引发与诗歌、散文等传统文学主流样式的交流与对话。同时，传统诗文的尊崇地位导致了诗骚情结的蔓延，必然形成其无处不在的影响，当然也包括对中国古代小说的影响，比如小说中诗文的引入、对诗意的追求以及抒情寄托的运用等就是显著体现。这也必然引发小说对自身品格纯洁性的捍卫，因而在这一层面，中国古代小说与传统诗文之间也存在矛盾与冲突、交流与对话。

在中国古代小说艺术生存发展的历史人文生态中，当然不仅仅只有史传、诸子、诗歌、散文等与之共生共存，除此而外，不同历史阶段中特殊的社会、政治、经济、文化等制度如史官制度、科举制度、文馆制度等也是不可忽视的重要因素。只不过这些方面学术界已多有专文或专著论及，本书故而从略。

五、立场、走向与中国古代小说的"生活史"

在中国古代社会特殊的人文生态环境中诞生、发展的中国古代小说，在由广义到狭义的演进过程中，不仅在小说内部即小说的理论观念中、小说的创作实践中以及在小说的理论观念与创作实践之间，必然存在许多的矛盾和冲突、交流和对话，在漫长的历史进程中，小说也必然与和其共生的其他人文学科形态存在许多的矛盾和冲突、交流和对话，特别是与小说有着千丝万缕联系的史传、诸子、诗歌、散文之间更是如此。而正是在这样的各种矛盾和冲突中，在反复的交流和对话中，中国古代小说实现了从胚芽到雏形的发展，从幼稚到成熟的发展，从依附到独立的发展，从兴起到繁荣的发展，并在经历辉煌之后，直面衰落的历史必然，艰难但却坚定地迈出了现代转型的脚步。

然而，学术界对中国古代小说的研究，无论是微观的古代小说文本研究、小说家研究，还是宏观的古代小说通史研究，断代史或分体史研究，小说流派研究以及小说理论或理论史研究，都很少专注于中国古代小说发展进程中的这些矛盾和冲突、交流和对话。所以，重新返回中国古代小说发展的历史现场，还原中国古代小说孕育、生长、发展、嬗变的具体社会人文生态环境，在历史现场中审视中国古代小说与史传、与诸子、与诗文以及其他相关的社会、政治、经济、文化等各种制度之间的矛盾与冲突、交流与对话，爬梳、整理、分析、研究中国古代小说在这些矛盾和冲突、交流和对话中的立场和选择以及最终的历史走向。这应当是一种值得尝试的中国古代小说史的书写策略。

这种中国古代小说史的书写策略，实际上与傅璇琮先生所称赏的法国文学研究学者朗松所提倡的"文学生活史"的书写理念是一致的，即"将文学研究置于更为广阔的文化与生活空间中"进行观照。[①] 由于这种观照是立体与多维的，它不仅要纳入中国古代小说自身发展中理论观念、创作实践以及二者之间的矛盾和冲突、交流和对话，也要充分考虑中国古代小说发展的特殊人文生态环境，重视中国古代小说与史传之间，中国古代小说与诸子之间，中国古代小说与诗歌、散文等传统文学体裁之间，甚至中国古代小说与特殊的社会、政治、经济、文化等制度如史官制度、科举制度、文馆制度等之间的矛盾和冲突、交流和对话。更为重要的是，还应该客观、充分辨析在这些

---

① 傅璇琮：《我写〈唐代科举与文学〉的学术追求》，《中华读书报》09 版，2016 年 1 月13 日。

矛盾和冲突、交流和对话中，中国古代小说自身可能的理念立场和最终的立场选择，以及由此而造成的中国古代小说独特的历史走向和发展模式。因而采取这一书写策略，必然将更加接近在中国特殊历史人文生态环境中的中国古代小说发展历史的本来面貌。

当然，重返中国古代小说发展的历史现场，在"广阔的文化与生活空间中"观照中国古代小说的同时，还应当特别关注与小说文体以及中国古代小说特殊品格相关的基本要素，即要特别关注中国古代小说在其历史发展中之所以为小说的特殊品格如叙事性、传闻性或虚构性、形象性以及文体体制等，关注中国古代小说作为小说的特殊品格的发生与演变，也就是说，在中国古代小说"生活史"的书写过程中，中国古代小说自身小说性特殊品格的发生与演变应该是一条贯穿始终的主线，唯其如此，生活史的书写才不至于散乱与无序。窃以为，结合小说文体的普遍性与中国古代小说的特殊性，这条主线应该涉及中国古代小说发展过程中以下几个方面的内容：

1. 中国古代小说的渊源寻绎。从古至今，出现过多种对中国古代小说渊源的推想，但细究之，中国古代小说的渊源，实际上应该包括两个层面：一是观念与理论层面，二是创作实践层面。二者之间存在相通与差异。在观念与理论层面，"小说"一词最早见于《庄子·外物》篇，是指与当时所公认的能够治国平天下的大道不一致的言论或见解，或可说是与主流思想不相一致的另类思想，且包含轻视态度。在小说的这一原始本义下逐渐形成的小说，是文类小说，属于广义小说范畴，其最初一批作品见于《汉书·艺文志》小说家类著录，共十五篇。在创作实践层面，即通常意义上的中国古代小说，属于狭义小说范畴，有两个源头，一是叙事渊源——故事，二是文体渊源——史传。它在上古以来浩博而充满原始朴素气质的神话传说等故事与系统而多样的史书母体中，经过漫长的孕育，真正意义上的小说在先秦至两汉时期终于破壳而出。其最初形态从杂史杂传中孕育并分离出来，故称为杂史小说或杂传小说，《汲冢琐语》《穆天子传》《山海经》等即是。

2. 中国古代小说的身份追问。在中国古代经、史、子、集的四部分类法中，集部基本可以和文学类相对应。但我们知道，从《汉书·艺文志》将小说类置于诸子略以降，子书成为小说的基本身份，至唐，刘知幾通过严密的理论论述，又赋予小说史流身份，从此，小说大致处于亦子亦史的双重身份标签之下。这种本质属性与外在身份的错位，对中国古代小说影响巨大。一方面，双重身份给中国古代小说带来了许多发展机遇；另一方面，也给中国古代小说带来了较大的发展困境。同时，对自身真实身份归属的寻找、论证与争取，也成为中国古代小说发展过程中的重要任务。具体过程是，作为广义的小说即文类小说，在走向现代的进程中，其涵纳"范围由广而狭，大大缩小了"，逐渐与狭义的小说即作为通常意义上的小说重合，走向同一。最终，小说由文类转变为文艺学意义上的文学文体概念，也就是小说成为与诗歌、散文、戏剧等并列的文学文体之一，这一转变在晚清"小说界革命"中得以实现。

3. 中国古代小说的自我塑造。虚构是小说艺术的本质特征。但中国古代小说在史传的母体中孕育，并在历史的发展中深受史传的影响，因而，史传的实录精神成为中国古代小说艺术完成自我塑造面临的巨大难题，中国古代小说在历史的发展中逐渐获得了对自身属性的清晰认识，并在与史传的冲突与对话中，形成了正确的虚实观。从志怪志人小说的着意实录，到唐人传奇小说的有意虚构，再到宋元明清小说的虚实相半以及对艺术真实的追求，人们对小说虚构与真实关系的认识不断深化。随着"小说界革命"的兴起，在对西方文艺思想的接受中，小说的文学文体身份得到了确立，人们对小说的虚构性特征已达成共识，同时，对小说中虚构与真实的关系，也有了更为全面、系统的认识和把握。

4. 中国古代小说的功用期待。作为文艺学意义上的小说，审美创造是其最重要的功能，然而，由于中国古代小说特殊的身份与定位，就相应地产生了特殊的功用期待。归纳起来，中国古代小说在历史的发展中，主要承担了以下功能：一是思想的承载与知识的记忆，包括"明神道之不诬""有补于人心世道""以备史官之阙"以及其他种种主题思想；二是故事的讲述与生活的演绎，故事的讲述是中国古代小说一个非常重要的功用，而鲜明的故事讲述传统与标识，一直是中国古代小说的重要特色；三是人物的塑造与性格的凸显；四是"著文章之美，传要妙之情"的审美追求与创造。

5. 中国古代小说的地位迁移。中国古代小说始终处于边缘地位，无论是在思想知识体系还是在历史知识体系中，都是如此。因而，即使将其纳入中国古代文学生态体系之中，依然如此。造成中国古代小说边缘地位的原因，与"小说"一词出现时的原始本义有关，与班固权威的历史置评有关，与刘知幾的理论论述有关。在漫长的历史发展中，中国古代小说通过比附史传、比附诗文以及小说评点等理论形式，提出平等诉求，进行了不懈的抗争，并最终在"小说界革命"中获得文学中心的地位。

6. 中国古代小说的民族性阐释。中国古代小说作为世界小说文学的一部分，与世界其他各国的小说一样，具有许多共性。但由于中华民族社会历史人文生态的特殊性，中国古代小说艺术又有着独特的民族性。具体表现在以下几方面：一是在史传传统影响下形成的独特叙事艺术，二是在诗骚传统影响下形成的独特抒情品格，三是文言与白话二水分流交汇与雅俗相斥相融的历史发展形态，四是发展的阶段性与类型的多样性。

本书即从以上这几个方面，对中国古代小说自身小说性特殊品格的发生与演变做一次宏观的梳理与考察。

将中国古代小说置于中国具体的社会人文生态的历史发展语境中，爬梳、整理中国古代小说与史传、与诸子、与诗文以及其他相关的社会、政治、经济、文化等各种制度之间的矛盾与冲突、交流与对话，分析、研究中国古代小说在这些矛盾和冲突、交流和对话中的立场与选择以及最终的历史走向，还原并构建起多侧面、多层次、多角度的中国古代小说历史发展的"生活史"。这种书写策略，不同于已有的小说史成例，不仅需要理论的建构与制度的设计，更需要路径的探索与付诸具体的实践。本书挑选出与小说文体及中国古代小说特殊品格相关的基本要素进行初步的梳理与总结，大略呈现中国古代小说这些基本要素在历史进程中的发生与演变，揭示中国古代小说自身小说性特殊品格的形成过程对中国古代小说历史发展过程中相关理念立场与最终选择可能存在的影响，探析这种影响对中国古代小说独特的历史走向和发展模式的意义。正如在《史记》创立纪传史体之后，历代正史中列传对历史人物的传写，往往着眼于"关国家兴衰，系生民休戚，善可为法，恶可为戒者"①，舍弃了日常与细微。与正史相反，许多"幽人处士"②或"方闻之士"③则在正史列传之外，大量造作不同于正史列传的人物传记，内容多是"流风遗迹，故老所传，史不及书"者，④执着于琐细与庸常。其中为个人所作者多命名为"别传""外传""内传""家传"等，尤以"别传"最为普遍。则本书或可以视为中国古代小说的一种别传。

---

① 司马光：《传家集》卷一七《进资治通鉴表》，文渊阁《四库全书》本，第 1094 册，第 182 页上。

② 焦竑：《国史经籍志》卷三传记类序，《丛书集成初编》本，商务印书馆民国二十八年（1939）版，第 100 页。

③ 《宋三朝艺文志》传记类序，参见《文献通考·经籍考》杂史各门总杂传类序引，华东师范大学出版社 1985 年版，第 537 页。

④ 焦竑：《国史经籍志》卷三杂传类序，《丛书集成初编》本，商务印书馆民国二十八年（1939）版，第 100 页。

第一章　讲述故事：中国古代小说的渊源寻绎

"当夜色笼罩着外边的世界，穴居人空闲下来，围火坐定时，小说便诞生了。他因为恐惧而颤抖或者因为胜利而踌躇满志，于是用语言重现了狩猎的过程；他详细叙说了部落的历史；他讲述了英雄及机灵的人们的事迹；他说到一些令人惊奇的事物；他竭力虚构幻想，用神话来解释世界与命运；他在改编为故事的幻想中大大夸赞了自己。"①布鲁克斯与沃伦所说，包含了关于小说发生的两个基本看法，一是小说的诞生几乎与人类同步产生，二是小说的渊源就是这些穴居人讲述的故事，是人们对自身经历感受、部落历史、部落英雄事迹以及对世界的幻想解释，亦即我们所谓的神话传说。但必须指出，这是宏观的高度概括，具体而言，则因为人文生态的差异，各国小说发生的实际又各有不同。

从古至今，出现过多种对中国古代小说渊源的推想。但具体考察中国古代小说发生的特殊人文生态，我们认为，中国古代小说的渊源包括两个层面：一是观念与理论层面，二是创作实践层面。二者之间存在相通与差异。在观念与理论层面，"小说"一词最早见于《庄子·外物》篇，是指与当时所公认的能够治国平天下的大道不一致的言论或见解，或可说是与主流思想不相一致的另类思想，且包含轻视态度。在小说的这一原始本义下逐渐形成的小说，是文类小说，属于广义小说范畴，其最初一批作品见于《汉书·艺文

---

① 〔美〕克林斯·布鲁克斯、罗伯特·潘·沃伦编著，主万等译：《小说鉴赏》，世界图书出版公司 2012 年版，第 2 页。

志》小说家类著录,共十五篇。在创作实践层面,即通常意义上的中国古代小说,属于狭义小说范畴,有两个源头,一是叙事渊源——故事,二是文体渊源——史传。它在上古以来浩博而充满原始朴素气质的神话传说等故事与系统而多样的史书母体中,经过漫长的孕育,真正意义上的小说在先秦至两汉时期终于破壳而出。其最初形态从杂史杂传中孕育并分离出来,故称为杂史小说或杂传小说,《汲冢琐语》《穆天子传》《山海经》等即是。

显然,对于中国古代小说,布鲁克斯、沃伦的说法只是道出了一个侧面。中国古代小说,不仅有故事的源头,还有史传的源头,这正是中国古代小说不同于西方小说的特殊之处,也正因如此,中国古代小说在其历史发展中才形成了与史传千丝万缕的联系、纠葛与对话。

第一节 "小说"一词的出现与小说的渊源推想

孔子云:"名不正,则言不顺;言不顺,则事不成;事不成,则礼乐不兴;礼乐不兴,则刑罚不中;刑罚不中,则民无所措手足。故君子名之必可言也,言之必可行也。君子于其言,无所苟而已矣。"[1] 因而对中国古代小说艺术发生之初环境的考察,弄清"小说"一词的出现及其原始本义是必要的。

一、小说一词的出现及其原始含义

根据现有古籍,在中国,小说一词最早见于《庄子·外物》篇:

> 任公子为大钩巨缁,五十犗以为饵,蹲乎会稽,投竿东海,旦旦而

---

① 何晏集解、邢昺疏:《论语注疏》,《十三经注疏》本,中华书局 1996 年版,第 50 页。

钩，期年不得鱼。已而大鱼食之，牵巨钩䌷没而下，骛扬而奋鬐，白波若山，海水震荡，声侔鬼神，惮赫千里。任公子得若鱼，离而腊之，自制河以东，苍梧已北，莫不厌若鱼者。已而后世辁才讽说之徒，皆惊而相告也。夫揭竿累，趣灌渎，守鲵鲋，其于得大鱼难矣，饰小说以干县令，其于大达亦远矣。是以未尝闻任氏之风俗，其不可与经于世亦远矣。①

此处的"小说"，今之学者有多种解释，其一，认为小说即琐言。鲁迅先生曾在《中国小说史略》中说："案其实际，乃谓琐屑之言，非道术所在，与后来所谓小说者固不同。"②姜东赋说："小说即不关道术的琐屑之言。"③法国学者雷威安也称小说"意思只是偏颇琐屑的言论"。④其二，认为小说即小道。如张开焱就认为小说"指的是与大道相对立的浅薄言论，是小道之论"。⑤谈凤梁亦认为"它并不是指作品，而是指宣扬小道的浅薄琐碎的言论"。⑥其三，认为小说是一种诸子观。持此看法的是王彬，他在《中国古代小说观念研究》一文中认为小说是"一个带有先秦诸子色彩的观念，属于思想范畴，不呈印文学意义，质言之，是诸子观"。⑦其四，认为小说是一种文体。如徐克谦说："先秦的小说或者说，乃是一种说故事的文体。"⑧陆林亦云："说者，我们认为是指故事性的叙事文体。"⑨另外，美国学者周策纵从"说"的本意出发来探讨小说的原初含义，他认为"说"在战国时代有两种含义，一即"游说之说（suì），一同悦，然后指出："小说一词应读着 hsiao sui（xiāo suì）或 hsiao yueh（xiāo yuè），尤其是前者。"并说："小说（税）或小说（悦）这一观念，

① 郭庆藩集释：《庄子集释》，《诸子集成》第三册，中华书局 1986 年版，第 399—400 页。
② 鲁迅：《中国小说史略》，《鲁迅全集》第九卷，人民文学出版社 2005 年版，第 6 页。
③ 姜东赋：《中国小说观的历史演进》，《天津师范大学学报》1992 年第 1 期。
④ 〔法〕雷威安：《唐人小说》，《文学遗产》1994 年第 1 期。
⑤ 张开焱：《中国古代小说概念流变与定位再思考》，《广东民族学院学报》1997 年第 3 期。
⑥ 谈凤梁：《古小说论稿》，浙江古籍出版社，1989 年版，第 18 页。
⑦ 王彬：《中国文学观念研究》，中国文联出版公司 1997 年版，第 2 页。
⑧ 徐克谦：《论先秦"小说"》，《社会科学研究》1998 年第 5 期。
⑨ 陆林：《试论先秦小说观念》，《安徽大学学报》1996 年第 6 期。

原有劝说、说服或说得使听的人高兴喜悦之意。"① 李剑国先生亦认为"小说的说字就含有悦怿的意思"。②

可见，对《庄子·外物》篇中小说一词的理解，是颇有争议的，那么，其究竟何意呢？

要理解这一文段中的"小说"究竟何意，就必须先弄清整个文段的含义。我们不妨从前人的阐释入手。"铨才讽说"，陆德明氏《释文》认为，铨字"本或作輇，軨，小也；本又或作轻"。③ 关于"达"，《广雅释诂》云："达，通也。"唐人成玄英曾对"饰小说……"句做过解释，他说："干，求也，县，高也，夫修饰小行，矜持言说，以求高名令问者，必不能大通于至道。"又说："才智轻浮，讽诵词说，不敦元道。"④ 结合前人的解释，可知，这一文段的大意是说，任公子以其大气之举（大钩、巨缁、五十犗为饵，蹲会稽、临东海）钓得大鱼，这件事被铨才讽说之徒辗转相传后，很多人起而仿效，但他们的仿效却并未得任公子之主旨，因为他们只是"揭干累、趣灌渎、守鲵鲋"，很显然钓不到与任公子所钓之相类的大鱼。

很显然，这一段文字一如《庄子》的其他文段，采用了寓言手法，所以"饰小说以干县令"句是与前文紧密相关的，不言而喻，"任公子"的行事是其所谓之"大达"一类，而"铨才讽说之徒"的行事即是所谓之"小说"一类，则此处的小说，是有悖于大道的轻浮言论，是与大达即大道相对的小道，并隐含有贬抑之意。即所谓小说，是指与当时所公认的能够治国平天下的大道不一致的言论或见解，或可说是与主流思想不相一致的另类思想。

小说的这种内涵，还可以从《荀子·正名》篇中的一段话得到印证："凡人莫不从其所可，而去其所不可，知道之莫之若也。而不从道者，无之有

---

① 〔美〕周策纵：《传统中国的小说观念与宗教关怀》，《文学遗产》1996 年第 5 期。

② 李剑国：《唐五代志怪传奇叙录·唐稗思考录》，南开大学出版社 1998 年版，第 23 页。

③ 王先谦集解：《庄子集解》卷七，《诸子集成》第三册，中华书局 1986 年版，第 177 页。

④ 郭庆藩集释：《庄子集释》，《诸子集成》第三册，中华书局 1986 年版，第 400 页，第 399 页。

也。……故知者论道而已矣，小家珍说所愿皆衰矣。"①《荀子》这里所言之"小家珍说"，大多数学者认为是与《庄子》中的"小说"同义或近义，而《荀子》所言之"小家珍说"明显是指与主流见解或主张不一致的"另类"观点或思想。

其实，中国古典小说研究的奠基者鲁迅先生亦有此看法，在《中国小说的历史的变迁》第一讲中他说："因为如孔子、杨子、墨子各家的学说，从庄子看来，都可以谓之小说；反之，别家对庄子，也可称他的著作为小说。"② 从这一论述不难看出，鲁迅先生亦是认为《庄子》之小说是相对于主流主张或思想（抑或是自以为然的主流）的另类主张或思想。鲁迅先生的《中国小说的历史的变迁》之成书晚于《中国小说史略》，故我们不妨认为，这一看法当是其自己对以前观点的修正。

小说的这种原始含义，一直影响着中国古代的小说观念，影响着人们对小说的态度。如唐代的白居易，他在《策林·六十一黜子书》中所言：

> 臣闻仲尼没而微言绝，七十子丧而大义乖，大义乖则小说兴，微言绝则异端起。于是乎歧分派别，而百氏之书作焉……排小说而扶大义，斥异端而阐微言，辨惑向方，化人成俗之要也，伏惟陛下必行之。③

白居易把小说与大义相对比，认为小说就是与大义即主流思想相对的小义，是主流思想外的小道思想。

至明代，罗浮居士在《蜃楼志·序》中所讲到的小说，仍具有此种含义：

> 小说者何，别乎大言言之也。一言乎小，则凡天经地义，治国化

---

① 王先谦集解：《荀子集解》，中华书局 1988 年版，第 429 页。
② 鲁迅：《中国小说的历史的变迁》，《鲁迅全集》第九卷，人民文学出版社 2005 年版，第 311—312 页。
③ 白居易：《白氏长庆集》，卷六五《策林四》，文学古籍刊行社 1955 年版，第 1596—1597 页。

民，与夫汉儒之羽翼经传，宋儒之正诚心意，概勿讲焉。一言乎说，则
凡迁固之瑰玮博丽，子云、相如之异曲同工，与夫艳富辨裁、清婉之殊
科，《宗经》《原道》《辨骚》之异制，概勿道焉。其事为家人父子、日用
饮食、往来酬酢之细故，是以谓之小。其辞为一方一隅，男女琐碎之闲
谈，是以谓之说。然则最浅易、最明白者，乃小说正宗也……盖准乎天
理、国法、人情以立言，不求异于人而自能拔帜别成一队者也。说虽小
乎，即谓之大言炎炎也可。①

罗浮居士所言小说，在内容上不关乎"天经地义、治国化民"的崇高庄严主
题，而仅承载"家人父子、日用饮食、往来酬酢"之类庸常世俗的细事末理。
在用语行文上，也有别于"瑰玮博丽"等宏大叙事之文字，而仅仅是"一方
一隅"的最琐碎、最浅易、最明白的俗语俚句。罗浮居士对小说的这种理解，
其着眼点乃在于强调小说属于"小言"，是非主流的见解或思想。

二、中国古代小说的科学界定

中国古代小说的观念以及由此形成的小说概念，在漫长的小说艺术发
展史中，经历了一个不断变化、演进的过程。② 今之所谓"小说"，是一个
文艺学意义上的文体概念，这种概念是在十九世纪末二十世纪初由西方引入
的。许多国外学者和国内学者从文艺学角度对小说的含义进行了阐释，如英
国学者伊利莎白·鲍温讲道："小说是什么，我说小说是一篇臆造的故事"③；
韦勒克和沃伦认为："小说就它的高级形式而言，它是史诗和戏剧的共同后

---

① 罗浮居士：《〈蜃楼志〉序》，朱一玄编《明清小说资料选编》，齐鲁书社 1990 年版，第
775—776 页。
② 熊明：《中国古代小说观念述评》，《淮阴师范学院学报》2011 年第 1 期。
③ 伍蠡甫，胡经之主编：《西方文艺理论名著选编》下卷，北京大学出版社 1987 年版，第
190 页。

裔"①；国内学者如胡尹强把小说定义为"小说是作家虚构的人和人的生活的描述"②；马振方定义小说是"以散体文摹写虚拟人生幻象的自足的文字语言艺术"，并接着说"这个定义包含小说内容、形式的基本要素构成的四种规定性：叙事性、虚构性、散文性和文字语言自足性"。③以上对小说的定义是根据对西方小说的认识来定义的，然而，中国古代小说概念和西方小说的概念是不同的，正如张开焱所说"中国古代小说概念和西方 novel 与 fiction 有本质的区别"④。这样，就给我们界定和确认在古代被称为"小说"且在今天仍然可以视为小说的文本带来了一定的难度。

要确认中国古代的小说，首先必须明确中国古代小说是如何被定位与评价的。如前文所述，小说一词最早出现于《庄子》中，即春秋战国之时。春秋战国时期，诸侯竞雄，处士横议，学派蜂起，而各家学说的终极指向，就是统治之术，而社会对这些学说的评价标准，也是是否对自己有用，是一种功利角度。小说正是在这样的文化背景中出现和被评判的。小说被置于治国安邦的思想知识体系的边缘，即所谓大道处于主流地位，小说处于边缘，属于另类，仅供参考，甚至是陪衬而已。小说一出现就被置于以功利为标准进行评判的思想知识体系的边缘，预示了其千年被轻视的宿命。

汉代以降，儒学逐渐取得了独尊地位，而儒家是重功利的，所以先秦以功利标准评价小说的模式被继承下来。班固在《汉书·艺文志》中，以权威的历史叙事话语，再次重申了小说在思想知识体系中的另类地位："诸子十家，可观者九家而已。"九家"可以通万方之略"，⑤而小说仅是"治身理家，有可观之辞"。⑥自此以后，不论是把小说置于何种知识体系（思想知识和历

---

① 〔美〕雷·韦勒克、奥·沃伦著，刘向愚等译：《文学理论》，生活·读书·新知三联书店1984 年版，第 286 页。

② 胡尹强：《小说艺术品性和历史》，上海文艺出版社 1993 年版，第 16 页。

③ 马振方：《小说艺术论》，北京大学出版社 1999 年版，第 8 页。

④ 张开焱：《中国古代小说概念流变与定位再思考》，《广民族学院学报》1997 年第 3 期。

⑤ 班固撰，颜师古注：《汉书·艺文志》子部小说家类，中华书局 2011 年版，第 1745 页。

⑥ 桓谭：《新论》，萧统编，李善注《文选》卷三一《李都尉陵从军诗》，中华书局 2005 年版，第 444 页。

史知识），它都在功利判断的边缘。如"小说者，何别于大言"，"小说者，正史之余也"。[①] 就是为了抬高小说地位的言论，也无法逃出这种评判模式，如"六经国史而外，凡著述皆小说"，[②] "补子史之所不详"[③] 甚至在被人用作譬喻时，也是如此："然文辞之有谐隐，譬九流之有小说"。[④]

直到十九世纪末二十世纪初，西方小说的输入及其所带来的新的小说观念对此产生了重要影响，小说被放置到了文学艺术领域。梁启超等人提出了"诗界革命""文界革命"和"小说界革命"的主张，在"小说界革命"的旗帜下，梁启超把小说推为"文学之最上乘"，[⑤] 小说被纳入文学体系，且不再处于边缘，而是处于中心位置，"小说为国民之魂"，[⑥] 如康有为所说："六经不能教，当以小说教之，正史不能入，当以小说入之，语录不能喻，当以小说喻之，律例不能治，当以小说治之。"[⑦] 严复、夏曾右也说道："且闻欧美东瀛其开化之时，往往得小说之助。"[⑧]

正因为中国古代与现代对小说定位与评价的体系不同，因此，今天我们研究古代小说，就需要首先确认，在古代被称为小说的文本中，哪些仍可以视为小说，即我们通常说的古代小说。目前，学术界对这一问题看法还没有形成共识，界定的标准各异，因而对中国古代小说的认识和确认也就有了很

---

① 笑花主人：《今古奇观序》，丁锡根编著《中国历代小说序跋集》，人民文学出版社 1996 年版，第 792 页。

② 可一居士：《醒世恒言叙》，丁锡根编著《中国历代小说序跋集》，人民文学出版社 1996 年版，第 779 页。

③ 眷秋：《小说杂评》，《雅言》1912 第 1 期，阿英《晚清文学丛钞》小说戏曲研究卷，中华书局 1960 年版，第 444 页。

④ 刘勰撰，范文澜注：《文心雕龙注》卷三《谐隐》，人民文学出版社 1998 年版，第 272 页。

⑤ 饮冰：《论小说与群治之关系》，《新小说第一号》，陈平原、夏晓虹编《二十世纪中国小说理论资料》第一卷，北京大学出版社 1997 年版，第 51 页，第 56 页。

⑥ 梁启超：《译印政治小说序》，陈平原，夏晓虹编《二十世纪中国小说理论资料》第一卷，北京大学出版社 1997 年版，第 37 页。

⑦ 康有为：《日本书目志识语》，陈平原，夏晓虹编《二十世纪中国小说理论资料》第一卷，北京大学出版 1997 年版，第 29 页。

⑧ 严复、夏曾右：《木馆附印说部缘起》，陈平原、夏晓虹编《二十世纪中国小说理论资料》第一卷，北京大学出版社 1997 年版，第 17 页。

大不同。概括起来，大致有如下观点。

其一，小说在先秦就已经出现。如叶铭认为，中国最早的小说是《尚书》中的《金縢》，[①]并列举出了三条理由："曲折的情节，精粹的对话以及杰出的性格描写。"赵逵夫又撰文指出，《庄子》中的《说剑》是我国最早的一篇作者可考的小说，[②]赵文中认为，《庄子·杂篇》中所收的《说剑》一文为庄辛所作，并详加考校。黄仁生又撰文言《吴越春秋》是我国现存最早的文言长篇历史小说。[③]另外，胡念贻认为《逸周书》中已有小说，[④]薛洪绩、王汝梅认为："大约在春秋战国时代，便涌现出一大批作品，形成了中国小说史上第一个比较繁荣的时代。"[⑤]徐克谦认为："中国古代小说的历史，应当从战国时期算起。"[⑥]其二，小说产生在汉代。如王枝忠就认为小说起源于汉代，他说："这时的人们已从文体目录学的意义上认识小说。"[⑦]并在其专著《汉魏六朝小说史》一书中坚持了这一观点。[⑧]其三，小说产生于魏晋南北朝时期。如刘明琪就认为："魏晋志怪小说的崛起，标志着中国小说的真正成立和小说观念的完全觉醒。"[⑨]徐定宝也有类似的看法，认为魏晋南北朝时期，无论是从小说的创作主体、接受主体，抑或作品文本，都具备作为古典小说标征的基本特

---

① 叶铭：《中国最早的小说》，《特区时报》1992年1月28日。

② 赵逵夫：《我国最早的一篇作者可考的小说——庄辛〈说剑〉考校》，《山西师范大学学报》1992年第4期。

③ 黄仁生：《〈吴越春秋〉是我国现存最早的文言长篇历史小说》，《湖南师范大学学报》1994年第3期；《〈吴越春秋〉作为首部长篇历史小说的思想成就》，《湖南师范大学学报》1995年第1期。

④ 胡念贻：《〈逸周书〉中的三篇小说》，《文学遗产》1981年第2期。

⑤ 薛洪绩、王汝梅：《两种小说观念和对唐前小说作品的再思考》，《明清小说研究》1997年第4期。

⑥ 徐克谦：《论先秦"小说"》，《社会科学研究》1998年第5期。

⑦ 王枝忠：《中国小说起源论》，《塞上文谈》1991年第3期；《小说汉代起源论》，《东岳论丛》1991年第3期。

⑧ 王枝忠：《汉魏六朝小说史》，浙江古籍出版社1997年版。

⑨ 刘明琪：《志怪小说：遥远的呼应与承接——论中国小说观念的觉醒和中国小说的真正成立》，《北京师范大学学报》1998年第2期。

征。①王恒展认为，魏晋南北朝小说概念已十分明确，并产生了成熟的笔记小说。②也有学者认为，魏晋南北朝还没有真正的小说，最多只能说是一种原始形态。如刘大杰说："我国六朝时代的小说，还没有成熟。"③郭箴一认为："汉魏六朝实无小说，只有一些零碎的笔记，可以勉强算作小说。"④其四，真正的小说出现于唐代。鲁迅先生之论家喻户晓，无须赘述。王庆菽也专门撰文，认为唐代传奇小说的出现，标志着中国古典小说的正式成立。⑤当代学者如程毅中、吴志达、石昌渝、董乃斌、张稔穰、侯忠义等以及日本学者汪丙堂都认为唐代的传奇小说才是成熟的中国古典小说，⑥中国小说的独立，从唐代传奇小说始。另外，也有人认为中国的小说应以白话为主，所以真正的小说的出现，当从白话小说的成熟去考虑。如王定璋说："中国小说，……直到宋代话本的面世，白话小说才基本定型。"⑦而日本学者大冢秀高说："中国小说史应该以《金瓶梅》为嚆矢。"⑧表明他认为《金瓶梅》以前，中国的小说都是前小说形态，还算不上真正的小说。

这种莫衷一是的混乱局面的出现，显然是由于对中国古代小说的界定和确认标准的不同造成的，这一局面，无疑给中国古代小说的研究带来了极大

---

① 徐定宝：《试论中国古典小说的三个标征》，《宁波师院学报》1996年第4期。

② 王恒展：《中国小说发展史概论》，山东教育出版社1996年版，第5页。

③ 刘大杰：《中国文学发展史》（中），上海古籍出版社1982年版，第380页。

④ 郭箴一：《中国小说史》（上），上海书店1984年版，第39页。

⑤ 王庆菽：《小说至唐代始达成立时期之原因》，《中央日报·文史周刊》第六十二期，1947年10月6日。

⑥ 分别参见程毅中：《唐代小说史话》，文化艺术出版社1990年版；吴志达：《中国文言小说史》，齐鲁书社1994年版；石昌渝：《中国小说源流论》，生活·读书·新知三联书店1994年版；石昌渝：《"小说"界说》，《文学遗产》1994年第1期；董乃斌：《现代小说观念与中国古典小说》，《文学遗产》1994年第2期；《从史的政事纪要式到小说的生活细节化》，《文学评论》1990年第5期；《中国古典小说的文体独立》，中国社会科学出版社1994年版；张稔穰：《古代小说艺术教程》，山东教育出版社1991年版；侯忠义：《隋唐五代小说史》，浙江古籍出版社1997年版；〔日〕内田道夫：《中国小说世界》，上海古籍出版社1992年版。

⑦ 王定璋：《论中国传统小说的演进特征》，《西南师范大学学报》1998年第3期。

⑧ 〔日〕大冢秀高：《从物语到小说——中国小说生成史序说》，《文学遗产》1994年第2期。

的不便，也给学术交流和对话造成了隔膜，浪费了知识资源。所以，形成一个科学的标准，建构一套合理界定和确认、符合中国小说实际的话语系统，就显得尤为重要。那么，到底如何来建构这个话语系统呢？

有人认为，应该以现代语境对小说的定位来建构这个话语体系。这种看法不无道理，但随之而来的问题就是，现代语境下对小说的定位，在中国是十九世纪末二十世纪初从西方引进的，而西方的小说，亦是十八世纪才确立起来的，也就是说，它是一个相当晚近的概念，是跟现实主义密切相关的现代叙事文体，是跟现代小说的具体创作实践密切联系的。如果以此为标准，正如李剑国先生所言，"用今天的小说标准去衡量古代文言小说，那将会否定了整部文言小说史"。① 即会因此把相当大的一部分古代小说赶出小说的大门。所以，仅仅以现代语境下对小说的定位为基础去建构界定和确认中国古代小说的话语体系是不完善的。

既然不能完全以现代语境下对小说的定位来建构中国古代小说的评判话语体系，于是有人提出，应沿用中国古代语境中对小说的定位，沿袭古代对小说的确认话语体系。如杨义就提出这一主张，② 张开焱亦持这一观点，③ 这种主张也有其道理，不过，如果沿用古代的话语体系，随之而来的就是对研究目的的困惑。如前文所论，中国古代的小说观念并不是一成不变的，且小说多是文类概称，内涵十分宽泛，如果沿袭这一定位体系，某些在古代被称为小说的典籍，在今天仍作为小说去研究是没有价值的，如《宋史·艺文志》子部小说类中著录的花木谱、图画、诗话、登科记等。

显然，单独以现代语境中对小说的定位或单独以古代语境中对小说的定位来建构界定和评价中国古代小说的话语体系都不甚确妥，那么，应该如何定位中国古代的小说，才能建立一个科学的、既切合中国古代小说实际的、

---

① 李剑国：《文言小说的理论研究与基础研究——关于文言小说研究的几点看法》，《文学遗产》1998年第2期。
② 杨义：《中国古典小说史论·导言》，《杨义文存》第六卷，人民出版社1995年版，第5—9页。
③ 张开焱：《中国古代小说概念流变与定位再思考》，《广东民族学院学报》1997年第3期。

又与现代小说观念相协调的评判话语体系呢?

伊恩·P.瓦特曾说过一句话,值得我们参考。他说:"为了完成这项考察研究(他所指的'这项'是指现代小说兴起的历史),我们首先需要一个关于小说特征的行之有效的定义,这个定义既要狭窄得能将先前诸种叙事文学拒之门外,又要宽泛得适用于通常归入小说范畴的一切文体。"① 对于研究中国古代小说,也需要这样一个行之有效的关于中国古代小说的"定义"。伊恩·P.瓦特认为,在小说的"定义"中,需要描述的是关于小说的"特征"。显然,我们建构评判中国古代小说的话语体系,确立的界定标准,首先要抓住小说最基本的特征。

董乃斌认为,在界定和确认中国古代小说时,必须注意两个具有特殊性的问题,即"中国古代的小说观"和"古典小说的实际",并指出,在研究中国古典小说时,还应考虑并尊重目前通行的关于小说的最基本概念以及相应的定义范畴等。② 董乃斌先生的意见是有见地的,只有在既考虑中国古代小说实际,又尊重现代小说基本概念的方法下总结出的特征,才会是合理和行之有效的。李剑国先生对这一问题的看法则更为具体,他说:"按照历史主义的原则和发展的辩证观念,我们不能完全抛开古人,但又不能完全依从古人;我们不能完全以现代小说观念作为衡量尺度,又不能完全以古代的小说概念作为衡量尺度。笔者认为,应当采取不今不古、亦今亦古、古今结合的原则。所谓古,就是充分考虑小说的历史发展过程,充分考虑古小说的特殊形态;所谓今,就是必须以科学的态度确定小说之为小说的最基本的特质。"③ 并提出了四条原则,即叙事性原则、传闻性原则或虚构性原则、形象性原则、体制原则。而徐定宝提出了界定和确认中国古代小说的具体标准,较为具体,他认为应有三个标准,一是创作主体,最本质的特质是自觉的创作意识;二是

---

① 〔美〕伊恩·P.瓦特著,高原、董红钧译:《小说的兴起》,生活·读书·新知三联书店1992年版,第2页。

② 董乃斌:《现代小说观念与中国古典小说》,《文学遗产》1994年第2期。

③ 李剑国:《文言小说的理论研究与基础研究——关于文言小说研究的几点看法》,《文学遗产》1998年第2期。

文体特质，以人物或人的模拟物为叙述主体的形象性，以细节为结构本位的故事性，以散化语言为表叙方式的通俗性；三是接受主体，接受主体的群体特质主要表现在对象的文化性、分布的广泛性与层次的复杂性之上。① 相较而言，李剑国先生之论，既考虑了中国古代小说观念和小说的具体状况，也参照了现代关于小说的普遍认识，所提出的原则十分切合中国古代小说实际，并具有可操作性。

三、中国古代小说的渊源推想

中国古代小说如何发生？渊源何在？历代学者提出过许多富有启发性的推想。

最早将小说别为一类的《汉书·艺文志》，在小说家类序中即有推想，认为小说源于稗官："小说家者流，盖出于稗官。"何为稗官？王先谦《汉书补注》中引颜师古注云："如淳曰：'稗音锻家排，《九章》"细米为稗"。街谈巷说，其细碎之言也。王者欲知闾巷风俗，故立稗官，使称说之。'今世谓偶语为稗。师古曰：'稗音稊稗之稗，不与锻排同也。稗官，小官。'《汉名臣奏》：'唐林请省置吏，公卿大夫至都官稗官，各减什三'是也。"② 颜师古认为稗官即小官。余嘉锡则以为稗官应是"传言谏过"的"天子之士"，其职责是"采传言于市而问谤誉于路，真所谓街谈巷语道听途说者也"，收集街谈巷议供为政者参考。并说，"汉之稗官，指四百石以下的吏言之也。但汉时列士，不闻有传达民语之事，稗官之名存而实亡也。"③ 而袁行霈则认为稗官非天子之士，而是"散居乡野的、没有正式爵秩的官职"，"他们的职责是采集民间的

---

① 徐定宝：《试论中国古典小说的三个标征》，《宁波师院学报》1996 年第 4 期。

② 王先谦补注：《汉书补注》，中华书局 1962 年版，第 1745 页。

③ 余嘉锡：《小说家出于稗官说》，《余嘉锡论学杂著》，中华书局 2007 年版，第 265—280 页。

街谈巷语，以帮助天子了解里巷风俗，社会民情"。① 此外，饶宗颐引云梦秦律："秦简四·四六"云："令与其稗官分如其事"为证，认为稗官秦时已有，小说为稗官所采，并认为稗即排（排说）、俳（俳谐、笑林）、诽（谤、诽谤之本），等于偶语（出于庶民，可见非出于士之传言）、小说（乃民间谈论政治之零星记录）。不同意余嘉锡氏之说，而与袁行霈氏之说相类。② 罗宁又认为稗官"很可能是指郎官一类的谏议官以及更低级的待诏，尤其是后者"，他们扮演着"士传言"的角色。③ 综而论之，大致可以得出这样的结论，稗官无论是天子之士，还是乡野之士，大致都品级不高，属于小官，他们的职责相通，都以采谤为职责。则《汉书·艺文志》将小说归之于稗官，主要是从小说资材的收集和传述角度着眼的。

与《汉书·艺文志》类似，《隋书·经籍志》小说家类序也对小说的渊源进行了推想："小说者，街谈巷语之说也。《传》载舆人之诵，《诗》美询于刍荛。古者圣人在上，史为书，瞽为诗，工诵箴谏，大夫规诲，士传言而庶人谤。孟春徇木铎以求歌谣，巡省观人诗，以知风俗。过则正之，失则改之。道听途说，靡不毕纪。《周官》，诵训'掌道方志以诏观事，道方慝以诏辟忌，以知地俗'，而训方氏'掌道四方之政事，与其上下之志，诵四方之传道而观衣物'，是也。"④ 李剑国先生将其归纳为六个方面：一是《左传》所说"听舆人之诵"，即听取老百姓的议论。⑤ 二是《诗经·大雅·板》说的"询于刍荛"，就是向打柴人征询意见。三是"士传言"，即传庶人之谤。四是《汉书·食货志》说的行人徇木铎采诗采风，"道听途说，靡不毕纪"。五是《周官》说的诵训"掌道方志以诏观事，道方慝以诏辟忌，以知地俗"，诵训是地官司徒属官，所谓"掌道方志以诏观事"，郑玄注："说四方所识久远之事以告王，观

---

① 袁行霈：《〈汉书·艺文志〉小说家考辨》，《清思路　袁行霈自选集》，首都师范大学出版社 2008 年版，第 48 页。

② 饶宗颐：《论小说与稗官——秦简中"稗官"及如淳称魏时谓"偶语为稗"说》，《文辙》，台湾学生书局 1991 年版，第 253 页。

③ 罗宁：《小说与稗官》，《四川大学学报》1999 年第 6 期。

④ 魏徵等：《隋书·经籍志》子部小说类序，中华书局 2011 年版，第 1012 页。

⑤ 《左传》僖公二十八年："晋侯患之，听舆人之诵。"杜预注："舆，众也。"

博古所识。"而"道方慝以诏辟忌，以知地俗"是采知地方邪恶禁忌之俗。六是《周官》训方氏"掌道四方之政事，与其上下之志，诵四方之传道而观衣物"。训方属夏官司马，其职责是了解各地政治状况和民意，并且了解"世世所传说往古之事也，为王诵之"。①《隋书·经籍志》较班固的《汉书·艺文志》无疑扩大了小说材料来源的范围，在"听舆人之诵""询于刍荛""士传言""行人"之外，又增加了《周官》中的"诵训"和"训方士"。

与《汉书·艺文志》小说家类提出"稗官"说大约同时，张衡《西京赋》则又提出"小说九百，本自虞初"之说：

> 匪唯翫好，乃有秘书。小说九百，本自虞初，从容之求，实俟实储，于是蚩尤秉钺，奋鬣被胤，禁御不若，已知神奸，螭魅魍魉，莫能逢旃。②

张衡在此言称"小说九百，本自虞初"，薛综注云："小说，医巫厌祝之术，凡九百四十三篇，言九百，举大数也。"③指出虞初《周说》是"医巫厌祝之术"。李善注云："《汉书》曰：虞初《周说》九百四十三篇，初，河南人也。武帝时以方士侍郎，乘马，衣黄衣，号黄车使者。"④可知，虞初是方士，《周说》是关于医巫厌祝之术的书，这里张衡是借虞初指《周说》，认为小说肇始于虞初的《周说》。

明代的胡应麟则将小说的渊源追溯到夷坚、齐谐。他说："古今志怪小说，率以祖夷坚、齐谐。然齐谐即《庄》，夷坚即《列》耳。二书固极诙诡，第寓言为近，纪事为远。"⑤齐谐出自《庄子·逍遥游》，而夷坚出自《列子·汤问》，此二人大约都是寓言人物。胡应麟是借齐谐、夷坚代指《庄子》《列子》。故他称齐谐、夷坚为志怪小说之祖，则是指向《庄子》《列子》记载

---

① 李剑国、陈洪主编：《中国小说通史》先唐卷，高等教育出版社 2007 年版，第 30 页。
② 萧统编，李善注：《文选》卷二《西京赋》，中华书局 2005 年版，第 45 页。
③ 萧统编，李善注：《文选》卷二《西京赋》，中华书局 2005 年版，第 45 页。
④ 萧统编，李善注：《文选》卷二《西京赋》，中华书局 2005 年版，第 45 页。
⑤ 胡应麟：《少室山房笔丛》卷三六《二酉缀遗中》，中华书局 1958 年版，第 474 页。

的那些寓言故事中所涉及的神话传说以及奇闻异事。与胡应麟观点相似，谢肇淛也说："夷坚、齐谐，小说之祖也，虽庄生之寓言，不尽诬也。"①绿天馆主人也说："史统散而小说兴，始乎周季，盛于唐，而浸淫于宋。韩非、列御寇诸人，小说之祖也。"②晚清陶祐曾在《扬子江小说报发刊辞》中更明确地说："《庄》言莫能推广，小说因以萌芽。"③

随着梁启超的振臂一呼，小说界革命兴起，小说大盛，对小说渊源的推想也热情高涨，天僇生（王锺麒）在《中国历代小说史论》中认为小说起点在"小酉之山"，他说："自黄帝藏书小酉之山，是为小说之起点。"④《图经》称："穆天子藏异书于大酉山、小酉山之中。"⑤是穆天子藏书于二酉山而非黄帝。二酉山是古秘书之藏地，天僇生（王锺麒）此说，则将小说之源归之于远古秘书。而陆绍明等则认为小说源自史书。陆绍明在《月月小说发刊词》就将小说归之于《周易》《春秋》："《周易》《春秋》，好言灾异，则《周易》《春秋》亦有小说野史之旨。"⑥而邱炜菱则认为小说始于史迁，他在《小说始于史迁》中说："史迁写留侯事，颇多怪迹，仓海、黄石、赤松、四皓，后之论者均断定都无此人。不过迁性好奇，特点缀神异，以为行文之别派。按此实为后世小说滥觞，唐人虬髯、红拂盖本此义，以为无中生有者。"并引菽园语曰："千古小说祖庭，应归司马。"⑦

---

① 谢肇淛：《五杂组》卷一三，上海古籍出版社 2012 年版，第 239 页。

② 绿天馆主人：《古今小说叙》，丁锡根编著《中国历代小说序跋集》，人民文学出版社 1996 年版，第 773 页。

③ 报癖：《扬子江小说报发刊辞》，陈平原、夏小虹编《二十世纪中国小说理论资料》，北京大学出版社 1997 年版，第 375 页。

④ 天僇生：《中国历代小说史论》，陈平原、夏小虹编《二十世纪中国小说理论资料》，北京大学出版社 1997 年版，第 286 页。

⑤ 元好问编，郝天挺注：《唐诗鼓吹》卷三陆龟蒙《寄淮南郑宝书记》郝天挺注引，文渊阁《四库全书》本，第 1365 册，第 412 页上。

⑥ 陆绍明：《月月小说发刊词》，陈平原、夏小虹编《二十世纪中国小说理论资料》，北京大学出版社 1997 年版，第 195 页。

⑦ 邱炜菱：《客云庐小说话》，《晚清文学丛抄》小说戏曲研究卷，中华书局 1960 年版，第 423 页。

不难看出，自班固《汉书·艺文志》以降至于清末，学界对小说渊源的推想从未停止，但他们的推想往往着眼于一点而不顾其他，因而总是未能直达要点。《汉书·艺文志》之稗官说，正如鲁迅先生所言："稗官采集小说的有无，是另一问题；即使真有，也不过是小说书之起源，不是小说之起源。"①《隋书·经籍志》的《周官》说，李剑国先生认为："它和《汉志》一样，也还主要是从'王官'着眼。"②而虞初说，其本身就存在问题，因为《周说》并不是最早的小说。至于将小说之源归之于夷坚、齐谐以及小酉山之类，则更是渺茫无依，悠谬荒唐。当然，这些探讨，也具有一定的启发意义，比如《汉书·艺文志》《隋书·经籍志》虽只提出了稗官一途，虽片面，但却启发我们在更广泛的层面上思考，比如史官和巫官是否也和稗官一样？而虞初《周说》虽不确妥，但却启发我们从巫术方术的角度去探寻小说的源头。王瑶先生即从此入手，认为汉人所谓小说家言，即指方士之言，汉魏六朝时期的小说观念和小说内容，都与此有关。并指出，小说就是方士的"夸大语"，"小说的发展和道教的盛行，存在极密切的关系"。③至于将小说归之于《周易》《春秋》《史记》，则将小说与中国发达的史学勾连在一起，启发我们从中国发达的史学中去探寻小说的源头，这无疑是一个重要门径。

越过古典时代，当代学者也没有停止对中国古代小说渊源的思考。如董乃斌在《中国古典小说的文体独立》中谈到小说的孕育时讲到其与史书、子书、辞赋、诗歌散文等的关系；又如杨义在其《中国古代小说史论》中也谈到小说的多祖现象，小说与子书、神话、史书的关系；石昌渝在《中国小说源流论中》讲到神话传说、史传、诸子散文与小说的文体关系；等等。④实际上，正如李剑国先生所言，所谓小说的渊源实际包含两层含义："一是指小说

---

① 鲁迅：《中国小说的历史的变迁》，《鲁迅全集》第九卷，人民文学出版社 2005 年版，第312 页。

② 李剑国、陈洪主编：《中国小说通史》先唐卷，高等教育出版社 2007 年版，第 30 页。

③ 王瑶：《魏晋小说与方术——中古文学史论之一》，《学原》1948 年 7 月第二卷第 3 期。

④ 董乃斌：《中国古典小说的文体独立》，中国社会科学出版社 1994 年版；杨义：《中国古典小说史论》，《杨义文存》第六卷，人民出版社 1998 年版；石昌渝：《中国古代小说源流论》，生活·读书·新知三联书店 1994 年版。

独立文体出现之前的小说前形态，二是指小说文体被孕育在何处。"① 这两层含义，也正是我们探寻小说渊源的两种角度，即主要从叙事意义上探寻小说的叙事渊源和从小说的孕育母体上探寻小说的文体渊源。

第二节　故事与中国古代小说的叙事渊源

布鲁克斯与沃伦说："当夜色笼罩着外边的世界，穴居人空闲下来，围火坐定时，小说便诞生了。"② 随后用形象化的语言描述了穴居人讲故事的情景。故事是小说的源头，几乎得到中外学术界的一致认同。英国学者伊利莎白·鲍温直接用故事来定义小说："小说是什么，我说小说是一篇臆造的故事。"③ 鲁迅曾在《中国小说的历史的变迁》中也大致呈现了布鲁克斯与沃伦描述的情景，并直接说："而这谈论故事，正就是小说的起源。"④ 李剑国、陈洪二位先生主编的《中国小说通史》则更加精确地说："从叙事意义上说小说起源于故事。"⑤ 小说的本质主要是叙事，而叙事则主要是讲故事，也就是说故事是小说的核心，故事是小说的叙事源头。

概言之，作为叙事渊源，故事对中国古代小说叙事的影响突出体现在三方面：一是题材类型的奠基，各种不同类型的故事的记载和流传，生发出不同类型的中国古代小说；二是艺术思维的渊薮，早期的故事多有人们想象和幻想的成分，是中国古代小说艺术思维的源头与源泉；三是叙事情节范式的草创，故事的叙事结构模式以及语言等方面，对中国古代小说的情节建构具有示范意义。

---

① 李剑国、陈洪主编：《中国小说通史》先唐卷，高等教育出版社 2007 年版，第 22 页。

② 〔美〕克林斯·布鲁克斯、罗伯特·潘·沃伦编著，主万等译：《小说鉴赏》，世界图书出版公司 2012 年版，第 2 页。

③ 伍蠡甫、胡经之主编：《西方文艺理论名著选编》，北京大学出版社 1987 年版，第 190 页。

④ 鲁迅：《中国小说的历史的变迁》，《鲁迅全集》第九卷，人民文学出版社 2005 年版，第 313 页。

⑤ 李剑国、陈洪主编：《中国小说通史》先唐卷，高等教育出版社 2007 年版，第 23 页。

一、题材类型的奠基

从穴居人讲述故事开始，人类在漫长的早期历史中，积累了大量的各式各样的故事。这些故事，为后来的小说开拓出了多方面的题材类型。李剑国先生将其大致概括为五类，"即神话传说、地理博物传说、宗教迷信故事、历史遗闻、人物逸事。"[①] 就中国古代小说而言，上古时期积累起来的这五类故事对中国古代小说产生了深远的影响，不同类型的故事衍生出不同类型的小说。

神话和传说原是两种不同的故事类型。鲁迅在《中国小说史略》中对神话和传说下了定义并有所阐释：

> 昔者初民，见天地万物，变异不常，其诸现象，又出于人力所能以上，则自造众说以解释之：凡所解释，今谓之神话。神话大抵以一"神格"为中枢，又推演为叙说，而于所叙说之神，之事，又从而信仰敬畏之，于是歌颂其威灵，致美于坛庙，久而愈进，文物遂繁。故神话不特为宗教之萌芽，美术所由起，且实为文章之渊源。[②]
>
> 迨神话演进，则为中枢者渐近于人性，凡所叙述，今谓之传说。传说之所道，或为神性之人，或为古英雄，其奇才异能神勇为凡人所不及，而由于天授，或有天相者，简狄吞燕卵而生商，刘媪得交龙而孕季，皆其例也。此外尚甚众。[③]

鲁迅先生认为，神话是古人由于无法解释变异无常的自然现象而想象出来的故事，如盘古开天辟地，女娲捏土造人等。神话的主体是神，是人们所信仰和敬畏的，如女娲、伏羲等。当神话演进，中枢者渐近于人性时，就成为传说，则传说的主体是被神话的人，或为神性之人，或为古英雄，均具有超人

---

① 李剑国、陈洪主编：《中国小说通史》先唐卷，高等教育出版社 2007 年版，第 31 页。
② 鲁迅：《中国小说史略》，《鲁迅全集》第九卷，人民文学出版社 2005 年版，第 19 页。
③ 鲁迅：《中国小说史略》，《鲁迅全集》第九卷，人民文学出版社 2005 年版，第 20 页。

的能力，如大禹治水、后羿射日等。不过后来人们对上古神话和传说的分别逐渐模糊，没有严格的界限，传说也常常用神话的概念来表述。

我国的神话传说，并没有像古希腊神话一样形成一个较系统的谱系，而是散见于各种古籍，如《左传》《国语》《逸周书》《归藏》《庄子》《楚辞》《吕氏春秋》《山海经》《淮南子》等先秦典籍及秦汉古书中。其中尤以《山海经》中的神话传说最为丰富，如黄帝战蚩尤（《大荒北经》）、夸父逐日（《海外北经》）、精卫填海（《北次三经》）、鲧禹治水（《海内经》）、羿射凿齿（《海外南经》）以及钟山神烛阴（《海外北经》）、西王母（《西次三经》《海内北经》《大荒西经》）、扶桑（《海外东经》）等，都是广为流传的神话传说。

神话传说对中国古代小说中志怪类小说影响深远，正如李剑国先生所说："上古及晚出的神话传说是被吸纳入志怪小说的重要题材……神话开创了神怪题材，可以说没有神话传说很难产生志怪小说。"① 汉魏六朝时期的志怪小说，从著作的命名和故事的选材上都可以看出神话传说的巨大影响，如曹丕的《列异传》、干宝的《搜神记》、陶潜的《搜神后记》、王嘉的《拾遗记》、吴均的《续齐谐记》等。小说发展到唐代，诞生了绚丽多彩的传奇小说，唐人传奇中也有大量非现实题材的小说，单篇如张说的《梁四公记》、李朝威的《洞庭灵姻传》、阙名的《后土夫人传》，小说集如段成式的《酉阳杂俎》、张荐的《灵怪集》、戴孚的《广异记》、陈劭的《通幽记》、薛用弱的《集异记》、牛僧孺的《玄怪录》、李复言的《续玄怪录》、裴铏的《传奇》以及陈翰的《异闻集》等。宋代借鉴神话传说题材的如吕南公的《测幽记》、张师正的《括异志》、章炳文的《搜神秘览》、宋汴的《采异记》以及沈括的《清夜录》等。明清时代，很多小说的故事选材更是渊源于神话传说，人们熟知的如明代的神魔小说《西游记》以及清代蒲松龄的《聊斋志异》等一些作品。

地理博物传说以讲述远国异民、殊方异域等为主要内容，它是"古地理博物学巫术化和方术化的产物"。② 记载这类故事的古籍主要有《管子》《晏子

---

① 李剑国、陈洪主编：《中国小说通史》先唐卷，高等教育出版社 2007 年版，第 32 页。

② 李剑国、陈洪主编：《中国小说通史》先唐卷，高等教育出版社 2007 年版，第 34 页。

春秋》《国语》《庄子》《尸子》《穆天子传》《鲁连子》《山海经》《逸周书·王会解》《竹书纪年》等春秋战国书籍，其中尤以《山海经》和《逸周书·王会解》记载为多。

地理博物传说和神话传说一样对汉魏六朝的志怪小说影响巨大，甚至"开创了志怪小说中很特殊的一个品种，即地理博物体志怪小说"。[①] 其在之后的小说发展过程中，不断丰富完善，形成了地理博物体的志怪小说系统，如《神异经》《玄黄经》《括地图》《洞冥记》《十洲记》《外国图》《博物志》《玄中记》《述异记》等。以《神异经》为例，《神异经》中对神怪异物的记载和描写，有些本于《山海经》但形象更加生动和丰富，如穷奇、苗民、西王母、共工等，继承中有新变。总的来说，其形象设计上仍常模仿《山海经》，如"头发皓白，人形鸟面而虎尾，载一黑熊"的东王公就是参照《山海经》中"其状如人，豹尾虎齿而善啸，蓬鬓戴胜"的西王母形象形成的；又如对北海大鸟、不孝鸟的描写与《山海经》中对凤凰的描写也是大致一样的。

宗教迷信故事的内容，大致可以分为三类：一是鬼神故事，二是卜筮占梦故事，三是符瑞灾异及命相故事。[②] 宗教迷信故事主要与原始先民的宗教信仰有关，先民们在日常生活中具有厚重的宗教观念和相应的崇拜仪式，[③] 并随之产生了与之相关的鬼神、卜筮、占梦、福瑞、灾异及命相故事。由于这类故事在原始先民的思想中受到极大的重视，因而在众多古书中多有记载，如《左传》《国语》《吕氏春秋》《墨子》等。

后世宗教迷信题材的小说也源远流长，魏晋时期如王琰的《冥祥记》、颜之推的《冤魂志》等。李剑国先生认为唐人小说有十大主题：性爱、历史、伦理、政治、梦幻、英雄、神仙、宿命、报应、兴趣。[④] 其中神仙、宿命、报应等主题都与宗教迷信密切相关。宋代如岑象求的《吉凶影响录》、周明寂的《劝善录》、朱定国的《幽明杂警》、李象先的《禁杂录》、王古的《劝善录》、

---

① 李剑国、陈洪主编：《中国小说通史》先唐卷，高等教育出版社 2007 年版，第 36 页。

② 李剑国、陈洪主编：《中国小说通史》先唐卷，高等教育出版社 2007 年版，第 37—40 页。

③ 吕大吉主编：《宗教学通论》，中国社会科学出版社 1989 年版，第 355—375 页。

④ 李剑国、陈洪主编：《中国小说通史》唐宋元卷，高等教育出版社 2007 年版，第 421 页。

邵德升的《唐宋科名分定录》等作品也涉及宗教迷信。此外，《太平广记》的编纂，目录中就多以鬼、神、感应、再生等分类，可见宗教迷信故事也给中国古代小说提供了浩瀚的题材宝藏。

历史遗闻主要指和历史相关的人物事件故事，由于是后人对已发生的历史人物事件的记载，因此这类故事多具有传闻性、想象性，有些遗闻甚至荒诞不经。历史遗闻大多见于史书和子书，如《国语》《战国策》《晏子春秋》《逸周书》《韩非子》《吕氏春秋》等。除此之外，一些杂传记类古籍也大量记载此类故事，如刘向的《说苑》《新序》《列女传》，韩婴的《韩诗外传》等。历史遗闻是小说起源的重要叙事源头，人们熟知的《穆天子传》和《燕丹子》就是在其基础上产生的杂传小说。其他如《汉武帝故事》《汉武帝内传》《蜀王本纪》《赵飞燕外传》等也属此类。唐人小说中也有许多历史题材的作品，如《长恨歌传》《开元升平源》《东城老父传》《高力士外传》《上清传》《安禄山遗事》等。

人物逸事指主要记录人物言行的故事。这类故事和历史遗闻相比篇制较小，以记录人物言行为主，主要通过细小的行为动作和言语表现人物的性格特点。比如先秦的《论语》《孟子》等书中通过简短的人物对话表现出栩栩如生的人物。人物逸事对魏晋南北朝志人小说的兴起，意义非凡，正如李剑国先生所说："人物逸事和六朝志人小说有题材和文体的渊源关系，可谓志人小说之嚆矢。"[1]这一时期出现了如《语林》《郭子》《世说新语》《谈薮》等一系列以记录人物的言行为主的志人小说，刘义庆的《世说新语》是其中的佼佼者。

上述这五类故事并不是相互独立、互不相干的，而是相互之间有着密切的联系。"从广义上说，它们都属于历史传闻，只不过在题材和表现形式上有所差异而已。"[2]当然，在这五类故事之外，还有如寓言之类，也具有故事性，对中国古代小说的生成，也有一定的影响。[3]总之，先秦故事以其在题材上的

① 李剑国、陈洪主编：《中国小说通史》先唐卷，高等教育出版社 2007 年版，第 41 页。
② 李剑国、陈洪主编：《中国小说通史》先唐卷，高等教育出版社 2007 年版，第 41 页。
③ 袁行霈主编：《中国文学史》第二卷，高等教育出版社 2009 年版，第 153 页。

丰富性与多样性，成为中国古代小说之源，一方面，为中国古代小说提供了取之不尽、用之不竭的宝藏，成为其叙事资材之源；另一方面，也为中国古代小说题材的开拓和创新提供了绝好的示范，成为其题材创新之源。

二、艺术思维的渊薮

先秦时期积累起来的大量的各种类型的故事，对中国古代小说的意义除了题材方面的奠基与开拓之功外，还在于它也是中国古代小说艺术思维的渊薮。李剑国先生对古代小说的确认，提出四项原则，即叙事原则、虚构原则、形象原则和体制原则。[1]在这四项原则中，虚构性特征是重要方面，而小说的虚构性特征的形成，无疑需要想象甚至幻想。先秦故事特别是神话传说中丰富奇特的想象与幻想，对中国古代小说的艺术思维无疑有着启发与示范作用。

神话是"通过人民的幻想用一种不自觉的艺术方式加工过的自然和社会形式本身"，"任何神话都是用想象和借助想象以征服自然力，支配自然力，把自然力加以形象化"，[2]可见神话最主要的特征就是幻想。神话中有着丰富而新奇的想象和幻想，如盘古创世：

> 天地混沌如鸡子，盘古生其中，万八千岁，天地开辟，阳清为天，阴浊为地。盘古在其中，一日九变，神于天，圣于地。天日高一丈，地日厚一丈，盘古日长一丈，如此万八千岁。天数极高，地数极深，盘古极长。后乃有三皇。[3]

---

[1]　李剑国、陈洪主编：《中国小说通史》先唐卷，高等教育出版社 2007 年版，第 17 页。

[2]　马克思：《政治经济学批判·导言》，《马克思恩格斯选集》第二卷，人民文学出版社 1972 年版，第 1—3 页。

[3]　欧阳询：《艺文类聚》卷一，中华书局 1965 年版，第 2—3 页。

再如女娲采五色石以补天：

> 往古之时，四极废，九州裂，天不兼覆，地不周载，火爁炎而不灭，水浩洋而不息，猛兽食颛民，鸷鸟攫老弱。于是女娲炼五色石以补苍天，断鳌足以立四极，杀黑龙以济冀州，积芦灰以止淫水。苍天补，四极正，淫水涸，冀州平。狡虫死，颛民生。①

盘古卵生，一日九变；开辟天地，女娲补苍天，正四极，涸淫水，平冀州。这两则神话对世界之初的想象大胆、奇特而丰满。神话如此，各种传说中也有丰富的想象与幻想，如后羿射日，就是远古先民对征服干旱的想象，幻想出现如后羿一样的英雄，清除九日，使太阳不再炙烤大地，消除干旱之源。而如嫦娥吞不死药而奔月，则又包含了先民对于不死的幻想。

地理博物传说同样蕴藏着许多奇异的幻想和想象，地理博物传说由于其内容主要是殊方绝域、远国异民，李剑国先生将其概括为三方面：一是幻想空间的建构，二是远国异民的构设，三是对动植物的幻想。②《山海经》在这几方面中展现出了奇幻迷人的魅力，在幻想空间的建构方面，《山海经》提出了"极、隅、陬、大荒、海内、海外"等概念，构建起一个由近而远，达于四极和海外的巨大空间，特别是对四极和四方海外的殊方异域，有着奇妙的幻想。又如对远国异民的构设：

> 有人曰苗民，有神焉，人首蛇身，长如辕，左右有首，衣紫衣，冠旃冠，名曰延维，人主得而飨食之，伯天下。③

对动植物的幻想：

---

① 刘安撰：《淮南子·览冥训》，中州古籍出版社 2010 年版，第 99 页。
② 李剑国、陈洪主编：《中国小说通史》先唐卷，高等教育出版社 2007 年版，第 36 页。
③ 郑慧生注说：《山海经·海内经》，河南大学出版社 2008 年版，第 242 页。

又东北二百里，曰天池之山，其上无草木，多文石。有兽焉，其状如兔而鼠首，以其背飞，其名曰飞鼠。渑水出焉，潜于其下，其中多黄垩。①

西南黑水之间，有都广之野，后稷葬焉。爰有膏菽、膏稻、膏黍、膏稷，百谷自生，冬夏播琴。鸾鸟自歌，凤鸟自儛，灵寿实华，草木所聚。爰有百兽，相群爰处。此草也，冬夏不死。②

《山海经》中对生存于殊方异域的人和动植物的描写，充满瑰丽的幻想和想象，表现出一种原始的朴素、新奇和大胆。

此外，宗教迷信故事，其中多鬼魂、神怪、妖魅等形象，这些形象无疑也多出于想象，至于历史遗闻，虽然主要是对人物言行的记述，却往往具有传闻性，在间接的转述和不断的传播中，逐渐具有了虚构的成分。对于历史遗闻，李剑国先生对其下了这样的定义，说它"指的是关于历史人物和事件的传闻性、想象性故事，其中有时也含有幻想性的异闻"。③清楚地指出了历史遗闻的想象和幻想特征。如《赵飞燕外传》其间描写汉成帝和赵飞燕姊妹在宫闱中的秘闻就显然是有虚构想象成分的。再如《燕丹子》中记载：

燕太子丹质于秦，秦王遇之无礼，不得意，欲求归。秦王不听，谬言曰："令乌白头，马生角，乃可许耳。"丹仰天叹，乌即白头，马生角。秦王不得已而遣之，为机发之桥，欲陷丹。丹过之，桥为不发。夜到关，关门未开。丹为鸡鸣，众鸡皆鸣，遂得逃归。④

燕丹子归国条件是"令乌白头，马生角"，结果燕丹子仰天长叹，乌即白了头，马也生了角，这完全是通过想象虚构表达对燕丹子的同情。

先秦累积的故事特别是那些神话传说中大量的幻想和想象，启发了中国

---

① 郑慧生注说：《山海经·北次三经》，河南大学出版社 2008 年版，第 94 页。

② 郑慧生注说：《山海经·海内经》，河南大学出版社 2008 年版，第 239 页。

③ 李剑国、陈洪主编：《中国小说通史》先唐卷，高等教育出版社 2007 年版，第 40 页。

④ 孙星衍校：《燕丹子传》，中华书局 1985 年版，第 1 页。

古代小说艺术思维中对幻想与想象的运用，使小说文体的虚构特征得以确立。小说离不开虚构，离不开想象和幻想，即使先唐小说多是无意识创作，但是其小说故事多出于传闻，本身就具有虚构、想象的成分，如《穆天子传》《搜神记》《拾遗记》《世说新语》等。至唐人"始有意为小说"，更是各逞才情，作家往往幻设为文，想象成为其基本手法，如李公佐的《南柯太守传》，它讲述了落魄书生淳于棼一天醉倒在一株古槐树下，梦见自己被招为大槐安国国王的驸马，与金枝公主结婚生子，又拜为南柯郡太守，守郡二十载，甚有政绩，大受宠任。后来因与檀萝国交战，打了败仗，金枝公主也病死，最后被遣回家，醒来后发现"槐安国"和"檀萝国"竟都是蚁穴，历历如现。小说以怪异之梦为框架虚构幻设，创作出了优秀的小说。再如李朝威的《洞庭灵姻传》，想象离奇变幻、构思曲折巧妙，虚构出柳毅为龙女传书之事，并且在完成使命后，又想象出钱塘君为龙女求婚的情节：

> 翌日，又宴毅于清光阁。钱塘因酒，作色，踞谓毅曰："不闻猛石可裂不可卷，义士可杀不可羞耶？愚有衷曲，欲一陈于公。如可，则俱在云霄；如不可，则皆夷粪壤。足下以为何如哉？"毅曰："请闻之。"钱塘曰："泾阳之妻，则洞庭君之爱女也。淑性茂质，为九姻所重。不幸见辱于匪人，今则绝矣。将欲求托高义，世为亲戚，使受恩者知其所归，怀爱者知其所付，岂不为君子始终之道者？"[1]

叔父钱塘君为侄女龙女逼婚柳毅，是在大故事中穿插想象奇特的小故事。且有的小说还利用神话传说进行创作，如张荐《灵怪集·郭翰》，就是借用牛郎织女的传说，虚构出一个人神情恋的故事。当然，更多的是学习先秦故事尤其是神话故事的想象与幻想之法，自出机杼，幻设为文，创作出一篇篇精彩

① 李朝威：《洞庭灵姻传》，汪辟疆校录《唐人小说》，上海古籍出版社1983年版，第74—82页。按：汪辟疆校录《唐人小说》题《柳毅》，李剑国先生定其名为《洞庭灵姻传》，更为确妥，从之。参见《唐五代志怪传奇叙录》，南开大学出版社1998年版，第286页。

的小说，如陈玄祐的《离魂记》、沈既济的《枕中记》和《任氏传》、许尧佐的《柳氏传》、李公佐的《庐江冯媪传》、沈亚之的《异梦录》、蒋防的《霍小玉传》等，这些优秀的传奇小说也大量使用虚构想象，构思巧妙。当然，唐人小说在有意虚构的同时，却常常标榜实录，这成为唐人小说一个显著的特征。明清时期，许多优秀作品都有大量虚构想象的成分，如《西游记》《红楼梦》《聊斋志异》等。

三、情节范式的草创

故事除了在题材和艺术思维方面对中国古代小说产生影响外，其创造的各种经典的情节结构范式对中国古代小说也有着巨大的影响。这里我们主要以神话传说和宗教迷信故事为例略加分析。

神话传说故事往往包含一个完整的动态过程，也就是常说的具有前因、经过和结果的持续的过程性质，如盘古开天辟地、女娲炼石补天、共工怒触不周山、鲧禹治水、后羿射日、夸父逐日等，虽然其故事简短，但是都形成了一个完整的情节结构范式，其中的典型者往往为中国古代小说所沿袭、取用或借鉴，成为小说叙事安排不断被套用的经典范式。正如石昌渝在《中国小说源流论》中所说："对于小说而言，神话的影响主要表现在意态结构方面。意态结构，是指小说情节构思间架。"[1] 李剑国先生也说："神话的叙事结构有时具有原型意义，形成一种叙事模式，从而成为后世小说的模拟对象。"[2]

比如黄帝战蚩尤神话，就创造了一个经典的情节结构范式。这一神话《山海经》卷十二《大荒北经》有载：

---

①　石昌渝：《中国小说源流论》，生活·读书·新知三联书店1994年版，第55页。

②　李剑国、陈洪主编：《中国小说通史》先秦卷，高等教育出版社2007年版，第34页。

> 大荒之中……有系昆山者，有共工之台，射者不敢北乡。有人衣青衣，名曰黄帝女魃。蚩尤作兵伐黄帝，黄帝乃令应龙攻之冀州之野。应龙蓄水，蚩尤请风伯雨师，纵大风雨。黄帝乃下天女曰魃，雨止，遂杀蚩尤，魃不得复上，所居不雨。[①]

这场争斗是正义与邪恶的较量，黄帝是贤君，位于正义的一方，蚩尤则是邪恶势力。在这场冲突中，刚开始黄帝命应龙出战，蚩尤请风伯雨师迎战，黄帝处于劣势，正不压邪。之后黄帝请了天女，遂扭转了双方的局势，黄帝杀蚩尤，正义一方击败邪恶的一方，赢得了最终的胜利。

黄帝战蚩尤就开创了一个正邪斗争——正不胜邪——他力助正而正最终胜邪的情节模式，这种情节推进的结构模式，被后世的小说反复袭用，成为正邪斗争故事的经典情节范式。如明代神魔小说《西游记》中的许多故事情节便采用了这一结构模式，唐僧师徒四人西天取经，道途险阻，要与许多妖魔鬼怪进行斗争，每当唐僧一方斗不过妖魔时，孙悟空或猪八戒便会上天求助观音菩萨、玉皇大帝之类的神仙，然后在神仙的帮助下，便很快打败了妖魔鬼怪，获得了胜利。《西洋记》与《西游记》类似，郑和在张天师和金碧峰禅师的帮助下一路降妖除魔，历经多国，寻找传国玉玺。再如《封神演义》，以武王伐纣为历史框架，商纣王残暴无道，激起人民的反抗，武王作为正义的一方开始了与商纣王的斗争，但刚开始商纣王有截教支持，军事势力很强大，武王身为诸侯，开始处于不利地位，之后武王得到执掌阐教的元始天尊派下来的姜子牙的协助，经过艰苦曲折的战争，才最终推翻了商朝，正义一方战胜了邪恶的一方。《封神演义》全书情节结构，在总体上即呈现这一正邪斗争的结构模式。又如《杨家府演义》中写杨延昭破不了七十二座天门阵，请来穆桂英用降龙木才大获全胜，也是对这种情节模式的借鉴。《水浒传》中也有多处类似的情节段落，如宋江上梁山后回家探亲，结果被官军围捕，在古庙得九天玄女之助，才化险为夷。

---

① 郑慧生注说：《山海经·大荒北经》，河南大学出版社 2008 年版，第 234 页。

另外，早期的一些宗教迷信故事，由于其故事结构模式的典型性，也成为一种具有原型意义的结构范式，比如鬼报故事。中国的鬼魂观念以及鬼魂崇拜上古时就已存在，[①]《易经·睽·上九》就已有"见豕负涂，载鬼一车"的记载。《墨子》《左传》等文献中就有鬼报故事，如《墨子·明鬼》载有杜伯被杀后其鬼魂向周宣王报仇的故事。《左传·庄公八年》记载公子彭生受齐襄公之命杀死了鲁桓公，但在鲁国的责备之下，襄公又杀彭生以向鲁国谢罪，于是彭生成了襄公用以掩盖自己丑行的替罪羊，死得冤屈，死后鬼魂变为大豕向齐襄公报仇。《左传·宣公十五年》记载晋大夫魏颗没有听从父亲的教导，在父亲死后，让父亲的小妾出嫁而没有做父亲的殉葬品。后来魏颗在与秦将杜回作战时，由于此妾之父冥中相助，结草绊倒了杜回，最终魏颗打败秦师，生擒杜回。这些故事开创了鬼魂报仇、报恩故事的先河，后世小说常用这种模式构建情节。

魏晋时期的志怪小说，多鬼神故事，其中采用鬼魂报仇、报恩模式的也很多。如《搜神记·丁姑》：

> ……须臾，有一老翁乘船载苇又至，姁从索渡，翁曰："船上无装，岂可露渡？恐不中载耳。"姁言无苦。翁因出苇半许，安处著船中，径渡之，至南岸。临去，语翁曰："吾是鬼神，非人也，自能得过。然宜使民间粗相闻知。翁之厚意，出苇相渡，深有惭感，当有以相谢者。翁速还去，必有所见，亦当有所得也。"翁曰："愧燥湿不至，何敢蒙谢！"翁还西岸，见两少男子覆水中，进前数里，有鱼千数。跳跃水边，风吹置岸上。翁遂弃苇载鱼以归。于是丁姁遂还丹阳。今江南人皆呼为"丁姑"。九月七日，不用作事，咸以为息日也。今所在祠之。[②]

一个老翁帮助丁姑渡河，之后丁姑以一船鱼报答老翁，这则故事采用了鬼魂

---

① 吕大吉主编：《宗教学通论》，中国社会科学出版社1989年版，第366—367页。
② 干宝撰，李剑国辑校：《新辑搜神记》，中华书局2012年版，第123—124页。

报恩结构模式。而《苏娥》则是鬼魂报仇。龚寿因财、色而害死苏娥和她的丫环致富，冤死的苏娥变鬼后找龚寿报仇，最终龚寿遭受了被斩杀的恶报，甚至连其家人也受到了同样的惩罚。

再如《幽明录·桓恭》也是采用了鬼魂报恩模式：

> 桓恭为桓石民参军，在丹徒。所住廨床前一小陷穴，详视是古墓，棺已朽坏。桓食，常以鲑饭投穴中，如此经年。后眠始觉，见一人在床前，云："我终没以来七百余年，后嗣绝灭，烝尝莫继。君恒食见播及，感德无已。依君籍，当为宁州刺史。"后果如言。①

桓恭施惠于鬼，鬼帮助他当上了宁州刺史，让他官运亨通。

唐宋时期也有小说作品，采用鬼魂报恩、报仇的情节模式，报恩者如李景亮的《李章武传》等，报仇者如《霍小玉传》《夷坚甲·杨大同》《夷坚志补·满少卿》等。清代蒲松龄的《聊斋志异》中，鬼报情节模式被大量使用，其中鬼魂报恩者如：《鬼妻》《鲁公女》《章阿端》《连成》《叶生》《陆判》《褚生》《司文郎》《宦娘》《周克昌》等，写鬼魂报仇者如《李司鉴》《某甲》《窦氏》《霍生》《棋鬼》《董公子》《邵女》《霍生》《金生色》等。可见鬼报模式对后世小说的影响深远。

除了神话传说故事和宗教迷信故事之外，其他类型的早期故事也常常以其经典性结构模式对后世小说的情节结构产生经久不息的影响。

第三节　史传与中国古代小说的文体渊源

如果说故事为中国古代小说准备了题材以及艺术思维和叙事结构方式的

---

① 刘义庆撰，郑晚晴辑注：《幽明录》，文化艺术出版社 1988 年版，第 122 页。

话，那么自上古以降发达的史学所带来丰富多样的历史著述——史传，[①] 就为中国古代小说准备了充足的文体样式。董乃斌在《中国古典小说的文体独立》中讲道："中国的古史著作是后世小说最初也是最根本的寄生地，小说的原始胚基，就附着在古史著作身上。"[②] 毫无疑问，上古以来繁富的史书以及多样化的体制，启发并孕育了中国古代小说的文体形制。唐人传奇的大量出现标志着中国古代小说文体的真正独立，而汉魏六朝蔚为大观的杂传在文体方面就为唐人传奇提供了基本范式，传奇文体与杂传文体关系密切。[③] 明清章回小说的成熟也是借鉴了诸如《通鉴纪事本末》等纪事本末体史书的体制。另外，中国古代小说文备众体也与史传不无联系。因此就中国古代小说的文体而言，中国古代小说渊源于史传。

一、史学的发达与史书体制的多样

梁启超在《中国历史研究法》有这样的断言："中国于各种学问中，惟史学为最发达；史学在世界各国中，惟中国为最发达。"[④] 中国史学的发达是与中国的史官制度分不开的，许慎在《说文解字》中云："史，记事者也。"[⑤] 史的本意就是记录史事的人。袁行霈在《〈汉书·艺文志〉小说家考辨》中也讲道："中国最初的文化莫不掌握在史官之手，追溯小说的起源，亦当求之于史官。"[⑥] 又由于"史学寓乎史籍，史籍撰自史家。语其发生之序，则史家最先，

---

① "史传"之称，源自刘勰《文心雕龙》史传篇，陈平原在《中国小说叙事模式的转变》一书中亦以史传总称历史散文（北京大学出版社 2003 年版，第 209 页），因其历史感与习惯性，本书沿用此称，用以概称所有的历史著述，在行文中与史书等义。

② 董乃斌：《中国古典小说的文体独立》，中国社会科学出版社 1994 年版，第 101 页。

③ 熊明：《从汉魏六朝杂传到唐传奇》，《社会科学辑刊》2005 年第 5 期。

④ 梁启超：《中国历史研究法》，上海古籍出版社 1998 年版，第 8 页。

⑤ 许慎：《说文解字》，中华书局 2010 年版，第 65 页。

⑥ 袁行霈：《〈汉书·艺文志〉小说家考辨》，《清思录 袁行霈自选集》，首都师范大学出版社 2008 年版，第 49 页。

史籍次之，史学居末。而吾国最古之史家，即为史官。盖史籍掌于史官，亦惟史官乃能通乎史学，故考古代之史学，应自史官始"。①

在中国，很早就有完备的史官制度，史官之设十分细致，《周礼·春官》中就记载周有五史：大史、小史、内史、外史、御史，并且各史分掌其事，《隋书·经籍志》记载：

> 南面以君天下者，咸有史官，以纪言行。言则左史书之，动则右史书之。故曰君举必书，惩劝斯在。考之前载，则《三坟》《五典》《八索》《九丘》之类是也。下逮殷周，史官尤备，纪言书事，靡有阙遗。……诸侯亦各有国史，分掌其职。②

> 古者天子诸侯，必有国史，以纪言行，后世多务，其道弥繁。夏殷已上，左史记言，右史记事，周则太史、小史、内史、外史、御史，分掌其事，而诸侯之国，亦置史官。③

可知，早期左史记言，右史记事，到西周和春秋战国时期，周王室和各诸侯国史官体系就已经很完备了，由于史官体系的完备以及最初的史官所掌范围很广，所以史籍丰富且内容广袤博杂，在西周春秋战国时期，当时的"一切文献几乎都表现为史官记事记言的史书形态"。④章学诚在《文史通义》中提出："六经皆史也，古人不著书，古人未尝离事而言理，六经皆先王之政典也。"⑤"六经皆史"说也反映了这种情况。

随着史学的发展，支派渐繁，如刘知幾言："爰及近古，斯道渐烦，史氏流别，殊途并骛。"⑥史书的撰作者及其体制形式也在不断发展变化，由最初只

---

① 金毓黻：《中国史学史》，商务印书馆 1999 年版，第 5 页。
② 魏徵等：《隋书·经籍志》，中华书局 2011 年版，第 1 页。
③ 魏徵等：《隋书·经籍志》，中华书局 2011 年版，第 37 页。
④ 李剑国、陈洪主编：《中国小说通史》先唐卷，高等教育出版社 2007 年版，第 43 页。
⑤ 章学诚撰，叶瑛校注：《文史通义校注》卷一《易教上》，中华书局 1983 年版，第 1 页。
⑥ 刘知幾撰，浦起龙释：《史通通释》卷一〇《杂述》，上海古籍出版社 1978 年版，第 273 页。

能由史官记录，到后来私人也可以撰作史书，李宗侗把史书的演变分为四个阶段，[①]勾勒出了这一演变的历史轨迹。官修和私家撰写的历史著述并行于世，这样史书不再受到严格的约束，在发展过程中不断分流。汉魏六朝时期杂史杂传的兴起就是其中一个显著的例子。而中国古代小说正是在这种史书的分流、变异中孕育、萌芽，并在不断从史书吸取营养的过程中走向成熟和多样。唐人小说的兴起即是如此，唐人小说正是在汉魏六朝杂传的基础上产生的，尤其在文体方面更是直接渊源于杂传。

中国古代史学的发达，史书的撰作尤其是体例也在发展中根据实际需要不断创新和变化，形成了多种史书体例。目前现存的秦汉以前的史籍有《尚书》《世本》《国语》《战国策》《春秋》《左传》等，大体有两种形式体例：一种是编年体，另一种是国别体。编年体者，如《春秋》《左传》。编年体以时间为中心，按照年、月、日编写史事，北宋司马光的《资治通鉴》就继承了编年体体例；国别体者，如《国语》《战国策》。国别体按照不同王国和地区，编排史事。至汉，随着司马迁《史记》的完成，标志着又一种全新的史书体例——纪传体的诞生。纪传体以人物传记为中心编写史事。其后班固的《汉书》、范晔的《后汉书》、陈寿的《三国志》继承了这种体例，只是改通史为断代，部分构成略有调整。北宋时期，从编年体又分流出来一种新的体例，即"纲目体"又称"纲鉴体"，其纪事仍然以时为序，每事有一提纲，以大字提要为纲，小字分注为目，纲简目详，这种体例首创于朱熹的《通鉴纲目》，南宋陈均的《皇朝编年纲目备要》、元朝陈桱的《通鉴续编》、明代商辂的《续宋元资治通鉴纲目》等沿用了这一体例。及至南宋，袁枢又新创了纪事本末体，正如李宗侗所记：

> 宋以前史家所用不过纪传、编年二体，考刘知幾《史通》虽称六家，但仍总归二体。但纪传一体，时有一事而重见于数篇之弊；而编年之法，则一事首尾常隔越数卷，或难于寻考；因此袁枢乃自出新意，始创纪事

---

① 李宗侗：《中国史学史》，中国友谊出版公司 1984 年版，第 8—10 页。

本末一体。枢，南宋孝宗时人，因司马光资治通鉴区别门类，每事各详首尾，始于三家分晋，终于五代周世宗之征淮南，共二百三十九目，合成四十二卷。孝宗淳熙三年，诏严州刻版，朱熹亦称其书，门目离合之间，皆有微意。由袁书起，纪事本末一体遂并纪传，编年而鼎立。①

袁枢创制的这种纪事本末体，后世沿用者代不乏人，如明代陈邦瞻的《宋史纪事本末》和《元史纪事本末》、清代谷应泰的《明史纪事本末》等。

中国发达的史学和多样化的史书体制，成为中国古代小说取之不尽的资源宝库，中国古代小说特别是小说文体，正是在史传母体中孕育、萌生，并不断从史传母体中获得灵感，走向独立、成熟和繁荣的。

二、汉魏六朝杂传与传奇体制

唐人小说的主要类型是传奇，因而人们习惯上就把整个唐人小说概称为唐人传奇，传奇小说的出现标志着中国古代小说的成熟和文体独立。对此，董乃斌先生著专书予以阐释。② 作为成熟的小说艺术形式，唐人传奇具有很高的艺术水平，后世称之为"传奇文"，正是对唐人小说的肯定与褒奖。但唐人传奇的成熟，其文体的完备和善美是重要因素，而传奇文体则源自杂传文体。

传奇文体主要以传记体为基础，传记体始创于司马迁的《史记》中的列传，但在《史记》中，列传是其纪传史体不可分割的组成部分："纪以包举大端，传以委曲细事，表以谱列年爵，志以总括遗漏，逮于天文、地理、国典、朝章，显隐必该，洪纤靡失。"③ 至刘向作《列士传》《列女传》《孝子传》以及

---

① 李宗侗：《中国史学史》，中国友谊出版公司 1984 年版，第 130 页。

② 董乃斌：《中国古典小说的文体独立》，中国社会科学出版社 1994 年版。

③ 刘知幾撰，浦起龙释：《史通通释》卷二《二体》，上海古籍出版社 1978 版，第 28 页。

《列仙传》诸传，将其中的传记体取出单行，使传记体成为一种独立的传写人物的文体，正如《隋志·杂传序》所言："刘向典校经籍，始作《列仙》《列士》《列女》之传，皆因其尚志，率尔而作，不在正史……相继而作者甚众，名目转广，而又杂以虚诞怪妄之说。"① 是杂传之"始作"。刘向的这一开创性的做法，实际上也是史学分流的体现，马端临《文献通考·经籍考》中所说揭示了这一本质："杂史、杂传，皆野史之流出于正史之外者。……杂传者，列传之属也，所记者一人之事。"② 其意义首先在于他的创作使杂传文体得以最终形成，杂传也由此成为史之一体。并直接导源了杂传创作的兴起，杂传创作以此为起点，开始了其逐渐走向汉魏六朝时期全面发展的过程。

汉魏六朝时期杂传大量涌现，《隋书·经籍志》史部杂传类中共著录有杂传"二百一十七部，一千二百八十六卷，通计亡书，合二百一十九部，一千五百三卷"。《隋书·经籍志》杂传类所著录，基本上都是汉魏六朝时期的作品。而据清人姚振宗《隋书经籍志考证》，汉隋之际的杂传共有四百七十种，实际上，这仍不是汉魏六朝时期杂传的全部，从诸家艺文志补中所补杂传数量可窥见大略。③ 正史之外的汉魏六朝杂传，由于其处境的边缘化，远离甚至可以说摆脱了正统史传写作规范的束缚和制约，在创作上进行了很多新的尝试，逐渐形成了很多新的特点，从而在不自觉中孕育了传奇的胚胎。这一过程可以概括为小说化的过程。而汉魏六朝杂传的小说化，实质是向唐人传奇的趋近或转化，唐人传奇的兴起是汉魏六朝杂传小说化的必然结果。

就文体而言，"传奇文体是直接承继汉魏六朝杂传文体而来，而与以《史记》为代表的正统史传的关系，则只是间接的"。④ 传奇文体对汉魏六朝杂传的

---

① 魏徵等：《隋书·经籍志》，中华书局 2011 年版，第 55 页。

② 马端临：《文献通考·经籍考》，华东师范大学出版社 1985 年版，第 538 页。

③ 分别参见侯康：《补三国艺文志》，姚振宗：《三国艺文志》，丁国钧：《补晋书艺文志》，文廷式：《补晋书艺文志》，秦荣光：《补晋书艺文志》，吴士鉴：《补晋书艺文志》，黄逢元：《补晋书艺文志》，徐崇：《补南北史艺文志》，聂崇岐：《补宋书艺文志》，陈述：《补南齐书艺文志》，张鹏一：《隋书经籍志补》，开明书店《二十五史补编》本，中华书局 1998 年版。

④ 熊明：《汉魏六朝杂传研究》，中华书局 2014 年版，第 416 页。

承继,不仅体现在外在体制模式的沿袭,也体现在内在叙事模式上的模仿。①

传奇文体在外在的体制模式上,几乎完全模仿汉魏六朝杂传文体,比如传奇文体有与杂传文体几乎完全一致的文本存在形式和行文方式。

唐人传奇与汉魏六朝杂传的文本存在形式十分相似。首先从汉魏六朝杂传的文本存在类型上看,汉魏六朝杂传有两种存在类型:单篇和丛集。所谓单篇杂传一般是以单篇的形式为个人作传,又称为散传。如《李陵别传》《张纯别传》《陈寔别传》《何晏别传》《郭泰别传》等。以丛集为形式的杂传一般是多人的合传,且这些人物有共同的特点,又称为类传。如王粲的《英雄记》、周斐的《汝南先贤传》、释慧皎的《高僧传》等。唐人传奇的文本存在类型也正是单篇和丛集这两种。单篇如元稹的《莺莺传》、蒋防的《霍小玉传》、白行简的《李娃传》、李朝威的《洞庭灵姻传》等人们熟知的唐人传奇。丛集传奇形式有牛僧孺的《玄怪录》、袁郊的《甘泽谣》、李复言的《续玄怪录》、薛用弱的《集异记》等。

其次从汉魏六朝杂传的篇名上看,杂传篇名常为"某某传""某某别传、内传或外传",如《东方朔传》《诸葛恪别传》《汉武内传》《清虚真人王君内传》《赵飞燕外传》等,或者有的则称"记",如《襄阳耆旧记》《陶氏家记》等。关于"传"与"记"的区别,《四库全书总目》传记类案语云:"传记者,总名也,类而别之,则叙一人之始末者为传之属,叙一事之始终者为记之属。"② 在汉魏六朝杂传中,以"传"为名者,则以人物的讲述为主,以"记"为名者,则侧重故事情节的叙写。当然,在汉魏六朝杂传中除了以"传"或"记"为名外,还有以"志""录""叙""行状"等为名,如《海岱志》《三辅决录》《赵至叙》《先贤行状》等。唐人传奇篇名的设置上与杂传类似,也是多以"传""记"为名,如《任氏传》《谢小娥传》《离魂记》《古镜记》等。在唐人小说中,"传"与"记"的区别,学者多有论述,如石昌渝在《中国

---

① 熊明《汉魏六朝杂传研究》下编第三章有详论,可参看。熊明:《汉魏六朝杂传研究》,中华书局 2014 年版,第 398—418 页。

② 永瑢等:《四库全书总目》卷五八,中华书局 1995 年版,第 531 页上。

小说源流论》中写道："从体例看，唐代传奇小说单篇作品多以传和记为篇名。传和记在记叙对象上略有不同，传以人物为主，以传主的生平为线索，记其卓尔不群的事迹；记以事物为主，以事物的变动变化为线索，记其奇幻曲折的经历。"① 李宗为也在其《唐人传奇》中说："取名为'记'（包括'志'、'录'等）的，相对来说比较侧重于故事情节的奇幻怪诞，对人物形象注意较少，较多地保留了志怪小说的形式并大多荟萃成集；取名为'传'者，则更注意于人物形象的刻画，对主要人物的叙述比较完整。"② 可见，唐人小说中，名"传"者多以写人为主，名"记"者多以叙事为主，这种区别与杂传是一致的。唐人小说除主要以"传"和"记"为名外，也如汉魏六朝杂传一样，还以"录""志"等为篇名，如《玄怪录》《昭义军别录》《湘中怨解》《宣室志》等。

唐人传奇在行文方式上也明显承继汉魏六朝杂传。杂传是从正统史传中的列传分流出来的，其与列传一样，在写人叙事上，有头有尾，注重人物刻画的全面性和叙事的完整性。杂传的开头一般首先介绍人物的姓名、籍贯、先祖或故事发生的时间、时代等，如《王彬别传》："彬，字世儒，琅邪人。祖览，父正，并有名德。"③ 又如《陆玩别传》："玩字士瑶，吴郡吴人。祖瑁，父英，仕郡有誉。"④ 杂传的这种开头方式被唐代小说继承，如李公佐在《谢小娥传》开头就写道："小娥，姓谢氏，豫章人，估客女也。"⑤ 裴铏在《传奇·聂隐娘》中介绍："聂隐娘者，贞元中魏博大将聂锋之女也。"⑥ 陈鸿的《东城老父传》记载："老父，姓贾名昌，长安宣阳里人。"⑦ 可见，唐人小说和

① 石昌渝：《中国小说源流论》，生活·读书·新知三联书店 1994 年版，第 153 页。
② 李宗为：《唐人传奇》，中华书局 2003 年版，第 37 页。
③ 刘义庆撰，刘孝标注，余嘉锡笺疏，周祖谟等整理：《世说新语笺疏》，上海古籍出版社 1996 年版，第 398 页。
④ 刘义庆撰，刘孝标注，余嘉锡笺疏，周祖谟等整理：《世说新语笺疏》，上海古籍出版社 1996 年版，第 176 页。
⑤ 李公佐：《谢小娥传》，汪辟疆校录《唐人小说》，上海古籍出版社 1983 年版，第 111 页。
⑥ 裴铏：《传奇》，上海古籍出版社 1980 年版，第 22 页。
⑦ 陈鸿：《东城老父传》，汪辟疆校录《唐人小说》，上海古籍出版社 1983 年版，第 134 页。

杂传一样在对人物简单的介绍后便开始描写事件，进入主题。

除了开头部分的承袭，唐人小说在结尾部分与汉魏六朝杂传也很相似。杂传的结尾多交代人物的归宿或者讲到人物的后代，如《吴质别传》："质其年夏卒。质先以怙威肆行，谥曰丑侯。质子应乃上书论枉，至正元中乃改谥威侯。应字温舒，晋尚书。应子康，字子仲，知名于时，亦至大位。"① 有的杂传还在结尾处对人物进行评价，如皇甫谧《列女传·庞娥亲传》结尾处，皇甫谧就评论说："玄晏先生以为父母之仇，不与共天地，盖男子之所为也。而娥亲以女弱之微，念父辱之酷痛，感仇党之凶言，奋剑仇颈，人马俱摧，塞亡父之怨魂，雪三弟之永恨，近古以来未之有也。《诗》云：'修我戈矛，与子同仇。'娥亲之谓也。"② 唐人小说的结尾处，也是类似的行文，如《杨娼传》结尾处写到杨娼的结局是"撤奠而死"，作者又对杨娼进行评论："夫娼以色事人者也，非其利则不合矣。而杨能报帅以死，义也；却帅之赂，廉也。虽为娼，差足多乎！"③《冯燕传》结尾也评论道："呜呼！淫惑之心，有甚水火，可不畏哉！然而燕杀不谊，白不辜，真古豪矣！"④ 又如《任氏传》结尾处介绍了郑六的归宿："为总监使，家甚富，有枥马十余匹，年六十五卒。"并附韦鉴之终。并议论道："嗟呼，异物之情也有人焉！遇暴不失节，徇人以至死，虽今妇人，有不如者矣。"⑤ 又如《南柯太守传》结尾评论："前华州参军李肇赞曰：贵极禄位，权倾国都，达人视此，蚁聚何殊。"⑥ 唐人小说的这种结尾的行文叙述是直接沿袭杂传的，这样的结尾在清代文言小说中仍能看到。

传奇文体对杂传文体的承继，不仅体现在外在的体制模式上，从更深的层次来讲，亦体现在内在的叙事模式上。比如唐人传奇的叙事方式，石昌渝

---

① 陈寿撰，裴松之注：《三国志》卷二一裴注引，中华书局2011年版，第610页。

② 陈寿撰，裴松之注：《三国志》卷二一裴注引，中华书局2011年版，第549—550页。

③ 房千里：《杨娼传》，汪辟疆校录《唐人小说》，上海古籍出版社1983年版，第223页。

④ 沈亚之：《冯燕传》，汪辟疆校录《唐人小说》，上海古籍出版社1983年版，第199页。

⑤ 沈既济：《任氏传》，汪辟疆校录《唐人小说》，上海古籍出版社1983年版，第57—58页。

⑥ 李公佐：《南柯太守传》，汪辟疆校录《唐人小说》，上海古籍出版社1983年版，第107—108页。

先生指出："传奇小说的叙事方式同于史传，但同中有异。史传场景描写简略，人物行动和对话都很简略，这与史传的写作原则有关，它始终要坚持实录的原则……唐代传奇小说的场景描写就要丰富和细腻得多，想象的成分和感情的成分，可以说都是不加掩饰的……"①可见，唐人传奇的呈现式叙事与正统史传的呈现式叙事是有差别的。正统史传虽然存在呈现式的叙事，但出于简要的考虑，是很少使用这一叙事方式的，即使偶尔运用，也如石先生所言，是"简略"的。所以，如果把唐人传奇的呈现式叙事说成源自正统史传，则略显牵强。其实，结合对汉魏六朝杂传呈现式叙事方式的分析，把唐人传奇的呈现式叙事方式与正统史传的呈现式叙事、汉魏六朝杂传的场景化和戏剧化的呈现式叙事方式略加比较，就可以发现，唐人传奇的呈现式叙事与汉魏六朝杂传的场景化、戏剧化呈现式叙事更为接近。也就是说，唐人传奇的"丰富""细腻"的呈现式叙事，如果要寻找渊源的话，汉魏六朝杂传当与它有着直接的血缘关系，而与正统史传的关系则应当是间接的了。

当然，唐人传奇叙事模式的其他方面，也与汉魏六朝杂传有着千丝万缕的联系，比如唐人传奇完善的叙事结构安排与多样化的结构方式，也是在汉魏六朝杂传叙事结构安排方面所积累的经验的基础上形成的，如前文所言，与正统史传相比，汉魏六朝的叙事结构已有了许多"新变"，如线索的引入、悬念的设置、结构安排的前后呼应等，这些实践，无疑为唐人传奇完善叙事结构的形成和结构方式的多样化提供了有益的参考经验。其他如叙事人称、叙事聚焦等方面，也与此有相似之处。另外，就汉魏六朝杂传与唐人传奇的其他文体内质而言，如与人物形象塑造有关的各种内质、与风格形成有关的各种内质等，也都表现出种种传承的痕迹。

新兴的唐人传奇，选择并继承了杂传文体，这当然有多方面的原因，比如传奇作家多为史家也应是原因之一。《古镜记》的作者王度就是一个历史学

---

① 石昌渝：《中国小说源流论》，生活·读书·新知三联书店 1994 年版，第 160 页。

家，曾奉诏撰周史，① "大业之末欲撰《隋书》，俄逢丧乱，未及终毕"；②《梁四公记》的作者张说曾任国史监修，与唐颖共撰史著《今上实录》；《灵怪记》的作者张荐，大历中曾任史馆修撰，撰有史著《宰辅传略》；《任氏传》的作者沈既济亦为史家，曾任史馆修撰，著有《建中实录》《选举志》各十卷；《长恨歌传》的作者陈鸿也长于史传，撰有《大统纪》三十卷，自序云"少学乎史氏，志在编年"。其他又如《周秦纪行》的作者韦瓘，元和十五年曾出任史馆修撰；《游仙记》的作者顾况，贞元三年曾为著作郎，也都有史家身份。

然而，最重要的原因当归之为汉魏六朝杂传的小说化倾向，汉魏六朝杂传的小说化实质上是向唐人传奇的趋近或转化，其中的小说性杂传和亚小说性杂传，在量的积累基础上，在适宜的人文环境中，蜕变为传奇。唐人传奇对杂传文体的继承，是汉魏六朝杂传小说化的必然结果。

三、史书四体与章回体制

章回小说诞生于明代，以《三国志通俗演义》和《水浒传》的出现为标志，但它的雏形可以追溯到宋元的说话艺术。《中国大百科全书·中国文学》中这样解释"章回小说"：

> 中国古典长篇小说的主要形式。其特点是分回标目，段落整齐，首尾完具。这种形式由萌芽到成熟，经历了较长的发展过程。
>
> 宋元的长篇话本，已具有章回小说的雏形……
>
> 元末明初，出现了一批文人作家根据话本加工、再创作的长篇小

---

① 《古镜记》云："其年（大业八年）冬，（度）兼著作郎，奉诏撰国史。欲为苏绰立传。"作"国史"，误，当为周史。李剑国先生在《国史周史辨——古镜记的一处校勘》（《书品》2001年第5期）一文中有详考，可参看。

② 董诰等：《全唐文》卷一三一，王绩《与陈叔达重借隋纪书》，中华书局1983年影印本，第1320页。

说……这时小说的回目虽没有正式创立，但章回小说的体制已大体形成。

到明代中叶，小说的回目正式创立……明末清初，回目采用工整的偶句，逐渐成为固定的形式。自此以后直至近代，中国的长篇小说和中篇小说，普遍采用这种形式。这种形式并常为文人创作和加工的短篇话本所采用。①

章回小说是中国古代长篇小说的主要形式，其章回体制，是在史书体制的启发下，借鉴、改进相关史书体制而形成的。正如李剑国先生所说："历史著作的编撰形式为长篇小说的结构提供了仿效的范式。"② 石昌渝也说："编年体和纪传体的结构方式为后世长篇小说的结构类型的形成奠定了基础。"③ 可以说，不同类型的章回小说或章回小说作品，其体制结构，都或多或少地师承了各类史书体制。特别是史书中主要的四种体制：编年体、纪传体、纪事本末体与纲目体。

编年体在中国史书中出现最早，它以时间为中心，按照年、月、日编排历史事件，即以年为主，以事系于年月，它的优点是事件与时间紧密联系，人们可以沿着时间的推移获得对历史人物事件的起因、经过、结果的详细了解。历史演义类的章回小说多袭用编年体这种史书体例，因为历史演义类的章回小说多讲一代或几代之史事变迁，人物多为帝王将相，采用这种体制，一方面可以与历史进程保持一致，便于把握；另一方面，也符合历史小说本身对历史感的追求。如《三国演义》就基本采用编年体制。其书在第三十三回以前，主要讲述东汉末期天下大乱，群雄割据，各路人马争权夺利；第三十三回至第一百零四回则主要描写魏、蜀、吴三国的斗争；第一百零五回后则写魏、蜀、吴最终归于西晋。把汉末到西晋的百余年历史基本按照历史的发展艺术化地呈现出来。又如《东周列国志》也是采用编年体制，呈现了

---

① 姜椿芳等编：《中国大百科全书·中国文学》，中国大百科全书出版社1986年版，第1251—1252页。

② 李剑国、陈洪主编：《中国小说通史》明代卷，高等教育出版社2007年版，第914页。

③ 石昌渝：《中国小说源流论》，生活·读书·新知三联书店1994年版，第68页。

从西周末年到秦国统一六国五百多年的漫长而壮阔历史。小说故事的讲述与历史的进程基本一致。此外如《金瓶梅》《红楼梦》等，其实在本质上也主要采用了这种体例，按照时间的顺序来讲述故事。

纪传体首创于司马迁的《史记》，这种史书体例以人物为主，记一人或同族或同地域或同性质之人物的事迹，在人物的事迹陈述中折射出当时的历史面貌。这种史书体例，对英雄传奇类章回小说影响甚大。英雄传奇类章回小说指"叙一时故事而特置重于一人或数人者"[①]，实际上也属于历史小说，是历史演义的异化和分支。其主人公多为侠客英雄，小说常讲述某个英雄人物或英雄群体的故事。《水浒传》就是此类小说的代表，即主要采用纪传体。《水浒传》在第七十一回前，即梁山英雄排座次之前，主要以人物为单元，往往集中几回写一个或几个主要的英雄人物，演绎他们上梁山之前的英雄事迹，然后，再用另外数回篇幅去写另一个或几个英雄人物的事迹。如第二回到第六回主要刻画鲁智深，第七回到第十回主要描写林冲，这样环环相扣，以连环列传的方式刻画出一百零八个英雄的群像。又如《儒林外史》，其基本结构也是纪传体框架。只不过人物之间的关系并没有那么紧密，整个像是部儒林列传，顺序是：周进—范进—严监生严贡生—蘧公孙—匡超人—杜少卿等等。又如《杨家府演义》采用了纪传体，塑造出了杨氏家族数代英豪的鲜明形象——如杨业、杨延昭、杨宗保、杨文广等。

纪事本末体创制于南宋的袁枢《通鉴纪事本末》，这种体制以事为主，记一事或同类事之始末，既不同于编年体的时间主线，也不同于纪传体的人物主线，而是以事为中心，挑选历史上的军国大事，详其首尾，集中呈现其过程。纪事本末体的优点在于可以完整清晰地呈现某一历史事件的完整过程，方便人们对历史事件整体的把握。正如《四库全书总目》所言：

> 然纪传之法，或一事而复见数篇，宾主莫辨；编年之法，或一事而隔越数卷，首尾难稽。枢乃自出新意，因司马光《资治通鉴》，区别

---

① 鲁迅：《中国小说史略》，《鲁迅全集》第九卷，人民文学出版社 2005 年版，第 154 页。

门目，以类相纂，每事各详起讫，自为标题，每篇各编年月，自为首尾，……包括数千年事迹，经纬明晰，节目详具，前后始末，一览了然，遂使纪传、编年贯通为一，实前古之所未见也。①

《四库全书总目》认为纪事本末体吸收了编年体和纪传体的长处。纪事本末体对章回小说的影响，劳悦强在《从纪事本末体论章回小说的叙事结构》中论及，他说："《通鉴纪事本末》的以事分卷，每卷又各以独立主题分章，这种撰写上的编排和宏观架构，实在跟后来的章回小说有一定相似之处。"②《三遂平妖传》就主要袭用了纪事本末体制，比较完整全面地演绎了王则事件的全过程。

除了上面所说的编年体、纪传体和纪事本末体外，纲目体也影响了某些章回小说的体制设计。纲目体是由编年体史书分流出来的，它纪事仍以时年为序，每事有一提纲，以大字提要为纲，小字分注为目，纲简目详，颇便查阅。朱熹以"纲为提要，目为叙事"。"纲"仿《春秋》，"目"效《左传》，撰成《资治通鉴纲目》，创立了纲目体。《大宋武穆王演义》的结构体制就明显受到纲目体的影响。熊大木《大宋武穆王演义序》即云：

> 武穆王《精忠录》，原有小说，未及于全文。今得浙之刊本，著述王之事实，甚得其悉。然而意寓文墨，纲由大纪，士大夫以下遽尔未明乎理者，或有之矣。近因眷连杨子素号涌泉者，挟是书谒于愚曰："敢劳代吾演出辞话，庶使愚夫愚妇亦识其意。"思之一二，余自以才不及班、马之万一，顾奚能用广发挥哉？既而恳致再三，义弗获辞，于是不吝臆见，以王本传行状之实迹，按《通鉴纲目》而取义。③

---

① 永瑢等：《四库全书总目》卷四九《通鉴纪事本末》条，中华书局 1995 年版，第 437 页中—下。

② 劳悦强：《从纪事本末体论章回小说的叙事结构》，《明代小说面面观》，学林出版社 2002 年版，第 58 页。

③ 熊大木：《大宋武穆王演义序》，丁锡根编著《中国历代小说序跋集》，人民文学出版社 1996 年版，第 980—981 页。

又如吕抚的《纲鉴通俗演义》也采用了纲目体，其在《纲鉴通俗演义自序》云：

> 日取《通鉴纲目》及二十四史而折衷之，历代之统绪而序次之，历代之兴亡而联续之，历代之仁暴忠佞贞淫条分缕析而纪实之。芟其繁，缉其简，增纲以详，裁目以略。[①]

另外，洪哲雄和纪德君也在其文章《明清小说家的"演义"观与创作实践》中写道："《东汉演义》的作者谢诏虽然采录了不少野史传闻，但文中每每出现的'按《通鉴》云云'，则表明他也是按照《通鉴》来敷演其义的。就连明末出现的《盘古志传》《夏商合传》，其作者也自称'悉遵鉴史通纪，为之演义'。"[②]

需要说明的是，史书四体的编年、纪传、纪事本末与纲目各体，并不是单独存在于某一章回小说中，一部章回小说或借鉴了两种或多种体例。或者说，史书体例对明清章回小说的影响，是总体上的，面对业已成熟并有着大量史书榜样的各种史书体制，明清章回小说的作者们，应该是在小说构思过程中宏观考量各种体制的基础上，设计出与小说内容及主题相适应的体制。

四、中国古代小说的"文备众体"

最早认识到中国古代小说具有文备众体特征的是宋人赵彦卫，他在《云麓漫钞》中如此评述《传奇》等唐人小说：

> 唐世举人，先藉当世显人，以姓名达之主司，然后以所业投献，踰数日又投，谓之温卷，如《幽怪录》《传奇》等皆是也。盖此等文备众

---

① 吕抚：《纲鉴通俗演义自序》，丁锡根编著《中国历代小说序跋集》，人民文学出版社1996年版，第1070页。
② 洪哲雄、纪德君：《明清小说家的"演义"观与创作实践》，《文史哲》1999年第1期。

体，可以见史才、诗笔、议论。至进士则多以诗为赞，今有唐诗数百种
行于世者是也。①

赵彦卫认为唐人小说乃是因唐世举人"温卷"之用而产生，不免偏颇，但认
为唐人小说"文备众体"，则又相当精辟地概括出了唐人小说在艺术上的基
本特征，并认为由此可以窥见作者的"史才、诗笔、议论"才华。"史才、诗
笔、议论"虽本指从小说中可以窥见的作者的才华与修养，但以之作为"文
备众体"的注解，用来概指唐人小说"文备众体"的具体方面，也不失为简
括省净。②"文备众体"是唐人小说的普遍特征，唐人小说常常在故事的叙述
中插入诗赋、书信、章表、奏记等各种文体。

　　唐人小说常常插入诗歌，如《莺莺传》中莺莺的传情诗"待月西厢下，
迎风户半开。拂墙花影动，疑是玉人来"；杨巨源的《崔娘诗》"清润潘郎玉
不如，中庭蕙草雪销初。风流才子多春思，肠断萧娘一纸书"。③此外如《洞
庭灵姻传》《游仙窟》《李章武传》《飞烟传》《玄怪录·元无有》《东阳夜怪录》
《传奇·郑德璘》等许多唐人小说中都有诗歌插入。而且，插入的这些诗歌还
具有多样化的特点。除了一般的近体诗，还有骚体诗、民歌等各种类型。比如
沈亚之的《湘中怨解》，就插入了三首骚体诗，其一为氾人所咏《光风词》：

　　　　降佳秀兮昭盛时，播熏绿兮淑华归。顾室蒹与处荨兮，潜重房以饰
　　姿见稚态之韶羞兮，蒙长霭以为帏。醉融光兮渺弥，迷千里兮涵涸湄。
　　晨陶陶兮暮熙熙，舞婑娜之秋条兮，娉盈盈以披迟。酏游颜兮倡蔓卉，
　　縠流倩电兮石发髓旎。

其二为上巳日生登岳阳楼所咏，其三为氾人于画舻上所歌。三首骚体诗在小

---

①　赵彦卫撰，傅根清点校：《云麓漫钞》，中华书局 1996 年版，第 135 页。
②　熊明：《略论唐人小说之史才、诗笔与议论》，《沈阳师范大学学报》2007 年第 6 期。
③　元稹：《莺莺传》，汪辟疆校录《唐人小说》，上海古籍出版社 1983 年版，第 162—168 页。

说中的运用，不仅契合了氾人这个湘水仙子的身份，又使小说弥漫着一种湖湘之地特有的《九歌》式的楚辞风情。[1] 而在袁郊《甘泽谣·圆观》中，就通过牧童（即圆观后身）所歌插入了两首《竹枝词》，其一云："三生石上旧精魂，赏月吟风不要论。惭愧情人远相访，此身虽异性长存。"其二云："身前身后事茫茫，欲话因缘恐断肠。吴越山川游已遍，却回烟棹上瞿塘。"[2]《竹枝词》是乐府《近代曲》之一，起源于巴渝一带的民歌，这两首《竹枝词》无疑使《圆观》散发出淡淡的巴渝民谣风味。

诗歌之外，唐人小说中也常常插入其他类型的文体。比如在《吴保安》中，就插入了两封书信。一封为吴保安写给郭仲翔的求荐举信，另一封为郭仲翔写给吴保安的求救赎信。[3] 这两封书信，不论在形式上还是内容上，完全符合书信体制，且吴文纡徐委婉，郭文雅健畅达，情辞动人，不仅具有独立的文学意义，在小说中对交代事件、推动情节发展也具有重要意义。又如在《南柯太守传》中，则插入了一篇表文，即当槐安国王任命淳于棼为南柯太守时，淳于棼所上的陈谢表。[4] 而在《枕中记》中，则又插入了一篇奏疏、一篇诏书，即卢生将殁时所上奏疏与皇帝诏书。[5]

另外，也有唐人传奇直接以赋体为之，如《游仙窟》。当然，更多的唐人小说是以赋的笔法进行铺排描写，如《古镜记》《传奇·封陟》《传奇·薛昭》《秦梦记》等行文，就是骈散结合。唐五代以降至清代蒲松龄的《聊斋志异》，传奇小说文备众体特征依然鲜明。

中国古代小说发展到两宋时期，白话小说迎来了一个大发展的时期，其典型形态就是与"说话"密切相关的话本小说，话本小说兴盛于宋元，明代

---

① 沈亚之：《沈下贤文集》卷二《湘中怨解》，《鲁迅辑录古籍丛编》第四卷，人民文学出版社 1999 年版，第 173—174 页。

② 袁郊：《甘泽谣·圆观》，汪辟疆校录《唐人小说》，上海古籍出版社 1983 年版，第 312—313 页。

③ 牛肃：《纪闻·吴保安》，汪辟疆校录《唐人小说》，上海古籍出版社 1983 年版，第 291—295 页。

④ 李公佐：《南柯太守传》，汪辟疆校录《唐人小说》，上海古籍出版社 1983 年版，第 104 页。

⑤ 沈既济：《枕中记》，汪辟疆校录《唐人小说》，上海古籍出版社 1983 年版，第 46—47 页。

则有继承其艺术形式的拟话本。宋元明代的话本与拟话本小说也具有文备众体的特征。话本及拟话本入话多有入话诗，结尾又多有篇末诗，此自不待言。

宋元话本，以《柳耆卿诗酒玩江楼记》为例，文中也常插入诗词。诗如："自恨身为奴，遭淫不敢言。羞归明月渡，懒上载花船。"词如："师师媚容艳质，香香与我情多，冬冬与我煞脾和，独自窝盘三个。撰字苍王未肯，权将'好'字停那。如今意下待如何？'奸'字中间着我。"歌如："十里荷花九里红，中间一朵白松松。白莲则好摸藕吃，红莲则好结莲蓬。"如《浪里来》"柳解元使了计策，周月仙中了机扣。我交那打鱼人准备了钓鳌钩。你是惺惺人，算来出不得文人手。姐姐，免劳惭怩，我将那点钢锹掘倒了玩江楼"。另外，还将李煜的《虞美人·春花秋月何时了》也嵌入文中。[1]而如《风月相思》中，除大量诗、词、歌之外，还插入了书信：

> 生行至京，见上于奉天殿。上甚爱其才，即日除为起居郎。一日出朝。因便人，作书以寄：
>
> 冯琛端肃书奉　云琼娘子妆前：拜违懿范，已经月余。思仰香闺，梦寐行坐，未尝离于左右。迩来未审淑候何如？琛至京，蒙授起居郎。谁料菲才，幸际风云之会，得依日月之光。偶因风便，封缄以寄眷恋之私云。[2]

除此之外，《简帖和尚》《西湖三塔记》《合同文字记》《风月瑞仙亭》《蓝桥记》《快嘴李翠莲记》《洛阳三怪记》《风月相思》《张子房慕道记》等话本小说都穿插了大量的诗、词、书信等。

明代的拟话本也是如此，其间有大量诗、词、书信等文体的插入。以"二拍"为例，如《二刻拍案惊奇》卷十一《满少卿饥附饱扬　焦文姬生仇死报》中全文呈现了陆氏收到的书信："十年结发之夫，一生祭祀之主。朝连暮

---

[1]　洪楩辑，程毅中校注：《清平山堂话本校注》卷一《柳耆卿诗酒玩江楼记》，中华书局2012年版，第1—5页。

[2]　洪楩辑，程毅中校注：《清平山堂话本校注》卷二《风月相思》，中华书局2012年版，第162—163页。

以同欢，资有余而共聚。忽大幻以长往，慕他人而轻许。遗弃我之田畴，移蓄积于别户。不念我之双亲，不恤我之二子。义不足以为人妇，慈不足以为人母。吾已诉诸上苍，行理对于冥府。"此外，小说插入的诗如："由来女子号痴心，痴得真时恨亦深。莫道此痴容易负，冤冤隔世会相寻！"词如："世事从来无定，天公任意安排。寒酸忽地上金阶，立看许多渗濑。熟识还须再认，至亲也要疑猜。夫妻行事别开怀，另似一张卵袋。"①《初刻拍案惊奇》卷四《程元玉店肆代偿钱 十一娘云冈纵谭侠》中开篇有赞："红线下世，毒哉仙仙。隐娘出没，跨黑白卫。香丸袅袅，游刃香烟。崔妾白练，夜半忽失。侠姬条裂，宅众神耳。贾妻断婴，离恨以豁。解洵娶妇，川陆毕具。三鬟携珠，塔户严扃。车中飞度，尺余一孔。"②"二拍"之外，如"三言"等拟话本小说中均有许多诗词书信等各类文体的运用。

文备众体也是明清长篇章回小说显著特征。章回小说"除诗歌外，其他很多文体也被纳入了小说，这固然取决于小说表现生活的需要，同时也和说书人炫耀学识的传统不无关系"。③其杰出代表就是《红楼梦》，《红楼梦》中插入了大量的诗、词、曲、赋、歌谣、古文、书札、谜语、酒令、联额、对句、赞等，且都十分精美，如第三回中用《西江月》二词对宝玉进行评判：

> 无故寻愁觅恨，有时似傻如狂。纵然生的好皮囊，腹内原来草莽。
> 潦倒不通世务，愚顽怕读文章。行为偏僻性乖张，那管世人诽谤！
> 富贵不知乐业，贫穷难耐凄凉。可怜辜负好韶光，于国于家无望。
> 天下无能第一。古今不肖无双。寄言纨袴与膏粱：莫效此儿形状。④

---

① 凌濛初著：《二刻拍案惊奇》，上海古籍出版社 1998 年版，第 167 页，第 168 页，第 175 页。

② 凌濛初著：《初刻拍案惊奇》，上海古籍出版社 1998 年版，第 48 页。

③ 李剑国、陈洪主编：《中国小说通史》明代卷，高等教育出版社 2007 年版，第 906 页。

④ 曹雪芹著，无名氏续，程伟元、高鹗整理：《红楼梦》，人民文学出版社 2015 年版，第 49 页。

又如第五回中的《终身误》《枉凝眉》《恨无常》等《红楼梦曲》十二支，以《枉凝眉》为例：

> 一个是阆苑仙葩，一个是美玉无瑕。若说没奇缘，今生偏又遇着他；若说有奇缘，如何心事终虚化？一个枉自嗟呀，一个空劳牵挂。一个是水中月，一个是镜中花。想眼中能有多少泪珠儿，怎经得秋流到冬尽，春流到夏！①

此外如第五回的警幻仙姑赋，孽海情天对联和薄命司对联，金陵十二钗图册题咏，第二十五回的癞和尚赞和跛道人赞，第二十七回黛玉的《葬花吟》，第二十八回众人行的"女儿"酒令，第七十八回宝玉的《芙蓉女儿诔》，第六十三回的花名签酒令八首，第八十三回由周瑞家的传入贾府的歌谣，第二十二回的春灯谜，第五十一回的怀古绝句十首，第二十一回贾宝玉续庄周的《胠箧》等。其他章回小说如《三国演义》《西游记》《水浒传》《东周列国志》等也都在其中运用了许多文体。

文备众体虽是赵彦卫评述《传奇》等唐人小说之语，但文备众体却不仅仅是唐人小说的一个重要特征，综观中国古代小说，无论是白话还是文言，都具有文备众体的特点。中国古代的小说家，无疑是深受传统文化熏陶的知识阶层的一分子，以小说为载体，在小说中炫才、炫学，显然是中国古代小说形成文备众体特征的重要因素。同时，中国古代小说，无论是文言小说的志怪、志人、传奇等不同发展阶段的各种类型，还是白话小说的话本、拟话本、章回小说等不同发展阶段的各种类型，在其形成与发展阶段，都或多或少受到其他文体的影响。其中，受到诗国中最为人青睐的诗歌的影响是最为广泛和明显的，因为，很多小说家，本身就是诗人，如唐代的元稹；即使以小说名家者，也留有大量高质量的诗歌，如清代的蒲松龄。而如唐人传奇，

---

① 曹雪芹著，无名氏续，程伟元、高鹗整理：《红楼梦》，人民文学出版社 2015 年版，第 82 页。

直接源自汉魏六朝杂传，而汉魏六朝杂传有文备众体的倾向。^① 至于话本小说，本身就与唐人传奇、俗赋及俗讲变文关系密切，^② 因而文备众体亦在情理之中。至于章回小说，"从文体的角度看，由于中国古代白话小说源于变文、讲史这样的通俗文学，因此韵、散结合是其又一重要特征"。因而，形成"韵散结合，文备众体"的特征，"固然取决于小说表现生活的需要，同时也和说书人炫耀学识的传统不无关系"。^③

第四节 《汉书·艺文志》小说家与中国古代小说的诞生

小说一词，最早出现在《庄子·外物》篇中。其最初的含义，是指与主流（或自我）思想不一致的另类思想或学说，是对与主流（或自我）学说不一致的其他学说的贬称。^④ 但之后一直没有著作对小说作明确的阐释。直到东汉初年班固根据刘向、刘歆的《七略》编定《汉书·艺文志》，在《汉书·艺文志》中立小说家这一类，并且著录了十五家小说，小说概念中增加了新的内涵，虽然如此，《汉书·艺文志》小说家类所著录的小说仍不是真正意义上的小说。《汉书·艺文志》之后，随着小说观念的进一步发展，在上古以来故事与史书的共同孕育下，雏形小说破壳而出。

一、《汉书·艺文志》著录的"小说"

西汉末年刘歆作《七略》，东汉初年的班固依据《七略》整理编成《汉

---

① 熊明：《汉魏六朝杂传研究》，中华书局 2014 年版，第 405—411 页。
② 胡士莹：《话本小说概论》，中华书局 1980 年版，第 27—37 页。
③ 李剑国、陈洪主编：《中国小说通史》明代卷，高等教育出版社 2007 年版，第 906 页。
④ 熊明：《中国古代小说观念述评》，《淮阴师范学院学报》2011 年第 1 期。

书·艺文志》。在班固《汉书·艺文志》中，《诸子略》共分十家，小说家被置于最末，共著录了十五家小说：

《伊尹说》二十七篇。（其语浅薄，似依托也。）

《鬻子说》十九篇。（后世所加。）

《周考》七十六篇。（考周事也。）

《青史子》五十七篇。（古史官记事也。）

《师旷》六篇。（参见《春秋》，其言浅薄，本与此同，似因托之。）

《务成子》十一篇。（称尧问，非古语。）

《宋子》十八篇。（孙卿道宋子，其言黄老意。）

《天乙》三篇。（天乙谓汤，其言非殷时，皆依托也。）

《黄帝说》四十篇。（迂诞依托。）

《封禅方说》十八篇。（武帝时。）

《待诏臣饶心术》二十五篇。（武帝时。）

《待诏臣安成未央术》一篇。

《臣寿周纪》七篇。（项国圉人，宣帝时。）

《虞初周说》九百四十三篇。（河南人，武帝时以方士侍郎，号黄车使者。）

《百家》百三十九卷。①

上面所列的十五种小说，关于成书时代，余嘉锡以为，《伊尹说》《鬻子说》《周考》《青史子》《师旷》《务成子》《宋子》《天乙》《黄帝说》这九种为先秦之书，而剩下的《封禅方说》《待诏臣饶心术》《待诏臣安成未央术》《臣寿周纪》《虞初周说》《百家》这六种为汉武帝以后之书。②罗宁认为，除《青史子》

---

① 班固撰，颜师古注：《汉书·艺文志》子部小说家类，中华书局 2011 年版，第 1744—1745 页。

② 余嘉锡：《小说家出于稗官说》，《余嘉锡论学杂著》，中华书局 1963 年版，第 271 页。

《宋子》两书的时代存疑外，其余均为西汉时书籍，且可能出现于汉武帝时及以后。①

关于作者，罗宁认为十五种小说中方士所作有七种：《周考》《黄帝说》《封禅方说》《待诏臣饶心术》《待诏臣安成未央术》《臣寿周纪》《虞初周说》。《伊尹说》《鬻子说》《师旷》《务成子》《天乙》五种为依托古人之书。《百家》为刘向所作。②

至于内容，鲁迅先生在考订辑佚的基础上对这十五种小说的内容进行了推测：

> 其中依托古人者七，曰：《伊尹说》《鬻子说》《师旷》《务成子》《宋子》《天乙》《黄帝》。记古事者二，曰：《周考》《青史子》，皆不言何时作。明著汉代者四家，曰：《封禅方说》《待诏臣饶心术》《臣寿周纪》《虞初周说》。《待诏臣安成未央术》与《百家》，虽亦不云何时作，而依其次第，自亦汉人。③

具体而言，有四种主要是记言，《鬻子说》是伪托周文王向鬻熊请教的言论，《务成子》依班固所注可知是伪托尧和尧师务成昭的问答，《宋子》则为记录战国道家宋荣子的言论，《天乙》是伪托商汤的言论。《伊尹说》《师旷》《黄帝说》依托古人，言语浅薄迂诞。《虞初周说》大概是洛阳人虞初记载周代的故事。④《青史子》则依据班固注解可知是古代史官的记事之作，原书不存，只存留三条佚文，鲁迅在《古小说钩沉》中辑入，一条谈论"古者胎教之道"，一条讲述巾车教之道，一条谈用鸡祭祀，这三条都属于古时的杂礼。⑤

---

① 罗宁：《汉唐小说观念论稿》，巴蜀书社 2008 年版，第 44 页。

② 罗宁：《汉唐小说观念论稿》，巴蜀书社 2008 年版，第 44—45 页。

③ 鲁迅：《中国小说史略》，《鲁迅全集》第九卷，人民文学出版社 2005 年版，第 29 页。

④ 杨国庆编：《汉书艺文志注释汇编》，中华书局 1983 年版，第 162 页。

⑤ 鲁迅：《古小说钩沉》，《鲁迅辑录古籍丛编》第一卷，人民文学出版社 1999 年版，第5—7 页。

《周考》大约侧重考查周代的典章制度。《臣寿周纪》大概与《周考》相似，清代姚振宗认为其主要记录周代的琐事。根据《史记》中的《封禅书》主要记载方术祭祀之事，《封禅方说》则大致记录方士方术的言论。[①]《待诏臣饶心术》，"师古注云：'刘向《别录》云，饶，齐人也。不知其姓，武帝时待诏，作书名曰《心术》也。'"[②] 又根据《管子·七法》中对心术的解释"实也，诚也，厚也，施也，度也，恕也，谓之心术"，[③] 可推断《待诏臣饶心术》大致讲的是有关道德修养的事情。《待诏臣安成未央术》，"应劭曰：'道家也，好养生事，为未央之术。'"[④] 可知此书是关于道家的养生之书。《百家》，鲁迅在《中国小说史略》中解释道："《百家》者，刘向《说苑》叙录云：'《说苑杂事》，……其事类众多，……除去与《新序》复重者，其余者浅薄不中义理，别集以为《百家》。'《说苑》今存，所记皆古人行事之迹，足为法戒者，执是以推《百家》，则殆为故事之无当于治道者矣。"[⑤] 又根据汉代应劭的《风俗通义》佚文引有《百家书》二则，[⑥] 究其内容，这两则佚文都是寓言故事。

《汉书·艺文志》小说家类所著录的这十五种小说，是小说在目录学体系中单独立类后被著录的第一批小说，但却与我们所言的小说相去甚远，还并不是真正意义上的小说。李剑国先生认为："在十五家小说中，只有《伊尹说》《师旷》《黄帝说》《虞初周说》可能有一定小说意味。"[⑦] 罗宁分析认为，"从《汉志》十五种小说的性质来看，记载方术或方士之言最多，此外还有几种记述古代历史制度，而托伊尹、鬻子、师旷、务成子、天乙之名的小说则可能含有一些治国牧民之事，但浅陋不经。其余者亦皆浅薄无益于治道。"[⑧] 鲁

---

① 杨国庆编：《汉书艺文志注释汇编》，中华书局 1983 年版，第 161 页。
② 杨国庆编：《汉书艺文志注释汇编》，中华书局 1983 年版，第 161 页。
③ 管仲撰，吴文涛、张善良编著：《管子》，北京燕山出版社 1995 年版，第 58 页。
④ 杨国庆编：《汉书艺文志注释汇编》，中华书局 1983 年版，第 161 页。
⑤ 鲁迅：《中国小说史略》，《鲁迅全集》第九卷，人民文学出版社 2005 年版，第 31 页。
⑥ 吴树平：《风俗通义校释·风俗通义佚文》，天津人民出版社 1980 年版，第 396 页，第 432 页。
⑦ 李剑国、陈洪主编：《中国小说通史》先唐卷，高等教育出版社 2007 年版，第 13 页。
⑧ 罗宁：《汉唐小说观念论稿》，巴蜀书社 2008 年版，第 45 页。

迅先生也曾总结说："诸书大抵或托古人，或记古事，托人者似子而浅薄，记事者近史而悠缪者也。"① 明人胡应麟更是明确地说："《汉书·艺文志》所谓小说，虽曰街谈巷语，实与后世《博物》《志怪》等书迥别，盖亦杂家者流，稍错以事耳……皆非后世所谓小说也。"② 所以，《汉书·艺文志》小说家类著录的十五家所谓小说，虽宣告了小说的立类，但实际上却没有收入真正意义上的小说。

造成这种奇异现象的根本原因，当是其时的小说观念。班固《汉书·艺文志》小说家类所体现的小说观念，就其本质而言，"当是指与主流学术思想不一致或者说不能归入官方承认的如儒、道、法、墨等学术流派之列的学术见解，也就是主流思想之外的另类思想……不过，班固所谓的小说，还跟文献分类有关，具有文类（但不是文体）称谓的意蕴，也就是说，小说不仅指一种思想，还指一类文章，这样，小说就从言论、思想发展到了指称表述或承载这一类言论或思想的文章了"。③ 正因为以刘向、刘歆《七略》，班固《汉书·艺文志》为主的两汉小说观念如此，故"汉代所谓'小说'，实际指的是由于浅薄迂诞、短小杂乱而不宜归入诸子书、史书，更不能入为经书的百家杂记杂说，其体则亦可记言亦可记事"，④ 是文类小说——广义的小说，而不是强调叙事性、虚构性形象性及独立体制的真正小说——狭义的小说。

二、杂史、杂传小说的出现与中国古代小说的诞生

《汉书·艺文志》中著录的小说不是今之所言真正意义上的小说，在上古以来浩博而充满原始朴素气质的神话传说等故事与系统而多样的史传母体中，经过漫长的孕育，真正意义上的小说在先秦至两汉时期终于破壳而出，并由此踏上了其曲折漫长的进化与嬗变之路。

---

① 鲁迅：《中国小说史略》，《鲁迅全集》第九卷，人民文学出版社 2005 年版，第 8 页。

② 胡应麟：《少室山房笔丛》卷二九《九流绪论下》，中华书局 1958 年版，第 371 页。

③ 熊明：《中国古代小说观念述评》，《淮阴师范学院学报》2011 年第 1 期。

④ 李剑国、陈洪主编：《中国小说通史》先唐卷，高等教育出版社 2007 年版，第 13—14 页。

如前所言，小说渊源于故事，脱胎于史书。小说是在史学的发展中、在史学类别的分化中分流出来的。正如明代的笑花主人在《今古奇观序》中说："小说者，正史之余也。"① 绿天馆主人在《古今小说叙》中所说："史统散而小说兴。"② 清代学者章学诚也认为："史乘而有稗官小说。"③ 但更为确切地说，小说是史流进一步的分流，即从杂史杂传中分流出来的。杂史、杂传是从正史中分流出来，是一次分流，小说则是从杂史、杂传分流出来的，是二次分流。如明人陈言所说："正史之流而为杂史也，杂史之流而为类书、为小说、为家传也。"④ 对于中国古代小说诞生的这种模式，李剑国先生解释说："小说也是史流之变，但从逻辑上说，小说作为'史官之流'，和其他流派并不处在同一个分化层面上，小说又是史流的进一步分流。"⑤

杂史、杂传向小说的分流转化表现为不同的形态：有的是杂史、杂传的不完全转化，即仍然采用史书的体例，但内容则掺杂了传奇异闻、虚构之事，是史书和小说的杂合体，如《吴越春秋》《越绝书》等；有的是向小说的完全转化，即作品结构已经基本脱离了史书的框架束缚，内容多虚构想象之事，叙事情节完整，文学性较强，如杂史小说《汲冢琐语》《山海经》，杂传小说《穆天子传》《燕丹子》《赵飞燕外传》等。小说从杂史、杂传中完全分流出来标志着中国古代小说真正意义上的诞生和小说文体的独立。⑥

准小说形态在战国时期就出现了。现存所见战国时期出现的准小说主要

---

① 笑花主人：《今古奇观序》，丁锡根《中国历代小说序跋集》，人民文学出版社1996年版，第792页。
② 绿天馆主人：《古今小说叙》，丁锡根编著《中国历代小说序跋集》，人民文学出版社1996年版，第773页。
③ 章学诚著，刘公纯标点：《文史通义》卷七《外篇一·立言有本》，古籍出版社1956年版，第202页。
④ 陈言：《颍水遗编》，中华书局1985年版，第31页。
⑤ 李剑国、陈洪主编：《中国小说通史》明代卷，高等教育出版社2007年版，第44页。
⑥ 杂史杂传如何孕育小说，中国古代小说如何从汉魏六朝的杂史杂传中脱胎而出，熊明《汉魏六朝杂传研究》（中华书局2014年版）对此有深入细致的阐释，可看。而如志怪小说如何从史书中分离出来，李剑国先生《唐前志怪小说史》（人民文学出版社2011年版）有细密梳理，可参看。

有《穆天子传》《汲冢琐语》《山海经》等。《穆天子传》为汲冢出土，最早见载于《晋书·束皙传》，其间记载："《穆天子传》五篇，言周穆王游行四海，见帝台、西王母。"①《穆天子传》出土时五篇，原题《周王游行》，荀勖等人在校订时改称为《穆天子传》，并且增加了"周穆王美人盛姬死事"一篇，从而形成今所见的六卷传本。《穆天子传》详细记载了周穆王驾八骏西巡天下之事，其间观黄帝之宫、登春山悬圃、游群玉之山、玄池奏广乐、会见西王母等，行程九万里，最后部分写了盛姬丧礼。《穆天子传》取材于历史传说，记事曼衍夸饰，但叙事清晰，井然有序，疏密相间，详略得体。有记叙，有描写，有抒情，显示出相当充分的文学性，已经具备了基本的小说因素，胡应麟《少室山房笔丛·三坟补逸下》十分赞赏盛姬之死一段，说它"文极赡缛，有法可观，三代前叙事之详，无若此者，然颇为小说滥觞矣"。②《穆天子传》的出现"标志着小说文体的初步形成以及杂传小说的形成"。③

《汲冢琐语》原名《琐语》，也出土于汲冢，故称为《汲冢琐语》，李剑国先生认为它"是最早的杂史体志怪小说"，④"是志怪小说的开端"。⑤它的题材大致包括三方面，即卜筮故事、占梦故事、察妖祥吉凶。《汲冢琐语》虽然故事简短，但是描写形象生动，注重人物形象的刻画和情绪特征，颇具小说意味，如"晋治氏女徒"的故事：

> 晋治氏女徒病，弃之。舞嚚之马僮饮马而见之。病徒曰："吾良梦。"马僮曰："汝奚梦乎？"曰："吾梦乘水如河汾，三马当以舞。"僮告舞嚚，自往视之。曰："尚可活，吾买汝。"答曰："既弃之矣，犹未死乎？"舞嚚曰："未。"遂买之。至舞嚚氏，而疾有间。而生荀林父。⑥

---

① 房玄龄等：《晋书》卷五一《束皙传》，中华书局2011年版，第1432页。
② 胡应麟：《少室山房笔丛》卷三四《三坟补逸下》，中华书局1958年版第456页。
③ 李剑国、陈洪主编：《中国小说通史》先唐卷，高等教育出版社2007年版，第74页。
④ 李剑国、陈洪主编：《中国小说通史》先唐卷，高等教育出版社2007年版，第74页。
⑤ 李剑国：《唐前志怪小说史》，人民文学出版社2011年版，第111页。
⑥ 李剑国：《唐前志怪小说辑释》，上海古籍出版社2011年版，第2页。

这则故事中，女奴的形象在对话中呈现出来，生动形象，颇为感人，她得病被弃的命运让人怜惜和同情。

《山海经》最早见于《史记·大宛列传》："至《禹本纪》《山海经》所有怪物，余不敢言之也。"[①] 它是长时间积累而成的作品，作者可能是巫祝之流，主要记录了远国异民、殊方绝域、草木禽兽、山川神灵等，想象丰富奇特，里面包含了大量的神话传说故事。李剑国先生认为它"不是严格意义上的古小说，只能称为准志怪小说"。[②]

小说品格更加显著的杂传小说在两汉时期逐渐兴盛起来的杂传创作中孕育出来，《燕丹子》《赵飞燕外传》等就是其中的代表。《燕丹子》讲述了战国末期燕国太子丹因在质于秦国时受到秦王嬴政的无礼待遇遂发愤向秦王复仇的故事。太子丹最终募得刺客荆轲，竭诚以待，荆轲遂冒死赴秦，在陛见秦王时奋力行刺，但却功败垂成，反被秦王所杀，太子丹的复仇计划也因此失败。《燕丹子》中情节多虚构，如：

> 后复共乘千里马，轲曰："闻千里马肝美。"太子即杀马进肝。暨樊将军得罪于秦，秦求之急，乃来归太子。太子为置酒华阳之台。酒中，太子出美人能琴者，轲曰："好手琴者！"太子即进之。轲曰："但爱其手耳。"太子即断其手，盛以玉槃奉之。[③]

荆轲欲食马肝，燕丹子杀千里马而取其肝进之；荆轲赞扬美人之手，燕丹子断美人手献之。这些情节描写多不符合情理，出于传闻。另外，燕丹子归国心切，遂有乌白头，马生角的情节，也明显是出于虚构想象。《燕丹子》在大体不违背历史基本事实的前提下，加入大量虚构的成分，是一部小说品格十分鲜明突出的杂传小说，故胡应麟在《少室山房笔丛》中称赞其为"当是古

---

① 司马迁撰，裴骃集解，司马贞索隐，张守节正义：《史记》卷一二三《大宛列传》，中华书局 2011 年版，第 3179 页。

② 李剑国：《唐前志怪小说史》，人民文学出版社 2011 年版，第 127 页。

③ 孙星衍校：《燕丹子》，中华书局 1985 年版，第 9 页。

今小说杂传之祖",①清代学者谭献认为它"文古而丽密，非由伪造，小说家之初祖"。②都肯定了《燕丹子》在小说史上的重要地位。

《赵飞燕外传》是一部以宫闱秘闻为题材的杂传小说，讲述了赵飞燕姊妹和汉成帝的宫闱秘事。其主要艺术成就在于人物的刻画，通过生动的细节，成功地塑造出了赵飞燕姐妹的典型形象。如赵飞燕在太液池歌舞的描写：

> 婕妤接帝于太液池，作千人舟，号合宫之舟。池中起为瀛洲，榭高四十尺。帝御流波文縠无缝衫，后衣南越所贡云英紫裙、碧琼轻绡广袖，坐榭上。后歌舞《归风送远》之曲，帝以文犀簪击玉瓯，令后所爱侍郎冯无方吹笙，以倚后歌。中流歌酣，风大起，后顺风扬音，无方长嘤细嫋，与相属。后裙髀曰："顾我！顾我！"后扬袖曰："仙乎！仙乎！去故而就新，宁忘怀乎？"帝曰："无方为我持后。"无方舍吹持后履。久之风霁，后泣曰："帝恩我，使我仙去不得。"怅然曼啸，泣数行下，帝益愧，爱后。赐无方千万，入后房闼。他日，宫妹幸者或囊裙为络，号曰留仙裙。③

这一节刻画赵飞燕的形象栩栩如生。赵飞燕在歌舞时，借起风之势，假意要随风仙去，装腔作态向帝呼喊，只用几句话就抓住了帝王心，透过文字将她与赵合德争风吃醋的心态表现得淋漓尽致。《赵飞燕外传》的小说品格十分突出，故胡应麟称赞"《飞燕》，传奇之首也"。④

两汉时期除了《燕丹子》和《赵飞燕外传》，还有《汉武故事》《汉武帝内传》《蜀王本纪》等杂传小说。《汉武故事》主要讲了汉武帝求仙之事。故事里的东方朔、钩弋夫人等都被神化了，具有神异色彩，与真实的历史人物

---

① 胡应麟：《少室山房笔丛》卷三二《四部正讹下》，中华书局 1958 年版，第 415 页。

② 谭献著，范旭仑、牟晓朋整理：《复堂日记》，河北教育出版社 2001 年版，第 109 页。

③ 伶玄：《赵飞燕外传》，涵芬楼本《说郛》卷三二，《说郛》三种本第一册，上海古籍出版社 1988 年版，第 560 页下—561 页上。

④ 胡应麟：《少室山房笔丛》卷二九《九流绪论下》，中华书局 1958 年版，第 375 页。

已经相去甚远而可以视为虚构的人物形象了。《汉武帝内传》首先讲述了汉武帝神奇的出生和非凡的幼年，之后则主要讲述武帝与西王母和上元夫人的见面。尤以武帝与西王母的见面，描写得十分精彩，用词华美，叙述细腻。《蜀王本纪》是西汉扬雄的作品，主要讲述了秦前的古蜀国历代君主的事迹，多是神话传说，已经具备小说的基本元素。另外，值得注意的是，除杂传小说之外，两汉时期承继《山海经》而来的地理博物小说也取得了很大成就，出现了如《括地图》《神异经》《洞冥记》《十洲记》等作品。

战国以降至于两汉，是中国古代小说的形成期，中国古代小说刚刚从其故事与史书的母体中脱胎而出，无论是内容还是体制，都还有着十分明显的母体特征，都还带着显著的故事与史书的痕迹。当然，它们身上的小说品格也是明显和突出的，充满新奇与蓬勃的生命力。

第二章　子史之间：中国古代小说的身份追问

　　在中国古代经、史、子、集的四部分类法中，集部基本可以和文学类相对应。但我们知道，自刘向、刘歆《七略》始，特别是班固《汉书·艺文志》，将小说置于诸子略，赋予了小说子书的身份。刘向、刘歆特别是班固对小说身份的判定，得到了《隋书·经籍志》等的进一步确认，从此，中国古代小说在传统目录学著作中就一直被置于子部，子类属性被固定下来，子书身份也成为中国古代小说固定的正式身份。至唐，刘知幾在其经典理论著作《史通》中，认为小说是"自成一家，而能与正史相参行"的史书，[①]赋予了小说史书的身份。自此以降，中国古代小说大致处于亦子亦史的身份标签之下，徘徊在子史之间。

　　这种本质属性与外在身份的错位，深刻地影响了中国古代小说艺术的理论与实践。一方面，子与史的双重身份给中国古代小说带来了许多发展机遇；另一方面，也给中国古代小说带来了较大的发展困境。同时，对自身真实身份归属的寻找、论证与争取，也成为中国古代小说发展过程中的重要任务。具体过程大致可概括为：作为广义的小说即文类小说，在走向现代的进程中，其涵纳"范围由广而狭，大大缩小了"，逐渐与狭义的小说即作为通常意义上的小说重合，走向同一。最终，小说由文类转变为文艺学意义上的文学文体概念，也就是小说成为与诗歌、散文、戏剧等并列的文学文体之一，这一转变在晚清"小说界革命"中得以实现。

---

① 刘知幾撰、浦起龙释：《史通通释》卷一〇《杂述》，上海古籍出版社1978年版，第273页。

第一节　班固《汉书·艺文志》与小说的子书身份

中国古代小说的子书身份，当肇自刘向、刘歆的《七略》。《七略》虽佚，因班固《汉书·艺文志》"今删其要，以备篇籍"，是增删《七略》而成，故《汉书·艺文志》应基本依据《七略》，保留了《七略》的基本内容。小说在《汉书·艺文志》中被置于诸子略，据此可知在《七略》中小说亦当被置于《诸子略》中。《七略》今存部分佚文，姚振宗所辑《七略》中亦有《诸子略》小说家类序及所著录："右小说家凡一十六家，一千四百十五篇。"[①]

《隋书·经籍志》言："光武中兴……又于东观及仁寿阁集新书，校书郎班固、傅毅等典掌焉。并依《七略》而为书部，固又编之，以为《汉书·艺文志》。"[②] 也就是说，班固撰《汉书·艺文志》完全依据《七略》，不仅保留了《七略》的分类体系，其每类小序亦沿用《辑略》之文。这样，刘向、刘歆父子赋予小说的子书身份，就在《汉书·艺文志》中以严肃的历史叙事被正式予以确认。

一、《汉书·艺文志》与小说子书身份的确认

《汉书·艺文志》沿用并继承了刘向、刘歆父子《七略》的分类体系，将小说家置于诸子略中，使刘向、刘歆父子在《七略》中对小说的子书定位得到了确认。《汉书·艺文志》对小说子书身份的确认，对中国古代小说有着深远的影响。《汉书·艺文志》小说类序云：

> 小说家者流，盖出于稗官，街谈巷语，道听途说者之所造也。孔子

---

① 刘向、刘歆撰，姚振宗辑，邓骏捷校补：《七略别录佚文　七略佚文》，澳门大学出版中心 2007 年版，第 85 页，第 132—134 页。

② 魏徵等：《隋书·经籍志》，中华书局 2011 年版，第 906 页。

曰："虽小道，必有可观焉，致远恐泥，是以君子弗为也。"然亦弗灭也，闾里小知者之所及，亦使缀而不忘。或如一言可采，此亦刍荛狂夫之议也。①

　　此序出自刘向、刘歆《辑略》，班固沿用，这不仅显示出从刘向父子到班固小说观念的一致，也显示出他们对小说也有着一致的看法和态度，那就是：小说是"小道"，然有"可观"之处，故"君子弗为"，因其或有"一言可采"之处，故亦"弗灭"。其后在诸子略总序中又说："诸子十家，其可观者九家而已。"这样，实际上又否定了小说的"可观""可采"之处，似乎与小说序文所述有矛盾之处。细察之，总序所言，当着重指"小说"的价值与意义远不及其他九家，与其他九家相比，其"可观""可采"之处就显得微不足道。故《汉书·艺文志》诸子略总序又说："皆起于王道既微，诸侯力政，时君世主，好恶殊方，是以九家之术蠭出并作，各引一端，崇其所善，以此驰说，取合诸侯。"②这其实表明诸子九家都与经世致用、治国理政有关，小说被排除在外，也正是因为小说是"闾里小知者之所及""刍荛狂夫之议"，与经世致用、治国理政无关，故无法与其他九家相提并论。

　　班固《汉书·艺文志》诸子略总序的"诸子十家，其可观者九家而已"一语，实际上也将诸子十家分成了两等，"九家"可观，为一等，"小说"一家则无法与诸子并列，次一等，即小说虽侧于诸子之列，但不能与其他九家等量齐观，明显对小说充满歧视。这种歧视态度一直伴随中国古代小说，且对之影响巨大。一方面，这种歧视态度对小说的发展是有着消极的不良影响的。因为"君子弗为"，许多才学皆具的优秀之士囿于此而不愿投身小说创作，妨碍了优秀之士进入小说创作领域，迟滞了小说艺术的提高与完善。因为小说是"小道""闾里小知者之所及"，也限制了小说的传播和被接受，阻碍了小说读者群的扩大与影响力的扩散。另一方面，也由于这种歧视态度，

---

① 班固撰，颜师古注：《汉书·艺文志》子部小说家类，中华书局 2011 年版，第 1745 页。
② 班固撰，颜师古注：《汉书·艺文志》子部小说家类，中华书局 2011 年版，第 1746 页。

使小说受到较少的关注，从而实际上给予小说较为自由的发展空间，小说中那种游心寓目、游戏三昧的因素得以逐渐增强，中国古代小说独特的美学因素得以茁壮成长。

当然，正如方正耀所言："班固对于'小说'概念的阐述以及借孔子门徒的话的字面意思，特指小说。所表明的观点，代表了东汉以前正统思想家、文学家对于小说的认识的轻视态度。这对以后封建社会各时期的小说批评产生了难以摆脱的影响。不过，尽管班固的批评严重束缚了后世批评家的思想，但后世轻视小说的传统观念的形成并不能完全归咎于他。"他认为班固对小说的歧视，"与彼时已经发达的诗歌、骚赋、古文相较，小说确实难以比肩，无法登上文学之舞台"。①

《汉书·艺文志》不仅对小说做了定义和界说，而且著录了"小说十五家，千三百八十篇"。这为我们提供了东汉以前的小说目录，客观上证实了先秦以来"小说"（基于其定义与界说）的存在，尽管这十五家小说均已散佚不存，但通过小注所透露的诸如书名、作者等一鳞半爪的信息还是可以窥见其时人们心中小说的真实形态，因而具有标本意义。《汉书·艺文志》诸子略小说家类著录的十五家小说如下：

《伊尹说》二十七篇。（其语浅薄，似依托也）

《鬻子说》十九篇。（后世所加）

《周考》七十六篇。（考周事也）

《青史子》五十七篇。（古史官记事也）

《师旷》六篇。（参见《春秋》，其言浅薄，本与此同，似因托之）

《务成子》十一篇。（称尧问，非古语）

《宋子》十八篇。（孙卿道宋子，其言黄老意）

《天乙》三篇。（天乙谓汤，其言非殷时，皆依托也）

《黄帝说》四十篇。（迂诞依托）

---

① 方正耀：《中国古典小说理论史》，华东师范大学出版社 2005 年版，第 9 页。

《封禅方说》十八篇。（武帝时）

《待诏臣饶心术》二十五篇。（武帝时）

《待诏臣安成未央术》一篇。

《臣寿周纪》七篇。（项国圉人，宣帝时）

《虞初周说》九百四十三篇。（河南人，武帝时以方士侍郎，号黄车使者）

《百家》百三十九卷。

　　这十五种小说，正如鲁迅先生所言："则诸书大抵或托古人，或记古事，托人者似子而浅薄，记事者近史而悠谬者也。"① 按照班固的小说定义与界说，可以说，鲁迅先生之语道出了这十五家小说的共同特点，这也正是它们未被纳入其他九家而被置于小说家类的原因所在。《汉书·艺文志》诸子略小说家类所列十五家小说，所记缺乏故事性，或为言辞，或为议论，故历代以来多以为它们还算不上真正意义上的小说。明人胡应麟即云："《汉艺文志》所谓小说，虽曰街谈巷语，实与后世《博物》《志怪》等书迥别，盖亦杂家者流，稍错以事耳，如所列《伊尹》二十七篇……皆非后世所谓小说也。"② 班固《汉书·艺文志》小说家类所体现的小说观念，就其本质而言，"当是指与主流学术思想不一致或者说不能归入官方承认的如儒、道、法、墨等学术流派之列的学术见解，也就是主流思想之外的另类思想……不过，班固所谓的小说，还跟文献分类有关，具有文类（但不是文体）称谓的意蕴，也就是说，小说不仅指一种思想，还指一类文章，这样，小说就从言论、思想发展到了指称表述或承载这一类言论或思想的文章了"。③

　　班固《汉书·艺文志》沿袭与继承了刘向、刘歆父子《七略》的分类体系，将小说置于诸子略中单独成为一类，证实并承认先秦以来在儒、道等九

---

① 鲁迅：《中国小说史略》，《鲁迅全集》第九卷，人民文学出版社 2005 年版，第 8 页。
② 胡应麟：《少室山房笔丛》卷二九《九流绪论下》，中华书局 1958 年版，第 371 页。
③ 熊明：《中国古代小说观念述评》，《淮阴师范学院学报》2011 年第 1 期。

家之外，确有小说一家，并以严肃的历史叙事，给予了小说单独作为诸子之一家的地位，使小说获得了作为诸子之一家的地位和身份，是具有跨时代意义的。"小说"虽自庄子就有言及，但长期以来却没有人明确说明"小说"到底为何物，班固《汉书·艺文志》第一次对"小说"做出了明确的定义、界说和具体作品的汇集列举，虽语带歧视，但毕竟给予并确认了小说独立的身份地位，为中国古代小说的发展开启并预留了巨大的空间。

二、《隋书·经籍志》与小说子书身份的巩固

《汉书·艺文志》之后，成书于唐初的《隋书·经籍志》是另一部影响巨大的重要史志书目，其原本为单独成书的《五代史志》，后以隋在五代中居最后，故将其编入《隋书》，因而称《隋书·经籍志》。

魏晋以来，史籍大增而兵书、术数、方技之书大减，旧的图籍分类之法已无法适应这一新的变化，梁代阮孝绪造《七录》，已将原刘向、刘歆父子《七略》的三十八类扩展为五十五类，《隋书·经籍志》继承《七录》的分类，又参考荀勖《中经新簿》的甲、乙、丙、丁四部分类之法，而总为经、史、子、集四部。原诸子及兵书、术数、方技合为子部，小说也因此成为子部一家，小说类序云：

> 小说者，街谈巷语之说也。《传》载舆人之诵，《诗》美询于刍荛。古者圣人在上，史为书，瞽为诗，工诵箴谏，大夫规诲，士传言而庶人谤。孟春徇木铎以求歌谣，巡省观人诗，以知风俗。过则正之，失则改之。道听途说，靡不毕纪。《周官》，诵训"掌道方志以诏观事，道方慝以诏辟忌，以知地俗"，而训方氏"掌道四方之政事，与其上下之志，诵四方之传道而观衣物"，是也。孔子曰："虽小道，必有可观者焉，致远恐泥。"①

---

① 魏徵等：《隋书·经籍志》子部小说类序，中华书局 2011 年版，第 1012 页。

不难看出，《隋书·经籍志》基本依承《汉书·艺文志》之论而有所补充，如对小说渊源的追溯就是新论。值得注意的是《隋书·经籍志》子部总序对小说的态度，其云：

> 《易》曰："天下同归而殊途，一致而百虑。"儒、道、小说，圣人之教也，而有所偏。兵及医方，圣人之政也，所施各异。世之治也，列在众职，下至衰乱，官失其守。或以其业游说诸侯，各崇所习，分镳并骛。若使总而不遗，折之中道，亦可以兴化致治者矣……①

"儒、道、小说，圣人之教也，而有所偏"，将小说与儒、道等并举，且认为小说和儒、道等一样，是圣人之教，只不过各自所侧重不同而已。这无疑是超越了《汉书·艺文志》的"诸子十家，其可观者九家而已"，将小说与儒、道等其他子书等量齐观。也就是说，子部诸类地位是平等的，这从其下文对"兵及医方"等的论述亦可得到证明，"兵及医方，圣人之政也，所施各异"，兵及医方等亦无差别，仅在于"所施各异"。

《隋书·经籍志》小说类序的论述，提高了小说的地位，以历史叙述的严肃态度，将小说与儒、道等类并列，视小说为子部与其他诸类地位平等的一类。换言之，也可以说给予了小说与儒、道等一样平等的子书身份，小说作为子部书，不再被视为二等，排除在其他子书之外，实际上宣示了小说子书身份的毫无疑义。

《隋书·经籍志》子部小说家类著录小说"二十五部合一百五十五卷"。这二十五部小说，与《汉书·艺文志》相比，出现了一些值得注意的变化：

> 《燕丹子》一卷。（丹燕王喜太子。梁有《青史子》一卷；又《宋玉子》一卷，《录》一卷，楚大夫宋玉撰；《群英论》一卷，郭颁撰；《语林》十卷，东晋处士裴启撰；亡。）

---

① 魏徵等：《隋书·经籍志》子部总序，中华书局 2011 年版，第 1051 页。

《杂语》五卷。

《郭子》三卷。（东晋中郎郭澄之撰）

《杂对语》三卷。

《要用语对》四卷。

《文对》三卷。

《琐语》一卷。（梁金紫光禄大夫顾协撰）

《笑林》三卷。（后汉给事中邯郸淳撰）

《笑苑》四卷。

《解颐》二卷。（杨松玢撰）

《世说》八卷。（宋临川王刘义庆撰）

《世说》十卷。（刘孝标注。梁有《俗说》一卷，亡）

《小说》十卷。（梁武帝敕安右长史殷芸撰。梁《目》三十卷）

《小说》五卷。

《迩说》一卷。（梁南台治书伏梃撰）

《辩林》二十卷。（萧贲撰）

《辩林》二卷。（席希秀撰）

《琼林》七卷。（周兽门学士阴颢撰）

《古今艺术》二十卷。

《杂书钞》十三卷。

《座右方》八卷。（庾元威撰）

《座右法》一卷。

《鲁史欹器图》一卷。（仪同刘徽注）

《器准图》三卷。（后魏丞相士曹行参军信都芳撰）

《水饰》一卷。

其中如《世说》《语林》、殷芸《小说》《燕丹子》《笑林》《笑苑》等，是真正意义上的小说或者是颇具小说品格的杂传、杂记类作品，于此也可见自汉至唐初小说观念的变化，其间真正意义上的小说出现在小说类中，是让人惊喜的。

《隋书·经籍志》是一部按照四部分类法编定的正史史志书目。如前文所言，《汉书·艺文志》将小说列于诸子略中，小说具有了子书身份，但这一身份的给予，毕竟有些勉强，因为"诸子十家，其可观者九家而已"的论断，让小说在诸子中低人一等，无法与儒、道等其他九家并列。《隋书·经籍志》则认为"儒、道、小说，圣人之教也，而有所偏"，将小说与儒、道等并举，亦为"圣人之教"，给予了小说与儒、道等一样的平等地位和价值认可，不仅提升了小说的地位，也使小说的子书身份在新的价值论述中获得了合理的理论支持，小说经刘向、刘歆《七略》赋予并通过《汉书·艺文志》确立起来的子书身份，也因此得到了进一步确认和巩固。

三、历代史志书目与小说子书身份的固化

《隋书·经籍志》以后，四部分类法也成为中国古代史志书目图书著录的基本方法，历代史志书目几无例外地将小说置于子部，小说的子书身份基本固化。

刘昫等撰《旧唐书·经籍志》，乃据毋煚的《古今书录》编定，并云"天宝以后，名公各著文章，儒者多有撰述，或记礼法之沿革，或裁国史之繁略，皆张部类，其徒实繁。臣以后出之书，在开元四部之外，不欲杂其本部，今据所闻，附撰人等传。其诸公文集，亦见本传，此并不录。"① 则其所录止于唐开元年间，非有唐一代典籍。且毋煚所编《开元内外经录》十卷原本附于《古今书录》，《旧唐书·经籍志》也未刊录，这无疑是十分草率和欠妥的做法。另外，《古今书录》原本和《汉书·艺文志》《隋书·经籍志》一样，每部有大序，每类有小序，《旧唐书·经籍志》尽数删去不录，其理由是"窃以纪录简编异题，卷部相沿，序述无出前修。今之杀青，亦所不取，但纪部帙

---

① 刘昫等：《旧唐书·经籍志》上，中华书局 2011 年版，第 1966 页。

而已"。① 由此看来，是因为刘昫等对小说的看法承袭前代而无新见，"序述无出前修"，故不作类序。其子部第九为小说类，"九曰小说家，以纪刍辞舆诵"，著录"小说家十三部凡九十卷"。

在欧阳修《新唐书·艺文志》编纂之前，宋初完成了一部重要的官修目录——《崇文总目》。《崇文总目》为宋仁宗下诏编纂，是一部官修目录学著作，其所著录，乃宋初三馆与秘阁所有藏书，《崇文总目》每类有叙，大略介绍该类之源流嬗变。每部书下又有"释"，即提要，叙、释当主要为欧阳修所撰，今《欧阳文忠公集》有《崇文总目叙释》一卷，包括经部除孝经类外各一则，史部除目录类外每类一则，子部儒家类至兵家类每类一则。小说亦被置于子部，《崇文总目》子部小说类叙云：

> 《书》曰："狂夫之言，圣人择焉。"又曰："询于刍荛。"是小说之不可废也。古者惧下情之壅于上闻，故每岁孟春以木铎徇于路，采其风谣而观之。至于俚言巷语，亦足取也。今特列而存之。②

此叙显然上承《汉书·艺文志》《隋书·经籍志》子部小说类序对小说的基本看法和定位，《崇文总目》子部著录，"小说上共七十部计二百八十八卷"，"小说下共七十九部计二百九十卷"。

参与编纂《崇文总目》的欧阳修，宋仁宗庆历四年（1044）至宋仁宗嘉祐五年（1060）奉诏主持编修《新唐书》。《新唐书·艺文志》一如《旧唐书·经籍志》，无部序与类序，其小说类隶属子部，著录"小说家类三十九家，四十一部，三百八卷。失姓名二家，李恕以下不著录七十八家，三百二十七卷。"③ 从其著录之书看，基本承袭《崇文总目》小说类著录，数量上特别是唐五代的作品又有补充和订正。

---

① 刘昫等：《旧唐书·经籍志》上，中华书局2011年版，第1964页。
② 王尧臣等：《崇文总目》卷五，文渊阁《四库全书》本，第674册，第64页下。
③ 欧阳修、宋祁：《新唐书·艺文志三》，中华书局2011年版，第1529—1534页。

其后的《宋史·艺文志》《明史·艺文志》及《清史稿·艺文志》承《旧唐书·经籍志》《新唐书·艺文志》，均无部序与类序，《宋史·艺文志》主要据宋代四部国史艺文志编定，《明史·艺文志》则仅录明人著述，《清史稿·艺文志》效法《明史·艺文志》。小说在这三部艺文志中均被置于子部，故无须特别说明。及至清初修《四库全书》，永瑢主持、纪昀主撰的《四库全书总目》，《四库全书》是中国图书的一次大规模清理、整辑，《四库全书总目》亦集中国古典目录学之大成，具有总结性质，小说在《四库全书》中仍被置于子部，子书身份毫无疑问。

历代官修史志书目之外，在私家藏书目录中，虽或分类各异，但小说亦基本被置于子部或诸子类，其子书身份亦基本为各家所承认和坚持。

据《梁书·任昉传》，任昉曾自编藏书目录，"当为见于记载的最早的私家藏书目录"。① 至唐有吴兢《西斋书目》等十多家私人藏书目录，但已亡佚不见。至宋，随着造纸技术的进步与刻书业的发展兴盛，书籍大增，私人藏书业也更加兴盛，出现了一批很有影响的私家藏书目录。

晁公武《郡斋读书志》分经、史、子、集四部著录图书，继承刘向、刘歆父子《别录》《七略》传统，四部各有部序、每类有类序，类序置于每类第一部书提要下，每书有提要。其小说类置于子部，其子部大序云："序九流者，以为皆出于先王之官，咸有所长，及失其传，故各有弊，非道本然，特学者之故也，是以录之。至于医、卜、技、艺，亦先王之所不废，故附于九流之末。夫儒、墨、名、法，先王之教，医卜、技艺，先王之政，其相附近也固宜。……况二教无意于世，不自附于圣人，若学而又失之，则其祸将如何？故存之以为世戒云。"② 其子部书分为三大类，儒、道、法至小说，为一类，属于"先王之教"，医卜、技艺为一类，属于"先王之政"，神仙、释书为一类，"无意于世"。这三大类的区分，承袭《隋书·经籍志》之论而加以引申，且有主次的差别，小说在子部书中的地位和儒、墨并列，认同小说的

---

① 罗孟祯：《古典文献学》，重庆出版社 1989 年版，第 147 页。

② 晁公武撰，孙猛校证：《郡斋读书志校证》，上海古籍出版社 2005 年版，第 409 页。

子书身份，且认为正当合理，而神仙、释书则仅是附列备忘而已。

尤袤《遂初堂书目》著录亲见之书，且多为手抄本、监本、蜀本、浙本等善本书。开创了书目著录不同版本的先例。其体亦以四部分类，小说隶于子部。陈振孙《直斋书录解题》根据陈振孙私人藏书编成，共著录典籍三〇九六种，五一一八〇卷，开创了书目解题和记载版本的先河，其体亦分为四部，小说置于子部。

郑樵《通志·艺文略》规模宏大，不用四部分类之法，而将所有图籍分为十二类，他在《校雠略·编次必谨类例论六篇》第二篇中说：

> 臣于是总古今有无之书为之区别，凡十二类，经类第一，礼类第二，乐类第三，小学类第四，史类第五，诸子类第六，星数类第七，五行类第八，艺术类第九，医方类第十，类书类第十一，文类第十二。……诸子一类分十一家，其八家为书八种，道、释、兵、三家书差多，为四十种。……总十二类，百家，四百二十二种，朱紫分矣。散四百二十二种书可以穷百家之学，敛百家之学可以明十二类之所归。①

郑樵《通志·艺文略》虽然将图书分为十二类，但小说仍被置于诸子之列，位在诸子类第十家。其后，受其启发，马端临作《文献通考·经籍考》，把断代的史志书目扩展为通史的艺文志。《文献通考·经籍考》仍然沿袭传统的经、史、子、集四部分类法，创立了全新的辑录体制，无论是部序还是类序，均采辑《汉书·艺文志》以来历代书目的部序、类序，并列举各书目著录图籍之数。解题亦是辑自《汉书·艺文志》《隋书·经籍志》等史志书目、宋朝四代《国史·艺文志》《崇文总目》《郡斋读书志》《直斋书录解题》等书的解题，以及各种序跋、文集中的一切相关资料。小说亦在子部。明焦竑的《国史·经籍志》以《通志·艺文略》为基础，增补宋、辽、金、元、明著作，首列"制书"类，其下是传统的经、史、子、集四部分类，共五大类。小说

---

① 郑樵撰，王树民点校：《通志二十略》，中华书局 2002 年版，第 1804—1805 页。

仍被置于子部。

明清以来，私家藏书兴盛，私家目录众多，小说的子书身份基本为各家所认同和坚持，此不一一举证。

第二节　刘知幾《史通》与小说的史流身份

南北朝梁代殷芸所编《小说》一书，[①]关于其资材来源，刘知幾说："刘敬升《异苑》称：晋武库失火，汉高祖斩蛇剑穿屋而飞。其言不经，梁武帝令殷芸编为《小说》。"[②]姚振宗《隋书经籍志考证》卷三二又说："按此殆是梁武作《通史》时，凡不经之说为《通史》所不取者，皆令殷芸别集为《小说》，是《小说》因《通史》而作，犹《通史》之外乘。"[③]故据刘知幾之言及姚振宗之考证，殷芸《小说》的成书，是因修《通史》时，收集的材料中也包括了许多"其言不经"的历史故事，《通史》不能载录，于是殷芸就将这些"其言不经"之事加以整理，编成了《小说》一书。由此可知，《小说》一书所载录，是正史无法采录的不经之事，亦即历史传闻，《小说》已与史书相联系了。至唐，刘知幾在其《史通》一书中，以严密的理论阐释，赋予了小说史流身份，这对于小说而言，无疑是一个值得注意的重要历史时刻。

---

① 殷芸《小说》，今有鲁迅、唐兰、余嘉锡三家辑本。另外，袁行霈、侯忠义认为宋时刘义庆也曾编过一部以小说为名的书。（参见其《中国文言小说书目》，北京大学出版社1981年版，第27页）此书久佚，且有学者认为根本无此书，如周楞伽，（参见周楞伽辑注《殷芸小说·前言》，上海古籍出版社1984年版，第5页）故本文以殷芸《小说》为论。

② 刘知幾撰，浦起龙释：《史通通释》卷一七《杂说中》，上海古籍出版社1978年版，第480页。

③ 姚振宗：《隋书经籍志考证》卷三二，《续修四库全书》本，上海古籍出版社2002年版，第916册，第499页。

一、刘知幾与小说史流身份的赋予

刘知幾，字子玄，唐彭城（今江苏徐州）人，生于高宗龙朔元年（661），卒于玄宗开元九年（721）。二十中进士，步入仕途，始为获嘉主簿，后改任定王府仓曹。武后长安二年（702）开始担任史官，先后为著作佐郎、左史、著作郎、秘书少监等官，参与撰修国史。《史通》之作，大约始于武后长安二年（702），至唐中宗景龙四年（710）成书，共二十卷，历时约九年。刘知幾《史通》分内外篇，各十卷。内篇三十九篇，阐述史书的源流、体例和编撰方法；外篇十三篇，论述史官建置沿革和史书得失。流传中内篇亡佚《体统》《纰缪》《弛张》三篇，今存内外共四十九篇。

《史通·杂述》论"偏记小说"，开篇即云：

> 在昔三坟、五典、《春秋》《梼杌》，即上代帝王之书，中古诸侯之记。行诸历代，以为格言。其余外传，则神农尝药，厥有《本草》；夏禹敷土，实著《山经》；《世本》辨姓，著自周室；《家语》载言，传诸孔氏。是知偏记小说，自成一家，而能与正史参行，其所由来尚矣。①

"杂述"篇题，浦起龙释云："杂述，谓史流之杂著。"②据此可知《杂述》论述的是史书中的杂著，这些杂著，刘知幾认为源自三坟、五典、《春秋》《梼杌》之外的"其余外传"，他列举了如《本草》《山经》《世本》《家语》之类，然后统称这些"其余外传"为"偏记小说"。对于"偏记小说"一语，据前后文意，其中心是"小说"，《杂述》在提出"偏记小说"概念后，即对其进行了分类：

---

① 刘知幾撰，浦起龙释：《史通通释》卷一〇《杂述》，上海古籍出版社1978年版，第273页。

② 刘知幾撰，浦起龙释：《史通通释》卷一〇《杂述》，上海古籍出版社1978年版，第273页。

> 爰及近古，斯道渐烦，史氏流别，殊途并骛，榷而为论，其流有十
> 焉：一曰偏纪，二曰小录，三曰逸事，四曰琐言，五曰郡书，六曰家史，
> 七曰别传，八曰杂记，九曰地理书，十曰都邑簿。①

"偏记小说"第一类即"偏纪"，浦起龙案云："一作记，后同。"可见，"偏记小说"一语中的"偏记"当是其中一个子类，列第一，特举以牵引"其余外传"的总类名称"小说"，故"偏记小说"或直接称"小说"亦可。这一点，从刘知幾接下来的论述也可以得到印证：

> 又案子之将史，本为二说，然如《吕氏》《淮南》《玄晏》《抱朴》，
> 凡此诸子，多以叙事为宗，举而论之，抑亦史之杂也，但以名目有异，
> 不复编于此科。②

从此段论说可知，此篇所谓"偏记小说"实际上就是原来子部中的小说或诸子类中的小说，和《吕氏》《淮南》《玄晏》《抱朴》等一样，因为"多以叙事为宗"，故刘知幾认为可以视之为史。而如《吕氏》《淮南》《玄晏》《抱朴》等，因为"名目有异，不复编于此科"，没有纳入。浦起龙对刘知幾此节论述的释语云："此又就子家者流剔除近史者以该之"，亦是旁证。另外，刘知幾在谈到对待"偏记小说"的态度时，言及"而言皆琐碎，事必丛残""古人以比玉屑满箧""然则荛荛之言，明王必择"以及引用孔子"多闻，择其善者而从之"等语，都是《汉书·艺文志》《隋书·经籍志》等史志书目小说类序中的常见言辞，刘知幾用来阐释"偏记小说"，亦足可见"偏记小说"即"小说"。

也就是说，刘知幾《史通·杂述》中所谓"偏记小说"，即是原本属于子部的"小说"或诸子类中的小说，他认为小说"多以叙事为宗""能与正史

---

① 刘知幾撰，浦起龙释：《史通通释》卷一〇《杂述》，上海古籍出版社1978年版，第273页。
② 刘知幾撰，浦起龙释：《史通通释》卷一〇《杂述》，上海古籍出版社1978年版，第276页。

参行"，视其为正统史著之外的野史杂著，从而使小说具有了野史的含义，由此将其纳入史流，赋予了小说史流身份。

在列举了小说的十种类别之后，刘知幾即对小说的史流身份进行了系统、严密的理论阐释。不仅对小说的这十类逐一进行了条析界定，而且对各类的特点、优劣得失做了细致准确的归纳述评。对十种类别的条析界定，既有高度的归纳概括，又有具体作品的举例说明：

> 夫皇王受命，有始有卒，作者著述，详略难均。有权记当时，不终一代，若陆贾《楚汉春秋》、乐资《山阳载记》、王韶《晋安陆纪》、姚最《梁昭后略》，此之谓偏纪者也。普天率土，人物弘多，求其行事，罕能周悉，则有独举所知，编为短部，若戴逵《竹林名士》、王粲《汉末英雄》、萧世诚《怀旧志》、卢子行《知己传》。此之谓小录者也。国史之任，记事记言，视听不该，必有遗逸。于是好奇之士，补其所亡，若和峤《汲冢纪年》、葛洪《西京杂记》、顾协《琐语》、谢绰《拾遗》。此之谓逸事者也。街谈巷议，时有可观，小说卮言，犹贤于己。故好事君子，无所弃诸，若刘义庆《世说》、裴荣期《语林》、孔思尚《语录》、阳玠松《谈薮》。此之谓琐言者也。汝、颍奇士，江、汉英灵，人物所生，载光郡国。故乡人学者，编而记之，若圈称《陈留耆旧》、周斐《汝南先贤》、陈寿《益部耆旧》、虞预《会稽典录》。此之谓郡书者也。高门华胄，奕世载德，才子承家，思显父母。由是纪其先烈，贻厥后来，若扬雄《家谍》、殷敬《世传》《孙氏谱记》《陆宗系历》。此之谓家史者也。贤士贞女，类聚区分，虽百行殊途，而同归于善。则有取其所好，各为之录，若刘向《列女》、梁鸿《逸民》、赵采《忠臣》、徐广《孝子》。此之谓别传者也。阴阳为炭，造化为工，流形赋象，于何不育。求其怪物，有广异闻，若祖台《志怪》、干宝《搜神》、刘义庆《幽明》、刘敬叔《异苑》。此之谓杂记者也。九州土宇，万国山川，物产殊宜，风化异俗，如各志其本国，足以明此一方，若盛弘之《荆州记》、常璩《华阳国志》、辛氏《三秦》、罗含《湘中》。此之谓地理书者也。帝王桑梓，列圣遗尘，经始

之制，不恒厥所。苟能书其轨则，可以龟镜将来，若潘岳《关中》、陆机《洛阳》《三辅黄图》《建康宫殿》。此之谓都邑簿者也。[1]

这种既有高度的理论阐释，又有具体作品的列举，从而将小说十类做出了特别清晰的界定，一目了然。其后又逐条（偏记、小录合论）论其优劣得失。

刘知幾以其严密的理论阐释，明确将小说纳入史类，确立了小说的史流身份，小说成为正史之外与"正史参行"的野史杂著的总称，其所包含，是无法归入史部现有类别中的所有涉史杂著。刘知幾赋予小说史流身份，对后世小说观念与小说发展都有着深远的影响。宋修《新唐书·艺文志》、元修《宋史·艺文志》及清修《四库全书》，以及宋以后的一大批目录学家如晁公武、陈振孙、尤袤、马端临、郑樵等的目录著作，在小说一类中，其子目的设立及具体作品的收录都深受刘知幾的影响。

二、小说史流身份的接受与认同

殷芸取"凡不经之说为《通史》所不取者"作《小说》，视历史轶闻为小说。史著不取的历史轶闻可以汇编而成《小说》，那么，修史是否可以从大量的小说中取资呢？

唐初修《晋书》，以南北朝时齐臧荣绪所写的《晋书》为蓝本，同时参考其他诸家晋史，也兼取大量其他史料。其中相当大一部分其他材料，就是魏晋南北朝以来出现的大量小说。刘知幾在《史通》中也因此批评《晋书》：

> 晋世杂书，谅非一族。若《语林》《世说》《幽明录》《搜神记》之徒，其所载或诙谐小辩，或神鬼怪物。其事非圣，扬雄所不观；其言乱神，宣

---

[1] 刘知幾撰，浦起龙释：《史通通释》卷一〇《杂述》，上海古籍出版社1978年版，第273—275页。

尼所不语。皇朝新撰《晋史》，多采以为书。夫以干、邓之所粪除，王、虞之所糠秕，持为逸史，用补前传，此何异魏朝之撰《皇览》，梁世之修《偏略》，务多为美，聚博为功，虽取说于小人，终见嗤于君子矣。[1]

刘知幾于此提及的《语林》《世说》《幽明录》《搜神记》，其中前两种为志人小说，后两种为志怪小说。刘知幾认为，《晋书》编撰者将它们"持为逸史，用补前传"，是不明智的，"虽取说于小人，终见嗤于君子矣"。如前论，志怪和志人小说在刘知幾的"偏记小说"概念中，属于"琐言""杂记"两类。这些能与正史参行的小说，也应当在其"采撰"的范围之内。这里指责批评《晋书》，似有自相矛盾之嫌，不过，如其所言，采小说入史，还有"盖在择之"的问题，故此当是指其无择。其后，刘昫撰《旧唐书》，亦批评《晋书》云："然史官多是文咏之士，好采诡谬碎事，以广异闻；又所评论，竟为绮艳，不求笃实，由是颇为学者所讥。"[2] 及至《四库全书总目》，也对《晋书》采摭小说的行为进行批评："其所褒贬，略实行而奖浮华。其所采择，忽正典而取小说。……其所载者大抵弘奖风流，以资谈柄。取刘义庆《世说新语》与刘孝标所注一一互勘，几于全部收入。是直稗官之体，安得目曰史传乎？黄朝英《缃素杂记》诋其引《世说》'和峤峨峨如千丈松，礧砢多节目'，既载入《和峤传》中，又以峤字相同，并载入《温峤传》中。颠倒舛迕，竟不及检，犹其枝叶之病，非其根本之病也。"[3]

无论《晋书》采录小说的做法是否合理，但有一个事实不容忽视，那就是在刘知幾之前，小说已进入史家的视野，已成为修史的史料来源之一。也就是说，刘知幾将小说纳入史类，赋予小说史流身份，不是无源无本的做法，是有充分的历史实践的。只不过刘知幾反对在史著中不加选择和甄别地滥用小说，强调利用小说要善择。

---

[1] 刘知幾撰，浦起龙释：《史通通释》卷五《采撰》，上海古籍出版社 1978 年版，第 116 页。

[2] 刘昫等：《旧唐书》卷六六《房玄龄传》，中华书局 2011 年版，第 2463 页。

[3] 永瑢等：《四库全书总目》卷四五《晋书》条，中华书局 1995 年版，第 405 页上—中。

刘知幾以其独特的理论眼光，纳小说入史流，突破了《汉书·艺文志》对小说的子书身份定位，为后来论者所继承，对中国古代小说观念与小说发展影响深远。

宋代的司马光即深受刘知幾影响，接受了小说的史流身份，并在修史时从小说中取资。他编撰《资治通鉴》时就曾取资小说，他在《进资治通鉴表》中讲述其编修《资治通鉴》时，就曾"遍阅旧史，旁采小说，简牍盈积，浩如烟海"，[①] 在《答范梦得》中也说："请且将新、旧《唐书》纪、志、传及统纪、补录并诸家传记小说以至诸人文集，稍干时事者，皆须依年月注所出篇卷于逐事之下。"又说："其修长编时，请据事目下所该新旧纪、志、传及杂史小说文集，尽检出一阅。"其文小注又说："其实录正史未必皆可据，杂史小说未必皆无凭，在高鉴择之。"[②] 在这些言论中，司马光把小说和旧史、正史、杂史对举或对称，其所言小说显然是野史或外乘性质。另外，司马光又曾收集北宋前期历史轶闻而成《涑水记闻》一书，李焘云《涑水记闻》是司马光为编撰《资治通鉴后纪》的资料储备，他说："文正公初与刘道原共议：取实录、正史，旁采异闻，作《资治通鉴后纪》。属道原早死，文正起相，元祐后终，卒不果成。今世所传《记闻》与《日记》并《朔记》，皆《后纪》之具也。"[③]《涑水记闻》多以事系人，在庙堂奏对、闾巷议论、私门闲谈等的叙述中，北宋前期众多的历史人物颇鲜活可见。小说品格十分突出，故《四库全书》即将其纳入子部小说类中。今上海古籍出版社编纂《历代笔记小说大观》，亦将其收录其中。但如李焘所言，其本为编撰《资治通鉴后纪》的史料储备，故也常常被视为史料，今中华书局即将其作为史料笔记，收入《历代史料笔记丛刊》中。也就是说，司马光汇集历史轶闻的《涑水记闻》，原本

---

① 司马光：《传家集》卷一七《进资治通鉴表》，文渊阁《四库全书》本，第1094册，第182页下。
② 司马光：《传家集》卷六三《答范梦得》，文渊阁《四库全书》本，第1094册，第581页上。
③ 马端临：《文献通考·经籍考》史部传记类《温公日记》条引，华东师范大学出版社1985年版，第575页。

是为修撰《资治通鉴后纪》而做的资料储备，但人们却一方面承认其史料价值；另一方面却又视之为小说。于此可见《涑水记闻》身份性质的特殊性。当然，这也说明作为史学家的司马光，他汇集的史料具有显著的小说性质，表明司马光是接受并认同刘知幾所赋予小说的史流身份的。

欧阳修对小说的史流身份也是接受并认同的。他在《泰誓论》中说："或曰然则武王毕丧伐纣而《泰誓》曷谓称十有一年？对曰毕丧伐纣出于诸家之小说，而《泰誓》六经之明文也。"在《赠刑部尚书余襄公神道碑铭》中说："自少博学强记，至于历代史记、杂家小说、阴阳律历、外暨浮屠、老子之书，无所不通。"在与《尹师鲁第二书》中说："前岁作《十国志》，盖是进本，务要卷多，今若便为正史，尽宜删削，存其大要，至如细小之事，虽有可纪，非干大体，自可存之，小说不足以累正史。"在《六一诗话》中说："王建《宫词》一百首，多言唐宫禁中事，皆史传、小说所不载者，往往见于其诗。"① 欧阳修言小说，常与史传、史记、正史等并举，野史、外乘之义甚明。

明代的笑花主人在其《今古奇观·序》中不仅接受和认同了小说的史流身份，而且更明确地说"小说者，正史之余也"：

> 小说者，正史之余也。《庄》《列》所载化人、伛偻丈人等事，不列于史。《穆天子》《四公传》《吴越春秋》皆小说之类也。《开元遗事》《红线》《无双》《香丸》《隐娘》诸传，《辇车》《夷坚》各志，名为小说，而其文雅驯，闾阎罕能道之。优人黄幡绰、敬新磨等，搬演杂剧，隐讽时事，事属乌有，虽通于俗，其本不传。至有宋孝皇以天下养太上，命侍从访民间奇事，日进一回，谓之说话人，而通俗演义一种，乃始盛行，然事多鄙俚，加以忌讳，读之嚼蜡，殊不足观。元施、罗二公，大畅斯

---

① 欧阳修：《文忠集》卷一八《泰誓论》，卷二三《赠刑部尚书余襄公神道碑铭》，卷六七《尹师鲁第二书》，文渊阁《四库全书》本，第1102册，第152页下，第537页下，第186页下。《六一诗话》，何文焕辑《历代诗话》，中华书局2001年版，第268页。

道，《水浒》《三国》，奇奇正正，河汉无极，论者以二集配"伯喈"、《西厢》传奇，号"四大书"，厥观伟矣。迄于皇明，文治丰新，作者竞爽，勿论廊庙鸿编，即稗官野史，卓然复绝千古……①

三、小说史流身份与小说范围的扩展

刘知几以其严密的理论阐释，将小说纳入史类，赋予小说史流身份，这对小说产生了巨大影响，最显著者，乃是小说观念的变化所带来的小说范围的扩展。

按照初唐《隋书·经籍志》子部小说类体现出来的小说观念，小说仍然是诸子之一类，被看作和儒、道等一样，是圣人之教，是一种有益于治身理家甚至兴化致治的小道，是一种思想。故《隋书·经籍志》所著录二十五小说，除殷芸《小说》外，主要还是一些无法纳入儒、道等家属于诸子范畴的杂著。刘知几赋予小说史流身份，突破了班固《汉书·艺文志》《隋书·经籍志》的诸子小说观，小说成为正史之外乘，涵纳史部杂著，范围得以扩大，获得了巨大的发展空间，于是，我们看到，自《旧唐书·经籍志》以下的《崇文总目》《宋史·艺文志》小说数量陡增，纳入了大量《史通·杂述》所谓的"偏记小说"类型。

《旧唐书·经籍志》子部小说类著录十三部，数量少，原因如前所言，乃在于它是依据开元时毋煚的《古今书录》编定，"天宝以后，名公各著文章，儒者多有撰述，或记礼法之沿革，或裁国史之繁略，皆张部类，其徒实繁。臣以后出之书，在开元四部之外，不欲杂其本部，今据所闻，附撰人等传。其诸公文集，亦见本传，此并不录。"②则其所录止于唐开元年间，非有唐一代典籍。故无法反映刘知几赋予小说史流身份后的小说观念。

---

① 笑花主人：《今古奇观·序》，朱一玄编《明清小说资料选编》下册，齐鲁书社 1990 年版，第 1056 页。

② 刘昫等：《旧唐书·经籍志》上，中华书局 2011 年版，第 1966 页。

《崇文总目》子部小说类叙虽然上承《汉书·艺文志》《隋书·经籍志》子部小说类序对小说的基本看法和定位，但其著录小说数量巨大，"小说上共七十部计二百八十八卷"，"小说下共七十九部计二百九十卷"。这是宋初三馆与秘阁实际所有藏书。《崇文总目》子部小说类所著录的小说，除了《隋书·经籍志》《旧唐书·经籍志》著录的固有的如《小说》《世说》《笑林》《博物志》等及其同类志怪及轶闻、杂事小说、《燕丹子》及花、茶、竹、钱以及其他各类器物谱外，新增了许多唐五代作品，检视这些作品，不难发现，其中多出了许多带有历史轶闻与当代掌故性质的作品，如《摭言》十五卷、《卢言杂说》一卷、《云溪友议》三卷、《剧谈录》二卷、《幽闲鼓吹》一卷、《戎幕闲谈》一卷、《因话录》二卷、《资暇录》三卷、《玉溪编事》三卷、《耳目记》二卷、《郑氏谈绮》一卷、《释常谈》一卷、《初举子》一卷、《野人闲话》五卷、《洛阳搢绅旧闻记》五卷、《事始》三卷、《续事始》五卷、《忠烈图》一卷、《孝感义闻录》三卷等。这些作品，按照刘知幾的偏记小说分类和定义，大致属于偏记、小录、逸事、琐言、别传等类型。而如《潇湘录》十卷、《纪闻》十卷、《传奇》三卷、《元怪录》(当作《玄怪录》)十卷、《续元怪录》(当作《续玄怪录》)十卷，则主要是唐代新兴的传奇小说集，另还有单篇传奇小说《离魂记》一卷，恐都是被当作杂记类偏记小说而被收入的。这些作品被视为小说，无疑是受刘知幾小说定义的影响，遵循了刘知幾偏记小说的概念而产生的结果。

《新唐书·艺文志》子部小说类著录"小说家类三十九家，四十一部，三百八卷。失姓名二家，李恕以下不著录七十八家，三百二十七卷。"[①]实际著录一百一十七家，一百二十三部。从其著录作品来看，与《崇文总目》一样，除了沿袭《汉书·艺文志》《隋书·经籍志》的小说概念著录小说外，又接受并遵循了刘知幾的偏记小说概念，著录了许多属于偏记、小录、逸事、琐言、别传等类型的小说，如《庐陵官下记》二卷、康骈《剧谈录》三卷、高彦休《阙史》三卷、《卢子史录》《逸史》三卷、李隐《大唐奇事记》十卷、范摅

---

① 欧阳修、宋祁：《新唐书·艺文志三》，中华书局 2011 年版，第 1529—1534 页。

《云溪友议》三卷、李躍《岚斋集》二十五卷、尉迟枢《南楚新闻》三卷、张固《悠闲鼓吹》一卷、《常侍言旨》一卷、《卢氏杂说》一卷、《桂苑丛谭》一卷、《树萱录》一卷、《松窗录》一卷、《芝田录》一卷、《玉泉子见闻真录》五卷等。

　　元脱脱修《宋史·艺文志》，直接取录宋代编修的四部国史《艺文志》，即吕夷简等修太祖、太宗、真宗《三朝国史》，王珪修仁宗、英宗《两朝国史》、李焘修神宗、哲宗、徽宗、钦宗《四朝国史》以及理宗淳祐年间所修高宗、孝宗、光宗、宁宗《中兴四朝国史》中的《艺文志》。《宋史·艺文志》子部小说类著录了"三百五十九部，一千八百六十六卷"。也著录了许多属于偏记、小录、逸事、琐言、别传等刘知幾所谓的偏记小说，如《吴越会粹》一卷、《阙史》一卷、《卢氏逸史》一卷、王仁裕《玉堂闲话》三卷、石文德《唐新纂》三卷、王定保《摭言》十五卷、李绰《尚书故实》一卷、王仁裕《见闻录》三卷、《唐末见闻录》八卷、皮光业《皮氏见闻录》十三卷、段成式《锦里新闻》三卷、孙棨《北里志》一卷、高彦休《阙史》三卷、林恩《史遗》一卷、孙光宪《北梦琐言》十二卷等。

　　由于《宋史·艺文志》取录宋代四朝国史《艺文志》，故或有混乱之处，这种混乱，或可归之于宋四朝国史《艺文志》的混乱，如闻见录一类的作品，子部小说类著录了王仁裕《见闻录》三卷、《唐末见闻录》八卷、皮光业《皮氏见闻录》十三卷等作品，而史部传记类著录了邵伯温《邵氏闻见录》一卷、张纲《见闻录》五卷等作品。子部小说类著录李隐《大唐奇事》十卷，史部传记类著录李隐（一作随）《唐记奇事》十卷，此二书或一书。于此可见，同属于旧文轶事的作品或者甚至同一作品而被分别著录于小说类和传记类，也说明编撰者小说概念的摇摆不定。足见宋人对于刘知幾小说的理解、接受尚有差异。另外，《新唐书·艺文志》也体现出这种摇摆性。比如，刘餗《隋唐嘉话》，又称《小说》《传记》，《新唐书·艺文志》子部小说类著录刘餗《传记》三卷，史部杂传类又著录刘餗《国朝传记》三卷，一书而两录于子部小说和史部传记，也说明小说在获得史流身份后人们对其身份归属的犹豫。

大致而言，宋人基本接受刘知幾将小说纳入史类、赋予小说史流身份的做法，著录的小说数量大增，纳入了属于历史轶闻类的偏记、小录、逸事、琐言、别传等类型的小说，范围扩展。不仅《崇文总目》《新唐书·艺文志》等官修书目如此，私家目录学著作中的小说也发生了同样的变化。

如《郡斋读书志》，其子部小说类就著录了《史话》三卷、《剧谈录》三卷、《芝田录》一卷、《封氏见闻记》五卷、《松窗录》一卷、《朝野金载补遗》三卷、《悠闲鼓吹》一卷、《朝廷卓绝事》一卷、《戎幕闲谈》一卷、《杜阳杂编》三卷、《云溪友议》三卷、《谭宾录》十卷、《金华子》三卷、《摭言》十五卷、《北里志》一卷、《刘公嘉话录》一卷、《尚书故实》一卷、《北梦琐言》二十卷、《皮氏见闻录》五卷等。

刘知幾通过严密周详的理论阐释，赋予小说史流身份，突破了班固《汉书·艺文志》所确立的小说的子书身份，由此小说在小道、思想之外，获得了叙事特性，"以叙事为宗"的著述也因此得以正式跻身小说之列。扩大了小说的范围，为小说开辟了更为广阔的发展空间。从中国古代小说发展的历史角度审视，叙事性的获得，使小说走向近代得以可能实现。因为现代文体意义上的小说，叙事性是其不可或缺的重要特征。

第三节　亦子亦史与小说的发展和困境

班固《汉书·艺文志》沿袭与继承刘向、刘歆父子《七略》的分类体系，将小说置于诸子略中并独立成类，确立了小说的子书身份，为历代史志书目所接受和承认，小说也因此在传统目录学的分类体系中一直被置于诸子类或子部中。唐刘知幾撰《史通》，以其严密周详的理论论述，赋予小说史流身份，大量具有历史轶闻与当代掌故性质的撰作跻身小说之列，扩大了小说的范围，小说也因此具有了双重身份——亦子亦史。

一、亦子亦史与小说题材的扩大

清初修《四库全书》，永瑢主持、纪昀主撰的《四库全书总目》，总结并参考、折衷了刘向、刘歆父子《七略》、班固《汉书·艺文志》、魏徵等《隋书·经籍志》以及晁公武《郡斋读书志》、陈振孙《直斋书录解题》、马端临《文献通考·经籍考》等历代优秀目录学著作，是一部总叙、部叙、类叙、叙录、篇目俱全的官修书目，可看作中国古典目录学总结性和集大成的著作，《四库全书总目》对小说亦子亦史双重身份的认知十分具有代表性。

在《四库全书》中，小说亦被置于子部。《四库全书总目》子部总叙将子部十四类分成了四类：儒、兵、法、农、医、天文算法六家，"皆治世者所有事也"；术数、艺术二家，"皆小道之可观者也"；谱录、杂家、类书、小说四家，"皆旁资参考者也"；释、道二家，"二氏外学也"。不难看出，这是按照社会功用即适用于哪一领域来归类的，这种归类，隐含了按照重要性进行区分的层次性，其逻辑理路是：治世—小道—资参考—外学。儒、兵等六家，与治世有关，属于子部的第一层次，术数、艺术，是可观之小道，属于第二层次，而小说可"旁资参考者"，属于第三层次。不过，子部总叙又说"然儒家本六艺之支流，虽其闲依草附木，不能免门户之私，而数大儒明道立言，炳然具在，要可与经史旁参。其余虽真伪相杂，醇疵互见。然凡能自名一家者，必有一节之足以自立，即其不合于圣人者，存之亦可为鉴戒。虽有丝麻，无弃菅蒯，狂夫之言，圣人择焉，在博收而慎取之耳。"[①]强调每一类既然存在且"自名一家"，都有"足以自立"的根据和道理。

《四库全书总目》子部总叙认为小说可以"旁资参考"，不是可观之小道，这其实是认为小说具有史料性质，这种观念，在《四库全书总目》的小说家类叙中也体现出来。

迹其流别，凡有三派：其一叙述杂事，其一记录异闻，其一缀辑琐

---

① 永瑢等：《四库全书总目》卷九一《子部总叙》，中华书局1995年版，第769页中。

语也。唐宋而后，作者弥繁，中间诬谩失真，妖妄荧听者，固为不少，然寓劝戒，广见闻，资考证者，亦错出其中……今甄录其近雅驯者，以广见闻，惟猥鄙荒诞、徒乱耳目者，则黜不载焉。[①]

在纪昀等四库馆臣看来，小说主要在于"寓劝戒，广见闻，资考证"，其所著录，亦是"甄录其近雅驯者，以广见闻"。这实际上是承袭刘知幾的观念，把小说作为史流来看待的。

《四库全书》的编纂是中国古代图书的一次大规模清理、整辑，它的分类，既适应了中国古代图书的历史发展，又结合了当时图书存在的现实状况。《四库全书总目》的部叙、类序、叙录，考镜源流，辨章学术，观点也较为折衷稳妥，具有总结性和集大成的特点。它将小说置于子部，既遵循了自刘向、刘歆父子以来对小说子书身份的传统定位，又认为小说不在"小道之可观者"之列，而视小说为"旁资参考者"，融合了自刘知幾以来视小说为"正史之外乘"的观念。

原本作为小道思想而属于子书的小说，在获得史流身份后，一个重要影响，就是小说题材的扩大，历史轶闻与当代掌故成为热门题材，此类作品大量涌现，如前文所言，史志书目小说类著录大量这类作品就是一个很好的证明。而且，自唐以降至于明清，历史题材都是小说领域的一个重要题材类型，有许多家喻户晓的作品。

接受与承认小说的史流身份，汇集、撰录历史轶闻与当代掌故以为小说，刘知幾之子刘餗颇具代表性，刘餗字鼎卿，玄宗朝曾任河南功曹、右补阙、集贤殿学士兼知史官。他的《隋唐嘉话》就是受其父小说论述影响而撰作的。他在序中说："余自髫卯之年，便多闻往说，不足备之大典，故系之小说之末。"[②] 于此可见，刘餗撰录这些轶闻掌故，是把它们视为小说的。

① 永瑢等：《四库全书总目》卷一四〇《小说家类叙》，中华书局1995年版，第1182页上。

② 刘餗：《隋唐嘉话》上，《隋唐嘉话 朝野佥载》，中华书局2005年版，第1页。

　　自刘餗之后，唐五代时期出现了一大批类似撰述，其创作心理应多与刘餗相似。比如李肇《唐国史补》，就是《隋唐嘉话》的踵武之作，李肇《唐国史补·序》云："昔刘餗集《小说》，涉南北朝至开元，著为传记，予自开元至长庆撰《国史补》，虑史氏或阙则补之意，续传记而有不为。言报应，叙鬼神，征梦卜，近帷箔，悉去之；纪事实，探物理，辨疑惑，示劝戒，采风俗，助谈笑，则书之。"[①]意在续刘餗之书，言"史氏或阙则补之意"，则其书恐怕也是"能与正史参行"的小说。

　　至宋，欧阳修撰《归田录》，又效法李肇《国史补》。他在《归田录》跋中说："唐李肇《国史补序》云：'言报应，叙鬼神，述梦卜，近帷箔，悉去之；纪事实，探物理，辨疑惑，示劝戒，采风俗，助谈笑，则书之。'余之所录，大抵以肇为法，而小异于肇者，不书人之过恶。以谓职非史官，而掩恶扬善者，君子之志也。览者详之。"[②]承李肇《国史补》而作，则也是在作小说，这一点，其序也有明言："《归田录》者，朝廷之遗事，史官之所不记，与夫士大夫笑谈之余而可录者，录之以备闲居之览也。"[③]

　　从刘餗《隋唐嘉话》到李肇《唐国史补》再到欧阳修《归田录》，先后相继，尽采历史轶闻与当代掌故而为小说，是颇为典型的例子。唐宋时期出现的大量此类撰作，创作动机与目的多是如此。不难看出，小说史流身份的获得，扩大了小说的题材范围，无疑促进了小说创作的繁荣，唐宋时期大量历史轶闻与当代掌故类小说即所谓杂事小说的出现在某种程度上应与此有关，而明清时期的此类作品，亦当是其余波。

　　文言性质的历史轶闻与当代掌故之外，在白话小说中，宋元讲史话本以及明清章回小说中几乎贯通中国历史的历史演义小说的大量涌现，虽不能直接断言与小说史流身份的获得有关，但就题材而言，当然也可视为小说史流身份下历史题材进一步开拓的结果。比如讲史话本，现存的《全相平话五种》

---

① 李肇：《唐国史补》，《唐五代笔记小说大观》上册，上海古籍出版社 2000 年版，第 158 页。

② 欧阳修：《归田录》，《宋元笔记小说大观》第一册，上海古籍出版社 2000 年版，第 629 页。

③ 欧阳修：《归田录》，《宋元笔记小说大观》第一册，上海古籍出版社 2000 年版，第 602 页。

《新编五代史平话》即可类比于文言小说中的历史轶闻撰作，而《大宋宣和遗事》则可类比于文言小说中的当代掌故撰作。而明代自《三国演义》后出现了大量历史演义小说，正如吴门可观道人在《新列国志·序》中说："自罗贯中氏《三国志》一书，以国史演为通俗，汪洋百余回，为世所尚。嗣是效颦日众，因而有《夏书》《商书》《列国》《两汉》《唐书》《残唐》《南北宋》诸刻，其浩瀚几与正史分签并架。"① "据不完全统计，这个时期产生了近四十部历史演义小说。"② 以及以《东周列国志》为代表的"列国"系列小说，亦可类比于文言小说中的历史轶闻撰作。受这种历朝演义小说的影响，其后又出现了若干"本朝演义"小说，③ 包括《英烈传》《续英烈传》《承运传》《征播奏捷传通俗演义》及《戚南塘剿平倭寇志传》等，亦可类比于文言小说中的当代掌故撰作。这些以历史及当代史事为题材的白话小说，依然属于具有史流身份的小说。正如冯梦龙在《古今小说·序》中说：

> 史统散而小说兴，始乎周季，盛于唐，而浸淫于宋。韩非、列御寇诸人，小说之祖也。《吴越春秋》等书，虽出炎汉，然秦火之后，著述尤希，迨开元以降，而文人之笔横矣。若通俗演义，不知何昉，按南宋供奉局有说话人，如今说书之流，其文必通俗，其作者莫可考。……暨施、罗两公，鼓吹胡元，而《三国志》《水浒》《平妖》诸传，遂成巨观，要以韫玉违时，销熔岁月，非龙见之日所暇也。④

既然是"史统散而小说兴"，小说渊源于史，亦即承认小说具有史流身份。于此，我们可以说，小说史流身份的获得，使小说具有了亦子亦史的双

---

① 可观道人：《新列国志叙》，丁锡根编著《中国历代小说序跋集》，人民文学出版社 1996 年版，第 864 页。

② 李剑国、陈洪主编：《中国小说通史》明代卷，高等教育出版社 2007 年版，第 994 页。

③ "所谓'本朝演义'，特指明代出现的几部以本朝历史为题材的小说。"参见李剑国、陈洪主编：《中国小说通史》明代卷，高等教育出版社 2007 年版，第 1002 页。

④ 冯梦龙：《古今小说·序》，《冯梦龙文学全集》第一册，辽海出版社 2003 年版，第 1 页。

重身份，为小说开启了一条更为宽阔的发展道路，随着这一道路的延伸，小说的天地变得愈加广阔。

二、亦子亦史与小说师法史传

如前文所言，史流身份的获得使小说跻身史类，小说也因此获得了师法史传的合法身份和理论支持，开启了小说向史传学习借鉴的通道，这也应当是史流身份给小说带来的另一个重要影响。

我们知道，由于小说固属于诸子一类，班固《汉书·艺文志》所列小说，乃"街谈巷语之说"，皆丛残小语，"都是言辞议论，杂考杂事，大抵缺乏叙事性"，[1] 及至汉魏六朝，在《隋书·经籍志》中，虽有《燕丹子》这样具有杂传性质的作品被纳入小说，但并不多见。这一时期，虽有从正史列传分化出来、"盖亦史官之末事也"[2] 的杂传正蹒跚走向小说，[3] 志怪也开始出现和强调"人情化、兴趣化、诗意化、情绪化"，[4] 但毫无疑问，叙事性的缺失使小说仍然徘徊在雏形阶段。而小说在子书身份之外获得史流身份，使其自然与中国发达的史学成为同类，具有宗亲与血缘的认同与联系，师法有着成熟文体体制与叙事技巧的史传就成为小说的必然选择。

梳理中国古代小说史，中国发达的史传毫无疑问地被认为是中国古代小说的源头之一，但其间的逻辑理路却少有论及。窃以为，中国古代小说史流身份的获得，搭建起了或者说建立起了小说师法史传的理论通道。故我们看到，唐代兴起的传奇小说，无论是在外在的文体体制上还是内在的叙事模式上完全是传记（杂传）的。史流身份的获得使小说获得了向成熟与发达的史传学习的合理与合法身份，这恐怕是中国古代小说于唐代成熟的一个关键的

① 李剑国、陈洪主编：《中国小说通史》先唐卷，高等教育出版社 2007 年版，第 13 页。
② 魏徵等：《隋书·经籍志》杂传类序，中华书局 2011 年版，第 982 页。
③ 熊明：《汉魏六朝杂传研究》下编，中华书局 2014 年版，第 339—419 页。
④ 李剑国：《唐五代志怪传奇叙录·唐稗思考录》，南开大学出版社 1998 年版，第 17 页。

隐形节点。我们也还可以从另一个角度观察和思考，先秦至南北朝时期，中国史学已然十分发达和成熟，特别是《史记》《汉书》《后汉书》《三国志》等纪传体史书相继出现后，小说却还因为体制与叙事性的缺失徘徊在雏形阶段，没有合法身份延宕了小说向史传特别是《史记》创造、而经大量杂传创作实践成熟的人物传记获得体制与叙事技巧。当刘知幾通过严密的理论论述，赋予小说史流身份之后，中国古代小说即迅速从杂传中获得了外在的文体体制与内在的叙事技巧而走向成熟，唐人传奇小说的兴起、兴盛就是这一过程的标本。

　　唐人传奇小说师法史传应当是无可争辩的，"唐人传奇的兴起与汉魏六朝杂传的小说化倾向有着密切的联系，是汉魏六朝杂传小说化倾向发展的必然结果"。[①]传奇小说的文体体制基本是师法杂传文体而来，传奇小说的文体体制无处不烙有杂传文体的印记，就外在的体制模式来看，唐人传奇小说的体制模式基本沿袭和模仿杂传。就内在的叙事模式来看，唐人传奇小说的叙事建构从选材、运材方式到结构安排各方面也基本是学习和借鉴杂传。另外，唐人传奇小说的"文备众体"实际上也与杂传有着密切的联系。早期传奇小说如《古镜记》，题材是志怪的，文体叙事结构明显是多个短小志怪故事的连缀，古镜是将这些故事串联起来的线索，志怪的痕迹是明显的。稍后太宗时期出现的《补江总白猿传》，"是由志怪衍出的第二篇传奇"，[②]叙述欧阳纥失妻、杀猿、获妻经过，因其自言为补江总之传，《太平广记》收录此篇也题《续江氏传》，既是"补传"或"续传"，则此篇小说就在有意无意间借鉴并使用了史传人物传记的传体模式，从而与《古镜记》在结构上有了显著不同。窃以为，正是这种有意无意的实践的存在，当刘知幾从理论高度赋予小说史流身份后，中国古代小说一次大规模师法史学的行动随即到来，唐人传奇小说也迎来了它的快速发展和成熟。当然，其间的因素是多方面且复杂的，比

---

①　熊明：《汉魏六朝杂传研究》，中华书局 2014 年版，第 424 页。

②　李剑国、陈洪主编：《中国小说通史》唐宋元卷，高等教育出版社 2007 年版，第 454 页。

如杂传本身的小说化也无疑是一个重要因素，[1]在唐代，传奇小说实际上本身就被视为杂传（传记），这也为其向史传学习提供了当然理由。

不断师法史传，从各种史传中吸取养料，一直是中国古代小说的优良传统。元末明初兴起的长篇小说，是中国古代小说师法史传而发展自己的又一个成功例证。《中国小说通史》将历史著作影响自元末兴起而在明代繁荣的长篇小说概括为三个方面："第一，历史著作为长篇小说提供了取之不尽的创作素材。""第二，历史著作的编撰形式为长篇小说的结构提供了仿效的范式。""第三，历史著作对长篇小说的叙事方式和写作技巧也产生了影响。"在第二点中，《中国小说通史》举例说："《三国演义》主要采用了编年体，基本上按照历史的进程演述了从东汉末到西晋百余年的历史；《水浒传》主要采用了纪传体，尤其是梁山英雄排座次以前的情节，基本上是以连环列传的方式组织众多英雄的传奇故事；而《三遂平妖传》则更多借鉴了纪事本末体的形式，比较完整地记述了王则事件的全过程。至于纲鉴体则对章回小说的形式产生了普遍的影响。"[2]

小说史流身份的获得，使小说具有了亦子亦史的双重身份，对小说产生了重要影响。一方面，扩大了小说的题材，体现在文言小说领域就是唐宋时期历史轶闻与当代掌故成为热门题材，杂事小说大量涌现。体现在白话小说领域就是宋元讲史类话本及其拟话本小说以及明清历史演义小说的兴盛。另一方面，也使小说跻身史类，由此获得了向史传借鉴与学习的合法身份和理论支持，中国古代小说即迅速从杂传中获得了外在的文体体制与叙事技巧而走向成熟，而不断师法史传，也成为中国古代小说的一个优良传统。

显然，获得史流身份之后的中国古代小说，具有了亦子亦史的双重身份，这种双重身份给中国古代小说带来了巨大的发展。但当片面或者偏执地理解小说的某一身份时，也会给小说创作带来困扰，影响中国古代小说的健康发展。

---

[1]　关于此点，拙著《汉魏六朝杂传研究》（中华书局 2014 年版，第 339—411 页）有专论，可参看。

[2]　李剑国、陈洪主编：《中国小说通史》明代卷，高等教育出版社 2007 年版，第 914 页。

三、史流身份与小说的困境

片面或偏执地强调小说的史流身份，就会造成小说艺术性的丧失而滑向真正意义上的"正史之余"——史料的堆积或历史事实的罗列。

宋人为小说，就多有强调小说的史流身份，继而要求小说尤其是撰录历史轶闻与当代掌故的小说也要信实，要符合史著"按实而书""盖文疑则阙，贵信史也"的实录要求，① 即如果有疑问，应"疑则传疑"。② 如张邦基《墨庄漫录》，就是如其《跋》所言，"如寓言寄意者，皆不敢载，闻之审，传之的，方录焉"，完全是按照信实原则来撰录的。其《跋》又尚云：

> 稗官小说虽曰无关治乱，然所书者必劝善惩恶之事，亦不为无补于世也。唐人所著小说家流，不啻数百家，后史官采撷者甚众，然复有一种，皆神怪茫昧，肆为诡诞，如《玄怪录》《河东记》《会昌解颐录》《纂异》之类，盖才士寓言以逞辞，皆亡是公、乌有先生之比，无足取焉。近世诸公所记，可观而传者，如杨文公《谈苑》、欧文忠公《归田录》、沈存中《笔谈》……不可概举。但著述者于褒贬去取，或有未公，皆出于好恶之不同耳。故予抄此集，如寓言寄意者，皆不敢载，闻之审，传之的，方录焉……③

刘知幾要求史书所记要"记功司过、彰善瘅恶"，④ 司马光要求史书所记要

---

① 刘勰撰，范文澜注：《文心雕龙注》卷四《史传》，人民文学出版社1998年版，第286页，第287页。
② 司马迁撰，裴骃集解，司马贞索隐，张守节正义：《史记》卷一三《三代世表》，中华书局2011年版，第487页。
③ 张邦基：《墨庄漫录》，《墨庄漫录·过庭录·可书》，中华书局2004年版，第281—282页。
④ 刘知幾撰，浦起龙释：《史通通释》卷七《曲笔》，上海古籍出版社1978年版，第199页。

"关国家兴衰，系生民休戚，善可为法，恶可为戒者"[①]张邦基明言小说要"必劝善惩恶之事"，这种要求实与刘知幾、司马光对史书的要求如出一辙，是按照史书的标准来要求小说。基于此，他批评唐人小说如"《玄怪录》《河东记》《会昌解颐录》《纂异》之类"，"皆神怪茫昧，肆为诡诞"。我们知道，在刘知幾将小说纳入史流的论述中，杂记一类就是"若祖台《志怪》、干宝《搜神》、刘义庆《幽明》、刘敬叔《异苑》"之类的志怪小说，[②]张邦基以"无足取"而加以排斥。正是由于对史流身份的强调，张邦基的《墨庄漫录》几失小说品格而成为史料的汇集。

张邦基要求小说信实并承担史书的功能，显然是对小说史流身份片面或偏执的理解。这种片面或过分地对小说史流身份的强调，无疑会给小说创作带来困扰，使小说陷入困境。因为虚构在小说的发展过程中早已得到承认，是小说之所以成为小说的重要特性，而且在唐人那里已有处理小说这一特性的完美实践。当小说的史流身份被片面或过分强调，排斥虚构，这无疑是一种倒退，给小说的健康发展造成不良影响。这在洪迈的小说创作中就体现得十分典型。洪迈在利用收集来的素材进行创作时，就常常以实录为原则，"每闻客语，登辄纪录，或在酒间不暇，则以翌旦追书之，仍亟示其人，必使始末无差戾乃止"。并常常注出故事来源，证明所录故事"耳目相接，皆表表有据依者"。[③]这种做法的后果，正如《中国小说通史》所言："作家进行创作加工的自由性作茧自缚地被取消了，自由的作家成为材料的奴隶。"[④]原本极佳的故事题材被写得平实呆板，毫无玄虚空灵之致。"明明一个关于林灵素降仙的故事纯属虚诞，偏要追究是不是这位道士在玩魔术蒙人（《夷坚志补》卷二〇《神霄宫醮》）；明明听到一个估客航海被巨鱼所吞的故事纯属乌有只管记下

---

① 司马光：《传家集》卷一七《进资治通鉴表》，文渊阁《四库全书》本，第 1094 册，第 182 页上。

② 刘知幾撰，浦起龙释：《史通通释》卷一〇《杂述》，上海古籍出版社 1978 年版，第 274 页。

③ 洪迈撰，何卓点校：《夷坚志》第三册《支庚序》，第一册《乙志序》，中华书局 2006 年版，第 1135 页，第 185 页。

④ 李剑国、陈洪主编：《中国小说通史》唐宋元卷，高等教育出版社 2007 年版，第 707 页。

来就是，偏偏要死心眼地追问'一舟尽没，何人谈此事于世乎'（《夷坚戊志序》）；明明秦少游和长沙妓女恋爱的一段故事出于传闻，偏要考证有无，为自己轻率记入《夷坚志》而追悔莫及（《容斋四笔》卷九）。"①

宋人对小说史流身份的强调所造成的小说困境，自宋以降的元明清一直存在。如明人黄瑜作《双槐岁钞》，也特别注重材料的真实和确凿。他在序中说："今予此书，得诸朝野舆言，必证以陈编确论；采诸郡乘文集，必质以广座端人。如其新且异也，可疑者阙之，可厌者削之。虽郁于性命之理，若不足为畜德之助，而语及古今事变，或于道庶几弗畔云。"②事事征实，可疑者阙之，这实际上是将小说创作变成了史料收集，无疑也是片面或偏执地强调小说的史流身份、视小说为真正的可与正式参行的史著所致。这使宋以降的杂事类小说以及以历史轶闻和当代掌故为题材的文言小说逐渐偏离小说而滑向史料笔记和学术笔记。

因小说史流身份的获得而兴盛的历史轶闻与当代掌故题材的小说如此，就是在原本没有这样问题的志怪、传奇小说的创作领域也出现了同样的问题。比如宋乐史撰《绿珠传》。乐史，是宋初杰出的历史学家，其撰作《绿珠传》，体现出了对小说史流身份的偏重，于是我们看到，《绿珠传》的撰作，完全遵循史传"传信""传疑"的原则，叙述绿珠事迹，完全是史家笔法。绿珠是晋代石崇小妾，只是历史上一个小女子，其生平事迹见于史籍者十分有限，基本都与石崇相关，于是作者搜罗各种故书，把与之有关的资料爬梳出来，然后罗列于传中。而且用了相当多的篇幅考证绿珠出生州县的沿革山水，叙述石崇与孙秀、赵王司马伦之间的关系，这样一来，本为绿珠作传，但实际上看上去却更像是石崇传。

又如在明代白话小说领域，随着历史演义小说的兴盛，如何定位历史演义小说，也存在片面强调小说的史流身份而视这类历史演义小说为史学附庸

---

① 李剑国、陈洪主编：《中国小说通史》唐宋元卷，高等教育出版社2007年版，第707页。
② 黄瑜：《双槐岁钞》，《明代笔记小说大观》第一册，上海古籍出版社2005年版，第97页。

的问题，如张尚德所谓"羽翼信史而不违"的言论就是典型论调。① 这时出现的以《东周列国志》为代表的"列国"系列小说就是这一认识的创作实践。事实证明，"列国"系列小说的实践是不甚成功的，陈继儒就说《列国志传》有如一部历史的"大帐簿"："《列传》始自周某王之某年，迄某王之某年，事核而详，语俚而显，诸如朝会盟誓之期，征讨战攻之数，山川道里之险夷，人物名号之真诞，灿若胪列，即野修无系朝常，巷议难参国是，而循名稽实，亦足补经史之所未赅，譬诸有家者按其成簿，则先世之产业厘然，是《列传》亦世宙间之大帐簿也。"②

四、子书身份与小说的困境

片面或偏执地强调小说的史流身份，如片面或偏执地强调小说的子书身份，同样会给小说创作带来困扰，使小说陷入困境。

作为子书的小说，自《庄子》以降，正式被班固在《汉书·艺文志》中置于诸子略，其本为儒、道等诸子之外的一家，一种属于"小道"的思想，可用于治身理家的小知小解。因此强调小说的子书身份，实际上就是强调小说的思想承载。反之，强调小说的思想承载，其理论依托就是小说的子书身份。

思想承载固然是小说的应有之义，但把小说当作思想承载的工具，就落入了片面和偏执。宋人为小说，就有片面或偏执强调小说的子书身份的现象存在，表现为在小说创作中过分追求教化目的而致小说主题伦理化，要求小说"所书者必劝善惩恶"，③ 小说故事沦为图解主题思想的工具，且其手法常

---

① 张尚德：《三国志通俗演义引》，朱一玄、刘毓忱编《三国演义资料汇编》，南开大学出版社 2005 年版，第 234 页。

② 陈继儒：《序列国传》，丁锡根编著《中国历代小说序跋集》，人民文学出版社 1996 年版，第 863 页。

③ 张邦基：《墨庄漫录》，《墨庄漫录·过庭录·可书》，中华书局 2004 年版，第 281 页。

常十分生硬和僵直。"于是我们会看到，在大量爱情小说中价值天平由情向理倾斜，义娼贞妇之作比比皆是，人情人欲人性受到蔑视，稍一涉情涉欲便被'存天理去人欲'的教条打退。许多作者煞是痛苦，欲说还休地写情，装模作样地谈理，扭曲的人格，扭曲的文章。"①

比如秦醇《温泉记》，叙西蜀张俞为冥吏所召，见杨贵妃，并与之对浴、对饮、对榻而眠，天明分别。这分明是一个人鬼艳遇故事，如果在唐人笔下，必如《周秦行纪》《刘长史女》《唐晅手记》等被写得摇曳生姿。但在秦醇笔下，却止于浅浅的一次会面而已。正如李剑国先生所言，"耽乎色而畏乎礼，既猥琐而又迂腐"，②这显然是作者囿于道德伦理的束缚所致。在宋人那里，由于理学的藩篱在人们的心中已高高竖起，道德教化几乎成为小说家的自觉，因而，宋人小说中的这种思想的承载是普遍和常态化的。

及至明代，强调小说的载道、传道，在其理论追溯时往往指向小说的子书身份。如冯梦龙在其"三言"序中就是如此。

《古今小说·序》云：

> 试令说话人当场描写，可喜可愕，可悲可涕，可歌可舞；再欲捉刀，再欲下拜，再欲决脰，再欲捐金；怯者勇，淫者贞，薄者敦，顽钝者汗下，虽日诵《孝经》《论语》，其感人未必如是之捷且深也。

《警世通言·序》云：

> 野史尽真乎？曰：不必也。尽赝乎？曰：不必也。然则去其赝而存其真乎？曰：不必也。六经、《语》《孟》，谭者纷如，归于令人为忠臣、为孝子、为贤牧、为良友、为义夫、为节妇、为树德之士，为积善之家，

---

① 李剑国、陈洪主编：《中国小说通史》唐宋元卷，高等教育出版社 2007 年版，第 707—708 页。

② 李剑国：《宋代志怪传奇叙录》，南开大学出版社 1997 年版，第 160 页。

如是而已矣。经书著其理，史传述其事，其揆一也。理著而世不皆切磋之彦，事述而世不皆博雅之儒。于是乎村夫雅子、俚妇估儿，以甲是乙非为喜怒，以前因后果为劝惩，以道听途说为学问，而通俗演义一种遂足以佐经书史传之穷。

《醒世恒言·序》云：

以《明言》《通言》《恒言》为六经国史之辅，不亦可乎？若夫淫谈亵语，取快一时，贻秽百世，夫先自醉也。而又以狂药饮人，吾不知视此"三言"者得失何如也？[①]

在《古今小说·序》中，冯梦龙将小说的教化感染作用，与"诵《孝经》《论语》"比较，是从小说的子书身份立论。在《警世通言·序》中，将先举野史，辨其真赝问题，次举"六经、《语》《孟》"，阐释"令人为忠臣、为孝子"等事，"经书著其理，史传述其事"，各居一端，而小说则可以兼二者之能，"一种遂足以佐经书史传之穷"，显然是从小说的史流身份和子书身份角度立论。《醒世恒言·序》直言"《明言》《通言》《恒言》为六经国史之辅"，"六经"与"国史"，也是综合小说的子书身份与小说身份两个方面立论的。冯梦龙对小说承担承载思想功能的理论阐释，以小说的子书身份为依托，在明代是有代表性的。也正是这种理论阐释，使明代小说创作普遍讲究思想承载。

冯梦龙是高明的小说家，他的"三言"，取得了很高的艺术成就，并没有简单枯燥地图解小说所承载的道德伦理等主题，但其"喻世""警世""醒世"的书名，还是有着强烈的宣示与标榜目的。其他小说就更是如此了。如《型世言》。

《型世言》全称《峥霄馆评定通俗演义型世言》，十卷四十回。钱塘陆人

---

① 冯梦龙：《古今小说·序》，《警世通言·序》，《醒世恒言·序》，《冯梦龙文学全集》第一、二、三册，辽海出版社 2002 年版，第 1 页。

龙撰。《型世言》中的小说，主题多不出忠孝节义，主人公多为忠臣烈女、清官义士。比如开篇第一回《烈士不背君，贞女不辱父》，就是这样一个典型故事。靖难之役，兵部尚书铁铉兵败被俘，大义凛然，慷慨赴死。秀才高贤宁为保存遗孤，辗转隐匿，铁氏二女被发配教坊为娼，而誓守贞洁。后得高贤宁与锦衣指挥纪纲营救，被赦，同嫁高贤宁。二子后亦被赦，阖家团聚。小说中铁铉代表忠义，高贤宁代表义气，铁氏二女代表贞节。艺术上乏善可陈而忠孝节义的思想承载十分鲜明。正如欧阳代发所言："《型世言》及明末拟话本，较之'三言二拍'，更多的是张扬封建伦理道德以及针对明末社会黑暗、世风败坏发出的陈腐说教与劝诫，本文认为，主要原因是以挽救危亡为旨归的明末东林党、复社倡导实学，复兴古学，大力清算晚明新思潮，从而影响到通俗小说领域，使之在关注现实人生的同时，更强调了忠孝节烈等封建伦理道德的说教与劝诫。"①

明代白话小说如此，文言小说亦是如此。赵弼《效颦集》中显忠劝善的目的就十分强烈和鲜明，"或立言以著其节行，或即事以斥乎奸回，或托辞以明乎报应，或据理以辩乎异同。其类不一，而足褒善贬恶，彰显阐幽，皆得乎好恶之正"。②通过道德报应的故事设计，表达其"好恶之正"。上卷十一篇，主人公就是如文天祥、袁镛、何忠等宋元以来至于当代的"贤士"，如《宋进士袁镛忠节传》就大肆书写忠臣之烈与奸臣苟且，并借声名、子孙在后世的不同命运来显扬忠节。《效颦集》撰写这些人物，常常是"盖棺定论"式的描述，"褒善人于既往，以开人之自新之路；诛恶者于身后，以闭人之邪枉之门"。③这种毫无掩饰的道德伦理主题的表达，以致有"迂腐"之讥。

至清代，在小说领域，片面或偏执地强调小说承载思想伦理主题的主张

---

① 欧阳代发：《〈型世言〉与明末拟话本的走向》，《社会科学研究》1995年第4期。

② 赵弼：《效颦集》潘文奎序，《四库全书存目丛书》，子部第246册，齐鲁书社1995年版，第304页下。

③ 赵弼：《效颦集》赵子伯后序，《四库全书存目丛书》，子部第246册，齐鲁书社1995年版，第357页下。

依然存在，如无名氏云："春秋之笔，无非褒善贬恶，而立万世君臣之则。小说传奇，不外悲欢离合，而娱一时观鉴之心。然必以忠臣报国为主，劝善惩恶为先。"① 相较而言，清人更是视小说为辅教工具，"认为小说的创作目的，就在于以通俗语言讲经明道，宣扬统治思想"，② 比明人走得更远。

如何处理小说的思想承载，唐人小说就处理得相对较为完美，即使是表达一个形而上的观念，如《定婚店》对唐人婚姻命定观念的形象呈现、《圆观》对因缘轮回观念的表达等，都是精彩的。宋以降出现的片面或偏执地强调小说的子书身份，强调小说的思想承载，往往使小说沦为说教的工具，给中国古代小说的发展造成了持续的且膏肓式无法解决的消极影响。

第四节　从文类到文体与小说的文学文体身份

中国古代小说，从"小说"一词第一次出现在《庄子·外物》篇开始，一路走来，至于近代，它其实经历了一个从文类到文学文体的演变过程。中国古代小说的文学文体身份的获得与确立，成为与诗歌、散文、戏剧等并列的文体之一，一般认为当在十九世纪末二十世纪初。与梁启超发起的"小说界革命"密切相关。

一、文类小说与中国古代小说

班固在《汉书艺文志》诸子略中立小说家一类，由此所谓的小说，不仅指一种思想，还跟文献分类有关，是一类文章的总称，具有文类称谓的含

---

① 无名氏：《五虎平西前传序》，丁锡根编著《中国历代小说序跋集》，人民文学出版社1996年版，第997页。

② 方正耀：《中国古典小说理论史》，华东师范大学出版社2005年版，第152页。

义。① 也就是说，班固《汉书·艺文志》立小说家类，小说实际上除了指言论、思想的含义外，又有了指称表述或承载这一类言论或思想的文章的总称，因此可称为文类小说。

作为文类，班固等对文类小说的特征做了相应的描述。首先，关于小说类著述的材料和结构方法。桓谭所说的"丛残小语"，及班固所说的"街谈巷语，道听途说""刍荛狂夫之议"，即点明了小说所用的材料。小说类著述中的材料，都是一些不被主流重视、被主流蔑视、为主流鄙弃的，是与经典、圣人的言论不一致，或出自民间鄙野之人之口或干脆来源于传闻的言论。小说家们从民间得到材料后，经过他们的整理（合）、组织（造），并贯以自己的观点，以一定的文法（饰、譬论），最终结构成篇，就成了小说。其次，关于小说的体制和形制。小说的内容指非经典的小道之类的文字，在体制、形制上是"短书"，也就是说，短书不仅记录的是属于另类的见解和观点，从体制、形制上看，亦很短小。最后，关于小说的渊源。班固以为小说"盖出于稗官"，张衡又称"小说九百，本自虞初"，二人关于小说起源的看法不同，可见，在汉代，关于小说渊源已有了不同看法。这两种观点，都对后世小说的范围界定即对小说内涵的理解产生了很大影响。班固之说，使小说的范围向着史的方向延伸，出现了向叙事之文靠近的趋势；张衡之说，使小说的范围向着医巫厌祝之类扩展，虚诞之文渐被延入其中。

我们谈论中国古代的小说，实际上有两个层面的含义，一是广义的小说，即文类小说，无论是在子书身份之下，还是在史流身份之下，抑或在亦子亦史的双重身份之下，它都是一个涵纳甚广的集合，是自然历史状态的中国古代小说；二是狭义的小说，即通常所谓的中国古代小说，是综合考虑中国古代小说的特殊性，按照叙事性原则、传闻性原则或虚构性原则、形象性原则、体制原则遴选出来并符合作为文艺学意义上的文学文体概念的小说，是取舍之后、纯净化了的中国古代小说。

作为广义的文类小说，在中国古代小说发展史上有四个关键点值得注意。

---

① 熊明：《中国古代小说观念述评》，《淮阴师范学院学报》2011 年第 1 期。

第一是班固《汉书·艺文志》。文类小说，溯其根源，当是刘向、刘歆父子的《七略》，但因其已佚，而班固《汉书·艺文志》又主要依据其而成书，故班固《汉书·艺文志》诸子略设立小说家类，可视为文类小说含义的起点。《汉书·艺文志》诸子略小说家类所录十五种书，为诸子九家之外的子书杂著，"大抵或托古人，或记古事"。①都是言辞议论，杂考杂事之书。由于其主要是子书杂著，著录于诸子类（自《隋书·经籍志》以后则著录于子部），故可称为子部小说。

第二是刘知幾《史通》。刘知幾在《史通》中，以具体详尽的理论阐释，将小说纳入史类，称为"偏记小说"，并将其分为偏纪、小录、逸事、琐言、郡书、家史、别传、杂记、地理书、都邑簿十种类型。②由于其主要是史书杂著，存在于史部，故可称为史部小说。这样，文类小说所包括的范围，就由《汉书·艺文志》仅包括言辞议论，杂考杂事的子类杂著，拓展到一切史类杂著。

第三是李昉等《太平广记》。《太平广记》是宋初李昉、扈蒙、李穆、汤悦、徐铉、宋白、张洎、王克贞、董淳、赵邻幾、陈鄂、吴淑、吕文仲十三人奉宋太宗之命编纂，全书共五百卷。《太平广记》所收录，李攸这样概括其类型："又谓稗官之说，或有可采，令取野史、传记、故事、小说编为五百卷，赐名《太平广记》。"③王应麟略有不同："又以野史、传记、小说杂编为五百卷。"④少了李攸的"故事"。就李攸、王应麟所论而言，《太平广记》的文类小说，既包括了《汉书·艺文志》小说类所定义的子书杂著——子部小说，也包括刘知幾偏记小说所界定的史书杂著——史部小说。

第四是永瑢等《四库全书总目》。《四库全书总目》的小说，"迹其流别，

① 鲁迅：《中国小说史略》，《鲁迅全集》第九卷，人民文学出版社2005年版，第8页。
② 刘知幾撰，浦起龙释：《史通通释》卷一〇《杂述》，上海古籍出版社1978年版，第273页。
③ 李攸：《宋朝事实》卷三《圣学》，台湾新文丰出版公司1986年版，《丛书集成新编》本，第37页。
④ 王应麟：《玉海》卷五四《艺文·总集文章》"太平兴国《太平御览》《太平广记》"条，广陵书社2003年版，第1030页下。

凡有三派：其一叙述杂事，其一记录异闻，其一缀辑琐语也"。[1] 排除了"诬谩失真""猥鄙荒诞"，亦即那些原本包含在文类小说中而涉荒诞、虚构的作品。也就是说，《四库全书总目》的文类小说，较之《太平广记》等所涵纳的范围明显缩小。

通常意义上的小说，唐前已有了志怪、志人、杂传小说等雏形小说，[2] 但班固《汉书·艺文志》小说文类所录十五种小说，如明人胡应麟所云："皆非后世所谓小说也。"[3] 至《隋书·经籍志》，则可见属于杂传小说的《燕丹子》、属于志人小说的《郭子》《世说》《笑林》、属于杂事小说的《小说》等通常意义上的小说出现了，但作为先唐大宗的志怪小说，如《冥祥记》《宣验记》《搜神记》等则被著录在了史部杂传等类目中。

刘知幾的偏记小说，根据其定义和举例，逸事、琐言、杂记是通常意义上的小说，逸事即所谓杂事小说，琐言即是所谓志人小说，杂记则是志怪小说。基本囊括了初唐以前的所有通常意义上的小说类型。而偏纪、小录、郡书、家史、别传、杂记、地理书、都邑簿中许多作品，是有显著小说品格的。因而刘知幾的偏记小说，可以说基本涵纳了所有当时通常意义上的小说作品。

《太平广记》所录小说，分类庞杂，数量宏大，如依据李攸、王应麟之语，则包括了刘知幾的偏记小说所界定的史部小说，又包括《汉书·艺文志》以降所定义的子部小说。正如鲁迅在《破〈唐人说荟〉》中所说，"从六朝到宋初的小说几乎全收在内"，[4] 即涵纳了宋前所有的通常意义上的小说，特别是纳入了唐代兴起的传奇小说。唐人传奇，在其产生兴盛的唐代，人们并不称为传奇，而是视之为史部的杂传记，称为传记。裴铏将自己的小说集名为《传奇》，当是取其记奇怪之事的含义，北宋时，陈师道《后山诗话》言："范文正公为《岳阳楼记》，用对语说时景，世以为奇。尹师鲁读之曰'《传奇》

---

① 永瑢等：《四库全书总目》卷一四〇《小说家类叙》，中华书局1995年版，第1182页上。

② 李剑国、陈洪主编：《中国小说通史》先唐卷，高等教育出版社2007年版，第1—363页。

③ 胡应麟：《少室山房笔丛》卷二九《九流绪论下》，中华书局1958年版，第371页。

④ 鲁迅：《破〈唐人说荟〉》，《鲁迅全集》第八卷《集外集拾遗补编》，人民文学出版社2005年版，第133页。

体耳'。《传奇》，唐裴铏所著小说也。"①可以为证。《太平广记》单列传记一门，收录唐人单篇传奇，这是李昉等编纂者见识高明的体现。

传奇有通称唐代新小说之意，当始于南宋，谢采伯曾云："经史本朝文艺杂说几五万余言，固未足追媲作者，要之无牴牾于圣人，不犹愈于稗官小说、传奇、志怪之流乎？"②谢采伯把稗官小说、志怪、传奇并举，似乎对唐人小说和六朝志怪之间的不同已有所认识，并有区分之意。至元代，以传奇呼唐人新小说的意思就更为明显了，虞集于《写韵轩记》云："唐之才人，于经艺道学有见者少，徒知好为文辞，闲暇无所用心，辄想象幽怪遇合、才情恍惚之事，作为诗章答问之意，传会以为说。盍簪之次，各出行卷，以相娱玩，非必真有是事，谓之传奇。元稹、白居易犹或为之，而况他乎。"③虞集把唐人的那些闲暇无可用心时所作多想象幽怪遇合、才情恍惚之事、传会为说、以为娱玩的小说称为传奇，指称甚明。降及明代，传奇小说的指称则更为明显和具体，杨慎云："诗盛于唐，其作者往往托于传奇小说神仙幽怪以传于后。"④胡应麟区分小说为六类，其中有传奇一类，而"唐人传奇"一语，亦创于明代的臧懋循："近得无名氏《仙游》《梦游》二录，皆取唐人传奇为之敷演。"⑤

《四库全书总目》的小说，包含通常意义上的小说，"叙述杂事者"为杂事小说，"记录异闻""缀辑琐语"者为志怪小说。但有严重缺失，不仅传奇小说没有纳入，宋以来新兴的通常意义上的小说如话本小说、拟话本小说、长篇章回小说等均未纳入。造成文类小说与通常意义上的小说之间的差异和分离。但在民间小说观念或者文史理论家那里，小说的广、狭二义则有合流而走向一致的趋势，如章学诚《文史通义·诗话》云：

① 陈师道：《后山诗话》，何文焕辑《历代诗话》，中华书局 2001 年版，第 310 页。
② 谢采伯：《密斋笔记·序》，文渊阁《四库全书》本，第 864 册，第 644 页下。
③ 虞集：《道园学古录》卷三八《写韵轩记》，文渊阁《四库全书》本，第 1207 册，第 544 页上。
④ 杨慎撰，王仲镛笺证：《升庵诗话笺证》卷一一"唐人传奇小诗"条，上海古籍出版社 1987 年版，第 413 页。
⑤ 臧懋循：《负苞堂集》卷三《弹词小序》，古典文学出版社 1958 年版，第 57 页。

　　小说出于稗官，委巷传闻琐屑，虽古人亦所不废。然俚野多不足凭，大约事杂鬼神，扳兼恩怨，《洞冥》《拾遗》之篇，《搜神》《灵异》之部，六代以降，家自为书。唐人乃有单篇，别为传奇一类。专书一事始末，不复比类为书。大抵情钟男女，不外离合悲欢，红拂辞杨，绣襦报郑，韩李缘通落叶，崔张情导琴心，以及明珠生还，小玉死报。凡如此类，或附会疑似，或竟托子虚，虽情态万殊，而大致略似。其始不过淫思古意，辞客寄怀，犹诗家之乐府古艳诸篇也。宋元以降，则广为演义，谱为词曲，遂使瞽史弦诵，优伶登场，无分雅俗男女，莫不声色耳目。盖自稗官见于《汉志》，历三变而尽失古人之源流矣。①

其小说所指，基本指向历代通常意义上主要的小说类型——志怪、传奇、章回小说。不用连类引申，将《四库全书总目》所言小说类型与章学诚所言小说类型合并，则中国古代所有通常意义上的小说都涵纳其中了。

二、中国古代小说的书写体制

　　通常意义上的中国古代小说，亦即狭义的中国古代小说，没有统一的书写体制，在其发展的不同阶段，不同类型的小说有不同的书写体制。

　　汉魏六朝时期，中国古代小说的主要类型是志怪小说和志人小说，二者书写体制相似。鲁迅先生多次在与传奇的比较中论及志怪小说的书写体制。他在《中国小说史略》第八篇《唐之传奇文》（上）中说："小说亦如诗，至唐代而一变，虽尚不离于搜奇记逸，然叙述宛转，文辞华艳，与六朝之粗陈梗概者较，演进之迹甚明，而尤显者乃在是时则始有意为小说。"② 在《中国小说的历史的变迁》第三讲《唐之传奇文》中说："小说到了唐时，却起了一个

---

① 章学诚撰，叶瑛校注：《文史通义校注》卷五《诗话》，中华书局 2004 年版，第 560—561 页。

② 鲁迅：《中国小说史略》，《鲁迅全集》第九卷，人民文学出版社 2005 年版，第 73 页。

大变迁。我前次说过：六朝时之志怪与志人的文章，都很简短，而且当作记事实；及到唐时，则为有意识地作小说，这在小说史上可算是一大进步。而且文章很长，并能描写得曲折，和前之简古的文体，大不相同了，这在文体上也算是一大进步。"① 在《六朝小说和唐代传奇文有怎样的区别》中说："唐代传奇文可就大两样了：神仙人鬼妖物，都可以随便驱使；文笔是精细、曲折的，至于被崇尚简古者所诟病；所叙的事，也大抵具有首尾和波澜，不止一点断片的谈柄；而且作者往往故意显示着这事迹的虚构，以见他想象的才能了。"② 综合鲁迅先生所言，志怪小说的书写体制的特点大致是"粗陈梗概""都很简短""简古的文体""一点断片的谈柄"等。志人小说与之相类。也就是说，作为雏形小说的志怪与志人，篇幅短小，一如断片；文字简洁，粗陈梗概。不论是志怪还是志人，其文本存在形式都是丛集。

唐五代时期，中国古代小说的主要类型是传奇小说。正如鲁迅先生所言，传奇小说"文章很长，并能写得曲折"，"文笔是精细、曲折的"，"有首尾和波澜"，和志怪、志人"大不相同了"，它有完善的书写体制，即借鉴脱离纪传体史书列传发展而来的杂传文体而成，③ 且如宋人赵彦卫所言："唐之举人，先藉当世显人，以姓名达之主司，然后以所业投献，逾数日又投，谓之'温卷'，如《幽怪录》《传奇》等皆是也。盖此等文备众体，可以见史才、诗笔、议论。"④ 有"文备众体"的显著特征。其文本存在形式则有单篇和丛集两种形式。至于杂事小说，上承志人、志怪体制传统，基本仍是短小的片断体制，文本也以丛集形式存在。

宋元时期，传奇、志怪、杂事小说的书写体制大致沿袭唐五代传统。话本小说是新兴的小说类型，因其源自"说话"，是说话人的底本，因而有着鲜

---

① 鲁迅：《中国小说的历史的变迁》，《鲁迅全集》第九卷，人民文学出版社 2005 年版，第 323 页。

② 鲁迅：《六朝小说和唐代传奇文有怎样的区别》，《鲁迅全集》第六卷《且介亭杂文二集》，人民文学出版社 2005 年版，第 335 页。

③ 熊明：《汉魏六朝杂传研究》，中华书局 2014 年版，第 398—411 页。

④ 赵彦卫撰，傅根清点校：《云麓漫钞》卷八，中华书局 1998 年版，第 135 页。

明的"说话"特征。从外在形式来看，由题目、入话、正话、篇末诗几大部分组成。话本小说的题目通俗简练，多能画龙点睛地概括小说的主要内容。有的话本题目下还有另外的题目，如《简帖和尚》，下注"亦名《胡姑姑》、又名《错下书》"。入话即引入正题的叙事内容，与正话相对而言，是开篇的引子。说书人在勾栏瓦舍表演时用入话暖场，目的是稳住场上的听众，等候尚未到来的听众。正话是话本小说的主体，由于其本为说书人备忘之用，故其中保留了说书人的口吻，有许多套语和韵语。套语如"话说""却说""且说""正是""只见""但见"等。韵语则如文言小说中的诗词。篇末诗位于篇末，与入话相对，一前一后。篇末诗侧重对正话故事情节的总结，其作用不仅雅化了故事，也能增强听众对故事的印象和理解。

明清时期，长篇章回小说是新兴的小说类型。章回小说的形式最初孕育于话本小说，在以演绎历史内容为主的说话中，由于无法一次完成，因而将内容分割成若干单元，形成了既相对独立，又前后连续的体制。如《大唐三藏取经诗话》就分三卷十七段，每一段故事相对完整，并有标题，被认为是最早出现的带回目的话本。《三国演义》和《水浒传》的成书，标志着章回体的真正诞生。经过《西游记》《金瓶梅》等的实践完善，逐渐由粗糙到精致，最终定型并成为白话长篇小说的固定体制。《中国小说通史》概括章回体的三个特点：首先是分回标目，其次是"说书体"（或"类说书体"）叙事，最后是韵散结合，文备众体。[1]另外，明清时期还有模拟宋元话本小说的拟话本，拟话本是明清白话短篇小说的标准体式。冯梦龙"三言"是典型的拟话本。"三言"将前代话本小说题目字数不一、随意命名的粗糙形式代之以统一的七言句或八言句，又将每两卷的题目依次构成较为工整的一联。同时，注重"入话"和"正话"的关联衔接，使二者成为一个有机统一的整体。

文类小说即广义的中国古代小说，从其产生的那一天起，无论是其子书

---

[1] 李剑国、陈洪主编：《中国小说通史》明代卷，高等教育出版社 2007 年版，第 905—906 页。

身份之下，还是史流身份之下，抑或亦子亦史的双重身份之下，都是一个涵纳甚广的文类，没有也不可能形成一个统一的书写体制。而我们认定的通常意义上的小说，则兴起于不同时代、有着不同的类型，有着不同的书写体制，且各具特点，有着多样化的特征。

三、"小说界革命"与小说的文学文体身份的确立

广义的中国古代小说即文类小说，自其出现直到清末梁启超发起"小说界革命"之前，都是一个涵纳多种体制作品的集合，因而是不具备文体观照意义的。而狭义的小说即通常意义上的中国古代小说，则类型各异，体制各异，呈现出不同的文体特征。

刘向、刘歆《七略》以及班固《汉书·艺文志》，文学作品被置于诗赋略，四部分类法确立，文学作品则被置于集部。也就是说，被纳入诗赋略与集部者才被视为文学之体。《四库全书》集部包括"《楚辞》最古，别集次之，总集次之，诗文评又晚出，词曲则其闰余也。"① 也就是说，中国古代的文学之体，包括楚辞、个人诗、文、词、曲等集、文学总集以及文学理论著述，集中于集部。虽有例外，如《诗经》著录于经部等，盖因其既为成式，故而因循不改，"三百篇既列为经，王逸所裒又仅楚辞一家，故体例所成，以挚虞《流别》为始。"② 但中国古代小说无论是作为广义的文类小说，还是狭义的各种类型的小说，即使在唐人传奇小说时代便已实现了文体的独立，③ 都不曾被著录于集部，包括各种以丛集形式存在的小说集。这说明，在中国古代小说从来没有被正式纳入文学体系之中。

---

① 永瑢等：《四库全书总目》卷一四八《集部总叙》，中华书局 1995 年版，第 1267 页上。

② 永瑢等：《四库全书总目》卷一八六集部《总集类小序》，中华书局 1995 年版，第 1685 页中。

③ 对此，董乃斌著有专文讨论，参见董乃斌：《中国古典小说的文体独立》，中国社会科学出版社 1994 年版。

考察中国古代小说观念与小说发展史，不难发现，作为广义的小说即文类小说，在走向现代的进程中，其涵纳"范围由广而狭，大大缩小了"，[①] 逐渐与狭义的小说即作为通常意义上的小说重合，走向同一。最终，小说由文类转变为文艺学意义上的文学文体概念，也就是小说成为与诗歌、散文、戏剧等并列的文学文体之一。这一转变出现在十九世纪末二十世纪初，[②] 与清末梁启超发起的"小说界革命"密切相关。

中国在 1894 年中日甲午战争中的战败和次年中日《马关条约》的签订，对中国人特别是知识阶层造成极大的震动，以去弊强国为宗旨的维新变法运动随即展开。康有为、梁启超等维新领袖认为，要变法维新，就必须学习外国的先进技术和文化，于是《清议报》《新民丛报》等进步刊物相继创办，刊载政论与译介西方文化科技。同时，还要对中国文化进行改良革新，于是先后发起"诗界革命""文界革命"和"小说界革命"。

1902 年，梁启超创办《新小说》杂志，在《新小说》第一期上发表《论小说与群治之关系》，正式提出"小说界革命"的口号，阐释"中国小说界革命之必要"，他说："故今日欲改良群治，必自小说界革命始；欲新民，必自新小说始。"[③] 当然，在此之前，康有为、梁启超等早已为新小说的诞生进行了持续的宣传鼓吹。1897 年康有为在《〈日本书志〉识语》，几道、别士（严复、夏曾佑）在《本馆附印说部缘起》，1898 年梁启超在《译印政治小说序》中已开始大力提倡小说、抬高小说地位和作用。在"小说界革命"的口号下，梁启超等人重在从理论上论述小说的功用，强调小说于改良世道人心、启发民

---

① 马振方：《小说艺术论》，北京大学出版社 1999 年版，第 7 页。

② 陈平原在《二十世纪中国小说史》第一卷（北京大学出版社 1997 年版）、孔范今在《二十世纪中国文学史》（山东文艺出版社 1997 年版）都认为是二十世纪，不过，他们的"二十世纪"是从 1897 年（陈平原）或 1898 年（孔范今）为起点的。而马振方在《小说艺术论》一书（北京大学出版社 1999 年版）及张开焱在《中国古代小说概念的流变与定位再思考》（载《广东民族学院学报》1997 年第 3 期）一文中认为是十九世纪中叶确立的。

③ 饮冰：《论小说与群治之关系》，陈平原、夏晓虹编：《二十世纪中国小说理论资料》第一卷，北京大学出版社 1997 年版，第 53—54 页。

众最为"有用"，因而大力提倡政治小说的创作。

梁启超等所谓的"新小说"，实际上有两个层面的含义，一是"使小说新"，即开创小说的新面貌；二是指与传统小说不一样的全新小说作品。前者是"小说界革命"的主要任务，后者是"小说界革命"的产物。在"小说界革命"的旗帜下，新小说如雨后春笋般涌现出来，据陈大康统计，从道光二十年至宣统三年，报载自著小说有三千四百三十一种，直接出版的自著小说有七百四十种；而从光绪二十九年即一九〇三年到宣统三年即一九一一年，报载自著新小说有三千三百二十六种，直接出版的新小说有五百三十三种。①

"小说界革命"的兴起和成功，其原因的探寻是学术界的重要话题，许多学者从不同方面进行了探讨。②比如李剑国、陈洪在《中国小说通史》中认为，"晚清小说的繁盛自有其特殊的政治经济原因，但不可否认，其与传播媒介关系委实密不可分"。③我们认为，"小说界革命"的兴起和成功，也与梁启超等人声势浩大的理论阐释和实践示范分不开。自 1897 年开始，康有为、梁启超等人，通过自办报刊等，大量发表鼓吹"小说界革命"的理论文章，他们不仅反复强调小说的"国民之魂"的功用，也涉及对小说艺术、小说审美的阐释，并创造了全新的专题论文和"小说丛话"体等批评方式。梁启超在 1898 至 1903 年，先后发表了《译印政治小说序》《论小说与群治之关系》《新中国未来记》《〈世界末日记〉译后语》等文章，并与侠人等在《新小说》上连续刊载文章，以《小说丛话》的形式有针对性地进行系统论述。不仅如此，梁启超等人一方面译介外国小说，树立榜样；另一方面还亲自进行小说创作，以为示范。梁启超就创作了新小说《新中国未来记》。《新中国未来记》共五

① 陈大康：《中国近代小说编年史》第一册《导言：过渡形态的近代小说》，人民文学出版社 2014 年版，第 76—77 页，第 93—94 页。

② 如欧阳健《晚清小说史》（浙江古籍出版社 1997 年版）、《晚清小说简史》（山西人民出版社 2005 年版），陈平原《二十世纪中国小说史》第一卷（北京大学出版社 1997 年版），王燕《晚清小说期刊史论》（吉林人民出版社 2002 年版），郭皓帆《清末民初小说与报刊业之关系探略》（《文史哲》2004 年第 3 期），潘建国《清末上海地区书局与晚清小说》（文学遗产）2004 年第 2 期）等。

③ 李剑国、陈洪主编：《中国小说通史》清代卷，高等教育出版社 2007 年版，第 1471 页。

回，第一回至第四回于 1902 年 11 月到 1903 年 1 月在《新小说》杂志第一号至第三号上连续刊载。第五回刊于 1903 年 9 月《新小说》第七号。所以，"小说界革命"发起者的这种强有力的理论阐释与实践示范，无疑是新小说兴起并取得成功的重要因素。显然，这一话题值得继续深入探讨。对于中国古代小说而言，"小说界革命"的意义在于小说被纳入文学体系，明确了其文学文体的身份，并被置于文学体系的中心。

首先，梁启超等理论家在小说社会功能的重新阐释中，将小说纳入文学体系，明确提出小说是文学之一体，从而使小说获得了现代文艺学意义上的文学文体身份。

梁启超是"小说界革命"的发起者，在其流亡日本期间，认真研究了日本政治小说，在后来完成的《饮冰室自由书》《论学术之势力左右世界》《本馆第一百册祝词并论报馆之责任及本馆之经历》等文章中，强调政治小说的社会作用。1902 年 11 月 14 日，梁启超在日本横滨创办《新小说》杂志，发表《中国唯一之文学报〈新小说〉》和《论小说与群治的关系》，梁启超不仅对小说界革命的目标、方针等进行了阐释，而且在其对日本政治小说认识的基础上对小说的功能和本质等也做了详细的论述。梁启超认为，小说的社会作用是全面的：

> 欲新一国之民，不可不先新一国之小说。故欲新道德，必新小说；欲新宗教，必新小说；欲新政治，必新小说；欲新风俗，必新小说；欲新学艺，必新小说；乃至欲新人心，欲新人格，必新小说。何以故？小说有不可思议之力支配人道故。[1]

各方面的革新包括道德、宗教、风俗、学艺、人心，都可以用小说来发挥作用，原因在于"小说有不可思议之力支配人道"。其后，陶祐曾更是在此基础

---

[1] 饮冰：《论小说与群治之关系》，陈平原、夏晓虹编《二十世纪中国小说理论资料》第一卷，北京大学出版社 1997 年版，第 50 页。

上进一步扩展，凡社会一切的改良革新，必以小说之兴为基础，他说：

> 欲革新支那一切腐败之现象，盍开小说界之幕乎？欲扩张政法，必先扩张小说；欲提倡教育，必先提倡小说；欲振兴实业，必先振兴小说；欲组织军事，必先组织小说，欲改良风俗，必先改良小说。[①]

小说突出的社会功能是这一时期理论家普遍强调的，他们从不同角度、多方面地进行了阐释论证。而在这一阐释论证过程中，小说的文学属性得到了明确，其文学之一体的身份也得到了确认。梁启超首先明确小说属于文学领域，是一种文学文体，且有其自身的鲜明特征：

> 小说之道感人深矣。泰西论文学者必以小说首屈一指，岂不以此种文体曲折透达，淋漓尽致，描人群之情状，批天地之窾奥，有非寻常文家所能及者耶！[②]

其后别士（夏曾佑）作《小说原理》，通过比较小说与绘画、史书、科学书、经文等之间的不同，阐明小说作为文学文体的特征。梁启超等又以《小说丛话》的形式，对小说的文学文体特性展开讨论，涉及小说文体美学的各个层面。[③]

更为重要的是，梁启超等理论家在小说社会功能的重新阐释中，不仅将小说纳入文学体系，明确了小说是文学之一体，还给予了小说在文学体系中的中心地位。

[①] 陶祐曾：《论小说之势力及其影响》，陈平原、夏晓虹编《二十世纪中国小说理论资料》第一卷，北京大学出版社 1997 年版，第 248 页。

[②] 新小说报社：《中国唯一之文学报〈新小说〉》，陈平原、夏晓虹编《二十世纪中国小说理论资料》第一卷，北京大学出版社 1997 年版，第 58 页。

[③] 别士：《小说原理》，饮冰等：《小说丛话》，陈平原、夏晓虹编《二十世纪中国小说理论资料》第一卷，北京大学出版社 1997 年版，第 73—78 页，第 81—103 页。

梁启超在强调小说的"不可思议之力"社会作用时，就进一步指出小说的这种"不可思议之力"，源自小说独特的艺术特征，"浅而易解"，"乐而多趣"之外，更为重要的是：

> ……小说者，常导人游于他境界，而变换其常触常受之空气者也，此其一。人之恒情，于其所怀抱之想象，所经阅之境界，往往有行之不知、习矣不察者；无论为哀为乐、为怨为怒、为恋为骇、为忧为惭，常若知其然而不知其所以然。欲摹写其情状，而心不能自喻，口不能自宣，笔不能自传。有人焉和盘托出，彻底而发露之，则拍案叫绝曰：'善哉善哉，如是如是。'所谓'夫子言之，于我心有戚戚焉。'感人之深，莫此为甚，此其二。此二者实文章之真谛，笔舌之能事。苟能批此窾、导此窍，则无论为何等之文，皆足以移人；而诸文之中，能极其妙而神其技者，莫小说若。故曰小说为文学之最上乘也。[①]

梁启超认为小说深受群众欢迎的重要原因还有两个：其一是"小说者，常导于人游于他境界而变换其常触、常受之空气者也"。其二是小说能把人们全部的感情和心理"和盘托出，彻底而发露"，容易引起读者的认同。由此，他认为"小说为文学之最上乘"。

"小说为文学之最上乘"是梁启超将小说纳入文学体系，在文学体系中对小说的重新定位。在《新小说第一号》发刊词中他也强调说"小说为文学之最上乘"，[②]梁启超之后此语一出，附和之声不绝，如觉我（徐念慈）说："所谓小说者，殆合理想美学、感情美学，而居其最上乘者乎。"[③]楚卿（狄葆贤）

① 饮冰：《论小说与群治之关系》，陈平原、夏晓虹编《二十世纪中国小说理论资料》第一卷，北京大学出版社 1997 年版，第 50—51 页。
② 《新小说》报社：《新小说第一号》，陈平原、夏晓虹编《二十世纪中国小说理论资料》第一卷，北京大学出版社 1997 年版，第 56 页。
③ 觉我：《〈小说林〉缘起》，陈平原、夏晓虹编《二十世纪中国小说理论资料》第一卷，北京大学出版社 1997 年版，第 255 页。

更是以此立论作《论文学上小说之位置》：

> 吾昔见东西各国之论文学家者，必以小说家居第一，吾骇焉。吾昔
> 见日人有著《世界百杰传》者，以施耐庵与释迦、孔子、华盛顿、拿破
> 仑并列，吾骇焉。吾昔见日本诸学校之文学科，有所谓《水浒传》讲义，
> 《西厢记》讲义者，吾益骇焉。继而思之，何骇之与有？小说者，实文学
> 之最上乘也。世界而无文学则已耳，国民而无文学思想则已耳，苟其有
> 之，则小说家之位置，顾可等闲哉！①

在"小说界革命"中，梁启超等人引入西方文学观念与理论，通过鼓吹
小说强大和不可替代的社会作用，不仅在理论上将小说纳入文学体系，而且
将其置于各体文学的中心位置。同时，又通过自身的创作实践以及新办小说
杂志、译介西方小说，实践其理论论述，带来了晚清小说创作的繁荣，使小
说在各体文学中成为最受欢迎的文学样式，这不仅支持了其理论论述，也使
小说在文学创作与接受领域事实上成为真正的中心。

"小说界革命"改变了小说自《汉书·艺文志》以降的"诸子十家，可观
者九家而已"不在主流的边缘定位，一跃而成为"文学之最上乘"，不仅赋予
了小说文学身份，而且被置于各种文学体裁的中心位置。小说实现了华丽的
现代转化，从此具有了不容置疑的文体身份，脱胎换骨，并在现代文学中获
得了前所未有的发展。正如《中国小说通史》所说：

> 清末新小说已由古典小说原所固有的传统题材，开始向反映时代风
> 云、社会现实、新的生活及作家理想过渡，出现了大量具有时代意涵、
> 新型意识和批判反思精神的新小说。这些小说已不再是古典小说的消极
> 延续，它已具有一种新质，一种近代社会才有的新的特征，可以说是真

---

① 楚卿：《论文学上小说之位置》，陈平原、夏晓虹编《二十世纪中国小说理论资料》第一
卷，北京大学出版社 1997 年版，第 78 页。

正近代意义的小说。尽管它们在内容和形式上都比较粗糙，但它蕴涵着前所未有的力量。①

以梁启超为代表的晚清有识之士，在"小说界革命"中，一方面引入西方文艺理论，结合中国小说传统，以积极的理论论述，不仅将小说纳入文学体系，确认了小说的文学中心地位，而且通过各种形式的探讨，辨析、阐释小说的功能与特征等基本问题。另一方面致力于译介西方小说，大力创作新小说，为新小说的创作实践提供了榜样范式。可以说，通过"小说界革命"，中国古代小说浴火重生，从此开启了从古典到现代转型的历史进程。

---

① 李剑国、陈洪主编：《中国小说通史》清代卷，高等教育出版社2007年版，第1474—1475页。

第三章　虚实之辩：中国古代小说的自我塑造

虚构是小说艺术的本质特征。但由于中国古代小说脱胎于史传，深受史传实录精神的影响，因而褪去史传的胞衣、摆脱史传实录精神的羁绊就成为中国古代小说走向独立艺术存在所面临的巨大难题。中国古代小说在漫长的历史进程中，通过与史传的不断冲突与对话，在逐渐明确与史传之间关系的基础上，也逐渐厘清了虚实之间的关系，形成了正确的虚实观，完成了自我塑造。

汉魏六朝是中国古代小说的形成期，这一时期的小说受史传"实录"精神的影响，创作观念崇实。到了唐代，唐人传奇"作意好奇，假小说以寄笔端"，[①] 开始"有意为小说"，[②] 宋元时期，随着话本小说的繁荣，人们已逐渐认识到虚构是小说的一种内在艺术特质和审美特征，但真正批判"实录"观念，对虚构这一小说特征进行理论总结的却是在明清时期。明清演义小说的"虚实相半"，[③] 神魔小说的"真幻并兼"以及世情小说的"至情至理"，[④] 推动着人们对小说艺术真实性与虚构性的探索进入了更深入、更具审美本质的阶段。

---

① 胡应麟：《少室山房笔丛》卷三六《二酉缀遗中》，中华书局1958年版，第486页。

② 鲁迅：《中国小说史略》，《鲁迅全集》第九卷，人民文学出版社2005年版，第73页。

③ 谢肇淛撰，傅成校点：《五杂组》卷一五《事部三》，上海古籍出版社2012年版，第282页。

④ 张誉：《平妖传序》，丁锡根编著《中国历代小说序跋集》，人民文学出版社1996年版，第1347页；脂砚斋等：《红楼梦评》，朱一玄编《红楼梦资料汇编》，南开大学出版社2004年版，第293页，第427页，第486页。

晚清，随着"小说界革命"的兴起，在对西方文艺思想的接受中，小说本体的身份得到了确立，人们对小说的虚构性特征已达成了共识，同时，对小说中虚构与真实的关系，也有了更为全面系统的认识和把握。

第一节　汉魏六朝小说的着意实录

中国古代小说在战国两汉时期从故事与史书的母体脱胎而出，蹒跚起步，至魏晋南北朝时期，迎来了它的第一次大发展。这一时期的小说就其类型而言，主要有搜奇撷异的志怪小说和纂辑言动的志人小说两种。此时的小说无论是志怪小说还是志人小说，由于刚刚独立发展，还有着明显的母体特征，只是粗陈故事梗概，基本上是按照闻见所得加以直录，缺乏艺术的想象与细节的描写，并非"有意为小说"。[1]且其虚妄怪诞的故事或言行均被当成历史或当下生活中的真实存在而加以记载，即所谓"言匪浮诡，事弗空诬"，[2]小说家们还不遗余力地为作品的真实性进行辩护。

一、"明神道之不诬"与志怪小说的"事弗空诬"

志怪小说在魏晋南北朝大量涌现，四百年间，现存可考者大约八九十种。不仅作者众多，而且质量也有所提高。李剑国先生认为，魏晋南北朝志怪小说的繁荣，"当然是在先秦两汉志怪的深厚基础上发展起来的，但它的繁荣和进步又有着深刻的社会原因，就是说此期间的政治、经济、思想文化情况为志怪的繁荣和进步提供了种种有利条件，同时也规定着此时志怪在内容上所

---

[1]　鲁迅：《中国小说史略》，《鲁迅全集》第九卷，人民文学出版社 2005 年版，第 73 页。
[2]　王嘉撰，萧绮录，齐治平校注：《拾遗记·萧绮序》，中华书局 1981 年版，第 1 页。

带有的时代特征。这些社会条件与往代有相似的地方，如宗教与文化的发展等，但在程度、范围和性质上六朝毕竟又有着自己的新情况。"①

志怪小说创作在浓郁的宗教氛围和清谈、戏谈之风中兴盛起来，它虽然在史乘的分流中脱离了史书，不同于史著，但人们却依然按照史乘的标准来观照它，"以至用历史的'实录'检验小说的审美价值"。②

在魏晋南北朝的志怪小说中，原本虚妄怪诞的故事往往被人们当成现实生活中的真实事件加以记载，如干宝的《搜神记》、王嘉的《冥祥记》、曹丕的《列异传》、葛洪的《神仙传》等都包含了大量的虚构故事，但作者往往声称据实而录，甚至多方设法为作品的真实性辩护，力求使人们相信小说所载的虚诞故事是真实可信的。

比如，神仙本虚妄，而葛洪在为神仙立传时却声称神仙不虚。据葛洪《神仙传》的自序称，此书是为了回答其弟子滕升关于仙人有无的问题而撰作，即撰作此书旨在宣扬修道成仙者古已有之，是用一个个实例说明"仙化可得，不死可求"。③葛洪在这里肯定了神仙是客观存在的，并且把虚构的神话传说释证为真人真事，明显地是在以实盖虚。

干宝撰作《搜神记》，更是声称是为了"明神道之不诬"，④他在《搜神记·序》中说：

> 建武中，有所感起，是用发愤焉。
>
> 虽考先志于载籍，收遗逸于当时，盖非一耳一目之所亲闻睹也，亦安敢谓无失实者哉！卫朔失国，二传互其所闻；吕望事周，子长存其两说，若此比类，往往有焉。从此观之，闻见之难，由来尚矣。夫书赴告之定辞，据国史之方策，犹尚若兹，况仰述千载之前，记殊俗之表，缀片言于残阙，访行事于故老，将使事不二迹，言无异途，然后为信者，

① 李剑国：《唐前志怪小说史》，人民文学出版社 2011 年版，第 267 页。
② 韩进廉：《中国小说美学史》，河北大学出版社 2004 年版，第 32 页。
③ 葛洪撰，胡守为校释：《神仙传校释》，中华书局 2010 年版，第 1 页。
④ 房玄龄等：《晋书》卷八二《干宝传》，中华书局 2011 年版，第 2150 页。

固亦前史之所病。然而国家不废注记之官，学士不绝诵览之业，岂不以其所失者小，所存者大乎？今之所集，设有承于前载者，则非余之罪也。若使采访近世之事，苟有虚错，愿与先贤前儒分其讥谤。及其著述，亦足以明神道之不诬也。群言百家，不可胜览，耳目所受，不可胜载。今粗取足以演八略之旨，成其微说而已。幸将来好事之士，录其根体，有以游心寓目而无尤焉。①

《晋书》曾评价《搜神记》，认为它"博采异同，遂混虚实"，②此评价颇为允当。干宝在序中交代了《搜神记》的两个材料来源，即"考先志于载籍"和"收遗逸于当时"，皆为"一耳一目之所亲闻睹也"，表明了自己创作时的实录态度。干宝通过搜集前人的著述和当代闻见中的涉鬼及怪之事来证明鬼神确实存在，他宣称《搜神记》的创作目的就是要"明神道之不诬"，对于小说所载之人事或有违事实、情理，他辩解说："卫朔失国，二传互其所闻；吕望事周，子长存其两说。"他用史书对同一事件做不同的记载，来为自己书中的荒诞虚假之事作辩解。对于书中的虚错之处，干宝认为乃是见闻所限而致，这是在所难免和可以原谅的。若"苟有虚错"，他"愿与先贤前儒分其讥谤"。此外，在《晋书·干宝传》中，言及干宝撰作《搜神记》的缘由和经过：

> 宝父先有所宠侍婢，母甚妒忌，及父亡，母乃生推婢于墓中。宝兄弟年小，不之审也。后十余年，母丧，开墓，而婢伏棺如生，载还，经日乃苏。言其父常取饮食与之，恩情如生。在家中吉凶辄语之，考校悉验，地中亦不觉为恶。既而嫁之，生子。又宝兄尝病气绝，积日不冷，后遂悟，云见天地间鬼神事，如梦觉，不自知死。宝以此遂撰集古今神祇灵异人物变化，名为《搜神记》，凡三十卷……③

---

① 干宝撰，李剑国辑校：《新辑搜神记》，中华书局 2012 年版，第 19 页。
② 房玄龄等：《晋书》卷八二《干宝传》，中华书局 2011 年版，第 2150 页。
③ 房玄龄等：《晋书》卷八二《干宝传》，中华书局 2011 年版，第 2150 页。

李剑国先生经过考证认为："干宝早年曾是无鬼论者，曾著《无鬼论》。如前所述，无鬼论是魏晋时期的一个重要思潮，在当时许多小说中都有反映。干宝无疑是受到这种思潮的影响，但建武中干庆复生，'云见天地间鬼神事'，尽管不过是昏迷状态中由于鬼神信仰和心理暗示产生的幻觉而已，但却成了干宝转变的关捩，'感起'而'发愤'，遂撰《搜神记》'明神道之不诬'（序中语），也就是证实有鬼论的正确和无鬼论荒谬。"[①] 也就是说，干宝以史家的实录精神来撰作《搜神记》，正因如此，他被当时的名士刘惔称作"鬼之董狐"，[②] 刘惔此语或出于玩笑讥诮，但一方面证明干宝确实是将那些荒诞的鬼神之事当作实有；另一方面也说明干宝对这些虚诞的鬼神之事的撰述与撰史一样态度严肃认真。正如鲁迅先生在《中国小说史略》中所言："盖当时以为幽明虽殊途，而人鬼乃皆实有，故其叙述异事，与记载人间常事，自视固无诚妄之别矣"。[③]

干宝《搜神记》的撰作缘起以及撰作心态，应该说在魏晋南北朝志怪小说的创作中具有普遍性。志怪小说的创作如此，人们对志怪小说优劣的评判，也是如此，真实与否，成为人们评判志怪小说价值的首要标准，如司马炎评论张华的《博物志》：

> 卿才综万代，博识无伦，远冠羲皇，近次夫子。然记事采言，亦多浮妄，宜更删剪，无以冗长成文。昔仲尼删《诗》《书》，不及鬼神幽昧之事，以言怪力乱神。今卿《博物志》，惊所未闻，异所未见，将恐惑乱于后生，繁芜于耳目，可更芟截浮疑，分为十卷。[④]

司马炎认为《博物志》言语"浮妄"且"冗长"，"惊所未闻，异所未见"，违

---

① 李剑国：《唐前志怪小说史》，人民文学出版社 2011 年版，第 343 页。
② 房玄龄等：《晋书》卷八二《干宝传》，中华书局 2011 年版，第 2150 页。
③ 鲁迅：《中国小说史略》，《鲁迅全集》第九卷，人民文学出版社 2005 年版，第 45 页。
④ 王嘉撰，萧绮录，齐治平校注：《拾遗记》卷九《晋时事》，中华书局 1981 年版，第 211 页。

背了儒家"子不语怪力乱神"的传统，^①而且会"惑乱于后生，繁芜于耳目"，对社会造成不良影响，被要求"芟截浮疑"。由此可见，志怪小说的写作或评判，求实征信是基本原则，即如萧绮所言，"言匪浮诡，事弗空诬"。^②当然，这个求实征信，是与当时的信实观念相联系的，与人们对事物或现象的真假判断有关。比如当时认为鬼神实有，因而干宝的《搜神记》所录鬼神之事就是信实的，而当时人们的地理观念已相当进步，故而张华在《博物志》中许多承继《山海经》的远国遐方的描述，就被认为是虚构的。

魏晋南北朝时期的志怪小说，在佛教与道教兴起的浓郁氛围中兴盛起来，写鬼述神，搜怪抉异，目的在于"明神道之不诬"。虽虚诞怪妄，但如干宝所言，其题材来源，虽"非一耳一目之所亲闻睹"，但却是"考先志于载籍，收遗逸于当时"，或者来自"群言百家"，或者来自"耳目所受"，其来有自，均被视为信实。志怪小说的这种创作实际，就其本质而言，是主观上的着意实录，而客观上的以虚为实。

二、"俱为人间言动"与志人小说的"言非浮诡"

"志人小说"，又名"清谈小说""轶事小说"，主要记载的是魏晋南北朝士族名士的言行举止和奇闻逸事，它的出现与当时品评人物、崇尚清谈的风气有关。"志人"为鲁迅先生在《中国小说的历史的变迁》中首次用来指这类小说，与"志怪"相对而言。鲁迅先生在《中国小说史略》中分析了志人小说兴起的原因：

> 汉末士流，已重品目，声名成毁，决于片言，魏晋以来，乃弥以标
> 格语言相尚，惟吐属则流于玄虚，举止则故为疏放，与汉之惟俊伟坚卓

---

① 杨伯峻译注：《论语译注》第七篇《述而》，中华书局1980年版，第72页。

② 王嘉撰，萧绮录，齐治平校注：《拾遗记·萧绮序》，中华书局1981年版，第1页。

为重者，甚不伟矣。盖其时释教广被，颇扬脱俗之风，而老庄之说亦大盛，其因佛而崇老为反动，而厌离于世间则一致，相拒而实相扇，终乃汗漫而为清谈。渡江以后，此风弥甚，有违言者，惟一二枭雄而已。世之所尚，因有撰集，或者掇拾旧闻，或者记述近事，虽不过丛残小语，而俱为人间言动，遂脱志怪之牢笼也。①

汉末，士族文人间品评人物、崇尚清谈的风气兴盛起来，文士声名成毁，决于片言。此种风气，东晋以后更甚。且当时有名士崇拜，名士的一言一行都受到社会的广泛关注，于是记载当时人物特别是名士只言片语的志人小说就这样产生了。志人小说"俱为人间言动"，"或掇拾旧闻，或记叙近事"，基本就是名士言谈举止的真实记录。如《世说新语》这样的志人小说，就被鲁迅先生称为"名士底教科书"。②征实求信是当时人们对这类种"俱为人间言动"的志人小说的基本要求，内容一旦失实，或被视为妄作，遭人所弃，这从裴启《语林》的遭遇就可看出。

裴启，刘孝标注引《裴氏家传》曰："'裴荣，字荣期，河东人。父櫟，丰城令。荣期少有风姿才气，好论古今人物。撰《语林》数卷，号曰《裴子》。'檀道鸾谓裴松之，以为启作《语林》，荣傥别名启乎？"③认为裴荣别名启，裴荣即裴启。

裴启《语林》是魏晋南北朝志人小说之早出者，记载了汉魏两晋上流名士的言谈、轶事，初出之时，名动一时，远近皆传。《世说新语·文学》篇就记载了《语林》当时为世人所重的盛况："裴郎作《语林》，始出，大为远近所传。时流年少，无不传写，各有一通。"④可见这部著作在当时为人所追捧的

① 鲁迅：《中国小说史略》，《鲁迅全集》第九卷，人民文学出版社 2005 年版，第 62 页。
② 鲁迅：《中国小说的历史的变迁》，《鲁迅全集》第九卷，人民文学出版社 2005 年版，第 319 页。
③ 刘义庆撰，刘孝标注，余嘉锡笺疏，周祖谟等整理：《世说新语笺疏》，上海古籍出版社 1996 年版，第 269 页。
④ 刘义庆撰，刘孝标注，余嘉锡笺疏，周祖谟等整理：《世说新语笺疏》，上海古籍出版社 1996 年版，第 269 页。

盛况。然而，被时人如此重视和欢迎的《语林》，却很快为人所弃，至于近日乃至亡佚不传。起因就是书中有关谢安的两条记载被谢安本人否定，《语林》因此为人所弃，遭受了从天堂到地狱的境遇。《隋书·经籍志》于子部小说类《燕丹子》下，附注曰："《语林》十卷，东晋处士裴启撰。亡。"① 即在唐初修《隋书·经籍志》时，此书已散亡了。《世说新语·轻诋》对这件事记载甚详：

> 庾道季诧谢公曰：'裴郎云："谢安谓裴郎乃可不恶，何得为复饮酒？"裴郎又云："谢安目支道林如九方皋之相马，略其玄黄，取其俊逸。"'谢公云：'都无此二语，裴自为此辞耳！'庾意甚不以为好，因陈东亭（王珣）《经酒垆下赋》。读毕，都不下赏裁，直云：'君乃复作裴氏学。'于此《语林》遂废。②

南齐檀道鸾在《续晋阳秋》中评价此事时说：

> 晋隆和中，河东裴启撰汉魏以来迄于今时，言语应对之可称者，谓之《语林》。时人多好其事，文遂流行。后说太傅事不实，而有人于谢坐叙其黄公酒垆，司徒王珣为之赋，谢公加以与王不平，乃云："君遂复作裴郎学。"自是众咸鄙其事矣。③

谢安当时位高权重，官居太傅，《语林》中记载的谢安言论被谢安本人极力否认，为此，作者裴启遭尽了人们的鄙视，最终布衣终老，《语林》的噩运也在所难免。

于此可见，志人小说的创作，也包括人们对志人小说优劣的评判，真实

---

① 魏徵等：《隋书·经籍志》，中华书局 2011 年版，第 1011 页。

② 刘义庆撰，刘孝标注，余嘉锡笺疏，周祖谟等整理：《世说新语笺疏》，上海古籍出版社 1996 年版，第 843 页。

③ 刘义庆撰，刘孝标注，余嘉锡笺疏，周祖谟等整理：《世说新语笺疏》，上海古籍出版社 1996 年版，第 844 页。

与否，是判断志人小说价值的首要标准。而就裴启《语林》的遭遇来看，志人小说对真实性的要求似比志怪小说更加严苛。干宝撰作《搜神记》，尚可在"考先志于载籍，收遗逸于当时"中"亦安敢谓无失实者哉"，允许"卫朔失国，二传互有所闻；吕望事周，子长存其两说"这样的"若此比类"失实现象的存在，而《语林》仅因载录不实而见弃。看来，追求"言匪浮诡，事弗空诬"的真实不仅是志怪小说也是志人小说的基本要求。①

但实际上，正如鲁迅先生所言，志人小说，"虽不免追随俗尚，或供揣摩，然要为远实用而近娱乐矣"。②也就是说，志人小说如《语林》《世说新语》，与干宝的《搜神记》等志怪小说一样，也是打算提供给"将来好事之士，录其根体，有以游心寓目而无尤焉"。③因而志人小说"或者掇拾旧闻，或者记叙近事"，虽要求真实，但却颇涉浮妄，多有不实。如鲁迅先生评价《世说新语》："记言则玄远冷俊，记行则高简瑰奇，下至缪惑，亦资一笑。"④指出《世说新语》有"缪惑"之事；评价《启颜录》："盖上取子史之旧文，近记一己之言行，事多浮浅，又好以鄙言调谑人，诽谐太过，时复流于轻薄矣。"⑤指出《启颜录》"事多浮浅"。又如，踵武《语林》的郭澄之的《郭子》，抑或有不实，其一条记王浑与其妻钟氏闲话：

> 王浑与妇钟氏共坐，见武子从庭前过，浑谓妇曰："生儿如是，足慰人意。"妇笑曰："若使新妇得配参军，生儿故可不翅如此。"参军是浑中弟，名沦字太冲，为晋文王大将军，从征寿春，遇疾亡，时人惜焉。⑥

---

① 王嘉撰，萧绮录，齐治平校注：《拾遗记·萧绮序》，中华书局1981年版，第1页。
② 鲁迅：《中国小说史略》，《鲁迅全集》第九卷，人民文学出版社2005年版，第62页。
③ 干宝撰，李剑国辑校：《新辑搜神记》，中华书局2012年版，第19页。
④ 鲁迅：《中国小说史略》，《鲁迅全集》第九卷，人民文学出版社2005年版，第63页。
⑤ 鲁迅：《中国小说史略》，《鲁迅全集》第九卷，人民文学出版社2005年版，第67页。
⑥ 郭澄之：《郭子》，鲁迅《鲁迅辑录古籍丛编》第一卷《古小说钩沉》，人民文学出版社1999年版，第45页。

此则《世说新语》排调亦载，李慈铭即认为此事虚妄，一是因为"闺房之内，夫妇之私，事有难言，人无由测"；二是"显对其夫，欲配其叔"，"太傅名家，夫人以礼著称，乃复出斯秽语？"故而是"齐东妄言，何足取也"。①《郭子》载此，而《世说新语》复载此，由此可以推知，"志人小说的所谓'写实'，并不是绝对的，不少记载辗转流传，免不了有失真之处；可能还有不少原本就是虚构而成的"。②由此看来，裴启《语林》因谢安否认而废，实在可堪叹惋。

亦即，与志怪小说一样，志人小说的创作及评价，也要求求实征信，只不过其所谓信实，并不是追求所记人物言行的真实无误，只是如萧绮所言"影彻经史"或"叶附图籍"有所根据而已，只要经史、图籍有载或其来有自，即使是传闻，亦认为信实，至于经史、图籍所载或传闻到底是否真实就无须在意了。这在事实上同样是主观上虽着意实录，而客观上却是以虚为实。

三、人文风尚与汉魏六朝小说的着意实录

汉末以降的魏晋南北朝，其时阴阳五行、谶纬之说笼盖四野，佛教道教常炽于朝堂乡间，神仙方术流行于宫廷内外，凡此种种，造成了当时社会浓郁的宗教迷信氛围，使人们普遍相信鬼神实有、神仙不虚、灵怪非妄。

如葛洪就说："昔秦大夫阮仓所记有数百人，刘向所撰又七十一人。盖神仙幽隐，与世异流，世之所闻者，犹千不及一者也……予今复抄集古之仙者，见于仙经服食方及百家之书，先师所说，耆儒所论，以为十卷，以传知真识远之士。其系俗之徒，思不经微者，亦不强以示之矣。"③以集古来神仙之事向弟

① 刘义庆撰，刘孝标注，余嘉锡笺疏，周祖谟等整理：《世说新语笺疏》，上海古籍出版社1996年版，第789页。
② 李剑国：《唐前志怪小说史》，人民文学出版社2011年版，第251页。
③ 葛洪：《神仙传序》，丁锡根编著《中国历代小说序跋集》，人民文学出版社1996年版，第54—55页。

子及世人证明神仙不虚。而如郭璞，则以《山海经》所载为例，辨析世间所有阔诞迂夸，奇怪俶傥，均是合理存在，他首先引庄子言，指出世界之大，人们的认知是有限的，故"世之所谓异，未知其所以异；世之所谓不异，未知其所以不异。何者？物不自异，待我而后异，异果在我，非物异也。"然后又以"胡人见布而疑黂，越人见罽而骇氍"，指出此乃人们"玩所习见而奇所希闻，此人情之常蔽"所致。进而说明人们对待《山海经》所载，"是不怪所可怪，而怪所不可怪也。不怪所可怪，则几于无怪矣；怪所不可怪，则未始有可怪也。"即人们之所以认为其怪诞，不是因为《山海经》所载"怪异"，而是人们认为它"怪异"而已。然后，郭璞又以《汲冢竹书》《穆天子传》以及《史记》《左传》等为证，认为《山海经》等所载，都是斑斑可考的真实有验之事，并进一步说："若乃东方生晓毕方之名，刘子政辨盗械之尸，王颀访两面之客，海民获长臂之衣，精验潜效，绝代县符，於戏！群惑者其可以少寤乎？"[1]

在这种普遍的氛围之下，[2] 张皇鬼神，称道灵异成为风气，正如鲁迅先生所言：

> 中国本信巫，秦汉以来，神仙之说盛行，汉末又大畅巫风，而鬼道愈炽；会小乘佛教亦入中土，渐见流传。凡此，皆张皇鬼神，称道灵异，故自晋迄隋，特多鬼神志怪之书。其书有出于文人者，有出于教徒者。文人之作，虽非如释道二家，意在自神其教，然亦非有意为小说，盖当时以为幽明虽殊途，而人鬼乃皆实有，故其叙述异事，与记载人间常事，自视固无诚妄之别矣。[3]

所以，既然鬼神实有、神仙不虚、灵怪非妄，小说家们载录各种各样的阔诞迂夸，奇怪俶傥之事，是将它们等同于"人间常事，自视固无诚妄之别"的。

---

[1]　袁珂：《山海经校注》附录《山海经叙录》，巴蜀书社 1996 年版，第 543 页。

[2]　当然，其时也有无神论或无鬼论者，东汉就有王充，魏晋南北朝时期，阮修、阮瞻等亦是。

[3]　鲁迅：《中国小说史略》，《鲁迅全集》第九卷，人民文学出版社 2005 年版，第 45 页。

由此推之，魏晋南北朝小说家们的创作心态，就实质而言是着意实录的。志怪如此，志人更是如此。萧绮在整理《拾遗记》时所言，应该是魏晋南北朝小说家们小说撰作的一种普遍态度，他说：

> 《拾遗记》者，晋陇西安阳人王嘉字子年所撰，凡十九卷，二百二十篇，皆为残缺。当伪秦之季，王纲迁号，五都沦覆，河洛之地，没为戎墟，宫室榛芜，书藏堙毁。荆棘霜露，岂独悲于前王；鞠为禾黍，弥深嗟于兹代！故使典章散灭，爨馆焚埃，皇图帝册，殆无一存，故此书多有亡散。文起羲、炎以来，事讫西晋之末，五运因循，十有四代。王子年乃搜撰异同，而殊怪必举，纪事存朴，爱广尚奇，宪章稽古之文，绮综编杂之部，《山海经》所不载，夏鼎未之或存，乃集而记矣。辞趣过诞，意旨迂阔，推理陈迹，恨为繁冗；多涉祯祥之书，博采神仙之事，妙万物而为言，盖绝世而弘博矣！世德陵夷，文颇缺略。绮更删其繁紊，纪其实美，搜刊幽秘，捃采残落，言匪浮诡，事弗空诬，推详往迹，则影彻经史；考验真怪，则叶附图籍。若其道业远者，则辞省朴素；世德近者，则文存靡丽；编言贯物，使宛然成章。数运则与世推移，风政则因时回改。至如金绳鸟篆之文，玉牒虫章之字，末代流传，多乖囊迹，虽探研镌写，抑多疑误。及言乎政化，讹乎祯祥，随代而次之。土地山川之域，或以名例相疑；草木鸟兽之类，亦以声状相惑。随所载而区别，各因方而释之，或变通而会其道，宁可采于一说。今搜检残遗，合为一部，凡一十卷，序而录焉。①

王嘉《拾遗记》是一部"杂史体志怪小说"，②所记"文起羲、炎以来，事讫西晋之末"，撰集了上至庖牺下讫石赵各代的逸事，故也可视为"记人间事者"。③内容上"搜撰异同，而殊怪必举"，"宪章稽古之文，绮综编杂之

---

① 王嘉撰，萧绮录，齐治平校注：《拾遗记·萧绮序》，中华书局 1981 年版，第 1—2 页。
② 李剑国：《唐前志怪小说史》，人民文学出版社 2011 年版，第 417—430 页。
③ 鲁迅：《中国小说史略》，《鲁迅全集》第九卷，人民文学出版社 2005 年版，第 62 页。

部，《山海经》所不载，夏鼎未之或存，乃集而记矣"。且"多涉祯祥之书"，又"博采神仙之事"，但萧绮却认为这些都"言匪浮诡，事弗空诬"。原因盖在萧绮自己做了一番考订，证明了王嘉所载"推详往迹，则影彻经史；考验真怪，则叶附图籍"。而《拾遗记》的实际情况却如周中孚所言，"事迹奇诡，十不一真"[1]。也就是说，在当时人看来，无论何代之事，怪诞与否，只要其来有自，即使是"辞趣过诞，意旨迂阔"，也仍然被视为真实可靠，是"言匪浮诡，事弗空诬"的。

深究之，汉魏六朝小说的着意实录，实际上与当时人们对小说的认识与观念有关。汉魏六朝小说的主体是志人小说与志怪小说，另外还有一部分以历史轶闻为主的杂记、杂传体小说如《西京杂记》《汉武故事》等。志怪小说，作为这一时期小说的主要样式，时人是将其视作史之一类，这从《隋书·经籍志》对志怪小说的著录可以得到证明。在《隋书·经籍志》中，今所知绝大部分志怪小说是被著录于史部杂传类中的，包括《列仙传赞》《神仙传》等仙道传类，《宣验记》《应验记》等僧佛传类，《搜神记》《志怪》等神鬼灵异类等志怪小说，也就是说，志怪小说被归入史部，属于杂传一类。至若杂记、杂传类的杂事小说如《西京杂记》《汉武故事》也被认定属于史类撰述，被著录在史部旧事类中。《隋书》成于初唐，初唐尚持如此观念，则汉魏六朝可想而知。至于志人小说，如《世说新语》《琐语》《笑林》等，则被著录在子部小说家类中，而按照汉魏六朝人的小说观念，正如《汉书·艺文志》诸子略小说家序与《隋书·经籍志》子部小说家类序所体现出来的小说观念，认为即使道听途说，也必其来有自。所以，在汉魏六朝时期，无论是志怪小说、志人小说，还是杂记、杂传体的杂事小说，其实都被看作史类著述，撰作今之所谓志怪小说、志人小说及杂事小说的小说家们，其实他们认为自己是在撰作史书。由此，着意实录也就不难理解了。

小说家们着意实录的创作心态与小说题材本质上的闳诞迂夸、奇怪俶傥

---

[1]　周中孚：《郑堂读书记》卷六六子部《拾遗记》条，上海书店出版社2009年版，第1081页。

相背，"遂混虚实"，造成了魏晋南北朝志怪与志人小说以虚为实的客观实际。这种以虚为实，虽大多出于无意，但却意义重大。正如韩进廉先生在《中国小说美学史》中针对《搜神记》所说："在当年确信'幽明虽殊途，而人鬼乃皆实有'的时代氛围中，他以史家笔墨叙写幽冥世界，正意味着对现实世界的关注。从这个意义上说，《搜神记》为人们开辟了一个谈神说鬼、讽谕世事的审美境界。"又说："干宝以自己的创作体验阐释其搜神志怪遇到的难题，尤其对'虚实'范畴的思考，对于小说美学话语体系的建构具有艺林伐山的意义。"①也就是说，志怪小说以及志人小说的这种以虚为实的做法，对中国古代小说艺术的发展与完善具有重要意义。如前所述，战国两汉间的杂史杂传小说，虽有虚诞之事，但都掩藏于历史的巨大阴影之中，而志怪小说以及志人小说，可以说在事实上摆脱了历史阴影的笼罩，虽无意却正式地将虚构引入了小说，虚构从此登堂入室，开启了中国古代小说创作中对虚构的合法运用，且随着人们对小说特性认识的逐渐清晰和深入，实现了从无意虚构到有意虚构的飞跃。同时，如何运用虚构，如何处理虚构与事实或真实的关系，也成为中国古代小说艺术无法回避的重要话题。

第二节　唐人小说的有意虚构

小说发展到唐代，发生了巨大的改变。与粗陈梗概、着意实录的汉魏六朝小说相比，唐传奇"叙述宛转，文辞华艳"，虽不离于"搜奇记逸"，但在六朝志怪的基础上，"施之藻绘，扩其波澜"，②呈现出别样的旨趣，开始有意为小说。唐传奇的出现，摆脱了对史传文学的依赖，使中国古典小说在文体上获得了真正的独立，它标志着中国文言短篇小说的发展进入了成熟时期。

---

① 韩进廉：《中国小说美学史》，河北大学出版社 2004 年版，第 37—38 页。
② 鲁迅：《中国小说史略》，《鲁迅全集》第九卷，人民文学出版社 2005 年版，第 73 页。

桃源居士称："唐三百年，文章鼎盛，独律诗与小说，称绝代之奇。"①唐传奇创作的兴盛，使它与唐诗一并成为唐代文学发展史上的两朵绚丽的奇葩。同时，它对后世小说和戏剧的发展也做出了不可估量的贡献。

一、"始有意为小说"与唐人小说艺术创造的自觉

不同的时代和条件，便会产生与之相应的文学艺术形式。汉魏六朝，在"张皇鬼神，称道灵异"的社会风气下，②"实"与"信"成了小说编撰的指导思想和美学原则。志怪小说的作者纷纷认为"天地鬼神，与我并生者也"，③他们认为鬼神是确实存在的，如干宝在《搜神记》序中就宣称自己的创作目的是"明神道之不诬"，④葛洪在《神仙传》自序中也认为"仙化可得，不死可学"，⑤就算是志人小说，内容一旦被认定失实如裴启《语林》就会贬值甚至被弃。由此可知，魏晋南北朝时期，小说的撰作是着意实录，即如鲁迅先生所说"非有意为小说"。⑥

唐代是中国小说发展史上的一个重要时期，即由"非有意为小说"转变为"有意为小说"。鲁迅先生多次论及此一转变。在《中国小说史略》中说："小说亦如诗，至唐代而一变，虽尚不离于搜奇记逸，然叙述宛转，文辞华艳，与六朝之粗陈梗概者较，演进之迹甚明，而尤显者乃在是时则始有意为小说。"⑦在《中国小说的历史的变迁》中说："六朝时之志怪与志人底文章，都很简短，而且当作记事实；及到唐时，则为有意识地作小说，这在小说史上

---

① 桃源居士：《唐人小说·序》，上海文艺出版社1992年版，第1页。
② 鲁迅：《中国小说史略》，《鲁迅全集》第九卷，人民文学出版社2005年版，第45页。
③ 干宝撰，李剑国辑校：《新辑搜神记》卷一七"刀劳鬼"，中华书局2012年版，第279页。
④ 房玄龄等：《晋书》卷八二《干宝传》，中华书局2011年版，第2150页。
⑤ 葛洪撰，胡守为校释：《神仙传校释》，中华书局2010年版，第2页。
⑥ 鲁迅：《中国小说史略》，《鲁迅全集》第九卷，人民文学出版社2005年版，第45页。
⑦ 鲁迅：《中国小说史略》，《鲁迅全集》第九卷，人民文学出版社2005年版，第73页。

可算是一大进步。"①与汉魏六朝小说相比，鲁迅先生认为唐人小说作家的观念发生了根本性变化，那就是有意为小说。对于唐人的有意为小说，明人胡应麟也早已注意到了，明人胡应麟在《少室山房笔丛》中即如是说："凡变异之谈，盛于六朝，然多是传录舛讹，未必尽幻设语。至唐人乃作意好奇，假小说以寄笔端"。②所谓"作意"，当然是指小说家有意识地创作小说。吴志达先生对鲁迅先生所言"有意为小说"与胡应麟的所谓"着意好奇"又做了解释，他说："所谓'有意为小说'，或'作意好奇'，就是说作者比较自觉地借助小说的形式，通过故事情节和人物形象反映现实生活或某种理想，在创作过程中，充分发挥作家想象、虚构的才能，使故事更生动，艺术形象更具有典型意义。③

实际上，所谓"有意"或"作意"，简单地说，即是指唐人小说是有明确目的性的创作。唐人小说创作的目的性有诸多表现，而尤为显著者则有如下几个方面。

唐人小说创作的明确目的性，首先表现在唐人小说主题的鲜明特别是伦理道德劝戒意识的突出。沈亚之云"余尚太史言，而又好叙谊事"，唐人小说是唐人"叙谊事"的重要方式，故沈亚之作《冯燕传》，其目的就在于称赏冯燕的"杀不谊，白不辜"的"真古豪"品行。④而如白行简作《李娃传》，乃是因为"汧国夫人李娃，长安之倡女也。节行瑰奇，有足称者，故监察御史白行简为传述"。⑤又如沈既济作《任氏传》，如其所言："异物之情也有人焉！遇暴不失节，徇人以至死，虽今妇人，有不如者矣。惜郑生非精人，徒悦其色而不征其情性。向使渊识之士，必能揉变化之理，察神人之际，著文章之美，传要妙之情，不止于赏玩风态而已。"⑥有见于作为狐妖的任氏，也能做到

---

① 鲁迅：《中国小说的历史的变迁》，《鲁迅全集》第九卷，人民文学出版社 2005 年版，第 323 页。
② 胡应麟：《少室山房笔丛》卷三六《二酉缀遗中》，中华书局 1958 年版，第 486 页。
③ 吴志达：《唐人传奇》，上海古籍出版社 1981 年版，第 11 页。
④ 沈亚之：《冯燕传》，汪辟疆校录《唐人小说》，上海古籍出版社 1983 年版，第 199 页。
⑤ 白行简：《李娃传》，汪辟疆校录《唐人小说》，上海古籍出版社 1983 年版，第 119 页。
⑥ 沈既济：《任氏传》，汪辟疆辑录《唐人小说》，上海古籍出版社 1983 年版，第 52 页。

"遇暴不失节，徇人以至死"，这是"虽今妇人，有不如者"，故而要为之作传，以"著文章之美，传要妙之情"。李公佐《谢小娥传》中对谢小娥的"旌美"，更具代表性。小说结尾云：

> 君子曰："誓志不舍，复父夫之仇，节也；佣保杂处，不知女人，贞也。女子之行，唯贞与节能终始全之而已。如小娥，足以儆天下逆道乱常之心，足以观天下贞夫孝妇之节。"余备详前事，发明隐文，暗与冥会，符于人心。知善不录，非《春秋》之义也，故作传以旌美之。[①]

李公佐明言，如谢小娥这样具有贞与节的女子，是典型的，是"足以儆天下逆道乱常之心，足以观天下贞夫孝妇之节"的，"知善不录，非《春秋》之义也，故作传以旌美之"，伦理道德劝戒的目的毫不隐讳，十分明确。总之，唐人小说，或如鲁迅先生所言："托讽喻以纾牢愁，谈祸福以寓惩劝。"[②]或如李肇在其《唐国史补序》中所说："虑史氏或阙则补之意，续传记而有不为。言报应，叙鬼神，征梦卜，近帷箔，悉去之；纪事实，探物理，辨疑惑，示劝戒，采风俗，助谈笑，则书之。"[③]都具有明确的目的性特别是伦理道德的说教和劝戒。

唐人小说创作的明确目的性，也体现在小说家将小说视为表现才华的重要形式。唐时读书人，为举业顺畅，常要投献所业于主司，赵彦卫《云麓漫钞》即云："唐之举人，先藉当世显人，以姓名达之主司，然后以所业投献；逾数日又投，谓之温卷，如《幽怪录》《传奇》等皆是也。盖此等文备众体，可以见史才、诗笔、议论。至进士则多以诗为贽，今有《唐诗》数百种行于世者是也。"[④]指出《传奇》等唐人传奇集即有此种目的。唐代举子将小说作

① 李公佐：《谢小娥传》，汪辟疆校录《唐人小说》，上海古籍出版社 1983 年版，第 113 页。
② 鲁迅：《中国小说史略》，《鲁迅全集》第九卷，人民文学出版社 2005 年版，第 73 页。
③ 李肇撰，曹中孚校点：《唐国史补》，《唐五代笔记小说大观》上册，上海古籍出版社 2000 年版，第 158 页。
④ 赵彦卫撰，傅根清点校：《云麓漫钞》卷八，中华书局 1998 年版，第 135 页。

为行卷的现象，后世所论甚夥，鲁迅先生甚至认为唐人小说的兴盛和"行卷"之风有很大关系：

> 唐至开元、天宝以后，作者蔚起，和以前大不同了。从前看不起小说的，此时也来做小说了，这是和当时底环境有关系的，因为唐时考试的时候，甚重所谓"行卷"。就是举子初到京，先把自己得意的诗钞成卷子，拿去拜谒当时的名人，若得称赞，则"声价十倍"，后来便有及第的希望。所以行卷在当时看得很重要。到开元、天宝以后，渐渐对于诗，有些厌气了，于是就有人把小说也放在行卷里去，而且竟也可以得名。所以从前不满意小说的，到此时也多做起小说来。因之传奇小说，就盛极一时了"[①]

唐代举子为了让主司了解欣赏自己的才华，在投献的行卷中会尽可能地展示自己的才华，故而一篇传奇小说，往往要多方面表现自己的"史才""诗笔"和"议论"，因而使传奇小说呈现出"文备众体"的特征。也就是说，作为"温卷"之用的唐人小说，为了逞才或炫才，小说家总是要想方设法"使某作品成为令人耳目一新的美文"，[②] 具有明确的审美创造的目的性。

唐人小说创作的明确目的性，还有一个极端的体现，那就是以小说谤人。唐人小说名篇《补江总白猿传》，据说就是唐代无名氏假托江总的名义以诽谤欧阳询的。此事宋人有记可征，晁公武《郡斋读书志》传记类录此小说，题解云："不详何人撰。述梁大同末欧阳纥妻为猿所窃，后生子询。《崇文目》以为唐人恶询者为之。"[③] 陈振孙《直斋书录解题》小说类也说："欧阳纥者，询之父也。询貌类猕猿，盖尝与长孙无忌互相嘲谑矣。此传遂因其嘲，广之

---

① 鲁迅：《中国小说的历史的变迁》，《鲁迅全集》第九卷，人民文学出版社 2005 年版，第 324 页。

② 韩进廉：《中国小说美学史》，河北大学出版社 2004 年版，第 47 页。

③ 晁公武撰，孙猛校证：《郡斋读书志校证》，上海古籍出版社 2005 年版，第 373 页。

以实其事。托言江总，必无名子所为也。"① 欧阳询貌"类猕猴"，陈振孙所言
欧阳询与长孙无忌嘲谑事见于唐人记载，如刘餗《隋唐嘉话》即载云："太宗
宴近臣，戏以嘲谑。赵公无忌嘲欧阳率更曰：'耸膊成山字，埋肩不出头。谁
家麟阁上，画此一猕猴？'询应声云：'缩头连背暖，俛裆畏肚寒。只由心溷
溷，所以面团团。'帝改容曰：'欧阳询岂不畏皇后闻？'赵公，后之兄也。"②
因此有人借他貌类猕猴而编出一个故事来攻击他，是有可能的。只是将人影
射为畜类之子，则恶意相加之意十分明显。鲁迅先生推测，欧阳询"在唐初
很有名望，而貌像猕猴，忌者因作此传"，并说"后来假小说以攻击人的风
气，可见那时也就流行了"。③

　　无独有偶，《补江总白猿传》并不是唐人小说中的特例，以小说谤人者
还有《周秦行纪》等。《周秦行纪》作者以牛僧孺自述的形式，虚构其夜过汉
薄太后庙，与薄太后、戚夫人、王昭君、杨贵妃、潘淑妃、绿珠等饮酒赋诗，
并与王昭君同眠共宿之事。小说明显有诽谤诬陷牛僧孺的目的：

　　　　太后问余："今天子为谁？"余对曰："今皇帝，先帝长子。"太真笑
　　曰："沈婆儿作天子也，大奇！"

　　　　太后曰："牛秀才远来，今夕谁人与伴？"……太后谓王嫱曰："昭君
　　始嫁呼韩单于，复为殊累若单于妇，固自用。且苦寒地胡鬼何能为？昭
　　君幸无辞。"昭君不对，低眉羞恨。俄各归休……④

这里的第一段文字直呼德宗为"沈婆儿"，对德宗皇帝及太后（沈氏）可谓大
不敬。第二段对王昭君的描写，实际也是影射德宗皇帝的母亲沈氏安史之乱

① 陈振孙撰，徐小蛮，顾美华点校：《直斋书录解题》上海古籍出版社 2006 年版，第 317 页。
② 刘餗撰，程毅中点校：《隋唐嘉话》卷中，《隋唐嘉话　朝野佥载》，中华书局 2005 年版，第 23 页。
③ 鲁迅：《中国小说的历史的变迁》，《鲁迅全集》第九卷，人民文学出版社 2005 年版，第 323 页。
④ 韦瓘：《周秦行纪》，汪辟疆校录《唐人小说》，上海古籍出版社 1983 年版，第 183 页，第 184—185 页。

中被胡人掳走而失节之事。这种做法，无疑是对皇室的极大侮辱，这在当时，罪不可赦。作者用侮辱皇室的做法嫁祸于牛僧孺，用心可谓险恶，正如明人冯时可："大都小人之谤君子，不能以财利污之，必以声色污之……昔李赞皇门徒之倾牛奇章，至代为《周秦行纪》，何论诗也。"①《周秦行纪》当与牛李党争有关，此类小说还有《真珠叙录》《牛羊日历》《续牛羊日历》等。这种以谤人为目的的小说，用心不良，是不值得提倡的，胡应麟说："乃若私怀不逞，假手铅椠，如《周秦行纪》《东轩笔录》之类，同于武夫之刃，谗人之舌者，此大弊也。然天下万世，公论具在，亦亡益焉。"②

以上数端是唐人小说"有意"或"作意"为小说的突出表现。需要说明的是，我们说唐人小说是有明确目的性的创作，或云志怪小说与志人小说同样是有明确目的性的，如《搜神记》目的是"明神道之不诬"，其与唐人小说又有何不同？吴志达先生曾对此有说明，他认为，神话传说，"作者也没有意识到是在创作神话小说"。"至于史传文学，特别是野史别传"，"可是作者毕竟是旨在写史记实，成一家之言"。"说到六朝志怪小说，则旨在崇扬道、佛，而不是着意于文学创作；志人小说，主要又只记述上层社会轶事趣闻，如刘义庆《世说新语》，便是招聚一些文人编纂旧文成书的，并不是他们的创作，而是士大夫闲暇消遣、相聚'清谈'风习的产物。"③也就是说，虽都有目的性，但正如鲁迅所说，六朝志怪与志人，是"当作记事实"，而唐人小说则是"有意识地作小说"，④这是他们本质的区别。

总之，唐人小说是有明确目的性的创作，是一种自觉的艺术创造，这是中国古代小说从汉魏六朝志怪、志人小说到唐人小说的"根本变革"，小说终于从"历史家、伦理家、宗教家的桎梏中解放出来真正变成文学家的宠儿"，从"故事性小说——以陈列外部事实为目的的小说"转变为"小说性小说——

---

① 冯时可：《雨航杂录》卷上，文渊阁《四库全书》本，第867册，第337页上。
② 胡应麟：《少室山房笔丛》卷二九《九流绪论下》，中华书局1958年版，第375—376页。
③ 吴志达：《唐人传奇》，上海古籍出版社1981年版，第11页。
④ 鲁迅：《中国小说的历史的变迁》，《鲁迅全集》第九卷，人民文学出版社2005年版，第324页。

以表现价值生活和情感生活为目的的小说"。也就是说，唐人小说正因为是"意识之创造"，是按照美的规律进行小说创造的自觉，"唯其有了这种自觉，才使小说走进传奇的新时代"。[①]

二、"幻设为文"与唐人小说艺术创造的实质

明人胡应麟《少室山房笔丛》"凡变异之谈，盛于六朝，然多是传录舛讹，未必尽幻设语。至唐人乃作意好奇，假小说以寄笔端"一语，[②] 概括出唐人小说两大特征，其一即"着意"特征，其二则是"幻设语"。幻设为文，是唐人小说"有意识地作小说"之外的另一个重要特征或者说典型体现，鲁迅先生认为，唐人小说的"幻设为文"，不同于晋世故盛的阮籍之《大人先生传》、刘伶之《酒德颂》、陶潜之《桃花源记》《五柳先生传》等"以寓言为本，文词为末"者，"文采与意想"是其内涵的核心。[③]

唐人小说的"文采"，宋人就已有认识，陈师道即云："范文正公为《岳阳楼记》，用对语说时景，世以为奇。尹师鲁读之曰'《传奇》体耳'。《传奇》，唐裴铏所著小说也。"[④] 注意到了唐人小说语言"用对语说时景"的特征，即常用骈语的叙事语言特征。清人周克达云："说部纷纶，非不有斐然可观者，然未能如唐人小说之善。此其人皆意有所托，借他事以导其忧幽之怀，遣其慷慨郁伊无聊之况，语渊丽而情凄婉，一唱三叹有遗音者矣。"[⑤] 不仅注意到唐人小说是"意有所托"的自觉创作，而且注意到唐人小说的"语渊丽"及"情凄婉"特征，即生动叙事的语言。

[①] 李剑国：《唐五代志怪传奇叙录·唐稗思考录》，南开大学出版社 1998 年版，第 25 页，第 30 页。

[②] 胡应麟：《少室山房笔丛》卷三六《二酉缀遗中》，中华书局 1958 年版，第 486 页。

[③] 鲁迅：《中国小说史略》，《鲁迅全集》第九卷，人民文学出版社 2005 年版，第 73 页。

[④] 陈师道：《后山诗话》，参见清何文焕辑《历代诗话》，中华书局 2001 年版，第 310 页。

[⑤] 周克达：《唐人说荟序》，丁锡根编著《中国历代小说序跋集》，人民文学出版社 1996 年版，第 1795—1796 页。

唐人小说的"文采"，宋人又将其概括为"诗笔"，即浓郁的诗意化抒情特征。①唐人小说浓郁诗意化抒情特征的形成，最为重要的方式就是叙事行文中诗歌的插入。有些唐人小说甚至放弃了小说对故事情节的追求而仅仅着意于诗歌般意境的酿造，这些小说故事情节极为简单而诗意却极为浓厚，宛如小说中的绝句。如《纪闻·巴峡人》：

> 调露年中，有人行于巴峡，夜泊舟，忽闻有人朗咏诗曰："秋径填黄叶，寒摧露草根。猿声一叫断，客泪数重痕。"其音甚厉，激昂而悲。如是通宵，凡吟数十遍。初闻，以为舟行者未之寝也，晓访之，而更无舟船，但空山石泉，溪谷幽绝，咏诗处有人骨一具。②

还有以直接而浓烈的抒情和细致而诗意的写景创造出诗一般的氛围和意境。如《霍小玉传》，在叙述霍小玉悲剧命运经历的过程中，将其忧虑、怅惘、愁怨、愤恨的情感表达置于非常突出的位置，小说自始至终笼罩在强烈的情感氛围中，充满诗意，正如李剑国先生所言，"虽然全文未用一诗（小玉念李益诗'开帘'二句不计），但无疑是诗的情思。"③

唐人小说的"意想"，考察鲁迅先生相关论述，当主要指向在自觉的虚构故事营构中所体现出来的出人意表的烂漫想象。如前所言，出于种种"有意"的目的，自觉而有意识的虚构是唐人小说的普遍现象。如上文所举唐人以小说谤人的作品《补江总白猿传》《周秦行纪》等，是明显有意借空穴来风似的一点传闻或干脆凭虚构设的典型。就题材而言，唐人小说总体上可概括为现实题材和非现实题材两种类型，但无论哪一种类型，自觉地运用虚构来完成

---

① 赵彦卫撰，傅根清点校：《云麓漫钞》卷八，中华书局 1998 年版，第 135 页。关于唐人小说之"诗笔"，可参看熊明《唐人小说与民俗意象研究》（上海古籍出版社 2015 年版，第 46—52 页）或《略论唐人小说之史才、诗笔与议论》（《沈阳师范大学学报》2007 年第 6 期）相关论述。

② 李昉等：《太平广记》卷三二八《鬼十三》"巴峡人"，中华书局 2003 年版，第 2608 页。

③ 李剑国：《唐五代志怪传奇叙录·唐稗思考录》，南开大学出版社 1998 年版，第 93 页。

典型形象的塑造和故事情节的建构，已成为小说家们的普遍共识和惯常做法。而在唐人小说的虚构中，翩翩"意想"随处可见。

如典型的取材于历史乃至当代现实的作品《长恨歌传》《非烟传》等小说，却虚构明显。《长恨歌传》在整体上就已非历史史实或民间传闻的实录，而是对历史事实和民间传闻的再创造，即便如此，小说中后半部分，对唐明皇杨贵妃之间天上人间、生死不渝的相思的表现，就是根据民间传闻夸饰虚构而成的。其间，就体现出翩翩"意想"，如描绘蓬莱仙境："最高仙山，上多楼阙，西厢下有洞户""云海沉沉，洞天日晓琼户重阖，悄然无声"。在这个空蒙清泠、缥缈迷离的仙境中，作者随后写道士扣扉、童女应门、侍女询问通报、贵妃出迎等系列情节，细致入画，宛然如在目前。又如，写贵妃回忆七夕定情一段：

> 秋七月，牵牛织女相见之夕。……时夜始半，休侍卫于东西厢，独侍上。上凭肩而立，因仰天感牛女事，密相誓心，愿世世为夫妇。言毕，执手各呜咽。

真是"光景如画"。[①] 而《非烟传》，小说末洛中才士有崔、李二生赋诗咏非烟事，崔生诗末句云："恰似传花人饮散，空床抛下最繁枝"，同情非烟，其夕，即梦非烟谢。而李生诗末句云："艳魄香魂如有在，还应羞见坠楼人"，有诮责之意。其夕，即梦非烟戟手而詈，数日而李生卒。同样是以出人意料的方式来表达作者对步非烟遭遇的矛盾态度。

取材于历史和当代现实的小说如此，那些源于历史与现实捕风捉影式的或者完全出于虚构的作品，则往往有过之而无不及，其间意想更是让人拍案惊奇。如现实生活中儿童游戏的竹马，在唐人小说中居然成了真正的交通工具：

---

① 佚名编，袁宏道参评，屠隆点阅，孙乃点校：《虞初志》卷二《长恨传》汤显祖评语，汤显祖等原辑，袁宏道等评注，柯愈春编纂《说海》第一册，人民日报出版社1997年版，第57页。

> ……即令负一大囊，可重一钧。又与一竹杖，长丈二余。令元之乘骑随后，飞举甚速，常在半天。西南行，不知里数，山河逾远，歘然下地，已至和神国。①

古元之，因酒醉而死，实为其远祖古弼所召，古弼欲往和神国，无担囊者，遂召古元之。他们去和神国的乘用工具，居然就是儿童游戏中的竹马。作为童戏的竹马，在小说中真的成了一种真正的交通工具，且"飞举甚速，常在半天"，当其"歘然下地"时，就已到达了目的地，这真是一个绝妙的异想。又如：

> 行修如王老教，呼于林间，果有人应，仍以老人语传入。有倾，一女子出，行年十五。便云："九娘子遣随十一郎去。"其女子言讫，便折竹一枝跨焉。行修观之，迅疾如马。须臾，与行修折一竹枝，亦令行修跨。与女子并驰，依依如抵。西南行约数十里，忽到一处，城阙壮丽……②

这里，九娘子所遣侍女与李行修入幽冥之境，竟也是乘"竹马"前往，而且这竹马居然也"迅疾如马"！

牛僧孺《玄怪录》中多有这种出人意表的"意想"，且毫不掩饰其虚构性，鲁迅先生即指出："其文虽与他传奇无甚异，而时时示人以出于造作，不求见信；盖李公佐、李朝威辈，仅在显扬笔妙，故尚不肯言事状之虚，至僧孺乃并欲以构想之幻自见，因故示其诡设之迹矣。"③如《开元明皇幸广陵》写八月十五日夜叶法善架虹桥而与唐玄宗游广陵、《巴邛人》写四老叟在桔中象戏决赌、《刁俊朝》叙其妻巴妪项瘿出猱等。④均想象奇特，幻设新颖。

---

① 牛僧孺撰、程毅中点校：《玄怪录》卷三，《玄怪录 续玄怪录》，中华书局1982年版，第79页。

② 李昉等：《太平广记》卷一六〇《定数十五》"李行修"，中华书局2003年版，第1150页。

③ 鲁迅：《中国小说史略》，《鲁迅全集》第九卷，人民文学出版社2005年版，第96页。

④ 牛僧孺撰，程毅中点校：《玄怪录》卷三，《玄怪录 续玄怪录》，中华书局1982年版，第57页，第73页，第77页。

"文采与意想"在唐人小说中常常是水乳交融的艺术整体。如《龙城录·赵师雄醉憩梅花下》：

> 隋开皇中，赵师雄迁罗浮。一日，天寒日暮，在醉醒间，因憩仆车于松林间。酒肆旁舍，见一女人，淡妆素服，出迓师雄。时已昏黑，残雪对月色微明。师雄喜之，与之语，但觉芳香袭人，语言极清丽。因与之扣酒家门，得数杯，相与饮。少顷，有一绿衣童来，笑歌戏舞，亦自可观。顷醉寝，师雄亦懵然，但觉风寒相袭。久之，时东方已白，师雄起视，乃在大梅花树下，上有翠羽啾嘈相顾，月落参横，但惆怅而已。①

小说描写了赵师雄醉眠梅树下而遇"淡妆素服""芳香袭人"的梅花仙子，并得与共饮。又有翠鸟所化的"绿衣童子来，笑歌戏舞"，真是妙绝之想。这一切，又发生在一个"残雪对月色微明"的美好黄昏。残雪、月色、松林、酒肆，淡妆素服、暗香袭人的女子，笑歌戏舞的绿衣童子，再加上数杯之酒，不仅意想翩翩，而且诗意无限。

又如《玄怪录·柳归舜》，借洞天福地故事模式表现柳归舜意外遇鹦鹉仙子的奇遇，这一整体情节设计，无疑体现出了小说家的妙思巧构，当然，小说家的翩然异想，还体现在故事的诸多细节上。如"表里洞彻""圆而坦平"的巨石，巨石上奇异的大树等；又如小说中所谓"桂家三十娘子"的居所，竟然藏在云中，可以任意飞动！真是可以移动的空中楼阁。再如，柳归舜离开异境之法，竟然是以一尺绮掩目，便"忽如身飞，却坠，以达舟所"。如此种种，均想落天外。同时，《柳归舜》又文采斐然，不仅通过鹦鹉仙子唱的歌诗，带给整篇小说浓浓的诗意，又以具体而微的工笔画式的细腻笔法，描绘出如诗如画的诗意境界，对异境大石花树的精美描写就是一例：

---

① 柳宗元撰，曹中孚校点：《龙城录》，《唐五代笔记小说大观》上册，上海古籍出版社2000年版，第141页。

忽道旁有一大石，表里洞彻，圆而砥平，周匝六七亩，其外尽生翠竹，圆大如盎，高百余尺，叶曳白云，森罗映天，清风徐吹，戛戛为丝竹音。石中央又生一树，高百余尺，条干偃阴为五色。翠叶如盘，花径尺余，色深碧，蕊深红，异香成烟，著物霏霏。有鹦鹉数千，丹嘴翠衣，尾长二三尺，翱翔其间，相呼姓字，音旨清越……①

幻设为文与"有意"或"作意"相关，是唐人小说自觉艺术创造的典型体现，又具体表现为"文采与意想"两个方面。特别是唐人小说中的"意想"，是自觉地运用想象乃至幻想进行形象塑造与故事情节建构，有的小说家甚至刻意显示自己的虚构，或者坦然承认自己的虚构。鲁迅先生在论探讨唐人小说特征时曾论及于此，他说："唐代传奇文可就大两样了：神仙人鬼妖物，都可以随便驱使；文笔是精细、曲折的，至于被崇尚简古者所诟病；所叙的事，也大抵具有首尾和波澜，不止一点断片的谈柄；而且作者往往故意显示着这事迹的虚构，以见他想象的才能了。"②如牛僧孺的《玄怪录》，鲁迅先生认为虚构并故意显示虚构，是其尤为特别之处，"至僧孺乃并欲以构想之幻自见，因故示其诡设之迹矣。"③对中国古代小说而言，这无疑是一个巨大的进步。从此，对虚构的自觉运用，成为中国古代小说艺术的应有或当然之义，中国古代小说步入了一个自觉进行艺术创造的时代。

三、有意的实录标榜

唐人小说有意虚构，幻设为文，甚至处处故意显示其虚构，或者坦然承认自己的虚构。但有趣的是，唐人传奇在故意虚构的同时，却又不遗余力地

---

① 牛僧孺撰，程毅中点校：《玄怪录》卷二《柳归舜》，中华书局 1982 年版，第 32 页。

② 鲁迅：《六朝小说和唐代传奇文有怎样的区别》，《鲁迅全集》第六卷《且介亭杂文二集》，人民文学出版社 2005 年版，第 335 页。

③ 鲁迅：《中国小说史略》，《鲁迅全集》第九卷，人民文学出版社 2005 年版，第 96 页。

标榜实录。为此，小说家甚至不惜直接介入，走到读者前面，亲自解释故事来源的真实和可靠。如在《离魂记》的结尾，作者陈玄佑就亲自对读者说："玄佑少常闻此说，而多异同，或谓其虚。大历末，遇莱芜县令张仲规，因备述其本末。镒则仲规堂叔，而说极备悉，故记之。"① 明明虚构无疑，而他却欲擒故纵，自言"或谓其虚"，然后说明此事得之于其中人物张镒的堂侄，而证明其真实可靠。诸如此类的做法在唐人传奇中比比皆是。如《任氏传》《南柯太守传》《李娃传》《庐江冯媪传》《莺莺传》等。

唐人传奇对实录的有意标榜，最常见的做法就是作者的介入，这种介入，一般是在结尾处，如上文引《离魂记》等诸篇均是。也有在开头介入的，如《李娃传》开头云："汧国夫人李娃，长安之倡女也。节行瑰奇，有足称者，故监察御史白行简为传述。"② 有时，在故事的发展进程中，小说家故意打断正常叙事，亲自出现，如《谢小娥传》作者就两次插入：其一云："至元和八年春，余罢江西从事，扁舟东下，淹泊建业，登瓦官寺阁。有僧齐物者，重贤好学，与余善，因告余曰：'有孀妇名小娥者，每来寺中，示我十二字谜语，某不能辨。'……"其一云："其年夏月，余始归长安，途经泗滨，过善义寺，谒大德尼令。操戒新见者数十，净发鲜帔，威仪雍容，列侍师之左右。……顾余悲泣。余不之识，询访其由。娥对曰：'某名小娥，顷乞食孀妇也……'余曰：'初不相记，今即悟也。'娥因泣，具写记申兰申春，复父夫之仇，志愿相毕，经营终始艰苦之状……"③ 作者在小说故事的发展中的两次打断正常叙事进程，亲自出现，一方面是出于情节发展的需要；另一方面无疑也是为了标榜所记谢小娥事的真实和无可怀疑。不管作者在何处介入，其主旨大多是介绍所写故事的来源，显示其为作者的亲见亲闻，确凿无疑。

除了作者亲自解说之外，为了使其虚构之事如同真实，在唐人传奇中，往往对人物的生平交游、籍贯爵里作详尽的交代，其中人名、地名也多真实

① 陈玄佑：《离魂记》，汪辟疆校录《唐人小说》，上海古籍出版社 1983 年版，第 60 页。
② 白行简：《李娃传》，汪辟疆校录《唐人小说》，上海古籍出版社 1983 年版，第 119 页。
③ 李公佐：《谢小娥传》，汪辟疆校录《唐人小说》，上海古籍出版社 1983 年版，第 111 页，第 113 页。

可靠。而且还常以真实的人物作主人公，如《补江总白猿传》中的欧阳询，《柳氏传》中的韩翊，《霍小玉传》中的李益、牛肃，《纪闻·吴保安》中的吴保安、李公佐，《谢小娥传》中的谢小娥等。

另外，唐人传奇的实录标榜，也体现在小说中时间的具体和精确上，如《长恨歌传》，时间交代就十分清楚，提及"开元中""天宝末""元和元年冬十二月"。①与此相比，《东城老父传》则有过之而无不及。其开头介绍老父贾昌"开元元年癸丑生，元和庚寅岁，九十八矣"，又云"开元十三年，笼鸡三百，从封东岳""十四年三月，衣斗鸡服""二十三年，玄宗为娶……""大历元年""建中三年""元和中"，②如此具体精确的时间，如史传实录。在为史时，人物、地点、时间的准确是最基本的要求，汉魏六朝杂传虽杂虚诞怪妄、传闻不经之言，但在这一点上却不例外，唐人传奇的这种做法，应源自传奇文体对汉魏六朝杂传体制模式的承继和套用。

唐人传奇这种明明出于虚构，却不遗余力地标榜实录，韩进廉先生认为这是小说家营造真实感的方法，他说："传奇往往效法史传，明确交代故事发生的时间、地点，甚至标注年号。这与其说是对史传的依附，不如说是故意给读者造成心理上的真实感。"③

当然，唐人小说真实感的营造，不仅仅通过表面上对实录的有意标榜，在更深的层面上，则是通过对人物事件特别是幻设之人物事件的符合现实生活事理逻辑的描绘与刻画所形成的真实感，虽非实有之人事，但却宛若真实，这就是现代叙事理论中所谓艺术的真实。唐人小说的这种做法，明人已有认识，如伪托胡应麟言："胡元瑞曰：唐传奇小传，如《柳毅》《陶岘》《红线》《虬髯客》诸篇，撰述浓至，有范晔、李延寿之所不及。"④所谓"撰述浓至"即此意。

---

① 陈鸿：《长恨歌传》，汪辟疆校录《唐人小说》，上海古籍出版社 1983 年版，第 139—143 页。

② 陈鸿：《东城老父传》，汪辟疆校录《唐人小说》，上海古籍出版社 1983 年版，第 134—137 页。

③ 韩进廉：《中国小说美学史》，河北大学出版社 2004 年版，第 57 页。

④ 《红线传》跋语，参见桃源居士编《唐人小说》之传奇家第一百三峡《红线传》，上海文艺出版社 1992 影印上海扫叶山房石印本，第 410 页。

唐人小说无论作何种虚构幻设，总是立足于现实生活，将虚构幻设之人事人情化、生活化。其中的神仙鬼魅、妖怪精灵、飞禽走兽，在他们非人的外表下，却表现出人的情感、人的习性以及人的欲念和价值观。《任氏传》狐狸精任氏体现出"异物之情也有人焉"，《稽神录》中《朱廷禹》《司马正彝》中的神女，也用假发和粉脂如普通凡间中的民女一样打扮自己。《洞庭灵姻传》中的龙女，和人间普通女子一样，也受到丈夫的遗弃和公婆的虐待，"夫婿乐逸，为婢仆所惑，日以厌薄。既而将诉于舅姑，舅姑爱其子，不能御。迨诉频切，又得罪舅姑，舅姑毁黜以至此。"被罚在荒郊牧羊。其后与柳毅结合，在不知柳毅态度到底如何以前，仍然"愁惧兼心，不能自解"。还有众多唐人小说中叙及狗、老虎、大象，甚至老鼠报恩的故事，也折射着人间的知恩图报等道德伦理观念。故唐人小说中的天堂地狱，洞天福地，异域方外，也如咫尺现实，充满着人间万象：《南柯太守传》中由一群蚂蚁组成的大槐安国，仿佛一个人间上层社会，有宠辱沉浮，有生老病死。幽冥地府则俨然是另一个人间，其间也有城池，如人间的州府郡县，而分散在各处的鬼们都处在如人世乡村般的世界中，一座坟墓就是一个家庭，几座相连就成了村落。大大小小的鬼们各有各的职业生计，有高贵，有低贱，如《广异记·阿六》中即有鬼以卖饼为业；鬼们之间的关系，特别是在官场中，也如人间，如《广异记·六合县丞》中鬼吏冥卒们即开后门、卖人情、讨小费，甚至还调戏妇女；鬼们也追求时尚，如《河东记·李敏求》中的鬼就托回到人间的朋友买一顶流行的扬州毡帽；《玄怪录·刘讽》中年轻女鬼们在一起，高雅则如仕女弹琴饮酒行酒令，浅俗则如村姑打情骂俏，谈找婆家；《庐江冯媪传》中鬼公公鬼婆婆逼着鬼媳妇要东西，媳妇拉着三岁小儿委屈无助地哭着，凄楚之境一如人间贫寒家庭。

不仅将虚构幻设的人事人情化、生活化，唐人小说还通过对场景与细节的细腻逼真呈现来营造真实感，此即所谓"撰述浓至"之一种表现。唐人小说多将故事以场景展开，辅之以细节，就仿佛打开一幅画卷，给人以身临其境的真实感受。如《虬须客传》中灵石旅舍三侠相遇的场景：

将归太原，行次灵石旅舍，既设床，炉中烹肉且熟。张氏以发长委地，立梳床前。公方刷马，忽有一人，中形，赤髯如虬，乘蹇驴而来。投革囊于炉前，取枕敧卧，看张梳头。公怒甚，未决，犹亲刷马。张熟视其面，一手握发，一手映身摇示公，令勿怒。急急梳头毕，敛衽前问其姓。卧客答曰："姓张。"对曰："妾亦姓张，合是妹。"遽拜之。问第几。曰："第三。"问妹第几。曰："最长。"遂喜曰："今夕幸逢一妹。"张氏遥呼："李郎且来见三兄！"公骤拜之，遂环坐……①

此一段场景将风尘三侠相遇的情景表现得十分具有戏剧性，生动精彩而又散发着浓郁的生活气息。李靖、红拂女夫妇息于旅舍，炉中煮肉，男人刷马，女人一旁梳头，何等真实！其间细节，将人物情貌个性逼真地呈露出来。唐人小说多如是，大量使用这种场景与细节，将虚构与幻设之故事逼真地展现出来。

唐人小说有意虚构人物与故事，幻设为文而又标榜实录，通过人情化、生活化与细腻逼真的场景、细节等来营构真实感，正如明人伪托洪迈、刘攽所言："洪容斋谓唐人小说不可不熟，小小情事，凄婉欲绝。刘贡父谓小说至唐，鸟花猿子，纷纷荡漾。②"把"小小情事"写得"凄婉欲绝"，把"鸟花猿子"写得"纷纷荡漾"，将虚构的人物与故事描绘得宛如真实。如果说魏晋南北朝志怪小说等是以虚为实，那么，唐人小说无疑实现了以实写虚——用摹绘如真的精细笔墨将虚构的人与事按照现实生活的情理逻辑呈现出来，走向了真正的艺术真实。

唐人小说一方面幻设为文，另一方面标榜实录，看起来似乎十分矛盾，但唐代小说家们却将此看似不可调和的两方面完美地结合在了一起，创造了中国小说史上的一个繁荣时期。这其实与唐人的小说观念有关。大致而言，

---

① 裴铏：《虬须客传》，参见汪辟疆校录《唐人小说》，上海古籍出版社 1983 年版，第 215 页。按：汪辟疆校录题"《虬髯客传》，杜光庭撰"，李剑国先生考证当为"《虬须客传》，裴铏撰"，从之，参见《唐五代志怪传奇叙录》，南开大学出版社 1998 年版，第 580 页。

② 桃源居士：《唐人小说·序》，上海文艺出版社 1992 年影印上海扫叶山房石印本，第 1 页。

唐人小说包括传奇小说、志怪小说与以历史轶闻为主体的杂事小说。就史志书目著录观之，《旧唐书·经籍志》乃据在毋煛的《古今书录》编定，其所录止于唐开元年间。《崇文总目》成于宋初，为宋仁宗下诏编纂，是一部官修目录学著作，其所著录，乃宋初三馆与秘阁所有藏书，而参与编纂者如王尧臣、宋祁、欧阳修等均为宋初渊博之士。《新唐书·艺文志》晚于《崇文总目》，故相对而言，从《崇文总目》的图书著录可以略窥唐人的小说观念。

在《崇文总目》中，汉魏六朝志怪小说以及唐五代新出志怪小说，已被著录于子部小说家类中，如《酉阳杂俎》等。杂事类小说，一部分被著录在史部杂史类中，如《阙史》《逸史》《国史补》等；一部分著录在杂传记类中，如《西京杂记》《封氏闻见记》《朝野佥载》等；一部分被著录在子部小说类中，如《摭言》等。至于唐人小说的代表性类型传奇小说，一部分以描写神怪故事为主的传奇小说也被著录于小说类中，如《玄怪录》《集异记》等；一部分以现实体裁为内容的传奇小说则被著录于史部传记类中，如《高氏外传》《甘泽谣》等。稍早于《崇文总目》的《太平广记》，亦是如此，将涉神怪的传奇小说编入按内容分类的各卷，而又于卷四八四至四九二单列杂传记，收录以现实题材为主的传奇小说。另外，更重要的是，唐人称今之所谓传奇小说为传记或杂传记，如《国史补·序》云："昔刘餗集小说，涉南北朝至开元，著为《传记》。予自开元至长庆撰《国史补》，虑史氏或阙则补之意，续传记而有不为。"[1]《唐阙史》云："巢偷污踞宫阙，与安、朱之乱不侔、其间尤异者，各为好事传记。"[2] 也就是说，在唐代小说家们那里，他们撰作传奇小说，实际上是在撰作人物传记。由此，实录的标榜也就是自然而然的事了。至于幻设为文，实际上也跟人物传记的撰作传统息息相关。鲁迅先生在《中国小说史略》中云："传奇者流，源盖出于志怪。"[3] 也就是说唐人传奇主要

---

① 李肇：《唐国史补·序》，参见李肇撰，曹中孚校点《唐国史补》，《唐五代笔记小说小说大观》上册，上海古籍出版社 2000 年版，第 158 页。

② 高彦休撰，阳羡生校点：《唐阙史》卷下"虎食伊璠"条，《唐五代笔记小说小说大观》下册，上海古籍出版社 2000 年版，第 1365 页。

③ 鲁迅：《中国小说史略》，《鲁迅全集》第九卷，人民文学出版社 2005 年版，第 73 页。

是在汉魏六朝志怪小说的基础上进化而成的。当然，唐人传奇还有另一个源头——汉魏六朝杂传。而汉魏六朝杂传有着普遍的小说化倾向，一个特别表现就是虚诞怪妄之事的大量引入。[①] 故被唐人视为传记的唐人传奇小说，必然受到人物传记特别是汉魏六朝杂传撰作传统的深刻影响，幻设为文当源自汉魏六朝杂传对虚诞怪妄之事的引入与运用。只不过相比于汉魏六朝杂传对虚诞怪妄之事的引入，唐人传奇小说的幻设为文，已发生了质的飞跃，是青出于蓝而胜于蓝，如蛹化蝶。

另外，刘知幾对唐人小说观念与唐人小说的影响也不容忽视。刘知幾以其独特的理论眼光，纳小说入史流，突破了《汉书·艺文志》对小说的子流定位，但他也同时按照史书的实录原则来要求小说，比如他在谈到其所谓"逸事"类小说《洞冥记》《拾遗记》等书时就批评说："全构虚辞，用惊愚书。此其为弊之甚者也。"谈到其所谓"杂记"类小说时也说："若论神仙之道，则服食炼气，可以益寿延年；语魑魅之途，则福善祸淫，可以惩恶劝善，斯则可矣。及谬者为之，则苟谈怪异，务述妖邪，求诸弘益，其义无取。"[②] 上述《崇文总目》对唐人小说的著录，除传奇小说之外，特别是杂事小说著录的混乱，显然与刘知幾的小说理论有关。

第三节　宋元明清小说的虚实相半

小说尚实还是尚虚，自宋代以来一直是批评家们争论不休的问题。从宋至清，这时期的文言小说在虚实问题上颇为矛盾纠结。这种矛盾纠结源自传统小说观念的实录主张与小说实践中的客观虚构。元明以降，随着在白话小说领域中历史演义等章回小说的出现，小说家们在小说创作实践中，逐渐

---

① 熊明：《汉魏六朝杂传研究》，中华书局 2014 年版，第 357—397 页。

② 刘知幾撰，浦起龙释：《史通通释》卷一〇《杂述》，上海古籍出版社 1978 年版，第 276 页。

获得了对虚实问题的客观认识。谢肇淛等人提出历史演义小说不同于正史，应该"虚实相半"，① 张无咎认为神魔小说应该"真幻并兼"，② 明末，世情小说《金瓶梅》的问世，标志着中国古代长篇小说进入了一个全新的写实新阶段——追求艺术的真实，张竹坡在《批评第一奇书金瓶梅·读法》中提出了把握生活"情理"的思想，脂砚斋也肯定《红楼梦》乃是"至情至理"之文。③ 从明清历史演义小说的"虚实相半"、神魔小说的"真幻并兼"再到世情小说的"至情至理"，中国古代小说对虚实关系的态度最终走向成熟和理性。

一、文言小说与虚实矛盾

魏晋南北朝时期的志人、志怪小说，虽涉鬼神怪妄之事，但却将鬼神怪妄之事当作记事实，是以虚为实。而唐人传奇，则有意而为，幻设为文，虽多出于虚构，却也标榜实录。两宋以降，就文言小说领域而言，虚与实仍然是摆在小说家们面前的一个重要问题，为实或者为虚，在观念主张与小说实践中，小说家们徘徊不定。传统小说——志怪小说以及志人小说的后裔杂事小说——体现得尤为明显。

对于志怪小说与杂事小说，两宋小说家们基本承袭魏晋南北朝自干宝等以来的志怪、志人传统，撰录鬼神怪妄与人间轶闻逸事，但与干宝等魏晋南北朝小说家不同，两宋小说家们在小说实践中越来越认识到鬼神怪妄的虚诞本质，因而无论在小说观念还是小说实践中，都表现出无法掩饰的矛盾和纠结。

两宋小说家们的这种矛盾和纠结，洪迈颇具代表性。洪迈喜志怪，且慕《太平广记》，乃效《太平广记》而以数十年编撰志怪小说《夷坚志》，终成

---

① 谢肇淛撰，傅成校点：《五杂组》卷一五，上海古籍出版社 2012 年版，第 282 页。

② 张誉：《平妖传序》，丁锡根编著《中国历代小说序跋集》，人民文学出版社 1996 年版，第 1347 页。

③ 脂砚斋等：《红楼梦评》，朱一玄编《红楼梦资料汇编》，南开大学出版社 2004 年版，第 293 页，第 427 页，第 486 页。

四百二十卷，分三十二集，除末集未完无序，其他各集均有序，从其序文可
大略窥见其面对志怪小说传统观念与小说具体创作实践时的矛盾与纠结，这
在其编纂《夷坚志》初期尤为显著。洪迈编撰《夷坚志》之初，承袭干宝等
以来志怪小说传统，坚持将鬼神怪妄当作信实之事来处理，其《夷坚乙志
序》云：

> 《夷坚》初志成，士大夫或传之，今镂板于闽，于蜀，于婺，于临
> 安，盖家有其书。人以予好奇尚异也，每得一说，或千里寄声，于是五
> 年间又得卷帙多寡与前编等，乃以乙志名之。凡甲乙二书，合为六百事，
> 天下之怪怪奇奇尽萃于是矣。夫齐谐之志怪，庄周之谈天，虚无幻茫，
> 不可致诘。逮干宝之《搜神》，奇章公之《玄怪》，谷神子之《博异》，
> 《河东》之记，《宣室》之志，《稽神》之录，皆不能无寓言于其间。若予
> 是书，远不过一甲子，耳目相接，皆表表有据依者。谓予不信，其往见
> 乌有先生而问之。[①]

洪迈撰作《夷坚志》，专门收录"天下之怪怪奇奇"，这些怪怪奇奇之事，洪
迈说都是"远不过一甲子，耳目相接，皆表表有据依者"，是"人以予好奇尚
异也，每得一说，或千里寄声"，其来有自，表表有据依，完全是符合志怪小
说撰作的信实要求。但洪迈显然自觉这些怪怪奇奇之事的虚妄，因而为自己
辩解，举出"庄周之谈天，虚无幻茫，不可致诘"，《搜神记》等"皆不能无
寓言于其间"，然而，他仍然自觉说服力不够，于是让读者"其往见乌有先生
而问"。正如程毅中先生所言，洪迈"表面上说他写的都有根有据，并无虚
构，而实际上却无从证实，只能去问乌有先生。这正是他的二难命题"，[②]暴露
了他无法自圆其说的矛盾心理。

　　洪迈的这种矛盾心理，在他面临记录现实社会中人间怪奇故事时就表现

---

① 洪迈撰，何卓点校：《夷坚志·乙志序》，中华书局 2006 年版，第 185 页。
② 程毅中：《宋元小说研究》，江苏古籍出版社 1999 年版，第 133 页。

得更明显。在《夷坚丙志序》云：

> 始予萃《夷坚》一书，颛以鸠异崇怪，本无意于纂述人事及称人之恶也。然得于容易，或急于满卷帙成编，故颇违初心。如甲志中人为飞禽，乙志中建昌黄氏冤、冯当可、江毛心事，皆大不然，其究乃至于诬善。又董氏侠妇人事，亦不尽如所说。盖以告者过，或予听焉不审，为竦然以惭。既删削是正，而冗部所储，可为第三书者，又已襞积。惩前之过，止不欲为，然习气所溺，欲罢不能，而好事君子复纵臾之，辄私自恕曰："但谈鬼神之事足矣，毋庸及其它。"于是取为丙志。①

洪迈言自己撰作《夷坚志》，本打算"颛以鸠异崇怪"，而不涉及现实社会中的人间故事，"本无意于纂述人事"，但他搜集所得却多有现实生活中的人间故事，"然得于容易，或急于满卷帙成编，故颇违初心"，对于甲志中所载"人为飞禽，乙志中建昌黄氏冤、冯当可、江毛心事"，"董氏侠妇人事"，他十分不安，责备自己，"盖以告者过，或予听焉不审，为竦然以惭"。但他却又不忍割舍，"惩前之过，止不欲为，然习气所溺，欲罢不能"，于是自寻理由宽慰自己，"但谈鬼神之事足矣，毋庸及其它"。涉及现实社会人间故事时，洪迈的心理矛盾，实际上已经不仅仅是是否承认虚妄怪诞的问题了，而是更进一步，是实录还是虚构的问题。显然，对现实社会中的人间故事，洪迈也本打算实录，但这就可能造成"诬善"的后果。

在《夷坚志》的撰作实践中，洪迈逐渐认识到小说的虚构本质，在对待鬼神怪妄的态度上，承认鬼神怪妄的虚诞。在《夷坚丁志序》中，针对"有观而笑者"的质问，他辩解说："六经经圣人手，议论安敢到？若太史公之说，吾请即子之言而印焉。彼记秦穆公、赵简子、不神奇乎？长陵神君、圯下黄石，不荒怪乎？书荆轲事证侍医夏无且，书留侯容貌证画工；侍医、画工，与前所谓寒人、巫隶何以异？善学太史公，宜未有如吾者。子持此舌归，

---

① 洪迈撰，何卓点校：《夷坚志·丙志序》，中华书局 2006 年版，第 363 页。

姑阅其笑。"① 以司马迁《史记》也有虚妄来为自己辩解。实际上不再坚持传闻所得即真实，承认了传闻往往虚诞的事实。到《夷坚支丁序》，洪迈则直言"稗官小说家言不必信，固也"：

> 稗官小说家言不必信，固也。信以传信，疑以传疑，自《春秋》三传，则有之矣，又况乎列御寇、惠施、庄周、庚桑楚诸子汪洋寓言者哉！《夷坚》诸志，皆得之传闻，苟以其说至，斯受之而已矣，謦牙畔奂，予盖自知之。支丁既成，姑撷其数端以证异，如合州吴庚擢绍兴丁丑科，襄阳刘过擢淳熙乙未科，考之登科记，则非也。永嘉张愿得海山一巨竹，而蕃商与钱五千缗；上饶朱氏得一水精石，而苑匠与钱九千缗，明州王生证果寺所遇……凡此诸事，实为可议。予既悉书之，而约略表其说于下，爱奇之过，一至于斯。读者曲而畅之，勿以辞害意可也。②

不仅承认虚构是小说应有之义，而且承认所撰《夷坚志》"皆得之传闻"，故而异端满目，但作者却心平气和地接受这一事实。对于现实社会中的人间故事，他也不再坚持实录，坦然承认虚构不实的存在，而且列举了自己作品中的许多此类虚错来"证异"，并告诉读者也要"曲而畅之"。

洪迈对待志怪小说虚实的看法和态度，在两宋以降的小说家们身上具有普遍性。一方面，在他们身上传统的志怪观念根深蒂固，对实录原则的尊崇使他们难以实现自我超越；另一方面，他们也逐渐认识到志怪小说内容虚妄怪诞的客观事实，虚构的必然性，不再否认，进而承认。因而在他们的言论中或小说实践中，或前后不能相济，常常呈现出一种矛盾性，游离于两者之间。两宋以降直到清代的纪昀，依然可见这种矛盾和纠结的隐然存在。纪昀在编修《四库全书》及《四库全书总目》时，他把"小说"归纳为三类：一、叙述杂事；二、记录异闻；三、缀辑琐语。他以真实性为原则，对那些"猥

---

① 洪迈撰，何卓点校：《夷坚志·丁志序》，中华书局 2006 年版，第 537 页。
② 洪迈撰，何卓点校：《夷坚志·支丁序》，中华书局 2006 年版，第 967 页。

鄙芜诞，徒乱耳目者”一概“黜而不载”。因此，把有意卖弄才华而虚构人物故事的唐人传奇就排斥在“小说”的门槛之外。也就是说，他的“小说”实际上是传统的志怪、志人以及志人小说的后裔杂事小说。在他看来，小说作品应该求事信、“近雅驯”，具有“寓劝戒，广见闻，资考证”的功用。[①]其晚年所作《阅微草堂笔记》（包括《滦阳消夏录》《如是我闻》《槐西杂志》《姑妄听之》《滦阳续录》五种），即坚持了传统小说观念。这在各书的弁言中反映出来，如《姑妄听之·弁言》：

> 余性耽孤寂，而不能自闲。卷轴笔砚，自束发至今，无数十日相离也。三十以前，讲考证之学，所坐之处，典籍环绕如獭祭。三十以后，以文章与天下相驰骤，抽黄对白，恒彻夜构思。五十以后，领修秘籍，复折节而讲考证。今老矣，无复当年之意兴，惟时拈笔墨，追录旧闻，姑以消遣岁月而已。故已成《滦阳消夏录》等三书，复有此集。缅昔作者，如王仲任、应仲远、引经据古，博辨玄通；陶渊明、刘敬书、刘义庆，简淡数言，自然妙远。诚不敢妄拟前修，然大旨期不乖于风教。若怀挟恩怨，颠倒是非，如魏泰、陈善之所为，则自信无是矣。[②]

《阅微草堂笔记》内容博杂，上下今古，包罗万象。但纪昀强调是在“追录旧闻”，不仅《姑妄听之·弁言》如此说，在《滦阳消夏录·弁言》亦称“追录旧闻，忆及即书”，[③]在《如是我闻·弁言》中也说“因补缀旧闻”，[④]但《阅微草堂笔记》中却有大量谈狐说鬼、搜神志怪的故事，这是魏晋以来志怪小说的常见题材，看来，“纪昀是相信有鬼神的”，[⑤]是将它们视为“旧闻”加以

---

① 永瑢等：《四库全书总目》卷一四〇子部《小说家类序》，中华书局 1995 年版，第 1182 页上。

② 纪昀：《阅微草堂笔记》，中国文联出版公司 1996 年版，第 311 页。

③ 纪昀：《阅微草堂笔记》，中国文联出版公司 1996 年版，第 3 页。

④ 纪昀：《阅微草堂笔记》，中国文联出版公司 1996 年版，第 108 页。

⑤ 李剑国、陈洪主编：《中国小说通史》清代卷，高等教育出版社 2007 年版，第 1619 页。

追录的。这一点，从盛时彦《阅微草堂笔记·姑妄听之跋》中所引纪昀语也可以得到证实：

> 先生（指纪昀）尝曰：《聊斋志异》盛极一时，然才子之笔，非著书者之笔也……今一书而兼二体，所未解也。小说既述见闻，即属叙事，不比戏场关目，随意装点……今燕昵之词，媟狎之态，细微曲折，摹绘如生。使出自言，似无此理；使出作者代言，则何以闻见之？又所未解也……①

从盛时彦所记纪昀语看出，纪昀反对小说虚构与想象，纪昀认为"小说既述见闻，即属叙事，不比戏场关目，随意装点"，是记录事实而已。有意虚构的唐人传奇和《聊斋志异》"一书而兼二体"的写法在他看来已经偏离了小说之道。不过，检读《阅微草堂笔记》中这些谈狐说鬼、搜神志怪的故事，我们却发现，纪昀其实并不真的相信或迷信鬼神，他曾说"鬼神茫昧，究不知其如何也"。②怀疑鬼神的存在，其间还有许多是不怕鬼的故事。如：

> 南皮许南金先生，最有胆，在僧寺读书，与一友共榻。夜半，见北壁燃双炬。谛视，乃一人面出壁中，大如箕，双炬其目光也。友股栗欲死，先生披衣徐起曰："正欲读书，苦烛尽，君来甚善。"乃携一册背之坐，诵声琅琅，未数页目光渐隐，拊壁呼之，不出矣。又一夕如厕，一小童持烛随，此面突自地涌出，对之而笑。童掷烛仆地，先生即拾置怪顶，曰："烛正无台，君来又甚善。"怪仰视不动，先生曰："君何处不可往，乃在此间？海上有逐臭之夫，君其是乎？不可辜君来意。"即以秽纸试其口，怪大呕吐，狂吼数声，灭烛而没。自是不复见，先生尝曰："鬼魅皆真有之，亦时或见之，惟检点生平，无不可对鬼魅者，则此心自不动耳。"③

---

① 纪昀：《阅微草堂笔记》，中国文联出版公司 1996 年版，第 408 页。
② 纪昀：《阅微草堂笔记·滦阳消夏录》卷五，中国文联出版公司 1996 年版，第 83 页。
③ 纪昀：《阅微草堂笔记·滦阳消夏录》卷六，中国文联出版公司 1996 年版，第 94—95 页。

由此看来，纪昀也并不真的认为鬼神实有，对鬼神的虚妄是有清醒认识的，他谈狐说鬼、搜神志怪，实也是为了说人事、抒感慨。

对于唐代兴起的新小说——传奇小说，有意作小说，幻设为文是其重要特征，这在两宋以降获得了普遍的认可。洪迈《容斋随笔》即云："大率唐人多工诗，虽小说戏剧，鬼物假托，莫不宛转有思致。"① 不过，也有坚持传统小说观念，批评传奇小说的虚构特征的，如纪昀，且将其排除在小说之外，已见前述。但在小说家们那里，传奇小说的虚构从来不曾受到怀疑，只不过也依然存在如何处理虚构与写实的关系问题。比如北宋传奇小说的代表作家乐史、钱易与秦醇，都对历史题材情有独钟，乐史的两篇传奇小说《绿珠传》《杨太真外传》均取材历史，钱易的代表作之一《桑维翰》中主人公桑维翰是真实历史人物，秦醇四篇传奇小说《骊山记》《温泉记》《赵飞燕别传》《谭意哥》中前三篇都是历史题材。他们处理历史真实的方式值得注意，如乐史的传奇小说，多"荟萃稗史成文"，② 但虚构又十分明显，以及有"论者嗤其诡诞"。③ 而至南宋，传奇小说则痴迷于佛道，偶有其他题材，则又堕于道德说教，如钟将之《义娼传》、岳珂《义骡传》，荒诞虚构自不待言。总体而言，两宋传奇小说家都具有显著的求实倾向，因而其中的"意想"与虚构就显得十分克制，即使是南宋时期诞生的佛道题材传奇小说，如无名氏《于仙姑传》、耿延禧《林灵素传》、赵鼎《林灵蘁传》、郑总《罗浮仙人传》、王禹锡《海陵三仙传》、陈世材《乱汉道人记》等也是如此。正如李剑国先生等所说："可惜的是想象力被求实心理大大限制，林灵素之流已无法再和唐明皇身边的叶法善、罗公远、张果辈相比，他们身上的'人气'多而'仙气'少，总觉得像那些装神弄鬼的骗子，小说自然也显得干瘪无趣。"④

降及明清，虚实问题对于小说家而言，似乎不再是困扰。明代传奇小说

---

① 洪迈撰，孔凡礼点校：《容斋随笔》卷一五"唐诗人有名不显者"，中华书局 2006 年版，第 194 页。

② 鲁迅：《中国小说史略》，《鲁迅全集》第九卷，人民文学出版社 2005 年版，第 108 页。

③ 脱脱等：《宋史》卷三〇六《乐黄目传》，中华书局 2011 年版，第 10112 页。

④ 李剑国、陈洪主编：《中国小说通史》唐宋元卷，高等教育出版社 2007 年版，第 783 页。

在瞿佑《剪灯新话》的影响下，先后出现的李昌祺的《剪灯余话》、赵弼的《效颦集》以及《娇红记》《钟情丽集》《寻芳雅集》《传奇雅集》等，走向了以小说遣兴逞才、释怀写心的道路，文人化特征明显，比如题材上则普遍专注于现实生活而幻设新巧、意想迭出，大量诗文的引入，精心设计情节结构而使篇幅由漫长走向中篇规模。可以说，大多数的明代传奇小说基本上是虚构的产物。清代的蒲松龄"用传奇法，而以志怪"，完成其旷世之作《聊斋志异》，其内容特点，一如鲁迅先生所言：

> 不外记神仙狐鬼精魅故事，然描写委曲，叙次井然，用传奇法，而以志怪，变幻之状，如在目前；又或易调改弦，别叙畸人异行，出于幻域，顿入人间；偶述琐闻，亦多简洁，故读者耳目，为之一新。[1]

《聊斋志异》多出不经之传闻与凭空之虚构，其《聊斋自志》已明言："喜人谈鬼，闻则命笔，遂以成编。久之，四方同人，又以邮筒相寄，因而物以好聚，所积益夥。"[2] 但蒲松龄却"用传奇法"摹绘如真，如鲁迅先生说："《聊斋志异》独于详尽之外，示以平常，使花妖狐魅，多具人情，和易可亲，忘为异类，而又偶见鹘突，知复非人。"[3] 即通过细节化、人情化的精细刻画，实现了虚构的艺术真实。

二、历史演义与"虚实相半"

成书于元末明初的《三国演义》，是中国白话长篇小说诞生的标志。《三国演义》是一部历史题材的小说，是罗贯中在《三国志平话》等宋元讲史话

---

① 鲁迅：《中国小说史略》，《鲁迅全集》第九卷，人民文学出版社 2005 年版，第 216 页。

② 蒲松龄撰，张友鹤辑校：《聊斋志异·聊斋自志》（会校会注会评本），上海古籍出版社 1995 年版，第 1 页。

③ 鲁迅：《中国小说史略》，《鲁迅全集》第九卷，人民文学出版社 2005 年版，第 216 页。

本的基础上，根据历史记载和民间流传的三国故事，辅之以想象虚构，经过精心剪裁、细致构思而完成的。《三国演义》一出，继之者蜂起，正如可观道人《新列国志叙》所言："自罗贯中氏《三国》一书以国史演为通俗，汪洋百余回，为世所尚。嗣是效颦日众，因而有《夏书》《商书》《列国》《两汉》《唐书》《残唐》《南北宋》诸刻，其浩瀚几与正史分签并架。"① 几乎每一段中国历史都有相应的演义小说。历史演义小说不仅包括《三国演义》这类"以国史演为通俗演义"者，也包括以《水浒传》为代表的英雄传奇小说，也包括明代后期兴起的书写本朝新近发生的重大事件的"本朝演义"和"时事小说"。

《三国演义》之后，随着大量历史演义小说的兴起，如何在历史演义小说中运用历史事实或者如何书写历史就成为小说家们面临的一个重要问题，即处理"实录"与"虚构"的关系，是历史演义小说面临的一个最基本的美学问题。② 有的小说家主张"一据实录"，有的小说家则主张"史书小说有不同"，认为小说不应"一据实录"。

以《列国志》为代表的历史演义小说，就是"一据实录"的代表。包括余邵鱼、余象斗、陈继儒、蔡元放等就认为历史演义小说应严格依据史实，演绎历史。如余邵鱼《题全像列国志传引》云：

> 抱朴子性敏强学，故继诸史而作《列国传》。起自武王伐纣，迄于秦并六国，编年取法麟经，记事一据实录。凡英君良将，七雄五霸，平生履历，莫不谨按五经并《左传》《十七史纲目》《通鉴》《战国策》《吴越春秋》等书，而逐类分纪。且又惧齐民不能悉达经传微辞奥旨，复又改为演义，以便人观览，庶几后生小子，开卷批阅，虽千百年往事，莫不炳若丹青；善则知劝，恶则知戒，其视徒凿为空言以炫人听闻者，信天渊相隔矣。③

---

① 可观道人：《新列国志叙》，丁锡根编著《中国历代小说序跋集》，人民文学出版社 1996 年版，第 864 页。

② 韩进廉：《中国小说美学史》，河北大学出版社 2004 年版，第 138 页。

③ 余邵鱼：《题全像列国志传引》，丁锡根编著《中国历代小说序跋集》，人民文学出版社 1996 年版，第 861 页。

余邵鱼最初编成《列国志传》，如其引言所说，"一据实录"，绝不"徒凿为空言以炫人听闻"。他的这种历史演义小说创作主张，得到了余象斗、陈继儒等的赞同，余象斗在《题列国序》中称赞《列国志》"旁搜列国之事实，载阅诸家之笔记，条之以理，演之以文，编之以序。胤商室之式微，洎周朝之不腊，炯若日星，灿若指掌。譬之治丝者，理绪而分，比类而理，毫无舛错，是诚诸史之司南，吊古者之骏骥也"。[1] 强调了《列国志传》严格依据文献记载演义的特点。陈继儒在《叙列国传》中更是这样说："《列传》始自周某王之某年，迄某王之某年，事核而详，语俚而显，诸如朝会盟誓之期，征讨战攻之数，山川道里之险夷，人物名号之真诞，灿若胪列，即野修无系朝常，巷议难参国是，而循名稽实，亦足补经史之所未赅，譬诸有家者按其成簿，则先世之产业厘然，是《列传》亦世宙间之大帐簿也。如是虽与经史并传可也。"[2] 称赞《列国志传》如"世宙间之大帐簿"，而可与"经史并传"，完全可以当作史书。其后，冯梦龙及可观道人，也是"一据实录"论的支持者，冯梦龙改编《列国志传》为《新列国志》，又删除了《列国志传》中一些与史实不符的故事传说，并依据《左传》《史记》等加以增补。对小说见解颇有精彩之论的胡应麟，也认为历史演义小说应遵循历史事实，对《三国演义》中的虚构表示不满，责问其"何所据哉"，斥责其"绝浅鄙可嗤"。[3] 蔡元放也通过《列国志》与《封神演义》《水浒传》《西游记》《三国演义》的对比，肯定《列国志》的实录，他说：

> 《列国志》与别本小说不同。别本都是假话，如《封神》《水浒》《西游》等书，全是劈空撰出。即如《三国志》，最为近实，亦复有许多做造

---

[1] 余象斗：《题列国序》，丁锡根编著《中国历代小说序跋集》，人民文学出版社1996年版，第862页。
[2] 陈继儒：《叙列国传》，丁锡根编著《中国历代小说序跋集》，人民文学出版社1996年版，第863页。
[3] 胡应麟：《少室山房笔丛》卷四一《庄岳委谈下》，中华书局1958年版，第565页，第571页。

在内。《列国志》却不然，有一件说一件，有一句说一句，连记实事也记不了，哪里还有功夫去添造。故读《列国志》，全要把作正史看，莫作小说一例看了。①

罗贯中的《三国演义》实际上是很好地处理了虚构与实录的关系，如章学诚称《三国演义》是"七分实事，三分虚构"，②许多小说家认为，历史演义小说与史书是不同的，"若谓字字句句与史尽合，则此书又不必作矣"，③熊大木是此种观念的代表，熊大木编写有多部历史演义小说，包括《全汉志传》《唐书志传》《宋传》《宋传续集》《大宋中兴通俗演义》等。他在《大宋武穆王演义序》（即《新刊大宋演义中兴英烈传序》）中提出"史书小说有不同"说：

> 或谓小说不可衮之以正史，余深服其论。然而稗官野史实记正史之未备，若使的以事迹显然不泯者得录，则是书竟难以成野史之余意矣。如西子事，昔人文辞往往及之，而其说不一。《吴越春秋》云吴亡西子被杀，则西子之在当时固已死矣。唐宋之问诗云："一朝还旧都，艳妆寻若耶。鸟惊入松网，鱼畏沉荷花。"则西子尝复还会稽矣。杜牧之诗云："西子下姑苏，一舸逐鸱夷。"是西子甘心于随蠡矣。及东坡《题范蠡》诗云："谁遣姑苏有麋鹿，更怜夫子得西施。"则又以为蠡窃西子，而随蠡者或非其本心也。质是而论之，则史书小说有不同者，无足怪矣。④

熊大木主张"小说不可衮之正史"，即小说与正史不同，他以西施事为例，举出历代不同的四种说法来证明自己的观点。熊大木的历史演义小说，没有局

---

① 蔡元放：《订正东周列国志善本读法》，曾祖荫等选著《中国历代小说序跋选注》，长江文艺出版社1982年版，第189—190页。

② 章学诚：《丙辰札记》，孔令境编《中国小说史料》，古典文学出版社1958年版，第45页。

③ 甄伟：《西汉通俗演义序》，丁锡根编著《中国历代小说序跋集》，人民文学出版社1996年版，第879页。

④ 熊大木：《大宋武穆王演义序》，丁锡根编著《中国历代小说序跋集》，人民文学出版社1996年版，第981页。

限史实，而是大量采录野史笔记及民间故事，"用广发挥"。并认为如果历史演义小说都按照历史事实撰写，那就不是小说了。修髯子（张尚德）《三国志通俗演义引》虚拟客问："刘先主、曹操、孙权，各据汉地为三国，史已志其颠末，传世久矣，复有所谓《三国志通俗演义》者，不几近于赘乎？"然后通过答客问，其实也阐明小说与史书不同，"以俗近语，檃括成编"。[①] 而这种不同，正主要在于虚构。稍后的李大年在《唐书志传通俗演义序》中对熊大木的历史小说创作方式给予了肯定，他认为如《唐书演义》这样的历史小说，虽然"似有紊乱《通鉴纲目》之非"，但却人物为此书"虽出其一臆之见，于坊间《三国志》《水浒传》相仿，未必无可取"。不应"以其全谬而忽之"。不仅称赏其虚构，为其虚构辩护，还指出《唐书演义》是与"坊间《三国演义》《水浒传》相仿，未必无可取"。[②]

崇祯六年（1633），袁于令《隋史遗文》问世，结合自己的历史小说创作实践，袁于令更是肯定历史演义小说虚构的合理性。吉衣主人（袁于令）在《隋史遗文序》中说：

> 史以"遗"名者何？所以辅正史也。正史以纪事，纪事者何？传信也。遗史以搜逸，搜逸者何？传奇也。传信者贵真：为子死孝，为臣死忠，摹圣贤心事，如道子写生，面面逼肖。传奇者贵幻：忽焉怒发，忽焉嬉笑，英雄本色，如阳羡书生，恍惚不可方物。[③]

袁于令道出了史书与历史演义小说的本质区别，正史在于传信，传信贵真，即历史真实。而历史演义小说在于搜遗，搜遗贵幻，即需要虚构。他指出自

---

① 修髯子：《三国志通俗演义引》，丁锡根编著《中国历代小说序跋集》，人民文学出版社1996年版，第888页。

② 李大年：《唐书志传通俗演义》，丁锡根编著《中国历代小说序跋集》，人民文学出版社1996年版，第960页。

③ 吉衣主人：《隋史遗文序》，丁锡根编著《中国历代小说序跋集》，人民文学出版社1996年版，第956页。

己的《隋史遗文》"什之七皆史所未备者"，也就是虚构。袁于令通过自己的历史小说创作实践，不仅阐明历史小说虚构的合理，对如何虚构，他也有经验之谈，他说："奇幻足快俗人，而不必根于理。袭传闻之陋，过于诬人；创妖艳之说，过于凭己。悉为更易，可仍则仍，可削则削，宜增者大为增之。盖本意原以补史之遗，原不必与史背弛也。窃以润色附史之文，删削同史之缺，亦存其作者之初念也。"① 在总体不违背"作者之初念"即历史基本事实的前提下，删削润饰，根据需要，特别是"宜增者大为增之"，根据故事情节发展需要，大量进行虚构增饰。

显然，在历史演义小说的创作实践中，许多小说家对历史真实与虚实的关系有了正确的认识和态度。及至谢肇淛，对包括历史演义小说在内的小说、杂剧戏文等的虚实处理则做出了系统科学的总结：

小说野俚诸书，稗官所不载者，虽极幻妄无当，然亦有至理存焉。如《水浒传》无论已，《西游记》蔓衍虚诞，而其纵横变化，以猿为心之神，以猪为意之驰，其始之放纵，上天下地，莫能禁制，而归于紧箍一咒，能使心猿驯服，至死靡他，盖亦求放心之喻，非浪作也。《华光》小说则皆五行生克之理，火之炽也亦上天下地，莫之扑灭，而真武以水制之，始归正道。其他诸传记之寓言者，亦皆有可采。惟《三国演义》与《钱塘记》《宣和遗事》《杨六郎》等书，俚而无味矣。何者？事太实则近腐，可以悦里巷小儿，而不足为士君子道也。

凡为小说及杂剧戏文，需是虚实相半，方为游戏三昧之笔。亦要情景造极而止，不必问其有无也。古今小说家如《西京杂记》《飞燕外传》《天宝遗事》诸书，《虬髯》《红线》《隐娘》《白猿》诸传，杂剧家如《琵琶》《西厢》《荆钗》《蒙正》等词，岂必真有是事哉？近来作小说，稍涉怪诞，人便笑其不经。而新出杂剧，若《浣纱》《青衫》《义乳》《孤儿》

---

① 吉衣主人：《隋史遗文序》，丁锡根编著《中国历代小说序跋集》，人民文学出版社1996年版，第957页。

等作，必事事考之正史，年月不合，姓字不同，不敢作也。如此则看史传足矣，何名为戏？①

谢肇淛指出"虽极幻妄无当，然亦有至理存焉"，亦即小说中的虚构只要符合事理逻辑，就应得到认可。提出"凡为小说及杂剧戏文，需是虚实相半，方为游戏三昧之笔"。谢肇淛"虚实相半"的理论十分精辟，所谓"虚实相半"，就小说特别是历史演义小说而言，不是实指虚、实各一半，而是指应该虚实结合，实中有虚，虚中有实。他强烈批评历史演义小说中的"一据实录"之论，"近来作小说，稍涉怪诞，人便笑其不经"。认为"事太实则近腐，可以悦里巷小儿，而不足为士君子道也"。如果小说戏文等"必事事考之正史，年月不合，姓字不同，不敢作也"，那么就不是文学创作，"如此，则看史传足矣，何名为戏"。至清代的金丰，则在继承了谢肇淛的这种"虚实相半"基础上，提出"实者虚之，虚者实之"的处理虚实的办法，将虚实完全融合在一起，他认为这样就能使小说故事情节"娓娓乎有令人听之而忘倦矣"，②产生良好的艺术效果。这无疑是十分成熟和科学的。

在元末明初兴起而逐渐蔚为大观的历史演义小说创作实践中，小说家们在如何将历史事实写入小说的问题上产生了不同的观念和做法，一派主张"一据实录"，要求完全依据历史事实按实而为。另一派主张"史书小说有不同"，从熊大木、李大年到袁于令、谢肇淛，认为历史演义小说不能照实而录，应该虚实相兼，"虚实相半"，"实者虚之，虚者实之"。而从两派的创作实践来看，后者在艺术上无疑获得了更大的成就，其理论主张与历史演义小说的创作实践，不仅代表了历史演义小说的正确发展方向，也为包括历史演义小说在内的中国古代小说艺术如何处理虚实问题提供了宝贵的具体案例和经验。

---

① 谢肇淛：《五杂组》卷一五，上海书店出版社 2012 年版，第 282 页。
② 金丰：《说岳全传序》，丁锡根编著《中国历代小说序跋集》，人民文学出版社 1996 年版，第 988 页。

三、神魔小说与"真幻并兼"

明代前期，《三遂平妖传》的问世拉开了神魔小说的序幕，随后《西游记》的编纂，则正式开启了神魔小说编创的热潮，四游记、《封神演义》《三宝太监西洋记》等神魔小说风起云涌。《三遂平妖传》《西游记》等神魔小说，正如韩进廉所说："以现实的人性为基础，抓住作为原型的各种事物的特征，凭借浪漫的想象虚构，虚拟一个供人娱乐的'神魔世界'。在行文中因势利导，或寄寓某种象征性的意蕴，或悬浮某种抽象的理念。因此，'幻笔'就成为《西游记》的基本笔调。"[1]神魔小说创作和评价中，真与幻是绕不开的话题，而真与幻，就其实质而言，也是虚与实的问题。

首先，神魔小说的写幻是严肃的，吴承恩《禹鼎志序》云：

> 虽然吾书名为志怪，盖不专明鬼，时纪人间变异，亦微有鉴戒寓焉。昔禹受贡金，写形魑魅，欲使民违弗若。读兹编者，傥慊然易虑，庶几哉有夏氏之遗乎？国史非余敢议，野史氏其何让焉。作《禹鼎志》。[2]

《禹鼎志》是志怪、传奇小说集，正如作者自言，其间"不专明鬼，时纪人间变异"，是如牛僧孺、段成式作品一样幻设为文之作，且"微有鉴戒寓"，寄寓严肃的主题精神。"不妨将《禹鼎志》看作吴承恩创作《西游记》的试笔"，[3]故《禹鼎志序》所体现出来的对鬼神、变异的态度以及创作思想，是适用《西游记》的。虞集即指出《西游记》"所言者在玄奘，而意实不在玄奘；所纪者在取经，而志实不在取经：特假此以喻大道耳"。[4]

---

[1] 韩进廉：《中国小说美学史》，河北大学出版社 2004 年版，第 177—178 页。

[2] 吴承恩：《禹鼎志序》，丁锡根编著《中国历代小说序跋集》，人民文学出版社 1996 年版，第 611—612 页。

[3] 王运熙、顾易生主编：《中国文学批评通史》明代卷，上海古籍出版社 1996 年版，第 779 页。

[4] 虞集：《西游证道书序》，丁锡根编著《中国历代小说序跋集》，人民文学出版社 1996 年版，第 1352 页。

明人陈元之《全相西游记序》则以设为问答的方式，指出《西游记》"直寓言者"：

> 或曰："此东野野语，非君子所志。以为史则非信，以为子则非伦，以言道则近诬。吾为吾子之辱。"余曰："否！否！不然！子以为子之史皆信邪？子之子皆伦邪？子之子（孙楷第按：三字疑衍文。）此其以为道道成耳。此其书直寓言者哉！……"①

陈元之指出不能用史书、子书的标准来衡量《西游记》，并指出《西游记》"直寓言者"，有深刻的思想寄托。而谢肇淛则批驳读者对《西游记》的"俚妄"之嗤，指出其虚构的历史渊源：

> 俗传有《西游记演义》，载玄奘取经西域，道遇魔祟甚多，读者皆嗤其俚妄。余谓不足嗤也，古亦有之。神农尝百草，一日而遇七十毒；皇帝战蚩尤，迷大雾，天命玄女授指南车；禹治水桐柏，遇无支祁，万灵不能制，庚辰始治之；武王伐纣，五岳之神来见，太公命持粥五器，各以其名进之。至于《穆天子传》《拾遗记》《梁四公》又不足论也。《西游记》特其滥觞耳。②

其次，神魔小说的写幻追求"幻极"。幔亭过客（袁于令）《李卓吾评本西游记题词》云：

> 文不幻不文，幻不极不幻。是知天下极幻之事，乃极真之事；极幻之理，乃极真之理。故言真不如言幻，言佛不如言魔。魔非他，即我也。

---

① 陈元之：《全相西游记序》，丁锡根编著《中国历代小说序跋集》，人民文学出版社 1996 年版，第 1357—1358 页。

② 谢肇淛撰，沈世荣标点：《文海披沙》，大达图书供应社民国二十四年（1935）版，第 90 页。

我化为佛，未佛皆魔。魔与佛力齐而位逼，丝发之微，关头匪细。摧挫之极，心性不惊。此《西游记》之所以作也。……至于文章之妙，《西游》《水浒》实并驰中原，今日雕空凿影，画脂镂冰，呕心沥血，断数茎鬓而不得惊人之字者，何如此书驾虚游刃，洋洋洒洒数百万言而不复一境，不离本宗？日见闻之，厌饫不起，日诵读之，颖悟自开也！①

袁于令此处"幻"与"真"的含义，王运熙等《中国文学批评通史》云："'幻'有假而似真、虚而不实和奇幻倏忽、变化形貌两层含义，则题辞所云当包括艺术创作的想象、虚构和奇幻。'真'，当指社会生活的真实性。"② 韩进廉《中国小说美学史》云："'幻'，既指文艺创作中的想象虚构，也指人物故事变幻莫测；'真'，既指对社会生活的艺术写真，也指人间正道与人情物理。"③ 其实，通观袁于令题辞，其所谓"幻"就是想象虚构，其所谓"真"就是真实，对应于虚构与真实，与其《隋史遗文序》中的"幻"与"真"的含义是一致的。袁于令"文不幻不文，幻不极不幻"，指出虚构是文学作品的共同特征，而文学虚构，是彻底的，也就是全部出于小说家的创造。"所谓'极幻'，也就是小说世界的整体构思、布局、情景、人物、事件都应虚构创造"，④ 做到"极幻"，就是"极真"，即达到了艺术的真实，创造出完全生活化、符合现实生活事理逻辑的虚构的真实。正如韩进廉所说："'极幻'乃'极真'云云，看似偏激，却深刻地阐明了小说文学的本质：小说世界，既是虚幻的，又是真实的。说它是虚幻的，因为它不是生活真实的'照相'或'录音'；说它是真实的，因为它逼似生活真实，是具象的、可感的。"⑤ 袁于令的"极幻"论，既是对神魔小说虚构的肯定，也是从理论上对神魔小说如何

① 幔亭过客：《李卓吾评本西游记题词》，丁锡根编著《中国历代小说序跋集》，人民文学出版社 1996 年版，第 1358 页。
② 王运熙、顾易生主编：《中国文学批评通史》明代卷，上海古籍出版社 1996 年版，第 788 页。
③ 韩进廉：《中国小说美学史》，河北大学出版社 2004 年版，第 178 页。
④ 方正耀：《中国古典小说理论史》，华东师范大学出版社 2005 年版，第 114 页。
⑤ 韩进廉：《中国小说美学史》，河北大学出版社 2004 年版，第 178 页。

虚构的具体阐释，并将虚构与真实在形而上的理论高度辩证地统一起来。其后，他对《西游记》的写幻特征也做出了精辟的总结，指出其"驾虚游刃"的虚构特征，是"极幻"之作，因而也是"文章之妙"者。

最后，提出神魔小说中处理真幻问题的原则——"兼真幻之长"。张无咎在《三遂平妖传序》中首先提出，他说：

> 小说家以真为正，以幻为奇。然语有之："画鬼易，画人难。"《西游》幻极矣，所以不逮《水浒》者，人鬼之分也。鬼而不人，第可资齿牙，不可动肝肺。《三国志》人矣，描写亦工；所不足者幻耳。然势不得幻，非才不能幻。其季（孟）之间乎？尝辟诸传奇：《水浒》，《西厢》也；《三国志》，《琵琶记》也；《西游》，则近日《牡丹亭》之类矣。他如《玉娇丽》《金瓶梅》，如慧婢作夫人，只会记日用帐簿，全不曾学得处分家政，效《水浒》而穷者也。《七国》《两汉》《两唐宋》，如弋阳劣戏，不味锣鼓了事，效《三国志》而卑者也。《西洋记》如王巷金家神说谎乞布施，效《西游》而愚者也。王缑山先生每称《三遂平妖传》堪与《水浒》颉颃……及观兹刻，回数倍前，始终结构，备人鬼之态，兼真幻之长……"[①]

张无咎所云"真"与"幻"，与袁于令的"真"与"幻"在含义上是有区别的，结合其前后之论以及"备人鬼之态，兼真幻之长"之语，其所谓"真"，与"人"相应，当是指现实生活以及小说对社会现实生活的真实呈现，其所谓"幻"，与"鬼"相应，当是指意想所造以及小说对意想所造的虚幻世界的摹写。

神魔小说在明代自嘉靖以来浓郁的宗教氛围中兴起，并形成风潮。神魔小说吸取中国传统的神话、志怪、传奇以及民间的灵怪、妖术故事，以烂漫的想象构设出一个个光怪陆离、鬼神仙佛杂糅的虚构世界，但又折射着现实

---

① 张誉：《平妖传序》，丁锡根编著《中国历代小说序跋集》，人民文学出版社 1996 年版，第 1347 页。

社会政治、宗教等内容。神魔小说自觉地运用想象来虚构人物与故事情节，为中国古代小说如何处理虚构与真实的关系，积累了宝贵经验。

四、世情小说与"至情至理"

历史演义小说与神魔小说的创作实践促进了虚实关系的探讨和认识的深化，特别是对如何运用虚构有了更加成熟的认识，并积累了大量可贵的经验。而世情小说的兴起与创作实践则进一步促进了虚实关系探讨的深入，特别是对写实认识的深化。

世情小说以《金瓶梅》的问世为标志。《金瓶梅》初刻于万历四十五年（1617），今存世最早者为《新刻金瓶梅词话》是万历初刻本的翻印本，刊刻时间约在万历四十七年稍后。[1] 欣欣子《金瓶梅词话序》云《金瓶梅》"寄意于时俗"，[2] 道出了《金瓶梅》描写世态人情的内容特点，谢肇淛总结说：

> 书凡数百万言，为卷二十，始末不过数年事耳。其中朝野政务，官私之晋接，闺闼之媟语，市里之猥谈，与夫势交利合之态，心输背笑之局，桑中濮上之期，尊罍枕席之语，驵驵之机械意智，粉黛之自媚争妍，狎客之从臾逢迎，奴伲之稽唇淬语，穷极境象，骋意快心。譬之范工抟泥，妍媸老少，人鬼万殊，不徒肖其貌，且并其神传之。信稗官之上乘，炉锤之妙手也。[3]

---

① 参见周钧韬：《金瓶梅新探》，百花文艺出版社 1987 年版，第 169 页；李时人：《金瓶梅新论》，学林出版社 1991 年版，第 101 页。

② 欣欣子：《金瓶梅词话序》，丁锡根编著《中国历代小说序跋集》，人民文学出版社 1996 年版，第 1077 页。

③ 谢肇淛：《金瓶梅跋》，丁锡根编著《中国历代小说序跋集》，人民文学出版社 1996 年版，第 1080—1081 页。

继《金瓶梅》而起者，或流为艳情小说，如《浪史》《绣榻野史》《昭阳趣史》《春梦琐言》《欢喜冤家》《痴婆子传》《肉蒲团》《浓情快史》《巫山艳史》《灯草和尚》《杏花天》等；或流为才子佳人小说，如《玉娇梨》《平山冷燕》《定情人》《金云翘传》《好逑传》《两交婚小传》《人间乐》《锦疑团》《飞花咏》《合浦珠》《飞花艳想》《二度梅全传》《蝴蝶媒》《女开科传》等；或流为人情小说，《醒世姻缘传》《林兰香》《儒林外史》《红楼梦》《歧路灯》《蜃楼志》。其中，人情小说的成就最大。

以《金瓶梅》为肇始的世情小说的兴起，实现了中国古代小说题材上的一次重大转变，不同于历史演义小说、英雄传奇小说与神魔小说，世情小说以现实社会中的日常生活为题材，表现日常生活与日常生活中人的喜怒哀乐及相互之间错综复杂的关系纠葛，"极摹人情世态之歧，备写悲欢离合之致"，[1] "在艺术上标志着中国古代白话小说已从传奇走向写实时代"。[2] 写实成为世情小说的重要特征。明崇祯年间刊行的《新刻绣像批评金瓶梅》对《金瓶梅》致力于世情的呈现给予了充分肯定，如第二回写王婆看到西门庆在门前徘徊的情节，眉批云："摹写展转处，正是人情之所必至，此作者之精神所在也。若诋其繁而欲损一字者，不善读书者也。"[3] 对第八回潘金莲逼问小厮的情节，眉批云："问答语默恼笑，字字俱从人情微细幽冷处逗出，故活泼如生。"[4] 对第五十二回宋巡按给西门庆送礼情节，眉批云："此书只一味要打破世情，故不论事之大小冷热，但世情所有，便一笔刺入。"[5]

《新刻绣像批评金瓶梅》的眉批、夹批肯定《金瓶梅》深得"人情""世情"，实际上揭示出《金瓶梅》对日常生活摹写的逼真，亦即写实的成功。世情小说描写现实社会日常生活，但它毕竟不是真正的现实社会日常生活，是

① 笑花主人：《今古奇观序》，丁锡根编著《中国历代小说序跋集》，人民文学出版社 1996 年版，第 793 页。

② 李剑国、陈洪主编：《中国小说通史》明代卷，高等教育出版社 2007 年版，第 1124 页。

③ 兰陵笑笑生著，齐烟、汝梅校点：《新刻绣像批评金瓶梅》，齐鲁书社 1989 年版，第 26 页。

④ 兰陵笑笑生著，齐烟、汝梅校点：《新刻绣像批评金瓶梅》，齐鲁书社 1989 年版，第 64 页。

⑤ 兰陵笑笑生著，齐烟、汝梅校点：《新刻绣像批评金瓶梅》，齐鲁书社 1989 年版，第 458 页。

小说家的虚构，只有符合情理的虚构才能真正逼近现实社会的日常生活。世情小说如何做到这一点，这不仅是小说家们创作实践中的问题，也是批评家特别关注的。在他们的实践与思考中，逐渐形成了清晰而系统的共识。

首先，判断一部世情小说是否成功，摹写世情是否逼真是重要指标。世情小说要描摹世态人情，但这种描摹必须逼真，酷肖生活情状。批评家或读者评价一部世情小说，往往着眼于此，成为他们关注的重心。如《遍地金序》云："笑笑先生胸罗万卷，笔无纤尘，纵横今古，椎凿乾坤。举凡缺陷世界，不平之事，遗憾之情，发为奇文，登诸梨枣，传诵宇内，莫不掷地作金石声。"[1] 指出《遍地金》"举凡缺陷世界，不平之事，遗憾之情"，全部生动地呈现了出来，故而是"奇文"，能够"传诵宇内"，能够"掷地作金石声"。天花才子《快心编·凡例》云"编中点染世态人情，如澄水鉴形，丝毫无遁"。[2] 亦即指出《快心编》描摹世态人情的逼真。惺园退士《儒林外史序》云：

> 《儒林外史》一书，摹绘世故人情，真如铸鼎象物，魑魅魍魉，毕现尺幅；而复以数贤人砥柱中流，振兴世教。其写君子也，如睹道貌，如闻格言；其写小人也，窥其肺肝，描其声态，画图所不能到者，笔乃足以达之。[3]

惺园退士指出《儒林外史》默写世态人情极为成功，"摹绘世故人情，真如铸鼎象物"，极为生动形象，写人物，"毕现尺幅"，"画图所不能到"。

其次，是否契合人情物理也是判断世情小说成功与否的重要因素。世情小说不仅要描摹逼真，还要符合人情物理，也就是不能违背现实生活的逻辑。这一点，成功的小说家们在小说创作实践中感受颇深，并自觉避免不合人情、

---

[1] 哈哈道士：《遍地金序》，丁锡根编著《中国历代小说序跋集》，人民文学出版社 1996 年版，第 840 页。

[2] 天花才子：《快心编》凡例，春风文艺出版社 1985 年版，凡例页。

[3] 惺园退士：《儒林外史序》，丁锡根编著《中国历代小说序跋集》，人民文学出版社 1996 年版，第 1685 页。

不合事理的描写。曹雪芹著《红楼梦》，即十分注意描写的契合人情事理，他曾在《红楼梦》中，借人物之口，批评当时许多世情小说"大不近情，自相矛盾"，"编的连影儿也没有"。[①]批评家对此也极为看重，如静恬主人《金石缘序》即批评世情小说中不切合人情物理的现象：

> 但作者先须立定主见，有起有收，回环照应，一点清眼目，做得锦簇花团，方使阅者称奇，听者忘倦。切忌序事直捷，意味索然；又忌人多混杂，眉目不楚；甚者说鬼谈神，怪奇悖理；又或情词赠答，淫亵不堪。如《情梦柝》《玉楼春》《玉娇梨》《平山冷燕》诸小说，脍炙人口，由来已久，谁知其中破绽甚多，难以枚举，试即一二言之。堂堂男子，乔扮女装，卖人作婢，天下有是理乎？韶龄闺媛，诗篇字法，压倒朝臣，天下又有是理乎？且当朝宰辅，方正名卿，为女择配，不由正道，将闺中诗词索人倡和，成何体统？此即理之所必无，宜为情之所宜有？若夫古怪矜奇者，又不足论，无惟巧合。[②]

静恬主人首先指出小说要有完整周密的构思和结构安排，这样小说才能"做得锦簇花团，方使阅者称奇，听者忘倦"。然后举《情梦柝》《玉楼春》《玉娇梨》《平山冷燕》诸小说，列举了一二这些小说存在的"怪奇悖理"破绽，并明确指出"此即理之所必无，宜为情之所宜有"，违背现实生活的逻辑，不符合人情物理。然后指出《金石缘》做到了"酌乎人情，合于天理"：

> 《金石缘演义》则忠孝节义，奸盗邪淫，贫贱富贵，离合悲欢，色色俱备，且徵引事迹，酌乎人情，合乎天理，未尝露一毫穿凿之痕。中间序次，天然联络，水到渠成，未尝有半点遗漏之病。虽不敢称全璧，亦

---

① 曹雪芹：《红楼梦》第一回，第五十四回，辽海出版社 2007 年版，第 3 页，第 661 页。

② 静恬主人：《金石缘序》，丁锡根编著《中国历代小说序跋集》，人民文学出版社 1996 年版，第 1291—1292 页。

可为劝惩之一助。阅者幸勿以小说而忽之；当反躬自省，见善即兴，见恶思改，庶不负作者一片婆心，则是书也充于《太上感应篇》读也可。①

静恬主人认为，只有符合"人情""天理"，完全契合现实生活的事理逻辑，小说才能"未尝露一毫穿凿之痕"，"未尝有半点遗漏之病"，这样的世情小说才是成功的。

最后，追求摹写"人情"与"世情"的"至情至理"境界。世情小说要逼真地再现现实社会的日常生活，要契合人情事理，而契合人情事理的完美境界就是"入情入理""至情至理"。张竹坡指出《金瓶梅》摹写人情世故细腻逼真，不仅做到了得"情理"，而且能"各尽人情"：

> 做文章，不过是情理二字。今做此一篇百回长文，亦只是情理二字。于一个人心中，讨出一个人的情理，则一个人的传得矣。虽前后夹杂众人的话，而此一人开口，是此一人的情理；非其开口便得情理，由于讨出这一人的情理方开口耳。是故写十百千人皆如写一人，而遂洋洋乎有此一百回大书也。（四十三）
>
> 其各尽人情，莫不各得天道。即千古算来，天之祸淫福善、颠倒权奸处，确乎如此。读之，似有一人亲曾执笔，在清河县前西门家里，大大小小，前前后后，碟儿碗儿，一一记之，似真有其事，不敢谓操笔伸纸做出来的，故吾曰得天道也。（六十三）②

脂砚斋认为《红楼梦》达到了这样的境界，故在其批注中屡屡称赞作者的描写"入情入神""至情至理"。如第十八回元春诉怨，未及说完，邢夫人即劝阻，脂砚斋夹批云："说完不可，不先说不可，说之不痛不可，最难说者

---

① 静恬主人：《金石缘序》，丁锡根编著《中国历代小说序跋集》，人民文学出版社 1996 年版，第 1292 页。

② 张竹坡：《金瓶梅读法》，朱一玄编《金瓶梅资料汇编》，南开大学出版社 2004 年版，第 434 页，第 438 页。

是此时贵妃口中之语。只如此一说，方千贴万妥，一字不可更改，一字不可增减，入情入神之至。"第二十九回脂砚斋回前批注云："清虚观，贾母、凤姐原意大适意大快乐，偏写出多少不适意事来，此亦天然至情至理必有之事。"第五十六回脂砚斋回前批注云："叙入梦景极迷离，却极分明，牛鬼蛇神不犯笔端，全从至情至理中写出，《齐谐》莫能载也。"①

以《金瓶梅》为肇事的世情小说的兴起，在历史、神魔、英雄之外，以世态人情、家庭和社会现实生活与现实生活中的普通人特别是市井细民、商贾小贩、仆隶倡优等为表现对象，以写实的态度和技巧，创造如真实生活般的艺术世界。无论是创作实践上还是理论上，都极大地推动了中国古代小说对虚实关系认识的深化，特别是实践中积累起来的写实经验，对中国古代小说艺术虚实理论的最终成熟和系统化有着重要意义。

第四节　晚清小说的凭虚构造

晚清是中国古代小说创作与批评的繁荣时期，随着变法运动的兴起，以梁启超为代表的有识之士在推动社会变革的进程中，也发起了对传统中国文化的改良革新，在文学实践领域先后推动了"诗界革命""文界革命"和"小说界革命"等的开展。

在"小说界革命"中，梁启超等视"小说为国民之魂"，强调小说"改良群治"的启蒙作用，②在对小说功能的强调与艺术特征的探讨中，引入并接受西方小说观念与理论，彻底抛弃传统的广义小说观念，小说由文类转变

---

① 脂砚斋等：《红楼梦评》，朱一玄编《红楼梦资料汇编》，南开大学出版社 2004 年版，第 293 页，第 427 页，第 486 页。

② 任公：《译印政治小说序》，饮冰：《论小说与群治之关系》，陈平原、夏晓虹编《二十世纪中国小说理论资料》第一卷，北京大学出版社 1989 年版，第 37—38 页，第 50—54 页。

为文艺学意义上的文体概念，也就是小说成为与诗歌、散文、戏剧等并列的文体之一。不仅如此，小说还获得了全新的定位，从传统知识体系中自《汉书·艺文志》以来的"小道"末流位置走向了文学体系的中心，一跃而成为"文学之最上乘"。[①]

一、小说范围的扩大与虚实认识的趋同

如前文所言，我们所称的中国古代的小说实际上包含两个层面的含义：一是广义的小说，即作为文类沿袭传统主流观念自然历史状态下的小说；二是狭义的小说，即通常意义上符合作为文艺学意义上的文学文体概念的小说。中国古代小说的自然历史发展过程，呈现出由广义的小说逐渐走向狭义的小说的总体趋势，广义的小说即文类小说"范围由广而狭，大大缩小了"，[②]逐渐与狭义的小说即作为通常意义上的小说重合，走向同一。这一历史过程的发生，必然伴随着人们对小说认识的不断深化与对小说本质特征认识的逐渐明晰，其间当然也包括对小说虚实问题认识的深入与小说虚构性特征认知的深化。从本质上说，广义小说范围的扩大，实际上体现的是主流小说观念对狭义小说的接纳与承认，对狭义小说即通常意义上小说所体现出来的小说本质特征如虚构性特征的接纳与承认。

广义的小说，"小说"诞生，始于《庄子·外物》篇，而班固《汉书·艺文志》继承刘向、刘歆《七略》而在诸子略中设立小说家类，则标志着小说作为一种文类正式出现。然而，这时的中国古代小说是指诸子九家之外的子

[①] 小说为"文学之最上乘"，首先由梁启超提出，其后，附和迭起。分别参见饮冰：《论小说与群治之关系》，《新小说》报社：《新小说第一号》，楚卿：《论文学上小说之位置》，觉我：《〈小说林〉缘起》，陈平原、夏晓虹编《二十世纪中国小说理论资料》第一卷，北京大学出版社1997年版，第51页，第56页，第78页，第255页。

[②] 马振方：《小说艺术论》，北京大学出版社1999年版，第7页。

书杂著，"或托古人，或记古事"，①都是言辞议论，杂考杂事之书，其中几乎没有狭义的小说存在。如明人胡应麟所说，"皆非后世所谓小说也"，②"在十五家小说中，只有《伊尹说》《师旷》《黄帝说》《虞初周说》可能有一定小说意味。"③这种小说观念是汉魏六朝的主流小说观念，这一时期的小说理论论述大多依承班固之论。当时的通常意义上的小说即狭义小说，如"古今语怪之祖"的《山海经》已流传很久，且家喻户晓，在其影响下，两汉时期产生了大量的地理博物类志怪小说，如《括地图》《神异经》《洞冥记》《十洲记》等。刘向、刘歆对《山海经》的语怪性质是熟悉的，刘向、刘歆曾整理此书，刘歆作《上山海经表》，对其成因和作者都有说明，表明刘向、刘歆父子对《山海经》做过细致的考订工作，从《汉书·艺文志》来看，《山海经》被著录于术数类形法家中。也就是说，在刘向、刘歆以及班固为代表的两汉时期，《山海经》这种以"语怪"为主的地理博物类志怪小说还不被视为小说。

早出的《山海经》如此，在汉魏六朝时期兴起并逐渐走向繁荣的志怪小说与志人小说，也被广义的小说所忽视。直到唐初修《隋书·经籍志》《燕丹子》《郭子》（郭澄之）、《琐语》（顾协）、《笑林》（邯郸淳）、《笑苑》《解颐》（阳玠松）、《世说》（刘义庆）等志人小说才被纳入子部小说家类中，但这一时期在小说创作实践领域取得突出成就的标志性小说类型志怪小说却仍然没有被纳入。如《搜神记》（干宝）、《搜神后记》（陶潜）、《异苑》（刘敬叔）等志怪小说被著录于史部杂传类中，如《西京杂记》等杂事小说则被著录在史部旧事类或其他部类中。《旧唐书·经籍志》基本沿袭了《隋书·经籍志》，④各种仙传、道传以及志怪小说，如《搜神记》《搜神后记》等仍然被著录在史部杂传类中，但在小说类中也有值得注意的变化，那就是在张华《博物志》中被著录于小说类，张华《博物志》是魏晋志怪小说的代表，是

---

① 鲁迅：《中国小说史略》，《鲁迅全集》第九卷，人民文学出版社 2005 年版，第 8 页。
② 胡应麟：《少室山房笔丛》卷二九《九流绪论下》，中华书局 1958 年版，第 371 页。
③ 李剑国、陈洪主编：《中国小说通史》先唐卷，高等教育出版社 2007 年版，第 13 页。
④ 《旧唐书·经籍志》，据其序所言，当是依据毋煚的《古今书录》编定。

继承《山海经》的地理博物类志怪小说。这说明，唐人对地理博物类志怪小说的小说性质有了进一步认识，对地理博物类志怪小说的态度也有了相应的改变。

　　不过，这种情况在唐初已开始改变，并逐渐体现出来。刘知幾在《史通》中提出"偏记小说"概念，并将偏记小说分为十类，其中"逸事"一类纳入了以"和峤《汲冢纪年》、葛洪《西京杂记》、顾协《琐语》、谢绰《拾遗》"为代表的杂事小说；"琐言"一类纳入了以"刘义庆《世说》、裴荣期《语林》、孔思尚《语录》、阳玠松《谈薮》"为代表的志人小说；"杂记"一类纳入了以"祖台《志怪》、干宝《搜神》、刘义庆《幽明》、刘敬叔《异苑》"为代表的志怪小说。[①]其后，晚唐段成式在《酉阳杂俎·序》中云："固役而不耻者，抑志怪小说之书也。"[②]第一次提出了"志怪小说"的概念。也就是说，大约在初唐以后，主流小说观念才逐渐将魏晋南北朝小说创作实践中产生的小说类型包括志人小说、杂事小说、志怪小说逐渐纳入广义的中国古代小说之中，并随之产生了相应的理论论述。

　　广义的小说即文类小说对汉魏六朝主要通常意义上的小说——志人小说与志怪小说的接纳与承认无疑是迟钝和缓慢的，对唐代兴起的通常意义上的小说——传奇小说的接纳与承认亦是如此。唐人传奇小说在它产生之后相当长的一段时间内，人们并不把它叫做传奇或传奇小说，而是称为传记或杂传记。可以肯定，唐人包括传奇小说家们尚未将他们称为传记或杂传记的传奇小说纳入广义的中国古代小说范畴。刘知幾《史通》中的小说论述体现了唐人的小说观念，但刘知幾《史通》成书之时，传奇小说尚未兴起，故其论述不及于传奇小说。而《旧唐书·经籍志》，据其序所言，当是依据毋煚的《古今书录》编定，并云"天宝以后，名公各著文章，儒者多有撰述，或记礼法之沿革，或裁国史之繁略，皆张部类，其徒实繁。臣以后出之书，在开元四

---

① 刘知幾撰，浦起龙释：《史通通释》卷一〇《杂述》，上海古籍出版社1978年版，第273—275页。

② 段成式撰，曹中孚校点：《酉阳杂俎·序》，《唐五代笔记小说大观》上册，上海古籍出版社2000年版，第1327页。

部之外，不欲杂其本部，今据所闻，附撰人等传。其诸公文集，亦见本传，此并不录。"① 则其所录止于唐开元年间，天宝以下至唐末五代之书则缺，亦不及于传奇小说。

至宋初李昉等奉敕编纂的《太平广记》，专门设置杂传记类，涵纳唐人传奇小说，当然，其他类别中也包括大量的传奇小说，应该说标志着主流小说观念亦即广义的中国古代小说对唐人传奇小说的接纳。然而，如此单独立类，与《太平广记》多以思想内容分类的做法不一致，又表明这种接纳还显得犹豫不决，暗含区别之意。这从稍后成书的《崇文总目》中可得到证明。《崇文总目》将如《宣室志》《干𦠿子》《纪闻》《潇湘录》《元（玄）怪录》《续元（玄）怪录》等包含大量传奇作品的小说集甚至单篇传奇《补江总白猿传》《离魂记》等著录于小说类，而与此同时，仍将《高氏外传》《虬髯（须）客传》等单篇传奇小说和《甘泽谣》等传奇集著录于史部传记类，这表明《崇文总目》的编纂者对唐代传奇小说的认识仍然不够成熟。其后的《新唐书·艺文志》对唐人传奇的认识，与《太平广记》《崇文总目》一脉相承而趋向深入，《新唐书·艺文志》子部小说家类中传奇小说的著录数量有明显的增加，如牛僧孺《玄怪录》、袁郊《甘泽谣》、温庭筠《干𦠿子》、裴铏《传奇》、柳祥《潇湘录》等均在其中。

其实，以传奇通称唐人小说特别是如《补江总白猿传》《莺莺传》等这些唐代兴起的新小说，有一个历史选择和确立的过程，而这一过程，实际上正体现了人们对唐人传奇小说特征的认识和小说身份的接纳过程。晚唐裴铏将自己的小说集命名为《传奇》，但是这时"传奇"的含义应与"志怪"相类，仅是记录奇异。北宋陈师道在《后山诗话》中记载尹师鲁称许《岳阳楼记》"用对语说时景"为《传奇》体"，② "传奇"所指仍是裴铏小说的名字，还不是这一类作品的全称。传奇有通称之意，当始自宋谢采伯，其《密斋笔记·序》云："经史本朝文艺杂说几五万余言，固未足追媲作者，要之无牴牾

---

① 刘昫等：《旧唐书·经籍志》上，中华书局 2011 年版，第 1966 页。

② 陈师道：《后山诗话》，何文焕辑《历代诗话》，中华书局 2001 年版，第 310 页。

于圣人，不犹愈于稗官小说、传奇、志怪之流乎？"①谢采伯用传奇指称唐代的新小说，明显有将其与六朝志怪小说区分的意思。此后，至元代的虞集、陶宗仪以及明代的杨慎、胡应麟、臧懋循在著作中均用传奇指代唐代新小说，使传奇具有了通称唐代兴起的这一新小说类型的含义。也就是说，大约直到元明时期，作为唐代兴起的通常意义上的小说——传奇小说才最终完全被广义的小说所接纳与承认。

两宋以降，白话小说兴起，话本、拟话本、章回小说先后兴盛，特别是章回小说，成为明清小说的主要形式。我们看到，话本、拟话本和章回，都先后被纳入广义的小说中。相比于志怪小说与传奇小说，广义小说对话本小说以及直接渊源于话本小说的拟话本与章回小说的接纳与承认则要迅速许多。这当然与小说在宋元以来迅速发展的现实生态有密切关系，也与话本小说渊源于有着深厚历史传统的民间传统艺术如俳优小说、市人（民）小说、人（民）间小说等因素有关，更与对小说认识的深化与对小说本质特征认识的逐渐清晰有关。

对于中国古代小说由广而狭的过程，即广义的中国古代小说逐渐接纳与承认狭义的中国古代小说，从而使广义的中国古代小说即文类小说的"范围由广而狭，大大缩小了"，②逐渐与狭义的小说即作为通常意义上的小说重合，走向同一。其间的历史理路，章学诚有比较清楚的认识，他说：

> 小说出于稗官，委巷传闻琐屑，虽古人亦所不废。然俚野多不足凭，大约事杂鬼神，报兼恩怨，《洞冥》《拾遗》之篇，《搜神》《灵异》之部，六代以降，家自为书。唐人乃有单篇，别为传奇一类。大抵情钟男女，不外离合悲欢。红拂辞杨，绣襦报郑，韩李缘通落叶，崔张情导琴心，以及明珠生还，小玉死报。凡如此类，或附会疑似，或竟托子虚，虽情态万殊，而大致略似。其始不过淫思古意，辞客寄怀，犹诗家之乐府古

---

① 谢采伯：《密斋笔记·序》，文渊阁《四库全书》本，第 864 册，第 644 页下。
② 马振方：《小说艺术论》，北京大学出版社 1999 年版，第 7 页。

艳诸篇也。宋元以降，则广为演义，谱为词曲，遂使瞽史弦诵，优伶登场，无分雅俗男女，莫不声色耳目。盖自稗官见于《汉志》，历三变而尽失古人之源流矣。[①]

章学诚所述中国古代小说的三变，从其所举实例来看，实主要在狭义的小说。而"历三变而尽失古人之源流"之论，表明章学诚看到了中国古代小说在历史的自然演进中，历经三变之后，已与最初之小说有了巨大的差异，甚至无法看出它们之间的源流关系。其中原因，显然是通常意义上的小说即狭义小说不断进入广义的小说之中，狭义的小说在广义小说中的比重越来越大，成为主流。在章学诚看来，其时的小说，广义与狭义已经基本重合，几乎同一。

也就是说，随着广义小说即文类小说对志怪小说、志人小说、传奇小说、话本小说以及各种类型的章回小说的相继接纳与承认，广义的小说范围不断扩大，特别是两宋以降，通俗小说勃兴，并持续繁荣，文言小说也在变革中持续兴盛，因而，在广义的小说即文类小说中，狭义的小说即通常意义上的小说逐渐成为主体，在总体上呈现出来就是广义小说与狭义小说的重合与同一趋势。

毫无疑问，在广义的小说即文类小说不断接纳各种新兴的狭义小说即通常意义上的小说的过程中，必然要接纳狭义小说所具有的新特征，承认狭义小说新特征的小说属性，这种接纳也必然有着交流与对话、矛盾与冲突。关于虚实问题尤其如此，是否接纳虚构，是否承认虚构性特征，无疑是一个重要方面，上文对两宋以来文言小说、历史小说、神魔小说、世情小说关于虚实问题的讨论与实践的述论，便是具体的呈现。虽然人们对实与虚的内涵理解不同，其"实"大致指向事实、史实、真实、实录等，其"虚"，则指向相反，大致归于非事实、非史实、非真实、非实录与虚构等，但多承认小说的虚构性。即使那些坚持传统小说观念、持广义小说观、理论论述中坚持实录的小说家，在小说实践中也依然不弃虚妄，灵活处理虚妄与虚构。纪昀就是

---

① 章学诚撰，叶瑛校注：《文史通义校注》卷五《诗话》，中华书局 2004 年版，第 560 页。

一个典型。纪昀坚持自班固以来的传统小说观，这一点从其《四库全书》小说类选书与《四库全书总目》小说类总序与著录可知。其《阅微草堂笔记》（包括《滦阳消夏录》《如是我闻》《槐西杂志》《姑妄听之》《滦阳续录》五部）的撰作也以传统小说观即广义的小说概念为基础，这在《阅微草堂笔记》中各书的弁言中反映出来。但在《阅微草堂笔记》中却多鬼神故事，他也曾说"鬼神茫昧，究不知其如何也"，[1]认为鬼神之事茫昧，即虚诞不实。也就是说，纪昀虽在理论上坚持传统小说观念，坚持实录，但在具体的小说实践中，却同样不弃虚诞，运用虚构，且是自觉的，而不是如干宝等人坚信鬼神实有。

当然，广义的小说与狭义小说的重合与同一要到晚清才最终实现，对小说中虚实关系以及虚构性特征的共识，也要到那时才能最终达成。

二、小说的文体身份与虚构性特征的共识

晚清是中国社会的转型时期，"时运交移，质文代变"，"文变染乎世情，兴废系乎时序"，[2]晚清文学无疑也映照了这一场激荡的社会转型，文学自身也在传统中蜕变，对于中国小说尤其如此。这一时期，以梁启超为代表的有识之士在"改良群治""开启民智"的目标下，在文学界竖起了"小说界革命"的旗帜。他们一方面继承翻新传统的文学载道观；另一方面接纳西方现代小说观念，将小说与社会政治紧密地联系了起来，提出"小说救国论""小说功用论"，将小说视为振衰起蔽、疗治社会、觉世新民的重要工具。这一做法，在客观上促使人们重新审视传统小说观念和小说定位，重新思考小说的功能和特性，从而带给小说一次浴火重生的历史机遇，中国古代小说从此开启了由古典时代走向现代的历史性转型进程。

在"小说界革命"中，梁启超等人引入西方文学观念与理论，通过鼓吹

---

① 纪昀：《阅微草堂笔记·滦阳消夏录》卷五，中国文联出版公司1996年版，第83页。
② 刘勰撰，范文澜注：《文心雕龙注》卷九《时序》，人民文学出版社1998年版，第671页，第675页。

小说强大和不可替代的社会作用，不仅在理论上将小说纳入文学体系，明确提出小说是文学之一体，从而使小说获得了现代文艺学意义上的文体身份，视小说为"文学之最上乘"，[①] 将其置于各体文学的中心位置。而且通过自身的创作实践以及兴办小说杂志、译介西方小说，实践其理论论述，带来了晚清小说创作的繁荣，使小说成为各体文学中最受欢迎的文学样式，这不仅支持了其理论论述，也使小说在文学创作与接受领域事实上成为真正的中心。

"小说界革命"的理论贡献，当然不仅仅在于明确了小说的文学文体身份与地位，更在于对小说特性的深入探讨及其取得的多方面理论成就。比如，小说的文学属性也在理论家与小说家们的阐释和实践中得到了系统梳理，涉及小说人物、叙事等各方面。如陶祐曾在《论小说之势力及其影响》中就提到多个方面：

> 事分古今，界判东西，寓言演义，开智觉迷，此小说之结构，有纵有横，有次有序，且有应尽之义务也。英雄儿女，胜败兴亡，描摩意态，不惜周详，此小说之叙事，无巨无细，维妙维肖也。词清若玉，笔大如椽，奇思妙想，掌开化权，此小说之内容，重慷慨悲歌，陆离光怪也。芸窗绣阁，游子商人，潜心探索，兴味津津，此小说之引导，宜使人展阅不倦，恍如身当其境，亲晤其人，无分乎何等社会也。[②]

延续千年的虚实问题也得以清晰化、系统化，小说的虚构性特征也基本获得共识。方正耀指出："小说并非生活实事的照搬，可以虚构，可以描写实际生活中难以出现的事物。作家创作小说为了表达理想，大都运用了虚构之法。这一道理在前代批评家的认识并不是十分清楚的，而在晚清却是批评家较为

---

① 饮冰：《论小说与群治之关系》，陈平原、夏晓虹编《二十世纪中国小说理论资料》第一卷，北京大学出版社 1997 年版，第 51 页。

② 陶祐曾：《论小说之势力及其影响》，陈平原、夏晓虹编《二十世纪中国小说理论资料》第一卷，北京大学出版社 1997 年版，第 247 页。

普遍的认识，这可以在他们的评论中得到证实。"①晚清小说家对小说虚构的共识，多在普遍性的层面进行讨论，亦即他们认为虚构是小说应有之意，是小说的典型特征。如几道、别士（严复、夏曾佑）说：

> 若其事为人心所虚构，则善者必昌，不善者必亡；即稍存实事，略作依违，亦必嬉笑怒骂，托迹鬼神。天下之快，莫快于斯，人同此心，书行自远。故书之言实事者不易传，而书之言虚事者易传。②

他们指出，言虚构之事者易传，而言虚构之事者，是"稗史小说"，并举例说明稗史小说包括："所谓《三国演义》《水浒传》《长生殿》《西厢》、'四梦'之类是也。"包括小说、戏曲在内，并说"推之张生、双文、梦梅、丽娘，或则依托姓名，或则附会事实，凿空而出，称心而言，更能曲合乎人心者也"，小说、戏曲中的主人公及其故事都是出于虚构。

别士（夏曾佑）后又著《小说原理》，更通过小说与画、与史的对比，阐明虚构正是小说的独特之处：

> 加在目前之事，以画为最，去亲历一等耳，其次莫如小说。且世间有不能画之事，而无不能言之事，故小说虽稍晦于画，而其广过之。史亦与小说同体，所以觉其不若小说可爱者，因实有之事常平淡，诳设之事常秾艳，人心去平淡而即秾艳，亦其公理，此史之处于不能不负者也。③

就形象性而言，画要胜于小说，但却比画反映的生活面要广；而就可读性而言，小说要胜于史书，原因就在于小说是"诳设"，出于虚构，虚构之事常

---

① 方正耀：《中国古典小说理论史》，华东师范大学出版社 2005 年版，第 276 页。

② 几道、别士：《本馆附印说部缘起》，陈平原、夏晓虹编《二十世纪中国小说理论资料》第一卷，北京大学出版社 1997 年版，第 26—27 页。

③ 别士：《小说原理》，陈平原、夏晓虹编《二十世纪中国小说理论资料》第一卷，北京大学出版社 1997 年版，第 74 页。

"秾艳",根据艺术性和吸引力。当然,诳设虚构要合于情理,还要"详尽",他举《水浒传》"武大郎一传"为例说:"如《水浒》武大郎一传,叙西门庆、潘金莲等事,初非有奇事新理,不过就寻常日用琐屑叙来,与人人胸中之情理相印合,故自来言文章者推为绝作。若以武大入《唐书》《宋史》列传中叙之,只有'妻潘通于西门庆,同谋杀大'二句耳,观者之孰乐孰不乐,可知也。"①

而如眷秋则更是明确宣称小说是"凭虚构造",他在《小说杂评》中以《水浒传》《红楼梦》为例说:

> 《水浒》发挥作者之理想,故凭虚构造,虽假前人之事迹演成,其举动一切,悉由自主。且所托系前代,故处处直书,毫无讳饰。以所发之慷慨全系无形中一种不平之气,无可顾忌也。《石头记》纪当时之秘史,事迹人物,全有着落,不敢显指时代,则幻为无稽之言,然隐语阳秋,亦是触忌,故深文曲笔,务求其晦。粗心读之,几不知所谓,故书中所指之人,至今不能断定,而措语离奇者,亦永无明解之一日矣。②

眷秋首先指出《水浒传》是"凭虚构造"之作,虽有"前人之事迹"为基础,但"悉由自主",作者充分发挥了艺术想象,巧妙构思、精心设计而完成。至于《红楼梦》,作者受当时索隐派影响,也认为"事迹人物,全有着落",有所依托,但也指出其"幻为无稽之言"的虚构性特征。

概言之,在晚清"小说界革命"中,小说正式卸去子书与史流的身份,成为文学之一体,并在其社会作用的阐释中被推向中心位置。在这一过程中,伴随西方哲学、美学和文学思想的引入,无论是小说家还是批评家,对小说与社会、小说与政治、小说与普遍人性的关系以及小说自身的文体特征等都

---

① 别士:《小说原理》,陈平原、夏晓虹编《二十世纪中国小说理论资料》第一卷,北京大学出版社 1997 年版,第 74—75 页。

② 眷秋:《小说杂评》,阿英编《晚清文学丛钞》小说戏曲研究卷,中华书局 1960 年版,第 447 页。

有了更为系统和全面的认识。尤其是对小说虚构性特征的认识，严复、夏曾佑的"事为人心所虚构""诳设之事"，梁启超的"他境界"，王国维的"补人生之缺"以及眷秋的"凭虚构造"等，具体阐释虽有差异，但基本达成了理论共识，那就是小说是可以凭虚构造的，虚构正是小说的独特特点。

三、小说的虚构与生活的真实

中国古代小说的虚实之辩，在明清两代小说的创作实践中逐渐形成了较为客观的认识，谢肇淛、张无咎、脂砚斋等提出小说应"虚实相半""真幻并兼""至情至理"，[①] 呈现出通达和中和的特点，但他们的虚与幻、实与真，仍存在概念模糊与混乱的不足，清代张竹坡和"脂砚斋"的情理论虽谈到虚构的人物要贴近生活，逼真现实，契合情理。但尚未上升至一般小说的创作规律来谈，及至晚清，随着小说界革命的兴起，西方哲学思想与文艺理论的引入，小说家与批评家对小说虚构与真实的认识更加理性与科学，在一定程度上呈现出普遍性、规律性的把握和总的趋势。

在"小说界革命"的理论阐释中，几道、别士（严复、夏曾佑）首先涉及小说虚实问题，他们在论述易传与不易传的第五方面时，提出"即稍存实事，略作依违，亦必嘻笑怒骂，托迹鬼神"，[②] 他们认为小说的内容出于虚构，而虚构又要有源自现实社会的事实作为基础，但虚构又可以不受事实的约束，完全可以根据需要有所依违，甚至还可以"托迹鬼神"。几道、别士对小说虚实问题的看法虽然还只是粗略涉及，但对后来者却起到了启迪作用。

---

① 分别参见：谢肇淛撰，傅成校点：《五杂组》卷一五《事部三》，上海古籍出版社 2012 年版，第 282 页；张誉：《平妖传序》，丁锡根编著《中国历代小说序跋集》，人民文学出版社 1996 年版，第 1347 页；脂砚斋等：《红楼梦评》，朱一玄编《金瓶梅资料汇编》，南开大学出版社 2004 年版，第 293 页，第 427 页，第 486 页。

② 几道、别士：《本馆附印说部缘起》，陈平原、夏晓虹编《二十世纪中国小说理论资料》第一卷，北京大学出版社 1997 年版，第 26—27 页。

邱炜菱在批评那些考证小说人事的做法时，提出了他对于小说虚构与现实生活的看法：

> ……要知作者假名立义，因文生情，本是空中楼阁，特患阅历既多，瞑想遐思，皆成实境。偶借鉴于古人，竟毕肖于今人；欲穷形于魑魅，遂驱及于蛇龙。[①]

邱炜菱在此文中其实道及了小说虚构与艺术真实的关系：小说首先是虚构的，小说作者"假名立义，因文生情"，用文字营造出一座"空中楼阁"；但这种虚构却是有所依据的，是以作者丰富的人生阅历和对社会洞察、思考为基础的。因此，这样的小说，才能有如"实境"。即使作者"偶借鉴于古人"，"欲穷形于魑魅"，但由于作品源自现实生活而"毕肖"。邱炜菱的论述已稍及小说虚构与真实的本质。

侠人在比较中西小说的基础上，从孔子《春秋》而言及史与小说之不同：

> ……材料之如何，固系于历史上之人物，非吾之所得自由者也。小说则不然，吾有如何之理想，则造如何之人物以发明之，彻底自由，表里无碍，真无一人能稍掣我之肘者也。若是乎由古经以至《春秋》，不可不谓之文体一进化；由《春秋》以至小说，又不可谓之非文体一进化。使孔子生于今日，吾知其必不作《春秋》，必作一最良之小说，以鞭辟人类也。[②]

在对比中，侠人指出小说完全可以根据需要虚构人物与故事情节，不用像史书一样拘泥于历史或现实。指出小说在自由表达与创造方面是一大进步。但

---

① 邱炜菱：《客云庐小说话》卷一《寂园赘谈》，阿英编《晚清文学丛钞》小说戏曲研究卷，中华书局 1960 年版，第 384 页。

② 饮冰等：《小说丛话》，陈平原、夏晓虹编《二十世纪中国小说理论资料》第一卷，北京大学出版社 1997 年版，第 93—94 页。

同时，侠人也指出小说的这种自由虚构又离不开现实生活，塑造小说人物必须以历史或现实生活为基础：

> 小说作，而为撰一现社会所亟需而未有之人物以示之，于是向之怀此思想而不敢自坚者，乃一旦以之自信矣。苟不知历史之人，亦认其人为真有；苟知有历史之人，亦认其书之著者，为并世旷世心同理同相感之人也。①

这也就是说，小说中虚构的人物的塑造要满足现实社会的"亟需"，这就要求小说家对现实社会要有真切的认识，思考社会的需要，然后依据现实社会的需要，虚构小说人物。这样虚构出来的小说人物，必然以历史或现实的人事为基础，最终仍表现了历史或现实的人事，因此，"为小说者，以理想始，以实事终，以我之理想始，以人之实事终。"②侠人对小说虚构与生活的真实之间的关系，有着比较清晰的认识，体现出一定的理论高度。

王国维《红楼梦评论》运用叔本华美学理论对《红楼梦》进行重读，其中也涉及虚构与真实论述。王国维认为小说虚构的基础是现实人生："美术之价值，对现在之世界人生而起者，非有绝对的价值也，其材料取诸人生，其理想亦视人生之缺陷逼仄，而趋于其反对之方面。如此之美术，唯于如此之世界、如此之人生中，始有价值耳。"③小说可以用虚构手法塑造人物、表达理想，但这一切必须要"取诸人生"，就算是表达理想，理想也是源于"视人生之缺陷逼仄"。唯其如此，小说理想化的虚构世界，在有缺失而充满痛苦的世界和现实人生中才具有审美价值。基于这种虚实观，他批评那些热衷于考证

---

① 侠人：《小说丛话》，陈平原、夏晓虹编《二十世纪中国小说理论资料》第一卷，北京大学出版社 1997 年版，第 94 页。
② 侠人：《小说丛话》，陈平原、夏晓虹编《二十世纪中国小说理论资料》第一卷，北京大学出版社 1989 年版，第 94 页。
③ 王国维：《〈红楼梦〉评论》第四章，陈平原、夏晓虹编《二十世纪中国小说理论资料》第一卷，北京大学出版社 1997 年版，第 125 页。

《红楼梦》人物原型的索隐派，认为《红楼梦》中"所有种种之人物，种种之境遇，必本于作者之经验，则雕刻与绘画家之写人之美也，必此取一膝，彼取一臂而后可"。①像贾宝玉这样的人物，实则是作者糅合了种种的经验和遭遇创造出来的，并不指现实中某一固定的人物原型。这正如鲁迅先生所说："人物的模特儿也一样，没有专用过一个人，往往嘴在浙江，脸在北京，衣服在山西，是一个拼凑起来的脚色。"②

晚清小说家承认小说出于虚构，但必须依据社会现实生活进行艺术创造，而在小说中呈现出来的艺术形象或者故事情节，又必须是逼真的，符合现实生活的事理逻辑，实现艺术的真实。如浴血生说：

> 小说能导人游于他境界，固也；然我以为能导人游于他境界者，必著者之先自游于他境界者也。昔赵松雪画马，常闭户不令人见。一日其夫人窃窥之，则松雪两手距地，昂头四顾，俨然一马矣，故能以画马名于世。作小说者亦犹是。有人焉悄思冥索，设身处地，想象其身段，描摹其口吻，淋漓尽致，务使毕肖，则吾敢断言曰："若而人者，必以小说名于世。"……③

浴血生以赵松雪画马为例，说明小说虚构要"设身处地，想象其身段，描摹其口吻，淋漓尽致，务使毕肖"，从而达到艺术的真实，这样的小说才有艺术魅力，这样的小说家才能受人欢迎。些小说评点，也往往着眼于此，小说中那些生动逼真的描绘，多会被认为是源于真实的生活体验。如佛山人吴趼人在《二十年目睹之怪现状》第三十四回评云："写小户人家之情形，三姑六

---

① 王国维：《〈红楼梦〉评论》第五章，陈平原、夏晓虹编《二十世纪中国小说理论资料》第一卷，北京大学出版社 1997 年版，第 130 页。
② 鲁迅：《我怎么做起小说来》，《鲁迅全集》第四卷《南腔北调集》，人民文学出版社 2005 年版，第 527 页。
③ 饮冰等：《小说丛话》，陈平原、夏晓虹编《二十世纪中国小说理论资料》第一卷，北京大学出版社 1997 年版，第 86—87 页。

婆之怪状，历历如绘，亦非亲历其境、躬遇其人者，写不来。"[1]

　　以梁启超为代表的晚清有识之士，在"小说界革命"中，引入西方文艺理论，结合中国小说传统，以积极的理论论述，不仅将小说纳入文学体系，确认了小说的文学中心地位，而且通过各种形式，探讨、辨析、阐释小说的功能与特征等基本问题。其中对小说虚构性特征的共识，对小说虚构与真实问题的论述，都超越了历代相关论述，达到了一个新的理论高度，为中国古代小说刚刚开启的现代转型进程提供了有力的理论支撑。

---

[1]　我佛山人：《二十年目睹之怪现状》第三十四回回评，《新小说》（1905）第二年，第九号，第55页。

第四章　游戏三昧：中国古代小说的功用期待

　　布鲁克斯、沃伦认为："情节、人物和主题"是"我们一般同意称之为小说的所有作品中的三个基本要素。"① 也就是说，营构情节、塑造人物形象、表达主题是小说的基本功能。同时，作为文学艺术形式，审美表达则是小说作为文学的本质属性之一。但对于中国古代小说而言，由于特殊的身份与定位——亦子亦史的身份与边缘定位——与其本质属性之间的偏离，因而就相应地产生了与其本质属性并不对应的特殊功用期待。

　　最初出现在《庄子·外物》篇中的小说，是指与主流（或自我）思想不一致的另类思想或学说。② 那么，中国古代小说从其一出现开始，便承担了思想承载与知识记忆的功能。中国古代小说在其历史的发展中，在思想承载与知识记忆之外，故事的讲述与生活的演绎、形象的塑造与性格的凸显也是其重要功能。而"著文章之美，传要妙之情"的审美创造与表达，③ 则是中国古代小说艺术作为文学的主要功用。中国古代小说对自身审美创造与表达功能的觉醒极其清晰化、明确化，与其对自身文学身份认识的不断深化息息相关。

---

① 〔美〕克林斯·布鲁克斯、罗伯特·潘·沃伦编著，主万等译：《小说鉴赏》，世界图书出版公司 2012 年版，第 3 页。

② 熊明：《中国古代小说观念述评》，《淮阴师范学院学报》2011 年第 1 期。

③ 沈既济：《任氏传》，参见汪辟疆辑录《唐人小说》，上海古籍出版社 1983 年版，第 52 页。

第一节　思想的承载与知识的记忆

刘向、刘歆父子点校群书，作《七略》，将表达与主流（或自我）思想不一致的另类思想或学说的著述合为一类，名为小说，置于诸子类中。实际上就是因为它们均承载了"小道"思想的缘故。班固《汉书·艺文志》沿用并继承了刘向、刘歆父子《七略》的分类体系，以严肃正式的历史叙述确认了这一做法。刘向、刘歆的《七略》与班固的《汉书·艺文志》小说类著录的十五家小说，虽然如明人胡应麟所说"汉艺文志所谓小说……皆非后世所谓小说也"，[①] 但后来的中国古代小说，不仅没有抛弃原初小说的这种思想承载功能，而且继承并扩展了这一功能。在其历史的发展中，不仅承载佛、道等外教思想，而且担负起了承载儒家教化思想的功能，在晚清"小说界革命"中，甚至担负起了承载政治思想与主张的功能。

一、"明神道之不诬"

中国古代小说从其出现的那天起，就与神仙、佛、道结下了不解之缘。小说是宣言神仙、佛、道的辅教之书，成为承载与宣言神仙、佛、道思想的重要工具，而神仙、佛、道思想也对小说艺术有良好的影响。

汉魏雏形小说——志怪小说，从一开始就被赋予"明神道之不诬"的功能，《搜神记·序》云：

> 虽考先志于载籍，收遗逸于当时，盖非一耳一目之所亲闻睹也，亦安敢谓无失实者哉！卫朔失国，二传互其所闻；吕望事周，子长存其两说。若此比类，往往有焉。从此观之，闻见之难，由来尚矣。夫书赴告

---

① 胡应麟：《少室山房笔丛》卷二九《九流绪论下》，中华书局 1958 年版，第 371 页。

之定辞，据国史之方策，犹尚若兹，况仰述千载之前，记殊俗之表，缀片言于残阙，访行事于故老，将使事不二迹，言无异途，然后为信者，固亦前史之所病。然而国家不废注记之官，学士不绝诵览之业，岂不以其所失者小，所存者大乎？今之所集，设有承于前载者，则非余之罪也；若使采访近世之事，苟有虚错，愿与先贤前儒分其讥谤。及其著述，亦足以明神道之不诬也。群言百家，不可胜览，耳目所受，不可胜载。今粗取足以演八略之旨，成其微说而已。幸将来好事之士，录其根体，有以游心寓目而无尤焉。①

随着佛教传入，道教兴起，小说也成为弘佛传道的工具。齐代王琰撰《冥祥记》，就是为了证明佛法之"瑞验之发"；东汉郭宪作《洞冥记》，就是为了"洞心于道教，使冥迹之奥昭然显著"。②自魏晋以降，中国古代小说中这种宣扬鬼神不虚、神仙非妄、佛法灵异的小说层出不穷，蔚为大观。

王琰《冥祥记》宣言佛法灵异，与之类似者魏晋南北朝有刘义庆《幽明录》、颜之推《冤魂志》《集灵记》、侯白《旌异记》以及《观世音应验记》三种等。特别是如《观世音应验记》三种之类，完全是用故事图解佛教观音信仰，"大抵记经像之显效，明应验之实有"，成为"释氏辅教之书"。③唐人小说中的此类辅教故事更多，《太平广记》中列释证门三卷，报应门三十三卷，感应门二卷，在诸如定数门等中还有许多具有辅教性质的篇什。除一部分出自六朝时期，大部分是唐五代作品。具体而言，唐人小说中的此类故事，留存至今的尚有如《冥报记》《冥报拾遗》《金刚经报应记》《报应录》《徵戒录》等，散佚的有《般若经灵验》《地狱苦记》《报应传》《通幽记》《灵鬼录》《冥音录》等。另外，除这些主要以弘佛为目的的小说集之外，在其他一些唐人小说集中，也常包含有明显以宣示佛法灵验、因果报应为目的的作品，如

① 干宝撰，李剑国辑校：《新辑搜神记》，中华书局2012年版，第19页。
② 王琰：《冥祥记·序》，郭宪：《洞冥记·序》，丁锡根编著《中国历代小说序跋集》，人民文学出版社1996年版，第68页，第34页。
③ 鲁迅：《中国小说史略》，《鲁迅全集》第九卷，人民文学出版社2005年版，第56页。

《酉阳杂俎》中的《陈昭》《王氏》《僧智灯》等，《纪闻》中的《李之》《杨慎矜》《夜光师》等。除了这种直接承载佛教某一思想观念的辅教小说之外，还有在小说的立意构思中贯之以佛道的某些思想，从而使小说"在故事情节上呈现出某种异构，或于思想蕴含中表现出某种哲思"。①

释氏辅教小说如此，弘扬仙道的小说亦如此。如刘向撰《列仙传》，宣言神仙实有，成仙非妄。在其影响下，后世仙传层出不穷，如晋葛洪《神仙传》，五代沈汾《续仙传》、杜光庭《神仙感遇传》《仙传拾遗》《王氏神仙传》《墉城集仙录》等。郭宪《洞冥记》之后，亦多有仿效之作，如《十洲记》、晋王嘉《拾遗记》、唐苏鹗《杜阳杂编》等皆是。至唐，道教十分兴盛，《封氏闻见记》云："国朝以李氏出自老君，故崇道教。"② 反映在小说创作中，就是以宣扬仙道思想为旨趣的神仙道教小说或以仙道为背景的小说的大量出现。其中以仙道思想为题旨的小说，从初唐的《十二真君传》《王氏神通记》《神仙后传》《神仙记》《后仙传》等到晚唐的《八仙传》《武陵十仙传》直至唐末五代的《续仙传》《宾仙传》《仙传拾遗》《墉城集仙录》等，就多达三十余种，这还不包括单篇及其他小说集中涉及仙道的作品。《太平广记》收录此类作品，就分列神仙门、女仙门、道术门、方士门、异人门等，共八十六卷之多。

唐人小说中的这类仙道故事，除了明显承载的长生不老、羽化尸解、白日飞升以及符箓丹鼎、仙术神咒等神仙思想之外，如《广异记·张李二公》《逸史·卢李二生》《玄怪录·裴谌》《仙传拾遗·薛肇》《仙传拾遗·司命君》《玄怪录·杜子春》《河东记·萧洞玄》《传奇·韦自东》《酉阳杂俎·顾玄绩》等仙道故事，通过鲜活的人物形象和生动的故事情节所寄寓的道教理念，在现实生活中亦是具有启发性的，"《张李二公》《裴谌》等修道故事中关于立志坚久方能积功累德、肉身升天之理念，《杜子春》《萧洞玄》等炼丹故事中关于意志坚强方能丹药有成之观念，如果卸去其宗教的弘道意图，在更广阔的

---

① 熊明：《唐人弘佛的小说》，（香港）《文汇报·文史副刊》2006 年 10 月 27 日。
② 封演撰，赵贞信校注：《封氏闻见记校注》卷一《道教》，中华书局 2012 年版，第 2 页。

层面上，也可以说是一种具有普遍性的哲思"。[①]

神仙、佛、道思想深刻地影响着中国古代文化，中国古代小说亦深受濡染，神仙、佛、道思想成为中国古代小说中重要的思想蕴含。文言如此，白话小说更是如此。明清时期如《西洋记》《南游记》《钱塘渔隐济颠禅师语录》《南海观音菩萨出身修行传》《二十四尊得道罗汉传》以及《达摩志传》《扫雾魅敦伦东渡记》等直接弘扬佛法，如《封神演义》《韩湘子全传》《东游记》《北游记》以及邓志谟的神魔小说系列《飞剑记》《咒枣记》《铁树记》等直接为道教神仙树碑立传，即使如《三国演义》《水浒传》《金瓶梅》，甚至在《红楼梦》中，都能看到佛教因缘轮回、因果报应思想存在与影响的印记。

二、"有补于人心世道"

在中国古代，儒家思想居于主导地位，而儒家论文，一向强调文学的儒家道德伦理思想的承载，三国魏桓范就说："夫著作书论者，乃欲阐弘大道，述明圣教，推演事义，尽极情类，记是贬非，以为法式，当时可行，后世可修。"[②]对小说的解读与定位，也往往强调其要承载一定的有益思想，即使不是"大道"。故在《汉书·艺文志》及《隋书·经籍志》中，都引用孔子的话"虽小道，必有可观者焉"，努力寻找其中的可观之处。班固发现了其有"可采"之处，联系他在《诸子略》中所说的"修六艺之术"，"通万方之略"，以及《诗赋略》中所说的"观风俗，知厚薄"，则其所言小说之"可采"之处，亦当此意。桓谭说得明白，小说所承载的思想，可用于"治身理家"，有益于教化。《隋书·经籍志》子部总序则直接说小说与儒、道一样，都是"圣人之教"的一个方面，并以渊源追溯的方式，论证小说应与《诗》《传》一样，具有箴谏规诲和观知风俗的作用，因而肯定与要求小说要承载有益的道德伦理

---

① 熊明：《唐代的仙道小说》，（香港）《文汇报·文史副刊》2006 年 11 月 17 日。

② 桓范：《世要论·序作》，严可均辑《全三国文》卷三七，中华书局 1999 年版，第 1262 页下。

思想。于是我们看到，承载与宣言儒家的伦理道德思想就成为中国古代小说的自我要求。

李剑国先生认为唐代小说家有三种气质，即历史家气质、伦理家（儒家）气质、诗人气质，相应地便有三种意识，即历史意识、伦理意识、诗意识。"伦理家气质和伦理意识表现为作品中的伦理评价和伦理意义的理性思考、理性探求，表现为道德的自省、净化和完善，它使小说走向善。"[①]在唐人小说中，道德伦理思想的承载与说教是突出的，就连沈亚之这样工于"情语"的小说家也说"余尚太史言，而好叙谊事"。因而唐人小说中出现了大量专门表现忠孝节义的小说。杜光庭《录异记》卷三专列"忠""孝"两门，"忠"门传录了唐末上至大臣、下至工匠乐伎忠于唐室的故事，"孝"门传录了三个孝行感天的故事。而如《杨娟传》《李娃传》则是对节行的褒美。也就是说，在唐人眼里，即使如李娃这样的长安娼女，只要"节行瑰奇，有足称者"，[②]也是要旌扬的。即使如任氏这样的女妖，只要有"遇暴不失节，徇人以至死，虽今妇人，有不如者"，[③]也要让其事迹得到流传。至于对人与人之间信义的推崇与鼓吹，更是不遗余力。比如《纪闻·吴保安》，就极力表彰吴保安、郭仲翔的"道义素高，名节特著"；[④]《甘泽谣·圆观》，就在细述圆观与李源的两世情谊中强调忠于友谊，信守然诺的品质对于士人的重要性。唐人认为信义是应普遍恪守的品性，因而唐人小说中，这种寓含信义思想的故事不仅发生在士人中间，也发生在主仆之间及人鬼、人神、人妖之间，甚至人和动物之间。

宋人的小说创作，更是走向了"道德教化的彻底自觉"。执着于对道德伦理思想的承载、宣示与遵守，"小说创作中追求惩劝目的的刻板偏重，主题的伦理化，作品的道学气"。[⑤]小说中义娼贞妇比比皆是，造成了宋人小说艺术上的道学化缺陷。

① 李剑国：《唐五代志怪传奇叙录·唐稗思考录》，南开大学出版社1998年版，第82页。
② 白行简：《李娃传》，汪辟疆校录《唐人小说》，上海古籍出版社1983年版，第119页。
③ 沈既济：《任氏传》，汪辟疆校录《唐人小说》，上海古籍出版社1983年版，第58页。
④ 牛肃：《纪闻·吴保安》，汪辟疆校录《唐人小说》，上海古籍出版社1983年版，第293页。
⑤ 李剑国、陈洪主编：《中国小说通史》唐宋元卷，高等教育出版社2007年版，第707页。

　　明人更是从理论上论证小说的载道、传道的合理性和有效性。如李贽就认为《水浒传》是发愤之作，其目的在于宣扬忠义，故读《水浒传》就能使人知忠义、明忠义、行忠义。上自皇帝，下至各级官吏如果都读《水浒传》，则忠义就能深入人心：

　　　　故有国者不可以不读。一读此传，则忠义不在水浒，而皆在于君侧矣。贤宰相不可以不读。一读此传，则忠义不在水浒，而皆在于朝廷矣。兵部掌军国之枢，督府专阃外之寄，是又不可以不读也。苟一日而读此传，则忠义不在于水浒，而皆为干城心腹之选矣。否则，不在朝廷，不在君侧，不在干城心腹，乌乎在？在水浒！此传之所为发愤矣！若夫好事者资其谭柄，用兵者藉其谋画，要以各见所长，乌睹所谓忠义者哉。①

又如吟啸主人《近报丛谭平虏传序》云：

　　　　余坐南都燕子矶上，阅邸报，奴囚越辽犯蓟，连陷数城，抱杞忧甚矣。凡遇客自燕来者辄促膝问之。言与报同。第民间之义士烈女报人视为细故不录者，予闻之更实获我心焉。忠孝节义兼之矣，而安得无录！今奴贼已遁，海晏可俟，因记邸报中事之关系者，与海内共欣逢见上之仁明智勇。同就燕客丛谭，详为记录，以见天下民间亦有此忠孝节义而已。传成，或曰："风闻得真假参半乎？"予曰："苟有补于人心世道者，即微讹何妨。有坏于人心世道者，虽真亦置……"②

　　吟啸主人明确提出小说选材要"以见天下民间亦有此忠孝节义"者，至于这些材料的真假，则无关紧要，只要"有补于人心世道"，"微讹何妨"。

---

① 李贽：《忠义水浒传叙》，丁锡根编著《中国历代小说序跋集》，人民文学出版社 1996 年版，第 1466 页。
② 吟啸主人：《近报丛谭平虏传序》，丁锡根编著《中国历代小说序跋集》，人民文学出版社 1996 年版，第 1031 页。

把有补于人心世道作为小说创作的目标，强调小说道德伦理思想的承载和教化作用。

而在近代兴起的"小说界革命"，梁启超等则更是将小说视为承载思想的工具，小说可以在改造社会、改造民智等方面发挥巨大的作用。他说：

> 欲新一国之民，不可不先新一国之小说。故欲新道德必欲新小说，欲新宗教必新小说，欲新政治必新小说，欲新风俗必新小说，欲新学艺必新小说，乃至欲新人心，欲新人格，必新小说。何以故？小说有不可思议之力支配人道故。①

并得出结论："故今日欲改良群治，必自小说界革命始；欲新民，必自新小说始。"认为一切领域的变革都必须首先更新小说。他认为小说是宣传政治主张的极好工具，应该大力提倡创作政治小说：

> 在昔欧洲各国变革之始，其魁儒硕学，仁人志士，往往以其身之所经历，及胸中所怀政治之议论，一寄之于小说。于是彼中缀学之子，黉塾之暇，手之口之。下而兵丁、而市侩、而农氓、而工匠、而车夫马卒、而妇女、而童孺，靡不手之口之，往往每一书出，而全国之议论为之一变。彼美、英、德、法、奥、意、日本各国政界之日进，则政治小说为功最高焉。英名士某君曰："小说为国民之魂。"岂不然哉！岂不然哉！②

随着梁启超的振臂一呼，应之者无数，一时无论是理论阐说，还是新小说的创作，都十分活跃。梁启超及其追随者在"小说界革命"中的理论主张，将中国古代小说的载道、传道的功利小说观推向了极致，他们的论说虽然偏

① 梁启超：《论小说与群治之关系》，陈平原、夏晓虹编《二十世纪中国小说理论资料》第一卷，北京大学出版社1997年版，第50页。
② 梁启超：《译印政治小说序》，陈平原、夏晓虹编《二十世纪中国小说理论资料》第一卷，北京大学出版社1997年版，第37页。

颇，但改变了中国古代小说的边缘地位，使小说走向了文学体系的中心，在中国古代小说的现代转型过程中，发挥了重要作用。

三、"以备史官之阙"

中国古代小说，在其原始最初形态中，知识备忘就是其最重要的功能之一。《隋书·经籍志》所云："……孟春徇木铎以求歌谣，巡省观人诗，以知风俗。过则正之，失则改之。道听途说，靡不毕纪。"也就是把听到的能够反映风俗民情，特别是那些能够反映民众对统治阶级所实施的各种政策措施态度的民间歌谣记录下来，也就是记录并保存民间的意见、看法是小说的最初职能，这种职能源出于《周官》中的诵训、训方氏。

我们今天能够看到的早期小说，实际上也确有这样的知识记忆功能。如《汲冢琐语》（原名《琐语》，因西晋初出土于汲县战国魏襄王墓，故加"汲冢"），胡应麟以为：《汲冢琐语》十一篇，当在《庄》《列》前，《束皙传》云诸国梦卜妖怪相书，盖古今小说之祖"，[1] 鲁迅判定其性质"甚似小说"。[2] 它的内容，如胡应麟所言，是"诸国梦卜妖怪相书"，也就是当时卜筮、占梦以及其他一些妖祥吉凶之事的记录，在远古社会，卜筮、占卜是重要的知识，是重大的政治、军事等活动的依据，《琐语》显然有保存这些知识的目的。再如《山海经》，刘歆《上山海经表》云：

> 《山海经》者，出于唐虞之际。昔洪水洋溢，漫衍中国……禹乘四载，随山刊木，定高山大川。益与伯翳主驱禽兽，命山川，类草木，别水土。四岳佐之，以周四方。逮人迹之所希至，及舟舆之所罕到。内别五方之山，外分八方之海，纪其珍宝奇物，异方之所生，水土、草木、

---

① 胡应麟：《少室山房笔丛》卷三六《二酉缀遗中》，中华书局 1958 年版，第 474 页。
② 鲁迅：《中国小说史略》，《鲁迅全集》第九卷，人民文学出版社 2005 年版，第 22 页。

禽兽、昆虫、麟凤之所止，祯祥之所隐，及四海之外，绝域之国，殊类之人。禹别九州，任土作贡，而益等类物善恶，著《山海经》。①

据刘歆此表，《山海经》是禹在治理洪水"别九州"时，踏遍中国，为了"别五方之山，外分八方之海"以及各地物产风物，益乃作《山海经》，由是观之，则《山海经》也是为了保存这些考察、勘验得来的珍贵的地理物产等知识而作，其知识记忆的目的甚明。而《山海经》以及《汲冢琐语》等此类书籍，也确实保存了大量的中国远古知识，仅就其在中国小说史中作用而言，就为我们保存了大量的远古神话传说以及原始的地理风俗信仰等信息。

由《汲冢琐语》《山海经》等开创的中国古代小说的这种记录、保存巫术巫学、地理山川、远国殊域名物风俗、奇珍异闻的地理博物传统，在中国古代小说中源远流长，成为一种重要的类型，并在不同历史时期呈现出各种不同的形态。

继承《山海经》《汲冢琐语》传统的小说，历代不绝。魏晋南北朝时期如张华《博物志》、郭璞《玄中记》以及《外国图》等即是。通行本《博物志》三十九篇，上承《山海经》等而更加广泛。不仅包括地理博物，还包括各种杂说异闻，在《山海经》原有的地理博物基础上扩大到名物、典章、舆服、方术、服食等社会历史等方面。明人跋云："天地之高厚，日月之晦明，四方人物之不同，昆虫草木之淑妙者，无不备载。"②其内容来源，除少数为自记近世见闻外（如"前汉冢宫人""范明友冢奴"等），大都录自春秋战国秦汉古书，相当于相关知识的抄缀整理。《玄中记》所记主要是关于远国异民、山川动植和精怪这三方面的传闻。《博物志》以后，续作模仿颇多，如唐林登、宋李石《续博物志》，明董斯张《广博物志》皆是。而如郑常《洽闻记》、苏鹗《杜阳杂编》等其实也是其支裔。段成式《酉阳杂俎》则是仿效其博通而又过

---

① 袁珂校注：《山海经校注》，巴蜀书社 1996 年版，第 540 页。
② 崔世节：《博物志跋》，丁锡根编著《中国历代小说序跋集》，人民文学出版社 1996 年版，第 38 页。

之，凡所涉及，包括佛、道、数术、天文、地理、方物、医药、卫生、法律、文学、历史、考古、民俗、民族、语言、绘画、书法、音乐、建筑、魔术、杂技、烹饪、养殖等，无所不有，堪称百科全书。

这种最初以记录、保存巫术巫学、地理山川、远国殊域名物风俗、奇珍异闻为目的的地理博物小说，在后世又演变为炫耀才学的一类。炫才、炫学小说，唐五代张说《梁四公记》已见其端倪，借小说人物，大肆书写远国遐方，奇珍异兽、珍宝珠玉等。其后如《东阳夜怪录》等，又幻设为文，借各种物怪炫耀博闻。这种炫才、炫学小说至清代中后期发展到顶峰，出现了如《野叟曝言》《镜花缘》《蟫史》《燕山外史》等影响颇大的作品。

于此之外，"以备史官之阙"则是中国古代小说这种知识备忘或者知识记忆功能的一种特殊体现。自汉魏以来的以撰录历史逸闻与当代掌故为主要内容的小说亦即杂事小说，特别是在刘知幾将小说纳入史类之后，多作如是标举。如刘餗《隋唐嘉话·序》云："余自髫丱之年，便多闻往说，不足备之大典，故系之小说之末。"[1] 而如《唐国史补》《唐阙史》等从书名上就已明示此种意图，《唐国史补·序》明确地说："昔刘餗集小说，涉南北朝至开元，著为《传记》，予自开元至长庆间撰《国史补》，虑史氏或阙则补之意，续传记而有不为……"[2] 李德裕《次柳氏旧闻》更是说："惧失其传，不足以对大君之问，谨录如左，以备史官之阙云。"[3] 自唐五代以降直至清末民国，撰录历史逸闻与当代掌故的杂事小说十分兴盛，甚至元末明初开始出现的历史演义小说，列国系列、本朝演义系列、家将系列等，其知识记忆的功能虽越来越淡化，但往往仍然以此为标榜，如针对《隋史遗文》，袁于令《隋史遗文序》亦云："史以遗名者何？所以辅正史也。"[4]

---

[1]　刘餗：《隋唐嘉话》，《隋唐嘉话　朝野佥载》，中华书局 2005 年版，第 1 页。

[2]　李肇：《唐国史补》，《唐五代笔记小说大观》上册，上海古籍出版社 2000 年版，第 158 页。

[3]　李德裕：《次柳氏旧闻》，《唐五代笔记小说大观》上册，上海古籍出版社 2000 年版，第 464 页。

[4]　袁于令：《隋史遗文序》，丁锡根编著《中国历代小说序跋集》，人民文学出版社 1996 年版，第 956 页。

四、中国古代小说的思想承载与主题概括

在中国学术界，对小说主题的探讨是很晚近的事情，二十世纪三十年代初，谢六逸发表的《小说创作论·主题小说》是中国较早的一篇专门讨论小说主题问题的文章。何为小说的主题？美国学者布鲁克斯、沃伦这样定义：

> 主题就是对一篇小说的总概括。它是某种观念，某种意义，某种对人物和事件的诠释，是体现在整个作品中对生活的深刻而又融贯统一的观点。它是通过小说体现出来的某种人皆有之的人生经验——在小说中，总是直接或间接地含有某种对人性价值和人类行为价值的议论。①

一般认为，小说的主题可以从作者与读者两个方面加以观照，也就是说，主题一方面是指作者在创作过程中自觉或不自觉的思想承载；另一方面则是小说在传播、接受过程中读者的解读与概括。

实际上，在中国古代的早期小说中，比如汉魏六朝志怪小说，由于还不是自觉的创作，因此也就没有主动的、有意识的主题寄寓，特别是志怪小说集中的单篇更是如此，而只是在总体上要承载并证实如"明神道之不诬"之类的思想与观念。只有在中国古代小说进入其自觉阶段后，才有了主动的、自觉的主题意识，以小说来表达某种思想或观念。但我们也常常发现，作者所想要在小说中表达的主题，与读者阅读小说后所提炼概括出来的主题往往会不一致，比如《补江总白猿传》，历代多以为乃"唐人恶欧阳询者为之"，②也就是说作者撰此小说的目的在于诽谤欧阳询，诽谤欧阳询是小说的主题。但后人读此小说，恐怕多不会因此而在意它对欧阳询的诽谤，往往会沉浸于故事本身——一位痴心的丈夫在妻子失踪后历尽千辛万苦将其寻回的动人故

---

① 〔美〕克林斯·布鲁克斯、罗伯特·潘·沃伦编著，主万等译：《小说鉴赏》，世界图书出版公司 2012 年版，第 260 页。

② 王尧臣：《崇文总目》卷六小说类《补江总白猿传》条，文渊阁《四库全书》本，第 674 册，第 68 页上。

事，并概括出一种夫妻间深沉、执着、不离不弃的爱情主题。

读者根据自己对小说的阅读理解，包括对故事情节、人物等的全面客观分析后提炼、概括出的小说主题，可以与作者在小说中主动的、有意识的思想承载一致，也可能不一致，甚至可以比原来作者主动承载的更多。因此，我更愿意认为主题应该主要是从读者角度对作品思想承载的解读与概括。其实，布鲁克斯、沃伦所谓"主题就是对一篇小说的总概括"也主要是从读者角度定义主题的。李剑国先生把"作品题材意蕴的抽象概括而不单纯是思想"理解为小说主题，[①] 也是从读者阅读后独立自主地对作品进行解读的角度来定义的。

在中国古代小说中，作者主动的思想承载往往是明晰的，有时为了强调自己在小说中的思想承载，作者常借小说人物之口呈露出来，或者用议论的形式在小说中直接表达出来。如唐人小说《枕中记》作者主动的思想承载，就是借主人公卢生之口呈露的：

> 生蹶然而兴，曰："岂其梦寐也？"翁谓生曰："人生之适，亦如是矣。"生怃然良久，谢曰："夫宠辱之道，穷达之运，得丧之理，死生之情，尽知之矣。此先生所以窒吾欲也，敢不受教。"稽首再拜而去。[②]

卢生所言对"宠辱之道，穷达之运，得丧之理，死生之情"的感悟就是作者要表达的主题。而如《任氏传》《谢小娥传》等，作者则在小说结尾用议论的形式直接点明主动的思想承载。唐人小说如此，宋元以降的话本小说、拟话本小说、章回小说中作者主动的思想承载，也多在入话或者篇首部分直接宣示主题。[③]

而从小说传播与接受的角度亦即读者的阅读理解角度考察，中国古代小

① 李剑国：《唐五代志怪传奇叙录·唐稗思考录》，南开大学出版社 1998 年版，第 51 页。
② 沈既济：《枕中记》，汪辟疆校录《唐人小说》，上海古籍出版社 1983 年版，第 47 页。
③ 关于此点，刘勇强在其《古代小说主题意识的双重性》（《北京大学学报》2011 年第 3 期）一文中有讨论，可参看。

说的主题提炼和概括则呈现出丰富性和复杂性。就唐人小说而言，李剑国先
生就概括出了十大主题：性爱、历史、伦理、政治、梦幻、英雄、神仙、宿
命、报应及兴趣。并说："不过唐人并无十分明确的主题意识，也是因为主题
的多义性缘故，所以许多情况下主题的含义并不是单一的，常常是多主题的
结合，或者说从不同的角度审视会显出不同的主题含义。"① 因此，不同的人阅
读同一篇小说，或许会有不同的主题概括，同时，不同的时代与文化背景下
的解读也会有不同的主题概括。比如《搜神记》所载《东海孝妇》故事：

> 《汉书》载：东海孝妇，养姑甚谨。姑曰："妇养我勤苦，我已老，
> 何惜余年，久累年少。"遂自缢死。其女告官云："妇杀我母。"官收系
> 之，拷掠毒治，孝妇不堪楚毒，自诬服之。时于公为狱吏，曰："此妇养
> 姑十余年，以孝闻彻，必不杀也。"太守不听。于公争不得理，抱其狱辞
> 哭于府而去。自后郡中枯旱三年。后太守至，思求其所咎，于公曰："孝
> 妇不当死，前太守枉杀之，咎当在此。"太守即时身祭孝妇之墓，未反而
> 大雨焉。长老传云：孝妇名周青。青将死，车载十丈竹竿，以悬五幡。
> 立誓于众曰："青若有罪，愿杀血当顺下；青若枉死，血当逆流。"既行
> 刑已，其血青黄，缘幡竹而上极标，又缘幡而下云尔。②

根据干宝撰《搜神记》的目的，干宝撰录这一故事恐怕也主要在于显示
周青被杀后，"其血青黄，缘幡竹而上极标，又缘幡而下"的神异，如果说干
宝在这一故事中主动的思想承载是单一的，那么当后世人们阅读这一故事时，
却可以提炼出多个主题，比如对周青孝行的旌扬，对昏聩前太守的斥责、对
清官后太守的推崇，对中国传统精诚感天观念的宣扬等。而在当下的时代文
化背景下解读，甚至，它还蕴藏着一个更深刻的主题：那就是"揭露和抨击
吏治之昏暗，生动表现了一个善良女子对颠倒黑白、草菅人命的封建法制的

---

① 李剑国：《唐五代志怪传奇叙录·唐稗思考录》，南开大学出版社1998年版，第51页。
② 干宝撰，李剑国辑校：《新辑搜神记》卷八，中华书局2012年版，第149页。

控诉和反抗。"[①] 又如干将莫邪传说，在记录怪异之外，"故事表达了反暴虐的主题、复仇主题、豪侠主题，具有丰富的思想内涵和社会内涵"。[②]

不同的读者、不同的时代背景与人文环境，对同一篇小说的主题的解读和概括会有不同，但必须指出，这种解读和概括必须密切联系小说本身，包括故事情节、人物等小说的具体要素，而不能进行过度的联想和引申。那样的解读和概括主题，也就失去了意义。

第二节　故事的讲述与生活的演绎

叙事是小说的基本规定性之一，而叙事的本质是讲故事。人类讲故事的传统源远流长，在"穴居人空闲下来，围火坐定时"时就开始了，小说也由此出现。[③] 因而将一个完整的故事呈现出来亦即情节营构是小说最基本的功能之一。中国古代小说对故事的叙述或者说情节营构经历了一个由粗糙到精致、由简单到繁复、由疏略到细密的进化过程，在这一过程中，中国古代小说一方面继承故事讲述的传统，保留了显著的故事讲述的特征；另一方面又吸取了中国发达的史传的叙事成就，从而逐步形成了完美的叙事艺术。

一、作为小说的基本面的故事

故事是小说的基本要素，理论家们对小说的定义，大多要提到故事，如英国学者伊利莎白·鲍温则用一句话加以概括："小说是什么，我说小说是

---

① 李剑国、陈洪主编：《中国小说通史》先唐卷，高等教育出版社 2007 年版，第 203 页。

② 李剑国、陈洪主编：《中国小说通史》先唐卷，高等教育出版社 2007 年版，第 204 页。

③ 〔美〕克林斯·布鲁克斯、罗伯特·潘·沃伦编著，主万等译：《小说鉴赏》，世界图书出版公司 2012 年版，第 2 页。

一篇臆造的故事。"①英国学者佛斯特是这样定义小说的："谢活利在一本出色的小书中，已经给了它（指小说）一个定义——如果一个法国批评家不能给英国小说下定义谁还能？——他说：'小说是用散文写成的某种长度的虚构故事。'这个定义对我们来说已经足够。我们或可把'某种长度'定为不得少于五万字。任何超过五万字的散文虚构作品，在我这个演讲中，即被称为小说。"②佛斯特将故事视为小说的基本面，他在表达这一观点时，还特意拉上"我们"（一群有着丰富的看小说、听故事经验的人）作他的后盾和支持者。他说："我们都会同意，小说的基本面即故事。"③当然，故事要比小说古老得多，前文我们已经说明，陪伴早期人类度过漫漫长夜的讲故事，是小说的源头。佛斯特认为讲故事几乎是与人类同时出现的："它的年代湮邈——可以回溯到新石器时代，甚至旧石器时代，尼安得塔尔人，从他们的头骨形状判断，就已开始听故事。"④布鲁克斯、沃伦也把小说的起源追溯到"史前史"时代，他们说："当夜色笼罩着外边的世界，穴居人空闲下来，围火坐定时，小说便诞生了。"⑤

那么，什么是故事？佛斯特对故事作了一个长长的定义：

　　故事是一些按时间顺序排列的事件的叙述——早餐后中餐，星期一后星期二，死亡后腐烂等。就故事在小说中的地位而言，它只有一个优点：使读者想要知道下一步将发生什么。反过来说，它也只能有一个缺点：无能使读者想要知道下一步将发生什么。这就是能够加诸于故事性小说中的仅有的两个批评标准。故事虽是最低下和最简陋的文学机体，

---

① 伍蠡甫、胡经之主编：《西方文艺理论名著选编》下卷，北京大学出版社 1987 年版，第190 页。

② 〔英〕佛斯特：《小说面面观》，花城出版社 1981 年版，第 3 页。

③ 〔英〕佛斯特：《小说面面观》，花城出版社 1981 年版，第 20 页。

④ 〔英〕佛斯特：《小说面面观》，花城出版社 1981 年版，第 21 页。

⑤ 〔美〕克林斯·布鲁克斯、罗伯特·潘·沃伦编著，主万等译：《小说鉴赏》，世界图书出版公司 2012 年版，第 2 页。

却是小说这种非常复杂机体中的最高要素。①

佛斯特用专章讨论小说的故事，这显示在他的小说理论中故事的重要性。佛斯特认为，故事的呈现需要一些重要的辅助物，比如时间，比如空间，比如作者的讲述。对于后者，佛斯特没有直言，而是说这是"小说所蕴藏的'声音'"。②我以为这个声音，就是作者的讲述，如何讲述决定了故事以何种面貌呈现出来。

故事是小说的"最高要素"，这对于现当代小说适用，对于中国古代小说同样适用。

中国古代小说有漫长的发展历史，不同的历史阶段有不同的小说类型出现，不同历史阶段中不同的小说类型，在体制形式等方面差异巨大。但无论如何界定中国古代小说，在中国古代小说历史发展进程中出现的各种类型的小说，总有一些共同性的东西，那就是小说的本质属性是一致的。李剑国先生在提出如何确认中国古代小说时说："按照历史主义的原则和发展的辩证观念，我们不能完全抛开古人，但又不能完全依从古人；我们不能完全以现代小说观念作为衡量尺度，又不能完全以古代的小说概念作为衡量尺度。笔者以为应当采取不今不古、亦今亦古、古今结合的原则。所谓古，就是充分考虑小说的历史发展过程，充分考虑古小说的特殊形态；所谓今，就是必须以科学的态度确定小说之为小说的最基本的特质。"③并提出了四条原则，即叙事性原则，传闻性原则或虚构性原则，形象性原则，体制原则。他对叙事性原则是这样解释的：

> 小说作为一种文体首先是叙事文体，一般来说，小说讲述的是有
> 人——或动物。或神仙鬼怪，许多时候动物及神仙鬼怪也是"人"——

---

① 〔英〕佛斯特：《小说面面观》，花城出版社 1981 年版，第 22 页。
② 〔英〕佛斯特：《小说面面观》，花城出版社 1981 年版，第 32 页。
③ 李剑国：《文言小说的理论研究与基础研究——关于文言小说研究的几点看法》，《文学遗产》1998 年第 2 期。

有事的故事，缺乏叙事性就不是小说。自然小说也可有议论有抒情，小说文本中可以穿插诗歌书信等，但叙事是最主要的。叙事主要是讲故事，因此小说一般具备故事情节。①

可见，对中国古代小说，叙事，讲故事，故事也是其不可或缺的重要特征。

故事是小说"最低下和最简陋的文学机体，却是小说这种非常复杂机体中的最高要素"。当故事的讲述者按照一定的因果逻辑来讲述故事的经过时，故事就有了情节，佛斯特说："故事与情节不同：故事可以是情节的基础，但情节则是一种较高级的结合体。"他通过定义情节和举例进一步指出故事与情节的区别："情节也是事件的叙述，但重点在因果关系上。'国王死了，然后王后也死了'是故事。'国王死了，王后也伤心而死'则是情节。在情节中时间顺序仍然保有，但已为因果关系所掩盖。"② 显然，情节是小说讲述者为了达到某种目的或者为了获得某种效果而有意识地对故事的经过进行某种特殊的逻辑安排。如果说故事是一种原始的本来状态，那么情节显然是人工的有意识的叙事建构了。

一般而言，所有小说中的故事都不是原生态地呈现，都是作者讲述的结果，也就形成了情节，因而，许多人考察一篇（部）小说，往往直指情节而不言故事，如布鲁克斯、沃伦的《小说鉴赏》第二章就直接讨论"情节"。本书对中国古代小说叙事的考察，是将故事与情节二者并置一处的。

二、故事讲述的传统与标识

讲述故事是小说的基本功能，至于人类最初讲述的故事的内容，则是与他们的生活息息相关。佛斯特推测人类讲述故事的传统，"可以回溯到新时期

---

① 李剑国、陈洪主编：《中国小说通史》先唐卷，高等教育出版社 2007 年版，第 17 页。
② 〔英〕佛斯特：《小说面面观》，花城出版社 1981 年版，第 24 页，第 70 页。

时代甚至旧石器时代",① 布鲁克斯、沃伦也认为讲述故事的传统几乎跟人类同步出现，他们诗意地描述说："当夜色笼罩着外边的世界，穴居人空闲下来，围火坐定时，小说便诞生了。他因为恐惧而颤抖或者因为胜利而踌躇满志，于是用语言重现了狩猎的过程；他详细叙说了部落的历史；他讲述了英雄及机灵的人们的事迹；他说到一些令人惊奇的事物；他竭力虚构幻想，用神话来解释世界与命运；他在改编为故事的幻想中大大夸赞了自己……"② 中国古代小说也正是在这种故事的讲述中兴起、发展并走向成熟和多样化。值得注意的是，中国古代小说异常鲜明地保存了故事讲述的传统，而且常常故意显示讲述者的存在，有许多显著的故事讲述的遗存。

最初的小说，就是对故事讲述的简单记录，"是一些按照时间顺序排列的事件的叙述"，③ 是粗糙的故事梗概。中国早期的小说就明显带有这种特征，从先秦时期的《汲冢琐语》《山海经》等不难得出这一结论，即使到了汉魏六朝时期，在《搜神记》《世说新语》等志怪小说、志人小说中，这一特征仍然十分鲜明。《搜神记》所录故事，或"承于前载"，或"会聚散佚"，或"采访近世之事"，"博访知之者"，④ 所谓"承于前载"，或"会聚散佚"者，大多采录自前人著述，而"采访近世之事"，"博访知之者"者，则是其耳目所接的闻见记录。在这些粗糙的故事中，我们可以发现明显的讲述痕迹。如《顿丘魅》：

> 魏黄初中，顿丘界有人骑马夜行。见道中有物，大如兔，两眼如镜，跳梁遮马，令不得前。人遂惊惧堕马，魅便就地把捉，惊怖暴死。良久得苏，苏已失魅，不知所在。乃更上马，前行数里，逢一人相问讯，因说向者之事变如此，"今相得为伴，甚佳欢喜。"人曰："我独行，得君为伴，快不可言。君马行疾，且前，我在后相随也。"遂共行。语曰："向者物何

① 〔英〕佛斯特：《小说面面观》，花城出版社 1981 年版，第 21 页。

② 〔美〕克林斯·布鲁克斯、罗伯特·潘·沃伦编著，主万等译：《小说鉴赏》，世界图书出版公司 2012 年版，第 2 页。

③ 〔英〕佛斯特：《小说面面观》，花城出版社 1981 年版，第 22 页。

④ 干宝撰，李剑国辑校：《新辑搜神记》，中华书局 2012 年版，第 17 页，第 19 页。

如？乃令君如此怖惧耶？"对曰："其身如兔，两眼如镜，形甚可恶。"伴日："试顾视我耶？"人顾视之，犹复是也。魅便跳上马，人遂堕地，怖死。家人怪马独归，即行推觅，于道边得之。宿昔乃苏，说状如是。①

此故事是干宝听闻所得，按照讲述者所述如实记录，其末"说状如是"正是其体现。至于《世说新语》则更主要是对魏晋间"佳事佳话"的如实记录，②与之相类的裴启《语林》的遭遇，③亦可证此类志人小说多据所闻见如实记录言行。志怪、志人小说这种记录"断片的谈柄"的方式，④后代仍沿袭不废。如宋代洪迈撰《夷坚志》，其所撰录故事，依然标榜"耳目相接，皆表表有依据者"。⑤

志怪、志人小说如此，杂传小说如《赵飞燕外传》也有故事讲述的遗痕。篇末有伶玄序，自言在哀帝时年老退休，买得一妾，名樊通德，乃樊嬺弟子不周之女，通德为子于详说赵飞燕姊弟故事，并恳请子于："幸主君著其传，使婢子执研削道所记。"作者"于是撰《赵后别传》"。⑥作者的这种交代，实际上是在明示小说故事来源于听闻，小说只不过是记录这种听闻。这种交代故事来源于听闻的做法，是中国古代小说保留故事讲述传统的典型做法。后来已经是"有意为小说""有意识地作小说"的唐人小说仍然如此。⑦

---

① 干宝撰，李剑国辑校：《新辑搜神记》卷一八《顿丘魅》，中华书局 2012 年版，第 302 页。

② 高似孙：《纬略》卷九《刘孝标世说》，《丛书集成初编》本，商务印书馆民国二十八年（1939）版，第 133 页。

③ 《世说新语·轻诋》第 24 条云：庾道季诧谢公曰："裴郎云：'谢安谓裴郎乃可不恶，何得为复饮酒！'裴郎又云：'谢安目支道林，如九方皋之相马，略其玄黄，取其俊逸。'谢公云："都无此二语，裴自为此辞耳！"庾意甚不以为好，因陈东亭《经酒垆下赋》。读毕，都不下赏裁，直云："君乃复作裴氏学！"于此《语林》遂废。今时有者，皆是先写，无复谢语。

④ 鲁迅：《且介亭杂文二集·六朝小说和唐代传奇文有怎样的区别》，《鲁迅全集》第六卷，人民文学出版社 2005 年版，第 335 页。

⑤ 洪迈撰，何卓点校：《夷坚志》第一册《乙志序》，中华书局 2006 年版，第 185 页。

⑥ 伶玄：《赵飞燕外传》，涵芬楼本《说郛》卷三二，《说郛三种》本第一册，上海古籍出版社 1988 年版，第 562 页上。

⑦ 鲁迅：《中国小说史略》，鲁迅：《中国小说的历史的变迁》，《鲁迅全集》第九卷，人民文学出版社 2005 年版，第 73 页，第 323 页。

唐人小说常常交代故事的来源，许多唐人小说是听闻故事讲述后的撰录。李公佐《庐江冯媪传》，其篇末云："元和六年夏五月，江淮从事李公佐使至京，回次汉南，与渤海高钺、天水赵儹、河南宇文鼎会于传舍。宵话征异，各尽见闻。钺具道其事，公佐因为之传。"① 《东阳夜怪录》更是这样一篇具有标本意义的小说。小说开篇云小说故事是逆旅话异后的记录：

> 前进士王洙，字学源，其先琅琊人。元和十三年春擢第，尝居邹鲁间名山习业，洙自云前四年时，因随籍入贡，暮次荥阳逆旅，值彭城客秀才成自虚者，以家事不得就举，言旋故里，遇洙，因话辛勤往复之意，自虚字致本，语及人间目睹之异……②

此故事作者听自前进士王洙的讲述，而王洙又听自秀才成自虚的自述。唐人小说多出自有意的虚构，但却明言故事源自别人的讲述，实际上是利用小说故事讲述的传统，来增强小说的真实感，将其当作营造小说真实氛围的一种手段。

而如唐代大量的以撰录历史轶闻与当代掌故为主的杂事小说，多是闻见的记录。一些杂事小说的标题就直接明示，如《次柳氏旧闻》《刘宾客嘉话录》等皆是。《次柳氏旧闻》作者序，云此书亦是听闻后的记录，高力士"为芳言先时禁中事"，"芳默识之，及还，编次其事"。后不传，李德裕父与柳芳子柳冕谪官东出，道相与语。李德裕父又为其言之，李德裕最后记录下来，"以备史官之阙"。③ 《刘宾客嘉话录》作者序云："……与语论，大抵根于教诱，而解释经史之暇，偶及国朝文人剧谈，卿相新语，异常梦话，若谐谑卜祝，童谣佳句。即席听之，退而默记……今悉依当时日夕所话而录之，不复编次，号曰《刘公嘉话录》。"④ 都是在聆听故事讲述后的记录。

---

① 李公佐：《庐江冯媪传》，汪辟疆校录《唐人小说》，上海古籍出版社 1983 年版，第 118 页。
② 王洙：《东阳夜怪录》，李昉等《太平广记》卷四九〇，中华书局 2003 年版，第 4023 页。
③ 李德裕编，丁如明校点：《次柳氏旧闻》，《唐五代笔记小说大观》上册，上海古籍出版社 2000 年版，第 464 页。
④ 韦绚撰，阳羡生校点：《刘宾客嘉话录》，《唐五代笔记小说大观》上册，上海古籍出版社 2000 年版，第 792 页。

宋代兴起的话本小说，其本身是说话的底本，[①]因而讲述故事的特征异常鲜明，不仅叙事模式有鲜明的讲述特征，而且保留有许多勾栏瓦舍现场说书人讲述故事的特定套语。如"话说""却说""且说""正是""只见""但见"等就是标志性的套语。"话说""且说"常常用在整个故事的开头，用来提醒观众，引起注意。"且说""却说"多用在由一个情节转向另一个情节时。"只见""但见"是对场景、人物外貌进行描写时，引起下文描写性的韵语。"正是"或者"却是""正叫做""果谓是""却似"以及"有诗为证"或"有诗云"也是启导韵语或诗词的标识。明清拟话本虽出文人创作，但依然保存了话本的这些典型语词标识。明清时期兴起、脱胎于话本的章回小说，仍然留存着话本讲述故事的许多标识。特别是叙事体制，显示出明显的"说书体"特征。"主要表现在两个方面，其一，小说中或明或暗都有一个全知全能的'说书人'，他们无处不在，承担了小说叙事的职能，同时又能调控叙事的流程，直接干预叙事。'说书人'会现身直接向读者设问、提示、评论。其二，小说中保留了说书人的套语……"[②]

小说源自故事讲述，而故事的讲述也成为小说的基本功能之一。中国古代小说无论是文言小说，还是白话小说，无论是尚未成熟的雏形小说，还是成熟的小说，都残存有十分鲜明的故事讲述的痕迹，并有许多显著的标识，这成为中国古代小说的一个典型特征。时至今日，在小说经历了各种思潮之后，进行了各种尝试之后，许多小说家最后还是认为，讲述故事依然是小说的根本目的或者说是小说的本质。当代作家王安忆在一次演讲中就说："这些年来，有一个最重要的、越来越明显的变化，就是我对小说的认识越来越朴素。我觉得小说就是要讲一个故事，要讲一个好听的故事，不要去为难读者。我曾经写过很多实验性小说，都是很晦涩很暧昧、时空交错、目的不明确、人物面目模糊的故事，因为我很想挣脱故事，摆脱小说

---

① 鲁迅《中国小说史略》云："说话之事，虽在说话人各运匠心，随时生发，而仍有底本以作凭依，是为'话本'。"鲁迅：《中国小说史略》，《鲁迅全集》第九卷，人民文学出版社2005年版，第117页。

② 李剑国、陈洪主编：《中国小说通史》明代卷，高等教育出版社2007年版，第906页。

的陈规。可是到现在为止，我越来越觉得对我来说，小说的理想很简单，就是讲故事。"[①]

三、故事讲述的技巧与效果

既然讲述故事是小说的基本功能之一，那么如何讲述故事，如何把故事讲述得生动而有吸引力，就是小说家必须思考的问题。如佛斯特所言，这一过程实际上就是如何运用各种方法和技巧将故事变成生动精彩的情节，李剑国先生说"叙事主要是讲故事"，[②]也就是说如何讲述故事或者如何安排情节也就是通常所说的叙事。

中国古代小说在其最初形态中就注意故事讲述的方法和技巧，注重各种叙事手段的运用。班固《汉书·艺文志》云："小说家者流，盖出于稗官，街谈巷语，道听途说者之所造也。"[③]桓谭《新论》云："若其小说家，合丛残小语，近取譬论，以作短书，治身理家，有可观之辞。"[④]就已言及小说的叙事技巧。班固、桓谭之论实际上就已言及早期小说家如何把材料制作成小说，方法就是"合""譬论""造"以及《庄子》所言的"饰"。小说家们从民间得到材料后，经过他们的整理（合）、组织（造），并贯以自己的观点，以一定的文法（饰、譬论），最终结构成篇，就成了小说。[⑤]

中国古代小说长期不断地从发达的历史著述即史传中吸取营养，来改进和完善自身的叙事方法和技巧，形成了独特的叙事艺术。早期的志怪、志人小说以及撰录历史轶闻和当代掌故的杂事小说，抄缀古书是重要方法，如张

[①] 王安忆：《我与写作》，《淮阴师范学院学报》2015 年第 5 期。

[②] 李剑国、陈洪主编：《中国小说通史》先唐卷，高等教育出版社 2007 年版，第 17 页。

[③] 班固撰，颜师古注：《汉书·艺文志》子部小说家类，中华书局 2011 年版，第 1745 页。

[④] 桓谭：《新论》，萧统编，李善注《文选》卷三一《李都尉陵从军诗》，中华书局 2005 年版，第 444 页。

[⑤] 对于早期小说家创作小说的方法，详见熊明《中国古代小说观念述评》(《淮阴师范学院学报》2011 年第 1 期)一文。

华《博物志》，"除少数为自记近世见闻外（如"前汉冢宫人""范明友冢奴"等），大都录自春秋战国秦汉古书，可考者约四十种"。① 干宝《搜神记》同样"大部分是采录前载"，"从今本看，采录的前人书约四十种，主要是《左传》、古本《竹书纪年》《吕氏春秋》《淮南子》《史记》《列仙传》《孝子传》《汉书》《风俗通义》《论衡》《列异传》、谢承《后汉书》、司马彪《续汉书》《三国志》《博物志》《玄中记》等"。② 从所列《搜神记》抄录的古籍可以看到，史传是重要部分，而中国史学的发达，早就形成了许多成熟的叙事方法和技巧，中国早期小说正是在这种原始的抄缀中获得了基本的叙事方法和技巧。

如前文言，中国古代小说至少有两次明显的、大规模的师法史传的行动，一次是唐人小说兴起时期，另一次是元末明初长篇章回小说兴起时期。

唐人小说的兴起与繁荣，师法史传是重要因素。唐人小说师法史传，不仅体现在直接借鉴并使用杂传的体制模式方面，更体现在对史传叙事方法与技巧的学习和借鉴方面。唐人小说首先从杂传那里获得了成熟的体制模式，形成了独具特色的"传奇体"，这种"传奇体"，如宋人赵彦卫所言："唐之举人，先藉当世显人，以姓名达之主司，然后以所业投献；逾数日又投，谓之温卷，如《幽怪录》《传奇》等皆是也。盖此等文备众体，可以见史才、诗笔、议论。至进士则多以诗为贽，今有《唐诗》数百种行于世者是也。"③ 在杂传体制的基本模式下，兼有"文备众体"的特点。唐人小说沿袭杂传的外在行文模式，不仅在篇名上模仿杂传，多以"传""记"为名，而且，在行文方式上，也多有承袭，如对人物字号、爵里等的介绍，对实录的有意标榜等。对杂传体制的承袭和模仿，使唐人传奇摆脱了六朝小说"断片的谈柄"式的丛残小语叙事格局，④ 获得了独立的文体。并在此基础上，进一步文章化，讲

---

① 李剑国、陈洪主编：《中国小说通史》先唐卷，高等教育出版社 2007 年版，第 168 页。

② 李剑国、陈洪主编：《中国小说通史》先唐卷，高等教育出版社 2007 年版，第 192 页。

③ 赵彦卫撰、傅根清点校：《云麓漫钞》卷八，中华书局 1998 年版，第 135 页。

④ 鲁迅：《六朝小说和唐代传奇文有怎样的区别？》，《鲁迅全集》第六卷，人民文学出版社 2005 年版，第 335 页。

究篇什之美，"言涉文词"，"撰述浓至"。[1]而又翻新出奇，"争奇竞爽"。在其间融入诗歌、议论乃至书信、奏章、判词等其他文体，"别成奇致"，形成所谓的"文备众体"。可以说，唐人小说的叙事建构从语言运用到结构安排等诸方面都极尽才情巧思，呈现出丰富的变化。如桃源居士所言，"摘词布景，有翻空造微之趣"，处处显露出文章之美来。

一如明人伪托胡应麟云："胡元瑞曰：唐传奇小传，如《柳毅》《陶岘》《红线》《虬髯客》诸篇，撰述浓至，有范晔、李延寿之所不及。"又伪托洪迈云："洪容斋谓唐人小说，不可不熟，小小情事，悽惋欲绝。"[2]唐人小说"撰述浓至"，能将"小小情事"写得"悽惋欲绝"，说明唐人小说的叙事方法与技巧虽源自史传，但却无疑又超越了史传，在故事讲述或者说叙事方面取得了巨大成功。[3]概言之，唐人小说叙事艺术亦即在故事讲述上的成功体现在如下几个方面。

首先，善于营建宛如现实生活般的真实效果。唐人小说叙事的这一特性，源自史家之实录原则，但却已不是指现实生活或历史中的真人真事，而是指通过对人物事件（主要指幻设之人物事件）的符合现实生活事理逻辑的描绘与刻画所形成的真实感，虽非实有之人事，但却宛若真实，这就是现代叙事理论中所谓艺术的真实。唐人小说多出于虚构，现实题材的作品如此，那些以神仙鬼怪为表现对象的作品更是如此。如清人李慈铭言："唐人小说藻采斐然，而语意多近儇浮，事每失实。"[4]虽语带不满，却道出了唐人小说多出虚构的事实。但无论作何种虚构幻设，唐人小说总立足于现实生活，将虚构幻设之人事人情化、生活化。其中的神仙鬼魅、妖怪精灵、飞禽走兽，在他们

---

① "言涉文词"，语出刘肃《大唐新语·序》；"撰述浓至"，语出《唐人小说》本《红线传》跋语。

② 《红线传》跋语，桃源居士编《唐人小说》之传奇家第一百三峡《红线传》，上海文艺出版社1992影印上海扫叶山房石印本。

③ 关于唐人小说叙事艺术，可参看熊明《略论唐人小说之史才、诗笔与议论》（《沈阳师范大学学报》2007年第6期）一文。

④ 李慈铭撰、由云龙辑：《越缦堂读书记》卷八《文学》"剧谈录"，中华书局2006年版，第933页。

非人的外表下，却表现出人的情感、人的习性以及人的欲念和价值观。当然，唐人小说叙事的真实感，不仅在于虚构幻设人事的人情化与生活化，还在于对场景与细节的细腻逼真呈现，此即所谓"撰述浓至"之一种表现。将故事以场景展开，辅之以细节，就仿佛打开一幅画卷，给人以身临其境的真实感受。如《虬须客传》中灵石旅舍三侠相遇的场景就十分典型。

其次，严谨有章法，能熟练地运用各种叙事技巧构建起纡徐委曲的情节。唐人小说常常避免采取平铺直叙的方式，而是利用各种技巧，如悬念、伏笔、照应等，造成故事情节发展的起伏变化，达到引人入胜的艺术效果。薛调《无双传》是悬念运用的突出例子。《无双传》故事曲折离奇，情节引人入胜，对读者保持着一种连续性的阅读吸引力。体现了唐人传奇叙事技巧的成熟和独特匠心。除悬念运用外，唐人传奇亦注意使用伏笔、照应，不仅给叙事进程增添了断续、显隐之势，形成叙事章法的变化，也使叙事结构产生回环完整之美。另外，一些唐人小说还注意敷设贯穿整部小说的叙事线索，唐人小说中的叙事线索，一般表现为某种特定的事物。如《古镜记》即以古镜为叙事线索，以其出没之迹及神异功能来寄寓兴亡的感慨；《干𦠿子·陈义郎》中的血衫子亦为全文线索；《传奇·崔炜》中的灸艾、《传奇·张无颇》中的仙药都是线索性的事物。

最后，善于控制节奏，形成情节发展的疾徐、张弛变化。应当指出，事物的发展当是一张一弛，人们对艺术的欣赏，也不能长久处于紧张急迫或平静舒缓的状态，所以，从事物的发展规律和人们欣赏艺术的心理而言，小说情节的跌宕起伏，也不应该不间断地急转直下，无休止地变异出奇，应讲究节奏的有疾有徐，唐人小说十分重视叙事节奏的缓急有致。以《李娃传》为例，小说的故事情节，围绕李娃与郑生的境遇展开，除开头介绍荥阳公及其子郑生以引出故事、末尾叙述李娃归宿以交代故事结局之外，情节发展主要有四个阶段：院遇、计逐、鞭弃、护读，而在这四个主要情节段中又是由若干小的情节单元构成，故事情节之间的连接转换，自然而符合逻辑，节奏张弛有度。

元末明初长篇章回小说的兴起与繁荣，师法史传同样是重要因素。首先，

"历史著作的编撰形式为长篇小说的结构提供了仿效的范式"。①降及元末明初，中国历史著作的各种体制形式——编年体、纪传体、由编年体发展而来的纲鉴体、在编年体与纪传体基础上形成的纪事本末体——都已成熟，为长篇章回小说的叙事结构安排提供了成熟的叙事框架。许多长篇章回小说明显借鉴了这些史著体例。如《三国演义》借鉴了编年体，《水浒传》主要借鉴了纪传体，尤其是排座次之前众多英雄的传奇故事的叙述体制，《三遂平妖传》借鉴了纪事本末体。而章回小说的总体结构体制则有明显的纲鉴体的痕迹。

不仅如此，长篇章回小说的叙事艺术，不仅纯熟地运用了自唐人小说以来业已掌握的各种方法和技巧，而且在师法史传的基础上又有许多进步。

比如李贽评《水浒传》，云："《水浒传》文字，原是假的。只为他描写得真情出，所以便可与天地相始终。即此回中李小二夫妻两人情事，咄咄如画……"（第十回评）又说："《水浒传》文字不好处，只在说梦、说怪、说阵处，其妙处都在人情物理上，人亦知之否？"（第九十七回评）均指出《水浒传》在将虚构之事的真实化方面取得了很高成就。又说："《水浒传》文字，形容既妙，转换又神。如此回文字，形容刻画周瑾、杨志、索超处，已胜太史公一筹，至其转换到刘唐处来，真有出神入化手段。此岂人力可到，定是化工文字。"（第十三回评）②指出《水浒传》在情节转换方面已达到出神入化的境界，超越了《史记》等史传叙事。

至于叙事方式与技巧的创新，比如袁无涯刊本《水浒传》，其中评点，就总结了《水浒传》叙事的许多新的创造，比如"叙事养题"："前一路来层层叠叠，写出供亿之情，使人疑惑，愈不可解。此得叙事养题之法，说破处始豁然有力。"（第二十八回评）"逆法离法"："高俅是忌药，王进是引药，却从此二人说起，此用逆法，用离法，文字来龙最为灵妙。（第一回评）③总结出《水浒传》

① 李剑国、陈洪主编：《中国小说通史》明代卷，高等教育出版社2007年版，第914页。
② 李贽：《水浒传回评》第十回评，第九十七回评，第十三回评，朱一玄、刘毓忱编《水浒传资料汇编》，南开大学出版社2004年版，第174页，第184页，第174页。
③ 陈曦钟、侯忠义、鲁玉川辑校：《水浒传会评本》第二十七回，第一回，北京大学出版社1981年版，第532—533页，第60页。

情节安排的特殊方法。对《水浒传》叙事技巧特别是在情节结构等方面的创新，金圣叹有精彩的总结，他说："《水浒传》有许多文法，非他书所曾有"，然后列举了"倒插法""夹叙法""草蛇灰线法""大落墨法""棉针泥刺法""背面铺粉法""弄引法""獭尾法""正犯法""略犯法""极不省法""极省法""欲合故纵法""横云断山法""鸾胶续弦法"。"弄引法""獭尾法"是指对情节起伏、高潮、低潮的安排，"鸾胶续弦法"是指对多种叙事线索的处理，"正犯法""略犯法"是指对相类、相似故事的处理，"草蛇灰线法"是指行文的技巧。[①]金圣叹的总结或有偏颇，但由此也可见《水浒传》在叙事方面的创新。

元末明初以来兴起的长篇章回小说，在叙事方面都或多或少取得了新的突破，限于篇幅，此不赘述。

在中国古代小说叙事艺术的进化过程中，有一点值得注意，那就是，中国古代小说的叙事建构，讲述者逐渐深藏或消隐，故事讲述的模式逐渐退化而趋向于客观呈现。通过设置惟妙惟肖的场景，详赡化、细节化的描写，戏剧化的情节设置，让人物自我表演，让故事如溪水般自然流动。小说叙事越来越详赡化、细节化、场景化和戏剧化。故事情节的营构逐渐由注重幻奇，转向对琐细生活的艺术演绎与呈现。从唐人小说到宋元话本、明清拟话本及长篇章回小说，都能找到许多这样的精彩例证，那些中国小说史上的经典作品，在叙事建构上无一不是详赡化、细节化、场景化、戏剧化的艺术演绎与呈现。就此而言，艺术的演绎和呈现是小说叙事的目标和追求，是小说故事讲述的理想形态，实际上也是小说故事讲述应该产生的效果。而在中国古代小说的宏观观照中，我们也能发现这样的变化趋势，比如章回小说，从《三国演义》《水浒传》《西游记》到《金瓶梅》再到《红楼梦》的发展就可以清晰地看到这种变化。当然，由故事讲述到生活的演绎和呈现，不仅只是到了长篇章回小说才发生，从唐人小说以降直到清末民初的无论是文言还是白话小说，不同时期、不同类型的小说都呈现出这一态势。

---

① 金圣叹：《读第五才子书》，朱一玄、刘毓忱编《水浒传资料汇编》，南开大学出版社2004年版，第223—224页。

第三节 人物的塑造与性格的突显

"由于通常在故事中的角色是人，我们把小说的这一面称为'人物'也是顺理成章的事"，[①]因此小说塑造的形象一般称为人物形象，或直接省称人物或形象。人物形象是小说的基本规定性之一，因而塑造人物形象也是小说的基本功能之一。中国古代小说善于塑造人物形象，并留下了众多的典型形象，包括人的和非人的、现实的和非现实的各种类型。中国古代小说在长期的创作实践中，也积累和形成了丰富的形象塑造经验和理论。

一、人物的多样与解读的路径

人物形象的塑造在某种程度上是小说之所以为小说的根本要素。马振方说："诗和散文，可以写人，也可以不写人——不直接写人。几笔山水，一篇风物，都可成为脍炙人口的佳作。小说不然，必须写人，写人生。人物是小说的主脑、核心和台柱。"[②]一篇小说往往不止一个人物，除了主要人物，还有次要人物。中国古代小说有着漫长的发展历史，在其人物长廊中也因此挤满了形形色色的人物形象，而且许多形象鲜明突出，家喻户晓，为人所熟知。

作为成熟小说形式的唐人小说，就塑造了众多的人物形象，涵盖了唐代社会各个阶层，上至皇帝贵妃、公卿名将，下及士子举人、贩夫走卒、娼妓优伶、侠客豪民、樵夫渔父、僧道仙客，甚至鬼魅狐妖。不仅有真实世界的人物，也有虚设的人物，甚至各种动物、植物。如《虬须客传》中的"风尘三侠"，《洞庭灵姻传》中的柳毅及龙王钱塘君、《莺莺传》中的张生与崔莺莺、《任氏传》中的狐妖任氏、《吴保安》中的吴保安、郭仲翔等，就是极好的例证。唐人小说中的人物形象，正如明人伪托刘攽所言："小说至唐，鸟

---

① 〔英〕佛斯特：《小说面面观》，花城出版社 1981 年版，第 35 页。

② 马振方：《小说艺术论》，北京大学出版社 1999 年版，第 27 页。

花猿子，纷纷荡漾。"① 能够将"鸟花猿子"也写得"纷纷荡漾"，足见其形象塑造的成功。在宋元话本及明清拟话本中，更多了许多社会中下层如市民商贩、歌儿舞姬之类的人物。至长篇章回小说，每一部小说，都有众多的各类人物形象出现。如《水浒传》，单是主要的英雄人物，就有一百〇八位，他们在小说中"各有派头，各有光景，各有家数，各有身份，一毫不差，半些不混"，②"叙一百八人，人有其性情，人有其气质，人有其形状，人有其声口"，"写一百八个人性格，真是一百八样"。③ 如鲁智深、武松、林冲、李逵等无不栩栩如生。再如《红楼梦》，围绕宁荣二府，以贾宝玉、林黛玉、薛宝钗为中心，以金陵十二钗为重点，辐射开来，塑造了上百个不同身份、不同性情的人物形象，"一人有一人身份"，④ 每一个人物无不各具光彩。

面对中国古代小说人物长廊中形形色色的人物形象，我们在阅读时，如何客观、正确地解读这些人物形象，就成为摆在读者面前的一道难题。虽然客观、正确地解读小说人物形象是一个难题，但这个难题是可解的。正如佛斯特所说："我们可了解他比了解我们的任何同侪都要透彻，因为他的创造者和解说者同为一人。"⑤ 那么，如何才能客观、正确地对小说中的人物形象进行解读呢？

对小说的人物形象进行形态分类研究，是一种颇有影响的小说人物形象解读办法。正如马振方所言："小说人物多种多样，有现实的，幻想的，也有两者结合的，有生活化的，漫画化的，还有观念的符号、化身。艺术形态不同，审美价值各异。这就需要对它们进行形态分类，研讨各种形态特点和价

① 桃源居士：《唐人小说·序》，上海文艺出版社 1992 影印上海扫叶山房石印本，第 1 页。

② 李贽：《水浒传回评》第三回评，朱一玄、刘毓忱编《水浒传资料汇编》，南开大学出版社 2004 年版，第 173 页。

③ 金圣叹：《水浒传序三》，《读第五才子书法》，朱一玄、刘毓忱编《水浒传资料汇编》，南开大学出版社 2004 年版，213 页，第 220 页。

④ 姚燮：《红楼梦总评》，朱一玄编《红楼梦资料汇编》，南开大学出版社 2004 年版，第 666 页。

⑤ 〔英〕佛斯特：《小说面面观》，花城出版社 1981 年版，第 45 页。

值取向。"① 英国小说家佛斯特在这方面的理论阐释最具代表性。将小说中的人物形象概括为两种类型，"我们可以将人物分成扁平的和圆形的两种"。② 扁平人物，佛斯特如此定义："扁平人物在十七世纪叫'性格'人物，现在他们有时被称为类型的或漫画人物。在纯粹的形式中，他们依循着一个单纯的理念或性质而被创造出来：假使超过一种因素，我们的弧线即趋向圆形。真正的扁平人物可以用一个句子描述殆尽。"圆形人物，佛斯特结合《浮华世界》中的夏普如此定义："……但是我们却无法以一句简单的语句将她描绘殆尽。在我们的记忆中，她与那些她所经历过的大小场面血肉相连，而且这些场面也使她不断改变。换句话说，我们无法很清楚地记得她，原因在她消长互见，复杂多面，与真人相去无几，而不只是一个概念而已。"③ 佛斯特将人物形象分为扁平与圆形两类，简单而清晰，对小说批评特别是对人物形象的解读影响巨大。但人们很快发现，这种分类过于简略，因而造成有些小说人物形象无法准确纳入这两类之中。于是，便产生对其理论的修正。比如刘再复，就结合何其芳的典型共名说，将扁平人物重新区分为"高级典型人物"和"类型人物"。④ 而马振方则认为，刘再复的修补仍然没有解决根本问题，不仅原来的老问题依旧存在，又产生了新的问题，于是，他进一步归纳，在佛斯特扁平与圆形人物的分类概括基础上，又增加了尖形人物一类，他说："佛斯特和刘再复列举的部分人物，无论划入扁平人物还是圆形人物，都不合适，他们是非扁非圆的另一种形态。我们称为尖形人物。就是说，小说人物（或可包括别种文学人物）形态大致可以分为三种：扁形人物、尖形人物和圆形人物。"对于尖形人物，他定义为："……如果用一句话或一个词语概括的并非人物的全部特征，而只是其最突出的特征；如果这种特征的强度不仅远远超过这个人物的其他特征，而且明显地超过生活中人的同类特征。换句话说，这种特征不是一般的'突出'，而具有某种超常性，因而带有不同程度的漫画

---

① 马振方：《小说艺术论》，北京大学出版社 1999 年版，第 27 页。

② 〔英〕佛斯特：《小说面面观》，花城出版社 1981 年版，第 55 页。

③ 〔英〕佛斯特：《小说面面观》，花城出版社 1981 年版，第 55 页，第 57 页。

④ 刘再复：《圆形人物观念与典型共名观念》，《当代文艺思潮》1985 年第 6 期。

化色彩和类型性特点，那么，这种人物就是尖形人物。尖形人物不是平面人物，而是立体人物。"①

对小说人物用分类的办法进行解读，不失为把握小说人物形象的迅捷办法，但小说中的人物千差万别，这种类型化的研究显然是不够的。布鲁克斯、沃伦把小说人物从创作的角度上，区分出两个极端的人物类型，一是"相当平庸而成类型的人物"即小说中的次要人物；二是"另一个极端，我们又会发现，小说人物是那样的离奇古怪，那样不合常规，那样巧戾乖张，以至于使人无法相信他是个正常的人。"在这两个极端之外，是"有个性的人物"即"不同一般的人物"。他说："由此看来，小说的领域是一个可信的人类世界，一个千姿百态、瞬息万变而令人吃惊的世界。既然这是一个人类世界，它就可以得到具体的和戏剧性的表现。小说应该排斥两个极端。一个极端是纯抽象的世界，经纪人、平庸的家庭主妇、标准的美国人、普通人类；另一个极端是单纯的荒诞行为、心理变态者、精神病患者病例上的记录。"② 所以，在小说中，这种极端的人物形象是较少的，绝大多数的人物形象是"有个性的人物"，因而也就难以用简单的类型来概括他们。

其实，大可不必用简单的类型概括来解读小说中的人物形象，根据每一篇小说的故事情节对其中的人物形象做具体的分析，这样的人物解读才有意义。"考察小说的一种明显办法就是问一下该小说中人物的动机和行为是否连贯统一，艺术大师们始终有能力把那么多怪诞不经而且经常显得自相矛盾的人性范例加以连贯统一的表现，这真是小说的光辉。"③ 也就是说，考察小说中人物形象是否成功的关键就在于"人物的动机和行为是否连贯统一"，亦即他们的性格和行为是否被有机地统一起来，这是解读小说人物形象的关键，也是判断一个人物形象塑造得是否成功的标准。

---

① 马振方：《小说艺术论》，北京大学出版社 1999 年版，第 34—35 页。
② 〔美〕克林斯·布鲁克斯、罗伯特·潘·沃伦编著，主万等译：《小说鉴赏》，世界图书出版公司 2012 年版，第 162 页。
③ 〔美〕克林斯·布鲁克斯、罗伯特·潘·沃伦编著，主万等译：《小说鉴赏》，世界图书出版公司 2012 年版，第 167 页。

二、人物的设计与安排

既然塑造人物形象是小说的基本功能，那么，在一篇（部）小说中塑造多少个人物形象，塑造什么样的人物形象，人物形象之间有什么样的联系，以及哪些是主要人物，哪些是次要人物，显然都必须做出事先的设计和安排。

小说家之所以要塑造某一人物形象，一定是源自对生活的某种感悟，现实生活中某些真实人物或者某类真实人物，小说家发现了他们的典型价值和意义，于是经过一系列的艺术化的过程，从而设计出小说的人物形象。马振方将这一过程概括为"从原型到典型"，且要经过单纯化、合成、夸张等处理过程，才得以最终完成。①

具体到中国古代小说，我们读到的小说都已经是成熟的最后产品，无法知晓小说家设计、安排人物形象的具体过程，但在许多中国古代小说作品中或通过对小说家创作过程的追溯，仍然可以发现许多蛛丝马迹。

唐人小说往往于篇中透露小说题材来源及创作过程的种种信息，给我们了解和分析小说家如何设计和安排人物形象提供了方便。如李公佐《谢小娥传》。谢小娥历尽艰辛为父为夫报仇事，是当时发生的真人真事，李公佐因曾为谢小娥解字谜而与谢小娥相识，谢小娥报仇后，李公佐再次与之相遇，因而对谢小娥报仇之事的整个过程有全面的了解。李公佐先是在与谢小娥的多次接触中特别是了解到她克服种种困难最终报得父仇夫仇，发现了谢小娥的与众不同，深以为奇。小说末云："嗟乎！余能辨二盗之姓名，小娥又能竟复父夫之仇冤，神道不昧，昭然可知。小娥厚貌深辞，聪敏端特，炼指跛足，誓求真如。爰自入道，衣无絮帛，斋无盐酪，非律仪禅理，口无所言。后数日，告我归牛头山，扁舟泛淮，云游南国，不复再遇。"② "小娥又能竟复父夫之仇冤"是作者深深的诧异和感叹，而"小娥厚貌深辞，聪敏端特，炼指跛足，誓求真如。爰自入道，衣无絮帛，斋无盐酪，非律仪禅理，口无所言"，

---

① 马振方：《小说艺术论》，北京大学出版社 1999 年版，第 82—106 页。

② 李昉等：《太平广记》卷四九一《谢小娥传》，中华书局 2003 年版，第 4030—4032 页。

则是对谢小娥的个性品格有了进一步的认识。小说家在现实的生活中获得人物形象的原型。继而作者在反复思索中发现了谢小娥身上的典型意义，小说末云："君子曰：'誓志不舍，复父夫之仇，节也；佣保杂处，不知女人，贞也。女子之行，唯贞与节，能终始全之而已。如小娥，足以儆天下逆道乱常之心，足以观天下贞夫孝妇之节。'余备详前事，发明隐文，暗与冥会，符于人心。"于是作者决定艺术地再现这一形象。"知善不录，非《春秋》之义也，故作传以旌美之。"为了突显谢小娥故事的真实性和便于对谢小娥形象的刻画，作者安排了"我"在小说中三次出现，作为见证人，这又是《谢小娥传》的独特人物设计和安排。

来源于现实的人物形象如此。唐人小说中还有许多人物形象如神仙鬼怪、花妖狐魅之类，则出于虚构，那么，这些虚构的人物形象，又是如何设计出来的呢？沈既济《任氏传》中的任氏形象的设计颇具典型意义。沈既济在小说结尾处交代了小说创作过程时说："大历中，沈既济居钟陵，尝与鉴游，屡言其事，故最详悉。"又说："建中二年，既济自左拾遗与金吾将军裴冀、京兆少尹孙成、户部郎中崔儒、右拾遗陆淳，皆谪官东南，自秦徂吴，水陆同道。时前拾遗朱放，因旅游而随焉。浮颍涉淮，方舟沿流，昼谶夜话，各征其异说。众君子闻任氏之事，共深叹骇，因请既济传之，以志异云。沈既济撰。"①从这两段话可知，任氏故事，沈既济早就熟知，后来，作者与一群文士"浮颍涉淮，方舟沿流，昼燕夜话，各征其异说"，便把此故事讲述给众人，众人在听完故事后，"共深叹骇"，想必对这一故事有一次热烈的讨论，而且，这种讨论一定涉及广泛，其中肯定包括对任氏性格品性的探讨，并发现了其中的典型意义，因而大家才"请既济传之"。其后，沈既济在"志异"时，显然对此又进行了进一步的总结思考，从前文作者所言"不止于赏玩风态而已""徒悦其色而不征其情性"等语可知，在作者的总结思考过程中，发掘出

---

① 沈既济：《任氏传》，汪辟疆校录《唐人小说》，上海古籍出版社 1983 年版，第 58 页。按："既济自左拾遗与金吾将军裴冀"，汪辟疆校录"既济自左拾遗于金吾，将军裴冀"，"崔儒"作"崔需"，"谪官"作"适居"，据李剑国先生《唐宋传奇品读辞典》（新世界出版社 2007 年版，第 170 页）校改。

主人公任氏最本质的"情性"是其最重要的工作与成果，最后设计出了任氏这一形象。不难看出，《任氏传》的创作过程，从获得最初故事题材，到最后成文，经历了一个相当长的过程，在这一过程中，沈既济"揉变化之理，察神人之际"，不仅发掘、提炼出小说的主题，主人公任氏的形象，也经历了从"悦其色""赏玩风态"到"征其情性"的思考过程，并最终完成了任氏形象的设计以及故事情节的安排。从《任氏传》可知，为了突显任氏的"性情"，作者还设计了另外两个人物，郑六与韦崟，他们分别从爱情与友情两方面来突显任氏形象，"他们的活动，都围绕着任氏进行的，都从不同的方面，突出了作品主人公的形象"。[1]

在宋元话本、明清拟话本以及长篇章回小说中，人物形象的设计、安排也同样是经过了深思熟虑的思考。比如《水浒传》中的一百〇八位梁山英雄，这些人物，大多是经过小说家的精心设计，每个人物形象都承载着特定的人格范式，或者寄寓着小说家自己某一特定的思想观念。[2]《三国演义》亦如此，小说家为了贯彻其对仁君、德治和忠义等思想观念的理解，对小说人物形象做了精心的设计与安排。这一点，从其对史料的处理可大略窥知。比如"鞭打督邮"，本来是刘备所为，但因为此事有损刘备的仁义长厚的品格设计，于是被移植到了张飞身上，且正好符合张飞的莽撞形象设计。又如东吴在赤壁大战后有袭取蜀国之意，识破并献计的是荆州主簿薛综，刘备采纳并亲自带兵阻挡。此事《三国志·蜀书·先主传》有载，但为了突出诸葛亮的智计形象设计，被全部归于诸葛亮。"温酒斩华雄"本是孙坚之事，但为了突显关羽形象的神武设计，被移植到了关羽身上。《三国演义》为了实现其既定的人物形象设计，此类移植、改造历史材料原来的情况比比皆是。"这种移花接木的

---

[1] 王思宇：《亦狐亦人可爱可亲——〈任氏传〉读赏》，《唐宋传奇鉴赏集》，人民文学出版社1983年版，第6页。

[2] 本人对此有粗略分析，参见熊明：《宋江：反抗道路思考的人格化呈现》(《水浒争鸣》第十五辑，万卷出版公司2014年版）、《林冲：士人人格范型的寄寓》(《水浒争鸣》第十辑，崇文书局2008年年版、《鲁智深：理想人格范式的承载》(《水浒争鸣》第九辑，青海人民出版社2006年年版）等文章。

手法不仅丰富了故事情节，而且使人物性格更加符合作者为人物设定的'脚色'"。①《红楼梦》的人物设计与安排更加细致精微，正如以木石前盟和金玉良缘来暗示小说主人公贾宝玉、林黛玉和薛宝钗三人之间的爱情故事的总体设计与安排一样，小说家对人物形象的精心设计与安排，也通过如女娲炼石补天之弃石和灵河岸边的绛珠仙草的前世身份来显示对贾宝玉和林黛玉形象的总体设计，暗示他们的性格和最终命运。以贾宝玉梦入太虚幻境浏览金陵十二钗正册、副册、又副册人物判词的方式，显示小说家对这些人物形象的总体设计。

在独特文化背景下兴起、发展的中国古代小说，往往以其特殊的方式，如作者的亲自出场，或者如史家的虚拟君子身份，或者隐逸高士、神仙方士等的寓言、谶语等，自觉或不自觉地透露出小说家的人物形象设计与安排，为我们解读小说人物形象提供了有益的线索。同时，这种方式本身也成为中国古代小说中的一种特殊的叙事架构。

三、人物塑造的技巧与目标

中国的历史著述，特别是在司马迁《史记》之后，在实践中积累了丰富的人物形象的塑造经验。日本学者斋藤正谦针对《史记》成功的人物刻画说："子长同叙智者，子房有子房风姿，陈平有陈平风姿；同叙勇者，廉颇有廉颇面目，樊哙有樊哙面目；同叙刺客，豫让之与专诸，聂政之与荆轲，才出一语，乃觉口气各不同。《高祖本纪》见宽仁之气动于纸上，《项羽本纪》觉暗恶叱咤来薄人。读一部《史记》，如直接当事人，亲睹其事，亲闻其语，使人乍喜乍愕，乍惧乍泣，不能自止。"② 中国古代小说在师法史传的过程中，学习其人物刻画技巧也是重要方面。

---

① 李剑国、陈洪主编：《中国小说通史》明代卷，高等教育出版社 2007 年版，第 941 页。

② （日）泷川资言考证，（日）水泽利忠校补：《〈史记〉会注考证（附校补）》之《总论》引斋滕正谦《拙堂文话》语，上海古籍出版社 1986 年版，第 2112 页。

中国古代小说掌握了从外貌、语言、动作到心理、性格全面的人物形象塑造技巧，也正因如此，才给我们留下了众多鲜明的人物形象。

中国古代小说中人物的外貌描写特别是第一次出场的外貌描写，文言小说与白话小说各有特点。文言小说对人物的外貌描写，明显借鉴史传，且深受《世说新语》等早期志人小说以及诗歌等影响，正面直接描写较少而注重传神写照和侧面烘托。如唐人小说《任氏传》，小说第一次对任氏的外貌描写仅作："中有白衣者，容色姝丽"。第二次相见，再一次对任氏的外貌描写，仍然简略："任氏乃回眸去扇，光彩艳丽如初。"两次外貌描写，都没有具体描写出任氏的美艳，但小说却通过家童与韦崟的对话侧面写出了任氏的美：

> 使家僮之惠黠者随以觇之。俄而奔走返命，气吁汗洽。崟迎问之："有乎？"曰："有。"又问："容若何？"曰："奇怪也！天下未尝见之矣。"崟姻族广茂，且夙从逸游，多识美丽。乃问曰："孰若某美？"僮曰："非其伦也。"崟遍比其佳者四五人，皆曰："非其伦。"是时吴王之女有第六者，则崟之内妹，秾艳如神仙，中表素推第一。崟问曰："孰与吴王家第六女美？"又曰："非其伦也。"崟抚手大骇曰："天下岂有斯人乎？"

任氏"殆非人世所有"的美丽，在与韦崟熟知的美女对比中被烘托了出来。另外，小说中还通过郑六"想其艳冶，愿复一见之，心尝存之不忘"和韦崟"就明而观之，殆过于所传矣。崟爱之发狂"的态度，进一步证实任氏的美貌。

白话小说源自民间，与说话有关，故而不论是宋元话本还是后来的拟话本、章回小说的人物外貌描写，受说话影响，则多以韵语或类似韵文的整齐句式为之，如《水浒传》林冲的外貌，就是以鲁智深的视角用整齐的句式进行描写：

> 只见墙缺边立着一个官人，怎生打扮？但见：
>
> 头戴一顶青纱抓角儿头巾，脑后两个白玉圈连珠鬓环。身穿一领单绿罗团花战袍，腰系一条双搭尾龟背银带。穿一对磕爪头朝样皂靴，手

中执一把摺叠纸西川扇子。那官人生的豹头环眼，燕颔虎须，八尺长短身材，三十四五年纪，口里道："这个师父端的非凡，使的好器械！"①

这种外貌描写的方式，《红楼梦》依然使用。当然，无论文言小说还是白话小说的外貌描写，这是仅就普遍性而言，当我们细读中国古代小说中的每一篇（部）时，也会发现在普遍的共同性之外，还有自己独特外貌描写的方式。

故事情节和人物形象的塑造密不可分，布鲁克斯、沃伦在讨论人物性格时多次强调。② 中国古代小说的人物形象塑造，善于通过逼真的场景设置，让人物在其中通过自己的语言、行动等各种细节，自我表演和展现，在故事情节的推进中完成人物形象的塑造。如唐人小说《虬须客传》对风尘三侠的塑造，小说设置了灵石旅舍三侠相遇的场景，在这一场景中，三侠各自通过个性化的语言、动作以及由此呈露的微妙心理，完成个性的自我展现：

> 将归太原，行次灵石旅舍，既设床，炉中烹肉且熟。张氏以发长委地，立梳床前。公方刷马，忽有一人，中形，赤髯如虬，乘蹇驴而来。投革囊于炉前，取枕欹卧，看张梳头。公甚怒，未决，犹亲刷马。张熟视其面，一手握发，一手映身摇示公，令勿怒。急急梳头毕，敛衽前问其姓。卧客答曰："姓张。"对曰："妾亦姓张，合是妹。"遽拜之。问第几。曰："第三。"问妹第几。曰："最长。"遂喜曰："今夕幸逢一妹。"张氏遥呼："李郎且来见三兄！"公骤拜之，遂环坐。曰："煮者何肉？"曰："羊肉，计已熟矣。"客曰："饥。"公出市胡饼。客抽腰间匕首，切肉共食。食竟，余肉乱切送驴前食之，甚速。客曰："观李郎之行，贫士也，何以致斯异人？"曰："靖虽贫，亦有心者焉。他人见问，固不言。兄之问，则不隐耳。"具言其由。曰："然则将何之？"曰："将避地太

---

① 陈曦钟、侯忠义、鲁玉川辑校：《水浒传会评本》，第六回，北京大学出版社1981年版，第162页。

② 〔美〕克林斯·布鲁克斯、罗伯特·潘·沃伦编著，主万等译：《小说鉴赏》，世界图书出版公司2012年版，第160—167页。

原。"曰："然吾故疑非君所致也。"曰："有酒乎？"曰："主人西，则酒肆也。"公取酒一斗，既巡，客曰："吾有少下酒物，李郎能同之乎？"靖曰："不敢。"于是开革囊，取出一人头并心肝，却头囊中，以匕首切心肝，共食之。曰："此人天下负心者，衔之十年，今始获之。吾憾释矣。"又曰："观李郎仪形器宇，真丈夫也。亦闻太原有异人乎？"曰："尝识一人，愚谓之真人也。其余，将帅而已。"……言讫，乘驴而去，其行若飞，回顾已失。①

在一个逼真的场景中，通过一个突发性的事件，风尘三侠按照小说家的设计完成了一次集体亮相，虬须客的粗犷潇洒、不拘小节以及胸怀大志，李靖遇事冷静克制、沉着内敛，红拂女聪明机警、泼辣豪爽、见多识广、慧眼独具等个性都鲜明地展现了出来。

马振方说："在种类繁多的优秀小说中，除了为数极少的纯寓意之作把人物作为意念的单纯载体之外，其他各类，包括数量最多的拟实小说和形形色色的写意小说，都把创造人物形象作为重要的艺术使命。因此看一部小说成功与否，首先是看人物写得怎么样。"他认为人物形象成功与否，一看是否逼真，活生生，一看是否富于意蕴，即典型性。②其实，如果更简括地说，则是如布鲁克斯、沃伦所说，看人物是否是"有个性"的人物，在小说中，这些"有个性"的人物的"动机和行为是否连贯统一"，是否做到了"把那么多怪诞不经而且经常显得自相矛盾的人性范例加以连贯统一的表现"。③

钱钟书先生曾如此评价《史记》中的项羽形象："'言语呕呕'与'暗恶叱咤'，'恭敬慈爱'与'僄悍滑贼'，'爱人礼士'与'妒贤嫉能'，'妇人之

① 裴铏：《虬须客传》，汪辟疆校录《唐人小说》，上海古籍出版社1983年版，第215页。按：汪辟疆校录题"《虬髯客传》，杜光庭撰"，李剑国先生考证当为"《虬须客传》，裴铏撰"，从之，参见《唐五代志怪传奇叙录》，南开大学出版社1998年版，第580页。
② 马振方：《小说艺术论》，北京大学出版社1999年版，第53页。
③ 〔美〕克林斯·布鲁克斯、罗伯特·潘·沃伦编著，主万等译：《小说鉴赏》，世界图书出版公司2012年版，第167页。

仁'与'屠坑残灭','分食推饮'与'玩印不予',皆若相反相违,而既具在羽一人之身,有似两手分书,一喉异曲,则又莫不同条共贯。科以心学性理,犁然有当。《史记》写人物性格,无复综如此者。谈士每以'虞兮'之歌,谓项羽风云之气而兼儿女之情,尚粗浅乎言之也。"①称赞《史记》刻画出了一个性格复杂丰满的项羽。钱钟书先生所称《史记》中项羽的形象,符合了布鲁克斯、沃伦的"有个性"的人物标准,且是充满矛盾但却连贯统一的复杂个体。实际上,深受史传熏陶的中国古代小说,在塑造人物形象方面,当然也是将塑造如《史记》中项羽般的形象作为普遍追求的目标的,并取得了极大的成功,这是毋庸置疑的。

第四节　著文章之美,传要妙之情

沈既济《任氏传》结尾,作者针对任氏及郑生故事感叹道:"嗟乎,异物之情也有人焉!遇暴不失节,徇人以至死,虽今妇人,有不如者矣。惜郑生非精人,徒悦其色而不征其情性。向使渊识之士,必能揉变化之理,察神人之际,著文章之美,传要妙之情,不止于赏玩风态而已。惜哉!"② 这段话"虽不是直接针对唐人传奇的创作所言,但却准确地概括了唐人小说的基本创作理念与审美趣尚及其实现的途径"。③ 特别是"著文章之美,传要妙之情"一语,准确精妙地道出了沈既济以及其他唐人小说作者的创作理念与审美趣尚。实际上,用"著文章之美,传要妙之情"来概括中国古代小说艺术超越功利目的、普遍的审美追求也是十分恰当的。唐人小说对"著文章之美,传要妙

---

① 钱钟书:《〈史记〉会注考证》之五《项羽本纪》,《管锥编》第一册,中华书局1999年版,第275页。

② 沈既济:《任氏传》,汪辟疆校录《唐人小说》,上海古籍出版社1983年版,第52—58页。

③ 熊明:《著文章之美,传要妙之情:论唐人传奇的审美趣尚》,《淮阴师范学院学报》2010年第1期。

之情"的追求，我已有略论，而对唐人小说的论断，推而广之，对整个中国古代小说也是适用的，特别是中国古代小说中的经典作品。这里，拟从中国古代小说的"游心寓目而无尤"即娱乐功能、"游戏三昧之笔"即执著于审美创造的态度和追求"天下之奇味"的审美理想三个角度略加申说。

一、"游心寓目而无尤"与小说的审美功能

干宝在《搜神记·序》中说："……今粗取足以演八略之旨，成其微说而已。幸将来好事之士，录其根体，有以游心寓目而无尤焉。"[①]指出其所录可以"游心寓目而无尤"，虽针对其自撰的《搜神记》而言，却道出了中国古代小说所具有的一个普遍功能——消遣娱乐。

如前文所述，佛斯特以及布鲁克斯、沃伦，都将小说追溯到从穴居人就开始的讲故事，特别是布鲁克斯、沃伦的说法："当夜色笼罩着外边的世界，穴居人空闲下来，围火坐定时，小说便诞生了。"[②]也暗含了穴居人最初讲故事的目的，是为了度过漫漫长夜，是空闲下来之后的娱乐消遣。也就是说，消遣娱乐功能是小说与生俱来的应有功能。这一点，对中国古代小说同样适用。

汉语语汇"小说"一词的原始本义，也具有消遣娱乐的含义，美国学者周策纵就认为"小说"之"说"，在战国时代有两种含义，一即"游说之说（suì），一同悦"，然后指出："小说一词应读着 hsiao sui（xiāo suì）或 hsiao yueh（xiāo yuè），尤其是前者。"并说："小说（税）或小说（悦）这一观念，原有劝说、说服或说得使听的人高兴喜悦之意。"[③]李剑国先生亦认为"小说的说字就含有悦怿的意思"。[④]那么"小说"最初这种让人"高兴喜悦""悦怿"

---

① 干宝撰，李剑国辑校：《新辑搜神记》，中华书局 2012 年版，第 19 页。
② 〔美〕克林斯·布鲁克斯、罗伯特·潘·沃伦编著，主万等译：《小说鉴赏》，世界图书出版公司 2012 年版，第 2 页。
③ 周策纵：《传统中国的小说观念与宗教关怀》，《文学遗产》1996 年第 5 期。
④ 李剑国：《唐五代志怪传奇叙录·唐稗思考录》，南开大学出版社 1998 年版，第 23 页。

的含义，或许就是后来小说消遣娱乐功能的原始基因。

魏晋间出现的俳优小说，应该是把小说与消遣娱乐直接联系起来较早的实例。魏晋间鱼豢《魏略》言及"俳优小说"：

> 时天暑热，植因呼常从取水自澡讫，傅粉。遂科头拍袒，胡舞五推锻，跳丸击剑，诵俳优小说数千言讫。谓淳曰：……①

曹植在炎热的夏天，先洗澡、傅粉，让自己清凉起来，然后胡舞五推锻，跳丸击剑，诵俳优小说，于此可见诵俳优小说也是和胡舞、跳丸击剑一样，是可以用来自娱自乐的。显然俳优小说具有消遣娱乐功能。而且，俳优小说"诵"的形式，又与胡舞、跳丸击剑的运动型娱乐方式有所不同，它是有文字材料为依据的，是在"诵"亦即在阅读的过程中获得愉悦。

与之相类的是出现在唐代的"人间小说"与"市人小说"。人间小说，《唐会要》卷四言及：

> 其年五月（指元和十年，即公元815年）韦绶罢侍读，绶好谐戏，兼通人间小说，太子因侍上，或以绶所能言之。上谓宰臣曰："侍读者，当以经术传导太子，使知君父之教，今或闻韦绶谈论，有异于是，岂所以传导太子者？"因此罢其职。②

这里，人间小说与谐戏并提，则人间小说亦应与谐戏相类。从唐宪宗之语可知，人间小说的内容有异于"经术"之类的严肃知识，与"君父之教"的目的不协调，被认为不能用在对太子的正式教育中。韦绶是在"侍读"太子时给太子讲授人间小说的，可推之，人间小说与谐戏相比更适合于讲述，是一

---

① 陈寿撰，裴松之注：《三国志》卷二一《魏书·王粲传》裴注引，中华书局2011年版，第603页。
② 王溥：《唐会要》卷四，中华书局1955，第47页。

种具有消遣娱乐性质的谈资材料（或可称为故事）。

市人小说，段成式《酉阳杂俎》言及：

> 予大和末，因弟生日观杂戏。有市人小说呼扁鹊作褊鹊，字上声，予令座客任道昪字正之。市人言二十年前尝于上都斋会设此，有一秀才甚赏某呼扁字与褊同声，云世人皆误。予意其饰非，大笑之。近读甄立言《本草音义》引曹宪云："扁，布典反，今步典，非也。"案扁鹊姓秦，字越人，扁县郡属渤海。[①]

法国学者雷威安认为："市人小说和职业说书的不会有那么大的差别。当然，那时的小说，可能是短短的故事或笑话。"[②] 他的认识有一定见地，市人小说由市人二十年一贯讲说，可见有比较固定的底本，且有相当众多的喜欢者，应是跟人间小说具有相似性的娱乐性的故事段子，由职业表演者——市人——进行演说。

看来俳优小说、人间小说与市人小说，都是可以诵读、讲说的具有很强消遣娱乐性质的故事，应当类似于后来两宋隆盛的说话人的底本——话本，或者，两宋盛行的说话，是由诵俳优小说、演说人间小说和市人小说而来。

而两宋的说话及其作为说话依据的话本小说，其游心寓目的消遣娱乐功能更是毋庸置疑了。那么在其基础上产生的文人案头创作的拟话本以及章回小说，这一功能也是显然存在，只不过由俳优小说的适合"诵"、人间小说、市人小说的适合"话"，变为适合阅读而已，但消遣娱乐的功能依然还是它们的应有之意。

从俳优小说到拟话本小说和章回小说的消遣娱乐功能渊源有自，从志怪、志人到传奇小说以及杂事小说，消遣娱乐的目的性也是十分突出的。如段成

---

① 段成式撰，曹中孚校点：《酉阳杂俎》续集卷四《贬误》，《唐五代笔记小说大观》上册，上海古籍出版社 2000 年版，第 749 页。

② 〔法〕雷威安：《唐人小说》，载《文学遗产》1994 年第 1 期。

式《酉阳杂俎·序》云：

> 夫《易》象一车之言，近于怪也；诗人南箕之兴，近乎戏也。固服缝被者肆笔之余，及怪及戏，无侵于儒。无若诗书之味大羹，史为折俎，子为醯醢，炙鸮羞鳖，岂容下箸乎？固役而不耻者，抑志怪小说之书也。①

段成式将阅读诗书比作如餐"大羹"，读史书如餐"折俎"，读子书就如用餐所加"醯醢"一类的调味品，而读小说则像是品尝"炙鸮羞鳖"一类的奇异美味，自然与"大羹""折俎"甚至常见的"醯醢"不同，滋味特别。在为诗为文为史之余（肆笔之余）所作，多言及神怪，其目的就在于游心寓目。段成式以"炙鸮羞鳖"为喻，形象地揭示了小说不同于诗文史传别样审美趣味，特别是其间所具有的消遣娱乐功能，得到许多的附和和赞同。如高彦休在《唐阙史·序》中也说："讨寻经史之暇，时或一览，犹至味之有菹醢也。"② 如温庭筠在《干馔子》中也说："不爵不觚，非炰非炙，能悦诸心，聊甘众口。"③

唐人小说的消遣娱乐功能，也可从唐人小说的创作初衷与缘起那里得到证实。因科举等的需要，宦游成为唐人特别是士人的重要生活经历。而在或孤独或落魄的宦游中，聚集一处，互道奇异故事是重要的消遣方式。④ 许多唐人小说就是在这种宵话征异后创作出来的。如《东阳夜怪录》开篇即云小说源自一次逆旅话异：

---

① 段成式撰，曹中孚校点：《酉阳杂俎·序》，《唐五代笔记小说大观》上册，上海古籍出版社 2000 年版，第 557 页。
② 高彦休撰，阳羡生校点：《唐阙史·序》，《唐五代笔记小说大观》下册，上海古籍出版社 2000 年版，第 1327 页。
③ 温庭筠：《乾馔子·序》，陈振孙撰、徐小蛮、顾美华点校：《直斋书录解题》卷一一《小说家类》引，上海古籍出版社 2006 年版，第 320 页。
④ 参见：熊明《唐人小说与民俗意象研究》第六章第三节《客店、客店奇遇与宵话征异》，上海古籍出版社 2015 年版，第 390—396 页。

　　前进士王洙，字学源，其先琅琊人。元和十三年春擢第，尝居邹鲁间名山习业，洙自云前四年时，因随籍入贡，暮次荥阳逆旅，值彭城客秀才成自虚者，以家事不得就举，言旋故里，遇洙，因话辛勤往复之意，自虚字致本，语及人间目睹之异……①

　　而小说故事本身，也是一次行旅中的宵话征异！当然，唐人也不仅仅在逆旅话异，三五相聚，朋会宴乐，也常常征奇话异。如沈亚之《异梦录》云：

　　元和十年，沈亚之以记室从陇西公军泾州。而长安中贤士，皆来客之。五月十八日，陇西公与客期，宴于东池便馆。既坐，陇西公曰："余少从邢凤游，得记其异，请语之。"客曰："愿备听。"陇西公曰……②

　　所以，"宵话征异"的目的就在于消磨旅途中暂栖时无聊时光，为了消遣娱乐，在其基础上的唐人小说，当然存留了这一功能。如前文言，小说起源于讲述故事，从唐人小说来看，这种古来的方式依然还在发挥作用。
　　而以撰录历史轶闻和当代掌故为主的轶事小说，资助谈柄的消遣娱乐功能更是十分显著。李肇《唐国史补·序》即云其书采录内容，除了"纪事实，探物理，辨疑惑，示劝戒，采风俗"之外，能"助谈笑"者也是重要方面。③比如《刘宾客嘉话录》，本来就是"解释经史之暇"，消遣娱乐的谈论内容，"国朝文人剧谈，卿相新语，异常梦话，若谐谑卜祝，童谣佳句"。作者记录下来，也是为了"传之好事，以为谈柄"。④
　　"游心寓目"也好，"助谈笑"也好，显然都超越了功利目的，从本质上

① 王洙：《东阳夜怪录》，李昉等《太平广记》卷四九〇，中华书局2003年版，第4023页。
② 沈亚之：《异梦录》，汪辟疆校录《唐人小说》，上海古籍出版社1983年版，第192页。
③ 李肇撰，曹中孚校点：《唐国史补·序》，《唐五代笔记小说大观》上册，上海古籍出版社2000年版，第158页。
④ 韦绚撰，阳羡生校点：《刘宾客嘉话录·序》，《唐五代笔记小说大观》上册，上海古籍出版社2000年版，第792页。

说都是一种对小说审美功能的发现和利用，只不过还比较原始、低层次而已。但对消遣娱乐功能的强调，却启发并开启了中国古代小说对自身审美功能的发现和发掘，从而促使中国古代小说艺术向着"著文章之美，传要妙之情"的审美方向提升与完善。

二、"游戏三昧之笔"与小说的审美创造

明人谢肇淛云：

> 凡为小说及杂剧戏文，须虚实相半，方为游戏三昧之笔。亦要情景造极而止，不必问其有无也。古今小说家，如《西京杂记》《飞燕外传》《天宝遗事》诸书，《虬髯》《红线》《隐娘》《白猿》诸传，杂剧家如《琵琶》《西厢》《荆钗》《蒙正》等词，岂必真有是事哉？近来作小说，稍涉怪诞，人便笑其不经，而新出杂剧，若《浣溪》《青衫》《义乳》《孤儿》等作，必事事考之正史，年月不合，姓字不同，不敢作也。如此，则看史传足矣，何名为戏！①

谢肇淛认为小说及杂剧戏文，有虚有实，特别是要有虚，才是好作品，才是"游戏三昧之笔"。其所言"游戏三昧之笔"，虽针对小说的虚实问题而发，但却道出了小说创作的一个本质问题——小说创作是应用写作还是审美创造。显然，小说写作应该是一种审美创造而不是应用写作，且不仅仅是对现实或历史的简单复制，要以"游戏三昧之笔"，追求"情景造极而止"，尽量达到完美的艺术境界。

与谢肇淛类似的认识，还有汤显祖的"游戏墨花"之说，汤显祖点校《虞初志序》说："然则稗官小说，奚害于经传子史，游戏墨花，又奚害于涵

① 谢肇淛撰，傅成校点：《五杂组》卷一五，上海古籍出版社 2012 年版，第 282 页。

养性情耶？"① 指出小说创作是"游戏墨花"，与"游戏三昧"同义，均强调小说创作是一种审美创造。胡应麟也说："小说者流，或骚人墨客，游戏笔端，或奇士洽人，搜萝宇外。纪述见闻，无所回忌；覃研理道，务极幽深。"②

在中国古代小说的历史发展过程中，尽管有各种功利主义的小说观和创作实践，以小说为工具，将小说作为"辅教之书"以及承载儒家思想甚至政治思想与主张的载体，但执着于审美创造却是中国古代小说能够健康发展并走向近代、实现现代转化的原动力。

中国古代小说中的经典作品，应该说都深谙"游戏三昧之笔"，都是执着于审美创造的结果，这也是这些作品能够称为"著文章之美，传要妙之情"之作品的关键。斯论甚夥，实际上，在中国古代小说的发展历史上，更有一些特殊的现象，深刻而鲜明地体现了创作实践中的"游戏三昧之笔"。

在唐人小说中，有这样一些小说："并无明确的思想含义，甚至也没有明确的情感趋向，它只不过在表现某种兴趣，或者说趣味——一种生活情趣、一种奇趣，一种谐趣，一种文趣。它是非理性的，并不希冀引起读者的理性思考，也不希冀激起读者的感情波澜，把读者引入某种规定的感情世界中去，它是供赏玩的，使读者感到愉悦满足。"③ 李剑国先生在概括唐人小说的主题时将这类小说称为"兴趣主题"。牛僧孺《玄怪录》中的许多作品就属于此类，《巴邛人》《顾总》《刘讽》《柳归舜》《来君绰》《元无有》《滕庭俊》等皆是。

比如《柳归舜》，小说讲述了一个奇遇故事。柳归舜乘舟抵巴陵，突然而起的大风将其小舟吹至君山脚下，于是，柳归舜无意间闯入君山深处，一个无人知晓的桃花源式的地方，一个美轮美奂的殊异之境：在叶曳白云、森罗映天的翠竹林中，有一块表里洞彻、周匝六七亩的巨石，石中央又生长着一棵高百余尺的巨树，五色枝干，如盘翠叶，盛开着艳丽无比、花径尺余的花朵，异香飘拂，如烟如雾。如此美景异香，加之清风吹拂下竹叶发出的如丝

① 汤显祖：《点校虞初志序》，丁锡根编著《中国历代小说序跋集》，人民文学出版社 1996 年版，第 1803 页。
② 胡应麟：《少室山房笔丛》卷二九《九流绪论下》，中华书局 1958 年版，第 375 页。
③ 李剑国：《唐五代志怪传奇叙录·唐稗思考录》，南开大学出版社 1998 年版，第 78 页。

竹般的声响，真是如诗如画，美妙无比！

如此美妙的异境，已让人叹为观止，不禁为作者超迈的想象所折服，然而，更让人惊诧的，是在这样的异境中，竟然还栖居着数千的鹦鹉仙子，她们均"丹嘴翠衣，尾长二三尺，翔翔其间，相呼姓字，音旨清越"。她们的名字也奇妙而有趣，有名"武游郎"者，有名"阿苏儿"者，有名"武仙郎"者，有名"自在先生"者，有名"踏莲露"者，有名"凤花台"者，有名"戴蝉儿"者，有名"多花子"者。不仅如此，她们还唱着汉武帝时期宫廷中诸如钩弋夫人、陈阿娇、李夫人唱过的歌曲，吟咏着当年司马相如等的赋颂。

《柳归舜》的整体情节模式，显然套用了六朝仙道类小说中洞天福地故事的基本模式：意外进入异境（或误入，或被引入）—遇异境人物—离开异境（复寻而不得）。小说这一整体情节设计，无疑体现出了作者的妙思巧构，当然，作者的翩然异想，还体现在故事的诸多细节上。如"表里洞彻""圆而坦平"的巨石，巨石上奇异的大树等。检《柳归舜》全文，不难发现，小说的主体部分，即柳归舜的异境奇遇，并没有在奇遇的道路上进一步走下去，描写人仙情恋之类更具故事性或其他更具情节性的超现实的奇幻内容，而是出人意料地描写柳归舜与鹦鹉仙子们吟咏诗词歌赋、讲论文艺的场面，这种场面与现实世界中的文人雅集相似，甚至可以说是毫无区别。由此言之，小说意在表现一种文人意趣而已。

《柳归舜》借用洞天福地故事的建构模式，构设了一次奇遇，以此来展示甚至可以说是炫耀作者卓异超迈的才思与想象、清雅别致的情趣与品性，以及飘逸烂漫的辞章与文采。上列牛僧孺《玄怪录》中的其他作品也大多如此，假托以写趣味，幻设或优美或奇诡的情节、意境，表现文趣、谐趣、情趣等独特趣味。

在唐人小说中，如牛僧孺《柳归舜》等的作品还有不少，张荐《灵怪集·姚康成》、王洙《东阳夜怪录》《宣室志·梁璟》等就是与之相类的作品。

唐人小说这种不以承载或严肃或宏大或的思想为意而仅在于兴趣的小说创作，其中如《玄怪录·元无有》《灵怪集·姚康成》、王洙《东阳夜怪录》等，已有借精怪炫学的成分了。到了清代，承此一类与《山海经》《博物志》

的传统，加之考据之风，出现了如《镜花缘》《野叟曝言》《燕山外史》《蟫史》等以逞才炫学为能事的小说。特别是《镜花缘》，更体现了学的专精和学的超卓。书中涉及大量音韵、占卜、医方等知识，其专业程度让人叹服。再如《燕山外史》，通篇用骈体写成，大量典故的使用，堪称一绝。

从唐人小说中的兴趣主题类小说到清代的炫才小说，是典型而极端的"游戏墨花"之作、"游戏三昧之笔"，完全没有政治思想或伦理道德、宗教哲学等的承载或其他功利目的，是一种纯粹的审美创造。体现了中国古代小说对自身独特审美功能的认识与理解，这也是中国古代小说艺术"著文章之美，传要妙之情"的审美追求得以实现的基础。

三、"天下之奇味"与小说的审美境界

柳宗元《读韩愈所著毛颖传后题》云："大羹玄酒，体节之荐，味之至者。而又设以奇异小虫、水草、楂梨、橘柚，苦咸酸辛，虽蜇吻裂鼻，缩舌涩齿，而咸有笃好之者。文王之菖蒲菹，屈到之芰，曾皙之羊枣，然后尽天下之奇味以足于口。独文异乎？"[1] 这里柳宗元以"大羹玄酒"喻传统诗文，以"奇异小虫、水草、楂梨、橘柚"喻《毛颖传》一类的作品，这类作品不同于诗文，虽或"苦咸酸辛"，"而咸有笃好之者"。正如明人罗汝敬所言："昌黎韩公传《毛颖》《革华》，先正谓其'珍果中之楂梨'，特以备品味尔。"[2]《毛颖传》类于唐人传奇小说，李剑国先生称为"亚小说"，[3] 则小说亦当包含其中。实际上，自唐中国古代小说进入自觉时代开始，追求不同于传统诗文的"天下之奇味"的审美境界，就是中国古代小说一直努力的目标。

---

[1] 柳宗元：《读韩愈所著毛颖传后题》，《柳河东集》卷二一题序，文渊阁《四库全书》本，第 1076 册，第 200 页下—201 页上。

[2] 罗汝敬等撰、周楞伽校注：《剪灯新话》附《剪灯余话·序》，上海古籍出版社 1981 年版，第 119 页。

[3] 李剑国：《唐五代志怪传奇叙录·唐稗思考录》，南开大学出版社 1998 年版，第 39 页。

比如段成式就提出小说有特别之"味"：

> 夫《易》象一车之言，近于怪也；诗人南箕之兴，近乎戏也。固服
> 缝掖者肆笔之余，及怪及戏，无侵于儒。无若诗书之味大羹，史为折俎，
> 子为醯醢也。炙鸮羞鳖，岂容下箸乎？固役而不耻者，抑志怪小说之书
> 也。成式学落词曼，未尝覃思，无崔骃真龙之叹，有孔璋画虎之讥。饱
> 食之暇，偶录记忆，号《酉阳杂俎》，凡三十篇，为二十卷，不以此间录
> 味也。①

高彦休《阙史·序》云："讨寻经史之暇，时或一览，犹至味之有菹醢也。"②
温庭筠《乾馔子·序》云："不爵不觚，非炰非炙，能悦诸心，聊甘众口，庶
乎干馔之义。"③均以为小说有不同于诗文经史之"至味"，"不爵不觚，非炰非
炙"的"奇味"。

以味论文，从本质上说是一种从接受角度的体验式表达，源自钟嵘《诗
品·序》，其言："五言居文词之要，是众作之有滋味者也，故云会于流俗。
岂不以指事造形，穷情写物，最为详切者邪！"又说如能将六义"酌而用之，
干之以风力，润之以丹彩，使味之者无极，闻之者动心，是诗之至也"。钟嵘
认为，有滋味的诗歌，是能够"指事造形，穷情写物，最为详切者"，如若能
"干之以风力，润之以丹彩"，则"是诗之至也"。强调的是诗歌中要有生动传
神的形象和真挚动人的情感以及华美的文采与情韵，并由此在接受层面产生
独特艺术感染力。柳宗元、段成式、高彦休、温庭筠等以味论小说，显然源
自钟嵘，其味所指，也正是指向小说独特的艺术特征以及在接受层面的体认。

---

① 段成式撰、曹中孚校点：《酉阳杂俎·序》，《唐五代笔记小说大观》上册，上海古籍出版
社 2000 年版，第 557 页。

② 高彦休撰、阳羡生校点：《唐阙史·序》，《唐五代笔记小说大观》下册，上海古籍出版社
2000 年版，第 1327 页。

③ 温庭筠：《乾馔子·序》，陈振孙撰、徐小蛮、顾美华点校：《直斋书录解题》卷一一《小
说家类》引，上海古籍出版社 2006 年版，第 320 页。朱胜非《绀珠集》亦见引用，无
"聊甘众口"四字。

显然中国古代小说所追求的"奇味"，不论是具体为不同于诗文经史的"炙鸮羞鳖"之"味"，还是犹如"菹醢"的"至味"，还是"不爵不觚，非炰非炙"的"奇味"，无疑源自"著文章之美，传要妙之情"的审美追求，源自"游戏三昧之笔"的审美创造。也就是说，对中国古代小说"奇味"的体认与强调，实际上就是"著文章之美，传要妙之情"的审美追求在接受层面形象的体验式表达。

唐人小说中的"奇味"，后人就多有体认。明人李云鹄《刻酉阳杂俎序》谈到读《酉阳杂俎》的感受："无所不有，无所不异。使读者忽而颐解，忽而发冲，忽而目眩神骇，愕眙而不能禁。辟羹藜含糗者，吸之以三危之露；草蔬麦饭者，供之以寿木之华。屠沽饮市门而淋漓狼藉，令人不敢正视；村农野老，小小治具而气韵酸薄，索然神沮。一旦进王膳侯鲭，金齑玉脍，能不满堂变容哉……"①李云鹄体会到了《酉阳杂俎》中的"真味"，并引柳宗元《读韩愈所著毛颖传后题》，也就是说，他体会到的这种"真味"也就是柳宗元所云的"奇味"，正是这种"真味"——"奇味"，读来可以"忽而颐解，忽而发冲，忽而目眩神骇，愕眙而不能禁"。

再如汤显祖《点校虞初志序》云：

> 《虞初》一书，罗唐人传记百十家，中略引梁沈约十数则，以奇僻荒诞，若灭若没，可喜可愕之事，读之使人心开神释，骨飞眉舞。虽雄高不如《史》《汉》，简淡不如《世说》，而婉缛流丽，洵小说家之珍珠船也。其述飞仙盗传，则曼倩之滑稽；志佳冶窈窕，则季长之绛纱；一切花妖木魅，牛鬼蛇神，则曼卿之野饮。意有所荡激，语有所托归，律之风雅之罪人，彼固歉然不辞矣。使呫呫读古，而不知此味，即日垂衣执笏，陈宝列俎，终是三馆画手，一堂木偶耳，何所讨真趣哉！②

① 李云鹄：《刻酉阳杂俎序》，丁锡根编著《中国历代小说序跋集》，人民文学出版社1996年版，第304页。
② 汤显祖：《点校虞初志序》，丁锡根编著《中国历代小说序跋集》，人民文学出版社1996年版，第1804页。

汤显祖指出唐人小说有一种别样之味,"使呫呫读古,而不知此味",终是未曾入流者。也正是这种独特"奇味"的存在,"读之使人心开神释,骨飞眉舞"。唐人小说的"奇味"体现在多方面,比如"浓郁的'诗味'","浓至的'情味'","烂漫的'趣味'"等。①

中国古代小说对"著文章之美,传要妙之情"的审美境界的追求,在接受层面,转化为对"天下之奇味"的体验和感知。称赏小说在艺术上取得成功,达到了"著文章之美,传要妙之情"的审美境界,可以味论之,称其有"奇味""至味""真味";批评小说,也以味论之,称其"无味"。如谢肇淛批评《三国演义》与《钱唐记》诸小说:

> 小说,野俚诸书,稗官所不载者,虽极幻妄无当,然亦有至理存焉,如《水浒》无论已……其他诸传记之寓言者,亦皆可采,惟《三国演义》与《钱唐记》《宣和遗事》《杨六郎》等书,俚而无味矣。何者?事太实则近腐,可以悦里巷小儿,而不足为君子道也。②

以"俚而无味"批评《三国演义》与《钱唐记》《宣和遗事》《杨六郎》等书。其根源就在于"事太实",不是"游戏三昧之笔"的审美创造。

"著文章之美,传要妙之情"是中国古代小说艺术的审美理想,在接受的层面,形象地具化为一种不同于诗书经史的独特之"味"——"天下之奇味",一种体验式的审美表达。无论是小说家还是批评家与阅读者,都深谙这种独特之"味",在小说中努力追求与体味。

---

① 可参看熊明:《诗味 情味 趣味:论唐人小说中民俗意象的运用及其影响》,《文学遗产》2012 年第 5 期。

② 谢肇淛撰,傅成校点:《五杂组》卷一五,上海古籍出版社 2012 年版,第 282 页。

第五章　走向中心：中国古代小说的地位迁移

从现存可考之文献来看，"小说"一词，最早见于《庄子·外物》篇中，是指与主流（或自我）思想不一致的另类思想或学说，是对与主流（或自我）学说不一致的其他学说的贬称。小说一出现就被置于以功利为标准进行评判的知识体系的边缘，预示了其千年被轻视的宿命。其后，班固《汉书·艺文志》设小说家一类，并以权威的历史话语重申："诸子十家，其可观者九家而已"，[①] 从目录学的角度进一步明确了小说的边缘地位。

与诗文等传统文学之体的发展历史相比，由于中国古代小说的边缘处境，中国古代小说在其发展的历史进程中，始终伴随着对平等地位持续不懈的追求。而中国古代小说对平等地位的追求，主要是通过与经书、史传、诗文等的对话甚至是抗争体现出来，同时，小说评点也是重要而有效的手段之一。这种持续的努力虽然使中国古代小说的实际地位有所改善，但却没有获得根本改变。因而，在漫长的历史进程中，中国古代小说始终徘徊于中国古代文学体系之外，直到现代学术出现的晚清，梁启超振臂一呼，发起"小说界革命"，小说才被纳入文学体系，并被推至文学体系的中心，一跃而为"文学之最上乘"。[②] 同时，伴随着西方文学理论的引入、西方小说的中译与

---

① 班固撰，颜师古注：《汉书·艺文志》子部小说家类，中华书局 2011 年版，第 1746 页。

② 小说为"文学之最上乘"，首先由梁启超提出，其后，附和迭起。分别参见饮冰：《论小说与群治之关系》，《新小说》报社：《新小说第一号》，楚卿：《论文学上小说之位置》，觉我：《〈小说林〉缘起》，陈平原、夏晓虹编《二十世纪中国小说理论资料》第一卷，北京大学出版社 1997 年版，第 51 页，第 56 页，第 78 页，第 255 页。

示范，"新小说"诞生并蓬勃发展，中国小说艺术也开始了其从古典形态向现代形态的转化历程。

第一节　诸子十家与中国古代小说的边缘定位

班固《汉书·艺文志》诸子略总序同时也以严肃的历史叙述，将诸子十家分成了两大类，一是儒、道、阴阳、法、名、墨、纵横、杂、农九家，二是小说家。其中第一类九家是"可观者"，而小说家不在其中，单独一类，推之则当不可观，或可观者不足。因而这两大类是不平等的，单独一类的小说家显然不能与其他九家等量齐观。班固《汉书·艺文志》诸子略总序的论述，一方面给予了小说子书身份，另一方面却又将其单独为类，在"可观者"之外，对小说充满歧视。这种歧视态度影响深远，一直伴随中国古代小说的发展，即使唐代史学家刘知幾在《史通》中将小说看作"自成一家，而能与正史参行"的史书，[1]赋予了小说史书的身份，但也将其视为与"正史参行"的外乘，实质上仍然沿袭了班固对小说的另类或边缘定位。

此种另类或边缘定位，显然对中国古代小说艺术的正常发展产生了极大的阻碍，但同时中国古代小说也因此受到较少的关注而远离主流思想意识干扰，从而在实际上获得了较为自由的成长空间，中国古代小说中那种游心寓目、游戏三昧的审美旨趣得以滋生成长，并引领中国古代小说艺术向着审美创造的方向发展。

---

① 刘知幾撰，浦起龙释：《史通通释》卷一〇《杂述》，上海古籍出版社1978年版，第273页。

一、班固《汉书·艺文志》与中国古代小说的边缘定位

中国古代小说的边缘地位，自"小说"之名诞生之始即被注定。"小说"一词最早出现于《庄子·外物》篇："饰小说以干县令，其于大达亦远矣。""小说"于此处的含义，学界有不同解读，[①]其实，包含"小说"一词的这段文字，一如《庄子》的其他文段，采用了寓言手法，所以"饰小说以干县令"句是与前文紧密相关的，不言而喻，"任公子"的行事是其所谓之"大达"一类，而"辁才讽说之徒"的行事即是所谓之"小说"一类，则此处的小说，是有悖于大道的轻浮言论，是与大达即大道相对的小道，并隐含有贬抑之意。很显然，所谓小说，是指与当时所公认的能够治国平天下的大道不一致的言论或见解，或可说是与主流思想不相一致的另类思想。小说的这种内涵，还可以从《荀子·正名》篇中的一段话得到印证："凡人莫不从其所可，而去其所不可，知道之莫之若也。而不从道者，无之有也。……故知者论道而已矣，小家珍说之所愿皆衰矣。"《荀子》这里所言之"小家珍说"，大多数学者认为是与《庄子》中的"小说"同义或近义，而《荀子》所言之"小家珍说"明显是指与主流见解或主张不一致的"另类"观点或思想。

小说出现的时代，正值春秋战国之时，生产力的快速发展、政治变革的持续以及军事征伐的频繁交替，旧制度和旧思想开始迅速解体，正如庄子所谓"道术将为天下裂"。[②]"学在官府"到"学在四夷"的转移，也使新兴的"士"阶层开始登上历史舞台，迅速形成诸侯竞雄，处士横议，学派蜂起的局面。当时社会对各家学说的评价标准，是出于是否对自己有用，即为一种功利角度。小说正是在这样的文化背景中出现和被评判的，因其被视为"小道"而置于治国安邦的思想知识体系的边缘，即所谓大道处于主流，小说则仅能处于边缘，作为补充。

小说的这种边缘地位，在班固《汉书·艺文志》中得到官方确认。《汉

---

① 熊明：《中国古代小说观念述评》，《淮阴师范学院学报》2011年第1期。

② 王先谦撰：《庄子集解》卷八《天下》，中华书局1987年版，第288页。

书·艺文志》子部总序言：

> 诸子十家，其可观者九家而已。皆起于王道既微，诸侯力政，时君世主，好恶殊方，是以九家之术蠭出并作，各引一端，崇其所善，以此驰说，取合诸侯。……若能修六艺之术，而观此九家之言，舍短取长，则可以通万方之略矣。[①]

汉代以降，注重功利的儒学逐渐取得独尊地位，于是，在先秦建立起来的以功利标准评价小说的模式被《汉书·艺文志》继承下来。而《汉书》的编订已有朝廷的干预，基本上反映的是汉代正统的官方立场，是时人对于小说的比较普遍和共同的观念，小说的边缘定位显然也得到了汉代官方的认同。自此以后，不论是把小说置于何种知识体系（思想知识和历史知识），它都在功利判断的边缘。

《汉书·艺文志》"诸子十家，其可观者九家而已"的论断，即是后来的"九流十家"之说的根源：儒家、道家、阴阳家、法家、名家、墨家、纵横家、杂家、农家，此九家师徒相传，自成流派，故称"九流"；然属"街谈巷语，道听途说"的小说家虽算不上一个学术流派，但毕竟客观存在，且数量众多，才侧身九家之后，合之为"十家"。

《隋书·经籍志》云："光武中兴……又于东观及仁寿阁集新书，校书郎班固、傅毅等典掌焉。并依《七略》而为书部，固又编之，以为《汉书·艺文志》。"[②]也就是说，班固撰《汉书·艺文志》完全依据《七略》，不仅保留了《七略》的分类体系，其每类小序亦沿用《辑略》之文，因而班固《汉书·艺文志》的基本观念和看法实际上来自刘向、刘歆。《汉书·艺文志》小说类序云：

---

① 班固撰，颜师古注：《汉书·艺文志》子部总序，中华书局 2011 年版，第 1746 页。
② 魏徵等：《隋书·经籍志》，中华书局 2011 年版，第 906 页。

　　　　小说家者流，盖出于稗官，街谈巷语，道听途说者之所造也。孔子曰："虽小道，必有可观焉，致远恐泥，是以君子弗为也。"然亦弗灭也。闾里小知者之所及，亦使缀而不忘。或如一言可采，此亦刍荛狂夫之议也。①

从刘向、刘歆父子再到班固，都将小说视为"小道"，故"君子弗为"；因其或有"可观"之处，"一言可采"之处，故亦"弗灭"。"小说"的价值与意义远不及其他九家，其"可观""可采"之处显得十分微弱，这其实亦表明诸子九家都与经世致用、治国理政有关，而小说为"闾里小知者之所及""刍荛狂夫之议"，与经世治国相距甚远，虽与其他九家同为子书却只能身处"九流之末"。《隋书·经籍志》《旧唐书·经籍志》等史志书目基本继承《汉书·艺文志》的小说观念。

　　唐代史学家刘知幾在其《史通》一书的《杂述》《采撰》等篇中，以严密的理论阐释，又赋予了小说史流身份。《史通·杂述》开篇即论"偏记小说"：

　　　　在昔三坟、五典、春秋、梼杌，即上代帝王之书，中古诸侯之记。行诸历代，以为格言。其余外传，则神农尝药，厥有《本草》；夏禹敷土，实著《山经》；《世本》辨姓，著自周室；《家语》载言，传诸孔氏。是知偏记小说，自成一家。而能与正史参行，其所由来尚矣。爰及近古，斯道渐烦，史氏流别，殊途并骛。权而为论，其流有十焉……②

刘知幾认为小说源自三坟五典、《春秋》《梼杌》之外的"外传"，"多以叙事为宗，举而论之，抑亦史之杂也"。③刘知幾在对偏记小说的解说中，敏锐地

---

①　班固撰，颜师古注：《汉书·艺文志》子部小说家类序，中华书局 2011 年版，第 1745 页。

②　刘知幾撰，浦起龙释：《史通通释》卷一〇《杂述》，上海古籍出版社 1978 年版，第 273 页。

③　刘知幾撰，浦起龙释：《史通通释》卷一〇《杂述》，上海古籍出版社 1978 年版，第 276—277 页。

感受到小说与史传的区别，因此也常与史传相提并论，强调小说与史传之异同，并把小说从子部归隶史部，使小说具备野史的含义，从而进一步扩大了小说的内涵。

刘知幾正式把小说纳入了史流，将其看作"自成一家，而能与正史参行"的史书，但此说并非真要将小说抬高到与正史相提并论的地步，恰恰相反：

> 盖语曰："众星之明，不如一月之光。"历观自古，作者著述多矣。虽复门千户万，波委云集。而言皆琐碎，事必丛残，固难以接光尘于《五传》，并辉烈于《三史》。古人以比玉屑满篋，良有旨哉！ [①]

刘知幾将小说比作"玉屑满篋"，实际上仍是沿用汉代学者的口吻，认为小说"言皆琐碎，事必丛残"，自比不得"五传""三史"，但亦不可视若敝屣，一概弃之，与班固、桓谭之说一脉相承。从这一点来看，刘知幾是以史家的眼光、实录的立场来看待小说，对其鄙朴、琐碎和虚诞的特点，加以批评。从本质上来说，此种论说仍然为"小道"观念的进一步延续，只不过将思想知识体系变成了历史知识体系，并没有改变中国古代小说的边缘地位。但此说对后世影响深远，如方正耀所言："尽管通过附翼于史来肯定小说的理论，在与鄙视小说的统治者和正统文人抗争小说地位时，对于保护小说，推动小说创作的发展，起了一定的作用，但其局限对后来的影响也很大。这一理论使古代小说创作长期依附于史，内容和形式长期挣脱不了史籍的桎梏，也使小说批评家长期摆脱不了'实录'的观念，乃至影响了中国小说的成熟。" [②]

自此小说在目录书中的位置也开始趋于稳定。如宋元时期所修《新唐书·艺文志》《宋史·艺文志》，以及其他诸多目录学著作如王尧臣等《崇文总目》、晁公武《郡斋读书志》、尤袤《遂初堂书目》、陈振孙《直斋书录解题》、

---

① 刘知幾撰，浦起龙释：《史通通释》卷一〇《杂述》，上海古籍出版社 1978 年版，第277 页。

② 方正耀：《中国古典小说理论史》，华东师范大学出版社 2005 年版，第 25 页。

马端临《文献通考·经籍考》、郑樵《通志·艺文略》等中的小说，多承亦子亦史的观念，成为一个包容子部、史部杂著的文类，凡是无法归入子部、史部其他子目的著作均被纳入小说之目，如陆羽《茶经》、李恕《戒子拾遗》等。

宋元以降至于明清，小说始终徘徊在以班固《汉志》为代表的"子流之小道"和以刘知幾《史通》为代表的"正史之外乘"之间，亦子亦史。

总之，在《庄子·外物》篇中一出现，"小说"就被视为与主流思想不一致的另类思想而被置于思想知识体系的边缘，至班固《汉书·艺文志》，又以严肃的历史叙述，在作为知识体系纲目的目录学的严谨体系中，确认了小说在诸子体系中的边缘地位。其后，刘知幾又以严密的理论阐释，将小说纳入史流，赋予小说"自成一家，而能与正史参行"史书身份，但却依然认为小说是"偏记"，仅能"参行"正史，在历史知识体系中仍然处于边缘地位。不难看出，《庄子·外物》篇始形成的小说的边缘定位，具有相当的稳定性，从思想知识体系到历史知识体系，再到历史发展中小说的文学文体身份意识觉醒中的自我身份认同，都未能超越这种定位。边缘定位对中国古代小说的发展有着深远的影响。

二、边缘定位与中国古代小说的发展困境

《汉书·艺文志》中"可观者九家而已"一语，实际上将诸子十家分成了两等，九家"可以通万方之略"，[①] 为上一等，而小说仅可"治身理家，有可观之辞"，[②] 为次一等，即小说虽侧附诸子之列，但却被视为不能与其他九家等量齐观的"小道"。汉代儒家取得独尊地位，此观念影响更为广泛，这种对于小说的歧视态度一直伴随中国古代小说，并对其发展产生了持续而深远的消极影响。

小说被视为"小道"的边缘地位，"是以君子弗为"，造成了古代小说家

---

① 班固撰，颜师古注：《汉书·艺文志》子部小说家类，中华书局 2011 年版，第 1746 页。

② 桓谭：《新论》，萧统编，李善注《文选》卷三一《李都尉陵从军诗》，中华书局 2005 年版，第 444 页。

地位低下的局面。虽然事实上有不少有识之士投身小说创作，但更多才学皆具的优秀之士却囿于此种成见而不愿为小说，许多观念正统的文人士大夫甚至以染指小说为耻，即便万一操觚，也总是万般躲闪，或借各种理由为自己辩护，或托名他人，或干脆"隐姓埋名"，妨碍了优秀之士进入小说创作领域，迟滞了小说艺术的提高与完善。

魏晋志怪小说作家中，多为方士、释徒之流，怀抱正统观念的文人士大夫则多避而远之。如郭璞《玄中记》、葛洪《神仙传》、王嘉《拾遗记》、谢敷《观世音应验记》等，这些最初的小说，实际是对故事讲述的简单记录，"是一些按照时间顺序排列的事件的叙述"，[1]是粗糙的故事梗概，目的多为宣扬佛道教义，宗教色彩浓厚。而有志于小说的文人士大夫，往往会承受巨大的社会压力，即使作品艰难地创作完成，也经常受到非议和质疑。如张华作《博物志》，《拾遗记》卷九记载晋武帝对张华的"诘问"：

> 张华……造《博物志》四百卷，奏于武帝。帝诏诘问："卿才综万代，博识无伦，远冠羲皇，近次夫子，然记事采言，亦多浮妄，宜更删翦，无以冗长成文！昔仲尼删《诗》《书》，不及鬼神幽昧之事，以言怪力乱神；今卿《博物志》，惊所未闻，异所未见，将恐惑乱于后生，繁芜于耳目，可更芟截浮疑，分为十卷！"[2]

晋武帝认为《博物志》言怪力乱神、"多浮妄"，应当"删翦"，这在志怪风气盛行的魏晋时代，不可不谓欲加之罪，足见时人对小说的轻视态度。

唐五代时期，小说家地位有所提升，但仍没有实质改变。韩愈作近似"小说"之《毛颖传》，张籍竟致书责其"多尚驳杂无实之说，使人陈之于前以为欢，此有以累于令德"。[3]张籍的质疑，显然是认为如韩愈这样的大家，

---

① 〔英〕佛斯特：《小说面面观》，花城出版社1981年版，第22页。

② 王嘉撰，萧绮录，齐治平校注：《拾遗记》，中华书局1981年版，第210—211页。

③ 张籍：《与韩愈书》，《张司业集》卷八书，文渊阁《四库全书》本，第1078册，第59页下。

不应该作小说，甚至类于小说的文章也要避免。这无疑是坚持了小说"君子弗为"的观念。张籍的态度在唐宋时期具有代表性。许多小说家也不得不为自己的小说创作进行辩护，如段成式为《酉阳杂俎》，也还要在序中以"炙鸹羞鳖，岂容下箸"为喻，说明小说一如"炙鸹羞鳖"，是如"大羹"的诗书、如"折俎"的史传之外的另类滋味，解释自己作《酉阳杂俎》是"肆笔之余"，因而"及怪及戏，无侵于儒"。[①]

中国古代的白话小说源自民间说话艺术，因而与文言小说相比，其被轻视的命运更是与生俱来，且更加严重。宋元时期说话艺术繁荣发展，"说话人与话本作者，有的是卖艺人，有的是不第举子"，[②]说话艺人虽身份各异，但他们却多用绰号，很少以真名演出。如《武林旧事》卷六"诸色伎艺人"就记载了很多说话艺人的名称，[③]其中演史类有"乔万卷""许贡士"，小说类有"张小四郎""粥张二""王六郎"，说诨话类有"蛮张四郎"等，尽管他们说话技艺高超，却仍多只使用艺名，这一方面是因为他们身份低贱，另一方面也是因为说话伎艺被轻视的现实环境所致。与此相应，那些后来专门为说话艺人编撰说话底本——话本的书会先生或书会才人，"大部分是科举失意但有一定才学和社会知识的文士，也有一部分是低级官吏、医生、术士、商人，以及较有才学和演唱经验的艺人，可见书会成员的成分是相当复杂的。甚至还有身份较高的'名公'参加编写"。[④]但无论是才人还是名公，却同样很少留下真实姓名。很显然，这是由于社会特别是主流思想观念与舆论的轻视，造成他们的顾虑或者自卑而不愿袒露自己的身份和姓名。正如胡士莹所说："封建统治阶级对于瓦市伎艺，虽在百无聊赖的时候，也用于赏玩调笑，但总的来说，毕竟是轻视的，特别是对于得到下层市民喜爱的说话人和'说话'，更不可能予以褒扬的记载。因而宋代说话人的事迹和真实姓名，绝大多数都

---

① 段成式撰，曹中孚校点：《酉阳杂俎·序》，《唐五代笔记小说大观》上册，上海古籍出版社 2000 年版，第 557 页。

② 胡士莹：《话本小说概论》，中华书局 1982 年版，第 57 页。

③ 周密：《武林旧事》卷六《诸色伎艺人》，中华书局 2007 年版，第 179 页。

④ 胡士莹：《话本小说概论》，中华书局 1982 年版，第 65—66 页。

已湮没不彰，作品流传下来的也很少。"①所以，就现存资料而言，在话本小说创作领域，几乎看不到著名文人士大夫参与话本小说编制或创作的记载，直到明代中叶以后，冯梦龙等才开始模仿话本小说进行创作而始有文人拟话本的诞生。

但即使是明代中叶之后白话小说逐渐为文人士大夫所接受，并逐渐成为小说的主流，小说作为一种边缘文体受歧视的文化环境仍无质变。相反，由于白话小说更加"低微"的出身，受到的打压较之前更甚。"至于创作小说，更为舆论所诋毁。有些人为此编造了许多因果报应的故事，如罗贯中、施耐庵子孙三代皆哑，地狱治曹雪芹甚苦，蒲松龄撰《聊斋志异》而不及第等。"②小说家身份，特别是通俗小说家的身份不受重视，《三国演义》《水浒传》《金瓶梅》等在白话小说史上取得辉煌成绩，但是他们的作者如吴承恩、施耐庵、兰陵笑笑生等人却因名不见经传而身世经历湮沉，至今也无法完全明晰。清人吴敬梓创作出《儒林外史》，其友人程晋芳竟作诗感叹："吾为斯人悲，竟以稗说传。"③另一位清代小说家文康在《儿女英雄传》自序中认为自己"不幸而无学铸经，无福修史，退而从事于稗史，亦云陋矣"，④小说家地位之卑微可见一斑。

小说地位卑下，使不少有才华的文人本能地远离小说这一领域，妨碍了中国古代小说艺术的进步。这一点，从中国古代小说中说书风格的长期滞留就可知晓，例如书中"有诗为证""且听下回分解"之类的说书套语和楔子、回目等传统小说中的独特外衣，从宋元话本初露端倪到明清拟话本成熟确立，都没能彻底卸下，甚至"到了清代吴敬梓、曹雪芹创作《儒林外史》《红楼梦》，应当说已是相当书面化的小说，可还是保留了说书人腔调及其相应的一批叙事技巧"，陈平原也认为"明清作家因袭说书人套语，很可能只是因为小

---

① 胡士莹：《话本小说概论》，中华书局 1982 年版，第 58 页。

② 刘勇强：《中国古代小说史叙论》，北京大学出版社 2009 年版，第 254 页。

③ 李汉秋编：《儒林外史研究资料》，上海古籍出版社 1984 年版，第 9 页。

④ 文康：《儿女英雄传序》，丁锡根编著《中国历代小说序跋集》，人民文学出版社 1996 年版，第 1590 页。

说家没有成为被社会肯定的崇高职业，创作时向说书人认同，是没有选择的'选择'"。[1]

凡此种种，小说家迫于主流思想观念和舆论的压力，常把作品"藏之书笥，不敢示人"，导致颇多作品为历史所湮没；根深蒂固的社会轻视传统与小说家自身强烈的自卑感使小说家深自潜藏，或隐姓埋名，不著撰人，以致作家生平事迹语焉不详，乃至于湮没无闻。无不都是因为小说的边缘地位以及这种边缘地位所带来的消极影响。

同时，小说被视为"小道""闾里小知者之所及"，也限制了小说的传播和接受，阻碍了小说读者群的扩大与影响力的扩散。在魏晋南北朝时期，由于对小说的鄙夷，小说的接受群体十分狭隘，从目前所存的作品来看，受众多为一些宗教信徒，小说家也多为方士、释徒。如葛洪在《神仙传》自序中所言：

> 予著内篇，论神仙之事，凡二十卷。弟子滕升问曰："先生云，仙化可得，不死可学。古之得仙者，岂有其人乎？"予答曰："秦大夫阮仓所记有数百人，刘向所撰又七十余人。……"予今复抄集古之仙者，见于仙经服食方及百家之书，先师所说，耆儒所论，以为十卷，以传知真识远之士。其系俗之徒，思不经微者，亦不强以示之。[2]

葛洪眼中的"知真识远之士"，实际上就是其弟子或其他求仙学道之徒。而这些早期的所谓的"小说受众"，显然不是我们现代一般意义上所谓的小说读者。

这一消极作用到明清时期最为突出，正统文人甚至官方法令出于维护"正学"、反对"邪说"而主张禁毁小说，更加限制了小说的传播和接受。如

---

[1]　陈平原：《中国小说叙事模式的转变》，北京大学出版社 2003 年版，第 274 页。

[2]　葛洪：《神仙传序》，丁锡根编著《中国历代小说序跋集》，人民文学出版社 1996 年版，第 54—55 页。

康熙五十三年就曾下谕：

> 朕惟治天下以人心风俗为本，欲正人心，厚风俗，必崇尚经学而严绝非圣之书，此不易之理也。近见坊间多卖小说淫词，荒唐俚鄙，殊非正理；不但诱惑愚民，即缙绅士子，未免游目而蛊心焉，所关于风俗者非细。应即通行严禁。①

这就从最高统治者层面认定：身处文学边缘的小说，会"诱惑愚民""游目而蛊心"，而"应即通行严禁"。可见小说发展至此仍没有摆脱"闾里小知者之所及"的原始认知。在自身模糊和社会舆论双重作用之下，小说的接受群体和传播途径受到制约，从而阻碍了小说读者群的扩大与影响力的扩散。

小说的边缘定位也使小说一直以"小道"——"短书"的品位遭受冷落和歧视。自班固《汉书·艺文志》对小说地位做出权威的认定之后，小说便长期处于另类或边缘地位而难以受到重视。如南朝梁文学理论家刘勰《文心雕龙》仅在《谐隐篇》用寥寥数语对小说予以评说："然文辞之有谐隐，譬九流之有小说。盖稗官所采，以广视听，若效而不已，则髡祖而入室，旃孟之石交乎！"②

当然，正如方正耀所言："班固对于'小说'概念的阐述以及借孔子门徒的话的字面意思，特指小说。所表明的观点，代表了东汉以前正统思想家、文学家对于小说的认识和轻视态度。这对以后封建社会各时期的小说批评产生了难以摆脱的影响。不过，尽管班固的批评严重束缚了后世批评家的思想，但后世轻视小说的传统观念的形成并不能完全归咎于他。"一方面是因后世一些正统文人，借班固的论述发挥，走向极端，竭力贬低甚至要求小说焚毁芟尽，与班固最初"小道可观"的初衷相去甚远；另一方面这也是受到文学发展的客观规律制约的结果。客观上讲，班固所处的时代，小说观念正处朦胧，

---

① 王利器：《元明清三代禁毁小说戏曲史料》，上海古籍出版社 1981 版，第 26 页。
② 刘勰撰，范文澜注：《文心雕龙注》卷三《谐隐》，人民文学出版社 1998 年版，第 272 页。

实际作品也确属"丛残小语"，"与彼时已经发达的诗歌、骚赋、古文相较，小说确实难以比肩，无法登上文学之舞台"。[①]

三、边缘地位与中国古代小说的发展机遇

观察任何事物也都应该看到它的两面性，中国古代小说的边缘地位确实对中国古代小说的发展带来了巨大的消极影响，使小说长期徘徊于正统文学体系的边缘。然而，也正是由于这种歧视态度，使小说受到较少的关注，从而实际上给予小说较为自由的发展空间，正如杨义在论述汉代学者眼中的"小说"一词的语义内涵时所言：

> 在短小的篇幅中，展示了为圣贤"大道"所鄙视的思维结果，以及不为经史典籍的文体规范所约束的美学个性。由于这种文体处于正统文学总体结构的边缘地位，它没有受到认真的重视和严格的界定，在其发展的过程中必然精芜混杂，界限模糊，收容了不少在严格意义上不属于它的杂色文字。但也由于它的界限模糊，较少清规戒律，也容纳了许多不受规范束缚、不拘传统格套的，因而是新鲜的或充满野性的才华。加上它的故事性、通俗性和娱乐性等基本特征，又联系着人类好奇、乐生的天性，联系着人类宣泄苦闷、表现自我的内在欲望，它那种为正统文学所排斥的文体价值，却在人类本性和智慧上获得了更带本质意义的肯定和说明。[②]

中国古代的小说，实际上有两个层面的含义，一是广义的小说，即文类小说，无论是在子书身份之下，还是在史流身份之下，抑或在亦子亦史的双

---

① 方正耀：《中国古典小说理论史》，华东师范大学出版社 2005 年版，第 9 页。
② 杨义：《中国古典小说史论·导言》，《杨义文存》第六卷，人民出版社 1995 年版，第 4—5 页。

重身份之下，它都是一个涵纳甚广的集合；二是狭义的小说，即通常所谓的中国古代小说，是综合考虑中国古代小说的特殊性，按照叙事性原则、传闻性原则或虚构性原则、形象性原则、体制原则遴选出来并符合作为文艺学意义上的文学文体概念的小说。中国古代小说的发展历史，在某种意义上，是从广义小说向狭义小说演进的历史，即广义的文类小说，其涵纳"范围由广而狭，大大缩小了"，^①逐渐与狭义的小说即作为通常意义上的小说重合、同一的过程。在这一历史过程中，中国古代小说中的非小说性因素逐渐被剥离，而小说性因素如叙事性、虚构性、形象性以及文体的独特性的逐渐获得、被承认、进而成为共识、被强调和突出。小说的边缘定位，是这一历史过程得以持续展开的有利条件。

中国古代小说由广义的小说即文类小说向狭义的小说演进的历史过程中，非小说性因素的逐渐剥离与小说性因素的获得、积累，如叙事性、虚构性、形象性以及文体的独特性等诸方面，在前文各章的讨论中实都已有涉及，这里，仅从目录学角度对此另外略加说明。中国古代目录学著作对狭义小说的著录变化，可以窥见中国古代小说中小说性因素的逐渐获得、积累的过程。

刘向、刘歆《七略》首设小说家类，其后，班固《汉书·艺文志》继承了《七略》的分类，亦设小说家类，在刘向、刘歆与班固的时代，"古今语怪之祖"的《山海经》已流传很久，且家喻户晓，两汉时期，在其影响下产生了大量的地理博物类志怪小说，如《括地图》《神异经》《洞冥记》《十洲记》等。刘向、刘歆对《山海经》的语怪性质是熟悉的，刘向、刘歆曾整理此书，刘歆作《上山海经表》，对其成因和作者都有说明，表明刘向、刘歆父子对《山海经》做过细致的考订工作，从《汉书·艺文志》来看，《山海经》被著录于术数类形法家中，所谓形法家，"形法者，大举九州之势以立城郭室舍形，人及六畜骨法之度数、器物之形容以求其声气贵贱吉凶。犹律有长短，而各征其声，非有鬼神，数自然也。然形与气相首尾，亦有有其形而无

---

① 马振方：《小说艺术论》，北京大学出版社 1999 年版，第 7 页。

其气，有其气而无其形，此精微之独异也。"① 被视为"大举九州之势"的地理书，而为"立城郭室舍形，人及六畜骨法之度数、器物之形容以求其声气贵贱吉凶"服务的著作，不是小说。也就是说，在刘向、刘歆以及班固为代表的两汉时期，《山海经》这种以"语怪"为主的地理博物类志怪小说还不被视为小说。而当时的小说家类中所著录，如明人胡应麟所说，"皆非后世所谓小说也"，② "在十五家小说中，只有《伊尹说》《师旷》《黄帝说》《虞初周说》可能有一定小说意味。"③

我们知道，魏晋南北朝是志怪小说的繁荣兴盛时期，但在《隋书·经籍志》中，作为"古今语怪之主"的《山海经》，仍然没有被纳入小说，而是著录在史部地理类中，各种仙传、道传以及志怪小说，如《搜神记》《搜神后记》《灵鬼志》《宣验记》《冥祥记》《述异记》以及各家《志怪》，都被著录在史部杂传类中。但这时也有值得欣慰的一点变化，那就是以《世说新语》《郭子》《琐语》《笑林》《笑苑》《解颐》《小说》为代表的志人小说被纳入了小说类中。而《世说新语》《笑林》等志人小说游心寓目的娱乐功能也因此随之进入小说，显示出广义的小说中小说性因素的增加。《旧唐书·经籍志》基本沿袭了《隋书·经籍志》，各种仙传、道传以及志怪小说，如《搜神记》《搜神后记》等仍然被著录在史部杂传类中，但在小说类中也有值得注意的变化，那就是在张华《博物志》被著录于小说类，张华《博物志》是魏晋志怪小说的代表，是继承《山海经》的地理博物类志怪小说。这说明，唐人对地理博物类志怪小说的小说性质有了进一步认识，对地理博物类志怪小说的态度也有了相应的改变。④

宋初小说观念有了巨大的变化，这从《太平广记》选录篇目的性质可以看出。《太平广记》将宋前出现的狭义小说，包括志怪、志人、传奇、杂事等小说都搜罗其中。正如鲁迅在《破〈唐人说荟〉》中所说，"从六朝到宋初

① 班固撰，颜师古注：《汉书》卷三〇《艺文志》，中华书局 2011 年版，第 1774—1775 页。
② 胡应麟：《少室山房笔丛》卷二九《九流绪论下》，中华书局 1958 年版，第 371 页。
③ 李剑国、陈洪主编：《中国小说通史》先唐卷，高等教育出版社 2007 年版，第 13 页。
④ 《旧唐书·经籍志》，据其序所言，当是依据毋煚的《古今书录》编定。

的小说几乎全收在内"。①也就是说，至宋初《太平广记》的编纂，广义小说中实际上已涵纳了宋前产生的所有狭义小说，这是中国古代小说的一次巨大变迁。其后的《新唐书·艺文志》也接受了宋初小说类中小说性因素的增加这一变化，唐代文言小说的三种类型，都有著录，且数量很多，表明这不是偶然或无意的认识不清的行为，而是细致考察的结果，特别是传奇小说的著录数量有明显的增加，如牛僧孺《玄怪录》、袁郊《甘泽谣》、温庭筠《干馔子》、裴铏《传奇》、柳祥《潇湘录》等均在其中。

目录学著作小说类中的著录之书也可以看到这种变化。具有官修性质的《崇文总目》小说类，志人小说之外，杂事小说以及志怪小说，甚至唐人传奇小说也零星地被纳入其中。如《摭言》《卢言杂说》《云溪友议》《剧谈录》《幽闲鼓吹》《戎幕闲谈》《因话录》《资暇录》《前定录》《定命录》《报应录》《广前定录》《儆戒录》《奇应录》《续定录》《感定命录》《神异经》《述异记》《续齐谐记》《还冤志》《元（玄）怪录》《续元（玄）怪录》《宣室志》《岭表录异》《潇湘录》《异闻集》《洽闻集》《集异记》《纪闻》《异闻志》《岭南异物志》《穷神秘苑》《穷神记》《通幽记》《干馔子》《补江总白猿传》《离魂记》等。

两宋以降，白话小说兴起，话本、拟话本、章回小说先后兴盛，特别是章回小说，成为明清小说的主要形式。我们看到，话本、拟话本和章回，都先后被纳入广义的小说中。与文言小说不同，白话小说被纳入广义的小说，则可以从前代相关学者的小说论述中分析得出。

比如在两宋说话艺术中，有一类就被直接称作小说。吴自牧在《梦粱录》卷二〇《小说讲经史》中云："说话者，谓之舌辨，虽有四家数，各有门庭，且小说名"银字儿"，如烟粉、灵怪、传奇、公案、朴刀杆棒、发迹踪参之事……"②罗烨《醉翁谈录·舌耕叙引》中有"小说引子"和"小说开辟"两

---

① 鲁迅：《破〈唐人说荟〉》，《鲁迅全集》第八卷《集外集拾遗补编》，人民文学出版社2005年版，第133页。

② 吴自牧：《梦粱录·小说讲经史》，《丛书集成新编》第九十六册，新文丰出版公司，第740页。

段文字，其"小说引子"云："小说者流，出于机械之官。遂分百官记录之司。由是有说者纵横四海，驰骋百家。以上古隐奥之文章，为今日分明之议论。或名演史，或谓合生，或称舌耕，或作挑闪，皆有所据，不敢谬言……"其"小说开辟"云："夫小说者，虽为末学，尤务多闻。非庸常浅识之流，有博览该通之理……"① 蒋凡认为："《舌耕叙引》当是宋元时期流行的说话人的理论共识。"② 将说话一类直接命名为小说，表明此类的小说性质和小说身份得到了承认。而罗烨在"小说引子"下又有自注云："演史讲经并可通用。"这一注脚则又透露出小说在说话中逐渐从指与讲史、讲经并列的小类名称中浮出表面而成为总称，显示出小说正从指说话一家向着指说话中所有门类的总称转变的趋势，也就是说，话本小说从其中一类逐渐到整个话本小说类型也逐渐被纳入广义的小说中。另外，还有一点值得注意，话本小说是说话的底本，其游心寓目的娱乐属性显而易见，话本小说的纳入，也显示出小说作为娱乐消遣性文字形式观念的进一步加强。

明清以来，章回小说兴起并繁荣，章回小说实际上也很快被纳入广义的小说类中。比如笑花主人在小说史的梳理中，就将两宋话本上承唐人传奇小说，又将《水浒传》《三国演义》等章回小说上承话本小说，从而形成一条中国古代小说的发展脉络。他说：

> 小说者，正史之余也。《庄》《列》所载化人、伛偻丈人等事，不列于史。《穆天子》《四公传》《吴越春秋》皆小说之类也。《开元遗事》《红线》《无双》《香丸》《隐娘》诸传，《车癸车》《夷坚》各志，名为小说，而其文雅驯，闾阎罕能道之。优人黄幡绰、敬新磨等，搬演杂剧，隐讽时事，事属乌有，虽通于俗，其本不传。至有宋孝皇以天下养太上，命侍从访民间奇事，日进一回，谓之说话人，而通俗演义一种，乃始盛行，然事多鄙俚，加以忌讳，读之嚼蜡，殊不足观。元施、罗二公，大畅斯

---

① 罗烨：《醉翁谈录》卷一《舌耕叙引》，古典文学出版社1957年版，第2页，第3页。

② 蒋凡：《宋金元文学批评史》，上海古籍出版社1996年版，第719页。

道,《水浒》《三国》,奇奇正正,河汉无极,论者以二集配"伯喈"、《西厢》传奇,号"四大书",厥观伟矣。迄于皇明,文治聿新,作者竞爽,勿论廊庙鸿编,即稗官野史,卓然夐绝千古……①

清人刘廷玑也是在小说史的梳理中将章回小说纳入整个小说史来加以观照,他说:

> 盖小说之名虽同,而古今之别,则相去天渊。自汉魏宋元明以来,不下数百家,皆文辞典雅有纪,其各代帝略,官制、朝政、宫闱、上而天文,下而舆土、人物、岁时、禽鱼、花卉、边塞、外国、释道、神鬼、仙妖、怪异,或合或分,或详或略,或列传、或行纪,或举大纲、或陈琐细,或短章数语、或连篇成帙,用佐正史之未备,统曰历朝小说。读之可以索幽引,考正误,助辞藻之丽华,资谈锋之锐利,更可以畅行文之奇正,而得叙事之法焉。
>
> 降而至于四大奇书,则专事稗官,取一人一事为主宰,旁及支引,累百卷或数十卷者,如《水浒》,本施耐庵所著,一百八人,人各一传,性情面貌装束举止,俨有一人跳跃纸上……
>
> 近日之小说,若《平山冷燕》《情梦析》《风流配》《春柳莺》《玉娇梨》等类,佳人才子,慕色慕才,已出之非正,犹不至于大伤风俗……②

刘廷玑认为中国古代小说的发展经历了三个阶段:第一阶段,包含博杂、广泛,包括"各代帝略,官制、朝政、宫闱、上而天文,下而舆土、人物、岁时、禽鱼、花卉、边塞、外国、释道、鬼神、怪异"等;体裁多样,"或合或分,或详或略,或列传、或行纪"等;详略各异,"或举大纲、或陈琐细,或

---

① 笑花主人:《今古奇观序》,朱一玄编《明清小说资料选编》下册,齐鲁书社 1990 年版,第 1056 页。

② 刘廷玑:《在园杂志》,《辽海丛书》第二册,辽沈书社 1985 年版,第 1284 页。

短章数语、或连篇成帙"。第二阶段，小说主要指通俗演义，即以四大奇书为代表的章回小说。第三阶段，小说主要指明末清初的才子佳人小说，包括《平山冷燕》《情梦析》《风流配》《春柳莺》《玉娇梨》等类"。

章学诚于《文史通义·诗话》中论及小说的发展史，实际上已将广义的小说变成了狭义的小说。他说：

> 小说出于稗官，委巷传闻琐屑，虽古人亦所不废。然俚野多不足凭，大约事杂鬼神，报兼恩怨，《洞冥》《拾遗》之篇，《搜神》《灵异》之部，六代以降，家自为书。唐人乃有单篇，别为传奇一类，大抵情钟男女，不外离合悲欢，红拂辞杨，绣襦报郑，韩李缘通落叶，崔张情导琴心，以及明珠生还，小玉死报。凡如此类，或附会疑似，或竟托子虚，虽情态万殊，而大致略似，其始不过淫思古意，辞客寄怀，犹诗家之乐府古艳诸篇也。宋元以降，则广为演义，谱为词曲，遂使瞽史弦诵，优伶登场，无分雅俗男女，莫不声色耳目。盖自稗官见于《汉志》，历三变而尽失古人之源流矣。①

章学诚认为小说的发展，"历三变而尽失古人之源流"，把小说的发展分为三个阶段，唐以前为第一期，他举出《洞冥记》《拾遗记》《搜神记》《灵异记》为此时期小说的代表，而这些作品，正是我们今天所言的志怪小说。唐代为第二期，他举出《虬髯（须）客传》《李娃传》《流红记》《莺莺传》《无双传》《霍小玉传》为代表，即他自言之"传奇一类"，并指出此时期的作品形制是"单篇"，并认为这是一个发展。宋元为第三期，他以演义为此期小说的为代表。而所谓"尽失古人之源流"，则表明章学诚已充分认识到后来之小说特别是其当时之小说，已与最初之小说有了巨大的差异，甚至无法看出它们之间的源流关系。所以，如果说笑花主人、刘廷玑的小说史，广义小说的含义仍然存在的话，那么，章学诚的中国古代小说发展史，实际上已重点在狭义的

---

① 章学诚撰，叶瑛校注：《文史通义校注》卷五《诗话》，中华书局 2004 年版，第 560 页。

小说了。也就是说，广义小说中的非小说性因素已被剥离和排除，而只有狭义的小说即通常意义上的中国古代小说了。

当然，中国古代小说中非小说性因素逐渐被剥离，而小说性因素如叙事性、虚构性、形象性以及文体的独特性的逐渐获得、被承认、进而成为共识、被强调和突出的过程，虽然是一个渐进的历史过程，但在这个渐进的过程中，也有停滞甚至倒退的现象，比如清初纪昀所编《四库全书总目》中小说类的小说，应该说就是一个倒退。

第二节　中国古代小说的平等追求

中国古代小说明显分为文言与白话两大类型，这两大类型并不是同时出现、同步发展，而是在不同的历史时间各自单独出现，在发展过程中，虽有交集、融合，但基本保持了各自独立的发展历程，有着清晰的独立发展脉络。如前所言，广义小说即文类小说，虽是诸子十家之一，但却被排除在九流之外，被置于思想知识体系的边缘。狭义的小说即通常意义上的小说，亦即此处所指文言小说与白话小说系统中不同阶段或者不同类型的小说，也依然无法摆脱这一历史宿命，正如陈平原所说："文言小说和白话小说的相对独立平行发展，是中国小说的一大特色。因而，这两者一定程度上的互相对峙、互相影响及其各自消长起伏的趋势，也就构成了中国小说发展的一个重要侧面。"然而，"不管是文言小说还是白话小说，在整个中国文学结构中，都处于边缘地位。"[1]与诗文等传统文学之体的发展历史相比，由于中国古代小说的边缘处境，因而中国古代小说的发展历史，始终伴随着对平等地位持续不懈的追求。而中国古代小说对平等地位的追求，主要是通过与经书、史传、诗文等的对话甚至抗争体现出来，同时，小说评点也是重要而有效的手段之一。

---

[1]　陈平原：《小说史：理论与实践》，北京大学出版社 2010 年版，第 165 页。

一、比附诗文，强调小说的"异馔"之味

与生俱来的边缘定位，造成了中国古代小说始终存在一种几乎近于无意识的自卑心理，但同时，也使中国古代小说常常发出不平之鸣，常常比附诗文，强调自己与诗文不一样的"异馔"之味，应该获得相应的重视和地位。

将小说与诗文辞赋相提并论的，曹植应该是较早的发论者，他说："今往仆少小所著辞赋一通相与，夫街谈巷说，必有可采；击辕之歌，有应《风》《雅》；匹夫之思，未易轻弃也。"①这里，曹植将其所著辞赋与小说、民间诗歌并论，指出它们各有价值，都"未易轻弃"。当然，曹植下文又说"辞赋小道，固未足以揄扬大义，彰示来世也"，并声称自己是要"吾虽薄德，位为藩侯，犹庶几戮力上国，流惠下民，建永世之业，流金石之功，岂徒以翰墨为勋绩，辞赋为君子哉"。即使不能建永世之业，流金石之功，也要"采庶官之实录，辨时俗之得失，定仁义之衷，成一家之言"。也就是说，在曹植眼中，辞赋等文学事业都是不值一提的。当然，这是曹植的志向，不是我们关注的重点，我们关注的，是曹植毕竟将"街谈巷说"的小说与辞赋、诗文等当时主流文学置于相同的地位，等量齐观，对于小说而言，这是极有意义的。

中国古代小说追求与诗文平等地位的诉求，在唐代有一次小说与正统诗文的重要对话值得特别重视。这次对话起于韩愈作《毛颖传》。韩愈《毛颖传》，具有明显的小说品格，陈寅恪先生认为它是一部"以古文试作小说，而未能甚成功者也"。②李剑国先生则视其为"亚小说"，他说："古文领袖韩愈、柳宗元写过许多接近传奇小说的作品，如《毛颖传》《圬者王承福传》《谪龙说》《种树郭橐驼传》《梓人传》《宋清传》《童区寄传》等，明显借鉴了小说的构思和技巧，可称作亚小说。"③韩进廉则认为它是一篇"记传体寓言小

---

① 曹植撰，赵幼文校注：《曹植集校注》卷一《与杨德祖书》，人民文学出版社 1998 年版，第 154 页。

② 陈寅恪：《读莺莺传》，《元白诗笺证稿》第四章附，生活·读书·新知三联书店 2009 年版，第 118 页。

③ 李剑国：《唐五代志怪传奇叙录·唐稗思考录》，南开大学出版社 1998 年版，第 39 页。

说"："《毛颖传》借为'毛颖'（毛笔）立传，斥责统治者寡德少恩，书写自己郁结心头的不平。从体制、结构、语势、格调来看，是传记；编造故事阐扬道理，又是寓言；设幻为文，围绕中心人物铺叙情节，又是小说。确切地说，是一篇记传体寓言小说。"① 因而这场因《毛颖传》而起的讨论，可以视为是小说与正统诗文之间的一次对话，是一次关于小说地位问题的专题讨论。

对话围绕着是否可以以文为戏展开。裴度在《寄李翱书》中云："昌黎韩愈，仆识之旧矣，中心爱之，不觉惊赏，然意之信美材也。近或闻诸侪类，云恃其绝足，往往奔放，不以文立制，而以文为戏，可矣乎？可矣乎？"② 裴度的疑问，是当时人们普遍的疑问。

张籍与韩愈关于《毛颖传》各有两通书信往还，可视为这次对话的核心观念的代表性表达。韩愈代表小说，张籍则代表正统诗文。

张籍第一通《与韩愈书》中有云：

> 执事聪明，文章与孟轲、扬雄相若，盍为一书以兴存圣人之道，使时之人、后之人知其去绝异学之所为乎？曷可俯仰于俗，嚣嚣为多言之徒哉。然欲举圣人之道者，其身亦由之也。比见执事多尚驳杂无实之说，使人陈之于前以为欢，此有以累于令德。又商论之际，或不容人之短，如任私尚胜者亦有所累也。先王存六艺自有常矣，有德者不为，益以为损，况为博塞之戏与人竞财乎？君子固不为也。今执事为之，以废弃时日，窃实不识其然。且执事言论文章不谬于古人，今所为或有不出于世之守常者，窃未为得也。愿执事绝博塞之好，弃无实之谈，弘广以接天下之士，嗣孟轲、扬雄之作，辩杨墨老释之说，使圣人之道复见于唐，岂不尚哉。③

---

① 韩进廉：《中国小说美学史》，河北大学出版社 2004 年版，第 59 页。

② 裴度：《寄李翱书》，《文苑英华》卷六八〇《文章中》，中华书局 1966 年版，第 3508 页上。

③ 张籍：《与韩愈书》，《张司业集》卷八书，文渊阁《四库全书》本，第 1078 册，第 59 页下。

观张籍书信此处所言，实际上是劝戒韩愈为文要多作与"孟轲、扬雄相若"的诗文，"以兴存圣人之道"，而不是作如《毛颖传》之类的小说，为"博塞之戏"，"尚驳杂无实之说，使人陈之于前以为欢"。显然，张籍对如《毛颖传》之类的小说是轻视的，认为"有德者不为"，为之则"有以累于令德"。坚持认为小说是"小道"，"君子弗为"。

韩愈收到张籍此书，回信辩驳，其中有云：

> 吾子又讥吾与人人为无实驳杂之说，此吾所以为戏耳，比之酒色，不有间乎？吾子讥之似同浴而讥裸裎也。若商论不能下气，或似有之，当更思而悔之耳，博塞之讥，敢不承教。[①]

韩愈指出《毛颖传》之作，是"为戏"之作，这种为戏之作，不妨碍为诗文传圣人之道，就如人生之酒色，是必不可少的。韩愈的辩驳实际上是从小说的审美角度说明的，言简意赅，指出小说存在的必要性，也对当时社会"可矣乎"的普遍质疑做了肯定的回答。

其后，张籍再次致书韩愈，说：

> 君子发言举足，不远于理，未尝闻以驳杂无实之说为戏也。执事每见其说，亦拊几呼笑，是挠气害性，不得其正矣。苟止之不得，曷所不至焉。或以为中不失正，将以苟悦于众，是戏人也，是玩人也，非示人以义之道也。[②]

针对韩愈的"为戏"回答，张籍认为，古往今来"未尝闻以驳杂无实之说为戏"者，并以韩愈自己观为戏之文"拊几呼笑"的反应，指出这是"挠气害

---

① 韩愈：《答张籍书》，《东雅堂昌黎集注》卷一四书，文渊阁《四库全书》本，第1075册，第240页上—下。
② 张籍：《重与韩退之书》，《张司业集》卷八书，文渊阁《四库全书》本，第1078册，第61页上。

性"的，未得为文之正。将为戏之文呈之于人，"是戏人也，是玩人也，非示人以义之道也"。

韩愈再次回信辩驳，说：

> 驳杂之讥，前书尽之，吾子其复之。昔者夫子犹有所戏，《诗》不云乎："善戏谑兮，不为虐兮。"《记》曰："张而不弛，文武不能也。"恶害于道哉。吾子其未之思乎？①

韩愈引《诗》《礼》，指出圣人也有"为戏"之文，为戏之文是不妨碍圣人之大道的。在引经据典中论证了小说不妨碍圣人之道，论证了小说存在的必要性。也就是说，小说应该获得合理的地位。

在代表诗文立场的张籍看来，诗文是圣人之道的载体，小说不是，故不应作小说，坚持小说"小道"的观念，故在文学体系中，没有小说的存在空间。而代表小说立场的韩愈，则认为作为"为戏"之文的小说，不妨碍圣人之道，小说在文学体系中应占有一席之地。

面对这场激烈的讨论，未在两京的柳宗元也有所耳闻，故在一读到《毛颖传》后，立即撰文，替韩愈辩护，也替小说辩护。他在《读韩愈所著毛颖传后题》中说：

> 自吾居夷，不与中州人通书。有来南者，时言韩愈为《毛颖传》，不能举其辞，而独大笑以为怪，而吾久不克见。杨子诲之来，始持其书，索而读之，若捕龙蛇，搏虎豹，急与之角而力不敢暇，信韩子之怪于文也。世之模拟窜窃，取青媲白，肥皮厚肉，柔筋脆骨，而以为辞者之读之也，其大笑固宜。且世人笑之也，不以其俳乎？而俳又非圣人之所弃者。《诗》曰："善戏谑兮，不为虐兮。"《太史公书》有《滑稽列传》，皆

---

① 韩愈：《重答张籍书》，《东雅堂昌黎集注》卷一四书，文渊阁《四库全书》本，第1075册，第242页上。

取乎有益于世者也。故学者终日讨说答问，呻吟习复，应对进退，掬溜播洒，则罢愈而废乱，故有"息焉游焉"之说。不学操缦，不能安弦。有所拘者，有所纵也。大羹玄酒，体节之荐，味之至者。而又设以奇异小虫、水草、楂梨、橘柚，苦咸酸辛，虽蜇吻裂鼻，缩舌涩齿，而咸有笃好之者。文王之昌蒲菹，屈到之芰，曾皙之羊枣，然后尽天下之味以足于口。独文异乎？韩子之为也，亦将戏焉而不为虐欤！息焉游焉而有所纵欤！尽六艺之奇味以足其口欤！而不若是，则韩子之辞，若壅大川焉，其必决而放诸陆，不可以不陈也。且凡古今是非六艺百家，大小穿穴用而不遗者，毛颖之功也。韩子穷古书，好斯文，嘉颖之能尽其意，故奋而为之传，以发其郁积，而学者得以励其有益于世欤！是其言也，固与异世者语，而贪常嗜琐者，犹咕咕然动其喙，彼亦甚劳矣乎！ ①

柳宗元以味设喻，指出如果说诗书之味如"大羹玄酒，有体节之荐"，是"味之至者"的话，那么如《毛颖传》一类的小说，则如"奇异小虫、水草、楂梨、橘柚"，有"苦咸酸辛"之味，虽让人"蜇吻裂鼻，缩舌涩齿"，但却"咸有笃好之者"。就像有"文王之昌蒲菹，屈到之芰，曾皙之羊枣"，"然后尽天下之味以足于口"，文章也是如此，需要有各种风格和形式。柳宗元也是站在审美的高度上，论证了小说存在的合理性，应该给予小说应有的地位。柳宗元虽未指出给予小说与诗文平等的地位，但至少认为小说应该是各种文体中不可或缺的一种，若少了小说，则"天下之味"就不全了，显然是一种遗憾。

　　韩愈《毛颖传》引发的这一次诗文与小说的对话，深化了人们对小说的认识，特别是对小说艺术审美特征独特性的认识。在对话中小说存在的合理性得到了充分论证，为小说在文学体系中争得了一席之地。应该说，这次对话对小说地位的提高是有很大影响的。这次对话之后，小说的"异馔"之

---

① 柳宗元：《读韩愈所著毛颖传后题》，《柳河东集》卷二一题序，文渊阁《四库全书》本，第 1076 册，第 200 页下—201 页上。

味特征得到了普遍认同，小说的不可取代性也得到了承认，小说也在实际上获得了相应的独特地位，虽然还无法与诗文比肩。自此以后我们看到，在小说的论述话语中，"异馔"之味成为重要方面。如段成式在《酉阳杂俎·序》说："固服缝掖者肆笔之余，及怪及戏，无侵于儒。无若诗书之味大羹，史为折俎，子为醯醢也。炙鸮羞鳖，岂容下箸乎？固役而不耻者，抑志怪小说之书也。……不以此间录味也。"① 高彦休在《唐阙史·序》中也说："讨寻经史之暇，时或一览，犹至味之有菹醢也。"② 温庭筠在《干馔子·序》中也说："不爵不觫，非炰非炙，能悦诸心，聊甘众口。"③ 曾慥《类说·序》云："小道可观，圣人之训也。余乔寓银峰，居多暇日，因集百家之说，采撰事实，编纂成书，分五十卷，名曰《类说》。可以资治体，助名教，供谈笑，广见闻，如嗜常珍，不废异馔，下箸之处，水陆具陈矣。览者其详择焉。"④ "异馔"之味成为小说重要性论述的关键词，只有既"嗜常珍"，又"不废异馔"，才能"水陆具陈"，小说存在，是文学体系完整的重要因素。

在小说争取平等地位的论述中，明代桃源居士的论述角度值得重视，他从艺术成就的角度，将唐人传奇小说与唐代律诗相提并论，是一次试图将小说地位提高到与诗文同样高度的努力。他说："唐三百年，文章鼎盛，独律诗与小说，称绝代之奇。何也？盖诗多赋事，唐人于歌律，以兴以情，在有意无意之间。文多征实，唐人于小说，摛词布景，有翻空造微之趣。至纤若锦机，怪同鬼斧，即李杜之跌宕、韩柳之尔雅，有时不得与孟东野、陆鲁望、沈亚之、段成式辈，争奇竞爽。犹耆卿、易安之于词，汉卿、东篱之于曲，所谓厥体当行，别成奇致，良有以也。"⑤ 桃源居士的论述是客观且道理充分的，因而也得到了

---

① 段成式撰、曹中孚校点：《酉阳杂俎·序》，《唐五代笔记小说大观》上册，上海古籍出版社 2000 年版，第 557 页。

② 高彦休撰、阳羡生校点：《唐阙史·序》，《唐五代笔记小说大观》下册，上海古籍出版社 2000 年版，第 1327 页。

③ 温庭筠：《乾馔子·序》，陈振孙撰，徐小蛮、顾美华点校：《直斋书录解题》卷一一《小说家类》引，上海古籍出版社 2006 年版，第 320 页。

④ 曾慥：《类说·序》，书目文献出版社 1988 年据明天启六年岳钟秀刻本影印，第 6 页下。

⑤ 桃源居士：《唐人小说·序》，上海文艺出版社 1992 影印上海扫叶山房石印本，第 1 页。

普遍认同。且从艺术成就的角度展开论述，显然是小说自信的表现，也更具说服力。不过，这一论述并没有改变中国古代小说的整体地位。

二、比附经史，强调小说的"参行"作用

中国古代小说在争取平等地位论述中，比附诗文之外，比附经史、强调自身的教化补阙的"参行"作用也是常见的方式。

刘向、刘歆父子与班固将小说家列于诸子略，确立了小说的子书身份，而刘知幾在《史通》中，又以严密的理论论述，指出"是知偏记小说，自成一家，而能与正史参行，其所由来尚矣"，[①] 赋予了小说史流身份，这是小说比附史传以及经书的理论根源。刘知幾将小说纳入史流的论述严谨详赡，前文已有详论，故在此不再赘述。这里需要说明的是，刘知幾的立论与阐释，实际上是有历史实践的积淀和共识作为基础的。南北朝时期梁代殷芸曾编《小说》一书，[②] 刘知幾对殷芸《小说》应该十分熟悉，《史通》云："刘敬升《异苑》称：晋武库失火，汉高祖斩蛇剑穿屋而飞，其言不经。致梁武帝令殷芸编诸《小说》。"[③] 晋武库失火事，今本刘敬叔《异苑》卷二载，其云："晋惠帝元康五年，武库失火，烧汉高祖斩白蛇剑，孔子履、王莽头等三物。中书监张茂先惧难作，列兵陈卫。咸见此剑穿屋飞去，莫知所向。"[④] 从刘知幾所记看

---

① 刘知幾撰，浦起龙释：《史通通释》卷一〇《杂述》，上海古籍出版社 1978 年版，第 273 页。

② 殷芸《小说》，今有鲁迅、唐兰、余嘉锡三家辑本。另外，袁行霈、侯忠义认为宋时刘义庆也曾编过一部以小说为名的书。（参见袁行霈、侯忠义《中国文言小说书目》，北京大学出版社 1981 年版，第 27 页）此书久佚，且有学者认为根本无此书，如周楞伽，（见周楞伽辑注《殷芸小说·前言》，上海古籍出版社 1984 年版，第 5 页）故本文以殷芸《小说》为论。

③ 刘知幾撰，浦起龙释：《史通通释》卷一七《杂说中》，上海古籍出版社 1978 年版，第 480 页。

④ 刘敬叔撰，范宁校点：《异苑》，《异苑　谈薮》，中华书局 1996 年版，第 8 页。

来，此事在梁武帝时编《通史》时也是参考资料，但因其言不经，故未编入《通史》，故梁武帝命殷芸编《小说》，收录此类《通史》所不用的材料。殷芸《小说》早佚，今辑录者多据此收录此事，如周楞伽辑注的《殷芸小说》，即据刘知幾《史通》辑。① 刘知幾《史通》所言，也是我们所能知殷芸编纂《小说》的缘起，故后世考察殷芸小说编纂缘起及所录资料性质，多据此，如姚振宗《隋书经籍志考证》卷三二说："按此殆是梁武作《通史》时，凡不经之说为《通史》所不取者，皆令殷芸别集为《小说》。"② 也就是说，殷芸《小说》，收录的是编纂《通史》的不用资财，其性质属性显然是史料性的。而殷芸将其命名为"小说"，这表明，在殷芸的时代——魏晋南北朝晋宋之际，已有了将具有史料性质，但往往言有不经者视为小说的观念了。亦即，小说已在一定程度上被视为史料，具有史的性质属性了。故而如姚振宗才会说："是《小说》因《通史》而作，犹《通史》之外乘。"③ 刘知幾对这一现象无疑是深知的，故而其在《史通》立论，"是知偏记小说，自成一家，而能与正史参行，其所由来尚矣"，是有深厚的历史积淀与共识基础，也正因如此，此论一出，遂成定论，小说从此发生了巨大的改变。

首先，小说从理论上获得了史的身份，这对于小说而言，无疑是一个重要的历史转折。刘知幾论述中对小说的定位，是从功能作用上的定位，是"自成一家，而能与正史参行"，比起刘向、刘歆父子与班固在子部中对小说功能的定位，"如或一言可采"，要高出许多，刘向、刘歆父子与班固的小说，是可有可无的，而刘知幾的小说，则是必须的，是正史的必要补充，是能"与正史参行"的。不仅给予了小说存在的合法性，而且大大提高了小说的地位。

其次，刘知幾严谨详赡的论述，从此成为基本的理论基础，后世许多小

---

① 殷芸编纂，周楞伽辑注：《殷芸小说》，上海古籍出版社1984年版，第8页。

② 姚振宗：《隋书经籍志考证》卷三二，《续修四库全书》本，上海古籍出版社2002年版，第916册，第499页。

③ 姚振宗：《隋书经籍志考证》卷三二，《续修四库全书》本，上海古籍出版社2002年版，第916册，第499页。

说论述，特别是关于小说地位的论述，多从此出发而展开，比附史传，强调小说的史料性质和参行正史的作用。如既是文学家又是历史学家的欧阳修，曾编修《新唐书》和《新五代史》，在他的观念中，小说的地位和其他史传之书具有几近相同的地位和作用。他在《泰誓论》中说："或曰然则武王毕丧伐纣而《泰誓》曷谓称十有一年？对曰毕丧伐纣出于诸家之小说，而《泰誓》六经之明文也。"在《尹师鲁第二书》中说："前岁作《十国志》，盖是进本，务要卷多，今若便为正史，尽宜删削，存其大要，至如细小之事，虽有可纪，非干大体，自可存之，小说不足以累正史。"在《赠刑部尚书余襄公神道碑铭》中说："自少博学强记，至于历代史记、杂家小说、阴阳律历外暨浮屠老子之书，无所不通。"在《六一诗话》中说："王建《宫词》一百首，多言唐宫禁中事，皆史传、小说所不载者，往往见于其诗。"①欧阳修《泰誓论》，指出如《尚书》所载与小说所载，从可信度上言，"六经之明文"要高于小说。《尹师鲁第二书》则指出，修史的原则是"存其大要"，"至如细小之事，虽有可纪，非干大体，自可存之"，其意为正史存大要，而小说存细事，各有所重，各有所便。至如《赠刑部尚书余襄公神道碑铭》与《六一诗话》，则将小说与"历代史记""史传"以及"阴阳律历""浮屠老子"之书并列。也就是说，欧阳修认为，小说与经书、史传各有所重，关注的重点不同，但同等重要，也具有同样的地位。欧阳修的言说显然是刘知幾史流小说的概念，而从史料价值言，欧阳修给予小说的地位，则要比刘知幾高。

到了明代笑花主人，他在建构小说史的理论论述中，对小说源头的判断，就抛弃了班固的稗官之论，转而以刘知幾的论述为依据。笑花主人的这段论述，前文有引，不过，为了阅读的方便和观其论述全貌，不妨重录于此：

---

① 欧阳修：《文忠集》卷一八《泰誓论》，卷二三《赠刑部尚书余襄公神道碑铭》，卷六七《尹师鲁第二书》，文渊阁《四库全书》本，第 1102 册，第 152 页下，第 537 页下，第 186 页下；《六一诗话》，何文焕辑《历代诗话》，中华书局 2001 年版，第 268 页。

小说者，正史之余也。《庄》《列》所载化人、伛偻丈人等事，不列于史。《穆天子》《四公传》《吴越春秋》皆小说之类也。《开元遗事》《红线》《无双》《香丸》《隐娘》诸传，《轙车》《夷坚》各志，名为小说，而其文雅驯，间阎罕能道之。优人黄幡绰、敬新磨等，搬演杂剧，隐讽时事，事属乌有，虽通于俗，其本不传。至有宋孝皇以天下养太上，命侍从访民间奇事，日进一回，谓之说话人，而通俗演义一种，乃始盛行，然事多鄙俚，加以忌讳，读之嚼蜡，殊不足观。元施、罗二公，大畅斯道，《水浒》《三国》，奇奇正正，河汉无极，论者以二集配"伯喈"、《西厢》传奇，号"四大书"，厥观伟矣。迄于皇明，文治聿新，作者竞爽，勿论廊庙鸿编，即稗官野史，卓然夐绝千古……①

"小说者，正史之余也"的论断，显然源自刘知幾"自成一家，而能与正史参行"。又如袁于令《隋史遗文序》也说："史以遗名者何？所以辅正史也。正史以纪事，纪事者何？传信也。遗史以搜逸，搜逸者何？传奇也。"②冯梦龙《古今小说·序》也据此立论，他说："史统散而小说兴，始乎周季，盛于唐，而浸淫于宋……"③而在《警世通言·序》与《醒世恒言·序》中，冯梦龙的论述，则将小说比附从史传扩大到经书与史传。《警世通言·序》云：

野史尽真乎？曰：不必也。尽赝乎？曰：不必也。然则去其赝而存其真乎？曰：不必也。《六经》《语》《孟》，谭者纷如，归于令人为忠臣、为孝子、为贤牧、为良友、为义夫、为节妇、为树德之士，为积善之家，如是而已矣。经书著其理，史传述其事，其揆一也。理著而世不皆切磋之彦，事述而世不皆博雅之儒。于是乎村夫稚子、俚妇估儿，以甲是乙

---

① 笑花主人：《今古奇观序》，朱一玄编《明清小说资料选编》下册，齐鲁书社 1990 年版，第 1056 页。
② 袁于令：《隋史遗文序》，丁锡根编著《中国历代小说序跋集》，人民文学出版社 1996 年版，第 956 页。
③ 冯梦龙：《古今小说·序》，《冯梦龙文学全集》第一册，辽海出版社 2003 年版，第 1 页。

非为喜怒，以前因后果为劝惩，以道听途说为学问，而通俗演义一种遂足以佐经书史传之穷……①

在《醒世恒言·序》中更是说："六经国史而外，凡著述皆小说也。"并称："以《明言》《通言》《恒言》为六经国史之辅，不亦可乎。"② 当然，在冯梦龙之前，瞿佑《剪灯新话序》已在论述中将小说与经史比附，他说：

> 客闻而求观者众，不能尽却之，则又自解曰：《诗》《书》《易》《春秋》，皆圣人之所作，以为万世大经大法者也；然而，《易》言"龙战于野"，《书》载"雉雊于鼎"，《国风》取淫奔之诗，《春秋》纪乱贼之事，是又不可执一论也。今余此编，虽于世教民彝，莫之或补，而劝善惩恶，哀穷悼屈，其亦庶乎言者无罪，闻者足以戒之一义云尔。③

正如韩进廉所言："在儒术独尊，理学风行的年代，以'稗官小说'攀附儒家经典成了认知小说审美价值的捷径。"④ 故这种比附经史的论述成为小说论述的常态，尤其在为小说争取应有地位的论述中更是这样。如清初樵云山人《飞花艳想序》云：

> 自有文字以来，著书不一。四书五经，文之正路也。稗官野史，文之支流也。四书五经，如人间家常茶饭，日用不可缺；稗官野史，如世上山海珍馐，爽口亦不可少。如必谓四书五经方可读，而稗官野史不足阅，是犹日用家常茶饭，而爽口无珍馐矣。不知四书五经，不外饮食男女之事，而稗官野史，不无忠孝节义之谈。解通乎此，则拈花可以生笑，

---

① 冯梦龙：《警世通言·序》，《冯梦龙文学全集》第二册，辽海出版社 2003 年版，第 1 页。
② 冯梦龙：《醒世恒言·序》，《冯梦龙文学全集》第三册，辽海出版社 2003 年版，第 1—2 页。
③ 瞿佑著，周楞伽校注：《剪灯新话·序》（外二种），上海古籍出版社 1981 年版，第 4 页。
④ 韩进廉：《中国小说美学史》，河北大学出版社 2004 年版，第 117 页。

不必谓四书五经方可读也；发想可以见奇，不必谓稗官野史不足阅也。①

将"四书五经"与"稗官野史"对比，说明二者各有所用，不可替代。其中"人间家常茶饭"和"世上山海珍馐"的比喻，源自唐人柳宗元《读韩愈所著毛颖传后题》等的设喻，但却正好与之相反，亦十分相得。小说既是"山海珍馐"，故十分珍贵，不可或缺。

三、小说评点，小说平等诉求的理论阐释

中国古代小说宋末元初以前漫长的历史发展过程中，始终缺乏自我推销的自觉意识和有效手段，许多小说家或批评家只是以简短的序文或跋语对小说的成书缘由或经过略作说明，很少有小说家或批评家在吸引读者或唤起读者阅读兴趣方面进行努力，这无疑在某种程度上影响了人们对小说的兴趣和理解，影响了小说的传播和影响的扩大。这也是小说地位难以提升的重要原因之一。

小说评点则是改变中国古代小说这一状况的有效手段。所谓评点，是有评有点，评是批评、评论、阐释与揭示，其形式有篇首或篇末、回前或回末的总评，正文中的眉批、夹注、夹批等，阐释或揭示其含义特别是其深层意蕴，也包括其技巧、方法等各个方面。点是圈点、标示，其形式是用圈、点、线以及三角等符号或不同颜色标示出重点或关键词句，引起读者特别注意。诗文评点唐世已有，小说评点则起于宋末元初。叶德辉《书林清话》云："刻本书之有圈点，始于宋中叶以后。岳珂《九经三传沿革例》有圈点必校之语，此其明证也。……刘辰翁字会孟，一生评点之书甚多，同时方虚谷回，亦好

---

① 樵云山人：《飞花艳想序》，丁锡根编著《中国历代小说序跋集》，人民文学出版社1996年版，第1274页。

评点唐宋人说部诗集。坊估刻以射利，士林靡然向风。"① 刘辰翁评点之书，影响颇大，明人汇刻为《刘须溪批评九种》，方回评点之书，有《瀛奎律髓》存世。其中，刘辰翁的《世说新语评》开小说评点之风。

刘辰翁《世说新语评》虽简略，但却是站在小说立场的上对《世说新语》的评点，且涉及小说艺术的各个层面。《俭奢》第八条写庾亮与陶侃食薤留白事，刘辰翁评："小说取笑，陶未易愚。"《简傲》第一一条写王徽之与桓冲关于王徽之职事的对话，刘辰翁于"桓问曰"上批云："亦似（一作是）小说书袋子。"在《容止》第一条写曹操以崔琰代己见匈奴使者事，刘辰翁于"匈奴使答曰"后评曰："谓追杀此使，乃小说常情。"② 这些评论都触及小说独特的美学特征。《世说新语》记人物清言俊语，往往而见其个性精神，刘辰翁于此多有灼见，如《简傲》第一二条写谢安语"阿螭故作尔"云："'故作尔'三字极得情态，何必尔。"③ "故作尔"三字，一方面写出了王恬的傲慢，同时也写出了谢安的知人和先见，刘辰翁评拈出此三字，足见其小说眼光。又如《容止》第二四条写庾亮在武昌于秋夜登南楼与诸人咏谑事，针对庾亮语言，刘辰翁评曰："观此语，元规巍峨可想。"④ 揭示出人物语言与其身份相符而突出其形象的特征，涉及小说人物形象塑造艺术。而如《文学》第五三条写张凭见刘惔的经过，刘辰翁评曰："此纤悉曲折，可尚。"⑤ 则揭示出此事描写的曲折婉曲和极强的故事性，涉及小说叙事艺术，可谓小说眼光独到。

当然，刘辰翁《世说新语评》的意义，不仅仅是对《世说新语》小说立

---

① 叶德辉：《书林清话》卷二"刻书有圈点之始"，上海世纪出版集团，上海古籍出版社 2012 年版，第 28 页。

② 刘义庆撰，刘孝标注，刘强会评辑校：《世说新语会评》，凤凰出版社 2007 年版，第 493 页，第 439 页，第 352 页。

③ 刘义庆撰，刘孝标注，刘强会评辑校：《世说新语会评》，凤凰出版社 2007 年版，第 440 页。

④ 刘义庆撰，刘孝标注，刘强会评辑校：《世说新语会评》，凤凰出版社 2007 年版，第 359 页。

⑤ 刘义庆撰，刘孝标注，刘强会评辑校：《世说新语会评》，凤凰出版社 2007 年版，第 139 页。

场的评论和解读，更重要的是其开风气之先的引领意义，从此，小说评点靡然成风，正如涨潮所描述："盖由流连欣赏，随手腕以加评；抑且阐发揄扬，并胸怀而迸露。兹集触目赏心，漫附数言于篇末；挥毫拍案，忽加赘语于幅余。或评其事而慷慨激昂，或赏其文而咨嗟唱叹。敢谓发明，聊抒兴趣；既自怡悦，愿共讨论。"① 小说评点在作者与读者之间架起一座沟通的桥梁，在促进了小说的接受与传播之外，扩大了小说的社会影响，对提升小说的社会认同与地位有独特的积极作用。一些小说在其经典化的过程中，相关著名评论家的小说评点发挥了重要作用，如李贽、金圣叹的评点之于《水浒传》，毛伦、毛宗岗父子的评点之于《三国演义》，张竹坡的评点之于《金瓶梅》，脂砚斋的评点之于《红楼梦》等。

李贽融会陆、王心学与禅宗哲学，质疑"孔孟之道"与"程朱理学"及其"礼义""天理"论述，提出"童心说"，影响了一代思想与文学。他推崇戏剧、小说，高度肯定戏剧、小说的审美价值："诗何必古《选》，文何必先秦。降而为六朝，变而为近体，又变而为传奇，变而为院本，为杂剧，为《西厢曲》，为《水浒传》，为今之举子业。大贤言圣人之道，皆古今至文，不可得而时势先后论也。故吾因是而有感于童心者之自文也，更说什么《六经》，更说什么《语》《孟》乎？"② 李贽评点《水浒传》，今有万历三十八年（1610）容与堂刊百回本《李卓吾先生批评忠义水浒传》，一为万历四十二年袁无涯刊一百二十回本《忠义水浒全传》及芥子园刊本，一般认为容与堂刊本的评点是叶昼伪托，而袁无涯与芥子园评点才是李贽。③ 不管何种为李贽手笔，但李贽对《水浒传》影响的扩大作用巨大，特别是其《忠义水浒传序》，指出《水浒传》也是"发愤之所作"："太史公曰：'《说难》《孤愤》，贤圣发

① 张潮辑，黄国政、樊夫点校：《虞初新志》凡例十则，汤显祖等原辑，袁宏道评注，柯愈春编纂《说海》第二册，人民日报出版社1997年版，第322页。

② 李贽：《焚书》卷三《杂述·童心说》，张建业、张岱注《李贽全集注》第一册，社会科学文献出版社，2010年版，第277页。

③ 叶朗：《叶昼评点水浒传考证》，《中国小说美学》附录，北京大学出版社1982年版；陈洪：《中国古代小说理论史》，安徽文艺出版社1992年版；左东岭：《李贽与晚明文学思想》，天津人民出版社1997年版。

愤之所作也.'由此观之，古之圣贤，不愤则不作矣。不愤而作，譬如不寒而颤，不病而呻吟也，虽作何观乎！《水浒传》者，发愤之所作也。"①将其与圣贤的发愤之作等而视之，《水浒传》也是圣贤的发愤之作，给予小说家圣贤地位，也给予了小说与圣贤之作同样的地位，这在中国古代小说的平等诉求中是惊天动地的。李贽之后，又有袁宏道、钟惺、叶昼等对《水浒传》进行评点，且都深受其影响。到明代末年，更有金圣叹出，将小说《水浒传》、戏曲《西厢记》与举世公认的正统文学经典的代表之作《离骚》《庄子》《史记》、杜甫诗歌四种并称"六才子书"，加以评点，影响更为广大和深远。

金圣叹将《水浒传》《西厢记》与正统文学经典《离骚》《庄子》《史记》、杜甫诗歌并称"六才子书"，肯定以《水浒传》为代表的小说的文学属性，给予《水浒传》与《离骚》《庄子》《史记》、杜甫诗歌同样的地位，给予小说传统诗文同样的地位。受刘向、刘歆父子及班固《汉书·艺文志》与刘知幾小说论述的影响，中国古代小说始终无法摆脱经史附庸的地位，金圣叹首先在《水浒传序一》中细致地论述何为才子与才子之作，②证明《水浒传》也是"从才子文心捏造而出"（第三十五回夹批），③是与《离骚》《庄子》《史记》、杜甫诗歌一样的才子之书。然后，金圣叹又从本质上揭示小说的艺术特征，指出其不同于经史的特有属性。他说："某尝道《水浒》胜似《史记》，人都不肯信。殊不知某却不是乱说。其实《史记》是以文运事，《水浒》是因文生事。以文运事，是先有事生成如此，却要算计出一篇文字来。虽是史公高才，也毕竟是吃苦事。因文生事即不然，只是顺着笔性去，削高补低都由我。"④历史家写史书，是据事行文，文服务于事的叙述；小说家写小说，是为文而用

① 李贽：《忠义水浒传序》，朱一玄、刘毓忱编《水浒传资料汇编》，南开大学出版社2004年版，第171页。

② 金圣叹：《水浒传序一》，朱一玄、刘毓忱编《水浒传资料汇编》，南开大学出版社2004年版，第207—211页。

③ 陈曦钟、侯忠义、鲁玉川辑校：《水浒传会评本》第三十五回，北京大学出版社1981年版，第660页。

④ 金圣叹：《读第五才子书法》，朱一玄、刘毓忱编《水浒传资料汇编》，南开大学出版社2004年版，第219页。

事，事服务于文。史书中的事是"先有事生成如此如此"，即是客观的历史事件，不容改变；而小说中的事是"只是顺着笔性去，削高补低都由我"，是虚构的，可以根据需要随意虚构。总之，历史家的史书重在"事"，而小说家的小说重在"文"。金圣叹以"以文运事"与"因文生事"来概括历史著述与小说的区别，抓住了史传与小说的本质区别，特别是对小说"文"的本质属性的揭示，为其将《水浒传》与《离骚》《庄子》《史记》、杜甫诗歌并列提供了理论依据，也为小说争取在文学体系中的平等地位提供了理论支持。

在肯定《水浒传》的才子之书性质与文学属性的基础上，金圣叹以其弘深的艺术感知能力，全面而准确地揭示了《水浒传》的艺术成就，从而证明了《水浒传》应该得到与《离骚》《庄子》《史记》、杜甫诗歌同样的文学地位，证明了小说理当获得与传统诗文同样的地位。比如对《水浒传》塑造人物形象的成就，他提出人物性格的概念，"别一部书，看过一遍即休。独有《水浒传》，只是看不厌。无非为他把一百八个人性格，都写出来"。"《水浒传》写一百八个人性格，真是一百八样。若别一部书，任他写一千个人，也只是一样。便只写得两个人，也只是一样"。[①] 又如对《水浒传》的叙事艺术，他也做了精彩的分析总结，"《水浒传》有许多文法，非他书所曾有，略点几则于后：有倒插法，谓将后边要紧字，蓦地先插放前边。如五台山下铁匠间壁父子客店，又大相国寺岳庙间壁菜园，又武大娘子要同王干娘去看虎，又李逵去买枣糕，收得汤隆等是也。有夹叙法……有草蛇灰线法……有大落墨法……有绵针泥刺法……有背面铺粉法……有弄引法……有獭尾法……"[②] 总之，金圣叹的评点涉及小说艺术的诸方面，以其"灵心妙舌，开后人无限眼界，无限文心"[③]总结了《水浒传》的艺术成就，足堪与《离骚》《庄子》《史

---

① 金圣叹：《读第五才子书法》，朱一玄、刘毓忱编《水浒传资料汇编》，南开大学出版社2004年版，第220页。

② 金圣叹：《读第五才子书法》，朱一玄、刘毓忱编《水浒传资料汇编》，南开大学出版社2004年版，第223页。

③ 冯镇峦：《读聊斋杂说》，蒲松龄著，张友鹤辑校：《聊斋志异》会校会注会评本，上海古籍出版社1995年版，第12页。

记》、杜甫诗并称"才子书"，极大地提高了《水浒传》的影响。同时，金圣叹的评点也极具系统性，初步建构起了中国古代小说的理论体系，是中国古代小说争取建立自身话语权的重要突破，也为中国古代小说争取平等地位提供了理论支撑。

明清小说评点的著名之作，还有张竹坡的《金瓶梅》评点，毛伦、毛宗岗父子的《三国演义》评点，各有精彩，在小说理论方面也各有建树。如毛伦、毛宗岗父子的《三国演义》评点，对《三国演义》拥刘贬曹观念的揭示，对"单体"、"扇面"结构、"章法"以及"叙事十二妙"的总结等。[①] 如张竹坡的《金瓶梅》评点，指出《金瓶梅》是一部"仁人志士孝子悌弟""以泄其愤"之作，"一篇淫欲之书，不知却句句是性理之谈，真正道书也。"并提出"苦孝说""寓意说"，[②] 为引导读者正确阅读理解《金瓶梅》的主题意蕴有重要作用。同时，对《金瓶梅》小说艺术成就，张竹坡也有精彩论述，如对《金瓶梅》"关锁""结穴""穿插""合笋""伏脉""流波"等"文法"的总结，对人物形象塑造"典型"性格、白描方法的运用，对"趁窝和泥"叙述方法的概括等。[③]

另外，《聊斋志异》冯镇峦、但明伦等的评点，《儒林外史》闲斋老人序与"卧评"，《红楼梦》的脂砚斋评点等，都在揭示小说主题意蕴、人物形象塑造、叙事艺术、语言艺术等方面有精彩发明。这些评点往往成为小说刊行的组成部分，影响着读者对该小说的阅读、理解和评判。总之，小说评点的兴起，在小说理论建构与独立话语权的树立、在扩大小说社会影响以及经典化方面都有产生了积极的作用。并通过对小说艺术成就的揭示，为小说地位的提高提供了有力的理论支持。应该说，明清小说的盛行与大受士庶喜爱是

---

① 毛宗岗：《读三国志法》，朱一玄、刘毓忱编《三国演义资料汇编》，南开大学出版社2005年版，第254—266页。

② 张竹坡：《竹坡闲话》，《金瓶梅回评》，《苦孝说》，《金瓶梅寓意说》，朱一玄编《金瓶梅资料汇编》，南开大学出版社2004年版，第415页，第555页，第418页。

③ 张竹坡：《金瓶梅读法》，《金瓶梅回评》第十九回，朱一玄编《金瓶梅资料汇编》，南开大学出版社2004年版，第425—443页，第476页。

无法否认小说评点的作用的，通过小说家、批评家及其他有识之士的各种努力以及小说自身的巨大成就，小说在文学体系中事实上已取得了无法忽视的重要地位，这应该是晚清"小说界革命"能够兴起的重要基础。

第三节 "小说界革命"与小说文学中心地位的确立

"小说界革命"是中国古代小说发展的一个重要转折点。一九〇二年（清光绪二十八年，日本明治三十五年）十一月十四日，梁启超在日本横滨正式创办《新小说》杂志，并在第一期上发表《论小说与群治之关系》一文，在此文中，梁启超正式提出"小说界革命"的口号："故近日欲改良群治，必自小说界革命始；欲新民，必自新小说始。"[1] 并视"小说为国民之魂"。[2] "小说界革命"正式发生，"小说界革命"浪潮中除了对小说功用的鼓吹之外，小说的文学属性也得到了充分的论证，小说不仅被纳入文学体系，并且被置于文学体系的中心，一跃而成为"文学之最上乘"，[3] 长达千年的边缘地位也随之崩解。

一、梁启超与"小说界革命"

一九〇二年（清光绪二十八年，日本明治三十五年）十一月十四日，梁

---

① 梁启超：《论小说与群治之关系》，陈平原、夏晓虹编《二十世纪中国小说理论资料》第一卷，北京大学出版社 1997 年版，第 51 页。

② 梁启超：《译印政治小说序》，陈平原、夏晓虹编《二十世纪中国小说理论资料》第一卷，北京大学出版社 1997 年版，第 38 页。

③ 饮冰：《论小说与群治之关系》，《新小说第一号》，楚卿：《论文学上小说之位置》，觉我：《〈小说林〉缘起》，陈平原、夏晓虹编《二十世纪中国小说理论资料》第一卷，北京大学出版社 1997 年版，第 51 页，第 56 页，第 78 页，第 255 页。

启超在日本横滨创办《新小说》杂志，并在第一期上发表《论小说与群治之关系》，正式提出"小说界革命"的口号，文章开篇即明确提出："欲新一国之民，不可不先新一国之小说。故欲新道德，必新小说；欲新宗教，必新小说；欲新政治，必新小说；欲新风俗，必新小说，欲新学艺，必新小说；乃至欲新人心、欲新人格，必新小说。何以故，小说有不可思议之力支配人道故。"然后详细地阐释了"中国小说界革命之必要"，①发出"小说界革命"的号召："故今日欲改良群治，必自小说界革命始；欲新民，必自新小说始。"②梁启超的这一号召，立即得到了热烈的响应，"小说界革命"也成为中国小说发展史上一个重要的转折点。

梁启超是"小说界革命"的发起者，"小说界革命"的发生，与梁启超个人的小说理念有关。邹晓霞认为"小说界革命的发动及其成败得失与梁启超的个性人格亦密切相关"，"梁启超所提出的'魁儒硕学、仁人志士'的现代小说家的理想人格为小说界革命之酝酿树立了榜样的力量，其'新民'人格的追求与实践成为小说界革命的重要内驱力之一"。同时，她也认为"小说界革命的缺失与梁启超本人流质易变的个性人格更是有密切的联系"。③的确，"小说界革命"的发生，无疑与其领袖梁启超个人的个性品格与思想观念特别是小说理念有极大的关系。

作为晚清变法维新运动的领袖之一，梁启超的文学思想观念深受西方包括日本的现代文艺思想影响，其小说观念包括上文提到的他对传统中国古代小说的批评角度，来自他对西方文艺思想的接受和小说作品阅读体验的理论升华。在戊戌变法之前，他就已注意到小说，在《变法通议》谈到中国"说部书"时，已流露出对变革中国古代小说的想法："今宜专用俚语，广著群

① 新小说报社：《中国唯一之文学报〈新小说〉》，陈平原、夏晓虹编《二十世纪中国小说理论资料》第一卷，北京大学出版社1997年版，第59页。
② 饮冰：《论小说与群治之关系》，陈平原、夏晓虹编《二十世纪中国小说理论资料》第一卷，北京大学出版社1997年版，第50—54页。
③ 邹晓霞：《论梁启超的个性人格与"小说界革命"的关系》，《明清小说研究》2014年第3期。

书：上之可以借阐圣教，下之可以杂述史事，近之可以激发国耻，远之可以旁及彝情，乃至宦途丑态，试场恶趣，鸦片顽癖，缠足虐刑，皆可穷极异形，振厉末俗，其为补遗岂有量耶！"① 稍后梁启超又注意到日本明治维新中小说的作用："日本之变法，赖俚歌与小说之力。盖以童子以导愚氓，未有善于是者。"② 戊戌变法失败，梁启超逃亡日本，就在前往日本的轮船上，他读到了日本小说《佳人奇遇》，便对这一题材的小说作品产生了极大的兴趣。这使他后来在研究西方各国变革经验时尤其关注小说在其中的角色，并发现小说均有重要作用，于是他在《译印政治小说序》中将自己对各国变革与小说关系的考察和判断进行了条理和总结：

> 在昔欧洲各国变革之始，其魁儒硕学，仁人志士，往往以其身之所经历，及胸中所怀，政治之议论，一寄之于小说，于是彼中缀学之子，黉塾之暇，手之口之，下而兵丁、而市侩、而农氓、而工匠、而车夫马卒、而妇女、而童儒，靡不手之口之。往往每一书出，而全国之议论为之一变。彼美、英、德、法、奥、意、日本各国政界之日进，则政治小说，为功最高焉。英名士某君曰："小说为国民之魂。"岂不然哉！岂不然哉！③

梁启超是在考察欧洲各国变革时期小说的作者及其创作情况后，进行了理论式的总结，得出如下结论：一是欧洲变革时期小说的作者身份，是"魁儒硕学，仁人志士"；二是这些"魁儒硕学，仁人志士"创作小说的目的，是"其身之所经历，及胸中所怀，政治之议论，一寄之于小说"；三是这些小说的作用，"每一书出，而全国之议论为之一变"。由此，他深深地赞同"小说为国

---

① 梁启超：《变法通议·论幼学》，陈平原、夏晓虹编《二十世纪中国小说理论资料》第一卷，北京大学出版社 1997 年版，第 28 页。
② "附送《海上繁华梦》绣像"告白，光绪二十四年五月二十七日《采风报》。
③ 任公：《译印政治小说序》，陈平原、夏晓虹编《二十世纪中国小说理论资料》第一卷，北京大学出版社 1997 年版，第 37—38 页。

民之魂"的观点。同时，对日本明治维新的考察，使他看到了在日本的变革中小说也有类似的作用：

> 于日本维新之运有大功者，小说亦其一端也。明治十五六年间，民权自由之声，遍满国中。于是西洋小说中，言法国、罗马革命之事者，陆续译出；有题为《自由》者，有题为《自由之灯》者，次第登于新报中。自是译泰西小说者日新月盛。……翻译既盛，而政治小说之著述亦渐起，……著书之人，皆一时之大政论家，寄托书中之人物，以写自己之政见，固不得专以小说目之。而其浸润于国民脑质最有效力者，则《经国美谈》《佳人奇遇》两书为最云。①

梁启超博通中国文化与文学，又研习接受西方文学与理论，在对比中，他看到西方"魁儒硕学，仁人志士"所作小说在社会变革时期的巨大积极作用，也看到中国古代小说对民众的巨大负面影响，因而产生了"且从而禁之，孰若从而导之"的变革中国古代小说的想法。因此，对欧洲与日本变革时期小说作用的认知和判断以及由此形成的小说理念，正是梁启超要发动"小说界革命"的内在思想原因，即以效法西方变革时期"魁儒硕学，仁人志士"的做法，以小说宣传变革，影响、教育民众。很显然，梁启超也将自己定位为中国的"魁儒硕学，仁人志士"，主动承担起他们的责任。从其译印政治小说到创办《新小说》、发起"小说界革命"，都是其小说理念的实践。

梁启超的这种小说理念，在当时的有识之士中应该是一种具有普遍性的共识，如几道、别士（严复、夏曾佑）在《本馆附印说部缘起》中有云："夫说部之兴，其入人心之深，行世之远，几几出于经史之上，而天下之人心风俗，遂不免为说部之所持……且闻欧、美、东瀛，其开化之时，往往得小说之助。"康有为在《〈日本书目志〉识语》中也谈到小说的巨大教化作用："故'六经'不能教，当以小说教之；正史不能入，当以小说入之；语录不能喻，

---

① "新辑《林文忠公中西演义》"广告，光绪二十六年五月初九日《新闻报》。

当以小说喻之；律例不能治，当以小说治之"。邱炜萲在《小说与民智关系》中也说："吾华通人素轻此学，而外国非通人不敢著小说。故一种小说，即有一种之宗旨，能与政体民志息息相通；次则开学智，祛弊俗；又次亦不失为记实历，洽旧闻，而毋为虚憍浮伪之习，附会不经之谈可必也。其声价亦视吾华相去千倍。"衡南劫火仙在《小说之势力》中对西方小说的作者与作用的认识，也与梁启超相似："欧美之小说，多系公卿硕儒，察天下之大势，洞人类之赜理，潜推往古，欲揣将来，然后抒一己之见，著而为书，用以醒齐民之耳目，励众庶之心志。或对人群之积弊而下砭，或为国家之危险而立鉴，然其立意，则莫不益国利民，使勃勃欲腾之生气，常涵养于人间世而已。"①

二、"小说界革命"的发生

"小说界革命"的发生，与晚清社会政治与文化生态的深刻变动有关，而对庚子国变的深刻反思，则是引爆其发生的最终触发点，新媒体的出现，则为其准备了物质与技术条件，当然，中国古代小说自身的发展需要，才是"小说界革命"发生的根本动因。

"小说界革命"与"诗界革命""文界革命"是梁启超等领导的晚清变法维新运动的重要组成部分，因而"小说界革命"的发生，与晚清民族危机下兴起的维新变法运动息息相关。一八九四年（光绪二十年），中国在中日甲午战争中的战败，次年中日签订《马关条约》，再次面临被列强瓜分的危局，激发了中国人特别是知识阶层中的有识之士强烈的变革意识，一场以去弊强国为宗旨的变法维新运动随即展开。康有为、梁启超等维新领袖认为，要救亡图强，变法维新势在必行，而要变法维新，一方面必须学习外国的先进的技术和文化；另一方面还要改造中国的传统文化与文学。于是《清议报》《时务

---

① 康有为：《〈日本书目志〉识语》，几道、别士：《本馆附印说部缘起》，邱炜萲：《小说与民智关系》，衡南劫火仙：《小说之势力》，陈平原、夏晓虹编《二十世纪中国小说理论资料》第一卷，北京大学出版社 1997 年版，第 29 页，第 27 页，第 47—48 页，第 48 页。

报》等进步刊物相继创办，刊载政论与译介西方文化科技，以启发民众，传播改革思想，掀起学习西方的舆论与行动。同时又先后发起"诗界革命""文界革命"和"小说界革命"，推动对中国传统文化与文学的改造。

单就梁启超发动"小说界革命"而言，除了作为甲午战争以来的变法维新运动这一总体社会政治文化潮流的驱动之外，对庚子国变的沉痛反思更是"小说界革命"发生的直接"触发点"。"在时人眼中，义和团与小说，尤其是神怪小说的密切关系，以及由此所造成的灾难，是以往任何类似事件都无法比拟的。而且更重要的是，朝廷与"素称读书之士大夫"也参与进来，与所谓的"愚民"一般无二。姜荣刚总结出义和团与小说直接关联表现在三个方面，"第一，义和团的咒语多出自于小说"；"第二，义和团神拳仪式的主要特点是降神附体，其所奉神祇大多来源于小说中的人物"；"第三，拳众对小说及戏剧舞台上情境的模仿也是一个极为普遍的现象"。① 这使梁启超等人开始深入思考中国古代小说之弊，梁启超思考的结果，在《论小说与群治之关系》一文中体现了出来：

> 知此义，则吾中国群治腐败之总根原，可以识矣。吾中国人状元宰相之思想何自来乎？小说也。吾中国人佳人才子之思想何自来乎？小说也。吾中国人江湖盗贼之思想何自来乎？小说也。吾中国人妖巫狐鬼之思想何自来乎？小说也。若是者，岂尝有人焉提其耳而诲之，传锗钵而授之也？而下自屠爨贩卒、姬娃童稚，上至大人先生、高才硕学，凡此诸思想，必居一于是；莫或使之，若或使之，盖百数十种小说之力直接间接以毒人，如此其甚也。（即有不好读小说者，而此等小说既已渐渍社会，成为风气。其未出胎也，固已承此遗传焉。其既入世也，又复受此感染焉。虽有贤智，亦不能自拔。故谓之间接。）今我国民惑堪舆，惑相命，惑卜筮，惑祈禳，因风水而阻止铁路，阻止开矿；争坟墓而阖族械斗，杀人如草，因迎神赛会，而岁耗百万金钱，废时生事，消耗国力者，

---

① 姜荣刚：《义和团事件：晚清"小说界革命"的触发点》，《文学遗产》2010 年第 4 期。

曰惟小说之故。今我国民慕科第若狂，趋爵禄若鹜，奴颜婢膝，寡廉鲜耻，惟思以十年萤雪，暮夜苞苴，易其归骄妻妾、武断乡曲一日之快，遂至名节大防，扫地以尽者，曰惟小说之故。今我国民轻弃信义，权谋诡诈，云翻雨覆，苛刻凉薄，驯至尽人皆机心，举国皆荆棘者，曰惟小说之故。今我国民轻薄无行，沈溺声色，缱恋床第，缠绵歌泣于春花秋月，销磨其少壮活泼之气；青年子弟，自十五岁至三十岁，惟以多情多感多愁多病为一大事业，儿女情多，风云气少，甚者为伤风败俗之行，毒遍社会，曰惟小说之故。今我国民绿林豪杰，偏地皆是，日日有桃园之拜，处处为梁山之盟，所谓"大碗酒，大块肉，分秤称金银，论套穿衣服"等思想，充塞于下等社会之脑中，遂成为哥老、大刀等会，卒至有如义和拳者起，沦陷京国，启召外戎，曰惟小说之故。呜呼！小说之陷溺人群，乃至如是，乃至如是！ [①]

梁启超总结了国人的如"状元宰相之思想"等各种落后思想与小说有关，"惑堪舆，惑相命，惑卜筮，惑祈禳，因风水而阻止铁路，阻止开矿；争坟墓而阖族械斗，杀人如草，因迎神赛会，而岁耗百万金钱，废时生事，消耗国力"等各种堕落之行，与小说有关。他还特别指出"今我国民绿林豪杰，偏地皆是，日日有桃园之拜，处处为梁山之盟，所谓'大碗酒，大块肉，分秤称金银，论套穿衣服'等思想，充塞于下等社会之脑中"，造成"哥老、大刀等会，卒至有如义和拳者起"。

梁启超对中国小说于国人负面作用的思考和总结不是孤立的，对义和团受中国小说负面影响，当时的《中外日报》一篇评论也有相似的认识，认为义和团"乃是四种旧党化合所成之新物质"，其二就是"小说派"："此派之人，其脑中本洞然无物，仅有一种小说流入其脑而据之。支那小说，总不外四个缘故，一曰佳人才子，二曰仙人传授，三曰兴兵平番，四曰富贵团圆。

---

① 饮冰：《论小说与群治之关系》，陈平原、夏晓虹编《二十世纪中国小说理论资料》第一卷，北京大学出版社 1997 年版，第 53 页。

案第一条、第四条常人之所乐有也，而非第三条不足以致之。欲致第三条，非得第二条不能。以故人人有一太白金星、九天玄女，呼风唤雨、撒豆成兵之说在其意中，平时将信将疑，一遇可以附会之端，登时确信以为实。然凡支那之平民皆属此派。"[1] 邱炜萲也认为义和团事件中中国小说的负面影响难辞其咎，他说："夫小说有绝大隐力焉。即以吾华旧俗论，余向谓自《西厢记》出，而世慕为偷情私合之才子佳人多；自《水浒传》出，而世慕为杀人寻仇之英雄好汉多；自《三国演义》出，而世慕为拜盟歃血之兄弟，斩木揭竿之军机多。是以对下等人说法，法语巽语，毋宁广为传奇小说语。巍巍武庙，奕奕文昌，稽其出典，多沿小说，而黎民信之，士夫忽之，祀典从之，朝廷信之，肇端甚微，终成铁案。若今年庚子五、六月拳党之事，牵动国政，及于外交，其始举国骚然，神怪之说，支离莫究，尤《西游记》《封神传》绝大隐力之发见矣。而其弊足以毒害吾国家，可不慎哉！"[2]

对庚子国变的深刻反思，使梁启超等人认识到防止义和团类似事件发生的根本之计是改良社会，而改良社会应以"改良小说"为先，由此触发了梁启超等人发动"小说界革命"的行动。

当然，"小说界革命"的发生，也离不开印刷技术的传入与快速普及，报纸杂志等新媒体的出现与迅速繁荣，小说与新媒体的联姻是"小说界革命"发生的重要基础。阿英在《晚清小说史》中就把印刷技术与报纸杂志作为晚清小说繁荣的首要条件："造成这空前繁荣局面，在事实上有些怎样的原因呢？第一，当然是由于印刷事业的发达，没有此前那样刻书的困难，由于新闻事业的发达，在应用上需要多量产生。第二……"[3] 李剑国、陈洪主编《中国小说通史》也认为晚清小说的繁盛，"其中与传播媒介关系委实密不可

① 《中外日报》评论，光绪二十六年六月十九日（1900 年 7 月 15 日），戴逸主编《中国近代史通鉴　戊戌维新与义和团运动》，红旗出版社 1997 年版，第 1019 页。
② 邱炜萲：《小说与民智的关系》，陈平原、夏晓虹编《二十世纪中国小说理论资料》第一卷，北京大学出版社 1997 年版，第 47 页。
③ 阿英：《晚清小说史》，东方出版社 1996 年版，第 1 页。

分"。①陈大康认为，在"近代"七十余年中"促使小说发展的各要素出现了迥异于以往的变化"其中，"变化尤为醒目"的就有印刷技术与报纸杂志："首先，先进印刷技术传入中土并很快普及，从物质生产层面为创作进入快车道扫除了障碍。其次，报纸、杂志等媒体出现，并开始刊载小说。传播新格局影响到小说创作的各个方面，同时还使小说的读者群迅速膨胀。……"②

一八七二年五月二十一日（同治十一年四月十五日），《申报》创办三个星期后开始连载《谈瀛小录》，这是英国斯威夫特《格列佛游记》中有关小人国的部分内容。《谈瀛小录》在《申报》上的刊载，标志着中国小说与以现代印刷技术为基础的新媒体——报纸杂志——的正式联姻。在经历一番尝试与调整之后，随着维新变法运动的兴起，由梁启超主笔的《时务报》的创办与连载小说《英国包探访喀迭医生案》等福尔摩斯侦探案大受欢迎，戊戌变法时期创办的报刊如《农学报》《求是报》《中国官音白话报》竞相仿效，纷纷刊载小说。可以说，至庚子国变发生，报载小说形式已获得了读者的认可，小说与报纸杂志的结合取得了巨大的成功，从而为"小说界革命"的发生准备好了传媒条件。

晚清"小说界革命"的发生，与社会政治思想文化、物质技术条件密切相关，当然，它也是中国古代小说自身持续、自然发展的必然结果。③前文已述，中国古代小说发展到晚清，始终伴随着持续不断的平等诉求，特别是在晚清以前的明清时期，随着小说的相对兴盛，小说地位在事实上已有了很大提高。进入晚清（一八四○年），在历史惯性的推动下，中国古代小说依然在继续发展，文言小说沿着《阅微草堂笔记》的路数，有梁章钜的《归田琐记》、朱翊清的《埋忧集》等出现，白话小说则有嘉、道以来各种流派的延续，产生了《荡寇志》《续红楼梦稿》《绣球缘》《宋太祖三下南唐》《云中雁

① 李剑国、陈洪主编：《中国小说通史》清代卷，高等教育出版社 2007 年版，第 1471 页。
② 陈大康：《"小说界革命"的预前准备》，《华东师范大学学报》2007 年第 6 期。
③ 陈大康在《"小说界革命"的预前准备》（《华东师范大学学报》2007 年第 6 期）以及孟丽《论"小说界革命"的酝酿过程》（华东师范大学 2008 年博士学位论文）都描述了这一过程，可参看。

三闹太平庄》《莲子瓶演义传》等作品，又出现了两种新题材类型，一是狭邪小说，如《品花宝鉴》《花月痕》等，二是侠义公案小说，如《三侠五义》等。但总体上已表现出明显的衰落气象，这从上述小说的主题内容的低俗消沉与艺术形式的俗套、粗糙就可以看出。随着一八七二年五月二十一日（同治十一年四月十五日）《申报》创办与《谈瀛小录》的连载，小说与新媒体走向结合。但早期在报纸杂志连载的小说，都是外国小说的中译，如《谈瀛小录》是英国斯威夫特《格列佛游记》中有关小人国的部分内容，四月二十二日后《申报》刊载的是美国欧文的《一睡七十年》，四月二十五日至五月初十日连载是马里亚特的《乃苏国把沙官奇闻》（后改题为《乃苏国奇闻把沙官小说》）。稍后出现的《瀛寰琐记》杂志，第三卷起开始连载英国翻译小说《昕夕闲谈》。故而，随着新媒体的逐渐走向成熟与繁荣及读者群的扩大，仅仅有翻译小说已远远无法满足需要，中国古代小说因而面临一个全新的挑战与机遇——要不要改变自己适应新媒体与时代的新趣尚？

一八九五年（光绪二十一年）五月，英人傅兰雅在《申报》上刊载《求著时新小说启》：

> 窃以感动人心，变易风俗，莫如小说。推行广速，传之不久，辄能家喻户晓，气习不难为之一变。今中华积弊最重大者，计有三端：一鸦片，一时文，一缠足。若不设法更改，终非富强之兆。兹欲请中华人士愿本国兴盛者，撰著新趣小说，合显此三事之大害，并祛各弊之妙法，立案演说，结构成编，贯穿为部，使人阅之心为感动，力为革除。辞句以浅明为要，语意以趣雅为宗。虽妇人幼子，皆能得而明之。述事务取近今易有，切莫抄袭旧套。立意毋尚希奇古怪，免使骇目惊心。

启事亦载于《万国公报》，之后，应该收到不少投稿，从第二年二月的《时新小说出案》可知，但这些小说明显还是传统的而不是"时新小说"："或演案希奇，事多不近情理：或述事虚幻，情景每取梦寐；或出语浅俗，言多土白；甚至辞尚淫巧，事涉狎秽，动曰妓寮，动曰婢妾，仍不失淫辞小说之故套，殊违劝人为善之体例，何可以经妇孺之耳目哉？"看来，对中国古代小说而言，转型是艰难的。不过，变化还是在慢慢发生，比如，这时候出现的小说，关注时事的题材内容多了起来，《刘大将军平倭战记》《台战演义》《台湾巾帼英雄传初集》《中东大战演义》《林文忠公中西战纪》《扫荡粤逆演义》《庚子国变弹词》都是最近甚至当时的时事。随着维新运动起落，在国外小说的大量译介与示范下，中国古代小说的现代转化也成为其自身发展的必然选择和趋势，它所需要的只是契机。

庚子国变之后，"以小说推动社会变革的思想开始萌生，小说的地位迅速攀升，书局、报纸杂志等传播环节已做好准备，小说发展已开始进入转折阶段，而政治层面需要的'小说界革命'也孕育成熟"。[①] 于是，一九〇二年（光绪二十八年）十月，《新小说》创刊，梁启超发表《论小说与群治之关系》，"小说界革命"发生。

三、小说边缘定位的崩解与文学中心地位的确立

中国古代小说的边缘地位，自"小说"一词初次出现在《庄子》中就已被注定，其后，班固在《汉书·艺文志》中设小说家一类，以其历史叙述的严肃和权威确认小说在思想知识体系中的边缘地位。至唐，刘知幾将小说纳入史流，但这并没有改变小说的边缘地位，只不过是从思想知识体系的边缘变成了历史知识体系的边缘。在漫长的历史发展进程中，中国古代小说通过比附诗文、比附经史以及理论阐释，展开与诗文、与经史等的对话，表达平等诉求，争取平等地位。事实上，明清以来，由于小说的创作的巨大成就与小说持续不断的平等追求，中国古代小说的地位已获得了实质上的显著提高。随着晚清社会的大变局时代的到来，"小说界革命"的发生，小说传统定位的崩解已成为必然。

---

① 陈大康：《"小说界革命"的预前准备》，《华东师范大学学报》2007 年第 6 期。

中国古代小说传统定位的崩解与文学中心地位的确立，是伴随着"小说界革命"兴起过程中对小说功能的重新认识与利用而发生的。

如前所述，在戊戌变法失败后，梁启超等维新人士在反思戊戌变法失败过程中，他们把目光转向欧洲和日本，在考察西方各国变革历史、总结各国成功经验的过程中，他们发现，西方各国变革时期，在唤起民众觉醒、宣传变革思想的手段与方式中，小说发挥了重要作用。如梁启超言："在昔欧洲各国变革之始，其魁儒硕学，仁人志士，往往以其身之所经历，及胸中所怀，政治之议论，一寄之小说……往往每一书出，而全国之议论为之一变。彼美、英、德、法、奥、意、日本各国政界之日进，则政治小说，为功最高焉。"[1]"于日本维新之运有大功者，小说亦其一端也。"[2]邱炜萲、衡南劫火仙等也有相似的认识。[3]这促使他们反观中国古代小说，并认识到，中国古代小说同样对民众有巨大的影响。早在一八九七年（光绪二十三年），康有为就已对中国古代小说的作用和地位加以肯定，他在《闻菽园居士欲为政变说部诗以速之》中提出："经史不如八股盛，八股无如小说何。"随即解释正是因为小说"铃缨市井皆快睹，上达下达真妙音"的优势。[4]他在《〈日本书目志〉识语》中也有类似表述，认为小说"易逮于民治，善入于愚俗"，所以能识字的人有可能不读经书，但却没有不读小说的。[5]几道、别士云："夫说部之兴，其入人心之深，行世之远，几几出于经史之上，而天下之人心风俗，遂不免为说部之所持。"[6]只不过他们认为中国小说的负面作用尤为突出。"盖天下不

① 任公：《译印政治小说序》，陈平原、夏晓虹编《二十世纪中国小说理论资料》第一卷，北京大学出版社 1997 年版，第 37—38 页。
② "新辑《林文忠公中西演义》"广告，光绪二十六年五月初九日《新闻报》。
③ 邱炜萲：《小说与民智关系》，衡南劫火仙：《小说之势力》，陈平原、夏晓虹编《二十世纪中国小说理论资料》第一卷，北京大学出版社 1997 年版，第 47—49 页。
④ 康有为：《闻菽园居士欲为政变说部诗以速之》，郭绍虞、罗根泽主编《中国近代文论选》，人民文学出版社 1959 年版，第 148 页。
⑤ 康有为：《〈日本书目志〉识语》，陈平原、夏晓虹编《二十世纪中国小说理论资料》第一卷，北京大学出版社 1997 年版，第 29 页。
⑥ 几道、别士：《本馆附印说部缘起》，陈平原、夏晓虹编《二十世纪中国小说理论资料》第一卷，北京大学出版社 1997 年版，第 27 页。

胜其说部之毒，而其益难言矣"，[1]"而其弊足以毒害吾国家，可不慎哉"，[2]梁启超甚至将国民几乎所有的劣根性都归之于小说的影响，认为小说是"吾中国群治腐败之总根源"：

> 而下自屠釁贩卒、姁娃童稚，上至大人先生、高才硕学，凡此诸思想必居一于是，莫或使之，若或使之，盖百数十种小说之力，直接间接以毒人，如此其甚也（即有不好读小说者，而此等小说既已渐渍社会，成为风气。其未出胎也，固已承此遗传焉。其既入世也，又复受此感染焉。虽有贤智，亦不能自拔。故谓之间接）。今我国民惑堪舆，惑相命，惑卜筮，惑祈禳，因风水而阻止铁路，阻止开矿；争坟墓而阖族械斗，杀人如草，因迎神赛会，而岁耗百万金钱，废时生事，消耗国力者，曰惟小说之故。今我国民慕科第若膻，趋爵禄若鹜，奴颜婢膝，寡廉鲜耻，惟思以十年萤雪，暮夜苞苴，易其归骄妻妾、武断乡曲一日之快，遂至名节大防，扫地以尽者，曰惟小说之故。今我国民轻弃信义，权谋诡诈，云翻雨覆，苛刻凉薄，驯至尽人皆机心，举国皆荆棘者，曰惟小说之故。今我国民轻薄无行，沈溺声色，绻恋床第，缠绵歌泣于春花秋月，销磨其少壮活泼之气；青年子弟，自十五岁至三十岁，惟以多情多感多愁多病为一大事业，儿女情多，风云气少，甚者为伤风败俗之行，毒遍社会，曰惟小说之故。今我国民绿林豪杰，遍地皆是，日日有桃园之拜，处处为梁山之盟，所谓"大碗酒，大块肉，分秤称金银，论套穿衣服"等思想，充塞于下等社会之脑中，遂成为哥老、大刀等会，卒至有如义和拳者起，沦陷京国，启召外戎，曰惟小说之故。呜呼！小说之陷溺人群，乃至如是，乃至如是！[3]

---

① 几道、别士：《本馆附印说部缘起》，陈平原、夏晓虹编《二十世纪中国小说理论资料》第一卷，北京大学出版社1997年版，第27页。

② 邱炜蒮：《小说与民智关系》，陈平原、夏晓虹编《二十世纪中国小说理论资料》第一卷，北京大学出版社1997年版，第47页。

③ 饮冰：《论小说与群治之关系》，陈平原、夏晓虹编《二十世纪中国小说理论资料》第一卷，北京大学出版社1997年版，第53页。

《中国唯一之文学报新小说》也说："中国人心风俗之败坏，未始不坐是。"①
在中西小说的对比中，他们认识到必须改造中国古代小说，消除其负面影响
并引导其发挥如西方小说的正面影响："彼夫缀学之子，黉塾之暇，其手《红
楼》而口《水浒》，终不可禁；且从而禁之，孰若从而导之"。②因而决定发起
"小说界革命"来实现这一目的。

　　要让中国小说发挥如西方小说同样的社会作用，小说的定位问题就必须
得到解决，即一直以来中国古代小说的边缘地位必须得到彻底改变是让其发
挥巨大正面作用的前提。因此，在梁启超等发起"小说界革命"的理论论述
中，在强调"小说有不可思议之力支配人道"巨大作用的同时，也给予"小
说文学为文学之最上乘"的中心地位。③他在《新小说》第一号上，发表的
"小说界革命"宣言书式的纲领性文章《论小说与群治之关系》中说：

> 　　欲新一国之民，不可不先新一国之小说。故欲新道德，必欲新小
> 说；欲新宗教，必新小说；欲新政治，必新小说；欲新风俗，必新小
> 说；欲新学艺，必新小说，乃至欲新人心、欲新人格，必新小说。何以
> 故？小说有不可思议之力支配人道故。
>
> 　　此二者实文章之真谛，笔舌之能事。苟能批此窾、导此窍，则无论
> 为何等之文，皆足以移人；而诸文之中，能极其妙而神其技者，莫小说
> 若。故曰小说为文学之最上乘也。④

其实，在此文稍早前，梁启超于《新民丛报》上刊登的《新小说》广告就已

---

① 新小说报社：《中国唯一之文学报新小说》，陈平原、夏晓虹编《二十世纪中国小说理论
　资料》第一卷，北京大学出版社 1997 年版，第 58 页。
② 任公：《译印政治小说序》，陈平原、夏晓虹编《二十世纪中国小说理论资料》第一卷，
　北京大学出版社 1997 年版，第 37 页。
③ 饮冰：《论小说与群治之关系》，陈平原、夏晓虹编《二十世纪中国小说理论资料》第一
　卷，北京大学出版社 1997 年版，第 50 页，第 51 页。
④ 饮冰：《论小说与群治之关系》，陈平原、夏晓虹编《二十世纪中国小说理论资料》第一
　卷，北京大学出版社 1997 年版，第 50 页，第 51 页。

提出了"小说为文学之最上乘":"小说为文学之最上乘,近世学于域外者,多能言之。但我中国此风未盛,大雅君子犹吐弃不屑厝意。此编实可称空前之作也。"① 而在更早以前,几道、别士(严复、夏曾佑)在《本馆附印说部缘起》石破天惊地提出:"有人身所作之史,有人心所构之史,而今日人心之营构,即为他日人身之所作。则小说者又为正史之根矣"。② 没有沿袭传统的"补史之阙"论述,而将小说视为"正史之根",是本质所在,已显示出突破传统的小说边缘定位的尝试。

梁启超"小说为文学之最上乘"之论,对中国小说而言,其意义有二,一是将小说纳入文学体系,二是给予了小说在文学体系中的中心地位。

首先,梁启超"小说为文学之最上乘"之论,从理论上将小说纳入了文学体系。如前所言,中国古代小说有广义与狭义之别,广义的中国古代小说是一个文类概念,无论是在子书身份之下,还是在史流身份之下,抑或在亦子亦史的双重身份之下,它都是一个涵纳甚广的集合;狭义的中国古代小说则是通常意义上作为文学的小说,是综合考虑中国古代小说的特殊性,按照叙事性原则、传闻性原则或虚构性原则、形象性原则、体制原则遴选出来并符合作为文艺学意义上的文体概念的小说。中国古代小说的历史发展,实际上是作为广义的小说即文类小说,在走向现代的进程中,其涵纳"范围由广而狭,大大缩小了",③ 逐渐与狭义的小说即作为通常意义上的小说重合,走向同一。在明清时期至于"小说界革命"之前,中国古代小说的广狭二义已在很大程度上实现了合一,梁启超发起"小说界革命"的这一纲领性论述,实现了中国古代小说广狭二义的最终合一,小说成为文学之一体,得到了最终的理论确认。

其次,梁启超"小说为文学之最上乘"之论,给予了小说在文学体系中

---

① 新小说报社:《〈新小说〉第一号》,陈平原、夏晓虹编《二十世纪中国小说理论资料》第一卷,北京大学出版社1997年版,第56页。

② 几道、别士:《本馆附印说部缘起》:陈平原、夏晓虹编:《二十世纪中国小说理论资料》第一卷,北京大学出版社1997年版,第27页。

③ 马振方:《小说艺术论》,北京大学出版社1999年版,第7页。

的中心地位。如前所言，中国古代小说在其漫长的历史发展中，至明清时期，实际上以其巨大的创作成就以及持续不断的平等诉求，小说的实际地位已获得了极大的提高，只不过因为传统观念的根深蒂固，需要一次振聋发聩的冲击，才能使其彻底崩解。梁启超等人出于社会变革思想与主张宣传的需要，强调小说在改良群治中的巨大作用，虽不免夸张，但也正符合了中国古代小说发展的客观实际，承担起了对传统小说观念的最后一击。也就是说，即使没有"小说界革命"，传统的知识体系下小说的边缘定位，迟早也会崩塌，"小说界革命"只是适时地成了小说进入文学体系中心的恰当诱因。

梁启超之后，楚卿（狄葆贤）在《新小说》第七号上发表《论文学上小说之位置》一文，认为小说要更有效地发挥"改良社会"的作用，他从分析接受对象入手，强调应该提高小说的创作质量。并对小说为"文学之最上乘"这一论断进行了严密的理论阐释：

> 小说为文学之最上乘，亦有说乎？曰：彼其二种德、四种力，足以支配人道左右群治者，时贤既言之矣；至以文学之眼观察之，则其妙谛，犹不止此。凡文章常有两种对待之性质，苟得其一而善用之，则皆可以成佳文。何谓对待之性质？一曰简与繁对待，二曰古与今对待，三曰蓄与泄对待，四曰雅与俗对待，五曰实与虚对待。而两者往往不可兼得。①

楚卿综合梁启超与夏曾佑的认识，确认了"小说为文学之最上乘"的"妙谛"所在，他从简繁、古今、蓄泄、雅俗、实虚五个方面，将小说与其他文体进行比较分析，并详细论述了"繁、今、泄、俗、虚"的内涵。楚卿论述角度更为贴近作为文学之一体的小说的本质属性，因而也更具有说服力，对小说文学中心地位的确立，有重要的理论贡献。

---

① 楚卿：《论文学上小说之位置》，陈平原、夏晓虹编《二十世纪中国小说理论资料》第一卷，北京大学出版社 1997 年版，第 78—81 页。

　　陶祐曾也是大力鼓吹小说与小说作用的理论家,《论小说之势力及其影响》《〈扬子江小说报〉发刊词》及《〈月月小说〉题词》等文章基本承袭梁启超的小说观而更加激进。比如他对小说地位的论述,坚持了梁启超"小说为文学之最上乘"之论:

　　　　咄!二十世纪之中心点,有一大怪物焉:不胫而走,不翼而飞,不叩而鸣;刺人脑球,惊人眼帘,畅人意界,增人智力;忽而庄,忽而谐,忽而歌,忽而哭,忽而激,忽而劝,忽而讽,忽而嘲;郁郁葱葱,兀兀矻矻;热度骤跻极点,电光万丈,魔力千钧,有无量不可思议之大势力,于文学界中放一异彩,标一特色,此何物软?则小说是。……小说,小说,诚文学界中之占最上乘者也。其感人也易,其入人也深,其化人也神,其及人也广。……①

陶祐曾也是从功用上论述小说作用优于其他,具有极大"势力",因而"诚文学界中之占最上乘者也"。到一九一二年,管达如《说小说》则在"小说界革命"的热情逐渐冷静后,关于小说的比较理性的理论论述,表现出理论总结的气质倾向,也谈到小说在文学体系中的地位:

　　　　文学者,美术之一种也。小说者,又文学之一种也。人莫不有爱美之性质,故莫不爱文学,即莫不爱小说。斯言是矣。然文学之美者亦多矣,而何必斤斤焉惟小说之是好也?夫物之不可偏废者,必其具有一种之特别性质者也。惟然,则小说在文学上之位置,可以研究矣。"②

---

① 陶祐曾:《论小说之势力及其影响》,陈平原、夏晓虹编《二十世纪中国小说理论资料》第一卷,北京大学出版社1997年版,第246—247页。
② 管达如:《说小说》,陈平原、夏晓虹编《二十世纪中国小说理论资料》第一卷,北京大学出版社1997年版,第405页。

应该说，管达如对小说地位客观冷静的论述，一方面与他对小说的客观态度与认识有关；另一方面也与此时"小说界革命"已完成了阶段性的使命，小说的文学属性与文学地位已得到了普遍认同，无须再如当初梁启超等人首先发唱时不容分辩与置疑的激进与武断了。

第四节　翻译小说与新小说的勃兴

"小说界革命"前后，伴随着报纸杂志的新办而逐渐兴盛起来的翻译小说，是当时一道独特的风景，一方面，翻译小说的兴起与传播是"小说界革命"发生的重要推动力，启导了小说界革命的发生，为新小说的诞生提供了具体而直观的示范；另一方面，翻译小说也是"小说界革命"的重要成果，在某种意义上也是新小说的组成部分。而"小说界革命"对小说文学中心地位的确立以及对小说创作的提倡，大大激发了小说家们的创作热情，从而引发了新小说的勃兴。

一、翻译小说与"小说界革命"

"小说界革命"前后，伴随着报纸杂志的新办而逐渐兴盛起来的翻译小说，在中国古代小说发展的这一特殊阶段扮演着十分特殊的角色。

西方小说的中译，根据韩南的研究，是产生于十九世纪二十年代初年至八十年代初年的"传教士小说"，现存包括第一部传教士小说米怜《张远两友相论》（1819）、郭实猎《赎罪之道传》等六部（1834—1838）、理雅各《约色纪略》（1825）、《亚伯拉罕纪略》（1857）、杨格非《引家当道》（1882）等在内的二十余部作品，这些作品介于翻译与原创之间，是基督教来华传教士用中文写作的小说形式的文字，类似于中国本土的佛教道教"辅教之书"的小说，但具有与传统中国古代小说不同的"新形式新方法"。①

　　而自一八四〇年（道光二十年）年至民国前的一九一一年（宣统三年），据陈大康统计，报载翻译小说有七百七十一部，单行本的翻译小说有四百九十二种，②西方小说被中译并刊行，形成中国小说史上一次外国小说的译介高潮。但一八四〇年至一八七一年（道光二十年至同治十年），西方小说的中译，却只有《意拾寓言》（《伊索寓言》）和《天路历程》。西方小说大规模中译真正的开始，则与一八七二年五月二十一日（同治十一年四月十五日）《申报》相关。《申报》创办三个星期后，开始连载由英国斯威夫特《格列佛游记》中有关小人国的部分内容翻译而来的《谈瀛小录》、由美国欧文《见闻录》中的《普瑞·凡·温克尔》翻译而来的《一睡七十年》以及由《一千零一夜》译编而来的《乃苏国把沙官奇闻》（后改题为《乃苏国奇闻把沙官小说》）。《申报》的做法引领风气之先，半年后，《瀛寰琐记》创刊，并从第三卷起开始连载英国翻译小说《昕夕闲谈》，连载至第二十八卷，因《瀛寰琐记》停刊而终止。早期的报载小说包括翻译小说并没有引起较大的社会反应。直到一八九一年十二月至一八九二年四月（光绪十七年十一月至光绪十八年三月），《万国公报》上开始连载署名析津翻译的美国作家爱德华·贝拉米的乌托邦小说《回头看纪略》（今译《回顾》），翻译小说才进入人们的关注视野，两年之后即一八九四年，由广学会出版了由英国新教传教士李提摩太和他的中国助手蔡尔康翻译的单行本，改名为《百年一觉》。这部小说影响广泛，也引起当时维新人士的注意，谭嗣同就曾经说过"若西书中《百年一觉》者，殆仿佛《礼运·大同》之象焉。"③康有为的维新思想著作《大同书》中描绘未来社会图景，就有《百年一觉》的影子，郭延礼认为这部小说对后来中国的政治小说有很大影响。④正因如此，一八九八年裘维锷也翻译过该小

---

① 韩南著，徐侠译：《中国近代小说的兴起》，上海教育出版社 2004 年版，第 68—101 页。

② 陈大康：《中国近代小说编年史》第一册《导言：过渡形态的近代小说》，人民文学出版社 2014 年版，第 77 页，第 94 页。

③ 谭嗣同：《仁学》，《谭嗣同全集》北京三联书店 1954 年版，第 85 页。

④ 郭延礼：《中国近代翻译文学概论》，湖北教育出版社 2001 年版，第 128—135 页。

说，刊载于他本人主编的《中国官音白话报》第七至八期（一八九八年六月二十九日）。一九〇四年（光绪三十年），该小说又被译为《回头看》，连载于《绣像小说》上。这么短时间内被多人多次翻译，这是不多见的，足见其影响之大。不过这四个译本基本上是节译本，直到一九六三年，该小说的中文全译本才出现。

甲午战争的失败，给中国知识界带来极大震动，以梁启超等维新人士领导的维新运动兴起，他们创办报刊，宣传西方文化与科技，鼓吹变革。梁启超等人在考察西方各国和日本的社会改革之后，认识到"彼美、英、德、法、奥、意、日本各国政界之日进，则政治小说，为功最高焉"，[①] 故而将西方小说看作宣传与推动变革的重要工具和手段，于是翻译小说开始大量出现，阿英对此有明确的判断，他说："大规模的介绍翻译，却在甲午中日战争（一八九五）以后。"[②] 这时译出的西方小说，大部分在维新人士创办的报刊上连载，如《时务报》从创刊号就开始连载《英国包探访喀逊医生案》等福尔摩斯侦探案直到停刊，《农学报》连载朱树人译述《稗者传》，《求是报》连载陈季同翻译的《卓舒及马格利小说》，《清议报》连载的梁启超译《佳人奇遇》等。一部分直接由出版机构出版，如光绪二十五年，素隐书屋先后出版林纾与王寿昌合译的法国小仲马的《巴黎茶花女遗事》与丁杨杜翻译的《新译包探案》。

至"小说界革命"前夕，"八年间共翻译小说 26 部（篇），平均每年 3.3 部"。[③] 这一时期刊登翻译小说的报刊包括《时务报》《农学报》《求是报》《清议报》《昌言报》《中国旬报》《世界繁华报》《励学译编》《普通学报》以及《新民丛报》等，而从事小说翻译的，据孟丽统计，主要是"外交官，有政治活动家，有西学人才。他们中绝大多数都精通外语，并有着在国外的生活经

---

① 任公：《译印政治小说序》，陈平原、夏晓虹编《二十世纪中国小说理论资料》第一卷，北京大学出版社 1997 年版，第 38 页。
② 阿英：《晚清小说史》，东方出版社 1996 年版，第 210 页。
③ 孟丽：《论"小说界革命"的酝酿历程》，华东师范大学 2008 年博士学位论文，第 70 页。

历"。① 因而翻译质量有了明显提高，且多以传播西方先进思想和输入文明为目的。如梁启超主持的《时务报》从创刊号开始直到停刊，始终在连载《英国包探访喀迭医生案》等福尔摩斯侦探案。正如陈大康所说，"侦探小说可读性强，连载可持续扩大刊物影响，而且作品蕴含的思想观念可使读者潜移默化，且可以西方侦探手段之科学、司法之严明反衬中国现状"。② 同时，他们还通过对这些翻译小说的具有倾向性的解读来引导读者。如梁启超在翻译法国近代著名科幻小说家凡尔纳的冒险小说的《十五小豪杰》后，在《新民丛报》上连载，每一回，他都附有"译后语"，对小说进行"导读"。比如针对《十五小豪杰》第三回中有"在学校中，幼年生服侍长年生"，梁启超就借此向读者介绍英国人的"自由"以及自由和服从的关系："英国人最贵自由，……殊不知自由与服从两者如车之两轮，鸟之双翼，相反而相成也。最富于自由性质者，莫英人。若最富于服从性质者，亦莫英人……立宪政体之国民，此二性质缺一不可。盎格鲁撒逊人种，所以独步于世界，皆此之由也。近世后生小子或耳食一二，自由平等之理论，辄放态无复纪律，是安得为真自由哉。"以及权利和义务的关系："盎格鲁撒逊人，凡于各团体中，无论大团小团，皆听其自治。如一学校，其中规模殆与一国无异。长年生与幼年生，即治者与被治者之两阶级也。而长年生既享有受服侍之权利，即有应尽其保护幼者之义务。权利义务，一一分明。及其出学校而任国事，亦若是则已耳。英国之学校无一而非，实务教育即此可见其概。"③ 以此来培养"新民"人格。

甲午战争之后的一八九五年至一九〇二年（光绪二十一年至光绪二十八年）"小说界革命"前夕，这一阶段的西方小说的中译与传播，是梁启超等维新人士在考察与探索西方及日本变革成功原因的过程中，认识到在西方各国变革时期小说的巨大作用后有意仿效和推动的结果，而在译介的过程中，

---

① 孟丽：《论"小说界革命"的酝酿历程》，华东师范大学 2008 年博士学位论文，第 70—71 页。

② 陈大康：《"小说界革命"的预前准备》，《华东师范大学学报》2007 年第 6 期。

③ 梁启超：《一五小豪杰》第三回译后语，《新民丛报》1902 年第四号。

翻译小说又进一步深化了他们的这种认识，认同了如英某君的"小说为国民之魂"的判断，并在这一过程中对小说自身的艺术属性也有了更加深刻的认识，如梁启超就小说有熏、浸、刺、提"四种力"的论述。故这一时期的翻译小说，是"小说界革命"发生的重要推动力之一，不仅是梁启超等人小说理念的主要来源，西方先进思想与变革主张的宣传工具与手段，而且翻译小说的题材内容与艺术技巧等也为即将诞生的新小说提供了具体而直观的榜样。

二、翻译小说与新小说

翻译小说对新小说的影响是不言而喻的，正如阿英说："就各方面统计，翻译书的数量，总有全数量的三分之二，虽然其间真优秀的并不多。而中国的创作，也就在这汹涌的输入情形之下，受到了很大的影响。"[1]但这种影响的发生却是一个持续的过程。

十九世纪二十年代初年至八十年代初年中译的"传教士小说"，影响恐怕就只限于信教人群，国内对这些中译的"传教士小说"研究的长期缺失就证明了这一点，如前文所述，首先对其进行系统研究的是美国学者韩南。倒是一八四〇年（道光二十年）在广东刊行的署名为"蒙昧先生著、门人懒惰生编译"的《意拾寓言》（《伊索寓言》）产生了不小的影响，此书真正的译者是英国人罗伯特·汤姆，当时很多报刊都转载其故事，如上海报刊《遐迩贯珍》，自创刊号起就设立了"喻言"栏目，每期刊载《意拾寓言》一则，两年间一共刊载了一篇序言和十八则故事。[2]《万国公报》也从一八七八年（光绪四年）开始连续登载《意拾寓言》故事。而其影响较大的主要原因，除了故事本身之外，也与此书的英语、汉语学习功能有关，因为此书的编排采用了

---

[1]　阿英：《晚清小说史》，东方出版社1996年版，第210页。
[2]　〔日〕松浦章、〔日〕内田庆市、沈国威：《遐迩贯珍》（附解题索引），上海辞书出版社2005年版。

英汉对照的形式，正文每页的中间为古汉语译文，左侧是英文原文，右为罗马字母拼成的广东语读音。

一八七二年五月二十一日（同治十一年四月十五日）《申报》创刊后连载《谈瀛小录》《一睡七十年》《乃苏国把沙官奇闻》等翻译小说，半年后，《瀛寰琐记》创刊，并从第三卷起开始连载英国翻译小说《昕夕闲谈》，这些报载翻译小说，"限于时代条件，当时并没有发生大的影响"。① 而且我们看到，这些翻译小说，并没有完全按照其本来面貌翻译，特别是在形式上，反而被做了"中国化"的改造，比如翻译者对原著题目的改动，林纾译《黑奴吁天录》是一个显著例子，小说原著是美国斯托夫人的小说《汤姆叔叔的小屋》，但林纾认为："是书专叙黑奴，中虽杂收他事，宗旨必与黑奴有关者，始行着笔。是书以'吁天'名者，非代黑奴吁也，书叙奴之苦役，语必呼'天'，因用以为名，犹明季六君子《碧血录》之类。"② 按照中国小说命名习惯，弃用原书名而模仿《碧血录》命名。又如对每一节自拟传统中国古代小说式的对偶回目，每一节末预留悬念，对《昕夕闲谈》的改造很典型，全书分三卷五十二节，每节均有七言或八言对称回目，结尾有诗赞。从这种对翻译小说形式"中国化"的改造也可看出，这时的翻译小说目的还比较单纯，因而也就不可能对中国小说创作发生较大的影响。

一八九五年（光绪二十一年）以后随着维新运动的兴起，梁启超等维新人士在考察、总结西方变革经验之时，发现了其间小说的突出作用，开始有意识地从功用上利用西方小说，即利用西方小说的进步内容与思想进行启蒙教育，因而，西方小说的中译，首先关注思想内容，比如这时梁启超主持的《时务报》连载《英国包探访喀迭医生案》等福尔摩斯侦探案，除了可读性之外，思想内容上具有的启蒙作用恐怕是一个重要原因。后来梁启超重视政治小说的翻译，包括译出《佳人奇遇》《十五小豪杰》等，也是思想内容上着眼

---

① 李剑国、陈洪主编：《中国小说通史》清代卷，高等教育出版社 2007 年版，第 1477 页。

② 林纾：《〈黑奴吁天录〉例言》，陈平原、夏晓虹编《二十世纪中国小说理论资料》第一卷，北京大学出版社 1997 年版，第 43 页。

的选择。对小说巨大功用的认识，推动了西方小说中译，翻译小说开始大量出现在报纸杂志上，如属于社会小说、冒险小说或科学小说等具有启蒙思想内容的《巴黎茶花女遗事》《八十日环游记》《黑奴吁天录》《绝岛漂流记》等在"小说界革命"前夕先后译出，翻译小说对中国小说创作也开始产生影响。

　　一八九五年（光绪二十一年）以后翻译小说逐渐增多并得到读者认同，但直到"小说界革命"前夕，翻译小说对中国小说创作的影响却并没有随之发生。一个有趣的例子是傅兰雅的"兹欲请中华人士愿本国兴盛者，撰著新趣小说"的征文活动。傅兰雅于光绪二十一年在《申报》及《万国公报》上刊登了题为"求著时新小说启"的征文广告。征文要求："今中华积弊，最重大者计有三端，一鸦片，一时文，一缠足。若不设法更改，终非富强之兆。兹欲请中华人士愿本国兴盛者，撰著新趣小说，合显此三事之大害，并祛各弊之妙法，立案演说，结构成编，贯穿为部，使人阅之心为感动，力为革除。辞句以浅明为要，语意以趣雅为宗，虽妇人幼子，皆能得而明之。述事务取近今易有，切莫抄袭旧套，立意毋尚希奇古怪，免使骇目惊心。"① 从其广告中的要求可以看出，他的"时新小说"是属于西方小说的。但收到的征文却让傅兰雅不太满意。这从后来傅兰雅《万国公报》上刊登的《时新小说出案》可以看出：

　　　　本馆前出告白，求著时新小说，以鸦片、时文、缠足三弊为主，立案演说，穿插成编，访诸章回小说，前后连贯，意在刊行问世，劝化人心，知所改革，虽妇人孺子亦可观感而化。故用意务求雅趣，出语亦期显明，述事须近情理，描摹要臻恳至当。蒙远近诸君揣摩成稿者，凡一百六十二卷。本馆穷百日之力，逐卷批阅，皆有命意。然或立意偏畸，述烟弊太重，说文弊过轻，或演案希奇，事多不近情理；或述事虚幻，情景每取梦寐；或出语浅俗，言多土白；甚至辞尚淫巧，事涉狎秽，动

---

① 傅兰雅：《求著时新小说启》，《申报》1895 年 6 月 8 日（光绪二十一年五月十六日），《万国公报》第 77 册 1895 年 6 月（光绪二十一年）。

日妓寮，动日婢妾，仍不失淫辞小说之故套，殊违劝人为善之体例，何可以经妇孺之耳目哉？更有歌辞满篇里句，道情者虽足感人，然非小说体格，故以违式论。又有通篇长论，调谱文艺者，文字固佳，惟非本馆所求，仍以违式论……①

这说明，当时参加征文的作者，并没有向翻译小说学习，仍然沿袭传统中国古代小说的构思立意模式和形式技巧，这让傅兰雅十分失望。但变化也在发生，当时很多小说开始关注时事，在内容上也有许多当代内容。如《平金川全传》虽仍然没有跳出讲史演义的俗套，但书中除传统的神魔斗法外，有了升天球、电气鞭、地行车、机器人等科学幻想小说内容，这无疑是翻译小说影响的结果。

一九○二年（光绪二十八年，日本明治三十五年）十一月十四日，梁启超在日本横滨创办《新小说》杂志（第二卷起迁至上海），发起"小说界革命"，号召创作"新小说"。而新小说的学习榜样就是西方小说亦即翻译小说。因而"小说界革命"的发生，翻译小说才开始直接而显著地影响中国小说创作，其直接体现就是"新小说"。新小说在题材内容与艺术形式与技巧上深受翻译小说的影响，这当然与"小说界革命"的目的相关。梁启超的《新中国未来记》是一篇典型的"新小说"，其题材上是属于政治小说范畴，表达的是变革思想观念；艺术技巧则"全用幻梦倒影之法"，②即倒叙之法。

由于"小说界革命"的需要，翻译小说一方面继续承担着介绍、宣传西方先进思想观念的任务；另一方面又担负起作为新小说榜样的任务。"二十世纪开幕，为吾国小说界发达之滥觞。文明初渡，固乞灵于译本。"③署名为世（黄世仲）发表在《中外小说林》的文章《小说风尚之进步以翻译说部为风气

---

① 傅兰雅：《时新小说出案》，《万国公报》第 86 卷 1896 年 3 月（光绪二十二年二月刊）。

② 新小说报社：《中国唯一自文学报〈新小说〉》，陈平原、夏晓虹编《二十世纪中国小说理论资料》第一卷，北京大学出版社 1997 年版，第 61 页。

③ 耀公：《小说与风俗之关系》，陈平原、夏晓虹编《二十世纪中国小说理论资料》第一卷，北京大学出版社 1997 年版，第 324 页。

之先》中就谈到从翻译小说到模仿其创作的新小说的变迁过程：

> 顾其始也，以吾国人士，游历外洋，见夫各国学堂，多以小说为教科书，因之究其原，知其故，活然知小说之功用。于是择其著名小说，足为社会进化之导师者，译以行世。渐而新闻社会，踵然效之，报界由是发达，民智由是增开。成效既呈，继而思东西洋大小说家，如柴四郎福禄特尔者，吾中国未必遂无其人，与其乞灵于译本，诚不如归而求之。而小说之风大盛。盖历史小说耶，则何国无历史？政治小说耶，则何国无政治？种族小说耶，又何国无种族？外人之可以为历史、政治、种族与种种小说者，吾中国何不可以为历史、政治、种族与种种诸小说。实事耶？理想耶？说部丛书，为吾国文学士之骋才弄墨者，今已遍于城市，故翻译小说昔为尤多，自著小说今为尤盛。翻译者如前锋，自著者如后劲，扬镳分道，其影响于社会者，殆无轩轾焉。虽此中之谁优谁劣，犹是第二问题，可弗置辩，而以小说进步为报界之进步，即以小说发达为民智之发达，吾诚不能不归功于小说，尤不能不以译本小说为开道之骅骝也。[1]

由此，翻译小说大受重视，梁启超倡导"小说界革命"后，更是大量译出。当时报刊随处可见翻译小说，以致给人造成翻译小说数量多于自著新小说的错觉，如阿英就认为"翻译小说的数量，总有全数量的三分之二"。[2]阿英虽然判断有误，但翻译小说数量也确实不少，据陈平原统计："1906 年至 1908 年这三年为晚清翻译小说出版的高峰，分别为 105 种、135 种和 94 种，大致都等于创作小说的两倍。"[3]可见一斑。

---

[1]　世：《小说风尚之进步以翻译说部为风气之先》，陈平原、夏晓虹编《二十世纪中国小说理论资料》第一卷，北京大学出版社 1997 年版，第 321—322 页。

[2]　阿英：《晚清小说史》，东方出版社 1996 年版，第 210 页。

[3]　陈平原：《二十世纪中国小说史》第一卷，北京大学出版社 1989 年版，第 35 页。

三、新小说的出现与繁荣

"新小说"的概念是相对"旧小说"而言，专指拥护"小说界革命"的作者创作的各种类型、各种样式的小说作品。"新小说"，实际上有两个层面的含义，一是"使小说新"，即开创小说的新面貌；二是指与传统中国古代小说不一样的全新小说作品。前者是"小说界革命"的主要任务，后者是"小说界革命"的产物。

一九〇二年（光绪二十八年，日本明治三十五年）十一月十四日，梁启超在日本横滨创办《新小说》杂志（第二卷起迁至上海），发表"小说界革命"的宣言书《论小说与群治的关系》，标志着"小说界革命"的开始。而其同时发表的小说《新中国未来记》，则标志着新小说的诞生。

《新中国未来记》全书五回，第一回至第四回发表于《新小说》第一号至第三号（1902 年 11 月至 1903 年 1 月），第五回发表于《新小说》第七号（1903 年 9 月），未完。是梁启超小说理念的实践，是梁启超新小说设计的具体体现。小说以孔子降生后二千五百一十三年，即西历二千零六十二年，岁次壬寅，正月初一日，中国全国人民举行维新五十年大祝典开篇，这一时间，是这篇小说公开发表后整整一个甲子，作者设想那时的中国已是一个"新中国"了，与这个维新五十年的"大祝典"同时还有万国太平会议正在举行，各国全权大臣齐聚南京，签署了"太平条约"，协商"万国协盟"，诸友邦国家都派来兵舰庆贺，这样一个太平强大辉煌的盛世景象，正是梁启超所期待的未来世界。小说接下来重点描写在"大祝典"期间，上海举办的"大博览会"。其中特别邀请了"京师大学校文学科内之史学部"，同时也是孔夫子旁支裔孙、大博士孔觉民老先生来演说这段"我黄帝子孙变迁发达之迹"，讲述"中国近六十年史"中功不可没的仁人志士，英雄豪杰。引出了李去病和黄克强这两个六十年前为中国谋划出路的重要人物，并让他们在文中辩论最适合中国的强国之路。其中李去病留学英法，受到法国卢梭的民约论影响，主张国家政权应该为大多数人所有；黄克强留学德国，主张伯伦知理的国家主义，他认为中国现在"向无自治制度，无政治思想"，因而在中国民主的道路上

"君位"还是需要的。有了君主，方可整顿国事，实施国民教育，而"民智既开，民力计充"之时，自然也就有了和平自由以及秩序的平等了。这是小说的重点，体现了小说"发表政见，商榷国计"的主题，即用小说来改造社会，改造国民。但从小说艺术而言，梁启超自己也承认，《新中国未来记》"往往多载法律、章程、演说、论文等，连篇累牍，毫无趣味"，文体"似说部非说部，似稗（稗）史非稗（稗）史，似论著非论著"，实难言价值。

　　虽然梁启超的《新中国未来记》难言是成功的小说创作，但在"小说界革命"的旗帜下，在《新小说》杂志的引领下，小说刊物与新小说还是如雨后春笋般涌现出来。继《新小说》之后发行的小说刊物，影响较大就有《绣像小说》（1903）、《新新小说》（1904）、《小说世界》（1905）、《月月小说》（1906）、《新世界小说报》（1906）、《小说林》（1907）、《中外小说林》（1907）等几十种。这些小说刊物刊载大量新小说，对扩大新小说的影响、促进新小说的传播方面起到了重要作用。这些新小说，虽多不追随梁启超赤裸裸地阐发和宣传政治主张，但也都强调自己的小说创作要对社会起到的积极作用，如我佛山人（吴趼人）在《两晋演义序》中提到自己虽然在写谴责小说，但"改良社会之心，无一息敢自已焉"。[1]吴趼人还总结了当时新小说繁盛的状况，他说："吾感乎饮冰子《小说与群治之关系》之说出，提倡改良小说，不数年而吾国新著新译之小说，几于汗万牛充万栋，犹复日出不已而未有穷期也。求其所以然之故，曰：随声附和故。"并认为当时的许多新小说，没有践行梁启超的小说理念："今夫汗万牛充万栋之新著新译之小说，其能体关系群治之意者，吾不敢谓必无，然而怪诞支离之著作，诘曲聱牙之译本，吾盖数见不鲜矣！凡如是者，他人读之不知谓之何，以吾观之，殊未足以动吾之感情也。于所谓群治之关系，杳乎其不相涉也，然而彼且嚣嚣然自鸣曰：'吾将改良社会也，吾将佐群治之进化也。'随声附和而自忘其真，抑何可笑

---

① 我佛山人：《〈两晋演义〉序》，陈平原、夏晓虹编《二十世纪中国小说理论资料》第一卷，北京大学出版社 1997 年版，第 189 页。

也。"① 据陈大康统计，单计算通俗小说的出版数量，一八九五年至一九一一年为一千五百二十四种，一九〇三年至一九一一年为一千四百二十二种。② 而据郭浩帆《清末民初小说与报业之关系探略》的列表，一九〇三年至一九一一年发表的小说有一千二百九十三种。③ 又据陈大康统计，从道光二十年至宣统三年，报载自著小说有三千四百三十一种，直接出版的自著小说有七百四十种；而从光绪二十九年即一九〇三年到宣统三年即一九一一年，报载自著新小说有三千三百二十六种，直接出版的新小说有五百三十三种。④ 由此可以看出，"小说界革命"后出现的新小说，数量是巨大的，这在中国古代小说史上是少见的。

在梁启超的新小说设计中，也包括新小说的类型，他在为《新小说》刊登的广告《中国唯一之文学报〈新小说〉》中，除了图画、论说、世界名人逸事、新乐府、粤讴及广东戏本之外，其余十种即是新小说的类型，包括：历史小说、政治小说、哲理科学小说、军事小说、冒险小说、侦探小说、写情小说、语怪小说、劄记体小说、传奇体小说十类。对每一类他还有简明说明。历史小说："专以历史上事实为材料，而用演义体叙述之。盖读正史则易生厌，读演义则易生感。征诸陈寿《三国志》与坊间通行之《三国演义》，其比较釐然矣。"政治小说："著者欲借以吐露其所怀抱之政治思想也。其立论皆以中国为主，事实全由于幻想。"哲理科学小说："专借小说以发明哲学及格致学。"军事小说："专以养成国民尚武精神为主。"冒险小说："如《鲁滨逊漂流记》之流，以激励国民远游冒险精神为主。"侦探小说："其奇情怪想，往往出人意表。"写情小说："人类有公性情二：一曰英雄，二曰男女。情之

① 吴沃尧：《〈月月小说〉序》，陈平原、夏晓虹编《二十世纪中国小说理论资料》第一卷，北京大学出版社 1997 年版，第 187 页。
② 陈大康：《中国近代小说编年》，华东师范大学出版社 2002 年版，第 1 页。
③ 郭浩帆《清末民初小说与报业之关系探略》，《文史哲》2004 年第 3 期。"小说界革命"旗帜下出现的新小说，各家统计多有不同，可参见李剑国、陈洪主编《中国小说通史》清代卷，高等教育出版社 2007 年版，第 1469—1470 页。
④ 陈大康：《中国近代小说编年史》第一册《导言：过渡形态的近代小说》，人民文学出版社 2014 年版，第 76—77 页，第 93—94 页。

为物，固天地间一要素矣。本报窃附《国风》之义，不废《关雎》之乱，但意必蕴藉，言必雅驯。"语怪小说："妖怪学为哲理之一科，好学深思之士，喜研究焉。西人谈空说有之书，汗牛充栋，几等中国，取其尤新奇可诧者译之，亦研究魂学之一助也。"剳记体小说："如《聊斋》《阅微草堂》之类，随意杂录。"传奇体小说："本社员有深通此道、酷嗜此业者一二人，欲继索士比亚、福禄特尔之风，为中国剧坛起革命军，其结构词藻绝不在《新罗马传奇》下也。"① 在《新小说》第一期上出现的小说类型有历史小说、政治小说、科学哲理小说、冒险小说和侦探小说五类，且有明确的标目。此后在《新小说》带动下兴起的期刊，几乎都沿袭了《新小说》的小说分类。如《月月小说》，就将其所刊小说分为"历史小说第一""哲理小说第二""理想小说第三""社会小说第四""侦探小说第五""侠情小说第六""国民小说第七""写情小说第八""滑稽小说第九""军事小说第十"和"传奇小说第十二"（当为"十一"）。其分类大致与梁启超《新小说》一致。然而，随着新小说创作的繁荣，报纸杂志出于标新立异，对新小说类型的标注也不断翻新，致使明目越来越多，据于润琦统计，竟达二百多种。② 如此不严谨且种类繁多的小说类型，虽然引来不少批评，但也反映出新小说诞生之后发展的迅猛态势。

社会小说是新小说中成就最为突出的一类，鲁迅先生将此类小说命名为"谴责小说"，他说："光绪庚子（一九〇〇年）后，谴责小说之出特盛，盖嘉庆以来，虽平内乱（白莲教、太平天国、捻、回），亦屡挫于外敌（英、法、日本），细民暗昧，尚啜茗听平逆武功，有识者则已翻然思改革，凭敌忾之心，呼维新与爱国，而于'富强'尤致意焉。戊戌变政既不成，越二年即庚子岁而有义和团之变，群乃知政府不足与图治，顿有掊击之意矣。其在小说，则揭发伏藏，显其弊恶，而于时政，严加纠弹，或更扩充，并及风俗。虽命意在于匡世，似与讽刺小说同伦，而辞气浮露，笔无藏锋，甚且过甚其辞，

---

① 新小说报社：《中国唯一之文学报〈新小说〉》，陈平原、夏晓虹编《二十世纪中国小说理论资料》第一卷，北京大学出版社 1997 年版，第 58—63 页。

② 于润琦：《清末民初的短篇小说》，《明清小说研究》1997 年第 3 期。

以和时人嗜好，则其度量技术之相去亦远矣，故别谓之谴责小说。"① 胡适先生则将这类小说称为"社会问题小说"，他说："南方的几部重要小说都含有讽刺的作用，都可以算是'社会问题的小说'。他们既能为人，也能为我，……《官场现形记》《老残游记》《二十年目睹之怪现状》《恨海》《广陵潮》……都属于这一类。"② 阿英在《晚清小说史》中将此类小说分两章论述而没有命名，称为"全面描写晚清社会的小说"，③ 社会小说以揭露、批判社会现实为旨归，影响最大的是被称为"四大谴责小说"的李伯元《官场现形记》，吴趼人《二十年目睹之怪现状》、刘鹗《老残游记》和曾朴《孽海花》。其他的则尚有蘧园《负曝闲谈》、旅生《痴人说梦记》、八宝王郎《冷眼观》、吴趼人《上海游骖录》等。

政治小说是新小说中被大力提倡的一类，梁启超等发动"小说界革命"，提出以小说改良群治，其小说就是指政治小说。他在《译印政治小说序》中说："彼美、英、德、法、奥、意、日本各国政界之日进，则政治小说为功最高焉。"④ 基于这种认识和理念，故而梁启超大力提倡创作政治小说，用以"发表政见，商榷国计"，⑤ 其在《新小说》创刊号上刊载的《新中国未来记》就是一部政治小说，成为当时政治小说的典范。在梁启超等号召下，政治小说极盛一时，《新中国未来记》之外，影响较大的有过庭（陈天华）《狮子吼》、春帆《未来世界》、佚名《宪之魂》等。政治小说是梁启超等以小说宣传政治主张，以小说改善群治、干预社会政治生活的具体实践，但这类小说过分注重思想理念的承载与宣传功能，艺术上并不成功。

除社会小说与政治小说之外，新小说中还有几类小说值得注意，一是

---

① 鲁迅：《中国小说史略》，《鲁迅全集》第九卷，人民文学出版社 2005 年版，第 291 页。

② 胡适：《五十年来中国之文学》，欧阳哲生编《胡适文集》第三册《胡适文存二集》，北京大学出版社 1998 年版，第 238—239 页。

③ 阿英：《晚清小说史》，东方出版社 1996 年版，第 34 页。

④ 任公：《译印政治小说序》，陈平原、夏晓虹编《二十世纪中国小说理论资料》第一卷，北京大学出版社 1997 年版，第 38 页。

⑤ 饮冰室主人：《〈新中国未来记〉绪言》，陈平原、夏晓虹编《二十世纪中国小说理论资料》第一卷，北京大学出版社 1997 年版，第 55 页。

反映女权思想、具有女性主义特征的小说，其中颐琐生（汤宝荣）的《黄绣球》、王妙如的《女狱花》、海天独啸子的《女娲石》等成就比较突出，特别是《黄绣球》，被阿英称为"是那个时期妇女问题小说中的代表作"。①二是反映商业思想、展现民族工商业发展的小说，如姬文《市声》、大桥式羽《胡雪岩外传》、吴趼人《发财秘诀》（又名《黄奴外史》）等。三是科学小说，科学小说大致有三种亚型，其一为人类漫游太空幻境，如荒江钓叟的《月球殖民地小说》、东海觉我的《新法螺先生谭》；其二为乌托邦想象，如萧然郁生的《乌托邦游记》、吴趼人的《新石头记》；其三为叙写未来，如春帆的《未来世界》、碧荷馆主人的《新纪元》等。

　　此外，自进入晚清以来至于民初，时事小说也颇为引人瞩目。如前所述，在鸦片战争之后，中国古代小说已有渐变，其表现之一就是反应时事的小说的出现，如反映鸦片战争的小说就有《芙蓉外史》（1895），甲午战争之后，在一八九五年（光绪二十一年）这一年中，迅速就有多部反映割让台湾地区以及台湾地区抗击日倭的小说出现，《台战实纪》《台湾巾帼英雄传初集》《刘大将军平倭百战百胜图说》，其后又有洪兴全的《中东大战演义》（1900）和平情客的《中东和战本末纪略》（1902）等。戊戌变法后，就有古润野道人的《捉拿康梁二逆演义》（1899）、笋景贤的《轰天雷》（1902）等小说加以表现。庚子国变发生，随即有胡思敬的《救劫传》（1902）、黄小配的《镜中影》（1902）等小说出现。其后，晚清最后几年的重大事件，也都有相应的时事小说加以表现。如日俄战争尚未结束就有《辽天鹤唳记》（1904）成书，到一九〇八年又有《蜗触蛮三国争地记》；反映立宪运动的如吴趼人《立宪万岁》、大陆《今年维新》、浪荡男儿《上海之维新党》、想非子《天国维新》等；反映革命党人活动的如《六月霜》，甚至，辛亥革命一发生，小说《血泪黄花》随即成书。

---

① 阿英：《晚清小说史》，东方出版社1996年版，第127页。

四、新小说的特征

新小说的勃兴是"小说界革命"最直接的成果，那么，这些新小说又有着怎样的"新"特征呢？

一九〇八年（光绪三十四年），徐念慈在《余之小说观》中曾对新小说如何"新"有一个简单的说明，他说："小说曷言乎新？以旧时流行之籍，其风俗习惯，不适于今社会，则新之；其记事陈义，不合于今理想，则新之；其机械变诈，钩稽报复，足以启智慧而昭惩戒焉，则新之。"① 徐念慈主要是从内容上说明了如何创作出"新"小说。大致而言，"小说界革命"旗帜下兴起的新小说，明显不同于传统的中国古代小说的特征，主要表现在题材内容与叙事技巧两大方面。

题材内容的创新是新小说显著的新特征。梁启超倡导"小说界革命"，其目的在于以小说为工具，其《新小说》广告就明确宣示："盖今日提倡小说之目的，务以振国民精神，开国民智识。""本报宗旨，专在借小说家言，以发起国民政治思想，激励其爱国精神。"故"非前此诲盗诲淫诸作可比"，"一切淫猥鄙野之言，有伤德育者，在所必摈"。② 基于这样的要求，新小说在题材内容上就主要以表现理想追求以及社会现实生活、时代风云变化为主，因而出现了专以揭露晚清政治腐败与黑暗腐朽的社会小说，专以政治宣传和表达社会理想的政治小说，反映时代重大事变的时事小说，反映新兴民族工商业者的商业小说，反映女性和妇女问题的小说，反映海外华工生活的小说以及学习西方的幻想小说、侦探小说，等等。总之，全新的题材内容成为新小说的典型特征，这无疑是中国古代小说题材上的一次重大突破。

叙事技巧的创新是新小说的另一重要新特征。梁启超发起"小说界革命"的动因之一，就是其通过对西方小说与中国古代小说的对比而形成的小说理

---

① 徐念慈：《余之小说观》，陈平原、夏晓虹编《二十世纪中国小说理论资料》第一卷，北京大学出版社 1997 年版，第 332 页。

② 新小说报社：《〈新小说〉第一号》，《中国唯一之文学报〈新小说〉》，陈平原、夏晓虹编《二十世纪中国小说理论资料》第一卷，北京大学出版社 1997 年版，第 56 页，第 58 页。

念，因而新小说与西方小说有着天然的联系，可以说，西方小说是新小说成长过程中最重要的导师。题材上如侦探小说、科学幻想小说自不待言。新小说也主动学习西方小说的叙事技巧，并运用于自身的叙事建构中。① 比如新小说学习西方小说的叙事时间处理技巧，引入了倒装的情节安排方法，倒装成为当时新小说家普遍采用的开篇方法。梁启超在研读西方小说过程中注意并学到了西方小说的倒装技巧，并在其创作的小说《新中国未来记》中加以运用，《新中国未来记》即"全用幻梦倒影之法"。② 吴趼人的《九命奇冤》也用倒装之法，胡适就说"这种倒装的叙述，一定是西洋小说的影响"。③ 又如新小说学习西方小说叙事视角的处理技巧，引入了限知叙事。正如陈平原所说，"大量接触西方小说以后，'新小说'的叙事角度自然而然起了变化"，④ 开始尝试使用限知视角叙述故事，新小说家接受并掌握这一技巧虽然显得生吞活剥，但许多小说还是采用了第一人称限知视角和第三人称限知视角，如吴趼人《二十年目睹之怪现状》以第一人称"我"展开叙事，并且"我"也参与始终，虽看似为故事的堆积，但语义结构上确实有序排列，因而由于"写作技巧的新颖，为很多人赏识"。⑤ 但也正是因为结构的新颖，对这部小说的结构历来毁誉参半，如鲁迅就认为其"终不过连篇'话柄'，仅足供闲者谈笑之资而已"。⑥ 又如新小说也学习西方小说的叙事结构安排技巧，在注重情节的同时，也注意自然环境描写、人物心理描写等，有许多创新。吴趼人小说的结构安排就深受西方小说影响而不同于传统的中国古代小说。《九命奇冤》的结构安排就十分出色，胡适说："《九命奇冤》便不同了。他用中国讽刺小

① 陈平原《中国小说叙事模式的转变》一书对此有深入探讨，可参看。陈平原：《中国小说叙事模式的转变》，北京大学出版社 2003 年版。
② 新小说报社：《中国唯一自文学报〈新小说〉》，陈平原、夏晓虹编《二十世纪中国小说理论资料》第一卷，北京大学出版社 1997 年版，第 61 页。
③ 胡适：《五十年来中国之文学》，欧阳哲生编《胡适文集》第三册《胡适文存二集》，北京大学出版社 1998 年版，第 247 页。
④ 陈平原：《中国小说叙事模式的转变》，北京大学出版社 2003 年版，第 66 页。
⑤ 孟瑶：《中国小说史》第四册，传记文学出版社 1980 年版，第 646 页。
⑥ 鲁迅：《中国小说史略，《鲁迅全集》第九卷，人民文学出版社 2005 年版，第 296 页。

说的技术来写家庭与官场，用中国北方强盗小说的技术来写强盗与强盗军师，但他又用西洋侦探小说的布局来做一个总结构。繁文一概削尽，枝叶一齐扫光，只剩这一个大命案的起落因果做一个中心题目。有了这个统一的结构，又没有勉强的穿插，故看的人兴趣自然能够自始至终不致厌倦。故《九命奇冤》在技术一方面要算最完备的一部小说了。"① 总之，正如方正耀所说："晚清小说结构形式的纷繁杂逻，结构艺术的多样求新，超过以往任何一个时代的小说；而中国古代小说向近现代小说演进的重要标志之一，也就是晚清小说结构体制的突破。"②

　　新的题材内容与新的叙事技巧是新小说最为突出的新特征，除此而外，比如新小说因普遍对时事的青睐而具有明显的新闻性特征，因普遍专注于对社会现实的批判与揭露而具有的批判现实主义风格特征，报纸杂志的刊载形式以及与之相适应的结构特征等，都是新小说的新特征。梁启超等在《新民丛报》上刊登的《新小说》广告就曾以新小说与旧小说的对比总结了作新小说的"五难"，这"五难"实际上主要就是新小说因报纸杂志刊载而具有的不同于旧小说的特征："……必须具一副热肠，一副净眼，然后其言有裨于用。名为小说，实则当以藏山之文、经世之笔行之。其难一也。小说之作，以感人为主，若用著书演说窠臼，则虽有精理名言，使人厌厌欲睡，曾何足贵？故新小说之意境，与旧小说之体裁，往往不能相容。其难二也。一部小说数十回，其全体结构，首尾相应，煞费苦心，故前此作者，往往几经易稿，始得一称意之作。今依报章体例，月出一回，无从颠倒损益，艰于出色，其难三也。寻常小说一部中，最为精彩者，亦不过十数回，其余虽稍间以懈笔，读者亦无暇苛责。此编既按月续出，虽一回不能苟简，稍有弱点，即全书皆为减色。其难四也。寻常小说，篇首数回，每用淡笔晦笔，为下文作势。此编若用此例，则令读者彷徨于云里雾中，毫无趣味，故不得不于发端处，刻

---

① 胡适：《五十年来中国之文学》，欧阳哲生编《胡适文集》第三册《胡适文存二集》，北京大学出版社 1998 年版，第 247—248 页。

② 方正耀：《晚清小说研究》，华东师范大学出版社 1991 年版，第 270 页。

意求工。其难五也。"① 第一难指出新小说在思想内容上不同于旧小说，第二难则指出新小说在艺术形式上与旧小说不同，其余三难则是因报纸杂志刊载而造成的新小说与旧小说的不同。

总之，新小说已不再是传统中国古代小说的消极延续，它已具有一种新质，一种近代社会才有的新的特征，可以说这是真正近代意义的小说。然而，由于清末处在转型之中，旧传统已被破坏，而新的秩序尚未建立，导致他们在内容和形式上都比较粗糙，但新小说充溢着进步的文化理念，仍然具有深远的历史意义。正如李剑国、陈洪在《中国小说通史》中所述：

> 以今观之，还会发现清末新小说呈现的丰富驳杂的文化景观，总是挑战、超越我们的想象；其对新变的永不停歇的尝试，风格的新旧杂陈，形式的生涩多变，常使我们惊诧于彼时小说作者的巨大创作热情与冲动；而蕴涵于其中的深切忧患又加重了这一片喧哗之声的分量。其中所昭显的，无论坚执还是肤浅，深谋远虑还是急功近利，都展示了时代进行中的足迹与历史面向。②

---

① 新小说报社：《〈新小说〉第一号》，陈平原、夏晓虹编《二十世纪中国小说理论资料》第一卷，北京大学出版社 1997 年版，第 57 页。
② 李剑国、陈洪主编：《中国小说通史》清代卷，高等教育出版社 2007 年版，第 1475 页。

第六章 小道可观：中国古代小说的民族性阐释

　　中国古代小说作为世界小说文学的一部分，与世界其他各国的小说一样，具有许多共性。但由于中华民族社会历史人文生态的特殊性，中国古代小说又有着独特的民族性品格。中国古代小说鲜明的民族性突出体现在四个方面：

　　一是在史传传统影响下形成的独特叙事艺术。中华民族是一个善于慎终追远的民族，正如李约瑟所言，"中国人有深刻的历史意识"，[①]有重视历史的传统，因而很早就形成了发达的史学，累积了浩如烟海的历史著作——史传。[②]真正的中国古代小说，就是在深厚的史传母体中孕育成熟，并最终从史传母体中分离出来，走上独立发展的道路，但中国古代小说不仅烙有史传母体深刻的印记，而且在其独立发展的进程中也依然不断在各个方面从史传母体中吸取养料。

　　二是在诗骚传统影响下形成的独特抒情品格。中华民族也是一个浪漫而诗意的民族，在上古时代的北方和南方，几乎同时出现了以四言为主、后被孔子编订并被尊经典的诗歌《诗经》和以楚声楚语为特点、以屈原《离骚》为代表、后被刘向编定的辞赋《楚辞》。在《诗经》与《楚辞》——诗骚的影

---

① 〔英〕李约瑟：《中国科学技术史》第一卷，科学出版社、上海古籍出版社 1990 年版，第 88 页。

② "史传"之称，源自刘勰《文心雕龙》史传篇，陈平原在《中国小说叙事模式的转变》一书中亦以史传总称历史散文（陈平原：《中国小说叙事模式的转变》，北京大学出版社 2003 年版，第 209 页），因其历史感与习惯性，本书沿用此称，用以概称所有的历史著述，在行文中与史书等义。

响下，①形成了中华民族源远流长的诗歌传统。正如闻一多所言，"从西周到宋，我们这大半部文学史，实质上只是一部诗史"，②在弥漫着浓郁诗骚传统中诞生和成长的中国古代小说，自然天生就具有了抒情气质。

三是文言与白话二水分流交汇与雅俗相斥相融的历史发展形态。在中国特殊的社会人文历史环境中诞生并发展的中国古代小说，明显分为文言和白话两个系统，中国古代文言小说渊源于史传，以雅洁精致的文言为语体写作，是属于余英时所谓的"大传统或精英文化"，是属于"上层知识阶级"的，雅是其显著特点；中国古代白话小说渊源于民间源远流长的说话艺术，以普通民众日常通俗口语语体写作，是属于余英时所谓的"小传统或通俗文化"，是属于"没有受过正式教育的一般人民"的，俗是其显著特点。③但中国古代小说中以雅为主要特征的文言小说与以俗为主要特征的白话小说，并不是固守于自己的天地，井水不犯河水，而是彼此交叉互动，互相影响渗透。文言小说与白话小说的交汇与雅俗融合，是中国古代小说的一道独特景观。

四是发展的阶段性与类型的多样性。在不同的历史时期出现了与时代气质契合的、属于不同阶层的、具有不同特点的小说类型，不同类型小说之间的递变与繁荣，造成了中国古代小说发展呈现出阶段性的特征。依据中国小说在不同历史时期的形成与发展面貌，我们大致可将中国小说的发展划分为四个时期，即唐前、唐五代、宋元以及明清。而魏晋南北朝志怪与志人，唐五代传奇、宋元话本与明清章回小说，是中国古代小说不同发展阶段中具有标志性意义的小说类型。这些在中国古代小说各个历史阶段中兴起并繁荣的不同小说类型，既有着前后传承而相互一致的历史共同性，又有着与各自

---

① 诗即指《诗经》，骚即《离骚》，代指楚辞，诗骚并称，由来已久，如唐柳宗元《寄韦珩》诗云："君今矻矻又窜逐，辞赋已复穷诗骚。"往往用来代指诗、赋。陈平原在《中国小说叙事模式的转变》一书中亦以诗骚称诗歌及其抒情传统（陈平原：《中国小说叙事模式的转变》，北京大学出版社 2003 年版，第 228 页），本文沿用此称，用以概指以《诗经》《离骚》为代表的诗、赋以及词、曲、民歌、谣谚等所有类诗文学作品。

② 闻一多：《文学的历史动向》，《闻一多全集》第一〇册文学史编，湖北人民出版社 1993年版，第 18 页。

③ 余英时：《士与中国文化》，上海人民出版社 1987 年版，第 129—139 页。

时代密切联系而互不相属的差异性，构成了中国古代小说独特的历史发展图景。

第一节 史传传统与中国古代小说的叙事建构

中华民族有着深厚的历史意识，这种历史意识促使人们重视对民族历史的探究和总结，并进而书以为史传，由此造成了中国历史著述的大量出现。这些内容各异、繁简不一、形式多样的史传，实践并积累了丰富多样的叙事策略。正如陈平原所说："中国古代没有留下篇幅巨大叙事曲折的史诗，在很长时间内，叙事技巧几乎成了史书的专利。"[1] 史传实践积累的丰富多样的叙事策略，是中国古代小说叙事建构取之不尽的宝贵源泉，中国古代小说叙事建构多从沿袭与规摹史传开始，在学习与模仿中最终实现超越。但无论如何，叙事建构中的史传传统，一直是中国古代小说一个鲜明的民族性印记。

一、历史意识与中国古代小说的历史情结

梁启超说："中国于多种学问中，惟史学为最发达；史学在世界各国中，惟中国为最发达。"[2] 中华民族是具有深厚历史意识的民族，上古时代就已形成记录与追述历史的习惯，设立史官专门负责。许慎称"黄帝之史仓颉"，刘知幾亦云："史官之作，肇自黄帝，备于周室，名目既多，职务咸异。"[3] 即黄帝时已有史官之设。及至周代，应已形成完备的史官制度，《周礼·春官》中

---

[1] 陈平原：《中国小说叙事模式的转变》，北京大学出版社 2003 年版，第 210 页。

[2] 梁启超：《中国历史研究法》，上海古籍出版社 1998 年版，第 8 页。

[3] 刘知幾撰，浦起龙释：《史通通释》卷一一《史官建置》，上海古籍出版社 1978 年版，第 304 页。

就记载周有五史：大史、小史、内史、外史、御史，并且各史分掌其事，《隋书·经籍志》记载："古者天子诸侯，必有国史，以纪言行，后世多务，其道弥繁。夏殷已上，左史记言，右史记事，周则太史、小史、内史、外史、御史，分掌其事，而诸侯之国，亦置史官。"①

由于史官体系的完备，以及最初的史官所掌范围很广，所以产生大量史书，且内容广袤博杂，在西周至春秋战国时期，当时的"一切文献几乎都表现为史官记事记言的史书形态"。②章学诚在《文史通义》中提出："六经皆史也，古人不著书，古人未尝离事而言理，六经皆先王之政典也。"③"六经皆史"说也反映了这种情况。先秦秦汉以降，历代史官建置不废，而史著纷纷，继而有公私之别，正史、野史之别，编年、纪传之别，通史、断代之别，如刘知幾言："爰及近古，斯道渐烦，史氏流别，殊途并骛。"④史书的撰作者及其体制形式也在不断发展变化。⑤

中华民族深厚的历史意识促成了史官文化的形成，而史官文化的发达则又进一步强化了民族的历史意识。可以说，历史意识成为民族文化心理的重要组成，并广泛而深刻地影响人们的精神生活与现实生活。比如，历代文人士大夫无不对编修史书抱有极大的热情，据《隋唐嘉话》载："薛中书元超谓所亲曰：'吾不才，富贵过分。然平生有三恨，始不以进士擢第，不得娶五姓女，不得修国史。'"⑥可见，参与修纂国史成为文人士大夫的普遍期待，是衡量他们人生是否成功的标志之一。而大量的以补正史之阙为目的的历代杂事小说以及野史杂著，就是他们为补偿自己"不得修国史"遗憾的产物。对于

---

① 魏徵等：《隋书·经籍志》，中华书局 2011 年版，第 37 页。

② 李剑国、陈洪主编：《中国小说通史》先秦卷，高等教育出版社 2007 年版，第 43 页。

③ 章学诚撰，叶瑛校注：《文史通义校注》卷一《易教上》，中华书局 1983 年版，第 1 页。

④ 刘知幾撰，浦起龙释：《史通通释》卷一〇《杂述》，上海古籍出版社 1978 年版，第 273 页。

⑤ 李宗侗在《中国史学史》把史书的演变分为四个阶段，勾勒出了这一演变的历史轨迹，可参看。李宗侗：《中国史学史》，中国友谊出版公司 1984 年版，第 8—10 页。

⑥ 刘餗撰，程毅中点校：《隋唐嘉话》卷中，《隋唐嘉话 朝野佥载》，中华书局 2005 年版，第 28 页。

普通民众而言，也普遍对历史怀抱极大的热情，"在代表官方意志的各类'正史'盛行的时候，民间的各种'野史'也在不断孕育和衍生，它们代表的是民间的立场，因而形成了与正史判然有别的另一种话语系统。"①

对于孕育并诞生于史传的中国古代小说而言，历史意识具化为充溢其中无法挥去的深浓的历史情结。概言之，史传传统对中国古代小说的影响，深浓的历史情结是重要体现。

首先，对小说的评价常常以史作比。特别是对小说的正面评价，如唐人李肇称赏韩愈《毛颖传》"其文尤高，不下史迁"，沈既济《枕中记》、韩愈《毛颖传》"二篇真良史才也"。宋人赵彦卫称赏唐人小说"可以见史才、诗笔、议论"。明人凌云翰称"昔陈鸿作《长恨传》并《东城老父传》，时人称其史才，咸推许之"。②刘铨福评《红楼梦》亦说："《红楼梦》虽小说，然曲而达，微而显，颇得史家法。"③戚蓼生评《红楼梦》亦云："噫，异矣！其殆稗官野史中之盲左，腐迁乎？"④司马迁的《史记》是一部旷世之作，是史传的典范，故小说评论家多以《史记》来衡量小说，如金圣叹认为"《水浒传》方法，都从《史记》出来，却有许多胜似《史记》处"，毛宗岗说"《三国》叙事之佳，直与《史记》仿佛，而其叙事之难则有倍难于《史记》者"。⑤直到晚清"小说界革命"兴起，西方小说观念引入，小说获得了文体身份，已成为文学之一体，在小说批评中，仍然以小说比于《史记》，如黄小配自称其小

---

① 李剑国、陈洪主编：《中国小说通史》明代卷，高等教育出版社 2007 年版，第 915 页。

② 李肇撰，曹中孚校点：《唐国史补·序》卷下，《唐五代笔记小说大观》上册，上海古籍出版社 2000 年版，第 193 页；赵彦卫撰，傅根清点校：《云麓漫钞》卷八，中华书局 1996 年版，第 135 页；凌云翰：《剪灯新话序》，丁锡根编著《中国历代小说序跋集》，人民文学出版社 1996 年版，第 600 页。

③ 刘铨福：《乾隆甲戌脂砚斋重评石头记跋》，丁锡根编著《中国历代小说序跋集》，人民文学出版社 1996 年版，第 1124 页。

④ 戚蓼生：《石头记序》，丁锡根编著《中国历代小说序跋集》，人民文学出版社 1996 年版，第 1151 页。

⑤ 金圣叹：《读第五才子书法》，朱一玄、刘毓忱编《水浒传资料汇编》，南开大学出版社年版，第 219 页；毛宗岗：《读三国志法》，朱一玄、刘毓忱编《三国演义资料汇编》，白话文艺出版社 1983 年版，第 308 页。

说《洪秀全演义》，胜于读《史记》：

> 读此书胜似读《史记》，《史记》以文运事，是书以事成文，盖以文运
> 事，即史公高才，仍有苦处。今以事成文，到处落花流水，无不自然。①

以小说追比史传，其中难免有小说家自高身份的意图所在，但却无疑也暴露
了小说家潜意识中的历史意识。

其次，小说对史传功能的主动承担。刘知幾指出："史之为务，申以劝
诚，树之风声。其有贼臣逆子，淫君乱主，苟直书其事，不掩其瑕，则秽迹
彰于一朝，恶名被于千载。"② 司马光要求史书所记"关国家兴衰，系生民休
戚，善可为法，恶可为戒者"③。资鉴、劝戒以及教化是史传的重要功能，小说
固然不能以此为务，但满怀历史情结的小说家们却总是自觉地在小说中承担
这些史传的功能，并常常明言这是继承《春秋》之义。如唐代李公佐《谢小
娥传》篇后即云："知善不录，非《春秋》之义也。故作传以旌美之。"白行
简《李娃传》为"予与陇西公佐话妇人操列之品格，因述汧国之事"。④ 杂
事小说本身主要就是搜罗历史轶闻，则更是以史职自任，如刘肃《大唐新
语·序》云：

> 自庖牺画卦，文字聿兴，立记注之司，以存警诫之法。《传》称左史
> 记言，《尚书》是也；右史记事，《春秋》是也。洎唐虞氏作，木火递兴，
> 虽戢干戈，质文或异。而《九丘》《八索》，祖述莫殊。宣父删落其繁芜，
> 丘明捃拾其疑阙，马迁创变古体，班氏遂业前书。编集既多，省览为殆。

---

① 黄小配；《洪秀全演义例言》，陈平原、夏晓虹编《二十世纪中国小说理论资料》第一卷，
北京大学出版社 1997 年版，第 367 页。

② 刘知幾撰，浦起龙释《史通通释》卷七《直书》，上海古籍出版社 1978 年版，第 192 页。

③ 司马光：《传家集》卷一七《进资治通鉴表》，文渊阁《四库全书》本，第 1094 册，第
182 页上。

④ 李公佐：《谢小娥传》，白行简：《李娃传》，汪辟疆校录《唐人小说》，上海古籍出版社
1978 年版，第 95 页，第 106 页。

则拟虞卿、陆贾之作，袁宏、荀氏之录，虽为小学，抑亦可观。尔来记注，不乏于代矣。圣唐御寓，载几二百，声明文物，至化玄风，卓尔于百王，辉映于前古。肃不揆庸浅，辄为纂述，备书微婉，恐贻床屋之尤；全采风谣，惧招流俗之说。今起自国初，迄于大历，事关政教，言涉文词。道可师模，志将存古，勒成十三卷，题曰《大唐新语》。聊以宣之开卷，岂敢传诸奇人。①

追溯史官、史书的历史与责任，这是视己作如《春秋》之流，也要承担"存警诫之法"的责任，并说自己取材也是"事关政教"。其他又如李肇《唐国史补》也把"示劝戒"作为其编纂此书的目的之一，他说："纪事实，探物理，辨疑惑，示劝戒，采风俗，助谈笑。"高彦休《唐阙史序》中也将"垂训诫者"作为其内容抉择的标准之一。②明清以来，白话通俗演义兴起，对小说与史的区别已有清晰认识以后，小说家们仍然念念不忘资鉴、垂戒和教化。如修髯子（张尚德）自设问答，说明通俗演义小说的必要性时说：

> 否，史氏所志，事详而文古，义微而旨深，非通儒夙学，展卷间，鲜不便思困睡。故好事者以俗近语，隐括成编，欲天下之人，入耳而通其事，因事而悟其义，因义而兴乎感，不待研精覃思，知正统必当扶，窃位必当诛，忠孝节义必当师，奸贪谀佞必当去，是是非非，了然于心目之下，裨益风教广且大焉，何病其赘耶？③

及至晚清"小说界革命"兴起，如邱炜萲仍然要求小说要"足资考核"，

---

① 刘肃撰，恒鹤校点：《大唐新语·序》，《唐五代笔记小说大观》上册，上海古籍出版社2000年版，第209页。

② 李肇撰，曹中孚校点：《唐国史补·序》，高彦休撰，阳羡生校点《唐阙史·序》，《唐五代笔记小说大观》，上海古籍出版社2000年版，上册第158页，下册第1327页。

③ 修髯子：《三国志通俗演义引》，丁锡根编著《中国历代小说序跋集》，人民文学出版社1996年版，第888页。

他说："小说家言，必以纪实研理，足资考核为正宗；其余谈狐说鬼，言情道俗，不过取备消闲，犹贤博弈而已，固未可与纪实研理者絜长而较短也。"① 他认为"纪实研理，足资考核"才是小说正宗，"谈鬼说狐，言情道俗"者与其无法相提并论，实际上仍然是要求小说承担史传的功能和责任。

最后，小说对历史题材的青睐。在中国古代小说的发展进程中，历史题材一直深受欢迎，是中国古代小说的重要题材类型，那些尚未脱离史的母体的早期尚处于萌芽状态的雏形小说，自不待言。至唐人小说，历史题材或者说历史主题，是唐人小说的大宗之义，李剑国先生总结唐五代志怪传奇小说，指出其有十大主题，历史主题是仅次于性爱主题的第二大主题类型。② 其中就有如《古镜记》《长恨歌传》《梅妃传》《东城老父传》以及"隋炀三记"等传奇小说名篇。

唐末五代以降，白话小说勃兴，历史题材也是其中的大宗，讲史是变文与话本小说中的重要题材。由此而来的在元末明初兴起的通俗演义小说，其中历史演义及其变体英雄传奇、本朝演义等，都是历史题材。特别是《三国演义》的示范作用，历史演义小说兴盛起来，正如吴门可观道人云：

> 自罗贯中氏《三国志》一书，以国史演为通俗演义，汪洋百余回，为世所尚，嗣是效颦者日众，因而有《夏书》《商书》《列国》《两汉》《唐书》《残唐》《南北宋》诸刻，其浩瀚几与正史分签并架。③

在这种风气之下，中国历史的每一个阶段几乎都有相应的演义小说，"一代编为一传"，余季岳即总结了这一现象："迩来传志之书，自正史外，稗官小说虽极俚谬不堪目睹。是集出自钟、冯二先生著辑，自盘古以迄我朝，悉

---

① 邱炜萲：《小说》，陈平原、夏晓虹编《二十世纪中国小说理论资料》第一卷，北京大学出版社 1997 年版，第 30 页。

② 李剑国：《唐五代志怪传奇叙录·唐稗思考录》，南开大学出版社 1998 年版，第 51 页。

③ 可观道人：《新列国志叙》，丁锡根编著《中国历代小说序跋集》，人民文学出版社 1996 年版，第 864 页。

遵鉴史通纪，为之演义，一代编为一传，以通俗谕人，总名之曰《帝王御世志传》，不比世之纪传小说无补世道人心者也。"①据李剑国、陈洪先生的不完全统计，这个时期产生了近四十部历史演义小说。②而且由于人们对历史题材的持续兴趣和热情，一些历史演义小说还被反复修改或改写，如《列国志》就被反复重新编纂。先有余邵鱼在明代中叶完成的《列国志传》，至崇祯年间，冯梦龙对余邵鱼的《列国志传》做了一次全面改编和重写，完成《新列国志传》。至清乾隆年间，蔡元放又仿金圣叹评改《水浒传》，毛伦、毛宗岗父子评改《三国演义》，对冯梦龙的《新列国志》加以评点，改名《东周列国志》进行刊行，并成为最为流行的定本。

至晚清"小说界革命"中，新小说兴起，作为已对小说文体有科学且清晰认识的小说家，心中的历史意识依然浓烈，仍然青睐历史题材，只不过他们青睐的是当代历史而已，"正如陈平原所说："如果说杜甫以下的历代诗人更多借'诗史'表达他们面临民族危机时的历史意识和兴亡感，晚清作家则更借重小说形式，详细描绘这一场场惊心动魄的历史事变——尽管往往只能侧面着墨。"③由于新小说家用的是"以小人物写大时代的方法"，故而"'史传'传统使'新小说'家热衷于把小说写成'社会史'"，④因而新小说的当代史书写呈现出与传统的历史题材小说不一样的面貌。

延绵不绝且渊厚深浓的历史情结是中国古代小说与生俱来的对史传母体的情感依恋，中国古代小说常常以此自居，并以侧身史传之列为荣，乐为"稗官""稗史"，如清代观鉴我斋云："稗史，亦史也。"⑤历史情结也因此成为中国古代小说独特民族性的重要内容，是中国古代小说史传传统的显著表现。

① 余季岳：《盘古志传跋》，钟惺编辑，冯梦龙鉴定《按鉴演义帝王御世盘古至唐虞传》，刘世德、陈庆浩、石昌渝主编《古本小说丛刊》第七辑第二册，中华书局1990年版，第672页。
② 李剑国、陈洪主编：《中国小说通史》明代卷，高等教育出版社2007年版，第994页。
③ 陈平原：《中国小说叙事模式的转变》，北京大学出版社2003年版，第217页。
④ 陈平原：《中国小说叙事模式的转变》，北京大学出版社2003年版，第221页。
⑤ 观鉴我斋：《儿女英雄传序》，丁锡根编著《中国历代小说序跋集》，人民文学出版社1996年版，第1589页。

二、史传体制与中国古代小说文体的史传特征

中国古代小说文体直接孕育于史传，已经成为学界的共识，韩进廉称："探究小说的渊源，如果着眼于小说的本体意义——情节的叙述，小说最初也是最根本的寄生地只能是历史散文，小说的原始胚基就附着在历史散文的肌体上。"[1] 真正的中国古代小说，是在史传母体中孕育成熟，并最终从史传母体中分离出来，走上独立发展的道路，而且在其独立发展的进程中也依然不断在各个方面从史传母体吸取养料。与史传的这种亲缘关系，造成中国古代小说文体明显具有史传特征，这是中国古代小说中史传传统显著的外在表征。

两汉以来的魏晋南北朝的志怪与志人小说是中国古代小说的最初形态，归纳鲁迅先生在各处所言，志怪与志人小说文体特征是"粗陈梗概""都很简短""简古的文体""一点断片的谈柄"等。[2] 即多是短小的故事或言行集合。而志怪一般以短小的故事为主，志人以言行片断为主，这种文体有些类似史传中的以记事为主的《春秋》和以记言为主的《国语》。而这一时期的杂史体与杂传体志怪小说，则基本沿袭史书传体，如《汉武帝内传》《赵飞燕外传》《神女传》《杜兰香传》《曹著传》《列仙传》。

至唐，唐人传奇兴起，中国古代小说特别是文言小说迎来了一个兴盛时期。唐人传奇在各方面都取得了极大的成功，并拥有了成熟的文体。但我们看到，传奇文体实际是师法史传体制——杂传文体而来，"唐人传奇的兴起与汉魏六朝杂传的小说化倾向有着密切的联系，是汉魏六朝杂传小说化倾向发展的必然结果。"[3] 从篇名上看，传奇小说沿用汉魏六朝杂传的命名方式，单篇传奇之作以"传""记"命名，从早期的《古镜记》《补江总白猿传》到兴盛

---

① 韩进廉：《中国小说美学史》，河北大学出版社 2004 年版，第 10 页。

② 鲁迅：《中国小说史略》，《鲁迅全集》第九卷；《中国小说的历史的变迁》，《鲁迅全集》第九卷，人民文学出版社 2005 年版，第 73 页，第 323 页；《六朝小说和唐代传奇文有怎样的区别》，《鲁迅全集》第六卷《且介亭杂文二集》，人民文学出版社 2005 年版，第 335 页。

③ 熊明：《汉魏六朝杂传研究》，中华书局 2014 年版，第 424 页。

期的《任氏传》《李娃传》《霍小玉传》《莺莺传》《长恨歌传》到后期的《杨娟传》《无双传》等，都有意无意地显示出模拟史书人物传记的倾向。

唐人传奇从汉魏六朝杂传中孕育产生，传奇文体直接渊源于杂传文体。而杂传文体实际上源自纪传体的列传。司马迁著《史记》创立纪传史体，纪传体由本纪、世家、列传、书、表五部分构成，其世家、列传是专门写人物者。刘向将列传取出，以列传的体制形式作《列仙传》《列士传》《列女传》等传，从而开创了单行的人物传记之体。其后，仿效之作不断，遂有汉魏六朝杂传的繁荣。从体制上看，传奇文体基本承袭了经汉魏六朝杂传大量实践并成熟了的人物传记的基本书写体制。张新科在《唐前史传文学研究》中归纳了《史记》创制的人物传记叙事体例的特点，他说："开头一般都写传主的姓字籍贯；然后叙其生平事迹，多是选择几个典型事例，表现人物的个性特征；最后写到传主之死及子孙的情况。篇末另有一段作者的话，或补充史料，或对传主进行评论，或抒发作者感慨。"[1] 大多数唐人传奇小说，基本结构亦大致如此。许多唐人小说多如史传中的人物传记，从介绍主要人物的名字籍贯开篇，一例模仿史传中的人物传，如《霍小玉传》："大历中，陇西李生名益，年二十，以进士擢第。"《李娃传》："汧国夫人李娃，长安之娼女也。"《谢小娥传》："小娥，姓谢氏，豫章人，估客女也。"[2] 此后各篇按时间顺序叙述各自遭际，篇末或以评论作结，或解释故事的来源，或表达作者的创作目的，均是史传笔法。"叙事必具年月，条理清楚，用的是史笔，结尾有论赞，更近于史。"[3]

有着厚重历史积淀的中国史学，从来不故步自封，始终保持着新鲜的活力，显示出无穷的创造力。就史书的体例而言，在其历史的进程中就在不断创新。上古史书，根据史官分工，就形成了最初的记事与记言二种体制。孔子据鲁史而作《春秋》，完善定型了编年体。司马迁著《史记》创立纪传体，其后班固撰《汉书》，创造性地将《史记》的通史改为断代史，只记西汉一

---

[1] 张新科：《唐前史传文学研究》，西北大学出版社 2000 年版，第 14 页。

[2] 蒋防：《霍小玉传》，白行简：《李娃传》，李公佐：《谢小娥传》，汪辟疆校录《唐人小说》，上海古籍出版社 1978 年版，第 77 页，第 100 页，第 93 页。

[3] 李剑国、陈洪主编：《中国小说通史》唐宋元卷，南开大学出版社 2007 年版，第 467 页。

代。编年体至《春秋》以来，也在不断改进完善，不断焕发新的生命光彩，如司马光的《资治通鉴》。此外，如又分化出实录、日历、起居注等编年的变体。除编年、纪传之外，袁枢总结纪传、编年的优缺点，著《通鉴纪事本末》创立全新的纪事本末体。朱熹有见于编年体的繁杂，著《资治通鉴纲目》创立纲目体。

各种史体在两宋时基本都已出现并得到充分的实践完善，而从唐五代即逐渐兴起的白话小说，自两宋以降也开始了迅速发展，丰富多样而又完善成熟的史书体制无疑是新兴的白话小说文体创制的灵感来源和榜样。长篇白话小说的文体——章回体的出现，就是在借鉴史书编年体、纪传体与纪事本末体的基础上产生的，而章回体的最终成熟定型则跟纲目体及纪事本末体的成熟与完善密不可分。郑振铎说："在小说艺术未臻完美之前，长篇著作是很难着手的，只有跟了历史的自然演进的事实写去，才可能得到了长篇。"[①] 比如具有章回体雏形的讲史话本《七国春秋平话》，全书分上中下三卷，每卷分节，其中上卷就有"孟子到齐""孙子回朝""燕国立昭王""燕国筑黄金台招贤""燕齐大战"等分节，而这些分节，显然是一方面在大致遵循时间顺序的同时，每一节重点讲述一件重要历史事件的始末，基本是按照编年体和纪事本末体的方式安排的。后来章回小说通常称"依史以演义""按鉴演义"，正是这种编撰模式的反映。成熟了的章回小说特别是历史演义小说，仍然可以看出借鉴或模范史书体制的痕迹。如《三国演义》在总体结构上基本按照年代顺序安排，具有编年性质，而其人物事件，则明显遵循了陈寿《三国志》的史实安排，更多地采用纪传体的叙事体制。故早期《三国演义》的版本如嘉靖本《三国志通俗演义》，署名为"晋平阳侯陈寿史传，后学罗贯中编次"，暴露出最初《三国演义》的编撰，基本依据陈寿《三国志》的史实和结构。又如《水浒传》，从第一回"张天师祈禳瘟疫，洪太尉误走妖魔"到"忠义堂石碣受天文，梁山泊英雄排座次"一回，其结构明显按照一定顺序，多用连

---

① 郑振铎：《中国小说的分类及其演化的趋势》，《郑振铎古典文学论文集》，上海古籍出版社 1984 年版，第 342 页。

续若干回的不等篇幅，依次演绎每一位英雄的"梁山前传"，所有英雄梁山聚义排座次，借鉴模范纪传体的痕迹明显。李剑国、陈洪先生说："《三国演义》主要采用了编年体，基本按照历史的进程演述了从东汉到西晋百余年的历史；《水浒传》主要采用了纪传体，尤其是梁山英雄排座次以前的情节，基本上是以连环列传的方式组织众多英雄的传奇故事；而《三遂平妖传》则更多借鉴了纪事本末体的形式，比较完整地记述了王则事件的全过程。至于纲鉴体则对章回小说的形式产生了普遍的影响。"① 是有见地的总结。

在章回体已经成熟完善的清中叶，吴敬梓完成了长篇章回小说《儒林外史》，《儒林外史》的章回结构，显然与《三国演义》《金瓶梅》等的章回结构不同，"惟全书无主干，仅驱使各种人物，行列而来，事与其来俱起，亦与其去俱讫，虽云长篇，颇同短制"。② 细究之，不难发现，《儒林外史》对故有的章回体进行了创新，而其创新来源，却依然是史传。首先，《儒林外史》小说内部始终贯穿着一条时间线索，许多学者对此有一致的看法。如吴小如指出，《儒林外史》"所写的故事所以这样先后排列，还有个时间顺序问题，即《公羊传》所说的'所传闻''所闻'和'所见'这三个不同阶段"，"吴敬梓在写书时，确是把时间顺序作为安排人物情节的依据之一的"。张锦池也说："《儒林外史》中的时间顺序，不只是作者'安排人物情节的依据之义'，还是作者结构作品情节的主要线索之义，具有编年作用，而这在作者是有明确意识的。"③ 也就是说，《儒林外史》在全书的总体框架设计上，借鉴了史传编年体的结构模式，将看似不相关的情节单元一个个安排在了一个时间顺序的编年框架内，而没有采用一般章回小说的因果关系纽带。其次，《儒林外史》没有一个贯穿始终的主人公，也没有一个贯穿始终的中心故事，基于此，《儒林外史》依据纪传体人物传记体制创造出一种"纪传连环"的特殊体制。④ 小说

---

① 李剑国、陈洪主编：《中国小说通史》明代卷，高等教育出版社 2007 年版，第 914 页。

② 鲁迅：《中国小说史略》，《鲁迅全集》第九卷，人民文学出版社 2005 年版，第 229 页。

③ 吴小如：《两个没有很好解决的问题》，《吴敬梓研究》1981 年第 1 期；张锦池：《论儒林外史的纪传体结构形态》，《文学遗产》1998 年第 5 期。

④ 李剑国、陈洪主编：《中国小说通史》清代卷，高等教育出版社 2007 年版，第 1370 页。

依次按照一个主要人物安排相应故事内容，每个故事自有开始结束，但又前后勾连呼应，环环相扣，在总体上呈现出一个连环链条结构。如正文以周进故事开始，周进中进士后到广东主持学政，选拔了范进，于是开始了范进故事；范进中举后到高要县去打秋风，在那里遇到了严贡生，于是开始了二严故事；王惠在第一回出现后直到第八回才成为中心，由王惠引出蘧公孙，由蘧公孙引出二娄。可以看出，《儒林外史》每一个中心人物都有各自的主要故事，仿佛纪传体的人物传；同时，又通过相互牵引，勾连前后，形成有机的长篇结构。最后，吴敬梓以"儒林外史"命名小说，在外在体制上显示出对正统史传中的儒林传、儒林列传的有意模仿。同时，小说将几代知识分子放在长达百年的历史背景中去塑造，吴敬梓灵活运用纪传体体制，变换使用单传、合传、类传等纪传体人物传记形式，如用类似单传体制塑造了王冕、马纯上、匡超人、庄绍光、虞育德等人，又用合传的体制塑造了"二严（严监生、严贡生）""二鲍（鲍文卿、鲍廷玺）""二进（周进、范进）""二王（王德、王仁）""二娄（娄三公子、娄四公子）""四奇人（王太、盖宽、季遐年、荆元）"等。另外，《儒林外史》中的各个人物的单传与合传各自显示出一定的独立性，但是他们又被作者巧妙地贯穿在一起，构成了明初百年社会图景中的儒林士人的"类传"。

孕育并诞生于史传的中国古代小说，在文体上始终受到史书体制的影响，这种影响无疑是持续而深远的，这使中国古代小说文体始终保有清晰的史传痕迹，这也是中国古代小说独特民族性的重要内容，是中国古代小说史传传统的显著表现。

三、史传叙事策略与中国古代小说的叙事技巧

史传以载录历史为务，经过一代一代史家的实践与探索，积累了丰富且行之有效的叙事策略，简洁精练而传神地将历史呈现出来。毫无疑问，中国叙事艺术率先在史传中成熟并完善，形成了一套有效的叙事策略。渊源于史传的中

国古代小说，在叙事上必然师法史传。学习借鉴史传叙事的方法与技巧。

史传叙事对小说的影响是全面的，而且是春雨润物式的潜移默化地发生的，这首先表现在最初的小说家往往有史家身份或背景，当他们创作小说时，必然自觉或不自觉地运用着史的技巧，且最初的小说创作本来就被"当作记事实"，[①]如此则必然带来了叙事技巧向小说的转移。比如《搜神记》作者干宝就是史家。干宝字令升，原籍汝南新蔡（今属河南），汉末其先人避乱迁海盐（今浙江海盐东北），遂为海盐人。干宝约生于吴末，少勤学，博览书记。永嘉年间即以才器被召为著作郎。建武元年（317）十一月，中书监王导上疏建议置史官，并举干宝以著作郎领国史。当时，任著作郎的还有王隐、郭璞、虞预、朱凤、吴震等人。至成帝咸和元年（326），干宝求补山阴令，担任著作郎有十年之久。大约在咸康初，干宝迁官散骑常侍，兼领著作郎，第二次出任著作郎。干宝长期担任史职，著有西晋编年史《晋纪》二十卷，是当时著名的史家。

作为历史学家的干宝，对自《春秋》至司马迁《史记》、班固《汉书》等所积累起来的史传叙事策略应十分精通。所以，当他撰作《搜神记》时，且又是"以史家实录的态度对待鬼神荒渺之事"，[②]运用的无疑是史传叙事的方式和技巧。干宝书成后以示刘惔，刘惔云："卿可谓鬼之董狐。"[③]虽语或暗含讥诮，但却道出了干宝为《搜神记》时是以史家的态度和方式来谈鬼说狐的。既然如此，那么干宝在谈鬼说狐时必然运用的是史家的叙事方式和技巧。也就是说史传叙事正是通过这样的方式在中国古代小说兴起的初期，对中国古代小说的叙事发生影响的。

又如《神仙传》作者葛洪，虽不为史官，但亦有史才，干宝求为山阴令时即举葛洪代己，于是朝廷即迁葛洪为散骑常侍，领大著作。然葛洪以年老

① 鲁迅：《中国小说的历史的变迁》，《鲁迅全集》第九卷，人民文学出版社 2005 年版，第324 页。
② 李剑国：《唐前志怪小说史》，人民文学出版社 2011 年版，第 346 页。
③ 刘义庆撰，刘孝标注，余嘉锡笺疏，周祖谟等整理：《世说新语笺疏》，上海古籍出版社1996 年版，第 798 页。

为由，固辞不就。干宝的举荐说明葛洪应该也是有很深厚的历史修养的。其《神仙传》实际上是一部杂传体志怪小说，其基本体制就是史传的人物传记之体。葛洪使用传记体，必然按照传记体的叙事策略来传人叙事，由此，史传叙述方式与技巧也自然而然入于小说了。

史家为小说的现象至唐时仍然存在，许多传奇小说作者，也有史家身份。如《古镜记》的作者王度就是一个历史学家，曾奉诏撰周史，[①]"大业之末欲撰《隋书》，俄逢丧乱，未及终毕"；[②]《梁四公记》的作者张说，曾任国史监修，与唐颖共撰实录性史书《今上实录》；《灵怪记》的作者张荐，大历中曾任史馆修撰，撰有史书《宰辅传略》；《任氏传》的作者沈既济亦为史家，曾任史馆修撰，著有《建中实录》《选举志》各十卷；《长恨歌传》的作者陈鸿也长于史传，撰有《大统纪》三十卷，自序云"少学乎史氏，志在编年"。[③]其他又如《周秦行纪》的作者韦瓘，元和十五年曾出任史馆修撰；《游仙记》的作者顾况，贞元三年曾为著作郎，也都有史家身份。

单就小说的叙事建构而言，应该说早期小说作者的史家身份为中国古代小说叙事师法史传提供了天然的方便条件，对中国古代小说叙事技巧的养成有着重要影响。除此之外，早期小说抄缀史书而成书的方式，也是史传叙事对小说叙事发生影响的方式之一。

早期的杂传、杂史小说以及志怪志人小说如刘向《列仙传》《说苑》《新序》、葛洪《神仙传》《西京杂记》、刘敬叔《异苑》、王嘉《拾遗记》等，多

---

① 《古镜记》云："其年（大业八年）冬，（度）兼著作郎，奉诏撰国史。欲为苏绰立传。"作"国史"，误，当为周史。李剑国先生在《国史周史辨——古镜记的一处校勘》（载《书品》2001年第5期）一文中有详考，可参看。

② 董诰等编：《全唐文》卷一三一王绩《与陈叔达重借隋纪书》，中华书局1983年影印本版，第1320页。

③ 关于传奇作家出生史家，孙逊、潘建国在《唐传奇文体考辨》（载《文学遗产》1999年第6期）一文中有列举，拙文《六朝杂传与传奇体制》（载《武汉大学学报》2001年第5期）一文中亦有略解，俞钢在其《唐代文言小说与科举制度》中以专章考析了唐代文言小说的作者身份。参见俞钢《唐代文言小说与科举制度》，上海古籍出版社2004年版，第240页。

有抄自他书而略加改篡的现象。如佚名《列仙传序》云："至成帝时，向既司典籍，见上颇修神仙之事，乃知铸金之术，实有不虚，仙颜久视，真乎不谬，但世人求之不勤者也。遂辑上古以来及三代秦汉，博采诸家言神仙事者，约载其人，集斯传焉。"①言及《列仙传》乃刘向"辑上古以来及三代秦汉，博采诸家言神仙事者"，是搜罗采集诸书而成。其《说苑》《新序》亦是如此成书。曾巩《说苑序》即云："向采传记百家所载行事之迹，以为此书，奏之，欲以为法戒。"向宗鲁也说："它是刘向校书时根据皇家所藏和民间流行的书册资料加以选择、整理的颇具故事性、多为对话体的杂著类编。"②葛洪《神仙传序》亦称其书的撰作："余今复抄集古之仙者见于仙经、服食方及百家之书、先师所说、耆儒所论，以为十卷，以传知真识远之士。"③萧绮《拾遗记序》也说王嘉撰《拾遗记》："王子年乃搜撰异同，而殊怪必举，纪事存朴，爱广尚奇，宪章稽古之文，绮综编杂之部，《山海经》所不载，夏鼎未之或存，乃集而记矣。"④至于《西京杂记》，余嘉锡《四库提要辨证》云："此书盖即抄自百家短书，洪又以己意附会增益之，托言家藏刘歆汉史，聊作狡狯，以矜奇炫博耳。"⑤刘敬叔《异苑》是仿《说苑》之作，其取材亦是杂取诸书，荟萃异事。干宝《搜神记》正如其自言："考先志于载籍"，多采"群言百家"。⑥而被抄缀之书中，史传是其中的重要部分。比如《西京杂记》，就是葛洪自言是从刘歆所撰《汉书》书稿中抄出的："洪家世有刘子骏《汉书》一百卷，无首尾题目，但以甲乙丙丁纪其卷数，先父传之。歆欲撰《汉书》，编录汉事，未

① 余嘉锡：《四库提要辨证》卷一九子部十"列仙传二卷"条，中华书局1974年版，第1197页。

② 曾巩：《说苑序》，刘向撰，向宗鲁校证：《说苑校证·序言》，中华书局2011年版，第1页，第1页。

③ 葛洪：《神仙传序》，丁锡根编著《中国历代小说序跋集》，人民文学出版社1996年版，第54—55页。

④ 萧绮：《萧绮序》，王嘉撰，萧绮录，齐治平校注：《拾遗记》，中华书局1981年版，第1页。

⑤ 余嘉锡：《四库提要辨证》卷七九子部八"西京杂记六卷"条，中华书局1974年版，第1009页。

⑥ 干宝撰，李剑国辑校：《新辑搜神记》，中华书局2007年版，第19页。

得缔构而亡……今抄出二卷，名曰《西京杂记》。"① 早期中国古代小说正是在这种抄缀中学习史传的叙事策略，获得了最初的叙事技巧。

唐人传奇是中国古代小说的成熟形式，这无疑得益于对史传的师法。文体上的成熟得益于完全承继、模仿杂传文体，叙事建构上的成熟也完全得益于对杂传叙事策略的学习。② 史传叙事策略对中国古代小说叙事建构的影响是全面的，为中国古代小说的叙事建构提供了最初的可操作的方式和技巧，为中国古代小说叙事建构走向成熟打下了坚实基础。综言之，史传叙事对中国古代小说叙事技巧的影响，主要体现在以下几个基本层面。

第一，叙事视角。叙事视角是如何面对与切入叙事的策略，叙事视角是叙事首先要解决的问题。作为历史记录者的早期史官，对其所要记录的历史人物生平与历史事件经过，当然事先有全面的了解，全知视角是他们必然选择的叙事角度，因而全知视角自然成为史传叙事主要的观照角度。中国古代小说的叙事视角，在早期也主要采用全知视角，杂传杂史小说自不待言，志怪、志人亦是如此，就是到了唐人传奇的时代，也依然如此。在有的传奇小说中，作为万能叙述者的作者，甚至不惜现身小说，如《谢小娥传》，作为万能叙述者的作者就直接两次出现在小说中，第一次："至元和八年春，余罢江西从事，扁舟东下，淹泊建业，登瓦官寺阁。有僧齐物者，重贤好学，与余善，因告余曰：'有孀妇名小娥者，每来寺中，示我十二字谜语，某不能辨。'……"第二次："其年夏月，余始归长安，途经泗滨，过善义寺，谒大德尼令。操戒新见者数十，净发鲜帔，威仪雍容，列侍师之左右。……顾余悲泣。余不之识，寻访其由。娥对曰：'某名小娥，顷乞食孀妇也……'余曰：'初不相记，今即悟也。'娥因泣，具写记申兰申春，复父夫之仇，志愿相毕，经营终始艰苦之状……"③ 如果再加上结尾叙述者亲自对主题的解说，则共有

---

① 葛洪：《西京杂记跋》，曾祖荫等选著《中国历代小说序跋选注》，长江文艺出版社1982年版，第1页。

② 熊明：《汉魏六朝杂传研究》，中华书局2014年版，第411—417页。

③ 李公佐：《谢小娥传》，汪辟疆校录《唐人小说》，上海古籍出版社1983年版，第111页，第113页。

三次。在大多数唐人小说中，作者作为全能叙述者，往往会出现在小说的结尾，亲自发表对人物或故事的看法，或揭示意旨，或交代故事来源，或借小说人物故事引申发挥，完全如史家一般，显示其优越的叙事主宰地位。叙述者这种毫不掩饰地直接出现，也是中国古代小说模仿史传叙事的一个鲜明印记。在唐人小说中，也有少量采取第一人称叙述的小说，如《古镜记》《游仙窟》《周秦行纪》《秦梦记》等，其作为第一人称的叙述者，也只是故事的第一个叙述层面，在真正的故事中，这个"我"也往往不是视角的出发点，而是一个全知的自身经历的讲述者。

早期白话小说话本与章回演义，也因其源自变文与说话，主要是全知视角，且作为故事讲述者也同样时时亲自出现。正如鲁德才所说，全知视角"简洁、方便、调度灵活，情节移动迅速，时空跨度大小长短任凭叙述者掌控，几句话交代了一切，省却了许多描述；特别是能窥见人物的内心活动，随时评述人物及事件的得失。"[①]在小说实践中，随着中国古代小说艺术的发展与完善，全知视角的运用才逐渐变得谨慎起来，并注意视角的转化。

第二，叙事逻辑。叙事逻辑是叙事的顺序安排策略。史传叙事面对历史人物与事件，往往采取历史人物与事件的自然顺序，记人物者，多采用其平生经历的自然顺序；记事件者，多采取事件过程本身的自然顺序，即所谓前因、经过和结果的过程顺序。中国古代小说的叙事顺序安排，基本承袭了史传的这种叙事逻辑，在佛教传入后，即使因果报应等观念引入，这种顺序安排基本没有改变。这在直接脱胎于汉魏六朝杂传的唐人小说中表现尤为突出。唐人小说多为人物传记体制结构小说，故而我们看到，小说的顺序安排基本按照主人公生平经历的时间顺序。如《任氏传》，其主人公虽为狐妖任氏，小说从其与郑六相遇写起，至其随郑六赴任、途中为猎犬所毙，收束全篇。这种顺序安排方式，在《枕中记》中表现得尤为鲜明。《枕中记》主要叙卢生"黄粱梦"故事，小说的第一层故事框架很简单，邯郸卢生不安于种田务农的穷困自怨自艾，道士吕翁便让他梦入枕中，经历五十年大富大贵。梦醒后卢

---

①　鲁德才：《中国古代白话小说艺术形态学导论》，南开大学出版社2013年版，第82页。

生于是大彻大悟。小说的第二层故事即卢生的梦中经历，其叙述的逻辑顺序，完全按照卢生生平写来，从其娶崔氏女，中进士开始，至其年八十死。完全按照人物生命的自然历程来展开叙述。以叙事为主的传奇小说，则基本按照事件过程本身的发展经过来安排顺序。如《补江总白猿传》，就是按照事件本身的顺序，即欧阳纥南征带妻随行—中道失妻—欧阳纥驻军寻妻—发现窃妻白猿—杀白猿救出妻子的过程叙述。

讲史话本以及白话章回小说特别是历史演义小说，更是依照历史发展过程本身来安排顺序，这已无须赘述。当然，在中国古代小说叙事艺术发展成熟的过程中，中国古代小说也一直在探索叙事逻辑的多样化的可能。比如在世情小说中，叙事逻辑就呈现出丰富的变化，包括《红楼梦》《醒世姻缘传》等，在叙事逻辑的处理上都表现出强烈的探索勇气和创新精神。

第三，叙事详略。叙事详略是叙事主次或重心的选择策略。早期史传叙事简略，如《春秋》，还主要都是概述性叙事，致使许多事件过程模糊。《左传》之出，正是弥补这一缺陷。至司马迁《史记》，形成了一套较为完善的有主有次、详略兼顾、详略互补的史传叙事基本模式。比如《廉颇蔺相如列传》写廉颇和蔺相如，司马迁重点选取完璧归赵、渑池会、将相和三个事件，详细叙述这三个事件的经过，在这一过程中凸显出廉颇与蔺相如的人格特征，廉颇、蔺相如其余生平行事则概述或略去。又如《李将军列传》写李广，也主要选取三次战斗重点叙述，李广生平其余行事则概述而已。并积累了许多如何对主要事件进行详细叙述的方法技巧，如场景的设置、细节的运用等。中国古代小说叙事的主次安排技巧深受以司马迁《史记》为代表的史传的叙事详略处理策略的影响，特别是场景的设置技巧、运用细节的方法技巧等，更是被广泛运用，成为中国古代小说叙事特色的重要表现之一。叙事详略处理是中国古代小说研究的重要方面，论述甚多，故在此不作更深的讨论。

史传叙事策略当然不止这几个基本方面，其他如叙事线索、伏笔、照应等，叙事情节结构的布置、营建等，细节的运用等史传叙事策略的各方面，都对中国古代小说有着不同程度的影响。当然，中国古代小说师法史传叙事，但很显然，中国古代小说叙事最终又超越了史传。这一点，前人多有论述。

如前文所引金圣叹、毛宗刚言论，不管是金圣叹所说"《水浒传》方法，都从《史记》出来，却有许多胜似《史记》处"，还是毛宗刚所说"《三国》叙事之佳，直与《史记》仿佛，而其叙事之难则有倍难于《史记》者"，①也都有此意。又如张竹坡说："《金瓶梅》是一部《史记》，然而《史记》有独传，有合传，却是分开做的。《金瓶梅》却是一百回共成一传，而千百人总合一传，内却又断断续续，各人自有一传。固知作《金瓶梅》者，必能作《史记》也。何则？既已为其难，又何难为其易？（三十四）②

总之，史传叙事策略对中国古代小说叙事技巧的影响是全面而深刻的，这也是中国古代小说叙事与史传叙事呈现出相似性的原因所在。也正因如此，中国古代小说叙事建构在深层意态上与史传相一致，是中国古代小说史传传统的重要体现。

四、史传实录精神与中国古代小说艺术真实的创造

实录是对史家与史书的基本要求，对于史家而言，就是要秉笔直书；对于史书而言，就是要客观真实。早在春秋时期，实录就已成为史家修史的基本要求，并在后来的史学实践中升华为史家著史的自觉追求和评判史书价值的重要标准之一。刘知幾言及南史、董狐、韦昭、崔浩是史家坚持实录的榜样："若南、董之仗气直书，不避强御；韦、崔之肆情奋笔，无所阿容。虽周身之防有所不足，而遗芳余烈，人到于今称之。"③班固在《汉书·司马迁传》中称司马迁《史记》是史书实录的典范："善序事理，辨而不华，质而不俚，

---

① 金圣叹：《读第五才子书法》，朱一玄、刘毓忱编《水浒传资料汇编》，南开大学出版社年版，第219页；毛宗岗：《读三国志法》，朱一玄、刘毓忱编《三国演义资料汇编》，南开大学出版社2005年版，第266页。
② 张竹坡：《金瓶梅读法》，朱一玄编《金瓶梅资料汇编》，南开大学出版社2004年版，第433页。
③ 刘知幾撰，浦起龙释：《史通通释》卷七《直书》，上海古籍出版社1978年版，第193—194页。

其文直，其事核，不虚美，不隐恶，故谓之实录。"① 因此，实录是史学的核心价值所在，实录精神是史学宝贵的精神财富。

渊源于史传的中国古代小说，深受史传实录精神的浸染，并在历史发展过程中，随着对自身本质认识的不断深化，最终由据实而录走向了艺术的真实，实现了自我完善。

中国古代小说的定位，经历了由子而史，继而亦子亦史的演变，历代史志书目小说类，自刘向、刘歆《七略》，到班固《汉书·艺文志》，始终隶属子部，不过这是文类意义上的小说，即广义的小说，是指与公认的能够治国平天下的大道不一致的言论或见解，或可说是与主流思想不相一致的另类思想，或表述、承载这一类言论、思想的文章的总称。早期著录于子部小说家类的小说，其实就是这样的性质。如《语林》《笑林》《世说新语》，它们在《隋书·经籍志》中被著录于子部小说家类。而以承载言论或见解的另类思想面貌出现的广义小说，既然主要是言论或见解，是要求真实的，即这种言论或见解一定是某人曾经发表过的真实存在，《世说新语·轻诋》言裴启《语林》因谢安指其不实而废，② 就是与此认识相关。而大部分真正意义上的小说，却往往被著录于史部，或杂传、杂传记、传记，或杂史，或旧事，或故事，比如《搜神记》，《隋书·经籍志》即将其著录于史部杂传类，作为唐人小说主要类型的传奇小说，在唐代小说家那里，也是自认为传记的，直到宋初李昉等编纂《太平广记》，也仍然是被视为传记而被单独收录。也就是说，长期以来，人们对中国古代小说特别是大部分真正意义上的小说的性质判定，小说是属于史的，这当然跟小说渊源于史传有关。也正因为有如此认识，实录原则用于小说也就不足为奇了。

因此，我们看到，魏晋南北朝的小说无论是志人还是志怪小说创作，据实而录是贯穿其中的主要原则。即使是搜奇抉怪，也认为是在记录事实。当

---

① 班固撰，颜师古注：《汉书》卷六二《司马迁传》，中华书局 2011 年版，第 2738 页。

② 刘义庆撰，刘孝标注，余嘉锡笺疏，周祖谟等整理：《世说新语笺疏》，上海古籍出版社 1996 年版，第 843 页。

然，对于志怪小说而言，还有观念的因素存在，即认为鬼神之事实有，两相结合，便有了以干宝为代表的典型的志怪小说创作理念——"明神道之不诬"。①

至于唐人小说的主要类型传奇小说，虚构已成为普遍现象，明人胡应麟即云："至唐人乃作意好奇，假小说以寄笔端。"②然而，小说家们却一边虚构，一边又标榜实录，甚至不惜亲自出场，煞费苦心地编造自己与小说主人公之间有着实实在在的联系。如陈玄祐《离魂记》，讲述少女倩娘的魂魄与王宙私奔，而身体病在家中，五年后返家，倩娘魂魄与身体"翕然二形而合为一体"。此事玄虚，正如明人钟人杰评价："词无奇丽，而事则微茫有神，至翕然合为一体处，万斛万想，味之无穷。"③然而作者在小说结尾却亲自向读者说明："玄祐少常闻此说，而多异同，或谓其虚。大历末，遇莱芜县令张仲规，因备述其本末。镒则仲规堂叔祖，而说极备悉，故记之。"④先自言最初自己也不相信其真实，"或谓其虚"，然后编造出自己与张仲规相识，而倩娘父张镒是张仲规的堂叔祖，经张仲规证实，故而确真无疑。进而编织出一条故事得来斑斑可考的线索，就是为了让读者相信这个连自己都"或谓其虚"的虚构故事是真实的。

强调实录几乎成为中国古代所有小说家的一种有意或来自潜意识的自觉行为，唐以后的宋元明清小说家无不如此，文言小说经两宋至清代的纪昀编撰《阅微草堂笔记》仍是如此，白话章回小说中的历史演义一类以余邵鱼、余象斗、蔡元放等为代表的小说家自不待言，就是中国古典小说的巅峰之作——《红楼梦》亦不能免俗。《红楼梦》作者着意虚构，却自言实录，在开篇即用"作者自云"的方式解释这"满纸荒唐言"实是"实录其事"，并借石头之口，表明书中所写是"半世亲见亲闻"，"其间离合悲欢，兴衰际遇，俱

---

① 干宝撰，李剑国辑校：《新辑搜神记》，中华书局 2007 年版，第 19 页。
② 胡应麟：《少室山房笔丛》卷三六《二酉缀遗中》，中华书局 1958 年版，第 486 页。
③ 佚名编，袁宏道参评，屠隆点阅，孙乃点校：《虞初志》卷一《离魂记》，汤显祖等原辑，袁宏道等评注，柯愈春编纂《说海》第一册，人民日报出版社 1997 年版，第 36 页。
④ 陈玄祐：《离魂记》，汪辟疆校录《唐人小说》，上海古籍出版社 1983 年版，第 60 页。

是按迹循踪，不敢稍加穿凿，至失其真"。①

对实录的有意或无意识的自觉强调或表白，甚至到了晚清"小说界革命"兴起，虚构已成为小说创作的共识后，在新小说里仍然存在。如我佛山人（吴趼人）《二十年目睹之怪现状》第三回评云："两个道台，两个道台夫人，恰是正反对，写来好看煞人。吾闻诸人言，是皆实事，非凭空虚构者。"第二十六回评云："壬寅癸卯间，游武昌，曾亲见一典史作剧盗者，观于此臬司，直是每下愈况，可发一噱。此事闻诸蒋无等云，确是当年实事，非虚构者。"第三十五回评云："后半回形容上海名士，阅者必当疑为过于刻薄，皆当日之实情也。"第三十八回评云："谭中丞喜亲屑事，至今苏人尤乐道之，非虚构也。"②曾朴《孽海花》第二十一回云："但在下这部《孽海花》，却不同别的小说，空中楼阁，可以随意起灭，逞笔翻腾，一句假不来，一语谎不得，只能将文机御事实，不能把事实起文情。"③吴趼人为了说明自己的小说是据实而录，更是仿效唐人，称自己所作《黑籍冤魂》是自己亲眼所见，亲身所历："我如果撒了谎，我的舌头伸了出来缩不进去，缩了进去伸不出来。……咒发过了，我把亲眼看见的这件事，叙了出来，作一回短篇小说。"④这些新小说作家，虽信誓旦旦地称自己的小说是"当年事实"，照实而录，绝无虚构，但却如陈平原所说，"'咒'尽管发，'谎'却照样撒。"⑤即虽言是记事实，却毫无疑问是虚构的。"小说界革命"引入西方文学理论，小说已被纳入文学体系，小说的虚构特性已获得充分的理论支持，新小说中这种对实录的有意或

---

① 曹雪芹：《红楼梦》第一回，辽海出版社 2007 年版，第 1—4 页。

② 我佛山人：《二十年目睹之怪现状》第三回回评，《新小说》（1903）第九号第 56 页；第二十六回回评，《新小说》（1905）第二年第六号第 53 页；第三十五回回评，《新小说》（1905）第二年第九号第 68 页；第三十八回回评，《新小说》（1905）第二年第十号第 56 页。

③ 曾朴著，张明高校注：《孽海花》第二十一回，人民文学出版社 2006 年版，第 285 页。

④ 吴趼人：《黑籍冤魂》，于润琦主编，程敏、杨之锋点校《清末民初小说书系·社会卷》上册，中国文联出版公司 1997 年版，第 51 页。

⑤ 陈平原：《中国小说叙事模式的转变》，北京大学出版社 2003 年版，第 215 页。又，陈平原尚列举了许多新小说存在的此类情况，可参看。

无意识的自觉强调或表白，也从一个侧面说明史传实录精神对中国古代小说的深刻影响，说明中国古代小说中史传传统的深植与强大。

在浅层的实录强调与表白之外，中国古代小说对史传实录精神的遵循，更体现在对艺术真实的追求与创造上。从唐人"有意识地作小说"开始，小说家就已开始意识到虚构是小说的重要特征，是小说必须面对与处理的问题。应该说，是史传的实录精神启发并促使小说家思考如何处理虚构，如何把虚构之事叙述得宛如真实，而这种理念、实践与经验，就成为中国古代小说创造艺术真实的理论总结。

中国古代小说如何创造艺术真实的最初经验，其实也应该来自史传。史传强调实录，强调真实，但并非所有的细节都是实录的和真实的。这一点，钱钟书先生有精彩的论述和举例。他说：

> 吾国史籍工于记言者，莫先乎《左传》，公言私语，盖无不有。虽云左史记言，右史记事，大事书策，小事书简，亦祇谓君廷公府耳。初未闻私家置左右史，燕居退食，有珥笔者鬼瞰狐听于旁也。上古既无录音之具，又乏速记之方，驷不及舌，而何其口角亲切，如聆馨欬欤？或未密勿之谈，或乃心口相语，属垣烛隐，何所据依？如僖公二十四年介子推与母偕逃前之问答，宣公二年鉏麑自杀前之慨叹，皆生无旁证，死无对证者。……史家追叙真人实事，每须遥体人情，悬想事势，设身局中，潜心腔内，忖之度之，以揣以摩，庶几入情合理。盖与小说、院本之臆造人物、虚构境地，不尽同而可相通；记言特其一端。《韩非子·解老》曰："人希见生象也，而得死象之骨，案其图以想其生也；故诸人之所以意想者，皆谓之象也。"斯言虽未尽想象之灵夸酣放，然以喻作史者据往迹、按陈编而补阙申隐，如肉死象之白骨，俾首尾完足，则至当不可易矣。《左传》记言而实乃拟言、代言，谓后世小说、院本中对话、宾白之椎轮草创，未遽过也。[①]

[①] 钱钟书：《管锥编》第一册，中华书局 1999 年版，第 164—166 页。

钱钟书先生以史传中记言为例，指出史传中记言，特别是那些"燕居退食""或未密勿之谈、或乃心口相语"，如介子推与母偕逃前的问答、鉏麑自杀前的慨叹一类，实乃拟言、代言，是历史家的想象虚构。当然，这种虚构是在"遥体人情，悬想事势，设身局中，潜心腔内，忖之度之，以揣以摩"的推想情况下完成的，这种推想的要求就是要"庶几入情合理"。钱钟书先生将这种情况看作后世小说、院本中对话、宾白的"椎轮草创"，揭示了小说此类虚构的渊源和师承所在。并认为"与小说、院本之臆造人物、虚构境地，不尽同而可相通"，指出了史传的这种虚构与小说虚构之间存在的联系和区别。

在中国古代小说师法史传而不断成长的过程中，史传处理那些"属垣烛隐，何所据依"之处的虚构做法及其原则方法，无疑也为中国古代小说处理虚构提供了可资借鉴与利用的榜样和范例。我们看到，小说处理虚构也是按照"入情合理"的原则，"遥体人情，悬想事势，设身局中，潜心腔内"地进行，从而获得宛如真实的艺术效果。

小说无论写实还是写幻，虚构是必需的，但最后在作品中呈现出来的，则必须"力求虚构与真实的统一，事理真实与本质真实的统一"。"所谓事理的真实，系指构成情节的人物行动合乎生活的发展逻辑，合乎社会的人情事理，具有现实的同一性；如果是神话幻想小说，则要合乎幻想的逻辑，具有幻想的同一性。"[1]中国古代小说中的写实小说在这方面成功的例子众多，如《红楼梦》中黛玉葬花、宝钗戏蝶、湘云醉卧、龄官画蔷等，读来都如在眼前般真实可感。至于写幻小说，如上文所举《离魂记》，钟人杰称其"事则微茫有神"，[2]"微茫"即指出其事之虚幻，"有神"则道出了其符合事理真实，虽虚幻，却入神，让人"味之无穷"。其原因就在于这个幻想"契合了人类特有的爱情心理"，"虽奇幻但却深刻而贴切地传达出了青年男女不可遏阻的爱情向

---

[1]　马振方：《小说艺术论》，北京大学出版社 1999 年版，第 113 页。

[2]　佚名编，袁宏道参评，屠隆点阅：《虞初志》卷一《离魂记》，汤显祖等原辑，袁宏道等评注，柯愈春编纂《说海》第一册，人民日报出版社 1997 年版，第 36 页。

往和追求"，^① 即如汤显祖所言，"情不知所起，一往而深，生者可以死，死者可以生。生而不可以死，死而不可复生者，皆非情之至也。"^② 这是符合人类爱情的事理逻辑，具有事理的真实性，故而也是具有艺术真实性的作品。中国古代小说中这样的例子不胜枚举。

史传实录精神对中国古代小说的影响是持续而深刻的，这不仅体现在历代小说家在创作中对实录的追求或标榜，更体现在他们在小说中对艺术真实的实践和创造。当然，这也是中国古代小说史传传统的鲜明印记。

第二节　诗骚传统与中国古代小说的抒情品格

中华民族是一个浪漫而诗意的民族，《诗大序》曰："诗者，志之所之也。在心为志，发言为诗，情动于中而形于言。言之不足，故嗟叹之。嗟叹之不足，故咏歌之。咏歌之不足，不知手之舞之足之蹈之也。"上古时期，我们民族的先人就已学会了用诗歌和辞赋来表达心中的欢乐与悲伤等各种情感，在山河壮丽广袤的北方地区，很早就有成型的以四言形式为主的诗歌，并被收集整理，后为孔子编定为《诗》。而在烟雨迷蒙的南方地区，同样很早就出现了华丽的辞赋，并在屈原忧愤的吟唱中走向成熟。诗与骚，从此成为我们民族文学中最为闪亮的星辰，它们所开创的抒情传统，也转化为一种内在的精神气质，深刻地影响了包括中国古代小说在内的各体中国文学。单就中国古代小说而言，在诗骚传统影响下所形成的抒情品格，是中国古代小说一个鲜明的民族性印记。

---

① 熊明：《冉冉香魂逐君去——离魂记赏析》，《名作欣赏》2006 年第 12 期。

② 汤显祖著，徐朔方、杨笑梅校注：《牡丹亭记》作者题词，人民文学出版社 1982 年版，第 1 页。

一、诗骚情结与中国古代小说诗赋的引入

中华民族诗意气质的养成，一方面来源于民族本身的浪漫情怀；另一方面也来源于持续的熏陶与培养。浪漫的先民首先在日常生活中用诗赋表情达意，创作出了最初一批诗赋。其中的诗歌经过孔子的整理集而为《诗》，而辞赋经过屈原的吟唱，形成以《离骚》为代表的经典。而这些最初的经典，又成为培养民族诗意气质的活水之源。孔子即云：《诗》可以兴，可以观，可以群，可以怨，多识草木年兽之名。远之事君，迩之事父。""不学《诗》，无以言。"班固《汉书》载，古人"断章取义"以"赋诗言志"，将诗歌运用在邦国大事之中："古者诸侯卿大夫交接邻国，以微言相感，当揖让之时，必称《诗》以谕其志，盖以别贤不肖而观盛衰焉。"① 也正是在这种对《诗经》的学习运用中，我们民族浓郁的诗意气质得到了持续的滋养，并最终成为流淌于民族血液中的基因。诗歌与辞赋特别是诗歌也成为中华民族表情达意的首选，如钟嵘在《诗品·序》中说：

> 若乃春风春鸟，秋月秋蝉，夏云暑雨，冬月祁寒，斯四候之感诸诗者也。嘉会寄诗以亲，离群托诗以怨。至于楚臣去境，汉妾辞宫，或骨横朔野，魂逐飞蓬；或负戈外戍，杀气雄边，塞客衣单，孀闺泪尽；或士有解佩出朝，一去忘返；女有扬蛾入宠，再盼倾国；凡斯种种，感荡心灵，非陈诗何以展其义？非长歌何以骋其情？故曰：'诗可以群，可以怨。'使穷贱易安，幽居靡闷者，莫尚于诗矣。②

中华民族对诗歌与辞赋的情有独钟，从文学史的角度来看，也可以得到解释。纵观中国文学的发展历程，诗与赋也是民族文学中最早出现与成熟的

---

① 班固撰，颜师古注：《汉书·艺文志》诗赋略总序，中华书局 2011 年版，第 1755—1756 页。
② 钟嵘著，周振甫译注：《诗品译注》，中华书局 2011 年版，第 20—21 页。

形式。曹丕《典论·论文》首先将诗赋并论："诗赋欲丽。"陆机《文赋》同样并举诗赋："诗缘情而绮靡，赋体物而浏亮。"特别是诗歌，也一直是文学的主流与中心，这种尊崇地位导致了诗骚情结的蔓延，必然形成其无处不在的影响。

诗骚传统首先具化为一种诗骚情结，具化一种对诗赋的特殊偏爱。中国古代的小说家们同样有着深厚的诗骚情结，他们对诗赋的偏爱，体现为他们在小说创作中大量引入诗赋以及词、曲、民歌、谣谚等类诗作品。

早在中国古代小说的初兴时期，在一些杂传小说中就已有引入诗赋的现象。《穆天子传》中西王母与穆王相会，两人即以四言诗问答。《燕丹子》中在燕太子丹等送别荆轲时，荆轲所吟"风萧萧兮易水寒，壮士一去兮不复还"，① 即是楚调。在《神女传》《曹著传》及《杜兰香传》中，也有诗赋引入，其中《神女传》《杜兰香传》神女所咏为五言诗，《曹著传》徐婉抚琴所歌则是辞赋。这跟汉魏六朝杂传中时常插入诗赋、歌谣、时谚有关。文言小说引入诗赋，在唐人传奇中就已成为普遍现象，甚至是唐人传奇的一个重要特征，这些诗歌在小说整体结构中的作用，石昌渝先生将其归纳为五个方面：一、男女之间传情达意，以《游仙窟》《莺莺传》等为代表。二、人物言志抒情，以《李章武传》《湘中怨解》等为代表。三、绘景状物，以《柳毅传》(《洞庭灵姻传》)、《传奇·裴航》等为代表。四、暗示情节的某种结局，以《传奇·裴航》等为代表。五、评论，以《长恨歌传》《东城老父传》为代表。② 李剑国先生亦将传奇中诗歌的作用和地位归纳为五个方面，但和石昌渝又略有不同：一是以诗歌代替人物对话，如《游仙窟》。二是录入作者或他人题咏作品中人物事件的诗歌，一般同情节发展没有关系，如《莺莺传》的杨钜源《崔娘诗》、元稹《会真诗》《李章武传》中李章武所赋诗。有的则同情节发展有关联，如《非烟传》崔李二生所赋诗。三是鬼魅以诗自寓，如《东阳夜怪录》《玄怪录·元无有》。四是根据情节需要为人物撰作诗歌，如《传

---

① 佚名：《燕丹子》，《燕丹子　西京杂记》，中华书局1985年版，第14页。

② 石昌渝：《中国小说源流论》，生活·读书·新知三联书店1994年版，第167页。

奇·郑德璘》；甚至也未必是情节所必须，只是为增加作品文采而做的点缀，这种情况很常见，如《周秦行纪》。五是根据规定情景通过人物自题自吟或赠答酬对，抒写人物的情绪，或有意识地创造抒情氛围乃至意境。[1] 如《柳氏传》，小说在叙写男主人公韩翊与女主人公柳氏相互悦慕而定情之后，由于省家和安史之乱长期无法相聚，于是，小说便以韩翊的《章台柳》与柳氏的《杨柳枝》二诗来表现他们之间的相思、牵挂和悲叹。唐人小说中直接引入的诗赋，多有精美之作。如元人辛文房在《唐才子传》中说："杂传记中多录鬼神灵怪之词，哀调深情，不异畴昔。"[2] 明人杨慎说："诗盛于唐，其作者往往托于传奇小说神仙幽怪以传于后，而其诗大有妙绝今古、一字千金者。"[3] 胡应麟说："《广记》所录唐人闺阁事咸绰有情致，诗词亦大率可喜。"[4]

唐五代以降的宋元明清，引入诗赋是文言小说的普遍做法，在明代甚至产生了"诗文小说"，所谓诗文小说，"是指在文言小说中除了小说情节发展、人物个性需要外，作者为了遣性逞才、释怀写心，在小说的不少环节中广泛融进前人或自己的诗文创作，从而使得小说中诗文的含量较传统的传奇小说有大幅度的增加，诗文在小说中占据了重要地位的作品"。[5] 诗文小说的出现，无疑是小说家诗骚情结的触发所致，瞿佑《剪灯新话》开其端，其后有李昌祺《剪灯余话》、赵弼《效颦集》、陶辅《花影集》、邵景詹《觅灯因话》等一大批诗文小说相继而出。这些小说中的诗词与唐人小说中的诗词格调相似，但是由于作者似乎特地以卖弄诗才文才为能事，作品中诗赋文词大量堆砌，造成了小说叙事的拖沓滞塞，李昌祺在《剪灯余话》中不遗余力地插入一百七十余首诗词，就因为阻碍了叙事的流畅而往往被论者所诟病。清代蒲松龄的《聊斋志异》则直承唐人小说，小说中也引入诗词，但却相对较

---

① 李剑国：《唐五代志怪传奇叙录·唐稗思考录》，南开大学出版社 1998 年版，第 90 页。

② 辛文房撰，傅璇琮主编：《唐才子传校笺》卷一○《鬼》，中华书局 1990 年版，第 519 页。

③ 杨慎撰、王仲镛笺证：《升庵诗话笺证》卷一一"唐人传奇小诗"条，上海古籍出版社 1987 年版，第 413 页。

④ 胡应麟：《少室山房笔丛》卷三六巳部《二酉缀遗中》，上海书店出版社 2001 年版，第 371 页。

⑤ 李剑国、陈洪主编：《中国小说通史》明代卷，高等教育出版社 2007 年版，第 1205 页。

少。蒲松龄精心运用有限的诗词，收到了良好的表达效果。冯镇峦就对蒲松龄用诗给予高度评价："近来说部，往往好以词胜，搬衍丽藻，以表风华，涂绘古事，以炫博雅。《聊斋》于粗服乱头中，略入一二古句，略装一二古字，如《史记》诸传中偶引古谚时语，及秦、汉以前故书。斑驳陆离，苍翠欲滴，弥见大方，无一点小家子强作贫儿卖富丑态，所以可贵。"①

中国古代白话小说直接引入诗赋也是普遍现象。宋元话本及明清拟话本小说，从入话、正话到篇末，诗词韵语是小说叙事的重要构成部分。宋元话本中的诗词韵语大多为说理与教化服务，少有诗情与作者的个人才情，但其吸收了大量民间口语中的套语，具有俚俗之趣，形成与文言小说不同的风格特征。明清的拟话本小说中，因为冯梦龙、凌濛初、李渔等才学较高，又着意显露个人才华，话本小说总体有向雅文学靠拢趋势，小说中诗词的品格相对较高。

脱胎于宋元的讲史与说经的长篇章回小说，引入诗词仍然是小说叙事建构的重要内容，如《三国演义》中，开篇即有杨慎词《临江仙》、结尾又有古风《三国归晋》作为整部小说的开篇与结束，奠定了小说历史慨叹的基调。小说中间也通过各种方式插入诗词歌赋，如第三十七回"司马徽再荐名士，刘玄德三顾茅庐"一回中就插入了数首诗歌，先有四言诗《徐母赞》，通过农人所歌插入了诸葛亮所作五言古诗一首，又插入描写诸葛亮居处的一首古风，又通过石广元和孟公威之歌，插入两首诗歌，又插入童子歌诗一首，诸葛均歌诗一首以及"后人有诗单道玄德风雪访孔明"诗一首。②至于世情小说特别是其中才子佳人小说一类，其中更是有大量诗词，且基本沿着唐人小说爱情题材小说中诗词作为男女传情达意的媒介、营造诗意氛围、游戏笔墨以炫才的路子，虽然诗词格调还算清雅，但是满篇的诗句韵语，也常常令人不能卒读。

---

① 冯镇峦：《读聊斋杂说》，蒲松龄著，张友鹤辑校：《聊斋志异》会校会注会评本，上海古籍出版社 2011 年版，第 17 页。

② 罗贯中：《三国演义》第三十七回，辽海出版社 2007 年版，第 341—350 页。

曹雪芹的《红楼梦》中也有相当数量的诗词，其中如《枉凝眉》《红楼梦引子》《葬花词》《秋窗风雨夕词》、海棠诗、菊花诗、螃蟹诗、柳絮词等，无一不是精美之作。它们在作品中大多承载着某种叙事功能，或用来预示作品结局，或象征人物命运，或揭示人物性格，这些诗词与作品整体的诗意氛围融合在一起，成为作品叙事的有机组成部分。

"小说界革命"中兴起的新小说，也依然没有摆脱诗骚传统的影响，新小说家们的诗骚情结依然浓烈，引入诗词歌赋依然是许多新小说的共性。其中魏子安的《花月痕》就是一个极端的例子。魏子安少有文名，写下了大量诗词，后来"唯时念及早岁所为诗词，不忍割弃，乃托名眠鹤主人，成《花月痕》说部十六卷。以前所作诗词，尽行填入，流传世间，即今所传本也"。[①]此说或有不实，但魏子安《花月痕》中确有大量诗词，以致引来鲁迅先生如此评价："诗词简启，充塞书中，文饰既繁，情致转晦。"[②]辛亥革命后徐枕亚的《玉梨魂》《雪鸿泪史》似步武的《花月痕》，小说中也引入大量诗词。正如陈平原所说："说他作小说为保存诗词旧作可能冤枉，可说他借才子佳人卖弄诗才却一点不过分。"[③]

中国古代小说引入其他文体是普遍现象，特别是引入诗词歌赋。以上是就中国古代小说引入诗赋的概论，偏重诗歌。辞赋也可视为广义诗歌的一种，如沈亚之《湘中怨解》中，引入的就是三首楚辞，《洞庭灵姻传》中洞庭君、钱塘君、柳毅所歌也是楚辞。[④]另外，辞赋影响中国古代小说，除了这种直接的引入之外，还有另一种表现，那就是小说以辞赋之体行文，唐人张文成的《游仙窟》就是一例，《游仙窟》通篇采用第一人称自述形式，设主客问答之

① 《小奢摩馆脞录》，孔令境编《中国小说史料》，上海古籍出版社 1982 年版，第 233 页。
② 鲁迅：《中国小说史略》，《鲁迅全集》第九卷，人民文学出版社 2005 年版，第 267 页。
③ 陈平原：《中国小说叙事模式的转变》，北京大学出版社 2003 年版，第 224 页。
④ 沈亚之：《沈下贤文集》卷二《湘中怨解》，《鲁迅辑录古籍丛编》第四卷，人民文学出版社 1999 年版，第 173—174 页。李朝威：《洞庭灵姻传》，参见汪辟疆校录《唐人小说》，上海古籍出版社 1983 年版，第 74—82 页。按：汪辟疆校录《唐人小说》题《柳毅》，李剑国先生定其名为《洞庭灵姻传》，更为确妥，从之。参见《唐五代志怪传奇叙录》，南开大学出版社 1998 年版，第 286 页。

辞；全篇除诗歌以外，全用骈语俪句进行叙述铺陈，堪称辞赋体小说。清代陈球的《燕山外史》，也通篇用骈体写成。除了这种通篇辞赋行文之外，许多小说还在一些特殊部分如写景、状物之处用辞赋化的骈俪语言进行铺陈描写。这在唐人小说中表现得特别明显，宋人即注意到这一点，陈师道曾针对范仲淹的《岳阳楼记》说："范文正公为《岳阳楼记》，用对语说时景，世以为奇。尹师鲁读之曰：'《传奇》体尔。'《传奇》，唐裴铏所著小说也。"[1] "用对语说时景"即是指唐人小说中这种辞赋化、骈俪化的铺陈描写。如《洞庭灵姻传》中叙宴会乐舞一节文字：

> 是夕，遂宿穀于凝光殿。明日，又宴穀于凝碧宫。会友戚，张广乐，具以醾醴，罗以甘洁。初笳角鼙鼓，旌旗剑戟，舞万夫于其右。中有一夫前曰："此《钱塘破阵乐》。"旌铖杰气，顾骤悍栗。坐客视之，毛发皆竖。复有金石丝竹，罗绮珠翠，舞千女于其左。中有一女前进曰："此《贵主还宫乐》。"清音宛转，如诉如慕，坐客听之，不觉泪下。[2]

而在中国古代的白话小说中，也有辞赋化、骈俪化的铺陈描写，长篇章回小说中人物出场的外貌描写就是典型例证，如《水浒传》第七回"花和尚倒拔垂杨柳，豹子头误入白虎堂"写林冲外貌。并成为白话章回小说中的成式。另外，一些状物写景之处，亦是如此。如第五回"小霸王醉入销金帐，花和尚大闹桃花村"中对山色的描写：

> 山影深沉，槐荫渐没。绿杨郊外，时闻鸟雀归林；红杏村中，每见牛羊入圈。落日带烟生碧雾，断霞映水散红光。溪边钓叟移舟去，野外村童跨犊归。[3]

---

[1] 陈师道：《后山诗话》，清何文焕辑《历代诗话》，中华书局2001年版，第310页。

[2] 李朝威：《洞庭灵姻传》，汪辟疆校录《唐人小说》，上海古籍出版社1983年版，第77—78页。

[3] 施耐庵：《水浒传》第七回，辽海出版社2007年版，第71页。

同回对宝刀的描写,也是如此辞赋之体。

当然,在狭义的概念下,诗、赋分属不同的文体,而在广义的概念下,诗、赋包括后来的词、曲以及民歌、谣谚等也应当包括在"诗歌"之内。也就是说,小说中出现的诗、赋之外的包括词、曲、民歌、谣谚也属于"诗歌"的范畴。因而,我们说中国古代小说引入诗歌或诗赋,实际上是指引入这种广义的"诗歌",不仅是指诗、赋,也包括词、曲、民歌、谣谚等所有的类诗作品。这里,我们仅举诗、赋为例而已,毕竟诗与赋是最早出现的"诗歌",是所有类诗之体的代表,这是需要特别说明的。

总之,中华民族的诗意气质带来了诗赋创作的兴盛,诗赋成为民族文学中最为尊崇的文学样式,诗骚情结成为民族的共同文化心理。小说家们的诗骚情结,使他们希望呈露诗才,炫耀自己的诗作,甚至希望借小说来保存自己的诗作,这样就造成了中国古代小说引入诗赋的现象。正如毛宗岗《三国志演义凡例》所言"叙事之中,夹带诗词,本是文章极妙处",[1]诗赋的引入是中国古代小说中诗骚传统的一个突出表征,也是中国古代小说独特民族性的重要体现。

二、诗骚意趣与中国古代小说的诗意追求

小说家们的诗意气质与诗骚情结,在外在表征上,体现为中国古代小说中诗歌等的大量引入,而在更深的层面上,则内化为一种意趣,体现为中国古代小说对诗意的追求。韩进廉说:"小说在中国这个'诗的国度',始终受着'诗骚'传统的影响,使小说思维呈现出诗化的流变态势,以致在唐代出现了刻意追求诗意的传奇小说,在现代文学史上更是产生了浪漫抒情小说。"[2]实际上,并不仅仅是唐人传奇小说和现代抒情小说追求诗意,追求诗意是中国古代小说

---

① 毛宗岗:《三国志演义凡例》,丁锡根编《中国历代小说序跋集》,人民文学出版社 1996 年版,第 917 页。

② 韩进廉:《中国小说美学史》,河北大学出版社 2004 年版,第 7 页。

的普遍共性，只不过在唐人传奇小说和现代抒情小说中表现得尤为突出而已。

由于小说家们的诗骚情结，如前所言，许多小说家们的创作初衷，其实不在小说而在诗。唐人小说中就有许多这类为了诗而作的小说，它们往往并不在意小说人物的塑造与故事的讲述，简单的故事甚至没有故事，诗歌成为重心所在，如《纪闻·巴峡人》：

> 调露年中，有人行于巴峡，夜泊舟，忽闻有人朗咏诗曰："秋径填黄叶，寒摧露草根。猿声一叫断，客泪数重痕。"其音甚厉，激昂而悲。如是通宵，凡吟数十遍。初闻以为舟行者未之寝也，晓访之而更无舟船，但空山石泉，溪谷幽绝，咏诗处有人骨一具。①

写清夜鬼吟，情节极为简单，夜泊闻吟诗，晨起见枯骨而已，文中重点是以鬼吟之诗渲染出一种幽绝凄寒的意境，诗意浓厚，以其比于绝句，称其为小说中的绝句再合适不过了。又如《河东记·臧夏》：

> 上都安邑坊十字街东，有陆氏宅，制度古丑，人常谓凶宅。后有进士臧夏僦居其中，与其兄咸尝昼寝。忽梦魇，良久方寤。曰：始见一女人，绿裙红袖，自东街而下，弱质纤腰，如雾濛花，收泣而云："听妾一篇幽恨之句。"其辞曰："卜得上峡日，秋天风浪多。江陵一夜雨，肠断木兰歌。"②

此篇亦写鬼，情节仅是臧夏与兄昼寝而梦鬼，主要还是在于那个缥缈如雾濛花般弱质纤腰的女鬼所吟之诗。其他如《灵怪集》中的《中官》《河湄人》《河东记·踏歌鬼》《宣室志·鬼诗》等亦如此。

这些宛如诗歌绝句般的小说，小说家们不在意人物与故事，小说中的鬼怪形象，往往是作为一个符号而存在，其主要目的在于引出其中的诗歌。很

---

① 李昉等：《太平广记》卷三二八《鬼十三》"巴峡人"，中华书局2003年版，第2608页。
② 李昉等：《太平广记》卷三四六《鬼三十一》"臧夏"，中华书局2003年版，第2739页。

显然，这类小说，在简略省净的情节中以鬼诗或者一两个单纯的意象营造出诗意的情调和意境，诗歌与诗意才是其追求所在。

中国古代小说家们对诗意的追求，当然并不仅仅是通过在小说中大量引入诗词歌赋来实现。中国古代小说中的许多诗意之作，往往是通过诗意化的人物、诗意化的故事以及诗意化的环境构设和描写来实现诗意的营造。

中国古代小说中诗意化的人物，上文中《纪闻·巴峡人》《河东记·臧夏》中的鬼魂其实就是诗的化身。这样的形象相对较为单纯，而如沈亚之《异梦录》中的古装美人，虽出梦寐，却具体可感："梦一美人，自西楹来，环步从容，执卷且吟。为古装，而高鬟长眉，衣方领，绣带修绅，被广袖之襦。"① 这个梦中发鬟高挽，秀眉修长，方领修带的古装美人，就是一个诗化的形象：她从久远的岁月中走来，迈着轻盈从容的步履，合着清脆悦耳的环佩声，边走边吟。她的出现，如朦胧轻雾中的一抹阳光。至于她的来历，则如她那身古老的服饰一样，引人猜想。她在梦中来到邢凤身边，吟一首《春阳曲》，跳一曲弓弯舞，然后辞去。犹如雨后美丽炫目的彩虹，转瞬即逝。留给邢凤的，是梦幻般的迷茫，留给读者的，是诗一般的惆怅。又如《洞庭灵姻传》中的钱塘君、洞庭君形象。小说中的钱塘君"迅疾磊落"，实际上是钱塘潮的人格化与诗意化形象："大声忽发，天坼地裂，宫殿摆簸，云烟沸涌。俄有赤龙长千馀尺，电目血舌，朱鳞火鬣，项掣金锁，锁牵玉柱，千雷万霆，激绕其身，霰雪雨雹，一时皆下。"这种汹涌澎湃之势，正是钱塘潮的形象化与诗意化表现。而洞庭君"含纳大直"，包容温和，沉稳练达，一派帝王气象，恰如浩瀚渺茫的洞庭湖，是洞庭湖形象化与诗意化的表现。② 又如李玫《纂异记·杨祯》中寺庙绰绰烛灯所化"既夕而至，容色姝丽，姿华动人"的红裳美人，③ 明代周绍濂《鸳渚志余雪窗谈异》中的《招提琴精记》中的古

---

① 沈亚之：《异梦录》，汪辟疆校录《唐人小说》，上海古籍出版社 1983 年版，第 192 页。

② 李朝威：《洞庭灵姻传》，汪辟疆校录《唐人小说》，上海古籍出版社 1983 年版，第 74—82 页。按：汪辟疆校录《唐人小说》题《柳毅》，李剑国先生定其名为《洞庭灵姻传》，更为确妥，从之。参见《唐五代志怪传奇叙录》，南开大学出版社 1998 年版，第 286 页。

③ 李昉等：《太平广记》卷三七三《精怪六》"杨祯"，中华书局 2003 年版，第 3963 页。

琴所化“风鬟露鬓，绰约多姿”的琴精，[①] 都是诗意无限的形象。另外，值得特别一提的是蒲松龄的《聊斋志异》，其中许多出生花妖狐魅的女子也是诗意化的形象。如《婴宁》中的婴宁形象，笑和花是她的标志，婴宁笑声不断，无时无地不“咤咤叱叱”，小说写尽其各种笑态、笑声。婴宁爱花，一出场就“执杏花一朵，俯首自簪”，周遭无处不花，嫁给王子服后，“物色遍戚党，窃典金钗，购佳种，数月，阶砌藩溷无非花者”。[②] 婴宁夸张性的爱笑爱花品性，是作者对少女般天真纯美的快乐与美好的诗意化呈现。

中国古代小说中有许多诗意化的故事，这类故事的情节往往并不复杂曲折，甚至极为简单，但却充满诗的意趣。如牛僧孺《玄怪录》中的《柳归舜》一篇，小说叙吴兴柳归舜无意中入君山深处而遇一群鹦鹉仙子之事。其整体情节模式，套用了六朝仙道类小说中洞天福地故事的基本模式：意外进入异境（或误入，或被引入）—遇异境人物—离开异境（复寻而不得）。但作者却没有在奇遇的道路上进一步走下去，描写人仙情恋之类更具故事性或其他更具情节性的超现实的奇幻内容，而是出人意料地描写柳归舜与鹦鹉仙子们吟咏诗词歌赋、讲论文艺的场面。这种场面与现实世界中的文人雅集相似，甚至可以说是毫无区别。其间鹦鹉仙子唱的歌诗，显然使整篇小说充满了浓浓的诗意，同时作者还以具体而微的工笔画式的细腻笔法，描绘出如诗如画的诗意境界，对异境大石花树的精美描写就是一例。另外，鹦鹉仙子们来自汉宫，吟咏着汉宫诗歌，发出思古幽情，也增加了浓郁的抒情意味。凡此，都可以说是“无韵之诗”。又如陈玄祐的《离魂记》，文不甚长，仅六七百字而已，不免略显简率，但却有“味之无尽”的感染力，一方面是因为其离魂之设的“微茫有神”，[③] 另一方面是它契合了那种处于热烈情爱之中、却无缘长相厮守的男女们的特有爱情心理，引人共鸣。宛如一首闺怨诗，却比闺怨诗更

---

① 周绍濂：《鸳渚志余雪窗谈异》帙上，中华书局 2011 年版，第 167 页。

② 蒲松龄著，张友鹤辑校：《聊斋志异》会校会注会评本，上海古籍出版社 1995 年版，第 147—159 页。

③ 佚名编，袁宏道参评，屠隆点阅，孙乃点校：《虞初志》卷一《离魂记》，汤显祖等原辑，袁宏道等评注，柯愈春编纂《说海》第一册，人民日报出版社 1997 年版，第 36 页。

加深刻形象。再如明代瞿佑《剪灯新话》中的《渭塘奇遇记》，叙金陵王生，前往松田收秋租，回船过渭塘时，于一酒肆遇肆主之女，两相悦慕而梦中魂交之事，故事美丽如诗。

中国古代小说对诗意的追求，更多的则是通过不时穿插于小说中的诗意化的环境构设与描写体现出来。如唐谷神子郑还古《博异志》中的《许汉阳》，对山中龙女栖止之处的构设：

> 须臾，青衣命汉阳入中门。见满庭皆一大池，池中荷芰芬芳，四岸砌如碧玉。作两道虹桥，以通南北。北有大阁，上阶，见白金书曰"夜日宫"。四面奇花异木，森耸连云。青衣引上阁一层，又有青衣六七人，见汉阳列拜。又引上二层，方见女郎六七人，目未尝睹。相拜问来由，汉阳具述不意至此。女郎揖坐，云："客中止一宵，亦有少酒，愿追欢。"青衣具饮食，所用皆非人间见者。食讫，命酒。其中有一树，高数丈馀，干如梧桐，叶如芭蕉，有红花满树，未吐，大如斗盎，正对饮所。一女郎执酒相揖，一青衣捧一鸟如鹦鹉，置饮前阑干上。叫一声，而树上花一时开，芳香袭人。每花中有美人长尺馀，婉丽之姿，掣曳之服，各称其质。诸乐弦管尽备。其鸟再拜。女郎举酒，众乐具作，萧萧泠泠，杳入神仙。[1]

意想翩翩，优美如画，充满诗的意境。中国古代小说中此类诗意化的环境构设与描写甚多，其滥觞于唐人小说，其后，无论是文言小说还是白话小说，都深得其旨。文言小说如蒲松龄《聊斋志异》就特别突出，白话小说如塑造草莽英雄群像的《水浒传》中也有这样诗意的描写，如鲁智深在从五台山前往东京的路上，"贪看山明水秀"一节，对山水的描绘，不仅用语骈俪，而且意境也如一首山水田园诗。

在中国古代小说中，这种对诗意化的追求，包括人物形象的诗意化、故事情节的诗意化以及环境构设与描写的诗意化，常常是密不可分的。如唐代

---

[1] 谷神子：《博异志·阴隐客》，《博异志　集异记》，中华书局1980年版，第10页。

沈亚之的《秦梦记》《湘中怨解》等作品，其实在整体上都是诗意化的。又如曹雪芹的《红楼梦》也是一部充满诗意的杰作。读毕掩卷，你会发现，大观园的女儿们，都是诗意化的人物，每一个都如她们的判词一样，是一首首仿佛青春一般美好而忧伤的诗。尤其是林黛玉，绛珠仙草的前世身份与受恩于神瑛侍者的前世因缘，具化为她的柔弱多情、敏感细腻，具化为一串串不时落下的泪珠，她的人生就像一棵风雨中摇曳的小草一般，就如读来给人以莫名感伤的李商隐的无题诗。而作为"由非常之知力而洞观宇宙人生之本质"的"非常之人"的贾宝玉，[①] 则承载了一种对人生与美的思考和追寻的哲理，一种普遍意义上的生命悲剧意识，一种体悟到美的人事不能常驻的幻灭与惆怅及生命消亡后终无归宿的形而上的痛苦，还有这种痛苦的无处消解，他的人生就像一首深沉而难以确解的哲理诗。而以笼罩在木石前盟神话悲剧暗示下的贾宝玉与林黛玉的悱恻情缘与最终幻灭为线索架构起来的整个故事，也自然有着美丽而感伤的诗意。另外，小说中不时穿插的诗词与细腻的环境描写，更让小说无处不流淌着浓郁的诗意。

沉浸在诗国中的小说家们，诗骚传统养成了他们的诗意气质与诗骚情结，追求诗的意趣成为他们的普遍好尚，也成为他们难以舍弃的习惯，故而在小说创作中也追求诗意，营造诗意。这不仅仅体现在引入诗歌的简单方式上，更体现在诗意化的人物、诗意化的故事情节以及诗意化的环境构设和描写上，从而使诗意成为弥漫在小说中显著却与小说浑然一体的存在。诗意的追求与存在，是中国古代小说诗骚传统的重要体现，也是中国古代小说民族性的显著标志。

三、诗骚的抒情精神与中国古代小说的抒情寄托

《诗经》与以屈原《离骚》等为代表的楚辞，不仅开创和奠定了中国文学

---

① 王国维：《红楼梦评论》第二章，陈平原、夏晓虹编《二十世纪中国小说理论资料》第一卷，北京大学出版社 1997 年版，第 119 页。

的抒情传统，特别是《诗经》的赋、比、兴、《离骚》的香草美人，也深刻地影响了中国文学的抒情方式。诗骚传统对中国古代小说的影响，当然不只是小说中诗词歌赋的引入与诗意的追求，更是小说中如诗如赋的抒情寄托。

中国古代小说家，如前所言，多有历史家，其实在中国古代小说家中，更多诗人。特别是隋唐以降，科举制度确立，吟诗作文成为文人士大夫的基本功，诗文是他们文学创作的主要形式，而小说只是他们为诗为文之余的末事。段成式所言道出了其中的实情："夫《易》象一车之言，近于怪也；诗人南箕之兴，近乎戏也。固服缝掖者肆笔之余，及怪及戏，无侵于儒。"①即诗文创作之余，才"及怪及戏"，创作小说。所以，中国古代许多小说家首先是一个诗人，历代许多小说家都是诗人，且多有诗集传世。许多还是诗文大家，如作《湘中怨解》等传奇的沈亚之、著《酉阳杂俎》的段成式、著《干𦠆子》的温庭筠、著《东坡志林》的苏轼、著《老学庵笔记》的陆游等，即使那些以小说闻名于世者也多有诗作或诗集传世，如明代瞿佑有诗集《香台集》《咏物诗》《乐全稿》等，词集《乐府遗音》《天机余锦》，李昌祺有诗集《运甓漫稿》。清代蒲松龄就有诗六卷，九百余首，词一卷，一百余首。如上文所言，如明代的李昌祺、晚清的魏子安写小说的主要目的是炫耀诗才或传其诗歌。

"在一个以诗文取士的国度里，小说家没有不能诗善赋的。以此才情转而为小说时，有意无意之间总会显露其'诗才'。"②正是由于小说家们的诗文修养甚至本身就是诗人，他们将诗骚的抒情精神带入小说中就不难理解了。正如余邵鱼所言："盖骚人墨客，沉郁草莽，故对酒长歌，逸兴每飞云汉；而扪虱谈古，壮心动涉江湖，是以往往有所托而作焉。"③骚人墨客在"扪虱谈古"进行小说创作时，"壮心动涉江湖"，同样会有为诗为赋的情感产生，"是以往往有所托而作焉"，因而在小说中也有鲜明而强烈的情感抒发和寄托。

① 段成式撰，曹中孚校点：《酉阳杂俎·序》，《唐五代笔记小说大观》上册，上海古籍出版社 2000 年版，第 557 页。
② 陈平原：《中国小说叙事模式的转变》，北京大学出版社 2010 年版，第 198 页。
③ 余邵鱼：《题全像列国志传引》，丁锡根编著《中国历代小说序跋集》，人民文学出版社 1996 年版，第 861 页。

作者主要是文人士大夫的文言小说，其间的抒情寄托是鲜明而强烈的，唐人小说尤其如此。在唐人小说中，有人神（包括人鬼、人妖）情恋故事一类，就被唐代小说家主要用来抒情寄托。人神情恋见之于文学，可以追溯到宋玉的《高唐赋》与《神女赋》，两赋开创了一种人神交接而最终却因人神殊途而离别的人神情恋情节模式，中国古代小说中的人神情恋故事亦基本以这一模式来建构故事情节。从现存资料来看，刘向所作《孝子传》中的《董永》，当是中国古代小说中人神情恋故事之早出者。《董永》故事流传颇广，干宝《搜神记》亦载。《董永》故事在表现人神感通的思想中，注入了道德因素，借人神遇合表达对孝道的旌扬，成为孝感故事。在唐前小说中，有相当多的人神遇合故事，把人神遇合的因由，主要归之于上天出于对人间男子孝诚勤俭等美好品德的回报。当然，除了这种道德回报之外，也还有所谓的因缘神契之故，神女来降，如张敏的《神女传》。唐人小说中也出现了大量的人神情恋故事，相较于唐前的人神情恋故事，唐代的人神情恋故事既有对唐前此类故事范型基本情节演进模式的承继，又有许多新变。

毫无疑问，唐人小说中人神情恋故事最为突出的新变，是赋予人神情恋故事分离结局全新的表达功能。唐前人神情恋故事的分离结局，多数是作为人神情恋的终结和故事的结束，仅具情节建构功能。唐人小说中的人神情恋故事在情节结构上虽然大多数仍然承袭了唐前人神情恋故事的分离结局，但却利用这种分离结局来抒发幽微情怀，把那种两相悦慕却不能长相厮守的感伤与苦痛写得悱恻缠绵，诗意无限，在结构功能之外，被赋予了全新的表达功能，实际上已将人神情恋故事范型转变成一种情感宣泄的载体。如沈亚之《秦梦记》，从小说的结构安排来看，小说中人神情恋的发生与发展并不曲折离奇，在某种程度上仅仅是一种背景而已，故事的重心在后半部分，即弄玉逝去之后。弄玉死后，亚之被遣，离别之间，对美与爱消逝的感伤、对自己被遣的哀怨是小说着力表现的重点，小说通过细腻环境描写的衬托与男主人公所作四首怀悼弄玉的歌诗的引入，将这种感伤之情抒写得淋漓尽致。其中亚之离别之际再赴翠微宫与公主侍人告别一节：

公复命至翠微宫，与公主侍人别。重入殿内时，见珠翠遗碎青阶下，窗纱檀点依然。宫人泣对亚之，亚之感咽良久。因题宫门，诗曰："君王多感放东归，从此秦宫不复期。春景自伤秦丧主，落花如雨泪胭脂。"竟别去。①

青阶下珠翠点点，纱窗上胭脂依然，珠翠与弄玉之名呼应，睹物思人，渲染出浓郁的感伤氛围，而"春景自伤秦丧主，落花如雨泪胭脂"的诗句，无疑又加重了这种感伤，并使之充满诗意。再如牛僧孺《玄怪录·崔书生》、张读《宣室志·谢翱》以及沈亚之的《沈警》与《湘中怨解》等人神情恋故事，②其重心均在结局部分，即人神分别之时和分别以后，在这两部分通过委婉雅致的笔触，将一个个人神情恋故事演绎得韵味悠长。并以男女主人公的吟咏方式大量引入表现离愁别恨的诗、赋，创造出一种梦幻般凄迷艳绝的意境。就此而言，唐人小说中的这类人神情恋故事，其主要目的应当是在抒发一种对美好的爱情得而复失的失落与迷茫情思，着意营造的是一种美好却空幻缥缈的感伤情致。

不仅仅是人神情恋故事如此，许多唐人小说似乎都寄寓着文士的郁愤与牢骚，程毅中就认为《东阳夜怪录》中朱中正、卢倚马的诗"既像咏物寓意，又像失意文人的咏怀言志，可以见出作者的孤愤和文才"。③

除唐人小说之外，如明代瞿佑的《剪灯新话》，其中每一篇小说，在书写人世悲欢离合故事的同时，也抒发了作者所代表的普通文士的困苦、无奈、挣扎、愤懑的情感。又如蒲松龄的《聊斋志异》，其《自志》开篇即以屈原作

---

① 沈亚之：《秦梦记》，汪辟疆校录《唐人小说》，上海古籍出版社1983年版，第196—197页。

② 牛僧孺：《玄怪录·崔书生》，张读：《宣室志·谢翱》，沈亚之：《沈警》《湘中怨解》，分别参见牛僧孺撰，程毅中点校《玄怪录》，中华书局1982年版，第36页；张读《宣室志》补遗，《唐五代笔记小说大观》下册，上海古籍出版社2000年版，第1076页；李昉等《太平广记》，中华书局2003年版，第2591页；汪辟疆校录《唐人小说》，上海古籍出版社1983年版，第189—190页。

③ 程毅中：《唐代小说史》，人民文学出版社2010年版，第234页。

《离骚》、李贺作歌诗为比说："披萝带荔，三闾氏感而为骚；牛鬼蛇神，长爪郎吟而成癖。"后又称其书："集腋为裘，妄续幽冥之录；浮白载笔，仅成孤愤之书；寄托如此，亦足悲矣。"①是"孤愤"之作，也就是说，蒲松龄著《聊斋志异》也如屈原作《离骚》、李贺作歌诗一样，有抒发或寄托"孤愤"之意。《聊斋志异》塑造了一系列与他个人生活经历相似的读书人，这些书生于山林间寂寞苦读，幻想着"红袖添香夜读书"的感情际遇，也渴望着能在科举之路上证明自己的才学。被看作是作者自况的《叶生》一篇，叙写叶生怀才不遇，抑郁而死，死后仍对科考执著追求，终以鬼魂之身得中乡试，衣锦还乡却灰飞烟灭的遭际。叶生在书中的自白"是殆有命。借福泽为文章吐气，使天下人知半生沦落，非战之罪也"，②实际也是蒲松龄的内心独白。李剑国、陈洪先生称其为"落拓书生的写心之作"，③正是揭示了《聊斋志异》强烈而鲜明的情感抒发和寄托。

中国古代白话小说最初源自民间，其情感表达当然与文言小说的隐讳含蓄不一样，而是相对简单而直接，如简单的好坏、对错、忠奸之别，对美善的喜欢，对恶丑的厌恶。这在讲史话本中体现得尤为明显。《醉翁谈录·小说开辟》中说："说忠臣负屈衔冤，铁心肠也须下泪。"《东坡志林》记当时说三国故事："王彭尝云，涂巷中小儿薄劣，其家所厌苦，辄与钱，令聚坐听说古话。至说三国事，闻刘玄德败，颦蹙有出涕者；闻曹操败，即喜唱快。"④都说明话本中这种爱憎情感表达的显著与否，直接影响听众的情感。

---

① 蒲松龄著，张友鹤辑校：《聊斋志异·自志》会校会注会评本，上海古籍出版社1995年版，第1页。

② 蒲松龄著，张友鹤辑校：《聊斋志异》会校会注会评本，上海古籍出版社1995年版，第82页。

③ 李剑国、陈洪主编：《中国小说通史》清代卷，高等教育出版社2007年版，第1600页。另外，陈文新先生在《聊斋志异的抒情精神》一文中，对《聊斋志异》的抒情精神，从"恋爱题材与知己情结""豪侠题材与理想的生命形态""隐逸题材与操守的砥砺"三个方面，进行了阐释，指出"《聊斋志异》便具有了鲜明的抒情精神"。参见陈文新《传统小说与小说传统》，武汉大学出版社2005年版，第89—107页。

④ 罗烨：《醉翁谈录》卷一《舌耕叙引·小说开辟》，古典文学出版社1957年版，第5页；苏轼撰，王松龄点校：《东坡志林》卷一，中华书局2002年版，第7页。

随着话本小说走向雅化和文人创作，白话小说在明清时期走向繁荣，其间承载的情感也相应地由主要表达市民的喜怒哀乐而转向表达文人的悲欢酸辛，抒情与寄托渐与文言小说一致。如张竹坡《金瓶梅闲话》说："《金瓶梅》何为而有此书也哉？曰此仁人志士，孝子悌弟，不得于时，上不能问诸天，下不能告诸人，悲愤呜悒，而作秽言以泄其愤也。"其《批评第一奇书金瓶梅读法》又说："总之，作者无感慨亦必不著书。"① 李贽认为《水浒传》也是"发愤之所作"："《水浒传》者，发愤之所作也。……施、罗二公，身在元，心在宋；虽生元日，实愤宋事。是故愤二帝之北狩，则称大破辽以泄其愤；愤南渡之苟安，则称灭方腊以泄其愤。"② 与文言小说一样，是小说家们自己的释怀与写心。许多小说家们自己或者评论者，往往从抒情寄托角度说明小说的创作目的。如竹秋氏《绘芳录序》："近岁贫居无聊，思欲作小说以自述生平抑郁之志，得八十回，颜曰《绘芳录》，越十稔而始成。"③ 东山主人《云合奇踪序》："《英烈传》，相传为徐文长所叙次，文长抱奇才，郁郁不得志，有感于太祖之崛起草莽，一时君臣风云际会，龙飞虎伏，一一以肤浅口吻，绘声绘色，传神阿堵。……"④ 秦淮墨客《续英烈传叙》："有明文长徐先辈，负轶才，郁郁不得志，有感于太祖以布衣定天下，一时佐命之英，景从云合，明良交会，号称极盛，著《英烈传》一书。"⑤ 一些评论家甚至将小说与诗赋的抒情寄托同等看待，金湖花隐《青楼梦序》云："顷出其所撰《青楼梦》来，乞为序，其书张皇众美，尚有知音，意特为落魄才人反观对镜，而非徒

---

① 张竹坡：《金瓶梅闲话》，《批评第一奇书金瓶梅读法》，丁锡根编著《中国历代小说序跋集》，人民文学出版社 1996 年版，第 1082—1083 页，第 1095 页。

② 李贽：《忠义水浒传序》，朱一玄、刘毓忱编《水浒传资料汇编》，南开大学出版社 2004 年版，第 171 页。

③ 竹秋氏：《绘芳录序》，丁锡根编著《中国历代小说序跋集》，人民文学出版社 1996 年版，第 1221 页。

④ 东山主人：《云合奇踪序》，丁锡根编著《中国历代小说序跋集》，人民文学出版社 1996 年版，第 1005 页。

⑤ 秦淮墨客：《续英烈传叙》，丁锡根编著《中国历代小说序跋集》，人民文学出版社 1996 年版，第 1006 页。

矜言绮丽为也。噫嘻！美人沦落，名士飘零，振古如斯，同声一哭。览是书者，其以作感士不遇也可，倘谓为导人狭邪之书则误矣。"① 将《青楼梦》看作一篇"感士不遇"的诗或赋。茂苑惜秋声《海天鸿雪记序》云："统观是书前后，其谋篇立意也如此，其敷词被文也如彼，殆非深造有得者，不能与于是也。古之人，有悱恻缠绵之隐、忧愤郁结之私而不能托之以言者，以文章写之，以诗词写之，不然，而以稗官野史写之，所谓骨鲠在喉，必欲一吐为快也。作者其有心乎，其无心乎？"② 茂苑惜秋声更认为"悱恻缠绵之隐、忧愤郁结之私"，可以用"文章写之""以诗词写之"，也可"以稗官野史写之"，即将小说的抒情言志功能与诗、文等同。花月痴人则直接将自己的小说《红楼梦》看作一部情书：

> 同人墨庵问余曰："《红楼梦》何书也？"余答曰："情书也。"墨庵曰："情之何谓？"余曰："本乎心者之谓性，发乎心者之谓情。作是书者，盖生于情，发于情；钟于情，笃于情；深于情，恋于情；纵于情，困于情；癖于情，痴于情；乐于情，苦于情；失于情，断于情；至极乎情，终不能忘乎情。惟不忘乎情，凡一言一事，一举一动，无在而不用其情。此之谓情书。其情之中，欢洽之情太少，愁绪之情苦多。……凡读《红楼梦》者，莫不为宝、黛二人咨嗟，甚而至于饮泣，盖怜黛玉割情而夭，宝玉报情而遁也。余尝究心是书。"③

由于诗文在中国古代文学中的中心地位，为诗为文成为文人士大夫的基本修为，诗骚的抒情精神也因此深刻地影响了他们的文学表达。中国古代小说中

---

① 金湖花隐：《青楼梦序》，丁锡根编著《中国历代小说序跋集》，人民文学出版社 1996 年版，第 1217—1218 页。
② 茂苑惜秋声：《海天鸿雪记序》，丁锡根编著《中国历代小说序跋集》，人民文学出版社 1996 年版，第 1232 页。
③ 花月痴人：《红楼幻梦自序》，丁锡根编著《中国历代小说序跋集》，人民文学出版社 1996 年版，第 1197 页。

的抒情寄托，是诗骚传统的重要体现，也是中国古代小说民族性的显著标志。

中国古代小说的这一民族性，在当代小说中仍然在延续，王宏图在评价格非的"江南三部曲"时，就指出格非的"江南三部曲""可视为中国文学绵延不绝的抒情传统在当代的延续"，他说："'江南三部曲'虽是完整的叙事文本，但从头至尾，作者面对历史嬗变和人物命运所生发的迷惘、伤感、悲郁之情在字里行间流淌，与事件、情节水乳交融，到了《春尽江南》的结尾，直接化为《睡莲》中的诗句。"①

第三节　俗与雅的交响变奏

余英时参照人类学家雷德裴提出的大传统与小传统之说以及西方学术界提出的精英文化与通俗文化的观念，认为"大传统或精英文化是属于上层知识阶级的，而小传统或通俗文化则属于没有受过正式教育的一般人民"，并指出"中国文化很早出现'雅'和'俗'的两个层次，恰好相当于上述的大、小传统或两种文化的分野"。②就中国古代小说而论，文言小说与白话小说分别可划分到属于雅的大传统与俗的小传统之中。文言小说是"文士的释怀与写心"，③主要承载的是文人士大夫的思想观念和情趣以及他们的审美趣味，而白话小说源自民间，主要面向普通民众，书写他们的日常生活，并体现属于他们的审美情趣。当然，中国古代小说中的雅与俗之间实际并无明确的分野，并不存在是非黑白的尖锐对立，"相反，它们之间有着亲密的关系，雅从俗中提炼出来，又回过头来规范俗"。④雅与俗的和谐交响变奏，是中国古代小说独特民族性的重要方面。

---

① 王宏图：《烟雨中的楼台》，《文汇读书报》2016 年 6 月 27 日第 1621 号第三版。

② 余英时：《士与中国文化》，上海人民出版社 1987 年版，第 129—139 页。

③ 赵明政：《文言小说：文士的释怀与写心》，广西师范大学出版社 1999 年版。

④ 石昌渝：《中国小说源流论》，生活·读书·新知三联书店 1994 年版，第 191 页。

一、中国古代文言小说的由雅向俗

由雅向俗是中国古代文言小说历史演变的总体趋势。大致而言，宋前的文言小说呈现出总体风貌的雅洁精致，由宋代开始出现的社会与文化的转型投射到小说领域，造成了文言小说总体上呈现出世俗化、通俗化的倾向。文言小说这种从宋代开始的向俗趋势，成为宋以降元明清文言小说发展历程中的清晰线索。明代前期文言小说创作中虽又兴起规摹唐人之风，出现了诗文小说，但向俗的趋势并没有改变。清代文言小说如鲁迅先生所言，"传奇风韵，明末实弥漫天下，至易代不改也"，[①] 上承明代文言小说发展余绪，进而迎来了中国文言小说创作的最后高潮。

中国古代小说发端于史传，因而中国古代小说的最初作品，大都出自具有较高历史修养的文人士大夫之手，他们的文化修养造成了中国古代小说早期作品的文人品格与趣味。处在中国小说发生期的汉代准小说，虽有作者因为资料的不足而难以确考，但从流传至今可以确立的作者，如写作《蜀王本纪》的杨雄、《列仙传》的作者刘向以及《汉武故事》的可能作者王俭、班固、葛洪等，均是有一定地位且学识富赡的文士。这些"虽本史实，并含异闻"的作品，[②] 所关注的多不是普通民众的生产生活，而是远离普通民众实际生活的帝王之事、宫闱秘闻以及缥缈怪诞的神仙之事，体现着文人的审美趣味。在具体创作中，除刘向秉承史传的简古之笔，其他作者的作品皆文辞缛丽、描摹细致。被誉为"传奇之首"的《赵飞燕外传》不仅在艺术上具有描写细微真切、人物形象鲜明生动的特点，更因作者在叙事中寄寓着他"冷峻的理性批判和对盛衰枯荣、'万物变态'的沉重历史感喟——即所谓'荒田野草之悲'"，[③] 赋予了作品深邃的内蕴。

以干宝、张华、刘敬叔、刘义庆、吴均、颜之推等为代表的六朝小说家

① 鲁迅：《中国小说史略》，《鲁迅全集》第九卷，人民文学出版社 2005 年版，第 215 页。
② 鲁迅：《中国小说史略》，《鲁迅全集》第九卷，人民文学出版社 2005 年版，第 23 页。
③ 李剑国，陈洪主编：《中国小说通史》先唐卷，高等教育出版社 2007 年，第 119 页。

群体，也都具有较高的社会地位，文学修养深厚，他们并非有意创作小说，也正因如此，其间自然流露的是属于他们的兴趣与好尚。从主观上说，干宝、张华、刘义庆、吴均等人认为鬼神幽昧、精怪灵异之事与人间常事并无区别，在《搜神记》《博物志》《幽明录》《宣室志》等作品的撰写中，他们始终以史家自居，以严肃认真的态度来记录神仙方术、殊方异物、佛法灵异、鬼魅妖怪之事。在对这些荒诞怪异的"史料"的编纂过程中，他们大多秉持如干宝一样"考先志于载籍，收遗逸于当时""访行事于故老"的史家精神，[①] 将其作为一项实现自我价值的事业来对待，其中必然烙上深刻的他们个人的文化修养、现实观念与理想追求的鲜明印记。如干宝、张华、刘义庆等人在创作中就并不仅仅满足于对事与人的简单记录，不时地呈现着个人的独特才华与知识以及属于他们自己的整个阶层的兴趣好尚。干宝在创作《搜神记》时以史笔书写，叙事简略又能曲尽其情，语言不饰雕琢而雅致清俊；《世说新语》在书写体制上虽是"断片的谈柄"，但却"记言则玄远冷俊，记行则高简瑰奇"，[②] 体现出魏晋时期文人士大夫的风流韵致，"差不多就可以看做一部名士底教科书"，[③] 体现属于他们自己阶层的情趣与时尚。

与汉魏六朝时期类似，唐代的小说也大部分出自文士之手，只不过他们不再是无意识地创作小说，而是自觉投入其中，极尽幻设之能事，将"小小情事"写得"悽惋欲绝"，将"鸟花猿子"写得"纷纷荡漾"。[④] 正如石昌渝所说：

> 唐代传奇小说是高品级的文学作品，它受娱乐的刺激发展起来，但它的趣味并不停留在奇异的故事性上，它有更高于故事层面的追求，不

---

① 干宝撰，李剑国辑校：《新辑搜神记》，中华书局 2012 年版，第 19 页。
② 鲁迅：《且介亭杂文二集·六朝小说和唐代传奇文有怎样的区别》，《鲁迅全集》第六卷，人民文学出版社 2005 年版，第 335 页。鲁迅：《中国小说史略》，《鲁迅全集》第九卷，人民文学出版社 2005 年版，第 63 页。
③ 鲁迅：《中国小说的历史的变迁》，《鲁迅全集》第九卷，人民文学出版社 2005 年版，第 319 页。
④ 桃园居士：《唐人小说·序》，上海文艺出版社 1992 年影印上海扫叶山房石印本，第 1 页。

管是感情的寄托还是道德的劝惩，不管是哲理的玩味还是毁谤的用心，总之，它在故事中总是有所寄意。它的叙事方式直承史传文，吸收了辞赋的表现方式，同时受到诗风的薰染，呈现着多彩多姿……是文人写给文人看的，这就决定了它的内容和形式，决定了它是上层文士的雅文学。①

从小说的艺术形式来看，文士们首先将他们在史学、文学、音乐等各方面的才能融汇到小说创作之中，造成了小说文备众体的特征；在小说内在情蕴方面，文士们不仅借由小说表达着他们对政治、历史以及现实人生的关怀，同时又在逞才式的游戏笔墨中，抒写个人的理想愿望、人生感喟、兴趣志向，全方位地展现着个人与集体的意趣与情感，小说成为正统诗文以外文人的释怀与写心之作。

总体而言，汉唐间的小说，从杂史、杂传小说到志怪、志人小说，再到传奇小说，大多出自文人士大夫之手，无论是内容还是审美趣味以及语言运用，都是文人士大夫的，且其阅读与欣赏者也都是文人士大夫。文言小说的俗化始于宋代。石昌渝先生说："传奇小说的俗化，即意指传奇小说从士大夫的圈子里走出来，成为下层士人写给一般民众欣赏的文学样式，宋代传奇小说的观念意识明显下移，这就是俗化的开端。"② 文言小说自宋开始俗化或者说通俗化，有两个重要表现，一是作者身份的下移，二是欣赏者身份的下移。

作者身份的下移，石昌渝先生分析了《李师师外传》《流红记》《绿珠传》等作品，认为"宋代传奇小说所表现的历史观念是幼稚的，这说明他们的作者已不是唐代传奇小说作家那种高级士人。"③ 宋初小说家中如徐铉、吴淑、张齐贤、钱易、乐史等是著名文人，及至中后期，小说家中出身下层的文士明显增多，许多都未曾及第或未有仕宦经历，是布衣之士。明胡应麟指出："小说，唐人以前，纪述多虚，而藻绘可观。宋人以后，论次多实，而采艳殊乏。

---

① 石昌渝：《中国小说源流论》，生活·读书·新知三联书店 1994 年版，第 182 页。
② 石昌渝：《中国小说源流论》，生活·读书·新知三联书店 1994 年版，第 191 页。
③ 石昌渝：《中国小说源流论》，生活·读书·新知三联书店 1994 年版，第 190 页。

盖唐以前出文人才士之手，而宋以后率俚儒野老之谈故也。"① 说虽武断，却颇言中本质。如著《青琐高议》的刘斧、著《骊山记》《温泉记》《赵飞燕别传》《谭意哥传》的秦醇、著《云斋广录》的李献民、著《笔奁录》的王山、著《异闻》的何光等，都不曾有仕宦经历。另外，还有许多没有留下姓名，北宋如《玄宗遗录》《苏小卿》《张浩》《鸳鸯灯传》等，南宋如《李师师外传》《柳胜传》以及编《绿窗新话》的风月主人等，小说虽时见奇致，但作者却不传其名，他们当是那个时代的布衣之士。陈文新曾言及两宋传奇小说作者的身份下移问题，他说："宋代的'文人才士'不屑于写作传奇；于是弥补这个空缺的就只能是'理儒野老'。事实也正是如此。比较重要的传奇作家如刘斧、李献民、秦醇、张实等，社会地位都较为低下，才气与学养均不充分。至于欧阳修、苏轼、沈括、陆游这一类著名文人，他们的兴趣几乎全集中于诗文及笔记，传奇从未成为它们关注的重心。"② 这一分析是有道理的，也大致适用于整个文言小说。蒙元以降，这种情况则更加普遍。

除了作者身份下移之外，自宋以来，由于市民阶层的崛起，市井文化浸染，许多文人士大夫也沾染了浓郁的市井气息，对市井文化表现出浓厚的兴趣，如苏轼《东坡志林》、孟元老《东京梦华录》《吴自牧《梦粱录》、周密《武林旧事》都表现出对包括说话艺术在内的市井文化的关注和兴趣，因而在审美趣味上也出现市井倾向，这也是文言小说通俗化的重要原因。这体现在小说家们对市井题材的选用与表现。李剑国、陈洪对此总结说："通俗化，或曰市井化，具体说就是市井细民题材向文人小说的大量涌入，并伴随着情感趣味上市井气息的弥漫和通俗语言的运用，或者题材虽非市井却经过了市井化的审美处理。"③ 这一点，冯梦龙已有认识，他说："大抵唐人选言，入于文心；宋人通俗，谐于里耳。"④ 所以，宋以降虽有许多文言小说出于文人士大

---

① 胡应麟：《少室山房笔丛》卷二九《九流绪论下》，中华书局 1958 年版，第 371 页。

② 陈文新：《文言小说审美发展史》，武汉大学出版社 2002 年版，第 400 页。

③ 李剑国、陈洪主编：《中国小说通史》唐宋元卷，高等教育出版社 2007 年，第 709 页。

④ 冯梦龙：《古今小说序》，丁锡根编著《中国历代小说序跋集》，人民文学出版社 1996 年版，第 774 页。

夫甚至名公巨卿之手，但仍然有大量的市井题材，并呈现出通俗化特点。比如洪迈作《夷坚志》，他在《丁志序》中自设问答，就批驳了对其书的种种指责，其中就涉及《夷坚志》对市井题材的选用和表现："而又稽以为验，非必出于当世贤卿大夫，盖寒人、野僧、山客、道士、瞽巫、俚妇、下隶、走卒，凡以异闻至，亦欣然受之，不至诘。"①

　　文言小说读者身份的下移，表现在宋以降的文言小说不仅是文士的读物，也在普通民众中很受欢迎，并广泛流传。如刘斧《青琐高议》，因其市井内容和情趣，颇受文人士大夫批评，晁公武《郡斋读书志》即称"其所书辞意颇鄙浅。"②清代王士禛在《青琐高议跋》中也感慨："如此鄙俚而能传后世，事固有不可解者。"③但它在下层民众中却大受欢迎，《夷坚志·三志己》卷二《程喜真非人》云："新淦人王生，虽为闾阎庶人，而稍知书，最喜观《灵怪集》《青琐高议》《神异志》等书。"④又如洪迈《夷坚志》，一方面大受文人士大夫的欢迎，诗人陆游就对其颇有兴趣，读后作诗云："笔近《反离骚》，书非《支诺皋》。岂惟堪补史，端足擅文豪。驰骋空凡马，从容立断鳌。陋儒那得议，汝辈亦徒劳。"⑤另一方面也深受普通民众的欢迎，书的多次刊行就是明证。另外，说话艺人采其故事也说明这一点，如《醉翁谈录》即称说话艺人对"《夷坚志》无所不览"。⑥

　　就两宋文言小说创作实践来看，其通俗化或市井化表现在各个方面，如对市井人物及其道德观念的表现，无名氏的《撺青杂说》，描写的是如盐商范四郎、茶肆主人等普通的民众，作者所关心的是他们的命运，在书中赞美的

---

① 洪迈撰，何卓点校：《夷坚志》第二册《丁志序》，中华书局2006年版，第537页。

② 晁公武撰，孙猛校证：《郡斋读书志校证》，上海古籍出版社2005年版，第597页。

③ 渔洋山人：《青琐高议跋》，丁锡根编著《中国历代小说序跋集》，人民文学出版社1996年版，第575页。

④ 洪迈撰，何卓点校：《夷坚志》第三册《夷坚三志己》卷第二，中华书局2006年版，第1317页。

⑤ 陆游著，钱仲联校注：《题夷坚志后》，《剑南诗稿校注》卷三七，上海古籍出版社1985年版，第2371页。

⑥ 罗烨：《醉翁谈录》卷一《舌耕叙引·小说开辟》，古典文学出版社1957年版，第2页。

也是他们的仁义厚德、拾金不昧的高尚品格。又如对市井俚语、口语的运用，《青琐高议》中的《范敏》后半部分中的人物对话，几乎就是市井俚语："好待共你入地狱对会，你杀叔案底尚在，今又胁我为妇。我乃帝王家宫人，得甚罪"；"小魈魉，你今日其如何我？有两个人管辖得你"；等等。[1] 吴良史的《时轩居士笔记》、无名氏的《摭青杂说》等描写市井细民的作品也在行文中大量运用白话，人物对话也变成符合市民身份的浅显流畅且俚俗有趣的口语。

当然，文言小说的俗化之路，并非直线式的发展，而是时有向雅的复归。元明两代的文言小说，既存在对唐人小说表现文人个体意识的复归，又有对宋代文言小说俗化的延续，呈现出雅俗交融的风貌。

以"剪灯"系列为代表的诗文小说，模拟唐人传奇，以小说为逞才遣兴、释怀写心，在小说中融入大量前人更主要是自己的诗文，形成别具一格的诗文小说。瞿佑的《剪灯新话》对感伤爱情的描摹、对身处乱世的文人的不同命运以及文人们的困顿苦闷心灵世界的展示，实际是瞿佑自我心灵的写照。李昌祺《剪灯余话》在小说中尽情发挥自己的文学才能，将自己的思考与个性融入其中，特别是大量诗文的引入，赋予了小说显著的文人品格。其后赵弼、陶辅、周礼等承其新风，掀起了一次颇为壮观的诗文小说创作风潮，这些小说虽出自不同小说家之手，也都有各自独特的创作背景与动机，但都融志怪与传奇为一体，即题材上的志怪化而文体上的传奇化，讲究文章之美，具有鲜明抒情特征，且其中插入较多诗文，语言雅化，表现出向雅回归的特点。

而以元代宋远《娇红记》等为肇始、元明以来大量出现的如《龙会兰池录》《柔柔传》《钟情丽集》《丽史》《荔镜传》《双卿笔记》《怀春雅集》《寻芳雅集》《花神三妙传》《天缘奇遇》《李生六一天缘》《刘生觅莲记》《双双传》等中篇传奇小说，则承两宋风气，以世情生活为内容，体制上则在传奇体制的基础上借鉴话本体制，从而使篇幅大大加长，形成中篇体制。这些小说的作者，多为无名的下层文士，如琼州玉峰主人、闽南三山赵元晖等就是生活在广东、福建的下层文人。这些下层无名文士的创作，在艺术上明显卑

---

[1] 刘斧：《青琐高议》，上海古籍出版社1983年版，第159—163页。

弱，其间诗文多辗转抄袭，故事情节辗转沿袭，因而造成许多无法回避的雷同。也正因为作者构成的这种特征，这些中篇传奇小说的品位也逐渐趋于平庸和浅陋，一些小说中充塞着大量的性爱描写，而如《李生六一天缘》《传奇雅集》等更是以表现一夫多妻的艳福为能事，表现出显著的市井谐俗之心和艳情品位，与明代中后期市井文化中物欲与情欲的泛滥风气相一致。

降及清代，随着社会风气的转变，无论是以蒲松龄《聊斋志异》为代表的"聊斋"系列文言小说，还是以纪昀《阅微草堂笔记》为代表的"阅微"系列文言小说，都在总结前代文言小说的基础上复归于雅而又不弃民间新鲜活泼的俗，雅俗并重，雅俗并用，[①] 从而使清代的文言小说创作呈现出总结与集大成的特征。

总之，文言小说的由雅向俗，主要由于唐五代以降文言小说作者层次的下移，与市井题材内容的涌入。当然，在更深的历史文化层面上则要归因于雅俗文化的交融。而中国文言小说由雅向俗的历史发展趋势，也是中国古代小说鲜明的民族性特色。

二、中国古代白话小说的拔俗向雅

与文言小说的"文人写给文人看"不同，白话小说从民间的说话艺术中发展而来，适应的是下层民众，其成熟之初的创作者，也大部分是活动于民间的普通艺人，这就注定了白话小说通俗的基本属性。在白话小说的发展进程中，它因为作者修养的提升，而逐渐获得了雅的特征，它的风格走向恰好与文言小说相反，呈现出总体的拔俗向雅趋向。

中国古代白话小说发轫于民间，从魏晋时期的俳优小说，到唐五代的市人（民）小说、俗讲、变文，是白话小说萌生的土壤，其直接渊源于宋代兴

---

① 蒲松龄《聊斋志异》、纪昀《阅微草堂笔记》等的雅俗并重、雅俗并用，下文有论，在此不赘述。

起说话艺术。而说话艺术上溯则是说俳优，说市人小说以及变文和俗讲。俳优小说在魏晋间即已存在，鱼豢《魏略》中言及："时天暑热，植因呼常从取水自澡讫，傅粉。遂科头拍袒，胡舞五椎锻，跳丸击剑，诵俳优小说数千言讫。"[1] 这里诵俳优小说和胡舞、跳丸击剑并举，而其用"诵"的形式，因而又与胡舞、跳丸击剑的动作性（表演）有所不同，可见是以文字材料为依据，在"诵"与听的过程中获得愉悦。另外大约作于魏晋间的《吴质别传》言及"说肥瘦"：

> 质黄初五年朝京师，诏上将军及特进以下皆会质所，大官给供具。酒酣，质欲尽欢。时上将军曹真性肥，中领军朱铄性瘦，质召优，使说肥瘦……[2]

这里的"说肥瘦"，也应该是说俳优小说中的一种，是由专门的优人表演，故结合鱼豢《魏略》所言曹植自"诵俳优小说"与《吴质别传》所言招优"说肥瘦"，则俳优小说也当有固定底本，有职业表演者。至唐，则有"市人小说"或"人间小说"与之相类，《唐会要》卷四言及人（民）间小说："其年五月（指元和十年，即公元815年）韦绶罢侍读，绶好谐戏，兼通人间小说，太子因侍上，或以绶所能言之。上谓宰臣曰：'侍读者，当以经术传导太子，使知君父之教，今或闻韦绶谈论，有异于是，岂所以传导太子者？'因此罢其职。"[3] 段成式在《酉阳杂俎》中言及市人（民）小说：

> 予大和末，因弟生日观杂戏。有市人小说呼扁鹊作褊鹊，字上声，

---

[1] 陈寿撰，裴松之注：《三国志》卷二一《魏书·王粲传》裴注引，中华书局2011年版，第603页。

[2] 《三国志》卷二一《魏书·刘桢传附吴质传》"吴质济阴人……封列侯"裴注、《太平御览》卷三七八《人事部一九·肥》《太平御览》卷四六六《人事部·骂詈》《天中记》卷二一《肥》"服肥"引一条，作《吴质别传》，从《三国志》卷二一裴注引。参见《汉魏六朝杂传辑校·三国杂传》卷四《吴质别传》。

[3] 王溥：《唐会要》卷四，中华书局1955年版，第47页。

予令座客任道昇字正之。市人言二十年前尝于上都斋会设此，有一秀才甚赏某呼扁字与褊同声，云世人皆误。予意其饰非，大笑之。近读甄立言《本草音义》引曹宪云："扁，布典反，今步典，非也。"案扁鹊姓秦，字越人，扁县郡属渤海。①

人（民）间小说与市人（民）小说当是异称而已。市人（民）小说由市人二十年一贯讲说，可见有比较固定的底本，且有相当的观众群体，应是跟人间小说具有相似性的娱乐性故事段子，由职业表演者——市人演说。人（民）间小说、市人（民）小说当是宋代说话艺术的早期形态。法国学者雷威安即认为："市人小说和职业说书的不会有那么大的差别。当然，那时的小说，可能是短短的故事或笑话。"② 他的认识有一定见地。

可见，俳优小说、人（民）间小说与市人（民）小说，其具体所指当极为相似或者就是名异实同。这样看来，说话当是由"诵"或"说"俳优小说、"说"市人（民）小说或人（民）间小说发展而来，民间属性是其突出特征。那么，作为说话底本的话本小说也与俳优小说、人（民）间小说与市人（民）小说一样，是源自民间并服务民间的。正因为其民间属性，因而其最大特点就是通俗性，题材内容为普通民众所喜闻乐见，承载并反映的是普通民众的艺术品位与趣味。从现存宋元话本来看，小说中的主人公，大多来自市民阶层，"下层市民中劳动的'小人物'，在话本中作为被肯定的主人公出现。"③ 如《碾玉观音》里裱褙匠的女儿璩秀秀、碾玉工人崔宁，《错斩崔宁》里卖丝的崔宁、陈卖糕的女儿陈二姐、小商人刘贵，《宋四公大闹禁魂张》里的赵正、侯兴、宋四公、王秀等，都是市民阶层的典型化人物形象。而故事内容，无论是"小说""说铁骑儿"，还是"说经""讲史书"，④ 都是市民阶层所喜闻乐

---

① 段成式撰，曹中孚校点：《酉阳杂俎》续集卷四《贬误》，《唐五代笔记小说大观》上册，上海古籍出版社 2000 年版，第 749 页。
② 〔法〕雷威安：《唐人小说》，《文学遗产》1994 年第 1 期。
③ 胡士莹：《话本小说概论》，中华书局 1980 年版，第 100—122 页。
④ 胡士莹：《话本小说概论》，中华书局 1980 年版，第 307 页。

见的。同时，在表现手法上，宋元说话人特别注重情节的曲折以及语言的通俗，"他们谨守的原则是'话须通俗方传远，语必关风始动人'。因为瓦市勾栏里的听众大都是市民，如果在演说中没有生动的情节，或者语言不够通俗，那就不能收到好的效果。"① 以宋元话本中的"三错"——《错斩崔宁》《错认尸》《错勘脏》为例，故事情节都曲折跌宕，波澜起伏，可见出说书人为吸引听众而独具匠心的敷设。宋元话本的语言基本上是白话，是群众的口头语言，具有精炼、生动、朴素、通俗易懂、生活气息浓厚的特点。比如其中大量的俗语谚语，如"火到猪头烂，钱到公事办"，"猪羊走入屠宰家，一脚脚来寻死路"，"鳌鱼脱却金钩去，摆尾摇头不再回"等，显示出市民文学的创造力以及活力。

话本小说是中国古代白话小说的开端，它源自民间，话本小说的雅化与文人士大夫的加入创作群体相关。亦即，话本小说的雅化实质就是文人化的过程。"所谓文人化，是指白话小说开始由文人改编或创作，在叙述故事的过程中开始注重思考故事的内涵，用语措辞更加书面化，立意构思和审美趣味都体现出文人特有的雅趣和情思，并自觉担负起社会教化的责任。"②

在宋代，说话的兴盛吸引了文人士大夫对说话技艺与话本小说的关注。如前所言，如苏轼、周密、罗烨等人表现出对说话技艺与话本的极大兴趣。其后，随着说话的兴盛，专门为说话艺人整理创作话本的"书会才人"出现了。胡士莹说："从南宋到元代，说话和戏剧等伎艺相当发达，因此，当时就有专门替说话人、戏剧演员编写话本和脚本的文人，这些文人有自己的行会组织——书会。书会起源于何时，虽不可考，但必在各种伎艺发达以后，则可断言。书会中人，一般称为书会先生，又称'才人'。其成员大部分是科举失意但有一定才学和社会知识的文士，也有一部分是低级官吏、医生、术士、商人，以及较有才学和演唱经验的艺人，可见书会成员的成分是相当复杂的。

---

① 胡士莹：《话本小说概论》，中华书局 1980 年版，第 84 页。
② 张永葳：《稗史文心：明末清初白话小说的文章化现象研究》，生活·读书·新知三联书店 2013 年版，第 29 页。

甚至还有身份较高的'名公'参加编写。"① 这是最初一批专门的话本小说作者，据胡士莹的分析，主要是才人，还有一小部分是"名公"。胡士莹说："名公是指'居要路'，'高才重名'的'公卿显宦'。而才人则是指'门第卑微，职位不振'，接近市民阶层的文人。"②

可见，早期话本小说作者主要是接近市民阶层的文士，还有一部分属于社会上层的著名文人，他们的参与，引领话本小说拔俗向雅。降及明代，随着市民文化影响的深入以及话本小说的进一步案头化，许多文人士大夫致力于话本小说的整理和创作，从而催生了拟话本的出现。拟话本的出现标志着话本小说从民间跨入殿堂，在艺术品位与审美趣味方面都有了文人化的特点，并因此逐渐远离普通民众，以致完全成为文人文学。

现存最早的宋元话本小说集是明代洪楩所编《清平山堂话本》（原名《六十家小说》），这些话本小说，在刊行过程中无疑经过多次加工、修改，最初的加工、修改，主要是使其更加适合案头阅读。包括对情节详略的加工、故事的条理化梳理，对过分口语化语言的去口语化处理等。如现存的几种宋元话本包括《简帖和尚》（又名《胡姑姑》《错下书》）等在刊入《清平山堂话本》时应已经过多次加工修改。每一次加工修改，都使其更加雅化，适合案头阅读。

而以冯梦龙"三言"、凌蒙初"二拍"、陆人龙《型世言》等为代表的拟话本则是文人的案头创作或改编，且仅是为了阅读而非为了供说话使用。拟话本是文人化的创作，拟话本的雅化，表现在这样几个方面：一是标题的整齐化，宋元话本随意命名，标题字数不一，拟话本整齐为七字或八字，如冯梦龙"三言"，每两卷还构成工整的一联。二是入话与正话的联系更加紧密，宋元话本入话为招徕听众，主要作用是定场，与正话有时并没有关系，拟话本则巧妙设置入话，与正话形成相互映衬，或与正话思想意趣相反，或一致。三是语言运用更加规范和书面化，话本中还有较多的口语与俗语，拟话本语

---

① 胡士莹：《话本小说概论》，中华书局 1980 年版，第 65—66 页。

② 胡士莹：《话本小说概论》，中华书局 1980 年版，第 70 页。

言运用则趋向书面化，尤其是韵文和诗词，表现得最为明显。拟话本的雅化倾向，可以将冯梦龙"三言"中那些改编自宋元话本的作品做一对照即可看出，"三言"改编自《清平山堂话本》（《六十家小说》）的有十篇，包括《古今小说》卷四之《闲云庵阮三偿冤债》，原名《戒指儿记》；卷七之《羊角哀舍命全交》，原名《羊角哀死战荆轲》；卷十二之《众名姬春风吊柳七》，原名《柳耆卿诗酒玩江楼记》；卷十六之《范巨卿鸡黍死生交》，原名《死生交犯张鸡黍》；卷二十之《陈从善梅岭失浑家》，原名《陈巡检梅岭失妻记》；卷二十之《明悟禅师赶五戒》，原名《五戒禅师私红莲记》；卷三十四之《李公子救蛇获称心》，原名《李元吴江救朱蛇》；卷三十五之《简帖僧巧骗皇甫妻》，原名《剪帖和尚》。《警世通言》卷三十三之《乔彦杰一妾破家》，原名《错认尸》；卷三十八之《蒋淑真刎颈鸳鸯会》，原名《刎颈鸳鸯会》。

　　冯梦龙受晚明启蒙思潮的浸润，强调通俗文艺的娱乐教化功能，他在选篇时，删汰无益于教化、无益于世道人心或艺术水平低下之作，在创作中揉进自己的意识观念，并改变了宋元话本"鄙俚浅薄，齿牙弗馨"的粗鄙，而"颇存雅道，时著良规"。[1]凌濛初以独创的方式编著"二拍"，据他在《二刻拍案惊奇小引》所记："丁卯之秋事，附肤落毛，失诸正鹄，迟回白门。偶戏取古今所闻一二奇局可纪者，演而成说，聊舒胸中磊块。"[2]可知他的小说创作，实有寄托之意。在艺术上，"二拍"的语言比"三言"更趋雅驯，谋篇布局更为精巧，因为作品的原创性，"二拍"的叙事风格较为统一，情节演进流畅自然，人物描写细致生动，已经是相当文人化的白话小说了。至于清代的拟话本则完全是文人创作，且说教趋于浓厚与枯燥，其审美趣味逐渐远离了普通民众而充满文人个人情趣与好尚，成为文人文学，因而在李渔等少数杰出文人之后，拟话本也因远离普通民众的需求而逐渐衰落。

　　元明之际兴起的白话长篇章回小说的发展历程同样呈现出拔俗向雅的特

---

① 冯梦龙：《古今小说·序》，人民文学出版社 1958 年版，第 1 页；凌濛初：《拍案惊奇自序》，丁锡根编《中国历代小说序跋集》，人民文学出版社 1996 年版，第 785 页。

② 凌濛初：《二刻拍案惊奇小引》，丁锡根编著《中国历代小说序跋集》，人民文学出版社 1996 年版，第 789 页。

征。章回小说亦源自说话艺术，说话内容有长有短，特别是那些讲述历史的说话，必然很长，要分成若干次才能讲完，这就自然形成了分节，如《全相平话五种》，都分卷分节，每节有题目，这就是章回小说的雏形。章回小说的最初作品源自话本，如《三国演义》《水浒传》是世代累积型小说，[①]这种世代累积，"题材经过几百年若干代人的不断累积修订，最后由一位作家写定"。[②]这种累积的过程，实际上就是从民间艺人创作到文人加工创作的过程，也是一个不断雅化的过程，特别是最后写定者有着关键意义。而如《三国演义》《水浒传》之所以成为经典，与它们较好地处理了雅俗关系密不可分。至晚明出现的章回小说《金瓶梅》，标志着章回小说完成了从民间到文人创作的飞跃，也标志着章回小说在雅化道路上达到了的新阶段，这是显而易见的事实。

　　长篇章回小说到清代也完全进入了文人化的时代。与晚明相比，清代白话小说的创作数量激增，自觉投身到小说创作中的作者不仅在数量上远超前代，作者的文化层次也有质的飞跃，吴敬梓、曹雪芹、夏敬渠、丁耀亢、陈忱等人的创作延续晚明白话小说文人化、案头化的趋向，他们自我表现的创作动机强烈而清晰，天花藏主人说自己的创作动机在于穷极无聊中的呈露才学以自我表现，"不得已而借乌有先生以发泄其黄粱事业"，[③]曹雪芹开篇的"把真事隐去"，将"半生潦倒之罪，编述一集，以告天下"等表白，都坦承创作小说的意图在于借他人之酒杯浇一己之垒块。而如《玉娇梨》《平山冷燕》则是"下层文人的写梦之作"，《金云翘传》是"为文士写心之作"，这种完全个人化、个性化的写作和文人思想观念、审美意趣的承载，使白话章回小说成为真正的文人文学。

　　清代白话小说无论是短篇或中篇的拟话本等，还是长篇的章回小说，都

① 石昌渝将其分别归纳为"滚雪球"式的累积与聚合式累积，石昌渝：《中国小说源流论》，生活·读书·新知三联书店 1994 年版，第 291 页，第 319 页。

② 石昌渝：《中国小说源流论》，生活·读书·新知三联书店 1994 年版，第 290 页。

③ 天花藏主人：《平山冷燕序》，丁锡根编著《中国历代小说序跋集》，人民文学出版社 1996 年版，第 1245 页。

已完全文人化了，对此，石昌渝总结说：

> 清代顺治、康熙、雍正、乾隆四朝的白话小说中，短篇如《豆棚闲
> 话》《西湖佳话》等，长篇如《儒林外史》《红楼梦》等，它们虽然运用
> 白话语体，借用白话小说体制，但其旨趣已不再仅仅是以故事娱人，而
> 在表现和抒发作者对社会对人生的理解和追求，与民间文学的趣味迥然
> 有别。这一类小说大都融注着作家个人的生活经历和体验，反映着作家
> 个人对社会人生的独特的思维方式，表现了作家个人的才华特征，因而
> 具有鲜明的个人风格。它们属于通俗小说，但其品质却已不是市民文学，
> 而是士人的文学了。①

总之，中国古代白话小说的拔俗向雅，体现为文人化的历史过程，文人
对白话小说的兴趣使他们加入白话小说的整理、改编和创作之中，从而将雅
文学特征带入白话小说，并最终将其变成文人文学。如前所言，中国古代白
话小说的这种历史发展趋势，在更深的历史文化层面上也当归因于雅俗文化
的交融，这当然也是中国古代小说鲜明民族性的重要体现。

三、文言白话的交汇与雅俗的融合

中国古代文言小说渊源于史传，以雅洁精致的文言为语体写作，是属于
余英时所谓的"大传统或精英文化"，是属于"上层知识阶级"的，雅是其显
著特点；中国古代白话小说渊源于民间源远流长的说话艺术，以普通民众日
常通俗口语语体写作，是属于余英时所谓的"小传统或通俗文化"，是属于
"没有受过正式教育的一般人民"的，俗是其显著特点。② 但中国古代小说中

---

① 石昌渝：《中国小说源流论》，生活·读书·新知三联书店 1994 年版，第 21—22 页。
② 余英时：《士与中国文化》，上海人民出版社 1987 年版，第 129—139 页。

以雅为主要特征的文言小说与以俗为主要特征的白话小说，并不是固守于自己的天地，井水不犯河水，而是彼此交叉互动，互相影响渗透。文言小说与白话小说的交汇与雅俗融合，是中国古代小说的一道独特景观。

中国古代文言小说与白话小说的交汇是历史现象，也是历史过程，而这种交汇带来的雅俗融合则是结果，更是交汇现象的本质所在和追求。文言小说的由雅向俗与白话小说的拔俗向雅，实际上都是这一过程的具体体现。文言小说与白话小说的交汇所带来的雅俗融合是一个自然的历史过程，从两宋以降这一显而易见的历史过程来看，它既有清晰线索，却又头绪纷繁无法完全条理化。因为，这种交汇融合，既有文言向白话的渗透，也有白话向文言的渗透；既有文言学习借鉴白话而染上白话特征，也有白话学习借鉴文言而生出文言品性；既有题材内容的相互吸取、纳用，也有审美趣尚的渗透与趋近；既有外在形式的吸纳嫁接，也有内在思想观念的融通调和。且文言与白话相互之间的影响有的是显性易见的，而有的则是隐性难别的，如此种种，无法全部概括。这里我们仅从体制、内容与审美意趣三方面略作说明。

在体制方面，文言小说与白话小说之间相互影响渗透和融合，在各自的文体中都有对方的影子。比如两宋时期的一些传奇小说，就受到话本小说文体的影响，一些传奇小说行文文本骈散杂糅、诗文相间，与宋人的话本小说有许多相似之处。特别是每篇小说的正题之外，还有七字句的副题，类似话本小说的回目，如《青琐高议》中的《王幼玉记》副题为《幼玉思柳富而死》，《流红记》副题为《红叶题诗娶韩氏》，《韩湘子》副题为《湘子作诗谶文公》等。故清俞樾就说："宋刘斧所著《青琐高议》，每条各有七字标目，如'张乖崖明断分财'、'回处士磨镜题诗'之类，颇与平话体例相近。"①鲁迅先生也说："刘斧秀才杂辑古今稗说为《青琐高议》与《青琐摭遗》，文辞虽拙俗，然尚非话本，而文题之下，已各系以七言，如《流红记》（红叶题诗娶韩氏）、《赵飞燕外传》（别传叙飞燕本末）、《韩魏公》（不罪碎盏烧须人）、《王谢》（风涛飘入乌衣国）等，皆一题一解，甚类元人剧本结末之'题目'

---

① 俞樾撰，崔高维点校：《九九消夏录》卷一二"平话"，中华书局1995年版，第141页。

与'正名'，因疑汴京说话标题，体裁或亦如是，习俗浸润，乃及文章。"①陈文新认为，"这种类型的传奇，乃是话本与传奇的结合体"，将其命名为"话本体传奇"。②不管是不是可以成为一个新的类型，但话本小说对传奇体制的影响与渗透却是明显而实实在在的。

这是白话小说体制对文言小说的影响和渗透，文言小说对白话小说的体制也有影响，显而易见的是白话小说中韵文的运用以及诗赋的插入等就是明显标志。白话小说源自说话，说话艺人普遍文化水平较低，话本中的诗词，应该是书会才人为之编写的。胡士莹即称书会才人"特别擅长词曲"，"说话人说话时所用诗词，大抵是书会先生提供的"。如百回本《水浒传》第九十四回，在引苏轼诗后写道："亦有书会吟诗和韵，不能尽记"，并有两首"词语"。③也就是说，在最初的书会才人编撰话本时，就以其对雅文学的熟悉即诗文传奇素养而在其中自觉地模仿传奇小说而引入诗词歌赋了。

在内容方面，文言小说与白话小说之间也存在相互影响渗透和融合。比如许多宋元话本是根据唐人传奇改编的。据程国赋统计，现存的宋元话本中，一共有十二篇改编自唐人传奇。一部分是直接改为话本，如《柳氏传》被改为《苏长公章台柳传》,《李娃传》变为《李亚仙》,《补江总白猿传》变为《陈巡检梅岭失妻记》等，还有一部分成为话本的入话，如《本事诗·崔护》成为《金明池吴清逢爱爱》的入话，《三水小牍·步非烟》成为《吻颈鸳鸯会》的入话。④而据黄大宏统计，共有十六篇宋元话本或正话或入话本事或相关内容来自唐代小说。⑤此外，两宋当代的一些文言小说也成为话本小说的直接题材，如《青琐高议》中后集卷九《朱蛇记》被敷演为《李元吴江救朱蛇》，收录在《清平山堂话本》中，别集卷四《张浩》在罗烨的《醉翁谈录》中题名《张浩私通李莺莺》。罗烨《醉翁谈录》曾谈到说话人的知识素养，文

① 鲁迅：《中国小说史略》,《鲁迅全集》第九卷，人民文学出版社 2005 年版，第 125 页。

② 陈文新：《文言小说审美发展史》，武汉大学出版社 2002 年版，第 395—397 页。

③ 胡士莹：《话本小说概论》，中华书局 1980 年版，第 70 页。

④ 程国赋：《唐代小说嬗变研究》，广东人民出版社 1997 年版，第 200—201 页。

⑤ 黄大宏：《唐代小说重写研究》，重庆出版社 2004 年版，第 343—345 页。

言小说是他们说话亦即话本题材的主要来源：

> 夫小说者，虽为末学，尤务多闻。非庸常浅识之流，有博览该通之理。幼习《太平广记》，长攻历代史书。烟粉奇传，素蕴胸次之间；风月须知，只在唇吻之上。《夷坚志》无有不览，《绣莹集》所载皆通。动哨、中哨，莫非东山笑林；引倬、底倬，须还《绿窗新话》。论才词有欧、苏、黄、陈佳句，说古诗是李、杜、韩、柳篇章。[①]

在冯梦龙的"三言"与凌蒙初的"二拍"中，也有大量改编自唐人传奇的。据黄大宏统计，入话源自唐代小说的有三十三篇，正话源自唐代小说的有四十二篇。[②] 以"三言""二拍"为代表的明代拟话本还有改编自明代文言小说的，《剪灯新话》中的《金凤钗记》《翠翠传》《绿衣人传》《三山福地志》《记梅记》，李昌祺《剪灯余话》中的《芙蓉屏记》《千秋会记》《贾云华还魂记》等，被冯梦龙"三言"、凌濛初"二拍"及周清源《西湖二集》敷演成拟话本小说。

至于白话小说对文言小说内容的影响，则主要表现为随着白话小说包括话本、拟话本、章回小说对市井、世情题材的开掘与运用，从而影响了文言小说作者对市井、世情题材的重视和书写。比如宋代洪迈《夷坚志》中就已有了大量的市井内容，明代中后期的中篇传奇小说如《寻芳雅集》《天缘奇遇》《刘生觅莲记》《传奇雅集》等的世情内容特别是其中的艳情描写，就是显著例子。

在审美意趣方面，文言小说与白话小说之间相互影响渗透和融合，表现为文言小说中市井意趣的存在与白话小说中文人意趣的存在。文言小说中的市井意趣是伴随着文言小说的俗化而产生的。文言小说的市井意趣在以宋远《娇红记》为发端至明代自弘治到嘉靖、万历间大量出现的中篇传奇小说中

---

① 罗烨：《醉翁谈录》卷一《舌耕叙引·小说开辟》，古典文学出版社 1957 年版，第 3 页。
② 黄大宏：《唐代小说重写研究》，重庆出版社 2004 年版，第 343—345 页。

体现得最为明显。这些中篇传奇小说，早期如《娇红记》《龙会兰池记》以爱情为故事主线而演绎男女主人公之间的悲欢离合故事，就已显示出市井意趣，而自《钟情丽集》《丽史》《怀春雅集》等至《寻芳雅集》《天缘奇遇》《李生六一天缘》《传奇雅集》等，大部分满篇浓词艳句，描写性爱，张皇艳情，"语带烟花，气含脂粉，凿穴穿墙之期，越礼伤身之事"，充满市井谐俗趣味。如《寻芳雅集》描写一男二女的同床欢会，《天缘奇遇》中以艳羡之笔描写祁雨狄与五十余名女子的性爱，而《传奇雅集》则更是描写世家子幸逢时与已婚、未婚多达百余名女子的艳遇，充溢着男性的绮思与艳想，体现的完全是市井意趣。这种对低俗市井意趣的张皇显然是走向了歧路。而在一些经典的文言小说作品中，也有市井意趣的呈露，但却与此有别，是一种充满市井机趣与智慧的意趣。如《聊斋志异》即是如此。《聊斋志异》中多有市井意趣，如《翩翩》中花城与翩翩相见时的一段对话：

> 一日，有少妇笑入，曰："翩翩小鬼头快活死！薛姑子好梦，几时做得？"女迎笑曰："花城娘子，贵趾久弗涉，今日西南风紧，吹送来也！小哥子抱得未？"曰："又一小婢子。"女笑曰："花娘子瓦窑哉！那弗将来？"曰："方鸣之，睡却矣。"于是坐以款饮。①

花城与翩翩见面的这一段对话，完全是现实生活中人间女子相见时的相互打趣嘲谑，两人用语也都是民间习见的语词俗言，而声气口舌描摹真切如画，充满市井意趣，但却雅洁无邪。

白话小说中的文人意趣，是伴随着白话小说的雅化而产生的。这在清初大量涌现的才子佳人小说中体现得十分显著。明末清初兴起并大量出现的才子佳人小说，鲁迅先生曾对其特征加以概括，他说："《金瓶梅》《玉娇李》等既为世所艳称，学步者纷起，而一面又生异流，人物事状皆不同，惟书名尚

---

① 蒲松龄著，张友鹤辑校：《聊斋志异》会校会注会评本，上海古籍出版社 1995 年版，第 433—434 页。

多蹈袭，如《玉娇李》《平山冷燕》等皆是也。至所叙述，则大率才子佳人之事，而以文雅风流缀其间，功名遇合为之主，始或乖违，终多如意，故当时或亦称为'佳话'。"①石昌渝认为清初的才子佳人小说是传奇小说"抛弃了文言的外衣，使用书面白话"形成的，因此将其称为"白话的传奇小说"。②也正因如此，这些才子佳人小说有着显著的文人意趣。或者如《玉娇梨》《平山冷燕》，"借笔下的'黄粱事业'，抒心中之抑郁"，是下层文人的写梦之作；或者如《金云翘传》，别有用心，为士人写心之作；或者如《好逑传》，反思明代中晚期的纵欲主义思潮，以理节情，是调和情理之作。表达的完全是文人心态、观念与思考。特别是其理想化的完美爱情模式，正是其文人意趣的集中体现：尚未有功名而满腹诗书的才子偶然相遇才貌双全的佳人，且佳人出身名门世家，两情相悦而私定终身；历经种种挫折，书生金榜题名，与佳人的恋情也得到各方承认和赞同，才子佳人团聚；有时，还是二美、三美甚至多美兼得。这种美好的爱情，略微的逾越礼教而又不出大格，实现了一个书生的美人、功名、富贵并全的人生理想，化薛元超所谓"三恨"事为"三快"事。③而在如《镜花缘》之类的白话小说中，文人意趣则体现为对才学的炫耀；在《红楼梦》中则体现为诗意化形象与境界的创造。凡此种种，不一而足。总之，白话小说中的文人意趣体现在诸多方面。

　　无论是在文言小说还是在白话小说中体现出来的中国古代文言与白话的交汇与雅俗的融合，是一个纷繁复杂的历史过程，这里，我们只是用披沙拣金的办法挑出了一两个显而易见的地方略加说明。在这个历史进程中，一些小说或只是实现了文言与白话某些方面的简单交汇，一些小说或只是实现了雅与俗的简单叠加组合，而还有一些小说则在文言与白话的交汇碰撞中使雅与俗实现了深度融合后的重新塑形，实现了凤凰涅槃式的新生。中国古代小

---

① 鲁迅：《中国小说史略》，《鲁迅全集》第九卷，人民文学出版社 2005 年版，第 196 页。

② 石昌渝：《中国小说源流论》，生活·读书·新知三联书店 1994 年版，第 372 页。

③ 唐薛元超的"三恨"之说，参见《隋唐嘉话》卷中："薛中书元超谓所亲曰：'吾不才，富贵过分。然平生有三恨，始不以进士擢第，不得娶五姓女，不得修国史。'"刘餗撰、程毅中点校：《隋唐嘉话》卷中，《隋唐嘉话　朝野佥载》，中华书局 2005 年版，第 28 页。

说史上那些经典性的作品如《三国演义》《聊斋志异》及《红楼梦》就属于这种类型。比如《三国演义》就是这样一部将雅俗文化完美有机融合的典范,①《三国演义》在历史认识层面,就将"民间情感与良史精神""巧妙地协调,并独出机杼,创造出一个具有巨大包容力的艺术世界。"《三国演义》之所以广泛流传,被奉为经典,"最根本的原因,就是在于它的创作具有典型的民间角度,内容具有深厚的民间性质。它既是史官文化的衍生物,又是民间文化、民间精神的结晶。"②

《聊斋志异》中雅俗的完美融合,则突出体现在蒲松龄以雅致的文言为叙述语言,"一书而皆二体""用传奇法而以志怪"的手法,③ 在书生"孤愤"的抒写中,不时地再现生动的市井生活及其中的幽默机趣。如上文所举《翩翩》中花城与翩翩相见的场景就是一例。又如《镜听》:

> 益都郑氏兄弟,皆文学士。大郑早知名,父母尝过爱之,又因子并及其妇;二郑落拓,不甚为父母所欢,遂恶次妇,至不齿礼:冷暖相形,颇存芥蒂。次妇每谓二郑,"等男子耳,何遂不能为妻子争气?"遂摈弗与同宿。于是二郑感愤,勤心锐思,亦遂知名。父母稍稍优顾之,然终杀于兄。次妇望夫綦切,是岁大比,窃于除夜以镜听卜。有二人初起,相推为戏,云:"汝也凉凉去!"妇归,凶吉不可解,亦置之。闱后,兄弟皆归。时暑气犹盛,两妇在厨下炊饭饷耕,其热正苦。忽有报骑登门,报大郑捷。母入厨唤大妇曰:"大男中式矣!汝可凉凉去。"次妇忿恻,泣且炊。俄又有报二郑捷者。次妇力掷饼杖而起,曰:"侬也凉凉去!"

---

① 另外,如关于《三国演义》对雅俗的融合,参看李剑国,陈洪主编《中国小说通史》清代卷第九编第二章第二节雅俗文化交融的历史图景,高等教育出版社 2007 年版,第 1272—1283 页。

② 李剑国、陈洪主编:《中国小说通史》明代卷,高等教育出版社 2007 年版,第 925—939 页。

③ 盛时彦:《姑妄听之跋》,纪昀《阅微草堂笔记》卷一八,中国文联出版公司 1996 年版,第 408 页;鲁迅:《中国小说史略》第二十二篇《清之拟晋唐小说及其支流》,《鲁迅全集》第九卷,人民文学出版社 2005 年版,第 213 页。

此时中情所激，不觉出之于口；既而思之，始知镜听之验也。[①]

《镜听》生动地展现了科举制下的人间冷暖，不仅有着作者自己的影子，寄托了作者的深沉感慨，也是跋涉在科举之路上士人生存境遇的形象写照。然而，小说却以日常家庭生活来表现，市井意趣盎然其间。如二郑妇对丈夫的督促，"等男子耳，何遂不能为妻子争气"的言语，与"遂摈弗与同宿"的做法，完全是来自市井日常生活。特别是镜听卜得之语"汝也凉凉去"，是一句来自日常生活的惯常话语，其后，从其母口中出为"汝可凉凉去"，再到二郑妇"力掷饼杖而起"所道"侬也凉凉去"，语虽同，经不同人说出，表现出不同人物的不同心理，活灵活现地展现当时情状，充满浓郁的市井生活气息，却又机趣横生。蒲松龄《聊斋志异》中这种市井意趣比比皆是，是充满压抑、悲凉的"孤愤"书写中的一抹亮色，仿佛泪光中的微笑，可慰沧桑。

《红楼梦》无疑是一部充满文人意趣的深邃宏阔的文人小说，它根植于家族历史与个人生存体验，但却超越了一己的喜乐而有了再现时代的价值，它对传统文化的承载以及对人生意义的思考与悲剧认识，都包含深刻的人文精神。故就此而言，它虽以白话书写，但承载的却是中国传统的雅文化。《红楼梦》中雅俗的完美融合则突出地体现在曹雪芹以净化了的白话所创造出的诗意化境界中，此点，前文已有略述。《红楼梦》的白话语言虽依然保留了白话的日常与鲜活，但已被提炼、改造成为一种雅致的叙述语言，甚至如文言般用为诗歌语言，《红楼梦》有许多绝句、律诗以及词赋等传统诗体，但值得注意的是曹雪芹的白话诗作，如第一回的《好了歌》以及第五回的宝玉在太虚幻境听的《红楼梦引子》《终身误》《枉凝眉》《恨无常》等十四首歌，都意蕴悠长，精美无比。除了白话诗作，在《红楼梦》的故事叙述中，也处处流溢着诗意的情韵，如黛玉葬花一节，就有着如李商隐《苏小小墓》一般的感伤诗意；如宝玉听岫烟论嫁后观杏树结子一节，就有着如杜牧《叹花》般的沧

[①]　蒲松龄著，张友鹤辑校：《聊斋志异》会校会注会评本，上海古籍出版社 1995 年版，第 938—939 页。

桑诗意；如牡丹亭艳曲竟芳心一节，就有着如刘希夷《代悲白头翁》般的忧伤诗意。哪怕是纯粹的事件叙述，也摇曳着诗意诗情，如第十五回叙宝玉离开农庄时不见二丫头的情景：

> 宝玉却留心看时，内中并无二丫头。一时上了车，出来走不多远，只见迎头二丫头怀里抱着他小兄弟，同着几个小女孩子说笑而来。宝玉恨不得下车跟了他去，料是众人不依的，少不得以目相送，争奈车轻马快，一时展眼无踪。①

其中自有一种少年诗意的淡淡惆怅在。当然，《红楼梦》中也有市井意趣的呈现，比如第七回焦大的酒后叫骂，完全是市井语言，与其仆隶身份相合："不公道，欺软怕硬，有好差使派了别人，这样黑更半夜送人就派我，没良心的忘八羔子！瞎充管家！你也不想想焦大太爷跷起一只腿，比你的头还高些……""蓉哥儿，你别在焦大跟前使主子性儿！别说你这样儿的，就是你爹、你爷爷，也不敢和焦大挺腰子呢。……再说别的，咱们'白刀子进去，红刀子出来'！""……每日偷狗戏鸡，爬灰的爬灰，养小叔子的养小叔子，我什么不知道？咱们'胳膊折了往袖子里藏'！"②再如四十回刘姥姥在大观园宴席上的言语要弄，无不充满市井意趣。

第四节　中国古代小说的多样化类型

布鲁克斯与沃伦说："我们必须记住，随着世道的改变，小说也改变了，每一个时代产生出自己的那种小说。更为重要的是，我们必须记住，虽然在

---

① 曹雪芹：《红楼梦》第一五回，辽海出版社 2007 年版，第 161 页。
② 曹雪芹：《红楼梦》第七回，辽海出版社 2007 年版，第 88—89 页。

我们的技术世界中，改变一般总被认为意味着进步，艺术世界中的改变（而小说基本上是一门艺术）则未必意味着进步；谁也不会认为最近的一部畅销书就一定比荷马的或莎士比亚的作品好。"①中国古代小说也是适用这一论断的。魏晋南北朝志怪与志人、唐五代传奇、宋元话本与明清章回小说，是中国古代小说不同发展阶段中具有标志性意义的小说类型。这些在中国古代小说各个历史阶段中兴起并繁荣的不同小说类型，既有着前后传承而相互一致的历史共同性，又有着与各自时代密切联系而互不相属的差异性，构成了中国古代小说独特的历史发展图景。

一、中国古代小说发展的阶段性与类型的多样性

王国维在《宋元戏曲史》中指出："凡一代有一代之文学：楚之骚，汉之赋，六代之骈语，唐之诗，宋之词，元之曲，皆所谓一代之文学，而后世莫能继焉者也。"②既看到了中国古代不同文体有其独领风骚的时代，同时也道出了不同文体之间的代兴现象。实际上，在中国古代小说的内部，因为历史的、经济的、文化的、社会的以及小说自身等种种因素的影响，在不同的历史时期出现了与时代气质契合的、属于不同阶层的、具有不同特点的小说类型，不同类型小说之间的递变与繁荣，造成了中国古代小说发展呈现出阶段性的特征。依据中国小说在不同历史时期的形成与发展面貌，我们大致可将中国小说的发展划分为四个时期，即唐前、唐五代、宋元以及明清。

唐前是中国小说发展的最初阶段，这一时期的小说无论在叙事上还是在体制上，都相对稚拙，只能算作准小说或雏形小说。在史传、宗教以及社会风尚的作用下，杂史或杂传小说、志怪小说以及志人小说等小说类型率先形成。杂传小说以《穆天子传》《燕丹子》《汉武故事》《赵飞燕外传》为代表，

---

① 〔美〕克林斯·布鲁克斯、罗伯特·潘·沃伦编著，主万等译：《小说鉴赏》，世界图书出版公司 2012 年版，第 3 页。

② 王国维：《宋元戏曲史》，上海古籍出版社 2011 年版，第 1 页。

这些小说在内容上史实与虚构并存，艺术上师法史传，带有明显的史传特征。杂史小说有《汲冢琐语》《西京杂记》、殷芸《小说》等，它们一般不涉鬼神怪异，也较少记录家国大事，多撷拾轶闻逸事。志怪小说是这一时期的主流，数量众多，且内容丰富，有以《山海经》《博物志》为代表的博物体志怪小说，有《列异传》《搜神记》等杂记体志怪小说，还有《汲冢琐语》《拾遗记》等在杂史形式下述异语怪的杂史体志怪小说。与志怪小说相对应的小说类型为志人小说，它们在士族文人之间品评人物以及清谈之风盛行的影响下形成并蔚为大观，它们专记人物言行，以《笑林》《语林》《世说新语》《郭子》等外代表。这一时期的小说作者没有在观念上自觉进行小说创作，除部分小说外，大多篇幅短小，叙事简单，多数只是粗陈梗概，或是断片式的谈柄，但其中的细节描写、场景化叙事以及叙事语言的古雅，为唐代小说的写作积累了经验。

中国古代的小说经过了唐前的准备阶段后，在唐五代实现了文体独立。唐五代的文人士大夫开始自觉地投身到小说的创作中，不仅将在六朝定型的志怪小说提升到一个新的高度，还创造了标志着中国古代文言小说文体独立的传奇小说，唐五代成为中国古代小说史上的一个具有划时代意义的时期。作为唐五代小说主流的传奇小说，其艺术成就几可与唐诗比肩，"唐三百年，文章鼎盛，独律诗与小说，称绝代之奇"。[①]出现了张鷟、李朝威、李公佐、元稹、白行简、陈鸿、沈亚之、蒋防等一大批优秀的传奇小说家，创作出一批对后世文学影响巨大的如《枕中记》《南柯太守转》《莺莺传》《霍小玉传》《李娃传》《柳毅传》等经典传奇作品。唐五代的志怪小说，虽然大多仍篇幅短小，情节简单，但因为文人的有意幻设，无论在艺术上还是思想上，都与六朝时期有较大的区别，不少作者以娱乐、逞才为目的，在志怪小说中倾注了自己的才华以及文人意趣，提升了志怪小说的品位，出现了如《酉阳杂俎》等优秀的志怪小说集。除传奇、志怪之外，唐五代的杂事小说也异常兴盛，出现了如《逸史》《阙史》《松窗录》《开天传信记》《开元天宝遗事》《南楚新闻》等大批作品。

宋元时期是中国古代小说的转型时期，这一时期中国小说发展的重要成

---

① 桃源居士：《唐人小说·序》，上海文艺出版社1992年影印上海扫叶山房石印本，第1页。

果就是以白话语体行文的话本小说的兴起，并成为宋元时期具有代表性的小说类型。话本小说与民间说话艺术息息相关，与魏晋之俳优小说、唐五代之市人（民）小说、人（民）间小说一脉相承，由于其民间属性，通俗与市井意趣是其主要特点。今存的宋元话本主要见于《清平山堂话本》以及《京本通俗小说》。宋元文言小说上承唐五代，传奇小说虽然时有佳篇，但已难以延续唐五代创造的辉煌，即便是著名的如乐史的《绿珠传》《杨太真外传》、秦醇的《骊山记》《温泉记》《赵飞燕别传》《谭意哥传》等传奇，无论是在艺术上还是思想上，似乎都难以与唐人小说比肩，总体上趋于平实化、道学化、通俗化。但传奇小说在宋元时期也有新发展，那就是长篇化趋势的出现，以宋远的《娇红记》为标志，继起的《龙会兰池记》《春梦录》等代表了这一趋势。宋元时期志怪小说与杂事小说则颇为文人士大夫所属意，如苏轼、陆游、沈括皆为之，洪迈《夷坚志》更是影响深远。

　　明清两代是中国古代小说的发展总结和转型时期，白话的长篇章回小说是这一时期的代表性小说类型。《三国演义》《水浒传》的成书问世，标志着章回小说繁荣局面的到来。在《三国演义》与《水浒传》的榜样作用下，历史演义与英雄传奇成为章回小说的重要题材类型，而继之者不断，持续明清两代。《金瓶梅》的出现，则标志着白话小说文人化个性创造时代的到来，并由此开启了章回小说的世情题材一类。《西游记》的成书，则又开启了神魔题材一类。以这四种题材类型为源头，明清时期的章回小说又衍生出多种题材的亚类型，包括时事小说、传记体小说、艳情小说、才子佳人小说、人情小说、儿女英雄小说等。而《儒林外史》《红楼梦》则是章回小说的巅峰之作。白话长篇章回小说之外，白话短篇小说在明清时期也有新的发展，那就是拟话本的出现，宋元话本小说在明清两代由说话人的底本转变为文人的个人创作与案头读物，完全演变为文人文学，出现了以"三言""二拍"以及李渔《无声戏》等为代表的拟话本小说。文言小说在明清时期承绪前代而有新变，传奇小说在长篇化的道路上进一步发展，先有以《剪灯新话》为代表的"剪灯"系列小说出现，创造了诗文小说的新范型，又有以宋远《娇红记》开创的中篇传奇小说在嘉靖后蔚然大观。而清代的蒲松龄《聊斋志异》与纪昀

《阅微草堂笔记》的出现，则又标志着继承唐五代传统的传奇小说与志怪的复兴与辉煌。在最后一批古典小说的精品出现后，中国古代小说在晚清开始衰落，在社会大变革的时代背景中，"小说界革命"兴起，随着西方文艺理论的引入，社会变革思潮与实践相适应，涌现出一批新的小说类型。如侠义公案小说、社会小说、政治小说、女权叙事、海外华人小说、工商小说与科学小说等，中国古代小说也开始了其艰难的现代转型进程。

二、志怪小说与志人小说

志怪小说在中国众多小说类型中最早成熟并发达起来。"志怪"一词最早见于《庄子·逍遥游》："齐谐者，志怪者也。"[1] 意思是记录怪异，与"语怪""述异""录异""志异""记异""列异""博异""集异"等词语意思相同或相近，还不是一个文体概念。至魏晋南北朝开始有以"志怪"为书名的小说集，如孔约、曹毗、祖台之、许氏、殖氏等都作有《志怪》，又有《志怪录》《志怪集》《杂鬼神志怪》等书，梁元帝萧绎《金楼子》也有《志怪篇》，"志怪"在这里变成了一个具有概括性的通称。晚唐段成式在《酉阳杂俎·序》中说："固役而不耻者，抑志怪小说之书也。"[2] 第一次提出了"志怪小说"的概念。明代胡应麟多次使用"志怪小说"一语，《少室山房笔丛》卷三六《二酉缀遗中》云："古今志怪小说，率以祖夷坚、齐谐。"又云："余读诸志怪小说所载……"《少室山房类稿》卷八三《增校酉阳杂俎序》云："其视诸志怪小说，允谓奇之又奇者也。"[3] 并在对小说进行分类时专门列出志怪一

---

[1] 王先谦：《庄子集解》，中华书局 2012 年版，第 9 页。

[2] 段成式撰，曹中孚校点：《酉阳杂俎·序》，《唐五代笔记小说大观》上册，上海古籍出版社 2000 年版，第 1327 页。

[3] 胡应麟：《少室山房笔丛》卷三六《二酉缀遗中》，中华书局 1958 年版，第 474 页，第 477 页；胡應麟：《少室山房类稿》卷八三《增校酉阳杂俎序》，胡宗楙辑，民国十三年（1924）永康胡氏梦选廛刊本。

类，将志怪小说的概念进一步明确。鲁迅先生在他的讲义《小说史大略》中以"鬼神志怪之书"指代六朝的记录鬼神怪异、佛法灵异一类的小说，[①]并在此后的《中国小说史略》以及《中国小说的历史的变迁》中沿用此种称谓，"志怪小说"之名也走入现代学术研究之中，并得到学术界的普遍认同。志怪小说主要记载神仙鬼怪及其他异事，内容上的虚诞不经与体制上的丛残小语是其显著特征，也因其所记短小、内容繁杂，其文本存在形式多为丛集。李剑国、陈洪先生如此定义志怪小说："志怪小说是一种以杂记怪异之事为主的小说丛集。"并将其分为四种类型："杂史体、杂传体、杂记体、地理博物体"。[②]

志怪小说的源头，可以追溯到原始宗教与上古神话，同时，与上古巫教、阴阳五行学息息相关的宗教迷信故事对志怪小说的形成也有着直接的影响，志怪小说是伴随着地理博物学的志怪化和史乘的分流而产生。而先秦以四方八荒大量山川神灵、草木禽兽、远国异民为主要内容的《山海经》以及从汲郡魏襄王墓中出土的、以记录卜梦妖怪为主的《汲冢琐语》，在内容上以及体制上则直接启导了志怪小说的兴起，故胡应麟说："《汲冢琐语》……盖古今小说之祖。""《汲冢琐语》，盖古今纪异之祖。"又说："《山海经》，古今语怪之祖。"[③]至两汉时期，随着《括地图》《神异经》《洞冥记》《十洲记》等的先后出现，标志着志怪小说的蹒跚起步。魏晋南北朝是志怪小说的勃兴时期，此一时期道教与佛教昌盛，谶纬迷信流行，阴阳五行之说、方术符命之称不绝，凡此皆张黄鬼神，称道灵异，将流传于口耳间的虚诞荒谬的鬼怪幽昧、佛法灵异视为实有之事，乃有以文字著述的形式将其记录下来，以"明神道之不诬"，[④]从而涌现出一大批志怪之书，而这些志怪之书的成书与流传，又进一步

---

① 鲁迅：《小说史大略》，陕西人民出版社 1981 年版。又，书后附单演义《关于最早油印本〈小说史大略〉讲义的说明》，可参看。

② 李剑国、陈洪主编：《中国小说通史》先唐卷，高等教育出版社 2007 年版，第 55 页。

③ 胡应麟：《少室山房笔丛》卷三六《二酉缀遗中》，卷二九《九流绪论下》，卷三二《四部正讹下》，中华书局 1958 年版，第 474 页，第 377 页，第 412 页。

④ 干宝撰，李剑国辑校：《新辑搜神记》，中华书局 2007 年版，第 19 页。

促进了佛、道及谶纬迷信的布散，“志怪小说相伴道教、佛教而行，与它们互相发明，互相激荡”。①《搜神记》《博物志》《冤魂志》《搜神后记》《异苑》《幽明录》《冥祥记》等为此一时期志怪小说的代表。

志怪小说在魏晋南北朝兴起、繁荣并定型成熟之后，一直作为文言小说的重要类型而延绵不绝，作家作品层出不穷。

唐五代时期，由于传奇小说的兴起，志怪小说在总体上趋于边缘化，大多依附传奇小说而成集。在唐代小说发展初期的武德初至大历末年，总共出现约二十种志怪小说，少有能超越唐前优秀之作，大多是宣扬宗教迷信为基本内容的“释氏辅教书”以及宣扬道教的仙传，形式仍袭六朝之旧，如唐临《冥报记》、郎馀令《冥报拾遗》、王方庆《王氏神通记》《神仙后传》等，仅出于下层文人句道兴之手的《搜神记》最有成绩，另外，赵自勤《定命论》开宿命题材小说先河，不仅集中反映出传统的宿命思想，也反映出唐代士人关注自身命运、重视科第功名的社会文化心理。牛肃的优秀之作《纪闻》则开创了新的局面。它虽以志怪为主，但往往精心结构，注意表现情致，有的还颇有意境，如《巴峡人》。在唐五代小说发展的兴盛期，约建中初年至乾符末年，志怪小说被传奇小说的兴盛所淹没，志怪小说多出现在一些传奇、志怪混杂互见的小说集中，其中以志怪为主的如《灵怪集》《广异记》《龙城录》《金刚经灵验记》《通幽记》《逸史》《续玄怪录》《酉阳杂俎》《乾𦠆子》《宣室志》《陆氏集异记》《杜阳杂篇》等。这些小说水平有高有低，但也各具特色。其中段成式《酉阳杂俎》以杂博诙诡见长，是唐五代志怪小说的优秀之作；《乾𦠆子》集杂事、传奇、志怪于一书，类于《酉阳杂俎》；《杜阳杂编》则祖袭先唐《洞冥记》《拾遗记》，多谈远国异物；《宣室志》不依傍前人而自出机杼，述神仙鬼怪故事各异，颇见创造性；《树萱录》在短小的故事中展现诗情画意，是诗和小说结合的精品；《穷神秘苑》和李伉《独异志》大抵摭拾前朝掌故。

从广明中至晚唐五代，小说创作进入衰落期，志怪小说与传奇小说、杂

① 石昌渝：《中国小说源流论》，生活·读书·新知三联书店 1994 年版，第 117 页。

事小说多混杂一集之中，唐末如高彦休《阙史》、康骈《剧谈录》、刘山甫《金溪闲谈》、严子休《桂苑丛谈》、佚名《闻奇录》、皇甫枚《三水小牍》，五代如王仁裕的《王氏见闻录》《玉堂闲话》《续玉堂闲话》、金利用《玉溪编事》，刘崇远《耳目记》等，都是集志怪、传奇、杂史杂事于一体的作品，多以摭拾掌故遗事为主，体现出小说由文章向谈资和史料的退化倾向。另外，五代时期出现了几部以志怪为主的小说集，包括佚名《感定录》、王毂《报应录》、周珽《儆戒录》、冯鉴《广前定录》、皮光业《妖怪录》、杜光庭《录异记》、徐铉《稽神录》等。内容或者宣扬报应定命，或者录异稽神。

北宋的志怪小说上承五代，多与传奇、杂事小说混杂一集。前期的太祖、太宗、真宗三朝，如后蜀入宋的耿焕《野人闲话》《牧竖闲谈》、黄休复《茅亭客话》，由南唐入宋的吴淑《江淮异人录》《秘客闲谈》、由吴越入宋的陈纂《葆光录》、由马楚入宋的曹衍《湖湘神仙显异》《湖湘灵怪实录》、北方秦再思《洛中纪异》、张齐贤《洛阳搢绅旧闻记》、张君房《乘异记》等，都是志怪人事搀杂，或摭拾故国旧闻，或探究兴亡之因、颂美新朝。中期的仁宗、英宗二朝，如上官融《友会谈丛》、詹玠《唐宋遗史》和无名氏《蜀异志》、张君房《搢绅脞说》《儆戒会最》《科名定分录》等，或记杂事，或缀拾唐人现成故事。唯钱易《洞微志》和聂田《祖异志》两部志怪，不事因袭，颇有可观。北宋后期的神宗、哲宗、徽宗、钦宗四朝，以志怪为主的小说有吕南公《测幽记》、张师正《括异志》、章炳文《搜神秘览》、宋汴《采异记》、沈括《清夜录》、岑象求《吉凶影响录》、周明寂《劝善录》、朱定国《幽明杂警》、李象先《禁杂录》、王古《劝善录》、邵德升《唐宋科名分定录》等，或搜神记怪，或命定报应，同时又兼记人事。南宋前期的高宗朝，如王铚《续清夜录》、王明清《投辖录》，马纯《陶朱新录》、孔恀《宣靖妖化录》、王日休《劝戒录》、委心子《灵应集》等，以志怪为主而杂传奇、杂事，少有足称者。南宋中期的孝宗、光宗、宁宗三朝，随着洪迈《夷坚志》的陆续刊行问世，掀起一股持久不衰的《夷坚》热，踵武之作如王质《夷坚别志》、郭象《睽车志》、吴良史《时轩居士笔记》、李泳《兰泽野语》、刘名世《梦兆录》、欧阳邦基《劝戒别录》等。后期理宗、度宗、恭宗、端宗、赵昺五朝，志怪小说不多，如无名氏《儆告》、僧庭藻《续北齐还冤志》、江敦教《影响录》、鲁应龙《闲窗括异志》和顾文荐《船窗夜话》等，今多散佚不全，完整保存下来的仅有《鬼董》一书，此书很明显也受到《夷坚志》的影响，里巷传闻占大半，所写为胥吏、僧尼、术士、旅客、屠夫、娼优、市民、农夫等下层各色民众的奇情怪事，对上流社会则罕有描写，体现了市井细民的思想情感和审美趣味。辽金元志怪寥落，仅有由宋入金的孙九鼎书名失考的志怪小说集以及金遗民元好问的《续夷坚志》。

陈大康在《明代小说史》中写道："明代文言小说计有六百九十四种，为历朝最多者。"① 在宋代就已露端倪的"用传奇法而以志怪"的志怪传奇合流趋势，② 在明代得到了进一步发展，经过《剪灯新话》《西樵野记》《高坡异纂》《湖海奇闻》《觅灯因话》等的实践和示范，志怪传奇合二为一，难以区别，且数量巨大，故论者多不加区别。③ 这一主流之外，也有一些小说家坚持传统的志怪小说写作，如祝允明的《志怪录》、陆粲《庚巳编》、洪应明《仙佛奇踪》等即是。

据陈大康《明代小说史》，清代的文言小说有五百九十四种，数量在历代文言小说中仅次于明代，位居第二。④ 清代志怪传奇沿着明代"用传奇法而以志怪"的方式继续发展，最终出现了蒲松龄《聊斋志异》这样的"一书而兼二体"的经典之作，⑤ 随之而起的模拟之作形成了清代的"聊斋"系列，包括和邦额的《夜谭随录》、沈起凤的《谐铎》、乐钧的《耳食录》、屠绅的《六合内外琐言》、曾衍东的《小豆棚》、长白浩歌子的《莹窗异草》、荆园居士的《挑灯新录》、管世灏的《影谈》、俞梦蕉的《蕉轩摭录》、冯起凤的《昔柳摭谈》等；纪昀不满于《聊斋志异》"一书而兼二体""用传奇法而以

---

① 陈大康：《明代小说史》，上海文艺出版社 2000 年版，第 112 页。
② 鲁迅：《中国小说史略》，《鲁迅全集》第九卷，人民文学出版社 2005 年版，第 216 页。
③ 陈国军先生讨论明代志怪传奇即是如此。陈国军：《明代志怪传奇研究》，天津古籍出版社 2005 年版。
④ 陈大康：《明代小说史》，上海文艺出版社 2000 年版，第 112 页。
⑤ 盛时彦：《姑妄听之跋》，纪昀《阅微草堂笔记》卷一八，中国文联出版公司 1996 年版，第 408 页。

志怪”的做法，自作体式纯粹的志怪小说《阅微草堂笔记》，也引来大批仿效之作，形成“阅微”系列，包括王椷的《秋灯丛话》、袁枚的《子不语》、纪昀的《阅微草堂笔记》、浮槎散人的《秋坪新语》、金棒闾的《客窗偶笔》、慵讷居士的《咫闻录》、许仲元的《三异笔谈》等。如果说明代在“用传奇法而以志怪”倾向下产生的志怪传奇小说更多地被视为传奇小说的话，那么清代在“用传奇法而以志怪”倾向下产生的志怪传奇小说则多被视为志怪小说，再加上“阅微”系列纯正的志怪小说，清代的志怪小说创作取得了巨大的成就。

古老的志怪小说，在经过清代前半期的兴盛，至同光时期又经过一次回光返照式的热闹之后，不可避免地在晚清走向衰亡。随着“小说界革命”的兴起，西方小说观念与小说文体的引入，小说成为文学文体的中心，作为丛残小语的志怪小说再也没有生存的空间，因而退出小说的历史舞台。但志怪趣味却延续不绝，在“新小说”以及后来的新文学中得到延续。①

志人小说指的是主要记载人物言行片断的小说，志人小说的概念为鲁迅先生首创。在《中国小说的历史的变迁》第二讲《六朝时之志怪与志人》中，鲁迅先生第一次用了“志人”名称，使用了“志人的小说”“志人第一部”这样的词语，② 提出了志人小说的概念，使其逐渐为学界所接受。志人小说的渊源也可以追溯到先秦时期。语录体散文《论语》专门记载孔子及其弟子的言行，《孟子》中多记孟子的某些言行，这种记录人物言行的方式成为志人小说文体的基本特征之一。而魏晋南北朝特殊的人文环境，则促成了志人小说的兴起和繁荣。两汉察举制度的施行，使品评人物的社会风气盛行，逐渐形成人伦鉴识之学，其所品鉴的主要是人物的容貌和言谈。进入魏晋时期，儒学衰微，玄学兴盛，随之而来的是人的个性意识的发现以及张扬，同时魏文帝推行的九品中正制，也助长了人物品评的风气。志人小说在魏晋的发达，正

---

① 占骁勇：《清代志怪传奇小说集研究》，华中科技大学出版社 2003 年版，第 300—338 页。
② 鲁迅：《中国小说的历史的变迁》，《鲁迅全集》第九卷，人民文学出版社 2005 年版，第 317—321 页。

是由汉代兴起、魏晋继承的选拔官吏的制度和与这种制度相联系的品评时人的风气推动的，而魏晋的玄谈之兴盛又对此起了推波助澜之作用。

鲁迅先生还在《中国小说史略》中概括出志人小说的特征："或者掇拾旧闻，或者记述近事，虽不过丛残小语，而俱为人间言动，遂脱志怪之牢笼也。"①也因此为志人小说划定了范围。实际上，早在唐代刘知幾就在《史通》中列出了"多载当时辨对，流俗嘲谑"的"琐言"一类，指出其"街谈巷议""小说厄言"的特征，并以《世说》《语林》《语录》《谈薮》等为例，②他所指的正是志人小说，只不过对它的概念尚不十分明确。综合鲁迅先生与刘知幾所概括的志人小说以及"琐言"类特征，可知志人小说指的是主要记载人物言行片断的小说，其书写形式就是"丛残小语"。

魏晋南北朝的志人小说主要记叙的就是人物的神情笑貌和玄言高论，它们并不是如史书一样列述个人的生平经历，"只是撷取人物在特定情况下的神情举止和只言片语，一个瞬间，一个镜头，表现的是人物的品貌精神和内在人格。"③志人小说今存者，魏晋有《名士传》《语林》《郭子》等，南北朝有《世说新语》《妒记》《俗说》《殷芸小说》等。其中以《世说新语》成就最高，堪称典范之作。《世说新语》，南朝宋刘义庆编，又称《世说》《世说新书》，共三卷三十六类。内容广泛，涉及政治、礼教、伦理、文学艺术等广阔领域，时间跨度也相当大，从汉初到南朝宋初的人事均有涉及，但重点是写魏晋二百年间的人和事。且主要倾向还是写上层人物、名士们而非一般百姓，是以他们的"佳事佳话"，来表现他们的独特精神风貌；虽然描写了社会的某些现实方面，但显然很不全面，作者更注重于那些名人们的轶闻逸事，目的还是为了表现人的精神世界。《世说新语》语言简约含蓄而隽永传神，记事简洁而形象生动，明人胡应麟认为此书语言高妙有韵味："读其语言，晋人面目

---

① 鲁迅：《中国小说史略》，《鲁迅全集》第九卷，人民文学出版社 2005 年版，第 62 页。

② 刘知幾撰，浦起龙释：《史通通释》卷一〇《杂述》，上海古籍出版社 1978 年版，第 273—274 页。

③ 石昌渝：《中国小说源流论》，生活·读书·新知三联书店 1994 年版，第 113 页。

气韵，恍忽生动，而简约玄澹，真致不穷。"①鲁迅先生则称其"记言则玄远冷俊，记行则高简瑰奇"。②

在以《世说新语》为代表的"世说体"之外，志人小说还有如《笑林》《启颜录》这类笑话故事，鲁迅认为："实《世说》之一体，亦后来俳谐文字之权舆也。"③

志人小说产生于魏晋士大夫清谈的文化背景中，以记言为主，所以或又称作"清言小说"，是魏晋特殊时代孕育的特殊小说类型，后代既无魏晋清谈，故也就没有志人小说。代之而起的是摭拾遗闻轶事、补史之阙的杂事小说，并多以笔记的形式出现，因多失去文学性而很难称得上完整意义的小说。以其内容的性质而分，大致可划为四类：杂史类笔记，如刘𩰚《隋唐嘉话》、刘肃《大唐新语》、李肇《国史补》、李德裕《次柳氏旧闻》、郑棨《开天传信记》等；诗话类笔记，如范摅《云溪友议》、孟棨《本事诗》、卢瓌《抒情集》等；专题性笔记，如孙棨《北里志》、崔令钦《教坊记》、南卓《羯鼓录》等；考据性笔记，如封演《封氏闻见记》、李匡文《资暇录》、苏鹗《演义》等。④只是到了明代中后期，有模仿《世说新语》魏晋志人小说者出现，如何良俊《何氏语林》、李绍文《明世说新语》、曹臣《舌华录》、焦竑《玉堂丛话》等，或差可相比，称为"拟志人小说"。

三、传奇小说

传奇小说诞生并繁荣于唐代，它在形式和内容上完全脱离了先唐古小说的幼稚状态，基本具备了现代文艺学意义的小说特征，传奇小说的崛起和兴盛也意味着文言小说的成熟。

---

① 胡应麟：《少室山房笔丛》卷二九《九流绪论下》，中华书局1958年版，第378页。
② 鲁迅：《中国小说史略》，《鲁迅全集》第九卷，人民文学出版社2005年版，第63页。
③ 鲁迅：《中国小说史略》，《鲁迅全集》第九卷，人民文学出版社2005年版，第66页。
④ 李剑国、陈洪主编：《中国小说通史》唐宋元卷，高等教育出版社2007年版，第403页。

传奇小说在它产生之后相当长的一段时间内，人们并不把它叫做传奇，而是将其称为传记或杂传记，如《国史补·序》云："昔刘餗集小说，涉南北朝至开元，著为传记。予自开元至长庆撰《国史补》，虑史氏或阙则补之意，续传记而有不为。"① 《唐阙史》云："巢偷污踞宫阙，与安、朱之乱不侔、其间尤异者，各为好事传记。"② 传奇小说也多以"传""记"命名，如《任氏传》《柳氏传》《霍小玉传》《南柯太守传》《离魂记》《古镜记》《镜龙图记》等。李宗为总结说："取名为'记'（包括'志''录'等）的，相对来说比较侧重于故事情节的奇幻怪诞，对人物形象注意较少，较多地保留了志怪小说的形式并大多荟萃成集；取名为'传'的，则更注意于人物形象的刻画，对主要人物的叙述比较完整……"③ 石昌渝也说："从体例上看，唐代传奇小说单篇作品多以传和记为篇名。传和记在记叙对象上略有不同，传以人物为主，以传主的生平为线索，记其卓尔不群的事迹；记以事物为主，以事物的变动变化为线索，记其奇幻曲折的经历……"④ 除主要以"传""记"名以外，唐人传奇还以"录""志"等为篇名，如《昭义军别录》《宣室志》《湘中怨解》等。

晚唐裴铏将自己的小说集命名为《传奇》，但是这时"传奇"的含义应与"志怪"相类，仅是记录奇异。北宋陈师道在《后山诗话》记载尹师鲁称许《岳阳楼记》"用对语说实景"为《传奇》体，⑤ "传奇"所指仍是裴铏小说的名字，还不是这一类作品的全称。南宋初的王铚、赵德麟、曾慥曾把元稹《莺莺传》称为《传奇》，⑥ 这与宋说话艺术有关，宋代说话依题材把小说分

---

① 李肇撰，曹中孚校点：《唐国史补·序》，《唐五代笔记小说小说大观》上册，上海古籍出版社 2000 年版，第 158 页。

② 高彦休撰，阳羡生校点：《唐阙史》卷下"虎食伊璠"条，《唐五代笔记小说小说大观》下册，上海古籍出版社 2000 年版，第 1365 页。

③ 李宗为：《唐人传奇》第二章《唐人传奇发展初期》，中华书局 1985 年版，第 32 页。

④ 石昌渝：《小说源流论》，生活·读书·新知三联书店 1994 年版，第 153 页。

⑤ 陈师道：《后山诗话》，何文焕辑《历代诗话》，中华书局 2001 年版，第 310 页。

⑥ 参见赵德麟《侯鲭录》卷五、曾慥《类说》卷二八《异闻集》。按：《类说》流行本是明天启六年刊本，据严一萍校订《类说》，嘉靖伯玉翁抄本《类说》卷二六《异闻集》，题为《会真记》。台湾艺文印书馆 1970 年版。

为传奇、灵怪、烟粉等。①《醉翁谈录》所著小说中传奇类十八种都是男女情爱之事，而首为《莺莺传》，可见在民间说话中《莺莺传》是传奇类的代表，王铚等当是据说话而将《莺莺传》称为《传奇》。其后，谢采伯始有以传奇通称唐代新小说的之意："经史本朝文艺杂说几五万余言，固未足追媲作者，要之无抵牾于圣人，不犹愈于稗官小说、传奇、志怪之流乎？"②谢采伯用传奇指称唐代的新小说，明显有将其与六朝志怪小说区分的意思。元代的虞集、陶宗仪以及明代的杨慎、胡应麟、臧懋循在著作中均用传奇指代唐代新小说，使传奇具有了通称唐代兴起这一新小说类型的含义。在近代小说史的研究中，鲁迅先生在《中国小说史略》及《中国小说的历史的变迁》中专门用"传奇小说"指称唐代诞生并定型的新体小说，"以传奇名唐代兴起的与六朝志怪不同的新小说，得到学术界的普遍认同。"③除唐代新小说外，传奇还指称其他几种艺术形式，在南宋和金代也指诸宫调，在元代也指杂剧，在明清时代也指用南曲演唱的戏剧。

对于传奇小说的渊源，鲁迅先生指出："传奇者流，源盖出于志怪"，认为传奇主要是在六朝志怪小说的基础上"施之藻绘，扩其波澜"的结果，④此一论断清晰明了，很快便被学界认同。但随着小说研究的深入，研究者们逐渐发现了唐人小说的另一个重要源头，即汉魏六朝杂传，程千帆、程毅中、石昌渝、王恒展、李剑国等先生均对此做过相关论述。⑤大体而言，志怪小说主要是在题材方面为传奇作品提供了开拓方向，杂传主要是在文体方面为传

---

① 参见灌园耐得翁《都城纪盛》、吴自牧《梦粱录》、罗烨《醉翁谈录》等相关记载。

② 谢采伯：《密斋笔记·序》，文渊阁《四库全书》本，第 864 册，第 644 页下。

③ 熊明：《唐人小说与民俗意象研究》，上海古籍出版社 2015 年版，第 3 页。

④ 鲁迅：《中国小说史略》，《鲁迅全集》第九卷，人民文学出版社 2005 年版，第 73 页。

⑤ 程千帆：《汉魏六朝文学散论》之二《史传文学与传记之发展》，《闲堂文薮》第二辑，齐鲁书社 1984 年版，第 162 页；程毅中：《唐代小说史》，人民文学出版社 2003 年版，第 13 页，第 20 页；石昌渝：《中国小说源流论》，生活·读书·新知三联书店 1994 年版，第 143 页；王恒展：《中国小说发展史概论》，山东教育出版社 1996 年版，第 189 页；李剑国：《唐五代志怪传奇叙录·唐稗思考录》，南开大学出版社 1998 年版，第 18 页，第 19 页。

奇小说提供了基本范型，同时它们各自内部的演变也为传奇小说的到来做好了准备，"一方面是志怪的精致化、文章化，一方面是杂传的小说化，它们互相交织着，比肩雁行，走向了传奇。"①

唐五代传奇小说是自觉的艺术创造，胡应麟所说"至唐人乃作意好奇，假小说以寄笔端"，②鲁迅先生所言"乃在是时则始有意为小说"。③"作意"或"有意"即指出这种艺术自觉。也正因为出于这种自觉的艺术创造，故唐人传奇小说取得了巨大的艺术成就，桃源居士认为其可与唐代律诗并称："唐三百年，文章鼎盛，独律诗与小说，称绝代之奇。何也？盖诗多赋事，唐人于歌律，以兴以情，在有意无意之间。文多征实，唐人于小说，摘词布景，有翻空造微之趣。至纤若锦机，怪同鬼斧，即李杜之跌宕、韩柳之尔雅，有时不得与孟东野、陆鲁望、沈亚之、段成式辈，争奇竞爽。犹耆卿、易安之于词，汉卿、东篱之于曲，所谓厥体当行，别成奇致，良有以也。"④唐人传奇小说之所以能堪称"绝代之奇"，与唐诗并论，是与其审美追求分不开的。而沈既济在《任氏传》的结尾处，针对任氏及郑生感叹所谓"揉变化之理，察神人之际，著文章之美，传要妙之情"，⑤则准确地概括了唐人传奇小说的基本创作理念与审美趣尚及其实现的途径。与其审美追求密切相关，是唐人传奇小说独特的艺术特征，宋人赵彦卫在论及唐人小说时说："唐之举人，先藉当世显人，以姓名达之主司，然后以所业投献；逾数日又投，谓之温卷，如《幽怪录》《传奇》等皆是也。盖此等文备众体，可见史才、诗笔、议论。至进士则多以诗为贽，今有《唐诗》数百种行于世者是也。"⑥他认为唐人小说乃是因唐

---

① 熊明：《唐人小说与民俗意象研究》，上海古籍出版社 2015 年版，第 16 页。

② 胡应麟：《少室山房笔丛》卷三六己部《二酉缀遗中》，中华书局 1958 年版，第 486 页。

③ 鲁迅：《中国小说史略》，《鲁迅全集》第九卷，人民文学出版社 2005 年版，第 73 页。

④ 桃源居士：《唐人小说·序》，上海文艺出版社 1992 影印上海扫叶山房石印本，第 1 页。

⑤ 沈既济：《任氏传》，参见《太平广记》卷四五二《狐六》，题《任氏》，《类说》卷二八节引《异闻集》，题《任氏传》，知原题为《任氏传》，《太平广记》所引因不在杂记门中，删"传"字。汪辟疆先生《唐人小说》辑录时题《任氏传》（参见《唐人小说》，上海古籍出版社 1983 年版，第 52—58 页），从之。下同。

⑥ 赵彦卫撰，傅根清点校：《云麓漫钞》卷八，中华书局 1998 年版，第 135 页。

世举人"温卷"之用而产生，不免偏颇，但认为唐人小说"文备众体"，则又相当精辟地概括出了唐人小说在艺术上的基本特征。

唐五代传奇小说经历了一个由兴起、繁荣到衰落的发展过程。自唐初至代宗大历末是唐代传奇小说的初兴期，武德初王度《古镜记》揭开了唐传奇发展的序幕，《补江总白猿传》和张鷟的《游仙窟》继其后。开元至大历时期传奇小说渐多，今所知者有十数种，著名者有何延之《兰亭记》《唐晅手记》、张说《梁四公记》《传书燕》《镜龙图记》《绿衣使者传》四篇传奇，郭湜《高力士外传》等。小说集中也有传奇，如牛肃的《纪闻》中就约有二十多篇传奇体作品，《吴保安》是其中最为著名的纪实性传类传奇小说。大约建中初至乾符末是唐五代传奇小说的兴盛时期，传奇小说的题材更加广泛，出现了许多新的题材，主题的深刻性、技巧的精湛性、风格的多样化都大大超过以往。不但出现了许多以传奇小说名世的大家，如沈既济、白行简、李公佐、沈亚之、蒋防，还吸引了一批诗文家如元稹、韩愈、柳宗元、白居易都加入传奇家队伍，从而创作出一批高水平的作品。唐五代许多传奇名篇都创作于这一时期，单篇如陈玄祐《离魂记》、元稹《莺莺传》、陈鸿《长恨歌传》《开元升平源》、白行简《李娃传》《三梦记》、南卓《烟中怨解题辞》、沈既济《枕中记》《任氏传》、李朝威《洞庭灵姻传》、许尧佐《柳氏传》、李景亮《李章武传》、李公佐《南柯太守传》《庐江冯媪传》《谢小娥传》、沈亚之《异梦录》《湘中怨解》《秦梦记》《冯燕传》、蒋防《霍小玉传》、房千里《杨娼传》、薛调《无双传》、韦瓘《周秦行纪》等。单篇以外，还有一些传奇志怪混杂而偏重传奇的小说集，如张荐《灵怪集》、戴孚《广异记》、陈劭《通幽记》、薛用弱《集异记》、牛僧孺《玄怪录》、薛渔思《河东记》、李复言《续玄怪录》、皇甫氏《原化记》、郑还古《博物志》、李玫《纂异记》、袁郊《甘泽谣》、裴铏《传奇》等。这一时期，传奇小说多熔史才、诗笔、议论于一炉，"文备众体"的结构模式基本定型。小说集也突破前人藩篱，实现了由志怪集向传奇集不同程度的转移。自广明中至唐末五代，是唐五代传奇小说发展的低落期。唐末近三十年中只产生了六七种单篇传奇小说和十来种志怪传奇混杂的小说集，水平大幅度下降。在五代十国的六十年左右时间里，单篇传奇小说和小说集总共近三十种，与唐末三十年比起来相差不多，但其质量又在唐末之下。其中单篇传奇如"隋炀三记"包括《隋炀帝海山记》《隋炀帝迷楼记》《隋炀帝开河记》以及皇甫枚《非烟传》、无名氏《灵应传》较为出色。这一时期的小说集志怪传奇混杂而多以志怪为主，如皇甫枚《三水小牍》、李隐《大唐奇事记》、柳祥《潇湘录》等中时或见一二传奇小说佳构。

宋代传奇小说踵武唐人，但是无论在文采还是意想方面都大不如唐人，趋向平实与说教，鲁迅先生评曰："宋一代文人之为志怪，既平实而乏文才，其传奇，又多托往事而避近闻，拟古且远不逮，更无独创之可言矣。"[①] 可谓中的。同时，由于市井文化的发达与作者层的下移，传奇小说也颇受濡染而趋向通俗，冯梦龙说"大抵唐人选言，入于文心；宋人通俗，谐于里耳"。[②] 正是指两宋传奇小说的俗化趋势。

综观之，北宋的单篇传奇小说大约有七十种，[③] 许多小说集中也有不少传奇小说，包含传奇小说最多的是刘斧《青琐高议》和李献民《云斋广录》。《青琐高议》中约有四五十篇传奇小说，是北宋传奇小说的标志性作品，或是收录他人，或是刘斧自撰，其总体风格趋向平实通俗，而时见新奇浪漫。《云斋广录》包含十三篇传奇小说，除《盈盈传》外都是李献民自作，学习模仿唐人传奇小说，讲究文采和意想，但略显雕琢，内容多是才子佳人与狐鬼神怪。单篇传奇小说，如乐史《绿珠传》《杨太真外传》二篇，是历史题材，但执著于细碎史实而显凝滞；钱易的《乌衣传》《桑维翰》《越娘记》、张硕《流红记》、无名氏《书仙传》、苏舜钦《爱爱歌序》、夏噩《王魁传》、丘濬《孙氏记》、杜默《用城记》等属于爱情题材，故事情节的结撰也颇为用心，故多清畅可喜；柳师尹《王幼玉记》、清虚子《甘棠遗事》、沈辽《任社娘传》、秦

① 鲁迅：《中国小说史略》，《鲁迅全集》第九卷，人民文学出版社 2005 年版，第 115 页。

② 冯梦龙：《古今小说序》，丁锡根编著《中国历代小说序跋集》，人民文学出版社 1996 年版，第 774 页。

③ 此数乃综合李剑国先生统计所得，参见李剑国《宋代志怪传奇叙录》，南开大学出版社 1997 年版。

醇《谭意哥》、无名氏《苏小卿》《张浩》《鸳鸯灯传》等传奇小说，把目光转向妓女，秦醇的《骊山》《温泉》二记和《赵飞燕外传》、无名氏的《玄宗遗录》，则又追摹晚唐《大业拾遗记》等"隋炀三记"，属于历史题材；陆元光《回仙录》、苏辙《梦仙记》、舒亶《天宫院记》、黄裳《燕华仙传》、无名氏《玉华记》均写神仙之事；黄庭坚《李氏女》《尼法悟》、崔公度《陈明远再生传》、廖子孟《黄靖国再生传》、穆度《异梦记》、吴可《张文规传》、无名氏《屠牛阴报录》等，则又多叙以因果报应之事。南宋传奇小说渐趋狭窄，质量更在北宋之下，这时单篇传奇大约二十五篇。[①] 其中，南宋前期的十五篇传奇小说，内容主要集中于入冥与谈道；中期存世的八篇传奇小说，锺将之《义娼传》、岳珂的《义骦传》和薛季宣《志过》较有特色；后期只有无名氏作的《李师师外传》和《柳胜传》值得一提。另外，南宋廉布《清尊录》中写实的四篇传奇故事：《兴元民》《狄氏》《王生》《大桶张氏》，对市民社会的生活现象作了真实生动的反映，是小说集中的传奇小说精品。总之，两宋传奇小说创作成就与唐人相比，显得十分暗淡，由北宋到南宋，文人意趣渐隐而市井意趣渐浓，体现出明显的俗化趋势。

辽金元明的传奇小说创作，明显呈现出长篇化的趋势，并在强大市井文化的影响下，俗化的趋势也更加明显。元代宋远的《娇红记》，上承唐代传奇名篇《莺莺传》，下启明代中篇传奇，是开启明传奇小说长篇化的重要作品。《娇红记》最重要的特征就是长篇化、诗词化、通俗化。《娇红记》叙北宋末宣和年间，才子申纯虽有文名但科场不遇，到母舅王通判家散心时，与表妹王娇一见钟情，经历曲折而终成眷属的故事，是典型的才子佳人题材。但小说篇幅曼长，近二万言，这是空前的；其间大量穿插诗词韵文，全文大约共有六十首左右；且其语言浅俗易懂，情节曲折婉转，充满市井意趣，因而为普通市井细民所喜爱。

《娇红记》开启了文言小说的长篇化历程，其后，无名氏创作了《龙会

---

① 此数乃综合李剑国先生统计所得，参见李剑国《宋代志怪传奇叙录》，南开大学出版社1997年版。

兰池录》，继续了其才子佳人题材与长篇化趋势，及至明代，承袭其题材与体制的中篇传奇成为主流。明初瞿佑《剪灯新话》、李昌祺《剪灯余话》、赵弼《效颦集》，在小说中大量融进前人或自己的诗文，从而使小说中诗文的含量较传统的传奇小说有大幅度的增加，形成长篇化的"诗文小说"。继之而为者有陶辅《花影集》、周礼《警心丛说》《秉烛清谈》《湖海奇闻》、丘濬《剪灯奇录》、周绍濂《鸳渚志异雪窗谈异》、邵景詹《觅灯因话》等。这些"诗文小说"多以散体叙事，韵文抒情，结构新巧，情节婉曲曼长，语言优美，加之诗文在小说中占据较大比重，因而具有显著的诗化和长篇化特征。同时"诗文小说"在内容上又多以爱情的悲欢离合为主线而颇涉神怪荒诞，又开启"以传奇法而志怪"的志怪传奇合流趋势，启导了清代蒲松龄《聊斋志异》等的创作。大约至成化、嘉靖间，以《钟情丽集》《丽史》《荔镜传》《双卿笔记》《怀春雅集》的成书为标志，明代中篇传奇发展呈现新的发展趋势：作者下移，题材集中男女情恋，市井意趣显著。这个时期的传奇小说作者多为下层文人，其中广东、福建的如琼州玉峰主人、闽南三山赵元晖等较为突出，由于他们对市井生活的熟悉，市井生活图景和地方民俗风情也成为小说中的重要内容。从嘉靖到隆庆、万历，这类中篇传奇在俗化的道路上更加深入，趣味更加市民化，如《寻芳雅集》《花神三妙传》《天缘奇遇》，其中已不再是一男一女的专情恋爱，而是变成一男多女的风流纵情，小说的文化品位逐步趋于平庸和浅陋。《李生六一天缘》《双双传》以及《五金鱼传》《传奇雅集》，更是抛弃了对爱情的严肃思索，爱情已经堕落为一种姿态或幌子，小说中弥漫的是感官上的享受和刺激，散发着浓浓的艳情品位。只有少数如《刘生觅莲记》，表现出对低俗市井趣味与艳情品位的反拨企图，但这种取向毕竟是少数。同时，由于作者层次的下移与市井意趣的追求，明末的传奇小说走上了抄缀、模仿的歧路，许多新作不过是将此前中篇传奇小说的若干场面和诗词、藻绘裁剪与套用而成。中篇传奇小说在俗化的道路上走向了沉沦，也最终被历史所淘汰。

以瞿佑《剪灯新话》等"诗文小说"开启的"以传奇法而志怪"的志怪传奇合流趋势，在清代仍然是主流，故传奇志怪甚至杂事常常混杂一处，区别实难。^①当然，由于纪昀的学界地位，他的小说观与《阅微草堂笔记》的影响，打断了清代志怪与传奇的合流进程，而出现短暂的分离，但志怪与传奇很快又在咸丰、道光年间走上了合流的道路。^②总体来看，单篇传奇小说在清代实难见到，清代的志怪传奇多混在一集，甚至志怪、传奇与杂事共存一集，是十分普遍的现象。直到晚清，王韬、林纾等人的小说创作实践，才使"传奇抛弃志怪单独走向杂志报刊"，^③但这也预示着中国古代小说现代转型历程的开启。

四、话本小说与拟话本小说

话本，一般认为是说话人所用的底本，鲁迅指出："说话之事，虽在说话人各运匠心，随时发生，而仍有底本以作凭依，是为'话本'。"^④话本小说的本源是"说话"，而说话艺术的源头，可以追溯到《周礼》记载职掌乐器、讽诵诗歌的"瞽蒙"，他们以演唱供人娱乐，可视为说话的远祖。其后当是在魏晋渐已见诸记载的俳优表演，至唐五代则是市人（民）小说表演。也就是说，宋代说话艺术的兴盛，有深厚的历史发展积淀，是随着两宋城市经济的发展，市民阶层的兴起，为适应市民阶层的需要而兴盛起来的。

与说话艺术的历史发展相一致，作为说话艺术底本的话本小说，也应该从俳优小说、市人（民）小说与人（民）间小说并受到唐五代兴盛的俗讲与变文影响发展而来。应该说，俳优小说与市人（民）小说与人（民）间小说以及早期的话本小说都是说话艺人对自己说话内容的记录和整理。"为了课徒或留下自己的传统节目，师父会用简短的文字记下自己的故事梗概交给徒弟，徒弟既会在此基础上发挥润色，也会根据民间传闻或其他文字材料再创作新

---

① 占骁勇对清代志怪传奇的生态状况即有此看法。占骁勇：《清代志怪传奇小说集研究》，华中科技大学出版社 2003 年版。

② 占骁勇：《清代志怪传奇小说集研究》，华中科技大学出版社 2003 年版，第 190—197 页。

③ 占骁勇：《清代志怪传奇小说集研究》，华中科技大学出版社 2003 年版，第 307 页。

④ 鲁迅：《中国小说史略》，《鲁迅全集》第九卷，人民文学出版社 2005 年版，第 117 页。

的，同样记录下来再传下去。这种由口头创作至书面记载的转变，早在唐代或之前就已经实现了。"①

到两宋时期，城市经济繁荣，市民文化繁盛，"太平日久，人物繁阜，垂髫之童，但习歌舞，斑白之老，不识干戈，时节相次，各有观赏。……新声巧笑于柳陌花衢，按管调弦于茶坊酒肆。"②出现了专门的游艺场所——瓦舍，瓦舍又称瓦子、瓦市、瓦肆，或简称瓦。瓦舍里演出各种说唱表演艺术，如说话、杂剧、傀儡、诸宫调、商谜等。说话伎艺也变成职业，由于瓦舍勾栏游人众多，说话表演需求极大，以师徒相授这种传统方式保存的话本已远远不能满足说话的需要。于是出现了专门为说话艺人撰写说话新底本的书会才人。这些书会才人就是最初一批专门的话本小说作者，据胡士莹的分析，除了书会才人之外，还有一小部分是"名公"。胡士莹说："名公是指'居要路'，'高才重名'的'公卿显宦'。而才人则是指'门第卑微，职位不振'，接近市民阶层的文人。"③

说话分家数，胡士莹根据孟元老《东京梦华录》、灌园耐得翁《都城纪盛》、吴自牧《梦粱录》、罗烨《醉翁谈录》等，认为北宋说话有讲史、小说、说浑话三科，南宋则有小说、说铁骑儿、说经、讲史书四家。④相应地，话本小说也大致可据此分为几类。话本小说的出现，有一个从底本、秘本到写本、刊本的形成过程。胡士莹说："话本由口头讲说到初步的文字记录（开始有话本），再到整理刊印，由不公开的秘本到公开贩卖，供人阅读的演进过程。正式的白话文学，也就随之成长起来。"⑤

两宋说话艺术有一套固定的程式，这也导致了话本小说独特的固定体制的形成。话本小说大致由题目、入话、正话和篇末诗几部分组成。话本小说的题目一般通俗简练，都能画龙点睛地概括故事的内容。大多以人名、地名、

---

① 李剑国、陈洪主编：《中国小说通史》唐宋元卷，高等教育出版社 2007 年版，第 844—845 页。

② 孟元老：《东京梦华录·序》（外四种），上海古典文学出版社 1956 年版，第 1 页。

③ 胡士莹：《话本小说概论》，中华书局 1980 年版，第 70 页。

④ 胡士莹：《话本小说概论》，中华书局 1980 年版，第 100 页，第 107 页。

⑤ 胡士莹：《话本小说概论》，中华书局 1980 年版，第 132 页。

别号或主要情节为题。如《简帖和尚》(《清平山堂话本》)，既点明主人公是个和尚，又暗示故事乃一封信而起。《碾玉观音》(《京本通俗小说》)是以主人公的诨名为题。有的话本题目下还有另外的题目，如《简帖和尚》题目下又注"亦名《胡姑姑》，又名《错下书》"，《刎颈鸳鸯会》(《清平山堂话本》)题下注"一名《三送命》，一名《冤报冤》"。入话即引入正题的叙事内容，与正话相对而言，充当开篇的引子。一般包括诗词、诗词解释及相关的小故事。它是说书人开讲前为了稳住场上的听众，等候后来者而设，具有序曲的作用。正话是话本讲述故事的主体部分，除一般的叙述外，其中常用套语和韵语作为叙事手段。话本小说保留着强烈的说书人口吻，标志就是说书场上的特定用语，仍然保存在话本小说中，以致形成了一种难以改变的叙事程式。如"话说""却说""且说""正是""只见""但见"这类说话时的用语随处可见。当正式进入正话时，或者一个情节告一段落，另一个情节刚要开头时，常用"话说""且说"，用来提醒听众，引起他们的注意。一般而言，"话说"多用在整个故事开始时，而"且说""却说"多用在情节转变时，"但见""只见"等是说书人对场景、人物面貌加以描写时运用的标志，常常与韵语结合在一起，形成古代白话小说中最常见的固定模式。"正是"(却是、正叫做、果谓是、却似)以及"有诗为证"("有诗云")也是引起韵语的标志语。说话艺术一般有"说"有"唱"，因而话本小说也就有韵有散，因而话本小说中最初的韵语是"唱"的，是话本作为说话艺术底本的重要特点，当然，在话本转变为文人文学后，就与此不一样了。篇末诗顾名思义即话本小说篇末所缀诗词。其位置与入话相对，一前一后，而其作用也是相对的关系，有同有不同。在概括故事内容、表达作者意图这一点上是相同的，但入话偏重在预示，篇末诗偏重在总结。有的小说话本在篇末诗之后还有一句"话本说彻，权(且)作散场"，这是说话艺术的原貌的遗存。

　　宋元以来官私书目载录的宋元话本不少，胡士莹分别做了细致的梳理，但留存至今的却不多。其中，讲史的有《全相平话五种》(包括《武王伐纣平话》《乐毅图齐七国春秋平话后集》《秦并六国平话》《前汉书平话续集》《三国志平话》)、《新编五代史平话》、《大宋宣和遗事》等。讲史话本的历史故事，因为篇幅曼长，当时的讲史话本中已经普遍出现了"欲知后事如何，且听下回分解"的套语，它的主要功能是制造悬念，并引出下文，后来的章回小说中的此种形式就来源于此。"不像小说那样'能以一朝一代故事，顷刻间提破'，而是'动辄是数千回'，篇幅曼长，因此需要很多次才能讲完，这样就很自然地形成了讲史的'回'，并为以后的长篇章回小说的形成奠定了基础。"[①] 宋元小说话本《清平山堂话本》《京本通俗小说》等中，主要有灵怪、烟粉、传奇、公案、朴刀、杆棒、妖术、神仙八类。烟粉类话本小说，叶德均说："所谓烟粉虽是指美女，但据这五种内容，却都是遇女鬼事，因此我疑心《醉翁谈录》的烟粉应专指人鬼的幽期事，和传奇类叙人世男女爱恋事成为对比。所以，《灰骨匣》也应属于女鬼故事。"[②]《醉翁谈录》"烟粉欢合"类共录两卷。如《碾玉观音》(《京本通俗小说》卷一七) 当是此类。传奇类话本，与唐传奇中的爱情故事有一脉相承的关系，如被认为是宋代话本而被收录在《醒世恒言》卷一四的《闹樊楼多情周胜仙》，当是此类。公案类，即公案故事，《醉翁谈录》公案类下收十六种，多不可考。今存如被冯梦龙收入《警世通言》卷一三的《三现身包龙图断冤》，即《三现身》，当是此类。朴刀、杆棒，多为使刀弄枪的绿林好汉故事，也有的是写疆场英雄故事，《醉翁谈录》为两类，各为十一种。今存如《青面兽》或《水浒》人物杨志故事，又如《杨令公》，当是朴刀类。小说话本中的灵怪、神仙、妖术类应该源自志怪传奇故事题材，《醉翁谈录》记灵怪类十六种，神仙类十种，妖术类九种。今所见《喻世明言》卷三三的《张古老种瓜得文女》当即《种瓜神记》，属神仙类；而如《西山聂隐娘》《红线盗印》当属妖术类；而如《西山一窟鬼》(《京本通俗小说》卷一二，即《警世通言》卷一四《一窟鬼癞道人除怪》)、《陈巡检梅岭失妻记》(《清平山堂话本》，即《古今小说》卷二〇《陈从善梅岭失浑家》)、《西湖三塔记》(《清平山堂话本》) 当是灵怪类。

宋元话本小说源于民间说话艺术，因而在题材与表现方法与叙述语体上

---

① 李剑国、陈洪主编：《中国小说通史》唐宋元卷，高等教育出版社 2007 年版，第 856 页。

② 叶德均：《戏曲小说丛考》卷中《小说琐谈》，中华书局 1979 年版，第 596 页。

都与文言小说大异其趣，其典型特征就是通俗化与市井意趣。话本小说来源于市井生活，有着鲜活的生命力，它的出现，无疑为中国古代小说艺术注入了新的发展动力。

明清时期，在两宋兴起并繁荣的话本小说从民间走进书斋，逐渐变成文人文学，文人笔下的话本小说，虽在体制上大致依然蹈袭宋元话本，但结构布局、情节设计与语言运用，都已与宋元话本有了明显的不同，特别是文人意趣的渗透，使其显示出调和市井意趣与文人意趣的趋势，并在总体上趋向雅化。鲁迅先生《中国小说史略》第十三篇《宋元之拟话本》将这类文人改编或创作的话本小说称为拟话本。

明代拟话本以"三言""二拍"为代表。"三言"指冯梦龙编纂的《喻世明言》《警世通言》《醒世恒言》三部白话短篇小说集，每部四十篇，共一百二十篇。"二拍"指凌濛初编撰的《拍案惊奇》和《二刻拍案惊奇》，各四十卷四十篇。但"二刻"第二十三卷与《拍案惊奇》重复，第四十卷亡佚，以杂剧《宋公明闹元宵》补，故今所见"二拍"实存小说七十八篇。"三言"对话本小说的体制多有改进：标题，改变了前代话本小说题目字数不一、随意命名的弊病，代之以统一的七字句或八字句为题，每两卷的题目依次构成工稳整饬的一联，如《古今小说》第三卷《新桥市韩五卖春情》与第四卷《闲云庵阮三偿冤债》对；"入话"与"正话"，"三言"也通过精巧的安排，使入话与正话紧密相关，其入话或在题材、思想上与正话属同一类型，正话则不啻是对入话内容的引申、诠释、发挥、铺衍，如《众名姬春风吊柳七》的入话与正话；或与正话之思想意趣截然相反，如《醒世恒言》卷二十八《吴衙内邻舟赴约》的入话与正话。另外，"三言"的叙述语言与前代话本小说相比，有雅化的倾向。"二拍"的结构较之"三言"更为整饬，每卷皆以工稳偶句为题目，概括情节。如《刘东山夸技顺城门，十八兄奇踪村酒肆》《错调情贾母嚚女，误告状孙郎得妻》。入话与正话呈现更有机的内在联系，或肌理同构，自然引出正话，如《转运汉遇巧洞庭红，波斯胡指破鼍龙壳》的入话与正话；或正反互补，更加突出主题，如《酒下酒赵尼媪迷花，机中机贾秀才抱怨》的入话与正话。"二拍"的叙事语言较之"三言"，其雅化成都则又更进一步。"三言""二拍"对话本体制的改进和完善，进一步促进了拟话本的创作，其后，又有《型世言》《石点头》《欢喜冤家》《西湖二集》《鼓掌绝尘》等拟话本小说出现。

清代的拟话本创作方兴未艾，在清初最为繁荣，据不完全统计，顺康雍乾四朝，大约有四十余种。[①]除李渔的《无声戏》《十二楼》之外，成就较高的还有《清夜钟》《醉醒石》《照世杯》《鸳鸯针》《豆棚闲话》《云仙笑》《西湖佳话》。与明代的拟话本相比，清代的拟话本又有一些明显的改进：首先，篇幅加长，出现短篇小说章回化的趋势。如《载花船》四回叙一个故事，《照世杯》等也都对作品进行了分回标目，或划分小节分叙。其次，与文人创作与案头阅读相适应，一些与说话演出相关的结构被有意加以弱化。如入话，清代一些拟话本小说就显得十分灵活，有的如《人中画》干脆取消了入话。第三，将宋元话本中的叙述者转变为作者，并加以强化，经常以议论者或评论者的面貌出现，如李渔就经常出现在《无声戏》中直接议论。同时，在内容上清代拟话本小说也以表现日常生活中的世道人心为重点，早期话本小说中常见的诸如烟粉、灵怪以及凶杀、奸情等刺激性内容和发迹变泰之类的离奇故事消失了，这反映出拟话本小说文人意趣的增强与市井意趣的淡化，显示出拟话本的进一步文人化。清代中后期在文言小说复兴的时候，拟话本小说趋于式微，这跟其中市井趣味的消失与文人个性化的逐渐丧失而道学化、教条化日趋严重相关，以乾隆年间杜纲撰写的带有浓重道德说教色彩的《娱目醒心编》为标志，拟话本逐渐淡出了中国小说史的视野。

五、章回小说

元末明初，《三国演义》《水浒传》的成书，标志中国古代白话长篇小说

---

① 此据《中国小说通史》数据统计，李剑国，陈洪主编：《中国小说通史》清代卷，高等教育出版社 2007 年版，第 1573 页。

的诞生，因其采用章回形式，故中国古代的白话长篇小说又称章回小说。章回小说孕育于宋元说话艺术，宋元说话中有许多漫长故事，特别是讲史一类，一时一次难以说完，需要连续多时多次才能说完整个故事，这就需要对故事划分出若干相对完整的节段。相应地，这种划分也在说话人说话的底本——话本中体现出来，如《全相平话五种》中的话本，基本都分数卷，每卷分数节，每节大致是一个相对完整的故事，因而每节都被拟定一个单句题目，如《七国春秋平话》分上中下三卷，其中上卷就有"孟子至齐""孙子回朝""燕国立昭王""燕国筑黄金台招贤""燕齐大战"等相对完整的故事。话本小说的这种结构，当是章回小说的雏形。作为世代累积型成书的《三国演义》的成书过程，恐怕也是章回体制逐渐成型的过程，说话人因说话需要按照时间长短而分出若干内容相当的故事单元，形成最初的分节体制，在《三国演义》成书过程中，逐渐吸取已有且十分成熟的史书体例，包括编年体、纪传体特别是纲鉴体以及纪事本末体的体制，并最终在罗贯中编定的《三国演义》中体现出来。

章回体形成后几乎成为中国古代白话长篇小说的唯一体制，章回体有几个鲜明的特点。[1]一是按故事内容分成若干回，每回标目。早期章回小说的回目一般都是单句，如嘉靖间刊刻的《三国志通俗演义》分为二十四卷，每卷十个故事单元，尚未明确称"回"，但实质则是，每个故事单元都有七言单句的标题，如"祭天地桃园结义""刘玄德斩寇立功"等。[2]而《水浒传》《三遂平妖传》和《残唐五代史演义》都开始明确地标"回"，回目也逐渐由单句改成对偶式双句，大约到明末，单句回目就几乎绝迹了，回目也因此成为章回小说最具身份性特征的标志。二是在叙事中保留了说话式语体。说话常用的套语在章回小说中被保留了下来，如"话说""且说""却说""只见""但见"之类句首语提示经常出现在故事情节的连接、传承或转折处，与话本小说无

① 李剑国、陈洪主编：《中国小说通史》明代卷，高等教育出版社2007年版，第904—907页。
② 孟昭连、宁宗一：《中国小说艺术史》，浙江古籍出版社2003年版，第252—253页。

别。每回结束"欲知后事如何？且听下回分解"的套语也几乎成为章回小说每一回结束处的标志性语句。三是散体叙事，人物外貌或状物写景用诗词等韵文。四是文备众体。文备众体是唐人传奇小说的典型特征，其后为文言小说所承袭。话本小说中，随着书会才人参与编纂以及逐渐的文人化，诗词歌赋的插入也成为话本小说及拟话本的重要特点。章回小说源自说话，且随着文人的参与创作并逐渐成为文人文学的重要样式，诗词歌赋的插入与其他文体的插入成为他们炫才的重要方式，故而文备众体也成为章回小说的一个显著特点。

元末明初是章回小说兴起与初步发展的重要时期，此一时期作品从创作机制上看，大多为世代累积型成书，先后有《三国志通俗演义》《水浒传》《三遂平妖传》《残唐五代史演义传》《隋唐两朝志传》等作品问世。它们深受宋元话本小说的影响，不仅在文体形态上仍带有话本小说的痕迹，从其所述乱世风云、"日用饮食往来酬酢之细故"的内容，[①]到其对英君明主、忠臣义士的歌颂，对昏庸君主、乱臣贼子的谴责等思想，也都体现出对宋元话本小说中市民趣味的延续。其中《三国志通俗演义》与《水浒传》两部章回小说影响巨大，《三国志通俗演义》与《水浒传》的成书，"意味着一种飞跃性转折的完成，即从以诉诸听觉为目的而编写的话本，演进至有意识地创作供案头欣赏的作品"，[②]标志着章回小说这一新的长篇白话小说体制的正式诞生，同时，它们还树立起了历史演义与英雄传奇的轨范，对后世历史题材与英雄题材的章回小说创作影响深远。

明代中后期是章回小说发展的重要时期。虽然在此一阶段的前期，章回小说创作一度消歇，但熊大木、余邵鱼、余象斗等书坊主在经济利益的驱动下，对历朝历史进行通俗化改造，在将小说商品化的同时，也带动并繁荣了小说创作。这些历史小说因为商业因素的影响以及为作者自身的才华所限，

---

① 罗浮居士：《蜃楼志序》，丁锡根编著《中国历代小说序跋集》，人民文学出版社 1996 年版，第 1201 页。

② 陈大康：《明代小说史》，上海文艺出版社 2000 年版，第 35—36 页。

大多粗制滥造，但它们的问世却客观上加速了章回小说由累积型创作走向独创的进程。《西游记》与《金瓶梅》的成书以及在它们的影响下新兴并迅速繁荣起来的神魔小说与世情小说，将明代章回小说的创作推向了高潮。《金瓶梅》一书所带来的某些转变为此一阶段章回小说发展中最引人注目的现象，首先，《金瓶梅》作者以独创为主的创作模式改变了此前长篇小说以改编为主的成书模式，在章回小说文人化和雅化的道路上迈出了关键一步。其次，《金瓶梅》一改以往长篇小说以帝王将相、神魔英雄等非凡人物为主人公的主流趋势，转而将普通市井民众作为主人公，描写世俗的家庭生活，从而"将历来注重传奇性的中国古典小说引入强调写实性的新境界"。[①] 由于大量作品的问世以及优秀作品的推动，章回小说的艺术也在此阶段日臻成熟，这为章回小说巅峰的到来做好了准备。

清代前期的章回小说创作延续明后期的繁荣之势，不仅题材丰富、形式多样，而且艺术品位也有了比较明显的变化，这与清初作家队伍变化有直接关系。清初小说作者的文化层次有了较大提高，一些颇有名望的文人士大夫如丁耀亢、陈忱、董说、吕熊加入了小说创作队伍，而尤为值得注意的是，出现了一些用大量精力从事小说创作的文人。如天花藏主人，与他有关联（包括著、述、编次）的小说有十六种，其中《玉娇梨》《平山冷燕》《定情人》《两交婚》《飞花咏》《麟儿报》《画图缘》等均是才子佳人小说的上品。小说家队伍的变化也引发了小说创作模式的变革，即文人独立创作模式代替了世代累积型成书的整理、改编模式，标志着章回小说的进一步文人化。正如石昌渝所说：

　　　　它们虽然运用白话语体，借用白话小说体制，但其旨趣已不再仅仅是以故事娱人，而在表现和抒发作者对社会对人生的理解和追求，与民间文学的趣味迥然有别。这一类小说大都融注着作家个人的生活经历和体验，反映着作家个人对社会人生的独特的思维方式，表现了作家个人

---

①　陈大康：《明代小说史》，上海文艺出版社 2000 年版，第 456 页。

的才华特征，因而具有鲜明的个人风格。它们属于通俗小说，但其品质却已不是市民文学，而是士人的文学了。[①]

由此带来了章回小说艺术面貌的巨大改变。文人虽也关注历史、向往英雄，也写了不少历史演义、英雄传奇小说，但与明末将历史通俗化的创作宗旨不同，文人小说家往往借历史写心释怀，即使是神魔小说，荒诞的形式中包裹的也多是世态众相。总之，文人的章回小说创作，题材更为丰富，反映的社会生活面更为广阔，对社会的认识也更为深刻。比如《醒世姻缘传》《好逑传》《隋唐演义》《女仙外史》等具有鲜明艺术特征的作品。

清中叶是章回小说发展的黄金时代，各种类型题材的小说作品蜂出，且都取得了巨大成就。世情类小说成就最为突出的，以《儒林外史》《红楼梦》为标志，引领了其后相当一段时间的世情小说创作热潮。其中，《红楼梦》的续书纷纷出现，掀起了一股"续红"热，据一栗《红楼梦书录》所收，《红楼梦》的续书多达三十余种。两部巨著之外的世情小说，故事题材也趋于多样化。如《歧路灯》关注青年教育问题，因而有"教育小说"之称；《蜃楼志》则关注洋商和海关官员，带有鲜明的时代特征和地域特色。这样的题材在中国小说史均属首创。清中叶产生了二十余种神怪小说，其中如《绿野仙踪》《瑶华传》《何典》《希夷梦》《雷峰塔奇传》《桃花女阴阳斗传》等，成就较高。历史演义小说在这时期仍在不断涌现，题材上有所发展，其中如《海公大红袍传》《海公小红袍传》均写明代清官海瑞故事；杜纲的《北史演义》和《南史演义》意在"补古来演义之缺"（《南史演义·凡例》），创作上基本"按鉴演义"；但艺术成就均不显著，唯蔡元放修订《列国志》而成《东周列国志》，成就突出。这一时期产生了十余部英雄传奇小说，但从形式上看，多承袭旧有模式，创新不够。其中如《双凤奇缘》和《木兰奇女传》写女英雄，《平闽全传》为杨家故事的续篇，《说呼全传》写呼家三代抗拒权奸的故事。《万花楼杨包狄演义》则将杨家将故事、包公案故事和狄青故事连缀在一起，

[①] 石昌渝：《中国小说源流论》，生活·读书·新知三联书店 1994 年版，第 21—22 页。

此后《五虎平西前传》和《五虎平南后传》沿着这条路继续发展。总之，这一时期世情小说成就最高，成为小说史上的主流。《儒林外史》《红楼梦》打破了传统的思想和写法，登上了古代小说艺术的顶峰。其他各类题材在不同程度上有所发展，也出现了一些佳作。题材混融综合的趋势更为明显，且出现了儿女英雄、侠义公案等新类型。还有的小说家试图在创作上有所突破，比如引学问入小说，出现了《野叟曝言》《镜花缘》这样的炫才小说。

章回小说在经过清代中期的繁荣之后，随着清王朝统治的腐败与衰落，社会变革思潮激荡澎湃，中国古代小说在晚清步入了其现代转型时期，伴随着"小说界革命"的兴起，中国古代小说的古典形态式微而"新小说"兴起，章回小说也与中国古代小说的其他类型一道，作为某种传统而进入"新小说"中。

余论　作为文学遗产的中国古代小说

　　一九〇二年（清光绪二十八年，日本明治三十五年）十一月十四日，梁启超在日本横滨创办《新小说》杂志，并在第一期上发表《论小说与群治之关系》，正式提出"小说界革命"的口号，"小说界革命"发生。以"小说界革命"革命的发生为标志，中国古代小说艺术走上了向现代转化的道路。[①] 而随着这一转化过程的完成，现代小说的兴起，中国古代小说也自然走入历史，作为一种文学遗产而存在。伴随着"小说界革命"的兴起，中国古代小说现代转化道路的开启，在现代立场上对中国古代小说的回望与反思就已经开始了。

一、现代立场的回望与反思

　　"小说界革命"与当时同时发生的"文界革命""诗界革命"一样，都是

[①] 陈平原研究中国小说叙事模式的转变历程，亦即叙事模式的现代化进程，把时间范围确定为从 1898 年至 1927 年。并说："中国小说叙事模式的转变，基本上是以梁启超、林纾、吴趼人为代表的与以鲁迅、郁达夫、叶圣陶为代表的两代作家共同完成的。前者以 1902 年《新小说》的创刊为标志，正式实践'小说革命'主张，创作出一大批既不同于中国古代小说、又不同于'五四'以后的现代小说的带有明显过渡色彩的作品，时人称其为'新小说'。后者没有小说革命之类的代表性宣言，但以 1918 年《狂人日记》的发表为标志，在主题、文体、叙事方式等层面全面突破传统小说藩篱，正式开创了延续至今的中国现代小说。"陈平原：《中国小说叙事模式的转变》，北京大学出版社 2003 年版，第 5 页，第 6 页。

资产阶级维新运动的一部分，作为新兴的社会阶层与力量，梁启超等这些站在时代潮头的维新人士，他们之所以发起"小说界革命"，如本书前文所言，是在考察、研习西方社会变革时期的经验中发现了小说的巨大作用，进而回望、反思中国古代小说之后采取的行动。

"小说界革命"前后对中国古代小说的回望与反思，有一个突出的新质特点是以前从未有过的，那就是现代立场。梁启超等维新人士，在发起"文界革命""诗界革命""小说界革命"的过程中，学习与引入西方现代文艺理论是重要基础，并在此基础上建立起初步的现代文艺理论观念。他们对中国古代小说的回望与反思，正是他们刚刚接受并初步建立起来的现代立场。也正是这种现代立场以及他们的维新变革目的，使他们的回望表现出宏观壮大的气魄，同时，也使他们把关注焦点主要集中于中国古代小说负面的社会功用。梁启超对中国古代小说的回望与反思就是这种特点的典型代表。而梁氏之说已在书中多有征引评说，在此不复赘述。梁启超之外，几道、别士（严复、夏曾佑）是较早接受西方文艺理论和小说而回望、反思中国古代小说者。他们的《本馆附印说部缘起》就是这样一篇具有开创性意义的专论。此文以西方的人性论为理论基础来阐释小说的审美特征，他们认为，小说之所以能够对社会产生巨大的影响，在于小说能够表现人"原出于天，流为种智"的"公性情"，这种"公性情"包括两个方面："一曰英雄，一曰男女。"而无论是英雄之事，还是男女之事，要传之久远，就要靠文字记载。而文字记载之书，有两种形式，"书之纪人事者谓之史，书之纪人事而不必果有此事者谓之稗史"，即史传和小说。稗史与史有"易传"和"不易传"之别，稗史具备"易传"的五个特点，因而能传之久远。这种对小说特点的阐释，明显不同于传统中国古代小说理论的论述方式，是现代西方文艺理论的运用，虽然幼稚、偏颇甚至谬误，但却是一股新风。当然，为了推动维新与变革，他们当然不忘在鼓吹小说巨大作用的同时，指出中国古代小说的负面作用：

夫说部之兴，其入人之深，行世之远，几几出于经史之上，而天下之人心风俗，遂不免为说部所持。《三国演义》者，志兵谋也，而世之言兵者有取焉。《水浒传》者，志盗也，而崔蒲狐父之豪，往往标之以为宗旨。《西厢记》、'临川四梦'，言情也，则更为专一之士、怀春之女所涵泳寻绎。夫古人之为小说，或各有精微之旨，寄于言外，而深隐难求；浅学之人，沦胥若此，盖天下不胜其说部之毒，而其益难言矣。①

别士（夏曾佑）后又作《小说原理》一文，从心理学的角度阐释了人们"嗜小说之故"，也是西方文艺理论的运用。于其中也指陈中国古代小说之弊："此种小说，流布深远，几乎不至，其力殆出六艺九流上。而其为书，则尽蹈前所云小说五弊：所写主书之生、旦，必为至好之人，是写君子也；必有平番救主等事，是写大事也；必中状元、拜相封王，是写富贵也；必有骊山老母、太白金星，是写虚无也；惟议论可无耳……"②当然，相对于梁启超，几道、别士的批评要平和得多。且随着"小说界革命"热情的逐渐消歇，对中国古代小说的回望与反思也更趋理性和客观。比如一九〇二年《新小说》第一号上刊载的梁启超《论小说与群治之关系》中说："今我国民绿林豪杰，遍地皆是，日日有桃园之拜，处处为梁山之盟，所谓'大碗酒，大块肉，分秤称金银，论套穿衣服'等思想，充塞于下等社会之脑中，遂成为哥老、大刀等会，卒至有如义和拳者起，沦陷京国，启召外戎，曰惟小说之故。"③猛烈抨击《水浒传》，而在一九〇五年《新小说》第十五号"小说丛话"中刊载的定一的文章，则对《水浒传》进行了称赏："《水浒》一书，为中国小说中铮铮者，遗武侠之模范，使社会受其余赐，实施耐庵之功也。金圣叹加以评语，合二人全副精神，所以妙极。金圣叹谓从《史记》出来，且多胜《史记》

---

① 几道、别士：《本馆附印说部缘起》，陈平原、夏晓虹编《二十世纪中国小说理论资料》第一卷，北京大学出版社 1997 年版，第 27 页。

② 别士：《小说原理》，陈平原、夏晓虹编《二十世纪中国小说理论资料》第一卷，北京大学出版社 1997 年版，第 77 页。

③ 饮冰：《论小说与群治之关系》，陈平原、夏晓虹编《二十世纪中国小说理论资料》第一卷，北京大学出版社 1997 年版，第 53 页。

处，此论极是……"又说："《水浒》可做文法教科书读。就金圣叹所言，即有十五法。"①

"小说界革命"前后，由维新人士引领的在现代立场上对中国古代小说的回望与反思，大致而言，在两方面特别值得注意：一是宏观的中国古代小说史的观照，二是对中国古代小说重要作品的重读。

一九〇三年别士在《绣像小说》第三期刊发的《小说原理》一文中，就已有对中国古代小说的宏观观照，他说：

> 小说始见于《汉书艺文志》，书虽散佚，以魏、晋间之小说例之，想亦收拾遗文，隐喻托讽，不指一人一事言之，皆子史之支流也。唐人《霍小玉传》《刘无双传》《步非烟传》等篇，始就一人一事，纡徐委备，详其始末，然未有章回也。章回始见于《宣和遗事》，由《宣和遗事》而衍出者为《水浒传》（注：元人曲有《水浒记》二卷，未知与传孰先），由《水浒传》而衍出者为《金瓶梅》，由《金瓶梅》而衍出者为《石头记》，于是六艺附庸，蔚为大国，小说遂为国文之一大支矣。②

语虽简而颇得其要。如其中对唐人传奇小说的概括"始就一人一事，纡徐委备，详其始末"，相当准确和凝练。其后，在一九〇七年，天僇生（王锺麒）在《月月小说》第十一号上发表《中国历代小说史论》，第一次以"小说史"的形式宏观观照中国古代小说。天僇生此文内容包括三方面：一是对中国古代小说史的简单梳理。其间虽有不周不妥，然亦有新见，如对小说渊源的推想："自黄帝藏书小酉之山，是为小说之起点"，如对唐人传奇与唐前杂传之间关系的判定则更是十分精彩："则记事之体盛于唐。记事体者，为史家之支流，其源出于《穆天子传》《汉武帝内传》《张皇后外传》等书，至唐而

---

① 定一：《小说丛话》，陈平原、夏晓虹编《二十世纪中国小说理论资料》第一卷，北京大学出版社 1997 年版，第 99 页。

② 别士：《小说原理》，陈平原、夏晓虹编《二十世纪中国小说理论资料》第一卷，北京大学出版社 1997 年版，第 77 页。

后大盛。"二是对小说作者作小说原因的归纳。他归纳了三种情况，虽不周备，亦有据焉。三是对中国小说价值的揭示与宣传，批评当时重视西方小说而轻视中国小说的倾向，号召有识之士"自撰小说"。这也是十分有勇气和有识见的。他说："吾尝谓吾国小说，虽至鄙陋不足道，皆有深意存其间，特材力有不齐耳。近世翻译欧、美之书甚行，然著书与市稿者，大抵实行拜金主义，苟焉为之。事势既殊，体裁亦异，执他人之药方，以治己之病，其合焉者寡矣。今试问萃新小说数十种，能有一焉，如《水浒传》《三国演义》影响之大乎？曰无有也。萃西洋小说数十种，问有一焉，能如《金瓶梅》《红楼梦》册数之众者乎？曰无有也。且西人小说所言者举一人一事，而吾国小说所言者率数人数事，此吾国小说界之足以自豪者也。"① 天僇生的这种重视传统小说，并主张回归传统小说的看法，在西方翻译小说与新小说勃兴的时代，显得格格不入，虽然影响不大，但他实际上提出一个十分重要的问题，就是在今天也仍然需要面对的问题，即在学习借鉴西方小说的过程中，如何发掘、利用传统小说艺术的问题。

　　天僇生在此文中自言曾将中国历代小说"编为史"，那这应当是现代立场上第一部中国古代小说史，惜已不见。直到二十世纪二十年代，鲁迅撰成《中国小说史略》，标志着现代立场上对中国古代小说宏观观照达到新的高度，《中国小说史略》也成为自"小说界革命"以来对中国古代小说宏观观照的集大成的经典之作。

　　"小说界革命"前后对中国古代小说的回望与反思的另一重要方向，就是对中国古代小说中重要作品的重读。这种重读的体会当然多种多样，但有一个共同点，那就是都是站在现代立场上的重读。而形式则有两种，一是以梁启超等在《新小说》上以专栏形式刊载的"小说丛话"方式，二是专文形式。而成就杰出者，是王国维的《红楼梦评论》。

　　总之，"小说界革命"前后开始的在现代立场上对中国古代小说的回望与

---

① 天僇生：《中国历代小说史论》，陈平原、夏晓虹编《二十世纪中国小说理论资料》第一卷，北京大学出版社 1997 年版，第 285—288 页。

反思，打开了在现代学术视域下对中国古代小说艺术进行考察与审视的门径，从那时以至于今天，取得了无法否认的成就，我们对中国古代小说的认识也因此大大地深入和细致了，但同样无法否认，对于历史语境中的中国古代小说，仍然有许多问题还需要进一步探求，自"小说界革命"前后开始的这种回望与反思也需要继续。

二、小说史与中国古代小说的标本化

中国古代小说在经历了漫长的从孕育、兴起到兴盛、衰落的历史过程，最后在晚清维新人士倡导的"小说界革命"中走上现代转化之路，并最终随着五四新文化运动的兴起、现代小说的出现而走入历史。按照历史时空的自然流动，中国古代小说几乎在不同的历史发展阶段，都产生了一种具有时代标志性意义的特殊类型，即所谓魏晋南北朝志怪、志人小说，唐五代传奇小说，宋元话本小说，明清章回小说。而在每一个时代具有时代标志性意义的特殊类型小说繁荣的同时，此前时代产生并兴盛的小说类型并没有消失，如最早出现的志怪小说，在魏晋南北朝繁荣以后，在后来的小说历史中，虽然不再是主角，但它却始终作为一种类型存在，历代都有新的作品产生。志人小说虽然是魏晋特殊时代的产物，后代不再有志人小说之名，但其变体——杂事小说却源远流长。明清时期白话体的章回小说兴盛，而作为古老类型的志怪传奇却在蒲松龄"用传奇法而以志怪"的创新中焕发出耀眼的生命活力，产生出不朽的作品。直到"小说界革命"前夕，中国古代小说的各种类型可以说基本都是具有生命活力的存在。

随着中国古代小说现代转化的完成，"在主题、文体、叙事方式等层面全面突破传统小说藩篱"的现代小说成为小说家小说创作实践的主体，[①] 中国古代小说也就走入了历史，成为一种文学遗产而存在。相应地，中国古代小说

---

① 陈平原：《中国小说叙事模式的转变》，北京大学出版社 2003 年版，第 6 页。

艺术的标本化也成为必然。而所谓中国古代小说艺术的标本化，主要表现为对中国古代小说发展线索的厘定与代表性作品或经典作品的遴选和确认。其实，在"小说界革命"前后对中国古代小说的回望与反思中，中国古代小说的标本化就已开始。上述在宏观层面对中国古代小说的观照以及在微观层面对中国古代小说重要作品的重读，就已显露出对中国古代小说进行标本化的趋势，而试图建构中国古代小说史的努力就是重要体现。

所以，在现代立场上对中国古代小说发展进行宏观观照的天僇生（王锺麒）就是较早试图对中国古代小说艺术进行标本化的先驱。其《中国历代小说史论》颇有新见，惜其所编之史不见。由于"新小说"的过渡性质，因此在"小说界革命"前后的一段时间，对中国古代小说的标本化还没有成为学术界的关注重心。但随着鲁迅先生在1918年《狂人日记》的发表、现代小说的勃兴，中国古代小说彻底走入历史，中国古代小说标本化因此也具有了必然性和紧迫性。因此，我们看到，"五四"以后中国古代小说史的撰作才有了实质性的突破。据胡从经所说，"'五四'以后，中国学术界打破了小说自来无史的局面，自二十年代初到四十年代末，共出现了十五种中国小说史专著。"① 除此之外，如马廉、俞平伯、许寿裳、台静农、傅芸子等都在大学讲授过中国小说史课，可惜他们的讲义均未留存，而论及小说的文学史也没有计算在内。不难看出，在中国古代小说刚刚走入历史的"五四"之后的一段时间，对中国古代小说的标本化成为当时学者的共识。

第一部相对成型的中国古代小说史是张静庐的《中国小说史大纲》。一九二〇年六月二十日由上海泰东图书局出版，共五卷，这是作者计划写作的小说史的第一编总论部分，计划本还有四编，但后四编未见刊行。一九二一年三月修订后再版，改为十章。包括：1. 小说名称之由来；2. 小说之由来；3. 小说之定义、诗赋与小说；4. 小说之创始时期；5. 小说之演进时期；6. 小说之发达时期；7. 欧美小说入华史；8. 现代之小说潮流；9. 小说进化的历程；10. 传奇与弹词略言。由于这只是计划中的小说史的总论，因而，

① 胡从经：《中国小说史学史长编》，（香港）中华书局1999年版，第417页。

只是一个概述，且从其内容来看，明显表现出撰者准备得不足。首先，撰者没有形成成熟的对中国古代小说历史发展的宏观认识，而是仅仅套用西方小说发展模式；对中国小说发展的历史分期显得更是草率，时间断限主观随意，比如将近二十年竟然分为四个时期，而此前的小说历史却只有五个时期。其次，撰者对中国古代小说重要作品的考察和了解也十分有限，出现一些常识性的错误，如把唐代崔令钦的《教坊记》、明代杨慎的《杂事秘辛》当成汉代的"海淫类"小说。当然，张静庐的《中国小说史大纲》的价值不在学术知识层面，而是在于其作为第一部小说史的开创性意义。

继张静庐的《中国小说史大纲》之后，是郭绍虞编译的日本学者盐谷温所著《支那文学概论讲话》下编第六章"小说"，郭绍虞将其析为四章，包括"神话传说""两汉六朝小说""唐代小说""诨词小说"等，命名为《中国小说史略》，一九二一年五月由上海中国书局出版。

张静庐的《中国小说史大纲》与郭绍虞编译的《中国小说史略》是鲁迅先生《中国小说史略》之前的两部中国古代小说史著作，①张静庐所著《中国小说史大纲》粗疏简率且识见有限，而郭绍虞所编译《中国小说史略》乃出自日本学者文学史著书中的小说部分，局限也显而易见。鲁迅先生的《中国小说史略》才可以说是具有学术价值的第一部中国古代小说史。

鲁迅先生《中国小说史略》是鲁迅在为北京大学讲授中国古代小说史课程的讲义基础上撰定的。北京新潮社一九二三年十二月印行了上卷（第一篇至第十五篇），一九二四年六月印行下卷（第十六篇至第二十八篇）；一九二五年，北京北新书局印行合订本，内容上略有修订；至一九三〇年，又在修订后重印。此后印行均为此本。

鲁迅先生《中国小说史略》的杰出成就，深为时人及后学推崇。胡适曾说："鲁迅先生之说，很细密周到，我很佩服，故值得详细征引。"一九三六

---

① 鲁迅《中国小说史略》刊行之前，卢隐于一九二三年六月开始，在《晨报副刊》的《文学旬刊》第3—11号上连续刊载《中国小说史略》，不过，卢隐听过鲁迅讲授中国小说史的课程，且其著带有明显的鲁迅影响的痕迹。故不应算是鲁迅《中国小说史略》前著作。

年十二月致苏雪林函中又说："鲁迅自有他的长处，如他的早年的文学作品，如他的小说史研究，皆是上等工作。"[①]郑振铎说："鲁迅的《中国小说史略》乃是这时期最大的收获之一，奠定了中国小说研究的基础。"[②]钱杏邨说："在中国的小说研究、整理及其影响上看，却是最有成就的一个。中国的小说，是因他才有完整的史书，中国小说研究者，也因他的《中国小说史略》的产生，才有所依据地减少许多困难，得着长足的发展。"[③]胡从经在其《中国小说史学史长编》中总结了鲁迅先生《中国小说史略》"在中国小说史学这一二十世纪新兴学科建设中所作的贡献"："第一，中国小说自来无史的万马齐喑局面被轰然打破，初步磊筑了中国小说史的体系"；"第二，强调'史总须以时代为经'，在对小说艺术与现实生活的审美关系的处理上，在对小说艺术发展史与社会发展史关系的处理上，表现了卓越的史识"；"第三，将中国小说的历史发展置于中国历史环境和民族文化传统的背景来考察、阐释与论述，从而探求中国小说的独特的'演进之迹'"；"第四，重视艺术独创性，视其为衡估或一作家作品在小说史上地位的重要标尺"；"第五，鲁迅在小说类型研究方面的开山作用"。[④]

正因为鲁迅先生《中国古代小说史略》较为真实而清晰地呈现了中国古代小说的历史面貌，可以说，《中国小说史略》是第一个成功的中国古代小说标本。

首先，鲁迅先生的《中国小说史略》以进化论思想为基础，梳理和呈现中国古代小说发展的历史脉络，以类型的演变为重点勾勒出中国古代小说的清晰流变。鲁迅先生《中国小说史略》将整个中国古代小说的发展看作一个持续不断的演进过程，在这一认识的基础上，按照历史时空的自然顺序，梳

---

① 胡适：《百二十回本忠义水浒传序》，《胡适文存》第三集卷五，亚东图书馆 1930 年版，第 411 页；胡适：1936 年 12 月致苏雪林函，《胡适往来书信选》中册，中华书局 1979 年版，第 339 页。

② 郑振铎：《文学论争集·导言》，《中国新文学大系·文学论争集》，良友图书印制公司 1935 年版，第 17 页。

③ 钱杏邨：《作为小说学者的鲁迅先生》，1936 年 11 月 25 日《光明》半月刊第 1 卷第 12 号。

④ 胡从经：《中国小说史学史长编》，（香港）中华书局 1999 年版，第 448—475 页。

理出中国古代小说从萌芽到兴起，再到兴盛发展，再到走向现代的历史过程。同时，对中国古代小说每一个具体的历史阶段，鲁迅先生《中国小说史略》又精准地把握了每一个独特的历史阶段中最突出的小说类型，串联出一条清晰的文章代变的中国古代小说嬗变的历史轨迹，上古"神话与传说"—"汉人小说"—"六朝之鬼神志怪书"—"唐之传奇文"—"宋之话本"—"宋元拟话本"—"元明传来之讲史"—"明之神魔小说""明之人情小说"—"清之拟晋唐小说及其支流""清之讽刺小说""清之人情小说""清之以小说见才学者""清之狭邪小说""清之侠义公案小说""清之谴责小说"。在主要呈现每一个历史时期主要类型的同时，对其时的其他类型，特别是此前历史时期的小说类型在这一历史时期的延续与新变，也同样加以关注，从而形成完整的不间断的小说发展的历史线索。鲁迅先生在《中国小说的历史的变迁》的引言中曾说："许多历史家说，人类的历史是进化的，那么，中国当然不会例外。但看中国进化的情形，却有两种很特别的现象：一种是新的来了好久之后而旧的又回复过来，即是反覆；一种是新的来了好久之后而旧的不废去，即是羼杂。然而就并不进化吗？那也不然，只是比较慢……文艺之一的小说，自然也如此。"① 鲁迅《中国小说史略》及后来的《中国小说的历史的变迁》全书写作的逻辑基础，应都是以这一思想为基础建构起来的。另外，鲁迅先生在《中国小说史略》中对一些小说类型的命名，往往是结合历史实际的精辟总结，如魏晋时期志怪小说、志人小说的命名，唐代新体小说传奇小说的命名，清代讽刺小说、谴责小说的命名等，都为后来者所继承。而《中国小说史略》的这种在进化论基础上以类型的演变为重点勾勒出中国古代小说流变的方式，也成为后来中国小说史写作的基本形式。

其次，鲁迅先生的《中国小说史略》以乾嘉之学的方法遴选和确认中国古代小说的重要代表性作品，并以超迈的识见对其艺术成就与历史地位做出判断。鲁迅先生《中国小说史略》在清晰呈现中国古代小说历史发展的整体

---

① 鲁迅：《中国小说的历史的变迁》引言，《鲁迅全集》第九卷，人民文学出版社 2005 年版，第 311 页。

脉络之外，还遴选出每一个时代的代表性小说作家与作品，而对这些作家与作品的确认与批判，则是建立在严格的考证、分析基础上的。中国古代小说作品浩如烟海，然而却又散佚零落，特别是上古及中古时代的许多作家与作品。鲁迅先生运用乾嘉考据之学的方法，在全面深入考订的基础上确认、评判。鲁迅先生辑录古小说及相关资料，成《古小说钩沉》《唐宋传奇集》《小说旧闻钞》《小说备校》以及未刊稿《明以来小说年表》。其中，《古小说钩沉》主要辑录先唐古小说，《唐宋传奇集》辑录唐宋传奇小说，而《小说旧闻钞》则主要是汇集宋元明清小说及小说相关资料。不难看出，其中国古代小说文本的第一手资料的范围涵盖整个中国古代小说，而这些资料的收集整理，都是其在浩瀚的文献中爬梳、甄别出来的。最后呈现在《中国小说史略》中的这些历代小说实例，在很多年后的今天，我们已经掌握了比鲁迅多得多的资料，在这种情况下来审视，无一例外仍然还是恰当的。且鲁迅先生对这些作家作品艺术成就与历史地位的论断，也都十分精审，往往成为经典之论，后来论者言及这些作品，无不加以引用，体现出鲁迅先生的超迈识见。

一九二四年七月，鲁迅先生在西安讲学，其记录稿后整理成为《中国小说的历史的变迁》，一九二五年三月收入西北大学出版部印行的《国立西北大学、陕西教育厅合办暑期学校讲演集》（二），是鲁迅先生的又一部中国古代小说的简史，其中一些观点，较《中国小说史略》又有所修正。

中国古代小说的标本化，首先是指中国古代小说不再具有实践功能，而仅仅是作为一种历史存在，是一种自然的历史陈迹；当然，更是指人们通过对中国古代小说从宏观历史到微观文本等各方面的考察研究，从而形成的对中国古代小说从外在状貌到内在品格的认识和判断，并形诸于文字的描述和呈现。即对自然状态的作为历史存在的中国古代小说的描述和呈现。然而，毕竟我们无法亲历整个中国古代小说的发展历史，因而这种描述和呈现必然存在人们对中国古代小说认知程度等的种种局限，必然存在这样或那样的缺失。鲁迅先生的《中国小说史略》与《中国小说的历史的变迁》也必然如此，但其在中国古代小说标本化中的经典意义是无法否定的。

三、鲜活中国古代小说艺术的路径思考

鲁迅先生《中国小说史略》及《中国小说的历史的变迁》之后，二十世纪"自二十年代初到四十年代末，共出现了十五种中国小说史专著"中的其他十二种，①大多因袭鲁迅先生之作，创获甚少。中华人民共和国成立后，中国古代小说的研究取得了许多新的进展，在研究的角度与方向上，取得了许多突破，比如，宏观研究方面，除中国古代小说通史之外，小说断代史、小说类型专门史的撰作出现了许多新成果，文本文献研究方面，中国古代小说史料的整理包括小说文本、小说作者、小说传播等也取得了很大成就。文化研究方面，中国古代小说与社会人文生态的其他学科之间以及社会政治经济制度等的互动与关系的梳理等，也都实现了新的突破。

显然，我们对中国古代小说的深入研究，不仅仅是为了在了解它、熟悉它之后将其标本化，也还要让中国古代小说艺术重新鲜活起来，那么，对中国古代小说艺术创造性地转化与利用也当是应有之意。

但正如陈平原所言，"传统的创造性转化，并非自然而然完成的"，它涉及对"传统的选择与重构"等问题，②而这正是小说理论家与小说家需要面对和思考的问题。实际上，在中国古代小说走向现代的进程中，从"小说界革命"的"新小说"到"五四"时期现代小说的酝酿、发生之时，就已有这样的尝试。且他们的尝试是自觉的而非无意之间的。郑振铎就曾撰文探讨这一问题，他说："我以为我们所谓的新文学运动，并不是要完全推翻一切中国故有的文艺作品。这种运动的意义，一方面在建设我们的新文学观，创作新的作品；一方面却要重新评估或发现中国文学的价值，把金石从瓦砾堆中搜找出来，把传统的灰尘，从光润的镜子上拂拭下去。"③陈平原总结了从"小说界革命"的"新小说"到"五四"现代小说中对中国古代小说传统的转化利用，

---

① 胡从经：《中国小说史学史长编》，（香港）中华书局1999年版，第417页。
② 陈平原：《小说史：理论与实践》，北京大学出版社2005年版，第67页。
③ 郑振铎：《新文学的建设与国故之新研究》，1923年《小说月报》第14卷第1号。

包括对笑话、轶闻、答问、游记、日记、书信的转化运用。①比如笑话，陈平原就总结出"新小说"家引入笑话的三种类型："一是借用前人已有记载的笑话，略加变化或大加渲染，植入故事中或直接让书中人物讲述。"如东亚破佛《泡影录》第一回写廷彦于酒席上放屁之事。"二是引录广泛流传于民间而可能尚未由文人记录的笑话。"如吴趼人《二十年目睹之怪现状》第六回写旗人茶馆吃烧饼时假装写字、拍桌子舔完每一颗芝麻之事。"三是作家独出心裁编造的笑话。"如《冷眼观》中的大部分笑话就是作者所编造。②即使如鲁迅先生虽对整理国故颇有微词，但其第二本小说《彷徨》的成功，"与其研究撰写《中国小说史略》大有关系"，③即从中国古代小说中吸取了营养而获得了小说艺术的提升。正如陈平原所说，"不管是'新小说'家，还是'五四'作家，对传统文学的借鉴，都不只是一种简单的'接受'，而是复杂得多的'转化'，引入小说中的笑话、轶闻、答问、游记、日记、书信，已不再只是笑话、轶闻、答问、游记、日记、书信，而是作为小说整体中的有机组成部分，自有其新的表现形态、美感效果与结构功能。"④也就是说，"新小说"家与"五四"作家根据需要，拿来中国古代小说艺术中的有用部分，经过消化吸收，变成了自我小说艺术的有机组成部分。

在当下中国文学与世界文学深度融合的时代中，中国传统文学包括中国古代小说究竟还有没有当代价值？常常让人心生疑问，而在二〇一五年获得茅盾文学奖的当代作家金宇澄《繁花》的成功以及他对中国古代小说艺术的态度，应该说是对传统文学包括中国古代小说的当代价值持怀疑态度论者的最好回应。

二〇一五年八月十六日，金宇澄凭借长篇小说《繁花》获得茅盾文学奖。《繁花》的特别之处在于其叙事语言，整部小说大体采用上海方言，其又经过了改造，不是地道的上海方言，是接近于普通话书面语的叙述，北方读者也

---

① 陈平原：《中国小说叙事模式的转变》，北京大学出版社 2003 年版，第 159—207 页。
② 陈平原：《中国小说叙事模式的转变》，北京大学出版社 2003 年版，第 163—164 页。
③ 陈平原：《小说史：理论与实践》，北京大学出版社 2005 年版，第 67 页。
④ 陈平原：《中国小说叙事模式的转变》，北京大学出版社 2003 年版，第 155 页。

可以看懂，但是又感觉到骨子里的上海语言的味道在里面，是一种杂糅在一起的叙述语言。二〇一五年八月十八日下午，作为上海书展重磅标志品牌的上海国际文学周，在上海国际会议中心开启了以"在东方"为主题的文学周主论坛，刚刚获得茅盾文学奖的作家金宇澄发表了名为《我眼中的传统叙事与东西方小说》的演讲。金宇澄的演讲就涉及当代小说创作对传统写作即中国古代小说艺术的态度。他说：

> 关于传统叙事，也是久违了，多年来它一直被批，被否定，我们几乎忘记它的味道，拭去时间尘灰，这些"陈词滥调"是否还有光彩？有没有特殊的文学韵味？是一个被遗忘的话题，在当代与传统之间，在所谓东方主义对照下，是否可以做一种实验？比如向传统话本致敬，是否还有动力？①

对金宇澄而言，答案是肯定的，其《繁花》就是向中国传统的致敬之作，就是向中国古代小说艺术传统的致敬之作。金宇澄认为，在全球化浪潮中，中国小说与世界小说潮流已深度融合，"我们效法西方，总是以学生的心态，从内容到形式努力学，永做一个好学生的姿态，形成了小说的某一副面孔；统一普通话的叙事——也形成了文学语言差不多的同质状态。"但他同时也认为，在中国与世界深度融合的同时，中国传统一直都在，中国文学传统当然还在，中国古代小说艺术传统也当然还在，"我们学西方一百年，学怎么把'西餐'压到中国叙事里，学会在小说里'塑造'国人吃洋饭，但对于大部分中国读者来说——洋人吃西餐是正常的，即使吃惯'西餐'的中国作者，平时也更愿意在大圆桌子前吃饭。……因此我喜欢本雅明'放弃心理层面的幽冥'的教导，感到我们的传统基本性格，基本的审美，直到今天还这样——比如我们从来不做忏悔，从来互相大声密集的讲话，是流动在血液里的遗

---

① 金宇澄：《我眼中的传统叙事与东西方小说》，2015 年 8 月 18 日上海国际文学周"在东方"主题论坛演讲。

传。"因此，创造性地转化利用中国古代小说艺术仍然是当代小说理论与小说创作值得思考并付诸实践的，而从"小说界革命"的"新小说"到"五四"时期现代小说的酝酿、发生之时小说理论家以及小说家们转化利用中国古代小说艺术的实践经验应当是可资借鉴的榜样。

参考文献

［1］〔宋〕李昉等编：《太平广记》，中华书局 2003 年版。

［2］〔宋〕李昉等编，张国风会校：《太平广记》，燕山出版社 2011 年版。

［3］《汉魏六朝笔记小说大观》(《历代笔记小说大观》本)，上海古籍出版社 1999 年版。

［4］《唐五代笔记小说大观》(《历代笔记小说大观》本)，上海古籍出版社 2000 年版。

［5］《宋元笔记小说大观》(《历代笔记小说大观》本)，上海古籍出版社 2000 年版。

［6］《明代笔记小说大观》(《历代笔记小说大观》本)，上海古籍出版社 2005 年版。

［7］李时人编校：《全唐五代小说》，陕西人民出版社 1998 年版。

［8］汪辟疆校录：《唐人小说》，上海古籍出版社 1983 年版。

［9］〔清〕桃源居士编：《唐人小说》，上海文艺出版社影印本 1992 年版。

［10］李剑国主编：《唐宋传奇品读辞典》，新世界出版社 2007 年版。

［11］〔元〕陶宗仪编：《说郛》(涵本)，《说郛三种》本，上海古籍出版社 1988 年版。

［12］〔明〕陶珽重辑：《说郛》(宛本)，《说郛三种》本，上海古籍出版社 1988 年版。

［13］〔明〕顾元庆辑：《顾氏文房小说》，1925 年上海商务印书馆据明本影印。

［14］〔明〕陆楫等辑：《古今说海》，巴蜀书社 1988 年版。

［15］〔明〕汤显祖等原辑，袁宏道等评注，柯愈春编纂：《说海》，人民日报出版社 1997 年版。

［16］《五朝小说大观》，上海文艺出版社影印本 1991 年版。

［17］吴曾祺编：《旧小说》，上海书店影印本 1985 年版。

［18］徐震堮选注：《汉魏六朝小说选注》，上海古典文学出版社 1955 年版。

［19］〔明〕洪楩辑，程毅中校注：《清平山堂话本校注》，中华书局 2012 年版。

［20］〔宋〕周密：《武林旧事》，中华书局 2007 年版。

［21］〔宋〕孟元老撰：《东京梦华录》（外四种），上海古典文学出版社 1956 年版。

［22］〔明〕胡应麟撰：《少室山房笔丛》，中华书局 1958 年版。

［23］〔明〕谢肇淛撰：《五杂组》，上海书店出版社 2012 年版。

［24］王利器编：《元明清三代禁毁小说戏曲史料》，上海古籍出版社 1981 年版。

［25］谭正璧编：《三言二拍资料》，上海古籍出版社 1985 年版。

［26］朱一玄编：《明清小说资料选编》，齐鲁书社 1990 年版。

［27］阿英编：《晚清文学丛钞》，中华书局 1960 年版。

［28］孔令境编：《中国小说史料》，上海古籍出版社 1982 年版。

［29］陈平原、夏晓虹编：《二十世纪中国小说理论资料》，北京大学出版社 1997 年版。

［30］朱一玄、刘毓忱编：《水浒传资料汇编》，南开大学出版社 2004 年版。

［31］朱一玄编：《金瓶梅资料汇编》，南开大学出版社 2004 年版。

［32］朱一玄、刘毓忱编：《三国演义资料汇编》，南开大学出版社 2005 年版。

［33］朱一玄编：《红楼梦资料汇编》，南开大学出版社 2004 年版。

［34］朱一玄、刘毓忱编：《西游记资料汇编》，南开大学出版社 2006 年版。

［35］李汉秋编：《儒林外史研究资料》，上海古籍出版社 1984 年版。

［36］朱一玄编：《聊斋志异资料汇编》，南开大学出版社 2002 年版。

［37］〔梁〕刘勰撰，范文澜注：《文心雕龙注》，人民文学出版社 1998 年版。

［38］〔梁〕钟嵘：《诗品译注》，周振甫译注，中华书局 2011 年版。

［39］〔唐〕刘知幾撰，浦起龙释：《史通通释》，上海古籍出版社 1978 年版。

［40］〔宋〕高似孙撰，周天游校笺：《史略校笺》，书目文献出版社 1987 年版。

［41］〔清〕陈遇夫撰：《史见》（《丛书集成初编》本），中华书局 1985 年版。

［42］〔清〕章学诚撰，叶瑛校注：《文史通义校注》，中华书局 1985 年版。

［43］黄霖、韩同文选注：《中国历代小说论著选》，江西人民出版社 1985 年版。

［44］丁锡根编：《中国历代小说序跋集》，人民文学出版社 1996 年版。

［45］〔东汉〕班固撰，〔唐〕颜师古注：《汉书》，中华书局 2011 年版。

［46］〔唐〕魏徵等撰：《隋书》，中华书局 2011 年版。

［47］〔五代〕刘昫等撰：《旧唐书》，中华书局 2011 年版。

［48］〔宋〕欧阳修、宋祁撰：《新唐书》，中华书局 2011 年版。

［49］〔宋〕王尧臣等撰：《崇文总目》文渊阁《四库全书》本。

［50］〔宋〕晁公武撰，孙猛校证：《郡斋读书志校证》，上海古籍出版社 2005 年版。

［51］〔宋〕陈振孙撰，徐小蛮、顾美华点校：《直斋书录解题》，上海古籍出版社 2006 年版。

［52］〔宋〕郑樵撰，王树民点校：《通志二十略》，中华书局 2002 年版。

［53］〔清〕永瑢等撰：《四库全书总目》，中华书局 1995 年版。

［54］余嘉锡撰：《四库提要辨证》，中华书局 1974 年版。

［55］〔清〕章宗源撰：《隋书经籍志考证》，《二十五史补编》本，中华书局 1998 年版。

［56］〔清〕姚振宗撰：《隋书经籍志考证》，《二十五史补编》本，中华书局 1998 年版。

［57］杨国庆编：《汉书艺文志注释汇编》，中华书局 1983 年版。

［58］〔元〕马端临撰：《文献通考·经籍考》，华东师范大学出版社 1985 年版。

［59］〔清〕叶德辉撰：《书林清话》，世纪出版集团，上海古籍出版社 2012 年版。

［60］〔清〕李慈铭撰，由云龙辑：《越缦堂读书记》，中华书局 2006 年版。

［61］李剑国：《宋代志怪传奇叙录》，南开大学出版社 1997 年版。

［62］李剑国：《唐五代志怪传奇叙录》，南开大学出版社 1998 年版。

［63］王国维：《宋元戏曲史》，上海古籍出版社 2011 年版。

［64］鲁迅：《中国小说史略》，《鲁迅全集》第九卷，人民文学出版社 2005 年版。

［65］鲁迅：《中国小说的历史的变迁》，《鲁迅全集》第九卷，人民文学出版社 2005 年版。

［66］阿英：《晚清小说史》，东方出版社 1996 年版。

［67］孟瑶：《中国小说史》，传记文学出版社 1980 年版。

［68］吴志达：《唐人传奇》，上海古籍出版社 1981 年版。

［69］李宗为：《唐人传奇》，中华书局 2003 年版。

［70］程毅中：《唐代小说史话》，文化艺术出版社 1990 年版。

［71］张稔穰：《古代小说艺术教程》，山东教育出版社 1991 年版。

［72］吴志达：《中国文言小说史》，齐鲁书社 1994 年版。

［73］石昌渝：《中国小说源流论》，生活·读书·新知三联书店 1994 年版。

［74］董乃斌：《中国古典小说的文体独立》，中国生会科学出版社 1994 年版。

［75］程毅中编：《神怪情侠的艺术世界》，中共中央党校出版社 1994 年版。

［76］杨义：《中国古典小说史论》，中国社会科学出版社 1995 年版。

［77］王恒展：《中国小说发展史论》，山东教育出版社 1996 年版。

［78］欧阳健：《中国神怪小说通史》，江苏教育出版社 1997 年版。

［79］侯忠义：《隋唐五代小说史》，浙江古籍出版社 1997 年版。

［80］李悟吾：《中国小说史漫稿》，湖北教育出版社 1998 年版。

［81］王增斌、田同旭：《中国古代小说通论综解》，中国文联出版公司 1999 年版。

［82］马振方：《小说艺术论》，北京大学出版社 1999 年版。

［83］陈文新：《文言小说审美发展史》，武汉大学出版社 2002 年版。

［84］韩进廉：《中国小说美学史》，河北大学出版社 2004 年版。

［85］鲁德才：《中国古代白话小说艺术形态学导论》，南开大学出版社 2013 年版。

［86］王运熙、顾易生主编：《中国文学批评通史》，上海古籍出版社 1996 年版。

［87］程国赋：《唐五代小说的文化阐释》，人民文学出版社 2002 年版。

［88］俞钢：《唐代文言小说与科举制度》，上海古籍出版社 2004 年版。

［89］陈平原:《小说史:理论与实践》,北京大学出版社 2005 年版。

［90］陈平原:《中国小说叙事模式的转变》,北京大学出版社 2003 年版。

［91］胡士莹:《话本小说概论》,中华书局 1982 年版。

［92］李剑国:《唐前志怪小说史》,人民文学出版社 2011 年版。

［93］李剑国、陈洪主编:《中国小说通史》,高等教育出版社 2007 年版。

［94］刘勇强:《中国古代小说史叙论》,北京大学出版社 2009 年版。

［95］陈平原:《二十世纪中国小说史》,北京大学出版社 1997 年版。

［96］陈大康:《中国近代小说编年史》,人民文学出版社 2014 年版。

［97］方正耀:《中国古典小说理论史》,华东师范大学出版社 2005 年版。

［98］应锦襄、林铁民、朱水涌:《世界文学格局中的中国小说》,北京大学出版社 1997 年版。

［99］徐岱:《小说形态学》,杭州大学出版社 1992 年版。

［100］胡尹强:《小说艺术品性和历史》,上海文艺出版社 1993 年版。

［101］伍蠡甫、胡经之主编:《西方文艺理论名著选编》,北京大学出版社 1987 年版。

［102］李宗侗:《中国史学史》,中国友谊出版公司 1984 年版。

［103］吕大吉主编:《宗教学通论》,中国社会科学出版社 1989 年版。

［104］陈寅恪:《元白诗笺证稿》,生活·读书·新知三联书店 2001 年版。

［105］李剑国:《古稗斗筲录》,南开大学出版社 2004 年版。

［106］余嘉锡:《余嘉锡论学杂著》,中华书局 1963 年版。

［107］叶德均:《戏曲小说丛考》,中华书局 1979 年版。

［108］李道和:《岁时民俗与古小说研究》,天津古籍出版社 2004 年版。

［109］熊明:《汉魏六朝杂传研究》,中华书局 2014 年版。

［110］熊明:《唐人小说与民俗意象研究》,上海古籍出版社 2015 年版。

［111］崔际银:《诗与唐人小说》,天津古籍出版社 2004 年版。

［112］陈国军:《明代志怪传奇研究》,天津古籍出版社 2005 年版。

［113］占骁勇:《清代志怪传奇小说集研究》,华中科技大学出版社 2003 年版。

［114］〔匈〕卢卡奇:《小说理论》,燕安远、李怀涛译,商务印书馆 2013 年版。

［115］〔美〕克林斯·布鲁克斯、罗伯特·潘·沃伦编著：《小说鉴赏》，主万等译，世界图书出版公司 2012 年版。

［116］〔英〕佛斯特：《小说面面观》，花城出版社 1981 年版。

［117］〔美〕伊恩·P. 瓦特：《小说的兴起》，高原、董红钧译，生活·读书·新知三联书店 1992 年版。

［118］〔英〕戴维·洛奇：《小说的艺术》,《戴维·洛奇文集》卷五，王峻岩等译，作家出版社 1998 年版。

［119］〔美〕雷·韦勒克、奥·沃伦：《文学理论》，刘象愚等译，生活·读书·新知三联书店 1984 年版。

后　记

六月的校园青翠葱茏，夏木荫荫，绿萝满墙，青果还藏在繁密的叶底，夏花则不时在绿丛中灼然而出，一望惊艳。这样的校园，我已无数次穿行，这样的景象，我也已见惯不惊。然而，每见毕业生三三两两，流连于校园中的一树一花、一廊一径、一亭一榭、一馆一园，将自己青春的影子，定格在镜头中，心中总会怦然一悸。加之这时节，又总有轻烟般的柳絮随风漫飞，如雪般的槐花簌簌而坠，浅浅淡淡的感伤便会悄然而生。

我也曾有这样的告别，在龙门南师、在锦城教院、在盛京辽大、在津门南开。只是，多年以后的今天，我已忘却了当时的情怀，每有记起，萦于心间的就只有这浅浅淡淡的感伤，如烟如雾，久久化不开，散不去。

多年以来，一年一度这样的告别，主角虽早已不再是我，但或远或近，或深或浅，总被牵连其间。那些向我问学的年轻人，一如我当年，一届一届地聚来，然后，一届一届地离开。他们的告别，也总让我不能自禁，因为，无论如何也留不住——一张张熟悉的面孔，就这样转身离开，然后越来越遥远，终将湮没在时光的远方。这如何不让人感伤！今年的这时节，是张丽萍、韦咪、姬兴宽、刘贝贝四君告别的时候，而他们于此书的完成也颇倾心力，故尤难忘怀。

曾常常以为，一些人，我们会永远在一起，比如生我育我的父母，比如同为"乌衣之游"的兄弟，比如共结"竹马之好"的知交，比如可以"疑义相与析"的道侣，而世事总不由人，一次不经意的离开，以为会很快再聚，不曾想却最终变为长别，甚至永远的别离。那些常相陪伴的时光，对榻相伴、同一屋檐，或者比邻而居，甚至江头江尾的遥遥相望，都变成曾经的过往，一种再难实现的奢望。

我们无力左右世事，唯有珍惜相聚相守的时光，记取彼此在每一寸光阴中温暖的瞬间，留待别后独自的行程，可以怀想与追念。

丙申仲夏熊明识于耕烟堂

丁酉岁初熊明校于耕烟堂